Morder tus labios sobre sábanas de seda

Erótica

Biografía

Nací en Madrid la noche de Halloween de 1972 y resido en Alcorcón con mi marido y mis hijas, con quienes convivo democráticamente (yo sugiero/ordeno y ellos hacen lo que les viene en gana). Nos acompañan en esta locura que es la vida dos tortugas, dos periquitos y cuatro gatos. Trabajo como secretaria / chica para todo en la empresa familiar, disfruto de mi tiempo libre con mi familia y amigas, y lo que más me gusta en el mundo es leer y escribir novela romántica.

Encontrarás más información sobre mí, mi obra y mis proyectos en:

https://noeliaamarillo.wordpress.com/

https://es-es.facebook.com/NoeliaAmarilloEscritora/

https://www.instagram.com/noeliaamarillo/?hl=es

Noelia Amarillo
Morder tus labios sobre sábanas de seda

Esencia/Planeta

Certificado PEFC

Este libro procede de bosques gestionados de forma sostenible y fuentes controladas

PEFC/14-38-00305 www.pefc.es

Esta es una obra de ficción. Los nombres, personajes, lugares y sucesos que aparecen son producto de la imaginación de la autora o bien se usan en el marco de la ficción. Cualquier parecido con personas reales (vivas o muertas), empresas, acontecimientos o lugares es pura coincidencia.
El editor no tiene ningún control sobre los sitios web de la autora o de terceros ni de sus contenidos, ni asume ninguna responsabilidad que se pueda derivar de ellos.

Avinguda Diagonal, 662, 6.ª planta. 08034 Barcelona (España)
www.esenciaeditorial.com
www.planetadelibros.com

Diseño de la cubierta: Booket / Área Editorial Grupo Planeta
Imagen de la cubierta: © Maxim Safronov y Intarapong / Shutterstock
Primera edición en Colección Booket: febrero de 2022

Depósito legal: B. 720-2022
ISBN: 978-84-08-25317-4
Impresión y encuadernación: Liberdúplex, S. L.
Printed in Spain - Impreso en España

Prólogo

Cuando conocemos a nuestra protagonista femenina y nos percatamos de que, a pesar de su juventud, ya tiene muchas cosas que contarnos.

Un pueblecito de Asturias, febrero de 1998

Amanecía cuando Marilia saltó el murete del cementerio y se ocultó tras los estilizados cipreses que velaban las viejas tumbas. Sus pisadas, visibles sobre el blanco manto que cubría el suelo, no tardaron en quedar tapadas por la nevada. Aguardó lo que le parecieron horas, aunque en realidad fueron minutos, a que el coche fúnebre dejara atrás la sinuosa carretera del valle y llegara al camposanto, donde el guarda y los enterradores sacaron el ataúd para trasladarlo a su lugar de descanso. Tras ellos, un séquito de seis personas acompañaba al difunto. Cinco pertenecían a su reducida familia. La desolada viuda, la abatida hija de once años y la abuela y los tíos de ésta mostrando una conveniente circunspección. La sexta persona era el cura del pueblo, quien no estaba allí por simpatía hacia el difunto, sino por compasión hacia la desconsolada viuda.

Nadie más acompañaba en su último adiós a aquel hombre muerto en la flor de la vida y, según los más que confirmados rumores, por motivo de una tremenda borrachera.

Marilia se aferró furiosa al tronco tras el que se ocultaba al ver que el cortejo fúnebre, si es que a seis personas se les podía llamar así, no se dirigía al ostentoso panteón de la familia Mendoza, a la que por matrimonio pertenecía el finado, sino que se desviaba hacia la pared de nichos del cementerio.

Por lo visto, su padre no iba a ser recibido en la cripta de su familia política, de la misma manera que su madre no lo había recibido en casa cuando los Mendoza lo largaron con viento fresco.

Tan fresco que había muerto de hipotermia al pillarse una cogorza de campeonato y echarse una siestecita junto a un árbol. En mitad del monte y en pleno invierno.

Se había enterado de la muerte de su progenitor dos días antes, en el colegio, cuando uno de sus compañeros se había burlado de ella diciéndole que su padre había muerto borracho, congelado y meado porque la familia de su esposa lo había echado de casa y la puta de su amante no lo había dejado entrar en la suya.

Y todo era cierto.

Su madre no le había abierto la puerta —de nada le servía un amante pobre— y ahora su padre estaba muerto, lo que significaba que ya nunca pasearía con él como con la niña rubia que acompañaba a la comitiva. No le enseñaría a montar en bicicleta ni irían a pescar juntos. Y no es que ella y su difunto padre hubieran hecho algo de eso en los once años de vida de Marilia. Pero la esperanza es lo último que se pierde.

Y ahora estaba allí, despidiéndolo a pesar de que su madre le había prohibido ir al cementerio. No quería que mostrara su debilidad ante la otra familia. La legal.

Pero ella no era débil. Nunca lo había sido y nunca lo sería.

Era dura y feroz. O lo sería cuando las lágrimas heladas dejaran de resbalar por sus mejillas. Y también sería mala. Y egoísta. Y taimada. Y nadie volvería a hacerle daño. Antes atacaría ella.

La comitiva se detuvo frente a la pared de nichos y el cura pronunció un panegírico plagado de medias verdades y elogios vacíos.

Y llegó el momento de meter al difunto en el nicho.

La viuda estalló en un llanto inconsolable.

Su madre y sus tíos se apresuraron a abrazarla para confortarla.

Y la niña que los acompañaba se giró, como si hubiera sentido la presencia de Marilia tras el ciprés.

Los ojos de ambas chiquillas se encontraron.

La niña miró a su familia y, al ver que su llorosa madre capturaba toda la atención de los adultos, echó a andar hacia los árboles.

—Hola —dijo parándose donde se ocultaba Marilia—. Los chicos del pueblo dicen que eres mi hermana...

—Hermanastra —la corrigió ella irguiendo la espalda.

Se miraron desafiantes, pero no llegaron a decir nada, pues un anciano, su tío, se percató de la ausencia de la niña y la llamó, instándola a regresar.

Marilia esperó hasta que se marcharon y el cementerio volvió a quedar desierto para salir de su escondite y acercarse al nicho en el que acababan de meter a su padre.

Se mantuvo silente unos segundos, pensando en todo lo que le gustaría decirle. Al final lo resumió en:

—Que te jodan, papá. Espero que te pudras en el infierno.

Miró desafiante la lápida provisional y escupió. Un escupitajo sentido que le salió de las entrañas y le arañó el alma. Luego abandonó el camposanto, pero no fue a su casa. Al contrario. Dejó atrás el pueblo y tomó la carretera que la llevaría al palacio de las Viudas, la enorme mansión en la que su padre había vivido con su esposa, que era la sobrina del dueño, hasta que éste lo había echado por borracho y putero.

Saltó el muro de piedra que rodeaba la casona y atravesó el agreste jardín ocultándose entre árboles retorcidos y matorrales salvajes. Recorrió a gatas el último trecho hasta la casa para no ser vista y se asomó a la ventana para ver lo que nunca debería.

La familia estaba en un enorme salón lleno de muebles caros, los viejos trataban de confortar a la afligida viuda mientras la huérfana se mantenía aparte. De repente ésta miró a la ventana, luego a su madre y a sus familiares y se dirigió sigilosa a la puerta.

Poco después, la niña rubia de intensos ojos azules con un sobrio vestido y un elegante abrigo, ambos negros, se paraba frente a la niña pelirroja de salvajes ojos verdes vestida con unos vaqueros raídos y un anorak que le quedaba pequeño.

Se observaron un instante antes de que la rubia le tendiera la mano en un saludo titubeante.

—Hola, soy Társila —dijo con la mano en el aire, esperando a que se la estrechara.

—Vaya nombre más cursi —resopló Marilia huraña—. No pienso llamarte así. Te llamaré Índigo, por tus ojos. —Había leído esa palabra en un cuento y le había encantado. Le estrechó la mano—. Yo soy Marilia. Y si tu madre se entera de que estás hablando conmigo va a matarte, igual que si se entera la mía —dijo con una sonrisa torcida.

—O lo mismo se mueren del disgusto —apuntó Índigo con una sonrisa idéntica a la de su hermanastra.

—Y sólo por eso deberíamos ser amigas. Tal vez así consigamos librarnos de ellas —afirmó. Puso los ojos en blanco y sacó la lengua por una comisura de la boca como si estuviera muerta. O, al menos, con el gesto que ella pensaba que tenían los muertos.

Y Társila, en lugar de mirarla asustada, curvó aún más los labios.

—No estaría mal... —afirmó ladina.

—Nada mal —chasqueó Marilia la lengua.

Ambas se echaron a reír.

Y fue en ese preciso momento cuando se forjó una amistad teñida de rivalidad y resentimiento que, contra viento y marea, o, mejor dicho, contra madres y tías, perduró en el tiempo hasta la actualidad. La mantuvieron oculta los primeros años para evitar ser castigadas, pero cuando fueron lo suficientemente mayores para rebelarse la dejaron salir a la luz. Aunque no por eso las familias aceptaron su conexión. Más bien al contrario.

Ni la madre de Marilia aceptó jamás la presencia de Índigo ni las tías de Índigo reconocieron nunca la existencia de Marilia ni le permitieron entrar en su mansión.

Aunque eso a ellas no les importaba mientras las dejaran tranquilas.

O, al menos, eso se obligaba a creer Marilia.

1

Cuando, cinco años después del fraternal encuentro, nos enteramos de que nuestra protagonista sufre ciertos apuros económicos...

... Ayer nos cortaron la luz, por lo visto llevamos sin pagarla varios meses. Así que esta mañana mi madre ha convencido a uno de sus «amigos» para que nos puenteara el contador a cambio de un polvo. Odio que haga eso. Al menos, el tipo era de otro pueblo. Lo bueno es que ya tenemos luz otra vez. Y gratis.

Ojalá mamá no hubiera comprado esta casa. Es demasiado grande, está llena de corrientes de aire, tiene goteras y huele mal. ¿Para qué queremos una enorme casa de dos plantas que se construyó el siglo pasado? Es ridículo. Sólo somos dos.

Creo que está tan obsesionada con el palacio de las Viudas que no soporta vivir en una casa pequeña, y por eso compró ésta. Y ni de coña podemos pagarla. Ni siquiera nos llega para calentarla en invierno. ¡Si casi ni la hemos amueblado!

(Agosto de 2003, de un e-mail que Marilia le envió a Índigo durante las —aburridísimas— vacaciones de verano de esta última.)

* * *

Y he aquí el momento en el que os presento al protagonista masculino de esta historia, quien, por cierto, también está un poco harto de su familia...

Madrid, agosto de 2003

Nath apoyó los codos en el ostentoso escritorio y se mesó el corto cabello negro de rizos disciplinados con cera, alborotando lo que tanto le había costado domar. Observó frustrado las tres pilas de documentos dispuestas en perfecta simetría sobre el lujoso vade. Unos documentos plagados de cifras inquietantes que había estudiado incansable durante el último mes sin hallar solución a los problemas que representaban.

Se retrepó en la butaca de piel y ésta, con la deferencia propia de los muebles de lujo, se inclinó con docilidad para proporcionar la esperada comodidad a su dueño, quien subió los pies al carísimo escritorio, sonriendo para sí al imaginar la reacción de su madre si lo pillara en esa postura. Una reacción que jamás vería, pues nunca se le ocurriría hacer pública su pequeña rebeldía. Había recibido una educación demasiado exquisita y esmerada como para comportarse como un ordinario, su dignidad se lo impedía. Pero no le impedía soñar despierto con ser un vulgar gamberro. Era divertido y no le hacía daño a nadie.

Se imaginó haciendo lo que haría cualquier tipo de veinticuatro años sin más ambiciones que pasarlo bien con sus amigos y salir con una mujer bonita de vez en cuando. Un tipo que todavía vivía en casa de su familia, como él, pero que, al contrario que él, tendría un padre cabal que se ocuparía con tino de las cuestiones económicas y una madre cariñosa y ahorradora que se preocuparía por llegar a fin de mes. Unos padres que siempre tendrían una palabra amable y una sonrisa en los labios. Que se sentirían orgullosos de sus logros. Un padre que no le dejaría en herencia una plétora de deudas y una madre que no lo miraría acusadora cuando se opusiera a sus caprichos.

Pero no se podía tener todo en este mundo.

Bajó los pies al suelo recuperando su postura erguida y observó los documentos. Tenía que haber una solución. De hecho, la había, aunque no le gustaría a su madre. No cabía duda de que estaban a punto de tener una entretenida conversación. Volvió a hundirse los dedos en el pelo mientras cavilaba sobre la mejor manera de exponer la solución que se le había ocurrido. Que, de hecho, ya había puesto en marcha.

Lo más probable era que le retirara la palabra disgustada.

Entrecerró los ojos pensativo. ¿Eso sería bueno o malo?

Bueno, sin lugar a dudas, un merecido descanso para sus oídos.

Sonrió. Pero la sonrisa no tardó en borrarse de sus labios al percatarse de que el portacorrespondencia no era el de siempre. O era otro o la piel había rejuvenecido perdiendo las máculas que estropeaban sus distinguidas formas. Y, puesto que el cirujano plástico de su madre no se rebajaría a operar a un objeto, llegó a la conclusión de que era nuevo, lo que indicaba que su derrochadora progenitora lo había comprado esa mañana.

Y eso a pesar de que le había prohibido expresamente comprar nada.

Lo cogió conteniendo apenas la rabia. Era de piel, por supuesto, con base de caoba y detalles repujados. Y no debía de haber costado menos de doscientos euros, seguramente más.

Estupendo. Simplemente estupendo.

Tomó uno de los avisos de impagos del primer montón de documentos, aquel que contenía los que podía pagar, y lo trasladó al de los que debía aplazar. El acreedor tendría que esperar un poco más para cobrarlo. Y, si no le gustaba, que lo denunciara. No sería el primero que lo hiciera. Tampoco el último.

Fijó la mirada en el tercer montón. Amenazantes cartas de abogados que, si no hacía nada por evitarlo, se convertirían en un cuarto montón, el de avisos de embargo.

¿Tan malo sería dejar que todo se hundiera y desaparecer del mapa? Con un poco de suerte, su madre lo repudiaría y no tendría que volver a verla nunca más.

Era una perspectiva halagüeña.

Se recreó unos instantes en esa posibilidad antes de sacudir la cabeza. Su estúpido sentido de la responsabilidad jamás le permitiría desentenderse de ella tan fácilmente. Además, no era la única persona que tenía a su cargo.

Y, como si pensar en él lo hubiera conjurado, la puerta del despacho se abrió dando paso a su hermano menor.

Jon acababa de cumplir dieciocho años y no podían ser más distintos. Era alto y esbelto, sin los kilos que le sobraban a Nath. Su pelo era liso y rubio en lugar de rizado y oscuro. Su piel clara en lugar de morena y las líneas de su rostro suaves, casi dulces, en contraposición con los marcados rasgos de él. Las cejas finas y arqueadas, nada que ver con las suyas, gruesas y pobladas. Lo único que ambos compartían eran los intensos ojos azules que habían heredado de su madre.

—Hermano, necesito hablar contigo —dijo el joven con tono solemne.

Nath frunció el ceño, Jon sólo lo llamaba «hermano» cuando tenía problemas y necesitaba que se los resolviera, algo que solía ocurrir con frecuencia.

—Me he metido en un lío...

—No tengo dinero para pagar tus deudas, así que vas a tener que dejar que te rompan las piernas —le advirtió Nath sin asomo de burla en la voz. Aunque ambos sabían que estaba bromeando. O tal vez no.

—No es por eso —musitó el muchacho ofendido a la vez que se frotaba la nariz.

—Tampoco tengo dinero para pagarte un tabique nasal de platino...

Jon lo miró sin entender.

—Te sangra la nariz —señaló Nath.

—Últimamente la tengo un poco irritada. —Se la limpió con un pañuelo de seda.

—Tal vez si dejaras de esnifar cocaína dejaría de sangrarte.

—Siempre piensas lo peor de mí —lo acusó malhumorado.

—¿Por qué será? —resopló Nath.

—No es culpa mía si...

—No sigas por ahí, Jon. Si has entrado aquí es porque necesitas algo de mí, y en ese caso no te interesa cabrearme con tus excusas estúpidas.

El muchacho lo miró compungido, sus labios curvados en una mueca de pesar y sus ojos llenos de lágrimas no derramadas harían creer a cualquiera que estaba profundamente arrepentido. Pero

Nath, que estaba vacunado contra su carisma, arqueó una ceja instándolo a que dejara de actuar.

—Vaaale. —Jon se dejó caer sobre la elegante butaca que había frente al escritorio y colgó la pierna en el reposabrazos con indolencia—. He preñado a una chica.

—Has hecho ¿qué? —Nath lo miró perplejo, sus intensos ojos azules tan abiertos que parecían a punto de salirse de las órbitas.

—Son cosas que pasan. —Se encogió de hombros restándole importancia.

—No. No lo son. Para eso están los preservativos, para que no pasen.

—Se me olvidó ponérmelo.

—¿Cómo se te pudo olvidar?

—Nos entró el calentón y...

—Era una pregunta retórica —lo cortó Nath—. ¿Estás seguro de que es tuyo?

—Eso dice ella.

—¿Puedo suponer que estabas borracho?

—¿Ésa es otra pregunta retórica, hermano?

Nath fijó en él una penetrante mirada y optó por responder él mismo a su pregunta.

—Sí, por supuesto. Seguramente tan borracho o drogado como acostumbras a estar.

Jon se encogió de hombros, confirmando la intuición del moreno.

—Así que, para que me quede claro, follaste sin condón con una chica que resulta que se ha quedado embarazada. Y, según dice ella, eres el padre. ¿Es más o menos así?

Jon asintió.

—Y, por curiosidad, ¿la conoces desde hace algún tiempo o sólo fue un rollo de una desafortunada noche?

—La conozco desde hace un par de meses, pero sólo follamos el día que nos conocimos. No lo hemos vuelto a hacer —confesó en un arranque de sinceridad—. Creo que no le caigo muy bien. —Frunció el ceño molesto.

—Entiendo ese sentimiento, a mí tampoco me caes muy bien

ahora mismo —mascullό Nath masajeándose las sienes—. ¿No se te ha ocurrido pensar que tal vez no seas el padre? ¿Que quizá sólo afirma que lo eres porque ha visto el Audi que te compró madre —apretó los labios furioso al mencionar el inoportuno regalo— y el dinero que gastas sin mesura, como si nos sobrara, y ha pensado que estás forrado?

—Sí lo he pensado. Pero tú no la conoces. A ella le trae sin cuidado el dinero o la posición social. Ella es auténtica. La mujer más auténtica que he conocido —afirmó Jon con inusitada seriedad—. Si Avril dice que el niño es mío, lo es.

—¿Y si dijera que la lluvia es la meada de los angelitos del cielo también la creerías? —le reclamó colérico al ver que se empeñaba en dar veracidad a una puñetera bomba de relojería que iba a complicarle la vida un poco más. Porque, para qué engañarse, todos los problemas de todos los miembros de la familia acababan sobre sus hombros.

Y, joder, su espalda se estaba quedando sin espacio para cargar con todo.

—Quiero que sea mío. Sería bueno para mí —afirmó Jon con insólita firmeza—. Sé que estás hasta el cuello de deudas...

—Estamos —lo corrigió Nath.

—Estamos —aceptó Jon—, y sé que yo no estoy ayudando mucho.

—Más bien nada.

—Pero no es culpa mía —se encogió de hombros—. Mamá siempre me ha consentido y papá nunca me tomó en serio. Y, para qué engañarnos, eso me viene de perlas. Prefiero hacer lo que me da la gana a vivir agobiado y ser un amargado como tú —reconoció con una engreída sonrisa—. Pero la cuestión es que soy un irresponsable encantador. Si papá me hubiera confiado algunas responsabilidades como hizo contigo y hubiera creído en mí la mitad de lo que creía en ti, yo sería diferente. Sería responsable, serio, previsor y un soso de cojones, igual que tú. Pero papá siempre pasó de mí y se volcó en ti. Así que... no puedes echarme la culpa de que sea como soy.

—¿Ahora tengo yo la culpa de tu... compleja personalidad?

—bufó Nath molesto, porque tenía razón. Si su padre hubiera tenido la decencia de prestar a Jon un mínimo de atención, éste sería muy distinto. O tal vez no. Su hermano era igual que su caprichosa madre, mientras que él había salido a... A Dios sabría quién, porque por fortuna tampoco había heredado el carácter de su imprudente y estricto padre, aunque sí su grotesco físico y sus rasgos mediterráneos.

—Sólo digo la verdad —replicó Jon—. Las cosas son como son y sé que mamá y yo siempre podremos contar con que vas a cuidar de nosotros.

—No sabes cuánto me tranquiliza que pienses eso —rezongó Nath reclinándose en la silla. Por un instante estuvo a punto de poner los pies en la mesa. Si su hermano podía sentarse desmadejado, por qué no iba a hacerlo él.

Porque si se comportaba con la misma desidia que Jon, éste dejaría de tomarlo en serio y perdería la poca influencia que tenía sobre él. La actitud lo era todo. Eso era lo único bueno que le había enseñado su padre. Y ahora mismo lo único con lo que podía combatir la inminente ruina era la actitud.

—Sé que necesitas que me centre, que sea un poco más responsable —afirmó Jon.

—Es un alivio que te hayas dado cuenta.

—Y creo —continuó ignorando su pulla— que, si tengo un hijo, seré más responsable.

—Ésa es la mayor estupidez que has dicho nunca. Y has dicho incontables estupideces desde que aprendiste a hablar —apuntó Nath con un gruñido.

—¡Qué va! Piénsalo un poco. Si tuviera un bebé tendría que ser responsable. Tendría alguien que confiaría en mí, que me necesitaría. Alguien que me contaría sus problemas y a quien yo se los resolvería. Le enseñaría todo lo que sé.

—Que es bien poco —lo interrumpió con un bufido.

—Joder, Nath, sería bueno para mí. Puedo hacerme cargo de un bebé.

—Por supuesto, cuidar de un bebé está chupado. Sólo comen, duermen y cagan. Hasta tú serías capaz de atenderlo. Tendrías que estar disponible para él en todo momento y pasar las noches en vela, aunque tampoco es que te vaya a costar mucho; al fin y al cabo, jamás duermes de noche. Lo malo es que tendrás que trasnochar en casa en lugar de en los garitos de moda, y eso suele ser un poco más aburrido que estar de juerga con los amigos. Pero podrás con ello. De hecho, te lo vas a pasar en grande, sobre todo cuando enferme y tengas que limpiar sus vómitos. Va a ser divertidísimo.

Jon miró a su hermano mayor como si estuviera viendo el final de su vida tras un túnel oscuro y la única salida estuviera cegada con alambre de espino.

—No se hable más, vete con esa chica y pídele matrimonio, porque imagino que querrás hacer las cosas bien, ¿verdad? Y, como voy a vender la casa, con lo que me quede tras pagar las deudas, tal vez pueda comprar un pisito de tres habitaciones, una para mamá, otra para mí y otra para vosotros.

—¿Vas a vender la casa? —Jon lo miró perplejo.

—Eso pretendo —masculló Nath mesándose el cada vez más alborotado pelo.

—¿Tan mal están las cosas?

—Están peor —musitó con un tono tan vencido que Jon sintió miedo.

Su hermano mayor era la roca en la que siempre se apoyaban, verlo tan abatido era aterrador.

—Tal vez tener ese bebé no sea una buena idea.

—No. No lo es.

—Le diré a Avril que no quiero saber nada, que cualquiera puede ser el padre y que se busque la vida.

—No —rechazó Nath. Mientras hubiera la más remota posibilidad de que el crío fuera de su hermano, tendría una espada de Damocles acariciándole la garganta. Había que terminar con eso ya—. Le propondrás que aborte, yo pagaré la operación.

—No quiere, ya se lo dije —confesó Jon—. Fue lo primero que se me ocurrió cuando me contó que estaba preñada.

—Supongo que pensará que le sale más a cuenta tener el bebé y recibir una jugosa pensión mensual. Muy bien, dile que venga a hablar conmigo, le explicaré que tú no tienes nada y que no va a sacar un euro de mí, tal vez se lo replantee.

—No es por eso. Avril no me ha pedido nada, sólo me ha informado de que está embarazada y es mío. Además, está de cuatro meses, ya no puede abortar.

—Sí que ha esperado para decírtelo —resopló.

—No se ha dado cuenta hasta ahora.

—Desde luego, tu novia es tan responsable como tú —gruñó—. Le haremos las pruebas de paternidad y, si no es tuyo, que se las apañe como pueda.

—¿Y si lo es?

—Si lo es, nos lo quedaremos —oyeron la voz de su madre en la puerta.

Nath cerró los ojos. Eso iba de mal en peor. ¿Cuánto tiempo llevaba escuchando?

—Déjanos solos, Jonathan —le pidió Marga.

Jon, como el cobarde que era, soltó un suspiro de puro alivio y salió del despacho.

—Vas a vender la casa en la que hemos vivido toda nuestra vida —lo acusó su madre.

—No sé si te has enterado, pero quizá Jon te haga abuela dentro de unos meses —comentó Nath mordaz—. Tal vez quieras que lo comentemos...

—No digas estupideces. Esa mujer es sólo una putita con ínfulas que se cree más lista que tu hermano.

—Lo cual no es difícil —señaló Nath.

—Los hay que tienen una calculadora en la cabeza y los hay que tienen un enorme corazón —replicó Marga con desprecio. Y Nath sabía de sobra qué era lo que tenía él—. En cuanto te encargues de que esa zorra entienda que no va a sacar nada de nosotros, el bebé desaparecerá —se encogió de hombros con la misma indiferencia que su hijo menor—. No vas a vender la casa. Te lo prohíbo.

—¿Ya está? ¿Eso es todo? Jon te dice que tal vez haya dejado embarazada a una chica y tú ni siquiera pestañeas —murmuró atónito. Su madre siempre hacía la vista gorda ante las tropelías de su hermano, pero había esperado que en esta ocasión se lo tomara más en serio. Que al menos se enfadara y lo amonestara.

—Un error lo tiene cualquiera —replicó ella con desidia.

—¿Un error? Por favor, madre, ha tenido relaciones sin protección, dejar preñada a una chica podría ser la menor de las consecuencias. —Ella arqueó una ceja y él señaló mordaz—: Existe una cosa bastante jodida llamada enfermedades de transmisión sexual...

—A tu padre le encantaría oírte usar ese lenguaje —ironizó altanera, y Nath tuvo que esforzarse para no sentirse de nuevo el niño torpe, gordo y desagradecido que, por mucho que lo intentara, jamás lograba complacer a su padre. Ni a su madre.

—A padre le molestaría bastante más que mi hermano no recibiera ninguna reprimenda por tu parte. Aunque tampoco le extrañaría, no puede decirse que lo hayas regañado una sola vez en su vida —la acusó.

Ella lo miró con suficiencia.

—Creí que ya habías dejado de tener celos de Jonathan. Por lo visto, me equivoqué.

—Por supuesto, la envidia me corroe —resopló Nath, ocultando bajo el sarcasmo la verdad subyacente en su afirmación—. Lo tienes demasiado consentido, madre, debes hacer algo. No puede continuar así.

—¿Y qué pretendes que haga?

—Ser más dura, más intransigente, menos permisiva.

—¿Como lo fue tu padre contigo?

Nath echó la cabeza hacia atrás como si lo hubieran golpeado y hubo de hacer un ímprobo esfuerzo para mostrarse tan impasible como le habían enseñado a ser.

—Por ejemplo.

Ella lo miró con tanto desprecio que Nath deseó poder hacerse invisible, tal y como había deseado mil veces en su infancia.

—No permitiré que mi hijo menor se convierta en una aberrante copia de tu padre, tengo más que suficiente con un hijo así.

—Desde luego, es mucho mejor que Jon haya salido a ti, caprichoso, manirroto e irresponsable —arguyó molesto por el insulto implícito.

—Prefiero eso a que sea un monstruo frío y despótico. Al menos Jonathan me quiere, y me lo demuestra cada día.

—El amor se demuestra de muchas maneras, madre, y una de ellas es no llevando a la familia a la ruina robándonos dinero o pidiéndoselo a usureros cuando no consigue escamoteármelo —dijo con rabia. Apretó los dientes tratando de contener su lengua, pero no lo consiguió. Las siguientes palabras estallaron implacables—. Tampoco comprando joyas que no necesitas ni portacorrespondencias que no quiero. —Se puso en pie, agarró el innecesario objeto y lo estrelló colérico contra la pared.

Ella lo miró altiva.

—Tu padre al menos sabía controlarse —dijo con gélido desprecio—. No te equivoques, Jonathan no tiene culpa de nada. Si esta familia está pasando ciertos apuros económicos es...

—¿Ciertos apuros, madre? Estamos en la ruina —la cortó atónito, ¿cómo era posible que no quisiera ver la insostenible situación en la que se encontraban?

—Si nuestra situación es delicada —continuó Marga fulminándolo con la mirada— es debido a la desidia de tu padre y a su ineptitud a la hora de emprender negocios.

Nath gruñó frustrado, desde luego no podía acusarla de mentir. Era su padre quien los había llevado a esa situación, con la inestimable ayuda de su irresponsable hermano y su derrochadora madre, todo sea dicho.

—Tú eres igual que él —zanjó Marga con desprecio.

Nath la miró herido antes de conseguir recuperar su forzada impasibilidad.

—Y, sin embargo, soy quien va a sacar a esta familia de la ruina —afirmó arrogante.

—Vendiendo nuestra casa.

—¡Vendiendo lo que haga falta! —estalló.

Su madre entrecerró los ojos suspicaz.

—¿Qué más vas a vender?

—Todo lo que me quieran comprar... Las tierras, los coches...

—¿El Audi de tu hermano también? —jadeó horrorizada.

—Pues sí, aunque en realidad lo considero mío; al fin y al cabo, el préstamo que pediste para comprarlo lo estoy pagando yo.

—¿Tanta envidia le tienes que vas a arrebatárselo? Ni siquiera tú puedes ser tan zafio. O tal vez sí. —Lo miró asqueada—. ¿Te has parado a pensar en la situación en la que lo pondrás cuando sus amigos lo vean viajar en taxi en lugar de en su propio coche?

—Tal vez piensen que no tenemos dinero y que las deudas nos están asfixiando —ironizó él—. Y no viajará en taxi, sino en transporte público.

Ella abrió los ojos escandalizada. No sería capaz. Oh, sí. Sí lo sería. Su hijo mayor no tenía corazón y la envidia y el rencor siempre lo azuzaban contra su hermano.

—Vende las empresas de tu padre —ordenó.

—¿Qué empresas? Sólo eran nombres sin propiedades, nada más. No hay ningún activo. Ningún inmueble. Lo único que tenemos es esta casa.

—Y las tierras de...

—Ya están en venta, no valen nada.

—Hipoteca la casa, pero no la vendas.

—Lo que necesitamos es cancelar préstamos, no pedir uno nuevo —rechazó Nath con rotundidad—. Esta casa es demasiado grande y está en un barrio muy caro. No necesitamos quinientos metros cuadrados para vivir, sólo somos tres personas.

—¿Y por eso vas a recluirnos en un cuchitril de tres habitaciones? —Se estremeció.

—En realidad pretendo alquilar un estudio en el que vivir todos juntitos y en armonía —mintió sarcástico. Nada le apetecía menos que compartir dormitorio con su hermano y su madre, pero si no le quedaba otro remedio lo haría.

—No bromees con eso.

—No estoy bromeando, madre.

—Así que nos vas a dejar sin casa para conseguir dinero —obvió su afirmación. Había cosas que eran simplemente inconcebibles—. ¿Y crees que ese dinero durará eternamente? —resopló sarcástica.

—No quiero que dure, quiero invertirlo en un negocio.

—Eres como tu padre —dijo con desprecio—. Venderás la casa y nos dejarás en la calle para crear una empresa que fracasará, igual que todas las que montó.

—No voy a dejaros en la calle, aunque me siento muy tentado de hacerlo. Venderé la casa para pagar las deudas, y con lo que sobre compraré un bar de copas. —Uno que pensaba convertir en un garito orientado al sexo más inusual y extravagante. Pero no pensaba informarla de eso aún. Sería más divertido darle el disgusto cuando el negocio despegara y comenzara a dar beneficios, si es que los daba.

—Es la mayor insensatez que he oído nunca. Ni siquiera tu padre fue tan estúpido como para montar un tugurio. No permitiré que vendas la casa.

—No necesito tu permiso, padre la puso a mi nombre hace años. —Era lo único inteligente que había hecho en su vida. No quería ni pensar lo que habría ocurrido si Marga y Jon hubieran heredado su única propiedad libre de deudas—. Legalmente es mía y puedo disponer de ella como quiera.

—Vas a conseguir que acabemos viviendo como pordioseros.

—Dudo que los pordioseros tengan vestidos tan caros como los tuyos —señaló Nath—. Por cierto, revisa tu armario y selecciona los vestidos, zapatos, bolsos y abrigos más caros para que pueda venderlos, toda ayuda a la causa será bien recibida.

Marga miró con arrogante desprecio a su hijo mayor, giró sobre sus pies calzados en unos elegantes Ferragamo y salió del despacho.

2

Cuando, cuatro meses después, nuestra protagonista decide experimentar sobre cierto asunto que anticipa interesante con la consiguiente decepción.

...Así que ya no soy virgen. Y qué quieres que te diga, no es como me lo esperaba. Ni de coña me quedé en coma por el placer. Qué va. La primera vez me dolió un montón, lo que le quitó toda la gracia al asunto. Y la segunda fue un coñazo. El idiota era torpe hasta el aburrimiento. No pienso volver a montármelo con un niñato nunca más. Menos mal que sólo está de paso. Mañana se va y, sinceramente, espero que no vuelva. La putada es que eso me deja sólo a los del pueblo para follar, y ya sabes cómo son. Además de idiotas, bocazas. Ni loca me liaría con ellos.

(Diciembre de 2003, de un e-mail que Marilia le mandó a Índigo en el puente de la Constitución, que la segunda pasó esquiando mientras que la primera se quedó en el pueblo. Ambas se aburrieron de solemnidad, por cierto.)

* * *

También han pasado cuatro meses para nuestro protagonista masculino y su vida ha cambiado radicalmente... Y todavía va a cambiar más.

Madrid, diciembre de 2003

Nath se bajó del autobús y avanzó hasta el asiento metálico de la marquesina. Se sentó y se concentró en tomar aire por la nariz y expulsarlo despacio por la boca. Había aprendido que ésa era la mejor manera de librarse del incapacitante mareo que lo atacaba cada vez que subía a un autobús. O a cualquier medio de transporte público, en realidad. Pero era eso o no moverse del apartamento —de tres habitaciones, a Dios gracias— en el que ahora vivía. Y tenía demasiadas cosas que hacer como para quedarse en casa al no tener coche. Porque no lo tenía. Había vendido el suyo y el de su madre por menos de la mitad de lo que habían costado. El único por el que le habían ofrecido una cantidad interesante fue por el de su hermano. Y ése, justo, fue el que no vendió.

Porque él era idiota y Jon muy listo. Y le había pedido que lo conservara para la familia, aunque Nath sabía que sólo iba a usarlo él. Y había claudicado porque su hermano había dejado de beber y tomar drogas, o, al menos, eso parecía, y se estaba esforzando por comportarse como un adulto sensato y responsable. Y por eso mismo merecía un voto de confianza y cierta gratificación que lo motivara a seguir esforzándose.

Así que había mantenido el coche cometiendo el mayor error de su vida.

Sacudió la cabeza para librarse de la rabia y echó a andar confiando en que el paseo acabara de despejarlo. Caminó sin atender al lamentable estado de la calle. Tres meses atrás se habría soliviantado por la suciedad de las aceras, los socavones del asfalto y las desafortunadas pintadas de las paredes. Pero desde que se había mudado a su nuevo barrio, tan similar a ése, se había visto obligado a relajar sus exigencias.

Llegó a su destino antes de lo pensado y sin que le faltara el aliento. Ése era el único beneficio que había obtenido de su actual situación, pues, entre los disgustos, los paseos para llegar a los sitios evitando en lo posible el irritante transporte público y los cuatro tramos de escaleras que debía subir para acceder a su nuevo y horrible hogar, había adelgazado varios kilos. Comer sano —y barato— también ayudaba. Aún estaba por encima de su peso, pero la obesidad que lo había acomplejado toda su vida se estaba reduciendo. No había mal que por bien no viniera.

Se detuvo frente al portal en el que, según creían los amigos de su hermano —aunque llamarlos «amigos» era pervertir la palabra—, vivía la madre del que tal vez fuera su futuro sobrino. Se acercó al telefonillo y llamó a un piso cualquiera. Nadie respondió. Así que llamó a otro. Sólo insistiendo se alcanzaban los objetivos.

En esta ocasión sí contestaron y usó el moderno «Ábrete, Sésamo» que abría todas las cuevas del tesoro en la actualidad.

—Correos, ¿me abre?

Un zumbido le indicó que su treta había dado resultado. Entró en el vestíbulo y se acercó a los buzones implorando encontrar en alguno el nombre que su hermano había mencionado meses atrás. Sonrió al encontrarlo. Al fin un poco de suerte.

Enfiló la escalera y poco después llamaba al timbre del piso en cuestión.

Tardaron dos minutos y varios timbrazos en abrirle.

—¿Qué quieres? Estoy ocupada —lo increpó una adolescente con mirada acerada.

Y Nath estuvo a punto de caerse de culo al verla.

¿Ésa era la mujer que había fascinado a su hermano hasta el punto de que la catalogara como «auténtica»?

Pero ¡si era una cría!

Una muy belicosa, a tenor de la mirada furiosa que le dirigía.

Tenía el pelo largo y castaño, sus ojos eran dos ventanas aguamarinas que lo taladraban mientras su boca se apretaba en una mueca desdeñosa e impaciente. Apenas sobrepasaba el metro y medio de altura y era delgada como un junco, excepto por una enorme barriga de embarazada que parecía ocupar todo el espacio del estrecho recibidor.

—¿Avril? —inquirió para asegurarse de que era quien creía, aunque no tenía dudas de que así fuera.

—¿Quién quiere saberlo? —lo increpó ella con suspicacia.

Ese tipo, con su pelo repeinado con gel, su cara perfectamente afeitada, su elegante —y seguramente carísimo— abrigo y sus zapatos brillantes parecía sacado de una revista. Si pesara veinte kilos menos hasta podría pasar por un jodido modelo.

—Soy Nathaniel Villanueva...

—Eres el hermano del Idiota. —Lo miró desdeñosa y le cerró la puerta en las narices.

Nath parpadeó aturdido ante el inesperado recibimiento.

Volvió a llamar.

Nadie abrió.

Así que dejó el dedo pegado al timbre.

—¿Qué coño quieres? —le espetó enfadada abriendo de nuevo.

—Hablar contigo. ¿Puedo pasar?

—No.

—Te recomiendo que me permitas pasar, te sería muy provechoso escuchar lo que tengo que decirte.

—¿Por qué?

—Porque, por lo que tengo entendido, no estás en posición de rechazar ninguna oferta de ayuda.

—Así que ésta es una visita altruista.

—Podría serlo.

—Mira qué majo —resopló antes de volver a cerrarle la puerta.

Nath cerró los ojos. No sabía si era «auténtica», pero desde luego sí que era cargante. Y maleducada. Y absolutamente insoportable.

Volvió a llamar.

—Como vuelvas a tocar el puto timbre, te rompo los dedos —le advirtió ella al abrir.

—O me escuchas o te mando a mi abogado para que te quite al bebé cuando nazca —la amenazó. Ella no tenía por qué saber que no tenía abogado ni dinero para contratar uno, así que su argucia dio resultado y pudo entrar en el diminuto vestíbulo.

—¿Qué quieres?

—Saber si tu bebé es de mi hermano.

—¿Tengo pinta de adivina?

—Cualquiera pensaría que sabrías con quién te has acostado...

—Me he follado a muchos, y la mayoría mejores que el Idiota —replicó beligerante.

—Y, sin embargo, le dijiste a Jon que era suyo.

—Eché cuentas y era quien más me cuadraba.

—¿Ya no te cuadra? —resopló Nath.

—No, se me olvidó usar el dedo corazón para contar. —Le enseñó dicho dedo en una peineta perfectamente ejecutada.

—¿Con quién hablas, cariño? —les llegó del pasillo una voz jadeante.

—Con un idiota que ya se va. Vuelve a la cama, papá —respondió Avril con inusitada dulzura.

—No deberías ser tan desagradable, cielo —la amonestó el hombre echando a andar.

Nath se sorprendió al verlo, pues según había averiguado no superaba los cuarenta años y, sin embargo, aparentaba más del doble. Avanzaba tambaleante, apoyándose en las paredes. Parecía demacrado, tenía la piel cetrina, las llagas escamaban su cráneo y estaba tan delgado que se le transparentaban las venas, pero aun así su barriga competía en tamaño con la de su hija, aunque no tenía la blandura de la grasa, sino la dura hinchazón de la enfermedad.

—Y tú no deberías salir de la cama —lo regañó ella con una cariñosa sonrisa a la vez que se acercaba para acompañarlo de vuelta al dormitorio.

Pocos minutos después, la adolescente entró en el salón, fulminando con la mirada a Nath, quien se había tomado la licencia de autoinvitarse a sentarse.

—Parece muy enfermo —comentó compasivo.

—Tiene cáncer y está terminal, gilipollas —le espetó Avril furiosa.

—Lo lamento —replicó él con sinceridad.

Ella asintió y salió; cuando regresó, lo hizo con dos refrescos. Le tendió uno.

—¿Qué quieres?

—Ya te lo he dicho: saber si Jon es el padre de tu hijo.

—Hija. Es una niña —lo corrigió antes de dar un trago a su bebida—. No sé si lo es. Tiene muchas papeletas de serlo, pero no es el único con el que follé en esa época —dijo con brutal sinceridad.

—Quiero que te hagas una prueba de paternidad.

—Ya le dije al Idiota que no me haría ninguna prueba invasiva, así que tendrás que esperar hasta que nazca Kayla para desvelar el misterio.

—¿Podrías dejar de llamarlo «idiota»?

—¿Ha dejado de serlo? —replicó ella con sorna.

—Podría decirse que sí. Falleció hace una semana en un accidente de tráfico.

Nath mantuvo el semblante pétreo, pero en su interior gritaba consumido por la rabia y los remordimientos que lo acosaban desde que la policía le había notificado la muerte de su hermano. Se había salido de la carretera mientras conducía drogado a más de doscientos kilómetros por hora el maldito coche que le había permitido quedarse.

La muchacha palideció y sus ojos se llenaron de compasión.

—Lo siento mucho. Era un buen tipo... —se detuvo antes de continuar, como si le costara encontrar cumplidos—. Divertido y simpático. Buena gente —zanjó.

—Sí que lo era —musitó Nath, la mirada fija en sus manos—. Tu hija, si es suya, es lo único que nos queda de él. —Alzó la vista—. Cuando nazca le haré la prueba de paternidad y, si da positiva, mi madre exigirá que viva con nosotros.

—Que espere sentada.

Nath no tuvo ninguna duda de que Marga se iba a llevar francamente mal con esa cría que estaba resultando ser una verdadera fuerza de la naturaleza. Ese pensamiento le arrancó una sonrisa, sería la primera vez que su madre se enfrentara a una digna oponente.

—Mi madre puede ser muy persuasiva. Casi tanto como yo. Lo pondremos en manos de los mejores abogados —mintió— y solicitaremos su custodia.

—No os la darán, tú no eres su padre.

—En efecto, pero... ¿Cuántos años tienes? ¿Catorce, quince? Eres una niña y tu padre se muere. Vives de alquiler en este cuchitril y, por lo que sé, no tienes dinero, estudios ni trabajo. Tus recursos son escasos y tu futuro desesperanzador. Yo, sin embargo, estoy bien posicionado, mi madre está preparada para ser abuela, tengo mi propio negocio, medios para mantener a tu bebé y un parentesco consanguíneo con él. Si fueras un juez, ¿rechazarías mi petición?

—Eres un cabrón.

—No lo niego. Pero también soy justo y por eso voy a hacerte una oferta —dijo sorprendiéndose a sí mismo.

¿Una oferta? ¿Por qué en nombre de todo lo sagrado iba a darle una salida a esa cría? Porque respetaba su coraje y su carácter beligerante. Sería una lástima cercenarlos. Ella lo miró con arrogancia, como si no estuviera al borde del abismo y su oferta no fuera el único cabo al que podía agarrarse para no despeñarse. Y eso acabó por convencerlo. Sería interesante convivir con una mujer a la que no pudiera intimidar. A la que, tal vez, pudiera llegar incluso a admirar.

—Si el bebé...

—Kayla —lo interrumpió ella con ferocidad.

Nath asintió, ocultando una sonrisa tras una tos. Sí, esa cría tenía carácter.

—Si Kayla resulta ser mi sobrina, nos casaremos —improvisó. Y, según soltó esa locura, se dio cuenta de que era lo mejor que podían hacer.

—¿Qué coño te has fumado? —Ella lo miró como si estuviera loco.

—La adoptaré convirtiéndome en su padre —continuó—, y Kayla y tú viviréis en mi casa para que pueda criar a nuestra hija en un entorno adecuado.

—No es nuestra hija. Es mi hija —señaló ella furiosa.

—Tienes una semana para pensarlo. Si rechazas mi propuesta lo pondré en manos de los abogados, aunque no creo que sea necesario. No eres estúpida. Mi oferta es el mejor acuerdo al que puedes optar y, por otro lado, dudo que a tu padre lo beneficie que te enzarces en una pelea legal dado su delicado estado de salud.

—Eres un hijo de puta...

—No hagas que me replantee mi proposición —la amenazó—, no me apetece tener una esposa grosera.

—Y dime, ¿te apetece tener una hija con síndrome de Down?

Nath la miró sorprendido.

—¿Tu bebé tiene...?

—Kayla —lo corrigió de nuevo ella con ferocidad—. Y, sí, tiene síndrome de Down, así que si piensas que no va a estar a la altura de tu preeminente familia ya puedes largarte —gruñó abrazándose la tripa, como si quisiera proteger a su hija del desprecio de su tío.

—Nuestra hija será perfecta para mi familia —afirmó Nath con rotundidad.

—Si me caso contigo, no lo haré antes de que muera mi padre, no voy a dejarlo solo.

—Me parece bien.

—Si alguna vez tú o tu madre miráis de un modo despectivo a Kayla o la hacéis infeliz, os mataré.

Nath no dudó de que Avril sería muy capaz de hacer eso. Y más.

3

Cinco años después, nuestra protagonista se ha hecho mayor. O todo lo mayor que puede ser una jovencita de veintiún años con la cabeza llena de sueños y muchas agallas para cumplirlos.

¡Ya tengo patrocinador para el bar que he montado en la planta baja de mi casa! (O mejor debería decir de la planta baja de la casa de mi madre, que, por cierto, aún le debemos al banco.) ¿Te acuerdas de Fermín *el Elegante*? Ese del pueblo de al lado que se da tantos humos por tener una distribuidora de bebidas. Pues ayer fui a hablar con él. Me puse mi vestido más corto y escotado, meneé el culo al andar y me mostré accesible... Y hoy he recibido dos barriles de cerveza, seis mesas de plástico con sus sillas, quince servilleteros, cincuenta vasos y otras tantas copas con el logo de Mahou. Y estoy a punto de recibir una caja de tazas con sus platitos patrocinadas por Cafés la Esperanza. Todo gratis por sólo sacudir un poco las tetas delante de ese viejo verde.

Sí, ya sé lo que estás pensando, y, *nop*, no me lo voy a tirar. Ni de coña me follaría a un viejo que me triplica la edad y está casado. Pero eso él no lo sabrá hasta esta noche, y para entonces ya tendré todo lo que necesito para abrir el único bar del pueblo.

El Refugio de las Ánimas es la única opción que tengo para salir del agujero en el que nos metió mi madre al comprar esta maldita casa. No puedo fracasar.

(Abril de 2008, de un e-mail que Marilia le mandó a Índigo durante la estancia de esta última en la Universidad de Salamanca.)

* * *

Y, como el tiempo pasa por igual para ambos protagonistas, nuestro héroe (aunque lo cierto es que no es exactamente un héroe) también ha cambiado: ahora es más duro, más ambicioso, más frío... Y sabe lo que quiere.

Junio de 2008

Nath aferró con fuerza la barra anclada al techo y tomó aire. Le quedaban dos dominadas para acabar la última serie y descansar. Sólo dos más. Podía hacerlo.

Apretó el estómago y tensó los músculos elevándose hasta sobrepasar la barra con la barbilla. Bajó y repitió el ejercicio. Luego se soltó. Por fin.

Fijó la mirada en el reloj digital de la pared y, controlando la respiración para no parecer un fuelle agonizante, descansó unos segundos antes de colocarse boca abajo en el suelo y poner la punta de los pies sobre una caja a la vez que mantenía los brazos extendidos sosteniendo su peso en alto. Bajó hasta casi tocar el piso con el pecho. Hizo veinticuatro flexiones más y descansó cuarenta segundos para luego comenzar de nuevo. Repitió el ciclo tres veces antes de darse por satisfecho y ponerse en pie.

En esta ocasión no logró controlar del todo la respiración, y, aunque no parecía un fuelle agonizante, sí se asemejaba mucho a un fuelle asmático. Y todavía le quedaban las sentadillas. Tomó una gran bocanada de aire y se puso a ello. No era de los que se rendían tras haber tomado una decisión. Y esa mañana había decidido batir su marca. Y lo iba a lograr, pensó mientras sentía arder los glúteos, los cuádriceps y los flexores de las piernas.

Cuando acabó sentía los músculos de gelatina. De hecho, casi podía asegurar que la gelatina tenía más consistencia que su cuerpo en ese momento.

Y todavía no había acabado.

Miró la puerta con determinación. Un minuto después salía a la calle. Corrió a buen ritmo un par de kilómetros y regresó, pero en lugar de entrar en la casa se quedó en el jardín para estirar. El día era luminoso, la brisa de primera hora de la mañana era fresca y el sol aún tardaría en alcanzar su cénit y convertir la calle en un infierno. Bien podría disfrutar de un instante de tranquilidad antes de encerrarse en casa y empezar a trabajar. Cuando terminó se quitó la camiseta y se tumbó sobre la hierba con los ojos cerrados, tomando conciencia de sí mismo y de su entorno.

Las flexibles briznas de hierba besándole la espalda. La hormiga que ascendía por su pantorrilla, haciéndole cosquillas. La tímida brisa que resbalaba sobre su cuerpo húmedo por el sudor, erizándole el vello con su refrescante caricia. Los plácidos rayos de sol calentándole el torso desnudo. El zumbido de la abeja que lo sobrevolaba mientras buscaba flores. Los pasos que se acercaban a él inexorables, aplastando la hierba, espantando a la abeja y, en última instancia, privándolo del sol.

Mantuvo los ojos cerrados, deseando que el intruso desapareciera, aunque sabía que ése era un deseo irrealizable.

—¿No tienes otro lugar en el que holgazanear? Cualquiera puede verte.

—Los muros tienen más de dos metros de altura —señaló él sin abrir los ojos.

—Las ventanas de los vecinos sobrepasan la altura de nuestros muros.

—Aún es temprano, estarán dormidos.

—Estás sin camiseta, empapado en sudor, con las deportivas sucias de barro y el pelo alborotado, pareces un...

—¿Deportista relajándose tras un duro entrenamiento? —terminó la frase y abrió los ojos—. Buenos días, madre. Hoy te has levantado pronto.

—Al contrario que a ti, me gusta ir correctamente vestida cuando recibo visitas.

Eso hizo que Nath se incorporara mirándola con los párpados entrecerrados.

—¿Ha llegado el abogado?

Marga asintió con un gesto cortante.

—Se ha adelantado —mascculló él molesto.

—Eres tú quien se retrasa, son las nueve y diez —replicó indignada—. Cualquiera diría que te enseñamos mejores modales.

—Dada la fortuna que le pago, esperar está incluido en su trabajo, igual que si le ordeno hacer el pino —señaló cáustico poniéndose en pie.

—Has ganado músculo —comentó Marga obsequiándole una mirada orgullosa.

—Tal vez el deporte tenga algo que ver, madre —repuso molesto por el indeseado sentimiento de complacencia que lo inundó ante su comentario.

Ya no estaba gordo, ni siquiera fondón. Había esculpido su cuerpo con ingente esfuerzo, férreo control sobre sus debilidades y estricta rutina hasta conseguir el físico que deseaba. Y seguía trabajando en él día a día.

Con todo ese sacrificio había logrado lo que jamás había imaginado: que su madre sintiera cierto orgullo de él por no ser el niño regordete, el adolescente obeso y el hombre grotescamente gordo que había sido antaño.

Y no lo soportaba. Porque su madre no debería enorgullecerse por su apariencia, sino porque en poco más de cuatro años hubiera conseguido salir del bache en el que estaban y empezara a restaurar su antiguo estatus económico, que no social. Aunque eso no era suficiente para satisfacerla y conseguir su aprobación. Porque para ella no era un logro, sino una humillación, verse obligada a alquilar una casa en una zona residencial de clase media. Y mayor ignominia suponía que él controlara cada céntimo, restringiendo sus caprichos y los gastos innecesarios, que, según ella, no lo eran.

—Dile al abogado que esté en mi despacho dentro de media hora —le ordenó a la vez que miraba el Rolex que llevaba en la muñeca.

—¿Ahora soy tu recadera? —lo increpó ofendida.

—Media hora, madre, ni un minuto antes. —Recogió la camiseta y se dirigió a la casa.

Veintisiete minutos después, con el pelo domado con gel y ataviado con un elegante traje azul, enfiló el pasillo hacia su despacho obviando la presencia del hombre que esperaba frente a éste. Abrió la puerta, entró y cerró.

El hombre ni siquiera hizo intención de seguirlo. Conocía a su cliente y aún faltaban tres minutos para que cumpliera el plazo dado.

Nath se sentó, cruzó el pie izquierdo sobre la rodilla derecha y tamborileó con los dedos sobre el escritorio, la mirada fija en los documentos que aguardaban sobre el vade.

Cuántos cambios en tan pocos años.

No sólo había superado el humillante revés económico en el que los sumió su padre, sino que había recuperado, y aumentado, la fortuna que una vez tuvieron. Volvía a ser rico. Y pensaba seguir siéndolo.

Ya que no podía ser feliz, al menos no sería miserable.

Unos golpes en la puerta lo sacaron de su ensimismamiento.

Miró el reloj antes de permitir el paso a su abogado.

Se saludaron como si no hubieran coincidido en el pasillo y el hombre tomó asiento frente al escritorio. Esperó a hablar hasta que Nath se lo indicó con un gesto.

—Su exesposa ha aceptado el acuerdo de divorcio. —Le tendió unos documentos.

Nath los cogió y comenzó a leer el convenio regulador, a pesar de no necesitarlo. Sabía con exactitud lo que ponía, pues lo había redactado él mismo.

—Si me permite inmiscuirme...

—No se lo permito —lo cortó Nath.

—Pero debo hacerlo —lo desafió el hombre con el talante decidido y sereno que le había posibilitado mantenerse en el puesto más de tres años—. Mi trabajo es velar por sus intereses, lo que implica aconsejarlo que desestime este convenio y redacte otro.

Nath arqueó una ceja.

—Adelante, aconséjeme.

—Como progenitor custodio de su hija, debería estipular un régimen de visitas para su exesposa y que éste constara en el convenio regulador que presentaremos al juez.

—No.

—Tal y como está redactado, su exesposa tendrá acceso absoluto a la menor, lo que significa que podrá visitarla sin restricciones y pernoctar con ella fuera de la casa familiar. Debería reconsiderar ese punto. No quiero decir que la madre no vea a la hija, por supuesto, pero siempre bajo cierto control.

—No.

—¿Debo asumir, pues, que confía ciegamente en ella?

Nath entrecerró los ojos. Puede que le gustara la férrea determinación del abogado, pero no le admitiría insolencias.

—Su exesposa ha pasado por períodos complicados —continuó el hombre haciendo caso omiso de la reacción de su cliente—. ¿Qué lo hace pensar que no volverá a caer?

—¿Ha investigado a mi mujer? —inquirió Nath amenazante.

—No.

—Entonces ¿cómo...? —Se detuvo antes de acabar la pregunta—. Entiendo.

Cogió los documentos que había dejado en el escritorio, y que nada tenían que ver con Avril y el divorcio, y miró al abogado.

—Consiga los permisos necesarios para obtener la licencia de apertura de mi nuevo negocio —zanjó la anterior conversación tendiéndole la carpeta con el proyecto de reforma arquitectónica del recinto que acababa de comprar—. También quiero que asesore a mi exesposa y a sus socios. —Le tendió la otra carpeta con los papeles de otro local.

—Es usted el socio capitalista —comentó el hombre tras leer el último documento—. Debería plantearse...

—Por hoy hemos terminado —lo despidió poniéndose en pie.

—Creo que está cometiendo un...

—No vuelva a hablar con mi madre de asuntos que no lo conciernen —le advirtió.

—Su madre, como abuela de la menor, está preocupada. Sólo pretendía...

—¿No me he explicado con la suficiente claridad?

—Por supuesto, disculpe.

Nath esperó a que se marchara, algo que hizo con premura, y se dirigió al salón.

Se detuvo en el umbral, reticente a alertar a su madre y a su hija de su presencia.

La pequeña era la viva imagen de Avril. El mismo pelo largo y lacio, tal vez un tono más oscuro, la sonrisa luminosa y la escasa altura. Pero sus ojos, de un azul intenso, eran iguales que los de él. Por supuesto, los había heredado de Jon, pero a Nath le gustaba pensar que había salido a él.

Observó a su hija estallar en alegres carcajadas cuando su madre, en una estampa radicalmente distinta de la que solía presentar, comenzó a poner estrambóticas caras. Casi no parecía ella, sentada en el suelo mientras se tiraba de las comisuras de los labios formando muecas grotescas que Kayla se apresuraba a imitar entre carcajadas.

De repente sacó la lengua y la niña se tiró al suelo aullando de la risa.

Una risa que pronto contagió a su abuela, quien acabó haciéndole cosquillas hasta que la niña consiguió escapar. Marga la persiguió por el suelo, atrapándola para acto seguido fingir quitarle la nariz, lo que les provocó más carcajadas a ambas.

Era en momentos como ése en los que su madre parecía humana, pensó Nath. Y, eran esos momentos el motivo por el que permitía que siguiera viviendo con ellos.

Puede que Marga no apreciara a su hijo mayor, pero adoraba a su única nieta, y le estaba dando a ella el cariño del que lo había privado a él.

—Ya veo que os lo estáis pasando en grande... —comentó entrando en la sala.

La niña se soltó inmediatamente de los brazos de la abuela y se lanzó a los del padre, cubriéndolo de besos.

—Parece que te alegras muchísimo de verme.

Ella asintió con la cabeza, abrazándolo con más fuerza. Y la intensidad de ese abrazo no era debida a nada en especial. Simplemente era porque, cuando su hija daba abrazos, los daba de verdad. Con todo su corazón, sin guardarse nada para sí.

Empezó a dar vueltas sin soltarla mientras ella gritaba de pura felicidad. Luego la dejó en el suelo y la miró muy serio.

—¿Te apetece dar un paseo? Me gustaría enseñarte el lugar que acabo de comprar.

Kayla asintió feliz.

—Ayer dijiste que ibas a pasar la mañana en tu despacho —señaló Marga cortante.

—He cambiado de opinión. Hace un día precioso y quiero pasarlo con mi hija.

—Me cambiaré... —resopló molesta. Odiaba que le trastocaran los planes.

—No estás invitada —la detuvo Nath.

Las miradas de ambos chocaron. La de él, decidida; la de ella, furiosa.

—Procura no estar en la calle a mediodía, tiene la piel muy pálida y se quemará —le advirtió rindiendo la mirada.

—Tendré cuidado —aceptó Nath tendiéndole la mano a la pequeña. Ella se la tomó feliz—. Vamos a elegir tu ropa y luego le pediremos a María que te haga un peinado bonito —dijo refiriéndose a la mujer que ayudaba a su madre con la casa. Echó a andar y la niña lo siguió encantada. Antes de salir, Nath le dedicó una penetrante mirada a Marga—. Te veré en mi despacho dentro de veinte minutos, madre.

Exactamente veinte minutos después, Nath entraba en el despacho y se dirigía al escritorio sin reconocer la presencia de su madre. No lo hizo hasta que se hubo sentado.

—No volverás a meterte en asuntos que no te atañen —le ordenó con severidad.

—Sí que me atañen —señaló ella, sabiendo perfectamente a qué se refería—. Esa mujer te tiene sorbido el cerebro...

—Ten cuidado, no tengo por qué soportarte.

—Sí tienes. Soy tu madre.

—Por un desafortunado capricho del destino. Sólo nos une la genética, nada más.

Marga dio un respingo ante sus duras palabras, aunque no tardó en recuperar su acostumbrada impasibilidad.

—Me alegré cuando por fin decidiste pedir el divorcio. Bien sabe Dios que deberías haberte librado de esa mujerzuela cuando huyó para vagabundear con los desechos de la sociedad. Pero en lugar de eso la buscaste más de un año, hasta que la encontraste —señaló, recordándole así el tiempo que Avril había pasado en las calles—. Entiendo y acepto que le pagaras la estancia en el centro de desintoxicación, al fin y al cabo es la madre de mi nieta y no nos interesa que cualquiera la vea borracha por la calle, pero no deberías haber vuelto a admitirla en esta casa cuando salió. No contento con eso, le permitiste todos sus caprichos. Y cuando quiso abandonarte de nuevo, no sólo le diste trabajo, sino que le alquilaste un apartamento para que pudiera hacer lo que quisiera y con quien quisiera con total impunidad. ¿Cómo pudiste consentirlo, Nathaniel? Le diste carta blanca a esa zorra...

—Estás hablando de mi mujer, madre, modera tu lengua —le advirtió.

—Y ahora que por fin has recuperado la cordura y vas a divorciarte le das total acceso a Kayla. ¡Podría secuestrarla si quisiera!

—Ya basta, madre.

—¡No, no basta! No te quiere, hijo —dijo con inusitada compasión—, sólo te está utilizando. Es una cualquiera, ya ves lo poco que le ha costado darte la custodia de Kayla. Ni siquiera ha peleado por ella, sólo has tenido que darle dinero para comprar su puticlub para que se olvidara de su hija. No puedes fiarte de Avril; si ahora cedes, te seguirá manejando a su antojo.

—No es un puticlub, madre, es un bar de copas temático —especificó mordaz—. Y no le he regalado nada, soy socio capitalista. Por cierto, yo no pedí el divorcio, fue ella.

—¿Avril lo pidió?

—Hace meses.

—¡¿Y por qué has tardado tanto en arreglar los papeles?!

—Porque no quiero divorciarme. Es una buena madre, me divierte su carácter y encuentro muy entretenido ver cómo te planta cara y consigue someterte. También debo mencionar que en la cama es estupenda —dijo impasible.

—No continuaré hablando contigo si no me tratas con respeto —lo increpó ofendida.

Él enarcó una ceja.

—¿Sólo es necesario eso para que dejes de hablarme? Qué lástima no haberlo sabido treinta años antes, mi vida habría sido mucho más agradable.

Marga alzó la barbilla arrogante y dio media vuelta para salir del despacho.

—Madre.

Ella se detuvo frente a la puerta, pero no se giró para mirarlo.

—No volverás a inmiscuirte en mi vida, tampoco en la de Avril. No lo admitiré. La respetarás o te marcharás de esta casa.

—¿Serías capaz de echarme? —lo interpeló girándose por fin hacia él.

No le hizo falta responder, sus ojos le dieron la respuesta.

Marga apretó los labios y salió del despacho con la dignidad de una reina.

Nath esperó unos segundos a sentir sus pasos alejándose por el pasillo y luego asió el acuerdo de divorcio e, incapaz de contenerse, lo lanzó contra la pared.

No había mentido. No quería divorciarse. Quería recuperar a su esposa. No a la niña derrotada que se había escapado tras la operación de corazón de Kayla. Tampoco a la adolescente asustada que encontraba el olvido en las drogas. No. Quería recuperar a la mujer fiera y decidida en que se había convertido en el último año.

Era la única mujer que se atrevía a desafiarlo. La única lo suficientemente fuerte para pelear con él y salir vencedora. Tan valiente, independiente y salvaje que nada podía detenerla ni controlarla. Mucho menos él.

Era ese carácter férreo e insumiso lo que lo atraía de ella. Y también lo que los hacía incompatibles. Eran demasiado parecidos. Dos fuerzas de la naturaleza incapaces de dar su brazo a torcer. Tal vez si él fuera menos intransigente y ella menos feroz...

Pero no lo eran.

Y ahora sólo les quedaba en común su hija y el negocio que iban a montar juntos. Porque en realidad él no le había hecho un préstamo, sino que le había dado el dinero a cambio de ser socio capitalista del Lirio Negro, un local de temática sexual.

Sacudió la cabeza. No quería pensar en el motivo que lo había llevado a hacer, y exigir, tan disparatada oferta.

Recogió los papeles y fue a cambiarse. El lugar que quería enseñar a su hija llevaba años abandonado, el traje no era la mejor opción para caminar entre la basura.

Entró en su dormitorio y abrió malhumorado el armario. La ropa se apelotonaba de tal manera que las camisas perdían su apresto y los trajes no aguantaban perfectamente planchados. En el suelo, los zapatos y las botas competían por el reducido espacio libre. Paciencia, se dijo, pronto podría comprar una casa con un vestidor. De hecho, si no fuera por los gastos que conllevaría la reforma del lugar que acababa de adquirir, ya podría haberla comprado. Pero había aprendido de los errores de su padre y tenía claro que nunca volvería a pedir más préstamos de los que pudiera pagar.

Se puso unos vaqueros y un jersey negro, se calzó los botines Chelsea y tomó las llaves, el móvil y la cartera del vacíabolsillos en el que los había dejado la noche anterior, tras volver del Torture Eden, su bar de copas de ambiente BDSM. Estaba a punto de salir del dormitorio cuando se fijó en que quedaba algo en la exquisita bandeja de piel.

Una tarjeta que una de sus mejores clientas le había dado la noche anterior.

Acababa de entrar en la sala vip del club para comprobar que todo estaba correcto cuando ella, tenaz observadora de las escenas que allí se desarrollaban aunque jamás participara, se le había acercado. Era una mujer hermosa y segura de sí misma, alta directiva de una empresa con nombre extranjero. Agresiva en el trato, dominante con sus empleados y obsesa del control en lo que a su trabajo se refería.

Tomaron una copa, charlaron un rato y, cuando él se despidió, ella le dio su tarjeta. Y Nath, en lugar de rechazarla como tenía por costumbre hacer cuando sus clientes se tomaban libertades que no les correspondían, se la había guardado.

Porque el divorcio ya estaba en marcha y la fidelidad había dejado de tener sentido. Oh, sí, puede que sólo hubiera sido fiel durante el breve lapso en el que Avril y él se comportaron como un matrimonio real, con sentimientos románticos y altas dosis de sexo salvaje y sudoroso. Pero esa utopía únicamente duró hasta que ella volvió a sentirse enjaulada y se marchó de su lado, esta vez para siempre, así que...

Seguir siéndole fiel era, además de una estupidez, una pérdida de tiempo.

Tomó el móvil, marcó el teléfono de la tarjeta y escribió un mensaje de texto:

Westin Palace. 22.30.
Nath.

* * *

—Ahora no parece gran cosa, pero cuando lo reforme será increíble —le comentó a su hija deteniéndose frente a la pared de tres pisos de altura que ocupaba el esquinazo de la calle y componía la fachada norte del antiguo cine.

Kayla la miró con los ojos muy abiertos. Era muy fea.

—Fue un gran cine en los ochenta y en los noventa lo transformaron en una discoteca rock, pero con el cambio de siglo se quedó anticuada y acabó por cerrar. Lleva más de una década en venta, así que lo he comprado por una miseria —explicó, como si Kayla, con sus cuatro añitos, pudiera entender a qué se refería, aunque por la intensa mirada que le dirigía no cabía duda de que no se perdía ni una de sus palabras.

Nath se había acostumbrado a confiarle todos sus pensamientos, desde futuros negocios a entresijos financieros. Lo ayudaba a poner en claro sus ideas y a su hija le encantaba escucharlo. Y, aunque él no lo podía saber, para Kayla esas charlas eran muy valiosas, porque sólo se las contaba a ella, y eso la hacía sentir muy importante.

Nath envolvió la manita de su hija en su puño y, doblando la esquina, se dirigió a la fachada la principal, la cual se extendía casi todo el largo de la calle.

—Entonces ¿te gusta? —inquirió deteniéndose frente a la entrada.

—Sí —asintió a la vez que miraba el edificio. Era feo, pero a papá le gustaba. Y por eso a ella también.

—Cuando seas mayor, serás la reina de la pista de baile... —señaló Nath.

—¡Quiero serlo ahora! ¡Ya soy mayor! —exclamó entusiasmada.

—No lo eres, eres pequeñita —rebatió revolviéndole el pelo.

—¡Soy grande y fuerte! —afirmó dándole un empujón cómplice.

Nath trastabilló fingiendo que el empujón le había hecho perder el equilibrio.

—¡Cada día estás más fuerte! ¡Dentro de poco podrás conmigo! —se quejó.

—¡Ya puedo contigo! —Kayla le abrazó las piernas y trató de auparlo.

Y Nath lo único que pudo hacer fue ponerse de puntillas. Cuando estaba en casa se agarraba a la barra que colgaba del techo del gimnasio y se elevaba a fuerza de brazos, fingiendo que era ella quien lo alzaba, pero allí no había ninguna barra.

—Qué poco te he subido —dijo decepcionada.

—Eso es porque hoy he desayunado mucho y peso más que nunca —se autoinculpó—. Ahora vamos a entrar en el cine, no te separes de mí, podría haber arañas...

Ella asintió muy seria y Nath, esbozando una sonrisa orgullosa, le revolvió el pelo antes de sacar las llaves del bolsillo. Pero no llegó a abrir las rejas oxidadas.

—¡Bollos! —exclamó Kayla tomándole la mano y tirando hacia la vieja panadería ubicada en el local aledaño—. ¡Tengo hambre, papá!

—Pues entonces hay que comer —convino Nath yendo hacia allí con expresión, si no malhumorada, sí molesta.

El espacio que ocupaba la panadería correspondía a la antigua tienda de palomitas del cine. Los dueños habían tapiado la entrada desde el interior y la habían abierto a la calle, vendiéndola antes de reconvertir el viejo cine en una calamitosa discoteca rock.

Y eso le molestaba considerablemente. Tenía grandes planes para su nueva empresa y entre ellos no estaba perder varios metros cuadrados por culpa de un negocio decrépito como ése. Aunque, dado el aspecto simplón y anticuado de la panadería, no creía que la longeva dueña tardara mucho en cerrar y ponerla a la venta. Y lo mismo ocurría con los locales que se abrían en la fachada trasera. Eran tiendas viejas, con dueños viejos. Muchas ya estaban cerradas y el resto no tardarían en hacerlo. Y él iba a comprarlas.

No se conformaba con montar una discoteca convencional. Quería algo especial. Y eso incluía un enorme espacio diáfano en el que sus clientes pudieran moverse a placer. La pista de baile ocuparía más de la mitad del recinto, habría un escenario e instalaría mesas y sillones, nada de sillas. Sus clientes irían a desfogarse, a bailar, a pasarlo bien y a romper sus límites, los sillones caldearían mejor el ambiente. Y, por último, la barra sería tan larga como la pista. A los clientes les gustaba beber, pero no esperar, así que una gran barra y bastantes camareros harían que se sintieran cómodos y gastaran más.

Pero eso no sería lo más impactante de su local.

En la planta superior destinaría un espacio para sí y construiría dos salones temáticos dejando abierta el área central, con sus casi veinte metros de altura, para convertir el techo de la discoteca en un escenario aéreo del que caerían largas cintas de seda de las que se colgarían bailarines desnudos de ambos sexos. También convertiría los comercios de la fachada trasera en salas privadas que alquilaría a clientes vips.

Dios santo, estaba deseando ver la discoteca terminada y llena de gente. Pensaba ponerle el mismo nombre que al bar de copas que lo había sacado de la ruina: Torture Eden. Era un nombre representativo con el que había creado su propia marca. La gente lo conocía y lo asociaba a calidad, audacia y diversión. Pero no iba a hacer lo mismo que en el bar de copas. De hecho, iba a atenuar la temática BDSM. Estaba aburrido de amos, esclavos y toda la parafernalia dominación-sumisión. Quería algo radicalmente distinto.

Quería un espacio abierto a todos los gustos, estilos e influencias que las grandes salas rechazaban, relegándolas a oscuros y pequeños tugurios.

Iba a crear una discoteca *fetish*.

Pero no *fetish* de cuero, mordazas y látigos. En absoluto. Cualquier discrepancia a la norma sería bien recibida, incluso ensalzada. Quería disparidad, disconformidad, discordia. Máscaras de perro y antifaces coloridos, vestidos de PVC rosa y pantalones de cuero; arneses, cadenas y cintas de terciopelo; piel desnuda y cuerpos ocultos bajo monos de látex; corsés victorianos alternando con cortísimos vestidos de licra; vampiros góticos, lolitas y *cosplayers*. Todo tendría cabida en el Torture Eden.

Ofrecería irreverencia, diversidad, locura y perversión en un ambiente distendido, descarado y sexy. La tolerancia y la diversión serían las únicas reglas, y la imaginación y la audacia las claves para tocar el cielo.

Sí, iba a ser un sitio único...

—¡Papá! —lo sacó de sus pensamientos el grito de su hija.

Sacudió la cabeza, percatándose de que le tironeaba de la manga mientras le enseñaba el donuts que tenía en la mano.

—¿Cuánto le debo? —le preguntó a la dependienta.

Era una anciana a punto de jubilarse, lo que le arrancó una sonrisa complacida. Pronto el espacio ocupado por esa decrépita panadería formaría parte de su discoteca.

Pagó y salió con su hija para, esta vez sí, entrar en el que pronto sería su reino.

4

Han pasado trece años y a nuestro protagonista le ha ido razonablemente bien, excepto por una irritante minucia que espera solucionar en breve.

Madrid, viernes, 21 de mayo de 2021

«Ya están aquí. Ya están aquí. Ya están aquí. Ya están...»

—Roxy, para —jadeó Nath, silenciando la cantinela que emitía el sistema de inteligencia artificial de control por voz con el que gobernaba su planta de la casa.

Tal vez debería replantearse la conveniencia de usar la famosa frase de la película *Poltergeist* como alarma de que su exesposa entraba a su propiedad. Aunque, qué mejor frase que ésa, que avisaba del advenimiento de los fantasmas, para anunciar la llegada de Avril y de Uriel, su aborrecible, descarado y rebelde sumiso insumiso, pensó disgustado.

Dejó las pesas, tomó una toalla y se secó el sudor mientras se dirigía al ventanal del gimnasio situado en el ático de su nueva casa. En esa planta, además del gimnasio, estaban ubicados su dormitorio, con vestidor y baño, por supuesto, y su despacho. Nadie más que él podía entrar allí, pues la puerta se abría con una clave que sólo él conocía, aunque sospechaba que su hija la había aprendido de vérsela introducir. No obstante, no le importaba, Kayla jamás lo traicionaría desvelándosela a nadie. Y con «nadie», por supuesto, se refería a su amantísima madre.

Esa planta era su refugio, y Kayla lo sabía.

Observó disgustado a la desigual pareja que atravesaba la extensa zona ajardinada que rodeaba la casa. Ella, bajita y vestida con unas holgadas bermudas militares y una ajustada camiseta, mientras que él parecía un pordiosero con sus pantalones rotos y su camiseta raída, aunque Nath sabía que sólo vestía así cuando iba a recoger a Kayla. Y que lo hacía para disgustar a su madre. Y también a él, aunque en su caso no lo conseguía, porque para él era simplemente invisible. O, al menos, eso se empeñaba en aparentar.

Se puso la camiseta y fue a la planta baja, donde encontró a su hija adolescente esperándolo impaciente en el salón. Le había pedido que aguardara allí hasta que hablara con Avril, y Kayla había obedecido sin dudar.

—¡Papá, sí que has tardado en bajar! —exclamó saltando de un pie a otro—. No lo habrás hecho a propósito para hacer esperar a mamá y a Uriel, ¿verdad? —inquirió recelosa, pues era consciente de que a Uriel no se le permitía entrar, por lo que él y su madre estarían en el vestíbulo con la abuela, que siempre era antipática con ellos, lo que la entristecía y preocupaba a partes iguales. Su abuela era una persona maravillosa, excepto con ellos. Y con su padre. Era como si madre e hijo estuvieran permanentemente enfadados, aunque trataran de disimularlo delante de ella.

—Eso estaría muy feo, ¿no crees? —replicó Nath sin contestar a su pregunta.

—Sí, sería de mala educación, y tú no eres maleducado —convino resignada.

Y Nath se sintió fatal por engañarla.

Ella debió de intuirlo, pues lo abrazó y le dio dos sonoros besos, sin más motivo que la apetencia de hacerlo. Cuando Kayla amaba a alguien se daba por entero. Y tenía una facilidad pasmosa para amar. A su padre. A su abuela. A su madre. Y al cabrón insolente que vivía con ésta y que se había convertido en un segundo padre para ella.

No, desde luego que Nath no se arrepentía de tenerlo esperando en el vestíbulo bajo la arisca y desagradable vigilancia de su madre.

Esbozó una sonrisa torcida. Risueño, le revolvió el pelo antes de recuperar su habitual gesto severo y distante.

—Quédate un momento más en el salón, tengo que hablar con tu madre —le pidió.

Y pudo oír alto y claro el bufido disgustado de Kayla, así como un improperio que sólo podía haber aprendido del semental que llevaba dos años viviendo con Avril, y del que ésta no parecía tener intención de cansarse.

—Perdona, ¿qué has dicho? —inquirió Nath arqueando una ceja.

—Que no deberías tratarme como a una niña, joder —repitió Kayla con sinceridad.

—No me gusta esa palabra. Él no debería mencionarla en tu presencia, espero que, si vuelve a usarla, lo ignores —exigió críptico, pues jamás pronunciaba el nombre del amante de su exmujer.

Tampoco era que hiciera falta, Kayla sabía de sobra a quién se refería cuando hablaba de «él» con el ceño fruncido y los dientes apretados.

—Pero no me la ha enseñado Uriel, la dicen todos los de mi clase —apuntó confundida. ¿Por qué papá creía que la había aprendido de él?

Nath parpadeó una vez. Dos. Y luego se inclinó para besarle la frente.

—Es una palabra muy fea, cariño. Intenta no decirla, hazlo por mí —le pidió.

Ella asintió y él fue al vestíbulo, donde se encontró con su madre enzarzada en una batalla dialéctica con un impertinente Uriel, mientras que Avril los miraba como si estuviera planteándose matarlos. Lentamente y con alevosía.

Si lo hiciera, él no dudaría en apuntarse a la masacre. Aunque le supusiera ir a la cárcel. No le importaría cumplir cadena perpetua si con eso conseguía librarse de ellos.

—Y hablando del pedante de Roma... —Uriel sonrió marrullero mientras se acercaba para quedar enfrentado a él, como siempre hacía—. Yo que esperaba que se te hubiera olvidado honrarnos con tu insoportable presencia..., mi gozo en un pozo.

—¿De verdad debemos aguantar esto en nuestra propia casa? —reclamó Marga con acritud a Avril—. Es una vergüenza que te juntes con este desecho, pero que además nos los impongas a nosotros y a tu pobre hija... ¿Qué puede aprender de él, más que...?

—Kayla está en el salón, madre, ve con ella —la cortó Nath despidiéndola.

Marga inspiró con fuerza para mostrar su enfado y, no queriendo discutir con su hijo en público —los trapos sucios se ventilaban en privado—, salió del vestíbulo.

Nath miró a Avril sin reconocer la presencia del hombre que estaba frente a él. Quien, de hecho, había avanzado hasta que sus narices quedaron separadas por poco más de diez centímetros. Se imaginó cerrando el puño y estampándoselo en la cara. Pero, por supuesto, eso era algo que no haría. Jamás se rebajaría a enzarzarse en una pelea con ese tramposo. Así que mantuvo el semblante impasible y miró a su exesposa desechando la presencia de Uriel.

—Imagino que Julio —se refería al tercero de los cuatro socios del Lirio Negro, el club que había montado Avril y del que era socio— te ha comentado que Fer me presentó ayer la carta de renuncia a su puesto de encargado del Torture Eden.

—Lo que viene a ser un eufemismo para decir que no ha podido soportar seguir trabajando para ti —intervino Uriel—, y no es que me sorprenda. Al contrario, lo que me resulta prodigioso es que no se haya cortado las venas desesperado de sufrirte como jefe...

—Uriel... —lo reconvino Avril antes de dirigirse a Nath—. Julio me comentó también que hoy ya no irá a trabajar. No es que te haya dado mucho plazo para buscar un sustituto.

—Chico listo —se burló Uriel—. Ya que se va, te putea todo lo que puede. Al fin y al cabo, no es como si no lo merecieras después de tres años soportándote.

—También se ha despedido la jefa de camareros —continuó Nath, ignorándolo.

—Ah, el amor..., por lo visto el encargado y la jefa de camareros se han enamorado y han decidido huir del tirano que los tenía esclavizados...

—Uriel, basta —le ordenó Avril taladrándolo con la mirada.

—Lo que deja al Torture Eden en una situación complicada —prosiguió Nath como si Uriel y su enorme bocaza no estuvieran allí—. Le he pedido a Julio que asuma de manera temporal el puesto de encargado, hasta que encuentre a alguien cualificado.

—Y Julio se ha negado. ¿Por qué será? Con lo entretenido que debe de ser trabajar contigo —apuntó Uriel.

—Ve al coche —le ordenó Avril con una mirada que no admitía réplica.

—Seré bueno y mantendré el pico cerrado —aceptó Uriel con una sonrisa diabólica que decía claramente que no pensaba callarse.

Avril fijó su penetrante mirada en él unos segundos, los suficientes como para que Uriel entendiera que estaba harta de tonterías, y luego miró a Nath.

—Julio es indispensable en el Lirio Negro, ni aunque quisiera aceptar tu oferta...

—Que no quiere —apostilló Uriel, ganándose una furibunda mirada de Avril.

—... podría prescindir de él —continuó ésta, dejándole claro que no iba a cedérselo—. Pero Kaos se ha ofrecido a ayudarte —se refería al cuarto socio del Lirio Negro.

Nath parpadeó.

—Sí, yo me quedé igual que tú —comentó Uriel—. No alcanzo a comprender qué se le puede haber pasado por la cabeza para querer trabajar contigo. Deberíamos llevarlo a un psicólogo, seguro que está sufriendo un brote psicótico o algo por el estilo.

—Kaos no está capacitado para encargarse de la discoteca —señaló Nath dominando apenas su furia, la mandíbula palpitándole por la fuerza con que la cerraba.

—Kaos es el encargado del Paraíso —replicó Avril, refiriéndose a la sala principal del Lirio Negro.

—Kaos es, como su propio nombre indica, caótico. Es irresponsable, impetuoso, impertinente, voluble, caótico...

—Eso ya lo habías dicho —señaló Uriel.

—No pondré el Torture Eden bajo su imprudente supervisión —continuó Nath.

—Y, sin embargo, bajo la batuta de Kaos, el Paraíso y, por ende, el Lirio Negro ha crecido hasta convertirse en el club de sexo más visitado y mejor valorado de la ciudad —replicó Avril enfadada. Kaos era muy capaz de sacar adelante cualquier empresa que se propusiera. Aunque era cierto que también era capaz de desquiciar al santo Job—. No te dejes engañar por su fachada, es mucho más de lo que muestra.

—Y de todas maneras no es como si tuvieras otra opción —apuntó Uriel apoyando el trasero con desidia en el carísimo taquillón de madera tallada y mármol.

—Deberías enseñar a tu perro faldero a no sentarse en los muebles —le comentó Nath a Avril.

—¡Oh, Dios mío! ¡Me ha visto! ¡Yo que pensaba que era invisible! —exclamó Uriel.

Nath se sintió tentado de golpearse contra la pared por ser tan estúpido de reconocer su presencia. Aunque lo cierto era que, si se permitiera perder el control, algo que jamás iba a suceder, en lugar de autogolpearse, usaría a ese bufón como saco de boxeo. Incluso le serviría de terapia para relajarse.

—Habla con Kaos, Nath, te sorprenderá —sentenció Avril.

«Siempre me sorprende», pensó él, aunque no lo dijo. Se limitó a asentir y a entrar en la casa. Cuando regresó al vestíbulo lo acompañaba Kayla arrastrando su maleta nueva. Una maleta que, en lugar de ser la exclusiva Moschino que él le había comprado, era una maleta normalucha con superhéroes con coloridas mallas y los calzoncillos por fuera. Una maleta vulgar y grotesca que Uriel le había regalado por Navidad y que había relegado la suya al ostracismo.

Sus ojos se endurecieron al saber que, de nuevo, el bufón había acertado en los gustos de su hija, mientras que él había vuelto a quedar en segunda, y última, posición.

—Regresaré el sábado por la tarde, no estés triste, papá —dijo la adolescente malinterpretando el motivo de su gesto, aunque no la tristeza que trataba de ocultar.

—Te echaré mucho de menos, cariño. Pásatelo bien. Y, recuerda, no dejes que te obligue a hacer nada ilegal —señaló Nath con voz maliciosa.

Uriel no pudo evitar torcer el gesto. Dos años atrás había tenido un encontronazo con un policía por bañarse en una fuente y desde entonces Nath se lo recordaba cada vez que se llevaba a Kayla. Y a él le daban ganas de ponerle los dientes de collar.

—No te preocupes, papá, no haremos nada ilegal —aseveró Kayla, sin captar la mala leche subyacente en el recordatorio de su padre.

Le dio un beso y salió de la casa parloteando con su madre. Uriel se quedó.

—Parece que prefiere mi maleta a esa tan pomposa que le compraste... O a lo mejor lo que prefiere es a un tipo divertido como yo en lugar de a un soso de cojones como tú —señaló malicioso antes de ir en pos de sus compañeras.

Nath sintió que se le detenía el corazón. Ésas eran las mismas palabras que su hermano le repetía cuando estaba vivo. Y no era que fueran mentira, por supuesto que era un soso de cojones, pero eso no implicaba que su hija lo quisiera menos por ello, se recordó. Porque el amor que ella le profesaba era tan puro, intenso y leal que nada, ni siquiera sus defectos, podría hacerlo menguar.

No podía ser más afortunado.

Hizo una profunda inhalación y entró en la casa para subir a su refugio.

—Deberías haber tirado esa maleta a la basura hace meses —le recriminó Marga—, Kayla hace el más espantoso de los ridículos con ella. No puedes permitir que ese pordiosero influya en ella y moldee sus gustos. Es la hija de Jonathan, no la suya. Y no haces nada por evitar que...

Nath subió la escalera alejándose de ella. No le apetecía oír cómo estaba descuidando a la hija de Jonathan. Porque, para su madre, Kayla siempre sería la hija de su hermano. Jamás la suya.

* * *

Casi una hora después, nuestro héroe aparca su nada discreto Lamborghini Huracán, de un todavía menos discreto color naranja zanahoria, en su garaje privado situado frente al Torture Eden. Y no deja de ser curioso que un hombre tan reservado y que siempre viste con sobriedad tenga un coche tan llamativo.

Nath esperó a que apareciera el monigote verde en el semáforo y cruzó el paso de cebra que lo separaba de la discoteca *fetish* más famosa de Madrid, de España y, posiblemente, de Europa: el Torture Eden. Una discoteca en la que debías desprenderte de una considerable cantidad de dinero sólo por entrar, más aún si pretendías alquilar una sala o disfrutar de los salones vips. Y, a pesar de eso, las reservas tenían una demora de más de dos meses, tan solicitadas estaban.

Sonrió orgulloso.

Había comprado un antro habitado por cucarachas y ratas y lo había convertido en la discoteca más relevante de la última década. Había adquirido la mayoría de los locales comerciales aledaños convirtiéndolos en salas privadas y había transformado la planta superior, abriendo el área central para que el cliente vip pudiera ver la planta inferior y los bailarines aéreos gracias a las paredes acristaladas de los dos salones temáticos, que no hacían sino aumentar la notoriedad de la discoteca.

Y, como el ambicioso hombre de negocios que era, había aprovechado la más que merecida fama y había vuelto a arriesgarse dando una vuelta de tuerca al concepto del Torture Eden, concibiendo y poniendo en marcha el Torture Game, una fiesta *fetish* que se celebraba dos veces al año alternando la geografía española y la europea, y que ese invierno, si nada se torcía, exportaría al otro lado del charco.

El Torture Game se había convertido en la fiesta a la que todos querían ir y a la que relativamente pocos conseguían asistir. Porque, ¿qué sentido tenía crear un evento al que todo el mundo tuviera acceso? Eso lo cubriría de una pátina de normalidad y accesibilidad que le restaría brillo, misterio y excentricidad, convirtiéndolo en uno más entre cientos.

Para garantizar la exclusividad de la fiesta había establecido que sólo se podía acceder con una invitación nominativa que únicamente él y sus socios tenían la prerrogativa de otorgar. Los clientes elegidos pagaban verdaderas fortunas por ellas, pues el Torture Game era un evento tan exclusivo que acceder a él era símbolo del más alto estatus. Todo el mundo se mataba por formar parte del reducido círculo de personas a las que encumbraba con una invitación, lo que era bueno para el negocio, pues las influencias, el intercambio de favores y las recomendaciones suponían un importante activo para su empresa.

No había permiso que no pudiera conseguir.

Ni información, por muy confidencial que fuera, de la que no se enterase, algo que, por cierto, le había hecho ganar mucho dinero en bolsa. La información era poder y él contaba con una vasta red de confidentes dispuestos a darle la noticia más exclusiva con tal de conseguir su trocito de cielo. O de infierno.

Entonces ¿por qué no se sentía satisfecho? Había cumplido cada objetivo que se marcara, pero no sentía que hubiera alcanzado su meta.

Al contrario, estaba frustrado, aunque no entendía por qué. O tal vez sí.

Había algo que todavía no había conseguido.

Su mirada se tornó de piedra deteniéndose en la panadería, que, contra todo pronóstico, continuaba abierta. Aunque no por mucho tiempo.

La panadera había resultado ser un verdadero incordio a la que no pudo convencer, ni con dinero ni con lisonjas, para que se marchara. Incluso se había llegado a plantear amenazarla, pero desestimó la idea. Él no era un matón.

Así que había esperado impaciente a que se jubilara, pero resultó que la vieja era la única persona del país que pretendía morir trabajando. Y eso había hecho hasta el mes anterior, cuando pasó a mejor vida mientras dormía la siesta. Ahora la panadería pertenecía a su nieto. Lo que había supuesto un irritante contratiempo, pues había acordado con el hijo de la vieja que le vendería la tienda tras su muerte, pero ella, seguramente con la intención de seguir fastidiándolo desde el otro barrio, se la había legado a su nieto.

Y éste se resistía a venderla.

Aunque su determinación no duraría mucho más, pensó evaluando con la mirada al excéntrico hombre que estaba en la panadería, esperando con evidente desespero que alguien le comprara algo.

Pobre iluso, haría falta un cambio radical en la tienda para llamar la atención de las escasas personas que pasaban por allí, que, dado que la discoteca ocupaba toda la calle, eran en su mayor parte clientes del Torture Eden.

Esbozó una engreída sonrisa, el nuevo panadero era joven e inexperto, además de un soñador sin ambición. No tardaría en rendirse.

Y él tendría preparada una oferta que no podría rechazar.

Se dirigió a la discoteca. Estaba a punto de entrar cuando sintió la imperiosa necesidad de echar un último vistazo a la calle, como si no se la supiera de memoria. No obstante, no se había hecho rico ignorando las corazonadas. Y ésa era una de las fuertes. Así que se giró.

Y entonces la vio.

Estaba parada al otro lado de la calzada, mirando concentrada el móvil que llevaba en la mano derecha mientras hundía la izquierda en el bolsillo de los vaqueros en una postura de lo más vulgar. De vez en cuando levantaba la vista y volvía la cabeza, tal vez buscando alguna indicación sobre dónde se encontraba. Era alta, rondaría el metro setenta, y delgada, sin curvas destacables, más bien al contrario. Poco pecho, pocas caderas, una cintura delicada y, eso sí, las piernas largas y agradablemente torneadas. En definitiva, no había nada memorable en ella, excepto su pelo y su cara.

Era pelirroja. De un tono entre cobrizo y anaranjado que parecía destellar. Lo llevaba suelto y con un ondulado sutil que casi parecía liso. Se lo había echado a un lado, de manera que caía sobre su hombro derecho dejando al descubierto el cuello y liberando su cara. Una cara de rasgos diamantinos cuya piel semejaba porcelana. Tenía los labios finos, la nariz respingona, la barbilla en forma de uve y los ojos...

Nath entrecerró los párpados incapaz de distinguir su color debido a la distancia que los separaba. Y eso le molestó. Mucho. Casi tanto como el inesperado tirón que sintió en la ingle. ¿Se estaba excitando? ¿Por una mujer que, si no fuera por su pelo y su rostro, sería fácilmente olvidable? Sacudió la cabeza disgustado, su tiempo era demasiado valioso como para perderlo contemplando a una fémina, y desde luego no pensaba malgastarlo en cruzar la calle y entablar conversación con ella.

Demasiado trabajo para un simple polvo, que tal vez ni siquiera llegara a echar.

A pesar de eso, no fue a la discoteca, al contrario, se quedó allí, clavado a la acera.

En ese momento ella dejó de escudriñar la calle y fijó la mirada en la entrada del Torture Eden. Entrecerró los ojos pensativa, como si algo no le cuadrara.

Nath sonrió. La entrada de su discoteca solía causar esa impresión. No había nada destacable en ella. Ningún letrero con luces de neón la anunciaba. Solamente tres taquillas y la puerta. Desde el principio había decidido romper con lo establecido, por tanto, la entrada era anodina, mientras que el interior era una vorágine de luz y color sin un solo rincón oscuro en el que ocultarse.

Observó a la mujer, que ladeaba la cabeza dubitativa mientras se golpeaba el muslo con el móvil, que aún sujetaba en la mano derecha. La mano izquierda continuaba hundida en el bolsillo de los vaqueros, y allí la dejó cuando echó a andar hacia el paso de cebra.

Nath la miró con desagrado. Caminar con una mano en el bolsillo era, además de una vulgaridad, poco femíneo. Era un gesto que la afeaba, lo que era una lástima, pues si esa mujer actuara con más elegancia y menos ordinariez, sería aceptablemente guapa.

Ella se detuvo en el paso de cebra para esperar a que el semáforo cambiara. Sólo los separaba la calzada y un par de metros de acera.

Y por fin pudo verle los ojos. Y se olvidó de todo.

Verdes. Increíblemente verdes. Como hojas de menta salpicadas por el rocío.

Y estaban fijos en la entrada de su discoteca.

Nath pensó que, si se decidía a entrar, bien podría perder unos minutos en hablar con ella. Y, en el dudoso caso de que siguiera atrayéndolo sexualmente tras una breve conversación, algo que no solía suceder, le propondría ir a una de las salas privadas. O, mejor aún, la subiría a su refugio, la empujaría contra la pared de cristales y se la follaría por detrás. Rápido y duro. Y luego repetirían en la cama, decidió, una inesperada erección presionándole con inusitada impaciencia la bragueta.

Como si su pretensión la hubiera invocado, ella dejó de escudriñar la calle y fijó la mirada en él. Debió de gustarle lo que veía, porque lo recorrió apreciativa de arriba abajo.

Nath le devolvió la cortesía deslizando muy despacio la mirada sobre ella.

Ella esbozó una sonrisa traviesa.

Él se sorprendió al sentir que su erección se engrosaba aún más. Fuera lo que fuese lo que tenía esa mujer, lo excitaba. Y mucho. Arqueó una ceja en ademán desafiante.

Ella ladeó la cabeza intrigada.

Él asintió una sola vez, dio media vuelta y entró en la discoteca, deseando con una intensidad que lo conmocionó que ella aceptara la invitación intrínseca en su gesto.

Giró a la derecha en el vestíbulo, entró en la oficina y advirtió a las taquilleras que la pelirroja que cruzaba el paso de cebra tenía acceso libre a la discoteca.

No se arriesgaría a que desistiera de entrar al conocer el elevado precio de la entrada.

5

Cuando se descubre que a nuestra protagonista femenina le ha ido francamente mal en los últimos cinco años, o, mejor dicho, en el último año y medio.

Marilia revisó por enésima vez en el móvil la dirección de la discoteca y alzó la vista para comprobar que coincidía. Con eso tendría que bastar, porque no había ningún letrero que indicara el nombre de ésta. Había que joderse. El Torture Eden de las narices tendría mucha fama, pero el dueño debía de ser un cutre de cojones para no gastar dinero en un cartel. Incluso ella, que había pasado toda su vida esquivando a duras penas la ruina —y que en esos momentos estaba hundida en ella hasta las orejas—, había hecho el esfuerzo de comprar uno para su taberna.

Aunque ya no era su taberna. Pero volvería a serlo. Haría que lo fuera.

Ahora era del banco.

En realidad, siempre había sido del banco. Su madre jamás había llegado a pagar la casa en donde se ubicaba, pero siempre la había sentido como propia. Su negocio. Su medio de vida. Su única manera de ganar el dinero necesario para salir del pueblo.

Y ahora no tenía negocio ni forma de ganarse la vida. Pero había salido del pueblo.

Al menos, eso era algo bueno.

Aunque lo mejor de todo era que estaba a más de quinientos kilómetros de su madre.

Eso sí que era cojonudo, pensó cerrando la mano izquierda. O imaginando que la cerraba, porque para eso eran necesarios los dedos, y ella sólo tenía uno. El pulgar.

Hundió más la mano en el bolsillo y apretó los labios disgustada por su indecisión.

No podía quedarse ahí parada toda la tarde. Tenía una cita y no debería retrasarse.

Escrutó la calle buscando una indicación de que esas puertas anodinas daban acceso al Torture Eden. Y así debía de ser, pues no había más entradas en el edificio, exceptuando una panadería, que ni de coña podía pertenecer a una discoteca *fetish*, fuera eso lo que fuese, aunque por lo que había visto en internet era algo en plan sexual.

Y eso ya le iba bien.

Es más, le importaba un pimiento la temática de la discoteca, la cuestión era que necesitaban una camarera.

Y ella era camarera.

O lo había sido. Cuando tenía las dos manos.

Aunque no era que ahora no las tuviera. Tenía la derecha y buena parte de la izquierda. En realidad, sólo el pulgar y parte de la palma. Y también una especie de apéndice —no sabía cómo llamarlo— que los cirujanos habían creado con lo que quedó de su mano después de que el disparo le volara los dedos.

Y no fue un tiro de un arma cualquiera. ¡Qué va! Había sido de una jodida escopeta. Porque si hubiera sido de una pistola tal vez sólo tendría un agujerito de nada en la palma, como pasaba en las películas. Pero no. A ella le habían pegado un tiro con una escopeta reventándole la mano y, con ella, la vida tal y como la conocía. Aunque esto no había sido exactamente por culpa de la mano —o de su falta de mano—, sino por quién le había pegado el tiro y las consecuencias que había tenido para su presente inmediato.

Y también para el futuro que le esperaba.

Aunque, si lo pensaba bien, que le reventaran la mierda de futuro que le hubiera tocado vivir no era cosa mala. Porque ahora podría crearse uno mejor. De hecho, no le quedaba otra opción más que montarse una nueva vida lejos del pueblo, de su madre y de su hermanastra. Una vida mejor.

Aunque no tenía ni idea de cómo iba a conseguir algo mejor con una mano horrible y deforme. Porque no era que su mano izquierda fuera fea. No. Era fea de cojones, que ya es mucho más que fea. Porque, conforme a su maravillosa suerte, había resultado que tenía «queloides», que, según le explicó el médico, eran lesiones de la piel formadas por un crecimiento exagerado del tejido cicatrizal. Lo que traducido al cristiano significaba que sus cicatrices, además de feas de cojones, estaban hinchadas y enrojecidas. Y así se iban a quedar, porque los queloides ni se aplanaban ni se aclaraban con el tiempo. Al contrario, se mantendrían puñeteramente inmutables por los siglos de los siglos, amén.

Tomó aire, consciente de que estaba perdiendo el tiempo cuando lo que debería hacer era entrar en la discoteca y conseguir el puto trabajo.

El dinero le vendría muy bien para no morirse de hambre y pagar sus deudas.

Encendió el móvil y leyó por enésima vez la oferta de empleo.

Se busca camarera con experiencia, seria,
responsable y de vuelta de todo.

Tal cual.

Ella cumplía todas esas cualidades, además de estar más de vuelta de todo de lo que nadie podría estarlo jamás. Así que dos horas antes había llamado al teléfono reseñado en la oferta y alguien que, por su tono ronco, le había dado la impresión de que acababa de levantarse de la cama le preguntó cuatro tonterías, dijo que le gustaba su voz y la citó en la discoteca a las ocho de la tarde.

Y ya eran las ocho menos cinco.

Hora de echarle ovarios al asunto y coger el toro por los cuernos.

Aunque iba a ser complicado cogerlo con una sola mano.

Apretó los dientes furiosa con ese pensamiento. No tenía una sola mano. Tenía dos. Y las dos eran funcionales. Una más fea que la otra, sí, pero con ambas podía hacer cualquier otra cosa que se propusiera.

Guardó el móvil en el bolsillo y enfiló hacia el semáforo. Había aprendido por las malas que en Madrid era conveniente usar los pasos de cebra si no querías ser atropellada, algo que había estado a punto de ocurrirle el primer día. Al fin y al cabo, en su pueblo sólo había un semáforo —lo había puesto ella en su único y fallido mandato como alcaldesa— y nadie le prestaba atención, más que nada porque no había tráfico que dirigir.

Esperó a que el peatón se pusiera en verde y echó a andar. Y entonces lo vio.

Era el tipo más impresionante que había visto nunca.

Aunque tampoco era que hubiera visto muchos maromos impresionantes.

Era alto, más de metro noventa, de tez morena y pelo oscuro que llevaba corto y retirado de la cara con sobria elegancia. Intuyó que lo tenía rizado y que conseguir que se quedara en su sitio le costaba un buen rato frente al espejo y cantidades industriales de gel. Aunque desde luego merecía la pena, le quedaba de muerte. Sus ojos, de un azul intenso, destacaban en su rostro moreno enmarcados por negrísimas pestañas. O eso intuyó, porque estaba demasiado lejos para asegurarlo. Lo que sí veía perfectamente era su cuerpo. Un cuerpo enfundado en un refinado traje beige y una camisa celeste que parecían hechos para realzar su físico proporcionado.

Se le hizo la boca agua. Y no fue lo único que se le humedeció.

Ese tío estaba incluso más bueno que Jota, la pareja de su hermanastra. Y Jota estaba para mojar pan. Pero, en una escala del uno al diez, Jota era un diez y el tipo parado frente a la discoteca era un quince. O un diecisiete.

Lo recorrió con la mirada sin molestarse en disimular. Sería estúpida si no se recreara la vista en él. Y ella de estúpida no tenía un pelo.

Él le devolvió el favor, deslizando la mirada sobre ella. Una mirada tan ardiente que Marilia sintió que le quemaba. Apretó los muslos, presa de una inesperada excitación. Vaya. Hacía tiempo que su libido estaba de capa caída, aunque tampoco era que le extrañara que resucitara con ese semental mirándola así.

Esbozó una sonrisa traviesa con la que lo invitaba a hacer realidad sus deseos. Y éstos eran, básicamente, una buena comida de coño y un poco de mete-saca.

Entonces él arqueó una ceja en un gesto altivo, como si la hubiera evaluado, decidiendo que merecía la pena perder su valioso tiempo y darle una oportunidad.

¿Perdón? ¿Ese tío era idiota, prepotente o ambas cosas a la vez?

Ladeó la cabeza intrigada, tal vez había interpretado mal su gesto. Lo miró esperando una señal de que no era idiota, y ésta llegó confirmándole que sí lo era. Porque, como el dios griego que por lo visto creía ser, asintió como si le estuviera concediendo el privilegio de aceptarla en su harén y se dio media vuelta para entrar en la discoteca.

¡Menudo gilipollas! Pues ya podía esperar sentado si pensaba que iba a seguirlo.

La putada era que le tocaba seguirlo, ya que tenía que entrar a pedir trabajo. Pero eso no significaba nada. Seguramente iría derecho a la barra o dondequiera que se juntaran los tipos trajeados en una discoteca *fetish*. Entrecerró los ojos al caer en la cuenta de que él no era exactamente —ni remotamente— el tipo de cliente que habría esperado ver allí. ¿No se suponía que en una discoteca *fetish* lo normal era vestir de cuero, con arneses, bozales y toda esa ridícula parafernalia?

Eso significaba que el tío *a*) era un grillado, o *b*) no tenía ni pajolera idea de dónde se estaba metiendo, o *c*) ella había interpretado de puta pena el concepto *fetish*.

Se encogió de hombros y, sin darle más vueltas al asunto, porque, la verdad, no le importaba una mierda, se dispuso a cruzar la calle y entrar en la discoteca.

6

Cuando nuestro protagonista, además de quedarse de piedra, siente el ineludible impulso de matar a alguien lo más lenta y dolorosamente posible.

Nath aguardó en las oficinas mientras cavilaba sobre lo que esa pelirroja esperaría de él. Las mujeres tendían a asumir expectativas equivocadas cuando descubrían que era el Señor del Torture Eden. Y eso le molestaba bastante, pues que tuviera una discoteca *fetish* no significaba que le fueran el cuero y los arneses. Tampoco el *cosplay*, el PVC ni el látex. Ni los corsés victorianos ni ninguno de los otros mil artificios con que sus clientes se exhibían. Y mucho menos las distintas vertientes sexuales. En realidad, a la hora de follar prefería la cómoda cama o el mullido sofá de su salón privado. Y nada más. Los látigos, las esposas y los columpios los dejaba para sus clientes.

Oyó el murmullo proveniente de las taquillas y, sin entretenerse más, salió de las oficinas para interceptar a la mujer en el vestíbulo. No le apetecía tener que buscarla en la barra o, Dios no lo quisiera, en la pista de baile.

—Llegas dos minutos y seis segundos tarde, ¿estás enfermo?

Nath se quedó inmóvil al oír la voz burlona de Kaos salir del despacho del Señor del Torture Eden. Es decir, su despacho. Que, supuestamente, era privado.

No podía ser. No podía estar allí. No esa tarde. No ahora que acababa de ver a una mujer interesante. O, en todo caso, que podía llegar a interesarle.

Se giró deseando que todo fuera una pesadilla fruto de su pérfida imaginación.

Pero no.

Kaos estaba allí. En su despacho. En su silla. Sus pies enfundados en unos botines negros de tacón de aguja sobre su escritorio mientras esbozaba una sonrisa angelical, el torso desnudo excepto por sus tatuajes y los sencillos vaqueros blancos, que eran su seña de identidad.

Nath se imaginó alzando la mirada al cielo y preguntándole al Señor qué pecados había cometido para que lo castigara así. Por supuesto, no lo hizo. Jamás haría nada tan ridículo, por lo que mantuvo su rostro impasible, o todo lo impasible que la presencia de Kaos se lo permitía, y entró cerrando la puerta tras de sí.

—Tu reloj está adelantado —dijo simplemente. Él jamás llegaba tarde—. Por cierto, quizá no te hayas percatado, pero estás en mi despacho, y ésos son mi escritorio y mi silla.

—Mira que eres quisquilloso —resopló él levantándose.

—No esperaba tu visita hoy —señaló Nath con ánimo beligerante.

—Eso es porque no me ha parecido necesario anunciártela —replicó el rubio—, al fin y al cabo, vamos a trabajar juntos hasta que consigas un nuevo encargado.

—Creí haber desestimado tu propuesta.

—Y lo hiciste. Pero cometiste un gran error y, como no soy rencoroso, aquí estoy.

—Por desgracia —apuntó Nath evidenciando su desagrado—. No vas a...

—Debe de ser ella —lo interrumpió Kaos al oír el murmullo de una conversación al otro lado de la puerta, en las oficinas que Nath acababa de abandonar.

—¿Quién?

—Nuestra nueva camarera.

—No te habrás tomado la licencia de contratar a nadie... —le advirtió amenazador.

—Por supuesto que no. He quedado con ella para que la entrevistes y, si te gusta, la contrates. Tiene experiencia administrando su propio bar de copas. O taberna. O algo por el estilo. La verdad es que no recuerdo muy bien qué tipo de garito me dijo que dirigía, pero servía copas, eso seguro. —Kaos se sentó en el escritorio, el pie izquierdo meciéndose perezoso en el aire y el derecho en el suelo. Algo crujió, así que alzó el trasero y sacó los papeles que había aplastado con sus posaderas.

—Te agradecería que bajaras de mi escritorio —señaló Nath huraño.

—¿Vas a comprar la panadería? ¿Por qué? —inquirió Kaos ojeando los papeles.

—No es de tu incumbencia. Deja los documentos donde los has encontrado —le ordenó comenzando a perder la paciencia.

—Claro —Kaos levantó el trasero, metió debajo la carpeta y volvió a sentarse—. Es una lástima que vayas a quitarle el negocio, me cae bien el dueño. Es un poco extravagante, pero tampoco es que nosotros seamos de lo más normalito del mundo mundial. Además, hace unos *muffins* riquísimos. Deberías plantearte no comprar la panadería, no necesitas más espacio en la discoteca.

Nath parpadeó sin saber a qué reaccionar primero, si a que *a*) no bajara de su escritorio, o a que *b*) se sentara de nuevo sobre sus documentos, o a *c*) su deslealtad al posicionarse del lado del dueño de la tienda que llevaba años queriendo comprar.

Y su indecisión derivó en que Kaos siguió hablando.

¡Santo Dios! ¿Le caerían muchos años por cortarle las cuerdas vocales? Podría alegar que había sido en defensa propia, para no volverse loco. Al fin y al cabo, no era como si lo matara. Sólo iba a dejarlo mudo. Por supuesto, no lo iba a hacer. Pero bien podría recrearse en ello. Era tan...

—Deberías entrevistarla, o pensará que no nos interesa para el puesto.

Nath lo miró sin entender a qué se refería.

—A la nueva camarera —explicó Kaos interpretando su mirada—. He pensado que podrías contratarla para ocupar el puesto de Elisa.

—El puesto de Elisa no está vacante, lo ocupa Elisa. —Arqueó una ceja.

—Ya no. Le he dicho que ibas a ascenderla a jefa de camareros.

Nath lo miró furioso.

—Lleva cinco años trabajando aquí, sabe lo que se cuece —prosiguió Kaos ignorando su mirada. Y Nath tuvo que reconocer para sí que tenía razón—. Por lo que necesitamos una nueva camarera. —Sacó un papel del bolsillo y lo leyó—. Marilia es la candidata perfecta para el puesto. Una verdadera preciosidad y con mucha experiencia. Justo lo que precisamos.

Nath se frotó las sienes. Hablar con Kaos más de cinco minutos solía producirle un desagradable dolor de cabeza. Y esa vez no iba a ser una excepción.

—De acuerdo, la entrevistaré. Baja de mi escritorio —le ordenó rodeándolo para sentarse tras éste.

Kaos saltó del escritorio y se sentó en la butaca ubicada junto a la pared. Lo pensó mejor, se levantó, acercó la butaca al escritorio, volvió a sentarse y subió los pies a la mesa. Sólo por fastidiar a su socio.

Y Nath lo sabía. Por eso decidió ignorarlo. Era la manera más rápida de abortar sus travesuras. Eso, o cortarle los pies. Pero no había nada más trillado que empuñar una sierra eléctrica al más puro estilo de *La matanza de Texas*. Y él era más original que eso.

—Dame el currículo de la postulante —le pidió.

Kaos le dio el papel arrugado, que no era otra cosa que una servilleta. Y, a tenor de las manchas que la decoraban, había sido usada.

Nath lo miró perplejo antes de bajar la mirada y leer lo que había escrito en ella. Que, en realidad, eran un total de siete palabras. A saber:

Guapa. Lista. Simpática. Tuvo su propia taberna.

—Muy esclarecedor. No cabe duda de que con estos datos puedo valorar su personalidad, actitud y experiencia. —Dejó la servilleta en el escritorio—. Imagino que es amiga tuya. —Porque no se le ocurría otro motivo por el que su socio quisiera contratar a alguien sin más referencia que porque era guapa, lista y simpática.

—Pues no.

Nath parpadeó.

—¿De quién, entonces?

—De nadie que yo conozca, pero seguro que si le preguntas a ella te podrá decir quiénes son sus amigos...

—Voy a plantearlo de otra manera que tal vez te haga más fácil comprender lo que quiero saber —dijo con amenazadora suavidad—. ¿Quién te la ha recomendado?

—Nadie.

—Entiendo. —Pero la verdad era que no entendía nada—. Entonces ¿cómo sabes que es guapa, lista, simpática y que tuvo una taberna?

—Me lo dijo ella.

—Así pues, la conoces.

—No en persona. Me llamó por teléfono y hablamos.

—Y ¿cómo es que te llamó? —inquirió Nath enfureciéndose por momentos. La pelirroja debía de estar en la sala, y él estaba allí, perdiendo el tiempo con ese diálogo de besugos.

—Respondió a la oferta de empleo.

—¿Qué oferta de empleo?

—La que puse en un foro de internet anoche.

—¿Que hiciste qué? —susurró amenazador.

—No vayas a pensar que lo hice a lo loco, estudié mucho el mensaje que puse, de manera que quien contestara a él fuera exactamente la persona que necesitábamos.

Sacó el móvil y se lo enseñó.

—De vuelta de todo —musitó Nath, leyéndolo. Alzó la vista y miró a su socio.

Podría empujarlo por la ventana para que se rompiera el cuello y simular que se había caído él solito. Al fin y al cabo, con los tacones que llevaba no era raro que tropezara. La putada era que el despacho estaba en la planta baja y de la ventana al suelo no había ni un metro, además de que tenía rejas.

—Así que has hablado con ella por teléfono. —Miró la ventana con resignación. Tendría que quitar las rejas. Sólo por si volvía a sentir la necesidad de librarse de su socio.

Kaos asintió con una sonrisita burlona idéntica a la que pondría el gato que sabe que va a comerse al canario.

—Por curiosidad, ¿cómo sabes que es guapa? —inquirió Nath con suspicacia.

—Ella me lo dijo.

—Entiendo. ¿No se te ha ocurrido pensar que podría estar mintiendo? Y no es que me preocupe su atractivo, o su falta de él, sino la experiencia que, supuestamente, tiene. Porque imagino que ese dato también te lo ha verificado ella. ¿Acierto?

—Ya me conoces, creo que la gente es sincera por naturaleza.

—Y, sin embargo, tú mientes más que hablas —señaló Nath.

—¿Me estás acusando de mentir?

—Sí.

—No me ofenderé, sé que no quieres herirme.

—Por supuesto. Mi intención se limita a reflejar una verdad inalterable.

—Entonces ¿vas a entrevistarla o no? —inquirió Kaos, sus ojos brillando traviesos.

Nath se retrepó en la silla y juntó los dedos en un triángulo perfecto frente a sus labios. Su erección había desaparecido, igual que la pelirroja que lo había intrigado. Tal vez la encontrara más tarde. O tal vez no. Fuera como fuese, el momento había pasado. Suspiró. O, mejor dicho, soltó un suspiro imaginario, porque él jamás evidenciaría su agotamiento. Nunca se permitiría mostrar tal debilidad ante nadie.

—Hazla pasar —ordenó.

Kaos saltó de la butaca y en dos zancadas se plantó frente a la puerta (lo que decía muchísimo sobre su equilibrio con tacones de aguja).

La abrió.

La postulante se asomó.

Y el corazón de Nath comenzó a bombear frenético.

7

Cuando se revela que Marilia no tiene reparos en utilizar todas las armas a su alcance para lograr su objetivo.

Marilia se sobresaltó cuando sonó *Idiota* de Los Ronaldos en sus vaqueros.

Ah, mierda. Ése era el tono que le había atribuido a Índigo, su hermanastra, en el teléfono móvil. Lo que significaba que era quien llamaba. Y no le apetecía hablar con ella. Pero nada de nada. Cero patatero. No le interesaba lo que pudiera contarle. Aunque, conociendo el hermetismo de Índigo, dudaba que fuera a contarle nada, más bien querría saber cómo le iba. Al fin y al cabo, hacía poco que había escapado del pueblo para mudarse a Madrid.

Pero, claro, tampoco era como si tuviera algo que contarle.

No tenía trabajo, ni muchas perspectivas de encontrarlo, la verdad.

No tenía más dinero que el que guardaba en el bolsillo y no le duraría mucho.

No tenía amigos, ni ganas de tenerlos. O, al menos, de eso se había autoconvencido.

No tenía un lugar donde vivir, porque a una litera alquilada en una habitación que compartía con tres personas no se le podía llamar «lugar».

Y no le gustaba Madrid. Era grande. Olía mal. Y estaba tan lleno de gente que se sentía, además de agobiada, atrapada. Echaba de menos su pueblo de poco más de cien habitantes ubicado en un valle asturiano. ¿Quién se lo iba a imaginar?

Pero todo eso no se lo pensaba decir a Índigo. Su hermanastra era asquerosamente feliz viviendo en su enorme mansión arropada por su abuela y su tía y enamorada hasta las trancas de un hombre que la adoraba y la hacía inmensamente feliz. Y con el que no tardaría en casarse.

Lo mismito que Marilia, a quien su propia madre quería tanto que le había pegado un tiro que le había arrancado la mano. Quien había perdido la casa y se había quedado en la puta calle. Y a quien, a pesar de que se le había ofrecido en bandeja, el novio de su hermanastra no había querido follarse ni aun estando tan drogado que no era capaz ni de pensar.

Sí. Igualitas las dos. La misma vida, las mismas oportunidades, pensó irónica. Ni bajo tortura le contaría a su felicísima hermana que se sentía desgraciada y que todo le iba de culo. Así que dejó que el móvil sonara, ya se cortaría la llamada. Como así fue.

Volvió a sonar diez segundos después.

Y, joder, sonaba a todo volumen. Tanto que la administrativa que le había abierto la puerta de la oficina la miró con desagrado. Así que Marilia sacó el móvil, cortó la llamada, le quitó el sonido y volvió a guardárselo en el bolsillo. Un segundo después sintió la vibración que le indicaba que acababa de recibir un whatsapp.

Típico de Índigo obviar las indirectas. Aunque fueran tan directas como ésa.

Ignoró el whatsapp y miró el moderno reloj de pared de la oficina. Pasaban varios minutos de las ocho. Por lo visto, su futuro jefe era un gilipollas al que le gustaba hacer esperar a la gente. Como si ella no tuviera nada mejor que hacer.

Aunque la verdad era que no lo tenía.

De hecho, llevaba un año sin nada que hacer. Desde que había perdido la mano. Oh, sí, tras la operación y la rehabilitación había vuelto al trabajo para recuperar su negocio, o lo que quedaba de él. Pero los rumores habían corrido como la pólvora, y que su madre fuera una homicida en ciernes había hecho que sus clientes desaparecieran por aquello de «de tal palo, tal astilla». Así que allí estaba, explorando un nuevo futuro que parecía tan oscuro y jodido como su pasado más reciente.

Resopló malhumorada y sacó la mano izquierda del bolsillo para hundir los dedos en su melena y masajearse la cabeza.

Sólo que no tenía dedos que hundir.

Había pasado un año y medio y seguía olvidándose de que no los tenía. Aunque lo peor era cuando le picaba la palma. Porque le picaba donde no había más que aire. Y no podía rascarse lo que no existía, por tanto, la comezón duraba hasta que le daba la impresión de estar a punto de volverse loca. Como en ese momento.

Se la frotó en los vaqueros, tratando de aliviar lo que no podía aliviarse y, en ese preciso instante, se abrió la puerta del despacho mostrándole a un espécimen de la naturaleza. Un rubio de cara angelical, traviesa mirada aguamarina perfilada con kohl y un físico de infarto que no se molestaba en ocultar con camisas o camisetas.

En otro momento y otro lugar Marilia no habría dudado en esbozar una sonrisita lasciva con la que indicarle que sus atenciones serían bienvenidas. Pero en ese momento y en ese lugar Marilia se quedó petrificada. Porque, sí, el rubiales era un monumento, pero tras él estaba el idiota prepotente que le había hecho mojar las bragas minutos antes y al que de buena gana habría, si no matado, sí escupido. Sólo para demostrarle que, por muy impresionante que fuera, ella no era de las que lo seguirían babeando.

Y, por lo visto, ese gilipollas era el jefazo del tugurio.

¿Se podía tener peor suerte?

—Normalmente me devuelven el saludo cuando digo «hola» —señaló el rubio.

Y Marilia reconoció en su voz perezosa y sensual al tipo con el que había hablado por teléfono dos horas antes. Fue a disculparse y él la interrumpió, sonriendo ladino.

—No importa, imagino que te gustan más los morenos que los rubios —señaló al tipo del escritorio—, de ahí que ni siquiera me hayas mirado dos veces.

Marilia abrió unos ojos como platos. El muy cabrón lo había

dicho en voz alta. Y el moreno lo había oído, o, al menos, eso daba a entender su ceja alzada.

¡Lo mataría! Lenta y dolorosamente.

Lo miró furiosa y entonces se dio cuenta de que el rubio observaba su mano con curiosidad. Se apresuró a hundirla en el bolsillo de los vaqueros, rezando para que el moreno repelente no la hubiera visto. No era que quisiera ocultarla. Bueno, sí quería. Pero no podía, en algún momento tendría que usarla delante de él. Pero tampoco hacía falta que el jefazo supiera que estaba lisiada antes de contratarla.

Tomó aire, esbozó su sonrisa más agradable, saludó al rubio y entró en el despacho bajo la penetrante mirada del moreno.

—Buenos días. —Se dirigió con paso firme al escritorio y extendió el brazo derecho para estrecharle la mano mientras mantenía la izquierda hundida en el bolsillo.

—Ha habido un malentendido, el puesto está cubierto —dijo Nath sin molestarse en levantarse, mucho menos en darle la mano—. Lamento que haya tenido que desplazarse, mi socio la acompañará a la barra, donde podrá tomar lo que quiera, a cuenta de la casa, por supuesto, para compensarla por las molestias —la despidió.

Marilia lo miró perpleja, luego se giró hacia el rubio, quien parecía tan sorprendido como ella, y de nuevo volvió la mirada al moreno.

—¿Te parezco idiota?

Nath arqueó una ceja.

—¿Disculpe? —inquirió.

—Hace menos de dos horas acordé una entrevista para un puesto que estaba vacante —señaló Marilia conteniendo apenas su cabreo.

Estaba claro que le había visto la mano. No era la primera vez que la largaban con viento fresco tras vérsela. Oh, sí, imaginaba que no había muchas camareras mancas, pero ése era el único trabajo que sabía hacer y estaba hasta los mismísimos ovarios de que no le dieran ni siquiera la oportunidad de demostrar su valía. Además, se suponía que iba a entrevistarla el tipo adormilado con el que había hablado por teléfono. Un idiota perezoso al que podría engatusar con un par de sonrisas y algunas insinuaciones subidas de tono. Pero en lugar de eso tenía que hablar con ese estúpido arrogante.

—Como le he dicho, ha habido un malentendido —replicó Nath.

—Te denunciaré por discriminación —dijo furiosa, aunque no pensaba hacerlo. No tenía tiempo, ganas ni dinero para poner una denuncia que no iba a llegar a ningún lado.

—No sabía que los pelirrojos constituyeran un colectivo discriminado —señaló Nath con una seriedad no exenta de mordacidad.

—No te hagas el tonto, no te pega —le reclamó Marilia beligerante—. Quiero mi entrevista. Tengo derecho a ella —exigió tan frustrada que quiso gritar.

Nath parpadeó. Y Kaos se apoyó en la pared y observó interesado. No solía suceder que alguien, ni siquiera él, tuviera el valor de llamar tonto al poderoso Señor del Torture Eden. La muchacha, quien por cierto había sido sincera, pues tal y como le había dicho era una preciosidad y parecía bastante lista, estaba resultando ser toda una sorpresa.

Nath asintió y tomó de la mesa la servilleta garabateada que le había dado Kaos. La colocó frente a sí, junto al refinado cuaderno de cuero que sacó del cajón.

—Siéntese, por favor. —Le indicó la silla con un gesto y Marilia, aturdida por su cambio de actitud, obedeció con docilidad—. ¿Me podría decir su nombre? Me temo que a mi socio no le pareció importante apuntarlo en su ficha. —Señaló la servilleta.

—Marilia Montes... —Se giró hacia Kaos—. ¿Apuntaste mis datos en una servilleta?

—Usada, para más señas —apostillo Nath anotando el nombre en el cuaderno.

—No tenía otro papel cerca —reconoció el rubio—. En realidad, sí lo tenía, pero el otro lo había usado para limpiarme tras pasar un buen rato a solas con mi mano, no sé si me entiendes. —Marilia asintió. ¡Como para no entenderlo!—. Y no me pareció higiénico anotar nada en él.

—Kaos, te agradecería que nos ahorraras ciertos detalles. No son agradables —lo amonestó Nath.

—Para ti puede que no, pero para mí son buenos recuerdos.

Marilia tuvo que taparse la boca para no estallar en carcajadas. No por el zasca que acababa de soltar el rubio, sino por la expresión de hartazgo del moreno. Se merecía que lo atormentaran.

—Señorita Montes, por lo que veo, ha sido usted propietaria de una... ¿taberna? —Nath ignoró a Kaos. Era eso o matarlo. Y todavía no había quitado las rejas de la ventana, ergo no podía tirarlo por ella y cualquier otro tipo de homicidio sería demasiado engorroso. La sangre no era fácil de limpiar y le encantaba la moqueta de su despacho.

—Así es. El Refugio de las Ánimas, en La Hoya, Asturias —respondió Marilia.

—Curioso nombre para una taberna —comentó Nath anotándolo—. ¿Cuántos años estuvo al frente?

—Trece. —Y serían más. Porque volvería a ser suya. Nada le impediría recuperarla.

—¿Por qué lo dejó?

—El pueblo ya no me ofrecía nada y decidí cambiar de aires.

—Así que decidió renunciar a su propio negocio para trabajar de camarera para otro... Interesante elección. —Nath fijó su intensa mirada azul en ella—. Ahora es usted la que me toma a mí por tonto.

Marilia sonrió interesada. El idiota estaba resultando ser muy listo.

—Me cansé de ser mi propia jefa, es más relajado trabajar para otro. —Se cruzó de brazos, teniendo buen cuidado de ocultar la mano deforme bajo el brazo derecho.

Sus pechos se alzaron aupados por la postura y el ligero tejido del top blanco que había elegido para esa entrevista se ciñó a ellos, revelando el encaje del sujetador. Puede que no tuviera unas tetas muy grandes, pero sabía cómo sacarles partido.

La mirada del hombre se deslizó un instante hacia lo que tan descaradamente se le ofrecía y luego volvió a subir hasta la cara de Marilia.

—Interesante actitud —Nath se retrepó en la silla, su boca apenas curvada en una sonrisa de aprobación—, aunque, lamentablemente para usted, ineficaz. Dirijo una discoteca en la que la exposición de la sexualidad no sólo se permite, sino que se celebra, estoy vacunado contra las tentaciones —mintió. Porque, aunque sí era cierto que la insinuación de la anatomía femenina ya no lo excitaba, también era verdad que, en el momento en que ella se había cruzado de brazos exponiéndole sus pechos, se había sentido arder.

Marilia chasqueó la lengua a la vez que se descruzaba de brazos, ocultando con rapidez su mano mutilada en el bolsillo de los vaqueros.

—Tenía que intentarlo —reconoció flemática.

—Por supuesto —convino Nath con un asomo de diversión en la mirada.

Ella sonrió con picardía y cruzó las piernas con relajada indiferencia.

—Así que considera más sencillo trabajar para otro que para sí misma —prosiguió él—. Podría ser —aceptó—, pero también es menos satisfactorio. Y menos ambicioso. Y no me parece que a usted le falte ambición, señorita Montes.

Marilia entrecerró los ojos fastidiada, pues había creído despistarlo. Pero no. El tipo era listo. Casi tanto como ella.

—Aspirar a ser jefa de camareros de la discoteca *fetish* más afamada de Europa no es carecer de ambición —señaló sonriendo de medio lado.

—Y ahora me adula —declaró Nath, sus ojos brillando de admiración.

—A ti no, a tu discoteca —replicó Marilia.

—Debes contratarla, Nath. Aunque sólo sea por los ovarios que tiene —señaló Kaos con evidente fascinación, recordándoles que seguía allí.

—No pondré en duda tu apreciación —le dijo Nath a su socio sin apartar la mirada de la pelirroja—, pero lamentablemente el puesto sigue ocupado. Un placer departir con usted —la despidió—. Kaos, acompaña a la señorita Montes a...

—Es por mi mano —masculló Marilia incapaz de contenerse. Por un instante había pensado que iba a conseguir el trabajo. Y luego se había quedado en nada, como siempre—. Pues, aunque no lo creas, puedo arrancarte la garganta con mi puta mano.

Nath la miró pasmado.

—No sé a qué se refiere —replicó enfadado. No le gustaba que lo amenazaran.

—Claro que no, va a resultar que, además de arrogante y prepotente, también eres ciego —espetó levantándose airada y poniendo ambas manos sobre la mesa.

Nath bajó la mirada, manteniéndola unos segundos en las manos de la pelirroja antes de volver a alzarla y fijarla en sus maravillosos ojos verdes.

—¿Su mano le impide realizar su trabajo? —inquirió enarcando una ceja.

—¡Claro que no!

—Entonces ¿por qué presupone que no la contrato debido a ella?

—¿Cuál es el motivo entonces? —repuso ella con otra pregunta—. Y no me sueltes que el puesto ya está ocupado, porque los dos sabemos que no es así.

—Los tres, en realidad —apuntó Kaos, dando veracidad a la afirmación de Marilia.

Nath miró a su socio exigiéndole silencio.

Kaos lo ignoró.

—¿Me permites verla? —le pidió a Marilia, señalándole la mano mutilada.

Ella se la tendió remisa.

Kaos la tomó entre sus esbeltos dedos de pianista y la palpó de manera similar a como lo hicieron los médicos que se la examinaron antes y después de la operación.

—El cirujano que te operó hizo un gran trabajo, lástima de queloides —comentó resiguiendo con el índice las hinchadas cicatrices—. Unió los tendones con que contaba y desarrolló una extensión para lograr una pinza. Aprieta. —Marilia obedeció malhumorada. Kaos sonrió—. Procura no cabrearla, Nath, tiene los tendones de cuatro dedos concentrados en un solo punto, no miente cuando dice que te puede arrancar la garganta. Si decidiera cerrar la mano alrededor de tu cuello, no podrías abrírsela.

Marilia miró perpleja al rubio, hablaba con conocimiento de causa.

—Estudié medicina antes de convertirme en un grano en el culo para Nath —explicó guiñándole el ojo—. ¿Qué grado de discapacidad tienes? —Marilia se lo dijo y Kaos se giró hacia Nath—. Contratarla supondría interesantes bonificaciones y ventajas fiscales.

—Mi decisión es firme —sentenció él.

—¿Por qué? —inquirió Marilia—. He sido camarera toda mi vida, estoy capacitada para el puesto, y tu grano en el culo ha dicho que puedo hacerlo a pesar de mi mano.

—A mí también me gustaría saberlo, creo que es lo justo —coincidió el rubio—. Por cierto, como «grano en el culo» resulta un poco largo, puedes llamarme Kaos. A él mejor lo llamas Señor del Torture Eden, le va el tema de la grandilocuencia y tal.

Marilia asintió sin mirarlo, pues todos sus sentidos estaban concentrados en el moreno. ¿Señor del Torture Eden? ¡Por favor, vaya si se daba aires el idiota!

Nath clavó una severa mirada en la pelirroja y ésta, en lugar de bajar la vista como él había esperado, se la sostuvo. Más que eso, se la devolvió beligerante.

No pudo evitar sentir cierta admiración por ella. Tenía los ovarios bien puestos.

—Abandona el despacho, Kaos —le ordenó a su socio.

—¿Ahora que se está poniendo interesante? Qué injusticia —protestó antes de irse.

Nath comprobó de un vistazo que la puerta estaba cerrada y fijó sus intensos ojos azules en las verdes profundidades de los de Marilia.

—Me atrae sexualmente —confesó.

Ella parpadeó aturdida. Ni en mil años habría esperado esa respuesta, aunque era cierto que antes, en la calle, algo había estallado entre ambos.

Lo observó con la cabeza ladeada.

—No pareces el típico cabrón que exige mamadas a cambio de trabajo —soltó empujando con la lengua el interior del carrillo en un gesto más burlón que obsceno.

—No lo soy.

—¿Entonces?

—Tengo por norma no follar con mis empleadas.

—¿Y crees que si no me contratas me acostaré contigo? —inquirió cáustica.

—Sé que no lo hará.

—Cierto, así que, ¿por qué no contratarme? Sea como sea, no vamos a follar.

—Prefiero contratar a alguien que no me excite sexualmente y con quien, por tanto, me resulte más cómodo trabajar.

—Cojonudo. Así que estoy jodida sí o sí. ¿Y si te la mamo? —Se inclinó sobre el escritorio permitiendo que el escote del top bajara exponiendo el encaje del sujetador.

—Nos insulta a ambos con esa oferta —replicó Nath con los ojos entrecerrados. Esa mujer no era de las que se plegaban a ese tipo de acuerdos. ¿Qué demonios tramaba?

—Qué lástima, me habría encantado meterme tu diminuta polla en la boca y arrancártela de un mordisco, gilipollas —dijo despectiva golpeando la mesa con las palmas de las manos a la vez que se levantaba.

Fue a la puerta, pero antes de salir lo miró traviesa mientras que convertía su mano derecha en una pistola con la que fingió dispararle. Tras esto salió con pasos felinos.

Nath se quedó petrificado mirando la puerta, su polla tan dura que podría taladrar el granito y en su mente la imagen de ella desnuda, las manos contra las ventanas de su dormitorio y las piernas muy separadas mientras la follaba por detrás.

Inspiró despacio antes de coger el móvil y escribir un whatsapp.

Sexo. Salón STE.

No tardó en llegarle la contestación.

Dame treinta minutos.

A lo que él respondió con una cifra:

Veinte.

8

Cuando se revela que ni el león es tan fiero como lo pintan ni nuestra protagonista tan dura como parece. ¿O sí?

En la parada del autobús, Marilia comprobó la pantalla que anunciaba las horas previstas de llegadas y acto seguido le dio un puntapié a la marquesina.

Faltaban trece minutos para que pasara el siguiente.

Se sentó disgustada en el único asiento que todavía se conservaba intacto, aunque, eso sí, decorado por una interesante pintada, y sacó el móvil del bolsillo para leer el whatsapp de su hermanastra. Tal y como había imaginado, le preguntaba cómo le iba.

Se quedó mirando la sencilla y a la vez complicadísima pregunta durante casi un minuto antes de que sus seis dedos teclearan toda su rabia, frustración y desesperación.

Borró el texto antes de mandarlo y escribió otro nuevo.

Me va genial, utilicé mis argucias de putón verbenero con un idiota y ahora soy la jefa de camareros de una discoteca importante y tengo un sueldo de la hostia.

De inmediato le llegó la respuesta de Índigo:

Estupendo. Te llamo.

A lo que ella respondió con un cortante mensaje:

No. Estoy en el metro. Voy a quedarme sin cobertura. Otro día hablamos.

Nada más enviar el whatsapp puso el teléfono en modo avión, se recostó en el asiento y miró el techo pintarrajeado de la marquesina.

Joder. ¿Qué iba a hacer ahora? Necesitaba un trabajo urgente.

Rotó la cabeza para aliviar la rigidez del cuello y en ese momento la vio: una panadería junto a la discoteca. Y pensó que un bollo le endulzaría esa amarga tarde. Así que enfiló hacia allí.

Pero cuanto más se acercaba más claro le quedaba que allí no iba a encontrar nada que la animara. Era un comercio que, más que viejo, parecía arcaico. La fachada era de un anodino gris polución, la puerta de madera añeja coloreada por el tiempo y el escaparate iluminado por una luz mortecina que conseguía que los bollos expuestos parecieran enfermos de malaria. Reconsideró su decisión, era imposible que entrar en ese local deprimente y comerse un bollo enfermo la hiciera sentir mejor. Más bien al contrario.

—Están muy ricos, te aconsejo que los pruebes —le llegó una voz desde el interior.

Era profunda y vibrante, destilaba sensualidad.

Marilia hundió la mano en el bolsillo y se asomó a la tienda. Allí, bajo la descolorida luz, había un hombre de poco más de veinte años, con el pelo castaño ondulado y largo hasta la nuca. Alto y esbelto, poseía una delicada estructura ósea y un anguloso rostro que casi parecía femenino por mor de sus enormes ojos negros y sus labios color coral, poseedores de un marcado arco de Cupido. Llevaba una florida camisa azul abierta hasta mitad del pecho mostrando su torso lampiño y unos ajustados pantalones trompeta color mora.

Parecía recién salido del Festival de Woodstock de 1969.

—Tienen buena pinta —se apiadó Marilia entrando—, o eso creo, la verdad es que no se ven muy bien —apostilló.

—Tengo que modernizar un poco la tienda, pero los bollos están deliciosos. Los he hecho yo —señaló el joven.

—Más que modernizarla, necesita luz. Y color. Mucho color —comentó Marilia examinándola con ojo crítico. La tienda, al igual que el dueño, tenía cierto aire *vintage*, y bien iluminada y con colores vivos, tendría un aspecto atractivo y agradable. Pero tal y como estaba ahora parecía la boca del lobo.

—Sí, bueno, un año de éstos —suspiró él—. No seas mala, cómprame un *muffin* —suplicó poniendo ojos de corderito huérfano.

Lo que le arrancó una sonrisa a Marilia.

—El gilipollas prepotente de al lado no me ha dado trabajo y necesito algo que me levante la moral, así que dame esa magdalena —la señaló con la mano derecha.

—No es una magdalena, es un *cupcake* —la corrigió sonriente—. ¿Has pedido trabajo en la discoteca?

—Sí. Y el capullo del dueño me ha rechazado.

—Es un cabronazo —afirmó tendiéndole el dulce—. Ya verás cómo te animas con sólo probarlo. Es de bizcocho de zanahoria y manzana, con corazón de crema de nueces y corona de *frosting* de queso con virutas de chocolate. Es la octava maravilla del mundo.

—Si tú lo dices —se burló Marilia. ¡Cuánto bombo para una simple magdalena! Dio un bocado—. Oh, joder —gimió asombrada—. Es como tener un orgasmo explotando en la boca. ¡Dios, está riquísima!

—Ya te lo he dicho —aseveró ufano—. Me he formado como cocinero especializándome en repostería. Deja que te enseñe mi última creación.

Y, dicho y hecho, se acercó a un rincón del escaparate y cogió una tarta con cobertura de *fondant* rojo pasión y un altísimo *stiletto* de charol negro.

Marilia lo miró pasmada. ¿Había puesto un zapato sobre una tarta?

—¿Qué te parece? —inquirió él dejándola sobre el mostrador.

—¿No crees que es un poco antihigiénico poner un zapato ahí?

El joven parpadeó ante su respuesta y luego estalló en carcajadas.

—¡Es de chocolate! —consiguió decir entre risotada y risotada.

Marilia lo miró incrédula y se acercó a la tarta. Y descubrió que el zapato era sólido, sin el hueco para meter el pie. Pero de ahí a que fuera de chocolate iba un mundo.

—Sigues sin creértelo —comentó encantado de la vida. Agarró el zapato, le arrancó el tacón y se lo tendió—. Pruébalo.

Marilia obedeció. Y estuvo a punto de morir de placer. Era de chocolate negro con un toque de macadamia y lima, y estaba riquísimo. Miró pasmada el zapato, la tarta y al joven que la había creado. Y él, esbozando una sonrisa entusiasmada, cogió un cuchillo y le cortó una porción.

El bizcocho era de todos los colores del arcoíris. Lo probó. Estaba delicioso. Esponjoso y no muy dulce.

—Es de bizcocho blanco teñido, ¿qué te parece? —preguntó emocionado.

—Exquisito. —Le dio otro bocado—. Pero es una pena que la hayas empezado, no vas a poder venderla, porque no esperarás que te la compre, ¿verdad? —inquirió desconfiada.

—Claro que no —resopló él—. Sólo quería que alguien la probara antes de que se estropeara. Me inspiré en el Torture Eden y la hice pensando en atraer a sus clientes, ya sabes, por el fetichismo del zapato y tal, pero nadie le ha hecho caso.

—Tal vez no la vieran —señaló desdeñosa el rincón oscuro del que la había sacado.

—Es el único estante lo suficientemente alto para que me entre... ¡Buenas tardes! —exclamó de repente—. ¿Qué te apetece hoy? Te aconsejo que pruebes el de chocolate negro, jengibre y cítricos. Tiene un sabor muy interesante.

Marilia se giró intrigada, por lo visto no era la única valiente que se había atrevido a entrar en la boca del lobo. El otro cliente era un tipo de aspecto anodino de treinta y tantos años. Un hombretón alto y recio, calvo como una bola de billar.

El hombre asintió con timidez a la propuesta del pastelero, pagó y se fue sin haber pronunciado ni una sola palabra.

—Ahí va mi único cliente fijo —suspiró el dueño cuando el calvo salió—. Aunque no puedo decir que sea mío, pues lo he heredado de mi abuela. Lleva años comprándole el pan, y ahora se ha apuntado también a mis *muffins* —apuntó sonriente.

—No me extraña. Tus bollos están de muerte. —Marilia miró con deseo la tarta. De buena gana se comería un trozo más, y si él ya no la iba a poder vender... Sacó la mano izquierda del bolsillo y cogió lo que quedaba del zapato para, con la mano derecha, partirlo por la mitad. Le tendió una al chico y le dio un mordisco a la otra. Era pura gloria.

Cerró los ojos en éxtasis y al abrirlos vio que él observaba su mano mutilada.

Mierda, se le había olvidado mantenerla oculta, odiaba que la gente la mirara.

—¿Un accidente de trabajo? —inquirió él con curiosidad al ver las cicatrices.

—Tal vez. ¿Llevas mucho tiempo trabajando aquí? —cambió de tema.

—Podría decirse que toda mi vida —respondió él con un suspiro—. La tienda era de mi abuela y yo pasaba aquí cada segundo que tenía libre. El año pasado me licencié en ciencias gastronómicas y este invierno he hecho un curso de especialización en repostería en Le Cordon Bleu. Iba a pasar el verano ayudando a mi abuela, pero murió el mes pasado.

—Lo siento —musitó Marilia incómoda. No se le daba bien consolar a la gente, su especialidad era fastidiar a los que la querían, como a su hermanastra.

—Era muy mayor, así que era algo esperable, pero... Tenía tantas ganas de verme convertido en pastelero. Creo que si no se jubiló fue sólo para mantener la tienda abierta para mí —confesó sin saber bien por qué. Tal vez porque necesitaba hablar y, ahora que había regresado a Madrid y su abuela no estaba, sólo tenía a sus padres. Y era más fácil conversar con una desconocida que con ellos—. Me ha dejado la panadería y el piso.

—Vaya. Eso está bien, así tienes el trabajo asegurado.

—Sí, claro, como entra tanta gente a comprar... —resopló disgustado—. A mi padre le sentó fatal que me la dejara a mí y quiere, o, mejor dicho, me exige que se la venda al dueño de la discoteca. Por lo visto, hablaron hace poco y le hizo una oferta en firme.

—¿El del Torture Eden? —inquirió Marilia.

El peculiar joven asintió.

—Pero yo no quiero vender, esta tienda es todo lo que me queda de mi abuela. Ella es la única que siempre me apoyó, ¿sabes? Me enseñó todo lo que sabía de cocina y me ayudó a pagarme la carrera, a pesar de que mi padre montó en cólera. No aprueba que sea pastelero —explicó—. Desde que mi abuela falleció está más pesado que nunca. Y tampoco es que el negocio vaya muy bien. Ni siquiera me da para cubrir gastos.

—¿En vida de tu abuela daba beneficios? —inquirió Marilia interesada.

—Los últimos tiempos, no. Hace unos años los clientes empezaron a escasear y muchos negocios cerraron. El dueño del Torture los compró y desde entonces todo ha ido de mal en peor. Ahora la panadería es el único comercio de la acera, y eso no es un gran aliciente para que la gente pasee por esta calle, porque ¿qué verían? Sólo la pared lisa y moronda de la discoteca, sin escaparates que curiosear ni tiendas en las que entrar. Así que quienes transitan por aquí son clientes de la discoteca y no les interesan mis pasteles.

—¿Y te extraña? —se burló Marilia—. El letrero es soso de narices, el escaparate está tan mal iluminado que los bollos parecen enfermos, y el interior no es que tenga mucha más luz. Nada aquí invita a entrar, más bien al contrario.

—¡Soy pastelero, no decorador! —estalló él. Quería comprensión y ánimos, no que le restregaran sus deficiencias por la cara.

—No me jodas, tío. Tus bollos tienen una estética impactante, ¿y no sabes utilizar los colores y la luz para hacer tu tienda más atractiva? No te lo crees ni tú. Lo que pasa es que no tienes ganas de comerte la cabeza.

—¡Claro que tengo ganas, y miles de ideas, pero no tengo dinero para llevarlas a cabo! —le gritó con la misma confianza con que gritaría a un viejo amigo.

—No hace falta mucho dinero si se tiene voluntad —replicó ella encarándosele—. Yo reformé la planta baja de mi casa en el pueblo y la convertí en mi taberna. Y no me salió muy caro. Eso sí, la paliza fue tremenda.

—¿La reformaste tú sola?

—Índigo y mis amigos me echaron una mano —apuntó tratando de ignorar la nostalgia que le producían los recuerdos.

Echaba de menos a Tocinete y a Tutti Frutti, también a Rasputín y a Tenorio. Pero, sobre todo, echaba de menos a Índigo. Si no fuera por ella, lo dejaría todo y volvería al pueblo. Pero no quería aparecer derrotada ante su hermanastra. Eso nunca.

—¿Por qué no me ayudas a reformar la panadería? —le propuso él.

—¿Perdona?

—Ya lo has hecho una vez, sabes cómo afrontarlo. Podríamos convertir esta tienda en un negocio boyante.

—¿Quieres que te haga la reforma? —inquirió perpleja. Él asintió. Qué coño, pensó Marilia, era un trabajo tan bueno como cualquier otro—. Te pasaré un presupuesto.

—Pero no tengo dinero.

—Y yo no trabajo gratis —replicó ella al instante.

Él arrugó la nariz disgustado.

—¿Y si...? —Entrecerró los ojos—. ¿Y si te contrato?

—Acabas de decir que no tienes dinero.

—Te daría un porcentaje de los beneficios.

—¿Qué beneficios? Aquí no entra ni Dios.

—Pero cuando hagamos la reforma la tienda se llenará de gente y podré pagarte.

—¿Y hasta que me pagues me alimento de los pajaritos que cace en El Retiro? —bufó mordaz—. Paso, tengo una puntería pésima y me moriría de hambre.

—Te prometo que tendrás el trabajo asegurado para siempre —le ofreció.

—¿Y? Hasta que puedas pagarme pasará un tiempo, y dudo que mi casera me deje vivir de gorra en su casa. Y, qué quieres que te diga, no me apetece dormir en un banco del parque. Tienen pinta de ser muy duros. —Chasqueó la lengua desdeñosa.

—Mi piso tiene dos habitaciones, podría dejarte una. Y puedo sufragar la comida hasta que pongamos en marcha la panadería y pueda pagarte.

—Hay mucho que hacer, cuando quisiéramos abrir sería julio, y Madrid se vacía en verano —rechazó, pero las ideas explotaban en su cerebro. Podría convertir ese local en algo único, igual que había hecho con su taberna...

—Al contrario, en vacaciones vienen un montón de turistas ávidos de visitar el Torture Eden.

—Podríamos vincular la discoteca a la pastelería... —comentó Marilia con el cerebro a mil revoluciones por minuto.

—No creo que al dueño le haga gracia —señaló acobardado. El tipo era de los que imponían. Alto, fuerte, con una actitud severa y una mirada penetrante que auguraba horribles represalias a quien lo fastidiara. Nada que ver con su socio, el rubio encantador que le compraba *muffins* antes de entrar a la discoteca.

—Que se joda —replicó Marilia, decidiendo que sí iba a hacerlo, aunque sólo fuera por fastidiar al Cretino Señor del Torture Eden—. Podemos llamar a la panadería como nos dé la real gana y él no puede hacer nada por impedirlo.

—¿Y cómo la quieres llamar?

—Pecados del Edén.

—Suena bien... Y la vincularía con la discoteca —observó entusiasmado, la aprensión olvidada ante la estupenda idea—. La gente se pararía a mirar el escaparate, aunque sólo fuera para ver si la panadería está relacionada con el Torture Eden.

—Y por supuesto que lo estará —sentenció Marilia—. Porque será una pastelería erótica. Erótica y elegante, como lo es el Torture Eden. ¿Has entrado alguna vez?

—La semana pasada me reuní con el dueño para hablar de la venta de la panadería.

—Genial. ¿Recuerdas cómo estaba decorada?

—En rojo y negro, con mucha luz. Cortinas de terciopelo rojo en el escenario, paredes rojas, sofás Chesterfield rojos y negros...

—Entonces decoraremos la tienda en rojo y negro.

—Es una idea estupenda, ¡¿cuándo empezamos?! —exclamó el joven entusiasmado.

—Cuando acordemos mi porcentaje de beneficios.
—Un diez, te pagaré la comida y te cederé una habitación.
—Para aprovechar el tirón de la discoteca tendríamos que abrir antes de que cierre a las seis de la mañana —dijo Marilia recordando los horarios—, así aprovecharíamos que la gente sale con hambre y quiere comer. Abriríamos hasta mediodía y, por la tarde, cuando lo hiciera la discoteca. Eso son muchas horas trabajando —aseveró—. Un veintidós y el fijo.
—La discoteca sólo abre los viernes y sábados hasta las seis de la mañana y los domingos hasta las tres. Así que los madrugones serían sólo el sábado y el domingo. Además, te daré el lunes libre. Así no serán tantas horas. Un doce y el fijo.
—Eso es una miseria —replicó Marilia. Se cruzó de brazos alzando los pechos y ciñendo el top a su piel. Luego se lamió los labios—. Un veinte.
Él la miró divertido e imitó su postura antes de decir con voz sensual:
—No intentes esos trucos conmigo, cariño, te falta algo imprescindible para seducirme: una buena polla.
Marilia chasqueó la lengua disgustada.
—Qué putada, con los heteros siempre me da resultado. —Aunque no era cierto, con el moreno prepotente no le había servido para nada. Suspiró y dijo una última cifra.
Él aceptó tendiéndole la mano para cerrar el trato.
—Por cierto, me llamo Óskar, con «k».
—Qué más da con qué se escriba, se pronuncia igual —apuntó divertida.
—Sí, pero con «k» es mucho más sexy que con «c» —aseveró sonriente.

* * *

Y, mientras tanto, en el Torture Eden alguien está un pelín... alterado.

Nath se detuvo frente a la pared acristalada de su refugio en el piso superior del Torture Eden y vigiló con desidia la planta inferior de la discoteca. Aún era pronto y no había mucha gente, pero la que había se vestía y actuaba con la extravagancia habitual. Al principio, observar a sus clientes había sido entretenido, pero después de trece años incluso lo inaudito resultaba predecible. Y aburrido.

Entrecerró los ojos al ver a una mujer abrirse paso por la pista. Al contrario que quienes la rodeaban, vestía un elegante traje de falda y chaqueta. Miró el Rolex. Dieciocho minutos. Era puntual. Se dirigió al mueble bar, sirvió dos bourbons, uno de ellos sin hielo, y esperó apático frente a la cristalera. Un instante después oyó su taconeo atravesando el salón que precedía al dormitorio.

—Cada vez me das menos tiempo. Habrá un día en que no pueda llegar —protestó la elegante rubia soltando el bolso sobre la cama—. No deb...

—Pon las manos en los cristales —la interrumpió él con voz severa.

Y todo en ella cambió. Su indolencia se convirtió en tensa excitación mientras se dirigía a la cristalera y apoyaba las manos en ella. Separó las piernas sintiendo cómo su sexo, hambriento desde que había recibido el mensaje, se humedecía e hinchaba contra sus braguitas de seda. Los pezones tan sensibles que el roce del sujetador era una tortura, algo que, por otra parte, era bienvenido.

Tembló incapaz de controlarse cuando lo sintió tras ella. Y, antes de que pudiera prepararse, él le subió la falda, le arrancó las bragas y, clavándole los dedos en las caderas, la penetró de una estocada sin molestarse en averiguar si estaba lista para acogerlo. Por supuesto, lo estaba. Totalmente empapada. La folló con brusquedad, entrando y saliendo de su sexo con envites secos a los que ella apenas podía resistirse y que la lanzaban contra el cristal. Su polla invadiéndola con una violencia que no se molestó en atenuar.

Se corrió con un gruñido, pegándose bruscamente a ella, como si quisiera partirla por la mitad con su verga. Y ella alcanzó el éxtasis.

Un instante después, Nath salió de ella dejándola desmadejada contra la ventana. Se libró del preservativo y sacó un paquete de toallitas húmedas del cajón de la mesilla. Usó una para limpiarse y le tendió el paquete para, acto seguido, abrocharse el pantalón e ir al mueble bar a por los vasos.

Miró distraído por la cristalera hasta que la mujer acabó de recomponerse y luego le tendió el bourbon sin hielo.

Ella dio un delicado sorbo antes de sentarse en la cama y cruzar las piernas con elegante gracia, su pie izquierdo meciéndose en el aire, el zapato colgando de los dedos.

—Ha estado bien —comentó ella—. Más que bien, diría yo. ¿Has visto hoy a tu exmujer? ¿Habéis discutido?

Nath la miró intrigado, Samara no era de las que se molestaban en socializar, mucho menos en hacer preguntas personales.

Negó con la cabeza.

—Oh, qué extraño.

—¿Se me permite saber el motivo de tal extrañeza, Samara? —le reclamó mordaz.

—Me has follado como un salvaje, casi con desesperación. Y eso sólo ocurre cuando Avril te cabrea —argumentó ella con indolencia.

—Te equivocas.

—En absoluto. Llevo jodiendo contigo trece años y sé diferenciar cuándo te pica y quieres rascarte y cuándo estás tan cabreado y excitado que necesitas follar para relajarte. Y cuanto más frustrado estás, más brutal y egoísta eres. Y hoy ni siquiera me has metido los dedos antes de follarme y tampoco ibas a esperar a que me corriera para apartarte.

—Entonces ha sido una suerte que hayas llegado al orgasmo mientras aún te follaba —señaló sin desmentir su afirmación—. Es un planteamiento interesante el que propones, pero erróneo. No he visto a Avril desde hace dos semanas.

—Entonces es que alguna otra mujer te ha cabreado, frustrado y excitado.

—¿Por qué presupones que no estaba pensando en ti?

—Porque cuando sólo me tienes a mí en la cabeza no me follas con tanta agresividad ni estás tan ansioso por correrte.

Nath la miró intrigado. Como bien había señalado, llevaban trece años follando, desde aquella primera vez en que la convocó tras firmar el divorcio. Desde entonces se veían con relativa asiduidad, aunque sólo cuando él reclamaba su presencia. Ella aceptaba sin protestar ese acuerdo y a él le ahorraba molestias. Cuando le picaba, como ella decía, no tenía más que mandarle un mensaje de texto. Era rápido, cómodo y sencillo. Y se había vuelto aburrido. Excepto cuando tenía a su exmujer en la cabeza. Y eso era algo que no creía que su amante ocasional supiera. Aunque, por lo visto, estaba equivocado.

—Oh, vamos, no me mires así. Sé perfectamente cuándo follas conmigo porque Avril te ha llevado al límite —dijo burlona—. De hecho, estoy segura de que tu exmujer ha participado, metafóricamente hablando, en nuestros mejores polvos. Pero llevas dos semanas sin verla. Que es más o menos el tiempo que llevas sin convocarme. —Enarcó una ceja—. Dos y dos siempre son cuatro.

Nath la miró pensativo a la vez que agitaba el vaso con movimientos circulares.

—¿Por qué me lo permites? —exigió saber fijando su intensa mirada en ella.

—¿El qué?

—Usarte.

—Porque me gusta. Me excita saber que sólo soy un recipiente que utilizas para satisfacerte. Es liberador. Me encanta que me folles pensando en otra. Lo que me lleva a... ¿En quién estabas pensando si no era en tu exmujer? —preguntó interesada.

Y Nath pensó en una pelirroja deslenguada y beligerante y volvió a empalmarse.

—Imagino que la has conocido hoy. —Ella fijó la mirada en su de nuevo abultada entrepierna—. ¿No has querido follártela o no has podido?

La mirada de él se tornó de granito.

—No has podido. Ella no ha querido. Y eso te ha puesto a mil... Y por eso me has convocado. Y, tal y como me has follado, intuyo que lo has hecho poco después de que te rechazara. Por eso me has dado tan poco tiempo para llegar —aventuró—. Estabas demasiado excitado para esperar. Qué interesante. Dime quién es.

—Deja el vaso en la mesilla, quítate la falda y ábrete de piernas —le ordenó él frotándose la erección por encima del pantalón.

—No seas aguafiestas y dime quién es.

—Hazlo o vete.

Y ante ese ultimátum ella se sintió febril. Dejó el vaso, se quitó la falda y se tendió de espaldas en la cama con las piernas flexionadas y separadas.

Nath se desnudó sin prisa, atrapándola en su mirada, luego se enfundó un preservativo y le agarró los pies. Se los apoyó en los hombros y la penetró de golpe.

Samara estuvo a punto de correrse ante su rudeza.

—Dime algo de ella —suplicó entre gemidos.

—No es rubia y no es sumisa —afirmó taladrándola con su polla, molesto porque no era capaz de sentir la misma excitación que había sentido una hora antes en su despacho.

—¿Como yo? —jadeó excitada al percibir el desprecio implícito en sus palabras.

—Exactamente, Samara. No es como tú —gruñó furioso. Con ella. Con él. Porque ya no era suficiente. Porque necesitaba más. Una mujer que lo desafiara y lo hiciera sentir vivo de nuevo.

9

Donde se demuestra que las palabras pueden herir más profundamente que las dagas.

Viernes, 28 de mayo de 2021

Nath observó las fluctuantes cifras bursátiles que mostraba el ordenador. Invertir en Bolsa era, además de arriesgado, entretenido. Podía perder el capital invertido o triplicarlo y eso le daba emoción al asunto, aunque no demasiada. Solía acertar en sus predicciones y, cuando erraba, el dinero que perdía no era relevante. Apenas unos miles de euros. No invertía en Bolsa para lucrarse, sino para entretenerse. Al fin y al cabo, de alguna manera tenía que divertirse, ya que su vida sexual era tan monótona y predecible.

Frunció el ceño al recordar la conversación con Samara. ¿De verdad se había vuelto tan previsible? Sí. Absolutamente.

De hecho, siempre lo había sido. Pero, desde el divorcio, además de previsible se había vuelto frío. Indiferente. Sus encuentros sexuales sólo eran un mero intercambio de orgasmos. Sin sentimientos de por medio, algo que, por supuesto, prefería. Pero también sin besos ni caricias. Sólo una cópula rápida e impersonal que ya no lo satisfacía.

¿Cuánto tiempo hacía que no besaba a una mujer?

Demasiado para recordarlo.

Aunque ésa no era la pregunta correcta, sino: ¿cuánto tiempo hacía que no deseaba besar a una mujer? ¿Cuánto desde que no le hervía la sangre ni las pelotas le dolían por la necesidad de follar?

Desde el viernes pasado, se respondió sintiendo un ramalazo de excitación. O tal vez algo más que un ramalazo, reconoció dada la repentina erección que alzaba sus pantalones deportivos.

¿Y antes del viernes?, caviló acariciándose distraído.

En cualquiera de sus discusiones con Avril. Su exmujer lo excitaba y lo cabreaba a partes iguales.

No.

A partes iguales no, comprendió desconcertado. Avril lo frustraba y lo cabreaba mucho más de lo que lo excitaba. La admiraba y la deseaba, lo volvía loco con su actitud y lo enfurecía con su rebeldía, pero la rugiente exaltación que antaño le provocaba había transmutado en una tibia excitación que sólo aparecía cuando discutían. De hecho, hacía meses que no tenía ningún interés en besarla. Sólo quería follársela. Y no sabía si porque la deseaba o porque le molestaba que ella hubiera aceptado a otro hombre en su vida. Uno al que quería más de lo que nunca lo había querido a él.

Sacudió la cabeza, no quería seguir por esos derroteros. Así que pensó en temas menos complicados y más entretenidos.

La pelirroja. Y la intensa lujuria que le provocaba. Podía recordar el color exacto de sus ojos y el tono preciso de su voz. También la rebeldía combativa con que arqueaba las cejas o cómo chasqueaba la lengua cuando le replicaba mordaz. Su mirada desafiante y su sonrisa insurrecta.

La erección que se acariciaba distraído se engrosó y tensó, haciéndose casi dolorosa. Deslizó la mano bajo la cinturilla del pantalón y comenzó a masturbarse con más pasión de la que había sentido en mucho tiempo. Y mientras su mano subía y bajaba arrancándole jadeos, su mente se recreaba en recordar la manera en que ella había empujado el interior de su carrillo con la lengua imitando una felación.

Quería follarse esa boca.

Bajó los pies y se repantigó aún más en la silla, separando las piernas a la vez que sus caderas saltaban contra su mano. Se frotó el glande con el pulgar en movimientos circulares, extendiendo las gotas preseminales, y cuando estuvo al límite utilizó ambas manos para darse placer. Una masturbándolo rápido y duro, la otra amasando las pelotas.

No tardó en correrse con un gemido gutural.

Se quedó exhausto por el placer, los músculos tan laxos que era incapaz de moverse. Así que cerró los ojos y se permitió el extraño goce de no hacer absolutamente nada. Nada, excepto recuperar el aliento y atemperar el ritmo frenético de su corazón.

Una estridente voz metálica rompió el silencio, sobresaltándolo.

«Houston, tenemos un problema. Houston, tenemos un problema. Houston...»

—Roxy, corta llamada —gruñó incorporándose con la respiración agitada.

Tenía menos de dos segundos para recuperar la normalidad.

«Houston, tenemos un problema. Houston, tenemos un...»

—Roxy, acepta llamada —le ordenó al sistema que gobernaba su casa.

—¡Papá! ¡¿Por qué me has colgado?! —le llegó la voz ofendida de su hija.

—Lo siento, cariño, estaba dormido y con el sobresalto equivoqué la orden —mintió con voz ronca. Joder, aún no se había recuperado del todo del brutal orgasmo.

—Vale. Tienes que bajar ya o se nos hará tarde —le comentó su hija.

—¿Tarde para qué?

—Jo, papá, te lo dije ayer. Y anteayer. Y el día anterior a anteayer. —Oyó su resoplido por el altavoz y casi pudo ver cómo ponía los ojos en blanco. Sonrió sin poder evitarlo, Kayla era muy expresiva—. Me he quedado en casa en vez de ir a clase porque vamos a ir de compras y al cine. Y si queremos que nos dé tiempo a todo tenemos que salir pronto —dijo con impaciencia.

Nath se la imaginó cruzando los brazos con mirada fiera. Volvió a sonreír.

—Está bien, me ducho y nos vamos.

—¡Date prisa! —le ordenó antes de cortar la llamada.

Esta vez fue él quien puso los ojos en blanco. ¡Los adolescentes eran unos tiranos, y su hija la que más! Sonrió divertido al pensar que la frase que había elegido como tono para ella era de lo más apropiado, pues cada vez que lo llamaba era porque había un problema. O llegaban tarde. O tenía que llevarla a casa de algún amigo. O se había enfadado con su mejor amiga y el mundo era horrible. O mil cosas más.

Se duchó, fue al vestidor y observó con ojo crítico sus trajes hechos a medida. Eran su uniforme habitual. Pero ese día no iba al trabajo, al menos no inmediatamente. Iba a un centro comercial con su hija. Bien podía dejar el traje de lado y cambiarse en el Torture Eden, allí tenía tantos trajes como en casa.

Optó por unos vaqueros pitillo blancos con roturas remendadas de Dolce & Gabbana y una sencilla camiseta del mismo color y cuello en uve con la medusa de Versace bordada. En los pies se puso las alpargatas que le había traído Kayla de recuerdo del viaje de fin de curso. Eran blancas, de lona y esparto, las había comprado en un mercadillo mallorquín, según lo informó, y al ser un regalo de ella, a él le parecían maravillosas.

Bajó al salón, donde encontró a su hija y a su madre. La primera se le acercó sonriente, en tanto que la segunda, sentada cual reina en su sillón de diseño, lo observó como si fuera un gusano. Uno muy repelente que le produjera una especial aversión.

—Ya veo que te has arreglado para salir. —Lo miró desdeñosa—. Por lo visto, no sólo has permitido que mi nieta se salte un día de clase, sino que vas a emplearlo en llevarla a un centro comercial, qué maravilla. —Su voz rezumaba desprecio—. Como no es suficiente con que vaya a ese tipo de lugares con Avril, ahora también va a ir contigo.

—Yaya... —musitó Kayla, atormentada al comprender que su capricho iba a convertirse en un nuevo encontronazo entre su padre y su abuela.

—No sólo va a disfrutar Avril, madre, yo también quiero mezclarme con los simples mortales y pasarlo bien recreándome en la vulgaridad —replicó él burlón.

—Un buen padre siempre hace lo mejor para su hija, no para él —señaló Marga.

—A mí me encantan los centros comerciales, abuela —intervino Kayla.

—Por supuesto, cariño, pero no son lo más adecuado para ti, deberías ir a museos, exposiciones, encuentros culturales... —apuntó su abuela.

—Todos los sábados mamá, Uriel y yo hacemos excursiones culturales —señaló Kayla tomando de la mano a su padre y mirándolo encandilada—. Hoy estás muy guapo, ¡¿a que sí, yaya?! —Se giró hacia Marga esperanzada. Su abuela nunca le decía cosas bonitas a su padre, tal vez si se las dijera se llevarían un poco mejor.

—Por supuesto, cariño. —Marga esbozó una cariñosa sonrisa en exclusiva para su nieta—. Cualquier pordiosero se sentiría cómodo con su atuendo.

La adolescente miró a su abuela con confusión.

—Pues claro. A los mendigos les encantaría tener la ropa de papá, sin agujeros, limpia y de su talla —le explicó a Marga con toda la lógica del mundo.

—Claro que sí, cariño —aceptó ella. Kayla no captaba los dobles sentidos, para ella todo era literal y siempre respondía con absoluta sinceridad, lo que solía desbaratar los comentarios maliciosos—. Desde luego, no puedes estar más alejado de lo que se espera de ti, Nathaniel. Tu atuendo es tan rústico, tan inadecuado para tu estrato social —amonestó a su hijo con una tensa sonrisa.

—¿Y cuál es ese estrato, madre? Que yo sepa, el esnobismo y la soberbia no son *per se* un estrato social, aunque sin duda se dan en un determinado tipo de gentuza que se cree más de lo que realmente es —replicó mordaz, enfureciendo aún más a su madre.

Kayla miró a uno y a otro preocupada, pues, aunque no comprendía exactamente qué ocurría, sí sabía que su abuela y su padre estaban haciéndose daño.

—Papá..., ¿nos vamos? —le pidió tironeándole de la mano.

—Por supuesto, cariño —aceptó yendo hacia la puerta, molesto por permitir que su madre lo arrastrara a una discusión delante de Kayla. A veces se le olvidaba que ya no era una niña y que, aunque no captara los aguijonazos verbales que se lanzaban, sí sabía interpretar sus gestos y sus miradas y se disgustaba. Y eso era lo último que quería.

—Perdí al hijo equivocado. O, mejor dicho, tú permitiste que perdiera al hijo equivocado. Ojalá hubieras conducido tú esa tarde —afirmó Marga en un susurro perfectamente audible—. Jonathan sabía lo que se esperaba de él y se comportaba de acuerdo con ello. Nunca me avergonzó dirigiendo empresas sórdidas ni vistiendo como un pordiosero. Mucho menos casándose con una... —Se calló apretando los dientes. Su hijo toleraba cualquier cosa, excepto que insultara a la zorra con la que se había casado.

Nath se detuvo frente a la puerta.

—Es muy tarde, papá, vámonos —le pidió Kayla tironeándole de la mano. Siempre que su abuela mencionaba a su tío, su padre sufría.

Pero Nath no podía oírla debido al ruido atronador producido por la rabia que invadía su cabeza. Se soltó de un tirón de su mano y se giró para enfrentarse a su madre.

—¿Preferirías dormir en la calle y recurrir a los comedores sociales para no morirte de hambre? Porque eso es lo que tendrías si hubieras perdido al hijo que te habría gustado perder: nada. Es más, si tanto te disgusta mi presencia lo tienes muy fácil, madre, sólo tienes que abrir la puerta e irte —sentenció antes de hacer exactamente eso.

Atravesó medio jardín antes de darse cuenta de que tenía que ir al garaje. Giró sobre sus talones y se dio de bruces con su hija, que apenas había podido seguir sus zancadas. No fue hasta que ella lo tomó de la mano para acto seguido abrazarlo con todo su amor que el aire comenzó a entrar de nuevo en sus pulmones.

—¿Y a qué centro comercial quieres ir? —preguntó Nath esbozando lo que esperaba que fuera una agradable sonrisa.

* * *

Ha pasado media hora y nuestro protagonista y su hija están aparcando, no sin ciertas dificultades, el muy naranja y nada discreto Lamborghini Huracán en el parking del centro comercial.

—Lo que no alcanzo a entender es por qué hemos venido tan pronto. No son ni las doce —señaló Nath esquivando a duras penas la columna de la izquierda.

—Ya te lo he dicho mil veces, papá, para que nos dé tiempo a todo —replicó Kayla poniendo los ojos en blanco. Desde luego, no se enteraba de nada.

—Sí, me lo has dicho, pero... —Se calló mientras ejecutaba una maniobra especialmente delicada que consistía en cuadrar un coche de dos metros de ancho en el espacio que había entre un muro y una columna.

—El garaje está medio vacío, ¿por qué aparcas aquí? —inquirió Kayla observando el gesto de intensa concentración de su padre—. Hay muchos huecos más grandes.

—Sí, pero no están entre una columna y un muro —masculló Nath girando el volante a la derecha, el sudor acumulándose en su frente a pesar del potente aire acondicionado que convertía el interior del vehículo en una nevera.

—¿Y qué más da?

—Así evito que aparquen pegados a nuestro coche y lo golpeen. —Giró el volante unos milímetros a la izquierda y dio marcha atrás con suavidad hasta encajarlo como quería. Soltó un aliviado suspiro y, haciendo verdaderas contorsiones, pues no había dejado mucho hueco entre el coche y el muro, salió del Lamborghini—. A lo que me refería antes es a que has quedado con tu madre dentro de cinco horas y media...

—Ya lo sé, fui yo quien te lo dijo —señaló ella compasiva al verlo tan confundido.

—Sí —convino Nath. Cerró el coche y se encaminó hacia donde pensaba que estaba la entrada al centro, aunque tampoco era que lo tuviera muy claro, la verdad. No solía ir a menudo, en realidad nunca, y el aparcamiento era enorme—. Y eso es lo que no entiendo. Si has quedado aquí con tu madre, ¿por qué no vas con ella a comprar ropa y al cine?

—Porque Uriel pone cara de amargado cada vez que entramos en una tienda y me amarga —resopló, y Nath tuvo que hacer un verdadero esfuerzo para no fruncir el ceño al oír el nombre de ese palurdo—. Y también voy a ir con ellos al cine. Veremos la última de Marvel. De superhéroes —le explicó por si no sabía a qué se refería.

—¿Ésos son los que llevan mallas de colores y los calzoncillos por fuera? —se burló.

Kayla en respuesta a su ofensa lo empujó fingiéndose enfadada.

—¿Y cuál vamos a ver nosotros? —quiso saber él a la vez que giraba a la derecha siguiendo una corazonada que esperara lo sacara del laberíntico parking.

—*Ojalá ésta fuera nuestra historia de amor*, está basada en una novela de Andrea Longarela.

—Qué bien, una romántica —dijo con cierto fastidio. Pues no, la entrada al centro tampoco estaba por ahí. Tal vez un poco más adelante, tras esa curva...

—Mirian ha leído el libro y dice que es triste pero muy bonito —apuntó ella con solemnidad.

—Ah, vaya... —Nath se detuvo y la miró entrecerrando los ojos—. ¿Por qué no ves esa película con tu madre y nosotros vamos a la de Marvel? —planteó. Su hija tendía a emocionarse y llorar con las películas románticas que acababan bien, no quería ni pensar en cómo reaccionaría si la historia era triste.

—Porque Uriel protesta mucho cuando lo llevo a ver películas de amor. Dice que no soporta verme llorar, y la verdad es que parece enfermo cuando lo hago. Así que no puedo llorar a gusto cuando voy con él —resopló.

—A mí tampoco me gusta verte llorar —señaló Nath, molesto porque tuviera tanta consideración con ese idiota mientras que no le importaba obligarlo a él a ver un tostón.

—Ya, pero tú entiendes que lo hago porque me emociono y no te pones enfermo —repuso muy seria—. No eres un blando como Uriel. Él es muy divertido, pero hay cosas para las que no sirve. Y ver películas románticas es una de ellas. Sin embargo, tú siempre puedes con todo. Eres un superhéroe, pero con los calzoncillos por dentro —dijo muy seria.

Y Nath pensó que, por no ser un blando como cierto imbécil que prefería no mencionar, bien merecía la pena aguantar la más que previsible llantina.

—¿Por qué no vamos a la entrada? —le preguntó de repente Kayla.

—¿No vamos? —repitió él haciéndose el despistado.

—No. Está por allí. —Señaló hacia el lado contrario al que se encaminaban.

—Ya lo sabía, pero quería saber si lo sabías tú. —Nath dio media vuelta.

Kayla lo siguió en silencio durante unos segundos.

—No lo sabías. Estabas perdido. —Lo miró muy seria.

—¿Yo? No, qué va.

Ella arqueó una ceja y lo miró belicosa.

Él trató de contenerse, pero se le escapó una carcajada.

Por lo que ella se lanzó a por él para hacérsela pagar.

Él salió corriendo, aunque se dejó atrapar poco después.

Y, como se habían desorientado con la carrera, pasaron unos minutos hasta que Kayla consiguió volver a ubicarse y los llevó a la entrada.

* * *

—¿Cuándo podré ir a tu discoteca? —le preguntó a traición horas después, cuando ya estaban sentados en las butacas del cine con las palomitas sobre las piernas.

—¿Para qué quieres ir al Torture Eden? —La miró sobresaltado.

—Porque ya soy mayor y quiero salir con mis amigos a discotecas. Y como tú tienes una, no nos costaría dinero.

Nath la miró sin saber qué decir, porque ella tenía razón. Tenía diecisiete años y era una adolescente con las inquietudes propias de una adolescente.

—¿Tus amigos van a discotecas? —acertó a preguntar.

—Algunos sí. Y también tienen novios y novias —lo informó muy seria.

—¿Y tú tienes novio? —inquirió burlón. Ay, los adolescentes y sus hormonas revolucionadas.

—Todavía no, pero me gusta Manuel y a Manuel le gusto yo —dijo sonriente.

Nath sintió que le clavaban un puñal en el corazón. Primero Uriel y ahora Manuel. ¿No se suponía que el corazón de su hija tenía que ser sólo para él? Además, ¡todavía era una niña! Y lo seguiría siendo hasta los noventa y nueve años.

—El Torture Eden no es adecuado para una jovencita como tú —comentó ignorando temas demasiado complicados para afrontarlos en ese momento.

—Pero mamá me deja ir al Lirio Negro —replicó refiriéndose al club de Avril.

—No mientas —la regañó muy serio.

—No miento. Todos los viernes duermo en su habitación del Lirio Negro.

—Dicha habitación está en la parte trasera del club y a ella se llega a través del portal, por lo que en realidad no pisas el Lirio Negro —afirmó.

—Pues vale —mascculló enfurruñada enfrentándose a Nath, su cara hirviendo de furia—. Entonces llévame a tu habitación del Torture Eden —le reclamó con ferocidad.

—Está en la planta superior. Para llegar hay que atravesar la discoteca y el ambiente no te gustaría. Ni la música. Ni la gente que hay. Y va a empezar la película. —Se metió un buen puñado de palomitas en la boca para no seguir hablando.

—¿Cómo sabes que no me va a gustar si nunca me dejas ir y comprobarlo? —señaló enfadadísima, aunque, eso sí, echó un vistazo a la pantalla para comprobar que siguieran echando adelantos promocionales, como así era.

Nath no supo qué decir. Porque ella tenía cierta razón. Y porque contestar con algo similar a «porque soy tu padre y lo sé» sólo llevaba a una discusión eterna en la que ella acabaría llorando y él sintiéndose culpable. Así que, en lugar de dar una respuesta que de ninguna manera solucionaría nada, optó por salirse por la tangente.

—¿El protagonista no es el mismo chico que el de esa película que te gusta tanto?

Kayla entrecerró los ojos con evidente desconfianza.

—Esa que son cuatro hermanas y la madre, y el chico se muda

con su abuelo, que es el vecino de las cuatro hermanas... —continuó Nath.

—*Mujercitas* —dijo ella aún enfurruñada—. Sí, es el mismo. Timothée Chalamet.

—Parece que te gusta mucho ese actor —comentó Nath por decir algo.

—Sí. Es muy guapo y estoy enamorada de él.

Nath arqueó una ceja.

—¿Y Manuel qué piensa de que estés enamorada de otro chico? —inquirió burlón.

Ella parpadeó sorprendida por su pregunta.

—Nada. No sabe que lo amo. Y no tiene por qué enterarse.

Y Nath estuvo a punto de atragantarse con una palomita. ¿Quién era esa cría y que había hecho con su hija? Kayla jamás mentiría ni tendría la picardía de ocultarle información a nadie. Y, jamás de los jamases, sería tan ladina. Ella era inocente y dulce. Todo bondad y ternura. Y también una adolescente que sabía cómo manejarlo y lo tenía comiendo de la palma de su mano, reconoció para sí.

Dios, qué complicado era ser padre.

—No te preocupes, papá —le dijo Kayla malinterpretando su gesto—, Timothée vive fuera de España, y yo sólo quiero novios que vivan en Madrid para no dejarte nunca. Siempre cuidaré de ti —sentenció abrazándolo con toda su alma.

Y Nath pensó que no podía ser más afortunado.

Dos horas y muchas lágrimas después, la película terminó y él se replanteó ese pensamiento. Sí, podía ser mucho más afortunado. Sólo era necesario dejar de lado las películas que acababan mal e ir a ver películas de superhéroes en las que nadie moría. O, al menos, nadie que hiciese llorar a su hija.

Hicieron una conveniente visita al baño para que Kayla se lavara la cara, bueno, en realidad la visita la hizo ella porque él, evidentemente, se quedó fuera, y luego se dirigieron a la cafetería en la que habían quedado con Avril.

—¡Ya ha llegado mamá! —exclamó Kayla entusiasmada.

«Y su apéndice», pensó Nath, observando malhumorado a Uriel.

Se acercó a ellos, ignoró al idiota, charló educadamente con Avril y se marchó.

Tenía asuntos que solucionar antes de ir al Torture Eden, entre ellos comprobar si el panadero ya estaba lo suficientemente desesperado para vender. Pero antes debía pasar por la discoteca y cambiarse de ropa. Ir de esa guisa estaba bien para pasar un rato ameno y agradable con su hija, pero para los negocios era necesaria cierta apariencia que, desde luego, no tenía nada que ver con su aspecto despreocupado de ese momento.

Debía mostrarse como el hombre de negocios que era. Frío. Controlador. Asertivo. Un hombre al que nadie se atrevería a subestimar. Ni a desafiar.

Y para eso, nada mejor que un carísimo traje hecho a medida que pregonara el alcance de su poder.

10

Donde alguien descubre que, por mucho que le moleste, no siempre va a salirse con la suya.

—... Me he cambiado de piso, el otro era muy pequeño...

«En realidad era una litera alquilada», pensó Marilia, pero no fue eso lo que le dijo a su interlocutora al teléfono, que no era otra que su hermanastra. ¡Qué manía tenía de llamarla a traición! Ojalá se conformara con los whatsapps que le mandaba de vez en cuando. Aunque también era cierto que la añoraba más de lo que había esperado y que hablar con ella era... reconfortante.

—Ahora vivo con un amigo. —Rio ante la respuesta de su hermanastra—. Sí, señora, como buen putón verbenero me lo follo cada noche. Y también algunas mañanas.

Óskar se giró brocha en mano y enarcó las cejas. Porque ella dormía en su casa. Todas las noches. Con él. Y, desde luego, no follaban. ¡Por favor, era una mujer!

—Está buenísimo. Alto, moreno, con los ojos azules y una polla de impresión que sabe usar de maravilla —continuó Marilia.

—¿Acabas de describir al Cabronazo? —musitó Óskar.

«¡Calla!», vocalizó Marilia sin sonido, mientras su hermanastra le decía algo.

Chasqueó la lengua.

—¿Y tú qué, puta ninfómana?, ¿sigues tirándote a Jota todos los días o ya te has cansado de él? O él de ti —apuntó maliciosa—. Claro, claro... No me rayes, Indi, ya soy mayorcita para creer en cuentos de amor —se burló, aunque sus ojos no mostraban ni chispa de humor—. Espera, calla. Dios, acabo de tener un orgasmo. En serio. Acabo de ver un Lamborghini Huracán. Que sí, joder, sé distinguir un cochazo cuando lo veo y éste no era muy discreto: naranja, nada menos. Ha entrado en el garaje de la esquina. ¿Sabes de quién es? —le preguntó a Óskar, y éste asintió divertido por su euforia—. Luego me lo cuentas, quién sabe, tal vez me lo folle para que me dé una vuelta. —Le guiñó un ojo—. Pues sí, soy así de puta —contestó socarrona a su hermanastra antes de hundir la brocha en el cubo de pintura y seguir pintando.

Y mientras daba un brochazo tras otro Marilia interrogó a Índigo y se rio con sus historias. Y todavía se carcajeó más cuando Jota, que se había acercado al teléfono a traición, obligó a Índigo a confesar que él, ¡un simple mortal!, le había ganado al billar.

A Marilia no le costó nada imaginar la cara de su hermanastra al verse obligada a reconocer su derrota. Sería la primera partida que perdiera en años.

—Seguro que Jota te distrajo y por eso perdiste —dijo ladina, usando a propósito la palabra *perder*. Casi podía oír chirriar los dientes de Índigo—. Vamos, confiesa, ¿te metió mano cuando ibas a tirar? ¿Se restregó contra tu trasero? ¿Te tocó las tetas?

Se calló para que su hermanastra contestara y luego estalló en carcajadas.

—¿Cómo que no lo dejas hacerte eso? Claro que sí, y bien que te gusta. Ah, claro, ahora métete conmigo. Pues sí, soy una mala puta. Y a mucha honra. Fíjate si soy zorra que me estoy planteando hacerle una mamada al tipo del Lamborghini, seguro que se queda tan flipado con mi habilidad que cuando le diga que me deje el coche lo hará con tal de que se la vuelva a mamar. —Chasqueó la lengua maliciosa—. Decidido, esta noche practicaré con Óskar para pulir mi técnica y mañana me pondré a ello —afirmó sobresaltando a Óskar, que la miró como si quisiera morirse.

—Marilia... —dijo en tono perentorio.

Ella lo ignoró, estallando en carcajadas al oír la respuesta de Índigo, aunque no tardó en ponerse seria.

—Ya te he dicho que no me hace falta que me mandes nada,

Indi. Me sobra el dinero —mintió agarrando el cubo de pintura con la mano mutilada para trasladarlo al otro lado de la tienda—. Ahora estoy trabajando con un pastelero de renombre, de esos que salen en «PutoChef».

Óskar abrió unos ojos como platos ante tan flagrante exageración y comenzó a gesticular. Y ella, en respuesta, hizo ademán de darle un brochazo para que se callara.

—Le estoy haciendo la reforma de la pastelería, algo muy moderno y estiloso. Lo estamos diseñando a medias, aunque prevalecen mis ideas.

Y ésa era la única verdad que había soltado en toda la conversación, pensó Óskar. Marilia era buena decorando, tenía ideas arriesgadas que podían funcionar muy bien y era resolutiva. La admiraba profundamente. Excepto cuando mentía, que era cada vez que hablaba con la tal Índigo por teléfono.

—Diseñadora de interiores... —Marilia repitió las palabras de su hermana—. Sí, algo por el estilo. Estoy ganando mucho dinero. Te haré un buen regalo de boda, un Satisfyer, para que cuando Jota pegue el gatillazo no te quedes a dos velas.

Estalló en carcajadas al oír la respuesta indignada de éste y cortó la llamada.

—Un ascenso vertiginoso, de camarera en paro a estilosa diseñadora de interiores en sólo una semana... —dijo alguien a su espalda. Alguien que poseía una voz imposible de olvidar. Ronca, profunda, controlada—. Eso sí que es medrar. Espero que el sueldo esté a la altura de tu nuevo estatus laboral.

Marilia se volvió guardando el móvil en el bolsillo trasero del pantalón y, con él, la mano izquierda.

—¿Por qué? ¿Quieres contratarme? No soy barata —replicó altanera ocultando su turbación. Algo harto complicado, pues él, en lugar de vestir un sobrio traje, llevaba unos vaqueros y una camiseta que, además de sentarle de muerte, lo hacían parecer un tipo normal y no un gilipollas prepotente.

—No, desde luego que no me vas a salir barata —masculló Nath observando la transformación de la panadería, algo que aumentaría su valor.

La estaban pintando de rojo. Un rojo sexy y elegante muy similar al que él había elegido para el Torture Eden. Un rojo que, además de darle amplitud, la dotaba de vistosidad y clase. Se asomó al interior. Allí todavía no habían pintado, pero, a tenor de las muestras que había en las paredes, iban a usar el mismo rojo.

—Me parece estar sufriendo un *déjà vu*. —Entrecerró los ojos amenazador—. ¿Te has inspirado en mi discoteca para decorar la panadería?

—No pasé del vestíbulo, ¿no lo recuerdas? Me rechazaste y me fui —señaló apenada. O, en todo caso, mordazmente apenada, porque su tono era tan cáustico que quemaba.

—Creo recordar que no te rechacé, simplemente no te di el trabajo.

—Eso en mi pueblo es rechazar. —Marilia apoyó la mano derecha en la cadera con chulería, la brocha goteando peligrosamente cerca de su minifalda vaquera. La mano izquierda siguió escondida en el bolsillo trasero—. Qué quieres que te diga, tu rechazo me hizo mucha pupa —exageró las pes al más puro estilo Sara Montiel—. Tanta que no he podido dejar de pensar en la maravillosa discoteca en la que no puedo trabajar porque te pongo cachondo. —Se lamió los labios despacio, lo que hizo que cierta parte de la anatomía de Nath se endureciera. Mucho—. Así que he decidido recrearla en la pastelería.

—Ya lo he notado —masculló él cabreado con su inoportuna erección y con la descarada mujer. ¡No sabía comportarse! Ni tener la boca cerrada, por lo visto—. En lugar de decorarla con un diseño exclusivo, lo haces bajo las pautas que yo creé para mi negocio. Qué poco original.

—Anda, pues claro, está al lado de tu discoteca, así van a juego. ¡¿A que mola?! —exclamó con voz aguda como si fuera una entusiasmadísima niña pequeña.

Nath la miró calculador. ¿Si la agarraba del cuello conseguiría que se callara? Aunque, para eso, lo mejor era taparle la boca. Con la suya. Y, sólo por si acaso, le metería la lengua. Bien adentro. Pero se arriesgaba a que ella se la mordiera. O tal vez se la succionara, esa mujer jamás se comportaba como esperaba. De todas maneras, cualquier cosa que le hiciera él la disfrutaría. Y saber eso lo cabreó todavía más.

—Mola mazo —ironizó con voz seca—. Les diré a mis abogados que vengan a echar un vistazo, sólo para cerciorarnos de que no has cometido ningún delito al apropiarte de ideas ajenas.

—¡¿En serio?! ¡Me vas a traer clientes! Jo, te lo agradezco un montón. Abriremos dentro de dos semanas, diles que los atenderé personalmente. —Le guiñó un ojo, se giró hacia Óskar y alzó la mano izquierda para que se la chocara, como hacía con Índigo cada vez que una de las dos le metía un zasca a alguien.

Pero Óskar no era Índigo y no sabía qué esperaba que hiciera. Y tampoco era de extrañar que no quisiera chocársela, pensó Marilia mortificada, pues había alzado la mano mutilada como si estuviera completa. Se apresuró a ocultarla en el bolsillo sin percatarse de la intensa mirada de Nath, a quien el gesto no le había pasado desapercibido.

—Espero que tu alegre entusiasmo no decaiga cuando te visiten mis abogados. —La examinó intrigado. ¿Por qué había hecho ese ademán? ¿Qué respuesta esperaba obtener? Parecía un gesto que estuviera tan acostumbrada a hacer que le salía de manera espontánea, igual que chasquear la lengua cuando le lanzaba pullas.

—Por supuesto que no decaerá, es más, les regalaré unas magdalenas para que te las den y te suavicen esa acritud que gastas.

—*Cupcakes* o *muffins* —corrigió Óskar, quien era muy puntilloso con sus obras de arte—. O tartas, *brioches*, *shots*, *banoffees*...

—Ya ves, tenemos un extenso surtido, seguro que encontraremos algo que te quite esa cara de estreñido —señaló ella mojando la brocha en el cubo para seguir pintando. Aunque no tardó ni un segundo en volver a mirarlo—. Por cierto, para evitar que tus abogados se pierdan, diles que busquen la pastelería Pecados del Edén en Google...

Nath parpadeó una vez. Dos. Y estalló tal vez por primera vez en su vida.

—¡No puedes llamarla así! ¡Te lo prohíbo!

—No hay ninguna ley que me lo impida, pregunta a tus abogados.

—Es mi discoteca, no puedes usar parte de su nombre.

—Claro que sí, y voy a hacerlo —sentenció adelantando la barbilla—. Así que sé un hombre y deja de hacer pucheros.

Nath parpadeó. Una vez. Dos. Y luego sonrió.

Sí. Sonrió.

Una sonrisa lenta y ligeramente ladeada que lo hacía parecer un pícaro insolente.

Joder, estaba guapísimo, pensó Marilia hundiendo más la mano izquierda en el bolsillo trasero de la falda.

—Adelante, llámala como quieras —aceptó Nath en un tono tan afilado como una cuchilla—. Eso no salvará a tu jefe de la ruina. Si hubieras estudiado el mercado de la zona, sabrías que esta calle no tiene ningún atractivo para el público, lo que deviene en una marcada escasez de viandantes y la ausencia absoluta de posibles clientes.

—Excepto los que acuden a tu discoteca —apuntó Marilia.

—Que sólo abro los viernes, sábados y domingos. Tres días de trabajo no dan para pagar gastos y sacar un sueldo. Os auguro un futuro muy sombrío. —Su penetrante mirada azul sometiendo, o al menos intentándolo, la increíblemente verde de ella—. Es una lástima, hoy venía dispuesto a ofrecerle un precio justo a tu jefe por su negocio, pero me lo he replanteado. Esperaré a que esté con el agua al cuello y le compraré este tugurio por una miseria.

Óskar palideció, incluso le temblaron las piernas por el susto. Todo lo contrario que Marilia, quien pareció crecer unos centímetros cuando se enfrentó a él, acercándose tanto que sus narices estuvieron a punto de chocar.

—En tus sueños —dijo muy despacio.

—Os arruinaré.

—Inténtalo —replicó ella con voz sedosa.

—Pero no lo animes —susurró acongojado Óskar—. Tampoco hay necesidad de llevarnos mal, al fin y al cabo somos vecinos...

Ninguno de los dos le hizo caso, sus miradas trabadas, igual que su respiración.

—Por cierto, me da igual lo bien que me la mames, jamás te

dejaré conducir mi Lamborghini —declaró Nath con una sonrisa perversa.

Marilia lo miró sobresaltada. ¡El Huracán era suyo! «¡No me jodas!»

—Yo tengo un Audi E-Tron, por si te interesa. Ya sé que no es lo mismo que un Huracán, pero si quieres conducirlo, a mí no me importa.

Todos se giraron hacia el rubio que los miraba divertido. Llevaba unos ceñidos vaqueros blancos rotos, un delicado cinturón negro de mujer, botines de tacón de aguja del mismo color y un sombrero negro. Nada más.

—Me encanta que no lleves camisa, eres un placer para la vista. —Marilia lo miró apreciativa.

—Muchas gracias, también es muy agradable mirarte a ti —le devolvió el piropo—. La camisa es una prenda prescindible. Lo importante es no olvidar el sombrero. —Dio un golpecito a su Stetson—. Un caballero que se precie nunca sale de casa con la cabeza descubierta.

—Claro —suspiró Óskar embelesado, como si hubiera dicho una frase épica.

—Estáis de obras —comentó Kaos observando la tienda.

—Gracias por proporcionarnos tan relevante información, no nos habíamos dado cuenta —ironizó Nath observando enfadado a su socio. ¡Todavía no había quitado las rejas de la ventana, ergo seguía sin poder lanzarlo por ella!

—Siempre es un placer ayudar —replicó Kaos acercándose a la fachada—. Me recuerda un poco a la discoteca.

—Ésa es la idea —apostilló Nath incapaz de callarse, algo que no solía ocurrirle—. Haciendo alarde de un despreciable gusto por copiar ideas ajenas, la nueva diseñadora de interiores de nuestro pastelero favorito ha decidido imitar el estilo del Torture Eden en su pastelería. Incluso ha tenido la muy original idea de llamarla Pecados del Edén.

Kaos lo miró perplejo. Esa incontinencia verbal no era corriente en su cáustico socio. Aunque menos corriente todavía era que mostrara emociones. Mucho menos la irritación que revelaba en ese momento. De hecho, Nath tenía una aborrecible tendencia a ser demasiado flemático. Hasta ahora. Por lo visto, la pelirroja lo cabreaba tanto como para hacerle perder su legendaria impasibilidad. ¡Bien por ella!

—Qué interesante —comentó—. ¿Cuánto va a durar la obra? Espero que poco, no sé si podré vivir sin *cupcakes* mucho tiempo.

—Oh, por eso no te preocupes —señaló Óskar feliz—. Todas las noches horneo algunos en casa para mis clientes fijos —que eran cinco: tres ancianas por las mañanas, Kaos los fines de semana y el calvo todas las tardes—. Dame un segundo... —Soltó la brocha y entró en la tienda. Salió con una coqueta caja—. Elige el que quieras, invita la casa.

—Gracias. —Ni corto ni perezoso, cogió dos—. No te importa, ¿verdad? Es que están tan ricos que uno no es suficiente —dijo con esa voz tan sexy que tenía. Y Óskar tuvo que tragar saliva para que no se le cayera la baba—. ¿Quieres? —le ofreció a Nath.

—A él no lo invita la casa. No nos cae bien —dijo Marilia soltando la brocha en el cubo de pintura para coger un *cupcake* coronado con *frosting* de queso, la mano izquierda aún escondida en el bolsillo.

Sacó la lengua y la deslizó por el cremoso glaseado antes de darle un suave azotito con la punta en la cumbre y llevársela a la boca para saborearla con un gemido gutural.

—Joder, ¿de verdad que no te apetece conducir mi Audi? —gimoteó Kaos.

—Lo cierto es que los Audi me ponen muchísimo. —Marilia esbozó una sonrisa lasciva antes de darle otro lametazo al *frosting*.

—No imaginaba que te vendieras tan barata —comentó Nath molesto. No porque se la fuera a mamar a Kaos, que lo dudaba, sino porque lo cargaban las bromitas soeces.

—Vamos, tío, es un E-Tron. No me jodas, son cualquier cosa menos baratos —replicó Marilia imitando a la perfección la juvenil insolencia de una pandillera.

—Ahí tiene razón —convino Kaos.

—Me gustan los rubios inteligentes. Y sin camiseta —dijo ella antes de separar los labios y sorber el *frosting* que quedaba sobre el *cupcake* en una erótica felación.

—Tengo las llaves del coche en el bolsillo derecho de los vaqueros. Y se me están clavando en la erección... Deberías cogerlas, aunque sólo fuera por mi salud sexual, dudo que sea sano tener el pene agujereado —apuntó Kaos enarcando las cejas.

—Pobrecito, eso sería horrible. Te salvaré la polla, es lo menos que puedo hacer por la humanidad —aceptó Marilia dándole el *cupcake* a Óskar para tener la mano libre.

—Esto es una pérdida de tiempo —mascculló Nath dando media vuelta.

Tenía que quitar las rejas de la ventana. Y colgar una soga del techo. Con un nudo corredizo, así se ahorraría hacerlo cuando ahorcara a su socio. Lo cual haría en cuanto se la hubieran instalado. Sólo para probarla. Y si luego se le olvidaba bajarlo, en fin, qué se le iba a hacer.

—Pobrecito, está muerto de envidia. No sé si por tu enorme polla o porque se va a perder mi mamada. —Marilia chasqueó la lengua y agarró la brocha. ¡Como siguiera así, no acabaría jamás de pintar!

Incapaz de contenerse, Nath dio media vuelta y caminó hacia ella con el rostro congestionado por la ira, sorprendiendo a Kaos con su inaudito despliegue de emociones.

Se paró a un centímetro del apetecible cuerpo de la desvergonzada pelirroja.

—Mira, Marilia, así te llamabas, ¿verdad? Te voy a dar un consejo...

—Ups, cuánto lo siento —musitó ella con falso arrepentimiento.

Nath bajó la mirada para ver qué le estaba presionando el estómago.

Una brocha de pintor. Empapada en pintura. Roja, para más señas. Que había dejado una mancha, seguramente indeleble, en su camiseta Versace.

Alzó la vista y la clavó en Marilia. Arqueó una ceja.

—Ha sido sin querer queriendo —afirmó ella ladeando la cabeza con fingido pesar.

—Lo sé. No eres una niña malcriada que se desquita de sus mayores manchándoles la ropa. Ésa es una actitud demasiado pueril, incluso para ti —afirmó. Acto seguido se quitó la camiseta y se la tendió—. No olvides plancharla, no soporto las arrugas en la ropa.

Marilia miró la camiseta que él todavía sujetaba y luego posó los ojos en su torso desnudo. Y allí los dejó.

Madre. Mía.

Era una puta obra de arte.

Un adonis de carne y hueso. Y músculos. Y piel morena. Y vello rasurado. Y un definido *six pack* que necesitaba lamer. Y unas crestas iliacas que se perdían bajo la cinturilla, bastante baja por cierto, del pantalón. Quería seguirlas con la lengua hasta... hasta la polla, qué narices. Seguro que tenía una verga acorde a su espectacular físico. Madre del amor hermoso. ¿Cómo podía estar tan bueno un capullo como él?

—Entiendo que te gusta lo que ves —comentó incisivo.

—Claro que me gusta, no estoy ciega —replicó ella con sorna—. Y me pregunto...

Esbozó una peligrosísima sonrisa y le dio un brochazo en la entrepierna.

—Oh, mierda, ahora también tendré que lavarte los pantalones —musitó abatida, aunque su enorme sonrisa desmentía tal abatimiento—. Bueno, qué se le va a hacer —se encogió de hombros—, te he manchado y debo asumir las consecuencias. Dámelos.

Y como él no se los dio al momento, pues estaba demasiado atónito para reaccionar —¡el descaro de esa mujer no conocía límites!—, Marilia dejó caer la brocha y lanzó las manos hacia el pantalón para desabrocharle la bragueta.

Nath se las atrapó antes de que pudiera tocar su más que evidente erección. Y al hacerlo notó las hinchadas cicatrices que le recorrían la mano izquierda. Tenían un tacto extrañamente suave. Deslizó el pulgar por el punto en que debería estar la palma, encontrando en su lugar un mullido pulpejo que acababa en una prolongación similar a un grueso dedo, el cual se oponía al pulgar permitiéndole formar una pinza.

—No me toques —susurró ella con una voz punzante como un dardo a la vez que daba un fuerte tirón para librarse de su agarre.

Volvió a esconder la mano en el bolsillo trasero y lo miró. Una rabia incandescente ardía en la profundidad de sus ojos verdes.

—No era yo el que iba a desabrocharte el pantalón —señaló Nath—. Estás jugando con fuego y te vas a quemar —la advirtió con voz peligrosamente suave.

—Le dijo la sartén al cazo —replicó ella con chulería.

Se sostuvieron las miradas hasta que, de repente, Nath esbozó una sonrisa ladeada.

—Departir con usted es un agradable desafío, señorita Montes. Espero con ansia nuestro encuentro de mañana —dijo dando media vuelta.

Kaos miró asombrado la espalda de su jefe. ¿De verdad se había batido en retirada? ¡Ver para creer! Se giró admirado hacia la pelirroja.

—Vales mucho, nena... —Sacó las llaves del Audi y se las puso en la mano—. Es el E-Tron negro que está en el garaje de la esquina. Sólo hay un coche más, una horterada naranja —dijo refiriéndose al coche de Nath—. Date una vuelta, te lo has ganado. Cuando te canses de conducir, deja las llaves en las taquillas, se encargarán de dármelas.

—Vale, pero que te quede claro que no te la voy a mamar —le dijo Marilia.

—Ni yo quiero que lo hagas: aunque no lo parezca, me gusta llevarme bien con mi socio —dijo burlón—. Me considero bien pagado con estos *cupcakes*. —Agarró otros dos de la caja antes de irse al Torture Eden.

—Me da la impresión de que tenemos un aliado en la discoteca —comentó Marilia lanzando las llaves al aire.

—Te gusta —afirmó Óskar.

—¿Kaos? Es majo —aceptó ella atrapando las llaves al vuelo. Volvió a lanzarlas.

—Nath.

Las llaves se estrellaron contra el suelo con estrépito.

—¿Estás loco? Es un gilipollas.

—Un gilipollas muy guapo.

—Y muy prepotente —añadió agachándose para recogerlas.

—Y aun así te gusta.

—No seas coñazo, no me gusta.

—Has escondido la mano en el bolsillo durante todo el rato que ha estado aquí.

—Me revienta que don Perfecto vea mis defectos.

—Tu mano no es un defecto, es parte de ti.

—Joder, no te me pongas zen. —Puso los ojos en blanco—. No ha sido a ti a quien ha soltado asqueado al tocar tus cicatrices —le espetó furiosa. ¿Por qué había tenido que tocárselas? ¿No le bastaba con ver lo horrendas que eran, que también tenía que palparlas?

—Él no te ha soltado, has sido tú quien ha dado un tirón para liberarse —señaló.

—Porque me estaba tocando las cicatrices.

—Yo también te las he tocado.

—A ti te he dejado.

—No es como si fueran tus pechos o tu sexo, no son zonas prohibidas...

—Mira que eres finolis —se burló ella—. Prefiero que me toquen el culo, el coño o las tetas antes que las cicatrices. Así, por lo menos me darían una alegría al cuerpo, que buena falta me hace.

Óskar arqueó una ceja al oírla.

Ella se encogió de hombros.

—Entre pitos y flautas, llevo casi un año sin follar. Más aún sin tener un orgasmo con un tío, casi estoy por darme por vencida y casarme con mi vibrador, él nunca me falla.

—¿Y por qué no te lo follas?

—¿A Nath? —Abrió unos ojos como platos.

—Está muy bueno y te dijo que te deseaba..., no es como si fuera a darte calabazas si se lo propones —señaló lo evidente—. Tíratelo.

—Antes me follo un cactus.

—Por Dios, qué dolor. —Hizo una mueca de angustia.

—Y no vuelvas a decir que me gusta —continuó Marilia—, porque no me gusta.

—Sigue mintiéndote.

—Y a ti te gusta Kaos —contraatacó decidida a distraerlo como fuera, porque, joder, se acercaba mucho a la realidad. No le gustaba Nath, pero le ponía muchísimo. Si no lo asquearan sus cicatrices, intentaría tirárselo. Pero como había quedado demostrado unos minutos atrás, sí lo asqueaban. Como a todos. Tampoco es que fuera una sorpresa—. Lo miras con ojitos tiernos y cada vez que te dice algo se te hace el culo Pepsi-Cola.

—No digas tonterías —musitó Óskar enrojeciendo hasta la raíz del pelo.

—Te gusta... Confiesa. —Mojó la brocha en pintura y lo amenazó con ella.

—Es muy guapo.

—Y simpático, hasta nos ha dejado su Audi E-Tron... Te gusta.

—Es el hombre de mi vida —suspiró con gran sentimiento—. Jamás podré amar a nadie como lo amo a él. Es... perfecto para mí.

—Oh, Dios. Voy a vomitar si sigues diciendo esas cursiladas. —Fingió una arcada.

—Hola...

Se giraron sobresaltados.

—Hoy llegas un poco tarde —regañó Óskar con buen humor a uno de sus escasos clientes fijos: el que tenía una ausencia total de pelo en la cabeza.

—El trabajo se me ha complicado —musitó el hombre.

—Vaya, espero que lo hayas solucionado.

Él asintió más retraído de lo normal.

—Me alegro. Imagino que vienes a por tu *muffin* diario.

El hombre volvió a asentir mirando al suelo.

—Tengo uno especial guardado para ti —dijo Óskar entrando en la pastelería.

—La fachada está quedando muy bien —le comentó el calvo a Marilia cuando se quedaron solos.

—Sí, el rojo le da mucha vida.

—Si no es indiscreción..., ¿podrías decirme cómo la vais a pintar por dentro?

—Aún lo estamos pensando. Será rojo, pero quiero combinarlo con algo que le dé un toque de clase y elegancia. Lo malo es que todo lo que se me ocurre es caro de cojones.

—¿Me permites un consejo? —Marilia asintió—. Pon el suelo de rombos negros y blancos.

Marilia entrecerró los ojos imaginándose el efecto, y así fue como la pilló Óskar cuando salió con el *muffin*. Al preguntar, le contaron la idea del hombre.

—Quedaría estupendo —afirmó él entusiasmado.

—Pero casi no nos queda presupuesto... y los suelos son caros —apuntó Marilia arrugando el ceño, porque, sí, sería la bomba poner ese suelo.

—Mi jefe tiene un *stock* de baldosas ajedrezadas de las que quiere deshacerse —comentó el cliente bajando la mirada con timidez—. Podría decirle que os las deje a buen precio y os dé tres meses para pagarlas.

Marilia y Óskar lo miraron perplejos por la oferta.

—Sería maravilloso. Así sólo tendríamos que pagar a los soladores —señaló Óskar eufórico.

—Hace tiempo fui solador, podría ayudaros a ponerlas —musitó el hombre con las mejillas de un rojo subido—. Como agradecimiento por acordaros de mis *muffins* todos estos días.

* * *

Mientras nuestra protagonista femenina, su jefe y un cliente que es más un amigo hacen planes de futuro, nuestro protagonista masculino está dándole vueltas a la cabeza.

Nath, parado frente a pared de cristales de su dormitorio, bajó la mirada a la pista de la discoteca. Aunque estaba tan centrado en sus pensamientos que no veía nada.

¿Por qué había rechazado el desafío?

Lo que había hecho esa descarada mujer al pintarle la bragueta era un desafío con todas las letras. Y él se había dejado vencer.

Desde luego, no iba a desnudarse en plena calle, a pesar de haberse quitado la camiseta en un arrebato que ni él mismo entendía. Pero sí podría haberle puesto las manos en su entrepierna. De hecho, ésa había sido su intención cuando se las había agarrado. Impedirle que lo desabrochara y demostrarle que sólo podía tocarlo si él lo decidía.

Pero, en vez de apretarle las manos contra su erección, se las había acariciado.

No. En realidad sólo le había acariciado las cicatrices.

Y ella había reaccionado como un animal herido y asustado.

La había soltado impactado por el sufrimiento que no conseguía ocultar.

¿Podía ser que le dolieran las cicatrices? Parecían curadas. Eran extrañamente suaves. Tampoco eran repulsivas al tacto, aunque sí a la vista. No era que le importara. Esa pelirroja tenía un carácter tan endemoniado que todo lo demás quedaba en un segundo plano. Lo había sacado de quicio, haciéndole perder el control. Y el control era algo que él jamás se permitía perder.

Pero con ella no conseguía mantenerse inalterable.

No estaba acostumbrado a que las mujeres, ni los hombres, se le enfrentaran tan abierta y físicamente, excepto Avril, por supuesto. Aunque su exmujer difería mucho de Marilia. Era, por difícil que fuera creerlo, menos desquiciante. Y, por increíble que fuera, también menos excitante. Sintió el conocido tirón en el vientre que le sobrevenía siempre que pensaba en la insolente pelirroja.

La deseaba.

Y no podía tenerla.

Se dirigió al vestidor y se puso un traje. Luego bajó a su despacho, pero antes de entrar le pidió a su secretaria que buscara a Kaos. Quería hablar con él.

Su socio tardó más de una hora en acudir a su llamada, algo por otra parte de lo más normal. Kaos jamás se molestaba en apresurarse cuando lo reclamaban.

—¿Me has mandado llamar, mi amo y señor? —dijo Kaos con recochineo.

—¿Por qué las cicatrices de Marilia están hinchadas y enrojecidas? —lo atajó Nath cortante—. Tal y como mueve la mano podría decirse que hace tiempo que la operaron.

Kaos enarcó una ceja.

—Te preocupa la chica... Qué interesante.

—Sólo tengo curiosidad.

Kaos esbozó una sonrisa que decía «ni de coña me lo trago», pero lo dejó correr.

—Calculo que hará algo más de un año desde la operación.

—¿No deberían estar ya curadas? —planteó Nath.

—Lo están, pero tiene un problema con los queloides... —y procedió a explicárselo.

11

Han pasado tres semanas y nuestro protagonista sobrevuela España en un avión con origen en San Francisco, California, y destino en Madrid. Y, a pesar de tener la mirada fija en la pantalla del portátil, su mente está a millones de kilómetros de los documentos que ésta muestra.

Viernes, 18 de junio de 2021

Nath se reclinó en el relativamente cómodo asiento de primera clase y tamborileó con los dedos en la mesita plegable sobre la que reposaba su portátil.

¿Cómo habrían decorado al final la pastelería? Los dos últimos fines de semana, la desquiciante pelirroja y su dócil jefe habían cubierto el escaparate con papel de estraza, impidiéndole atisbar el interior. Lo cual, estaba seguro, habían hecho, o, mejor dicho, había hecho ella, en singular, para fastidiarlo. Y lo peor era que lo había conseguido.

Porque, aunque debería importarle un pimiento lo que hiciera con la pastelería, lo cierto era que le despertaba cierta curiosidad. Era interesante asistir a la transformación de patito feo a cisne que esa endemoniada mujer estaba obrando en la tienda.

La fachada era ahora de un sensual rojo, excepto un recuadro superior que habían pintado en negro mate. Imaginó que allí iría el nombre pintado en letras doradas, al menos así las pondría él. Antes de que taparan el escaparate había podido vislumbrar que habían cambiado el suelo convirtiéndolo en un tablero de ajedrez, también habían pintado de rojo las paredes, aunque con poco acierto, pues resultaban monótonas en comparación con la vistosa geometría del piso. También habían hecho algo con los expositores y las estanterías, aunque no había visto el resultado final. Ni él ni nadie. Ni siquiera Kaos, que parecía haberse convertido en el nuevo mejor amigo de la exasperante pelirroja, sabía cómo había quedado la tienda. O, al menos, eso le había dicho, lo que podía ser perfectamente mentira, dado el hábito que tenía su socio de ocultarle información.

Kaos y Marilia eran tal para cual. Les encantaba exasperarlo. Y lo conseguían.

Pero sólo porque él era tan imbécil de permitírselo. Aunque la realidad era que lo divertía lidiar con Marilia y su afilada lengua. De hecho, era consciente de que estaba deseando que llegase el viernes para ver los avances y discutir con ella. Lo cual era una estupidez, sí, pero lo complacía. Y no tenía por costumbre ignorar sus deseos.

Aunque eso era exactamente lo que hacía al no meterla en su cama y follársela hasta saciarse, algo que, mucho se temía, le llevaría varias noches conseguir.

Resopló malhumorado y trató de concentrarse en la pantalla del portátil.

La visita a San Francisco había resultado provechosa, pues, entre otras cosas, se había reunido con la organizadora de eventos en el teatro que alquilaría para el Torture Game, de manera que había podido ver *in situ* las bases estéticas y estructurales para la decoración temática de la fiesta, que ese año, por primera vez, se celebraría fuera de Europa. Sería el último fin de semana de septiembre, haciéndola coincidir con la clausura de la Semana del Orgullo del Cuero, dentro del marco de la feria Folsom Street Fair en San Francisco.

No le cabía duda de que iba a ser todo un éxito.

* * *

Tiempo después, a las doce de la mañana, un taxi se detiene frente a una imponente casa en La Moraleja.

Nath se apeó sintiéndose revivir. Sólo había estado cuatro días fuera, pero se le habían hecho eternos. No le molestaba viajar, lo que lo exasperaba era la soledad que llevaba aparejada cada viaje. Tomó la maleta y se encaminó a la puerta. Ésta se abrió antes de que metiera la llave y la atravesó un huracán de pelo castaño y ojos almendrados que se lanzó sobre él abrazándolo con fuerza.

Todo volvió a estar bien para él.

—¡Te he visto llegar por la ventana! —exclamó Kayla con voz cantarina.

—¿Estabas vigilándome? —inquirió él en tono fingidamente severo.

—A ti no, a la puerta —resopló ella, su padre a veces era tan obtuso. ¡Cómo iba a vigilarlo, si acababa de llegar!—. Esta semana me he enfadado con Manuel y ya no voy a ser su novia —le soltó a bocajarro.

—Vaya por Dios. —Nath trató de disimular su alegría—. ¿Y qué te ha hecho, si puede saberse?

—¡Nada! Le pedí salir y él me miró raro y se fue. Así que ya no me interesa —dijo bajando la mirada.

Le temblaron los hombros y Nath la abrazó besándole la coronilla.

—Ese chico es un completo idiota si no ve lo maravillosa que eres —sentenció muy serio—. Haces bien en pasar de él.

—Eso dice yaya. Y que no tiene clase para estar conmigo.

—Oh, sí, tu abuela y el pedigrí... —resopló Nath.

Kayla lo miró entrecerrando los ojos.

—Manuel no es un animal. No tiene pedigrí —le explicó con paciencia, arrancándole una sonrisa—. Yaya también dice que para ser la novia de un idiota es mejor no tener novio.

—Sin que sirva de precedente, estoy de acuerdo con ella.

La adolescente sonrió, feliz de que al menos en eso su padre y su abuela coincidieran, y pasó a detallarle todo lo que pensaba decirle al imbécil de Manuel cuando lo viera el lunes en el campamento de verano al que ambos acudían.

Entraron en la casa y Nath saludó a Marga con un gesto que ésta correspondió con una sacudida de cabeza. Luego padre e hija subieron al dormitorio del primero, y mientras Nath sacaba la ropa de la maleta, Kayla le detalló todo lo acontecido en su ausencia. Cuando la ropa estuvo colocada se sentaron en la cama, o, mejor dicho, Nath se tumbó mientras Kayla se sentaba a su lado y continuaba parloteando.

El arrullo de su voz lo fue adormilando hasta que se sumió en un sueño reparador. No en vano llevaba encima casi diecisiete horas de viaje.

Tiempo después, sintió unos labios suaves posarse sobre su mejilla y giró la cara buscándolos a la vez que extendía el brazo para atrapar a la pelirroja que dormía a su lado.

—¿Con qué sueñas?

Abrió los ojos sobresaltado al reconocer la voz de Kayla.

—¿Qué hora es? —musitó con voz ronca mirando hacia abajo con disimulo para asegurarse de que ninguna inoportuna erección alzaba sus pantalones. El sueño no había tenido tiempo de alcanzar el punto álgido, pero aun así... Suspiró aliviado al comprobar que todo estaba en su lugar.

—Son casi las cinco. Yaya ha dicho que bajes a merendar.

—Me he quedado dormido... —murmuró frotándose los ojos.

—Siempre lo haces cuando vuelves de viaje. ¿Con qué soñabas? —insistió.

—Con nada en especial.

—Pues parecías muy feliz. Tenías una sonrisa enorme. Y suspirabas.

Nath enarcó una ceja incrédulo. Él nunca suspiraba.

—¿Te vas a echar novia? —inquirió Kayla suspicaz.

—¿A qué viene esa pregunta?

—A que últimamente estás muy contento.

—Yo siempre estoy contento.

—Eso no es verdad —lo regañó—. Siempre estás enfadado con yaya y con mamá y con Uriel y con tío Kaos, y te sale esa horrible arruga en la frente cuando te enfadas mucho.

—¿Qué arruga?

—Ésta. —Le deslizó el dedo por el espacio entre las cejas—. Pero ya no te sale casi nunca. Porque ya no estás siempre enfadado.

—¿Ah, no? —comentó divertido.

—No —aseveró—. Sólo de vez en cuando. Y sonríes mucho y estás alegre.

—¿Cómo no voy a estar alegre, si estás aquí conmigo?

—Antes no sonreías tanto —replicó muy seria—. Tío Kaos dice que es porque una chica te hace tilín.

—¿Kaos dice eso? Voy a matarlo —masculló Nath.

Kayla lo miró con los ojos muy abiertos.

—¡No lo digas ni en broma!

—No bromeo —masculló él antes de desdecirse—. Sí lo hago. Pero nadie evitará que le ponga una corbata de cáñamo en el cuello. No le hagas caso a Kaos, es idiota.

—No lo es, también me dijo que a mamá le gustaba Uriel y acertó.

—Mira, no...

—Ojalá vuelva a acertar —suspiró Kayla—. Me gusta verte feliz. —Le dio un beso antes de apartarse—. La merienda ya está en la mesa, deberíamos bajar.

—Adelántate tú. Me doy una ducha y te sigo.

—Vale. —Saltó de la cama y se dirigió a la puerta, pero se giró antes de salir—. Quiero ir a la pastelería que hay al lado de la discoteca, tío Kaos dice que la pastelera es muy simpática y vende unos bollos muy ricos.

—Decididamente, voy a matar a Kaos —afirmó entre dientes Nath.

* * *

Tras una ducha revitalizante coronada por una placentera sesión onanista, nuestro protagonista entra en el salón, donde su hija y su madre juegan al parchís bajo la refrescante caricia del aire acondicionado.

Nath se sentó a la mesa para merendar y no pudo evitar sonreír al percatarse de que su madre avanzaba más casillas de las que le correspondían. Kayla la pilló. Siempre lo hacía. Tal vez porque Marga hacía unas trampas tan evidentes que era imposible no darse cuenta. Y estaba seguro de que lo hacía a propósito para arrancar las carcajadas de la adolescente.

Sintió una punzada de envidia. ¿Por qué no había podido ser así con él? Lo habría agradecido bastante cuando era un niño obeso y acomplejado.

Dio cuenta de la comida y se despidió de Kayla con un beso para irse a trabajar.

—Espera aquí, Kayla, voy a hablar un instante con tu padre —dijo la anciana intercambiando una sospechosa mirada con su nieta antes de seguirlo.

Nath continuó hasta el vestíbulo, donde se detuvo receloso. No le gustaba que su madre conspirara con su hija, pues siempre solía ser en detrimento de él.

—¿Qué quieres? —exigió cuando ella cerró la puerta.

—Dentro de poco más de dos semanas es tu cumpleaños y quiero dar una fiesta.

—¿Desde cuándo das fiestas por mi cumpleaños?

—Una buena madre siempre se preocupa de que cada cumpleaños de su hijo se convierta en un recuerdo imborrable.

—Eso, desde luego, lo has conseguido, madre. Hiciste que todos mis cumpleaños fueran inolvidables, a pesar de que nunca celebraste ninguna fiesta en mi honor cuando era niño.

—No tenías amigos a los que invitar —replicó Marga altanera.

—Ahora tampoco los tengo —zanjó Nath el tema abriendo la puerta.

—Por supuesto que los tienes, y ya he hablado con ellos al respecto.

Nath la miró con los párpados entrecerrados.

—¿Los tengo? Ilústrame, ¿quiénes me estiman a pesar de mi impropia y vulgar empresa y mi inadecuado y abominable carácter? Tengo curiosidad.

—Muchos te aprecian, pero tú los ignoras —dijo soslayando su orden disfrazada de petición—. Por eso vamos a dar esa fiesta, para cultivar de nuevo su amistad.

—¿Pretendes regarlos con champán y recolectar su afecto? —se burló mordaz—. No insultes mi inteligencia, madre. Dime por qué quieres celebrar una fiesta.

—Quiero recuperar nuestro antiguo estatus. Kayla se hace mayor, necesita conocer gente de su estrato social y dejar de juntarse con los chicos del colegio.

—Creí que te gustaba el colegio.

—Es conveniente para ella en el ámbito académico, pero en su vida social puede, y debe, optar a algo mejor.

—Yo opté a algo mejor y no es que me hiciera muy feliz, más bien al contrario, madre —señaló encarándola—. Deja tranquila a mi hija con sus amigos. No quiero que le metas tus ideas clasistas y obsoletas en la cabeza, ¿entendido?

—Una fiesta sería una estupenda forma de que ambos conozcáis gente adecuada. No puedes seguir viviendo al margen de la sociedad. Incluso tú necesitas relacionarte.

—No salgo de mi asombro, madre, ¿desde cuándo te interesan mis necesidades?

—No seas obtuso, Nath. Eres mi hijo.

—Desde hace cuarenta y dos años, y sólo ahora muestras interés —replicó él—. No darás ninguna fiesta, madre. No quiero que llenes la casa de desconocidos. A Kayla no le gustan las multitudes.

—Da la casualidad de que la fiesta ha sido idea suya —repuso altiva—. Está ilusionada con darla, por lo que te pediría un poco de entusiasmo, aunque sea fingido.

Nath observó furioso a su madre. Dudaba que la idea hubiera salido de su hija.

—¿No me crees? —Marga esbozó una sonrisa arrogante y llamó a Kayla.

La adolescente acudió al instante, una luminosa sonrisa alegrando su cara.

—¿Te parece bien, papá? —le preguntó entusiasmada—. Va a haber camareros llevando copas de champán y refrescos, y una mesa enorme con bocadillitos para que los invitados se los coman. ¡Te va a encantar! ¡Va a ser genial! ¡Ya lo verás!

—A tu padre no le parece bien la fiesta —intervino Marga con mirada desafiante.

Nath sintió ganas de matar a su madre al ver la desilusión en la cara de su hija.

—No he dicho eso —reconsideró su decisión. Marga curvó los labios sintiéndose ganadora—. Es sólo que no sé si será buena idea. No conoceremos a la mitad de la gente.

—Claro que sí. Yaya los conoce a todos del club de campo y dice que son muy majos.

—Eso sobre todo —mascculló Nath—. ¿Cuándo la darías? —Miró a su madre.

—El sábado 3 de julio.

—Está bien, pero no quiero a nadie aquí antes de las siete de la tarde ni después de las diez de la noche.

—Ninguna fiesta que se precie termina tan pronto —protestó su madre.

—No está sujeto a debate —rechazó Nath con mirada firme.

—Pretendes acabar la fiesta antes de que le dé tiempo a empezar —lo acusó Marga.

—Si lo prefieres, podemos no celebrarla —señaló él. Y, sí, era una advertencia.

—Tal vez sea lo mejor —aceptó Marga desafiante—. Para dar una fiesta mal y a medias, prefiero no darla.

—¡No! —Kayla miró a su padre llorosa—. Por favor, papá, déjanos hasta tarde...

—No me parece prudente dar una fiesta sin hora límite —improvisó—. La gente querrá quedarse hasta la madrugada y nosotros tendremos sueño y querremos dormir y no podremos porque la casa estará llena de desconocidos —arguyó esperando convencerla.

—¡No tendremos sueño! Tú siempre trabajas los sábados toda la noche y yo estaré tan feliz que no me entrará sueño. Porfa, papá...

Nath no pudo negarse.

Aceptó con un cabeceo y fue al garaje. Se montó en el coche, esperó a que la puerta automática se alzara y recorrió despacio la distancia que lo separaba del muro que delimitaba su propiedad. Se despidió de Kayla sacando la mano por la ventanilla y salió a la carretera. Avanzó a una velocidad prudencial hasta doblar la esquina y después pisó el acelerador a fondo mientras golpeaba el volante, tan enfadado que apenas veía la calzada. Idiota. Idiota. Idiota.

¿Cómo era tan idiota de caer siempre en la misma trampa de su madre?

12

Cuando se demuestra que nuestra protagonista femenina tiene los ovarios bien puestos. Demasiado bien puestos tal vez.

—¿Crees que la gente entrará a la pastelería si me quito la blusa y les enseño las tetas? —le preguntó Marilia a Óskar.

Él la miró con los ojos muy abiertos. Era muy capaz de cumplir su propuesta. Casi estuvo tentado de decirle que lo intentara. Pasaban de las siete y nadie había entrado todavía, a pesar de que era la gran inauguración, como anunciaba el cartel de la fachada.

—No creo —respondió con su mejor cara de póquer, que, la verdad sea dicha, era penosa—. Los madrileños estamos acostumbrados a todo. Dudo que llames la atención.

—Tengo la tetas muy bonitas —apuntó ella arqueando una ceja.

—Seguro que sí —convino él un poco sofocado. Las mujeres que conocía no eran tan directas. Ni tan osadas. Aunque seguro que iba de farol. Pero, por si acaso, añadió—: De todas maneras, te pueden detener por escándalo público si te despelotas.

—Qué va —rechazó disfrutando con la angustia de su jefe, aunque en vez de continuar torturándolo llevó la mano izquierda a la espalda, escondiéndola—. Víctimas a la vista. Es hora de pasar a la ofensiva. —Esbozó su sonrisa más provocativa—. Tenéis pinta de que os gusta el dulce y la perversión... Os invito a un pecadito *cake pop* —le dijo a la pareja que pasaba frente a la pastelería en ese momento.

Él vestía un corsé y un tanga de látex amarillo y unas botas de tacón negras, altas hasta medio muslo. Ella iba cubierta desde la punta de los pies hasta la barbilla con un mono de PVC negro, completaba su atuendo una máscara del mismo color que sólo dejaba al descubierto sus ojos y su boca. No cabía duda de que eran clientes del Torture Eden.

Se detuvieron frente a Marilia y aceptaron dubitativos la piruleta de bizcocho bañado en chocolate blanco que les tendió. Poco después entraban en Pecados del Edén para hacerse con un cáliz de pecaditos. O, lo que era lo mismo, una copa de *cake pops*.

* * *

Nath aparcó el coche malhumorado, se apeó conteniéndose para no dar un portazo y salió del garaje. Cruzó el paso de cebra sin esperar a que el semáforo cambiara a verde y fue directo a la pastelería. Llegó allí al mismo tiempo que cuatro hombres ataviados como Conan el Bárbaro salían comiéndose algo que tenía un asombroso parecido con un pene con una copiosa corrida resbalando por el tronco.

—Bizcochitos fálicos de plátano y cremoso de caramelo salado con eyaculación de chantillí de vainilla de Tahití —dijo Marilia saliendo de la pastelería tras los forzudos.

—En realidad la vainilla es de...

—Tahití —interrumpió Marilia a Óskar—. Suena más erótico que del mercado, ¿no crees? —Se giró hacia Nath y esbozó una lasciva sonrisa—. ¿Te apetece uno? ¿O tú no comes pollas, ni aunque sean de bizcocho? —lo desafió.

—Mis gustos van por otros derroteros —señaló él recorriéndola con la mirada, evidenciando exactamente cuáles eran sus preferencias.

Se había puesto un ceñido vestido negro de tirantes, escote cuadrado y falda trapecio hasta medio muslo que le quedaba francamente bien a pesar de las bailarinas negras, totalmente inadecuadas, con las que lo acompañaba.

—Tengo el bollo perfecto para ti. —Marilia esbozó una sonrisa torcida y entró en la tienda. Se asomó al ver que no la seguía—.

¿No vas a entrar? Te juro que no te voy a comer. A no ser que quieras que te coma, o que te la coma. En cuyo caso tampoco te comeré. No es por nada, pero tienes pinta de ser bastante indigesto. —Chasqueó la lengua antes de volver a entrar.

Y Nath, aun en contra de su buen juicio, sonrió y la siguió.

—Tetitas de nata, perfectas para ti. —Marilia se coló tras del mostrador y sacó una bandeja de *brioches* cubiertos por una pátina de brillante gelatina y coronados por una guinda que se parecían asombrosamente a unos pechos; luego ocultó la mano izquierda a su espalda, gesto que no pasó desapercibido a Nath—. Al primero invito yo. Pruébalo.

Nath enarcó una ceja.

—Vamos, no te cortes. Dale un buen bocado a la guinda. Te va a encantar —afirmó provocativa inclinándose sobre el mostrador para proporcionarle una estupenda vista de su canalillo.

Él aceptó y dio un mordisco. Estuvo a punto de gemir de placer.

—Está macerada en coñac, bañada en glaseado de almendra y sumergida en azúcar rojo —detalló Marilia—. Prueba el *brioche*.

Nath lo hizo. Y tuvo que esforzarse para no volver a gemir. Era una delicia esponjosa con un toque achampanado y rellena de una exquisita crema de coco y vainilla.

—¿Te gusta? —inquirió ella con voz ronca. Nath arqueó una ceja ante su tono sensual—. Te voy a contar un secreto, esos *brioches* están inspirados en mis tetas; por eso están tan ricos. ¿Te gustaría probarlas?

—Sí —respondió él sorprendiéndola, pues había esperado una contestación más sarcástica y menos concluyente.

—Pues lo siento, pero te vas a quedar con las ganas —le guiñó un ojo y acto seguido regaló su sonrisa más luminosa a las mujeres vestidas de *pin-up* que acababan de entrar.

—No pienses que lo voy a dejar estar —le advirtió él antes de terminarse el *brioche*.

—No osaría soñarlo —replicó Marilia tendiéndole otro—. El premio de consolación, disfrútalo imaginando que son mis tetas. Quien no se consuela es porque no quiere.

Nath no pudo evitar sonreír, el mal humor olvidado. Tomó el

bollo y se encaminó a la puerta esquivando al tipo con uniforme militar de látex azul que acababa de entrar. Se giró antes de salir a la calle para echar un vistazo al interior.

No podía negar que Marilia tenía buen gusto. Había roto la monotonía del rojo de las paredes gracias al suelo ajedrezado y los expositores y estanterías que había pintado de negro y en los que había ordenado por colores y tamaños los dulces.

Y había cientos de ellos.

Coloridos *muffins*, *cupcakes* con todo tipo de coberturas, galletas de mantequilla y jengibre con forma de sujetadores, braguitas, bóxeres y corsés, tartas temáticas con zapatos, látigos, antifaces, esposas y demás parafernalia hecha de chocolate e incluso un bizcocho cubierto de *fondant* rojo sobre el que había una delgada gargantilla de cuero negro con una argolla de plata que para los profanos no tendría ningún significado, mientras que para los entendidos era un exquisito collar de sumisión.

Y, enfatizando el aspecto antiguo y engañosamente sencillo de la tienda, una austera pizarra en la pared lateral detallaba el precio de los productos expuestos.

—Impresionante, ¿verdad? Deberías contratarla para que redecorase el Torture Eden —comentó Kaos tras él—. Ah, no, perdona, se me había olvidado que no quieres contratarla porque te la pone dura.

Nath lo miró sorprendido. ¿Cómo sabía...? Apretó los dientes enfadado. Por lo visto, Marilia era menos discreta de lo que había pensado.

—Así que seguimos sin tener la camarera que necesitamos, o, mejor dicho, una de las camareras que necesitamos además de la jefa de camareros que nos falta —continuó Kaos—. Y a eso hay que sumarle que sigo siendo el encargado, a pesar de que también lo soy del Paraíso y estoy desbordado —masculló con una chispa de mal humor nada habitual en él. Pero es que echaba de menos pasar los fines de semana en su propio club, ocupándose de sus asuntos—. Casi me arrepiento de haberme ofrecido voluntario. Si al menos tuviera el personal necesario, pero no, no podemos contratar a Marilia de camarera porque te pone cachondo, algo que tampoco es que sea determinante porque ella pasa de ti como de comer mierda. Tiene que ser duro... Y nunca mejor dicho —señaló incisivo, volcando en él la frustración que le provocaba que su estancia se estuviera alargando más de lo esperado.

—Está claro que tenerte en el Torture Eden es un suplicio para ambos —replicó Nath malhumorado antes de girarse hacia Marilia, quien, ajena a todo, despachaba sonriente a las *pin-ups*. ¿Era mucho pedir que tuviera un mínimo de saber estar y mesura?

—No la mires a ella, no se ha chivado del motivo por el que no la contrataste —señaló Kaos elevándose el sombrero con un golpecito—. Pegué el oído a la puerta del despacho cuando me echaste y escuché. El resto lo he imaginado por cómo la miras.

—¿Y cómo la miro, si puede saberse?

—Como un perro miraría un delicioso hueso que no puede tener. Babeando —declaró malicioso, esquivándolo para entrar.

Nath observó resentido cómo se acercaba al mostrador, arrancando una eufórica sonrisa al jefecillo de Marilia mientras ésta coqueteaba con el tipo disfrazado de militar.

El mal humor que lo había acompañado esa tarde estalló de nuevo. Odiaba que se inmiscuyeran en su vida privada, más aún cuando ésta era, además de frustrante, sexualmente inexistente.

Salió malhumorado hacia la discoteca y se chocó con una pizarra que anunciaba la inauguración y el regalo de un *cupcake* por cada compra. La miró disgustado, más aún al ver la mesa y las dos sillas plegables pintadas de rojo que alguien, probablemente su irritante vecina, había colocado en la acera frente al escaparate.

Dio media vuelta y regresó a la pastelería.

—¿Las sillas, la mesa y la pizarra forman parte del atrezo de la pastelería? —inquirió con voz peligrosamente suave acercándose al mostrador.

Marilia lo miró recelosa en tanto que Óskar dio un paso atrás. Literalmente. El Señor del Torture Eden parecía muy cabreado.

—Podría ser, ¿por qué? —respondió Marilia.

—Están en la calle.

—No jodas, no me había dado cuenta —se burló ella con una sonrisa torcida.

—Quítalas —ordenó él.

—*Nop* —rechazó modulando de manera exagerada la pe.

—Dudo que tengas permiso para poner mesas en la acera.

—Meeeec —Marilia imitó a una bocina—. Error, no es «mesas», en plural, es «mesa». Una. Punto.

—Y dos sillas. Y una pizarra que está apoyada contra la fachada de mi discoteca.

—¿En serio? Vaya, lo siento tanto, no quería invadir la aburrida fachada de tu discoteca *supermegafashion* con mi pizarra molona —se disculpó sarcástica—. Ahora mismo la quito. Mejor dicho, cuando cierre. O tal vez nunca. Quién sabe. Tengo muy mala memoria para las gilipolleces... Y ésta es de órdago. Seguro que se me olvida.

—Mira, Marilia...

—Así me llamo —lo interrumpió con una sonrisita artera.

—Quita la puta pizarra.

—¿Acabas de decir un taco? —Lo miró con fingida perplejidad, aunque la sorpresa que apareció en la cara de Kaos no fue nada fingida. Era la primera vez que oía a su socio soltar un taco—. Lo habéis oído, ¿verdad? —les preguntó a Óskar, Kaos y los clientes—. No han sido imaginaciones mías. El estirado Señor del Torture Eden se ha ensuciado la boca con un taco. —Se llevó las manos a la cara y abrió mucho los ojos—. ¡Ver para creer! Vete, en serio, no esperes más. Sé que estás deseando ir a tu discoteca superguay para lavarte la boca con jabón de rosas supercaro. —Hizo aspavientos para que se marchara.

Nath parpadeó ante su discurso. El mal humor batalló contra la diversión y perdió la batalla. Aunque no reculó. Porque él jamás daba un paso atrás, ni siquiera para tomar impulso.

—Según la ordenanza de terrazas debes solicitar, y pagar, una licencia para instalar mobiliario en la vía pública, algo que, permíteme que lo exprese con quizá excesiva sinceridad, dudo que hayas hecho, habida cuenta de la actual incapacidad económica de tu negocio.

—Son sólo una mesa y un par de sillas viejas. Ni siquiera valen para sentarse, sólo están de adorno —señaló Óskar conciliador—. Las quitaremos ahora mismo.

—Ni se te ocurra tocarlas —le ordenó Marilia—. Se quedan donde están.

—¿Estás segura de eso? —inquirió Nath con un tono tan afilado como su mirada.

—Atrévete a quitarlas si tienes huevos —lo retó ella adelantando la barbilla y plantando las manos en el mostrador, lo que daba muestra de lo irritada que estaba.

Nath la observó de arriba abajo, deteniéndose un segundo de más en sus manos. O, más exactamente, en su mano izquierda, algo de lo que ella se percató, pues al momento la volvió a ocultar a su espalda esbozando una mueca de rabia.

—No voy a quitarlas, serás tú quien lo haga —sentenció él. Sacó el móvil y marcó un número—. Mariano... Nathaniel Villanueva. He hallado mobiliario en la acera, junto a la fachada de mi discoteca. Dudo que tenga la licencia correspondiente. Una mesa, dos sillas y una pizarra. Agradecería que te ocuparas de este molesto asunto.

Sin más palabras, finalizó la llamada.

—¿Pretendes hacerme creer que un tío llamado Mariano va a mandar a sus matones a quitar mi mesa y mis sillas? —Marilia lo miró flipada—. Joder, ¿qué te has fumado?

—¿No crees que te has pasado? Sólo un poquito de nada —lo increpó Kaos, en su mirada no había ni un asomo del humor que lo caracterizaba.

—No te metas en mis asuntos, Kaos —le advirtió Nath antes de irse al Torture Eden.

—Qué hijo de puta —masculló—. Quitad la mesa, las sillas y la pizarra, deprisa.

—Estás de coña, ¿no?

—Mariano no es ningún matón. Es el concejal de Urbanismo de este distrito. Y le tiene cierto aprecio a Nath. No creo que la policía tarde más de cinco minutos en llegar.

—¡Muévete! —exclamó Óskar saliendo a la calle. Allí se encontró con su cliente fijo, y ahora amigo, quien, sin preguntar nada, pues había oído lo suficiente, le echó una mirada de conmiseración y lo ayudó a meterlo todo.

—Cabrón arrogante —gruñó Marilia plegando la mesa—. Te juro por mis muertos, y tengo unos cuantos, que ésta me la paga. Palabrita de putón verbenero.

Kaos la miró sorprendido por su elección de palabras, pero no fue él quien habló.

—¿Putón verbenero? —repitió el calvo, tan sorprendido que se olvidó de su timidez.

—Es lo que soy —replicó ella a la vez que esbozaba una amigable sonrisa para atender a los clientes que había dejado de lado por culpa del idiota prepotente de Nath.

Seis minutos después, la policía entró en la pastelería para comprobar una denuncia efectuada, advirtiéndoles que el mobiliario no podía invadir la vía pública sin licencia.

—Pero hay muchísimos comercios que tienen caballetes publicitarios y no les pasa nada —se quejó Óskar, adelantándose al estallido de Marilia.

—Esos comercios no se han echado a Nath como enemigo —señaló Kaos.

13

Cuando, al día siguiente, nuestro protagonista descubre que fastidiar a cierta pelirroja conlleva una olorosa venganza.

Sábado, 19 de junio de 2021

—Qué maravilla —resopló Marilia poniendo los ojos en blanco, algo que no le sirvió de nada, pues su interlocutora estaba a quinientos kilómetros de allí—. Sí, lo digo en serio, me parece estupendo —dijo con evidente hartura al teléfono a la vez que se apoyaba en la fachada junto a la puerta de la pastelería.

En la hora que llevaban abiertos apenas había entrado nadie, aunque, claro, aún faltaban tres cuartos de hora para que el Torture Eden abriera sus puertas. Marilia confiaba en que cuando eso aconteciera tuvieran tantos clientes o más que el día anterior. De hecho, se iba a encargar personalmente de ello.

—¿Quieres sinceridad? Me parece una estupidez que estés pensando en hacer caso a tus puñeteras abuelas y casarte de blanco. Follas todos los días con Jota, el blanco sobra —se burló—. ¿Perdona? Ni de coña voy a disfrazarme en tu boda. Sí, llevar un vestido de tiros largos es ir disfrazada. ¿Qué me voy a poner? Pues mi uniforme de putón verbenero, por supuesto. Tal vez vaya algún amigo de Jota que me resulte interesante. Tendré que ir preparada, ya sabes: minifalda, top diminuto y el bolso lleno de condones.

Se calló un instante mientras su hermanastra hablaba y luego gruñó ofendida:

—¡Qué coño voy a estar necesitada! Me lo hago a diario con un semental moreno de ojos azules que tiene un rabo kilométrico. Sí, el tipo del Lamborghini. Claro que lo he conducido —mintió, y acto seguido exhaló una ronca carcajada—. Serás cotilla... Pues sí, se la he mamado, cómo si no iba a convencerlo de que me dejara conducir su cochazo, no es que yo esté más buena que un tren o que tenga algo que me haga especial, aparte de mi escasez de dedos, *of course* —se burló.

Un instante después parpadeó perpleja ante la preocupada respuesta de Índigo.

—No me jodas, Indi, era una broma. Por supuesto que estoy bien. No, no estoy depre —resopló—. ¿Por qué iba a estarlo? Mi vida es mejor que nunca. Vivo en un piso enorme, follo con un semental todas las noches, trabajo en una pastelería de lujo y tengo un jefe estupendo —y eso era lo único sincero de toda la parrafada—. Pues no. Lo siento mucho, pero no os echo ni un poquito de menos. Ni a vosotros ni al pueblo. ¿Por qué no me preguntas algo un poco más original? —Puso los ojos en blanco ante la siguiente pregunta—. Sí, mi mano va genial, ya casi no se notan las cicatrices, incluso parece normal. Ah, no, eso no, he exagerado. —Chasqueó la lengua.

Dejó que su espalda resbalara por la pared hasta quedar sentada en el suelo con las piernas encogidas contra el pecho.

—¿Cómo están Tutti Frutti y los demás?... ¡¿En serio?! No me lo puedo creer —exclamó con la primera sonrisa auténtica de toda la conversación—. Me encantaría estar allí para verlos ponerlo en su sitio... —Encorvó los hombros ante el súbito ataque de nostalgia que le sobrevino al pensar en sus amigos—. Intentaré escaparme para verte antes de la boda. Y de paso acompañaré a Tutti Frutti a comprarse el traje, no quiero que haga el ridículo siguiendo los arcaicos consejos de Tocinete y Rasputín. Sí, voy a... —Apoyó la cara en las rodillas y giró la cabeza acomodándose, y en ese momento vio una sombra en la acera. Alzó la mirada y allí estaba él—. Te tengo que dejar, Indi, acaba de llegar el gilipollas que trabaja en la discoteca de al lado y no quiero que me denuncie por invadir su trozo de calle. Sí, el reprimido ese del que te he hablado, el calvo con verrugas en la frente, pelos en la nariz y un ojo de cristal. Da recuerdos a la gente —se despidió guardando el teléfono.

—Prefiero que me describas como tu amante de rabo kilométrico —señaló Nath, dándole a entender que llevaba un buen rato escuchando.

—Ése no eres tú.

—Soy el tipo del Lamborghini —señaló él como si con eso lo dijera todo—. Y, por cierto, si me has hecho una mamada ha sido tan mala que ni siquiera la recuerdo.

—Ya te gustaría que te la comiera —se burló Marilia. Se abrazó las rodillas teniendo buen cuidado de esconder la mano izquierda en la unión entre ambas.

—Desde luego, no me disgustaría.

—Pues te vas a quedar con las ganas —le espetó con rencor—. ¿No te ha dicho nadie que es de pésima educación escuchar conversaciones ajenas?

—Si no quieres ser escuchada, deberías hablar en un sitio menos público que la calle. Por cierto, no estoy de acuerdo en tus apreciaciones. Sí estás más buena que un tren y sí tienes algo que te hace especial.

—Que te follen —masculló ella furiosa por su flagrante mentira.

—Lo estoy deseando. —Le tendió la mano para ayudarla a levantarse. Marilia lo apartó de un manotazo y siguió sentada en el suelo—. Deberías plantearte cambiar de acomodo, en esa postura y con esa ropa —fijó la mirada en la escueta minifalda vaquera que llevaba— dejas muy poco a la imaginación, amén de que el suelo no es el sitio más adecuado para sentarse. Creo que para ese menester se inventaron las sillas.

—Sí, y tenía dos, pero un gilipollas llamó a la poli y tuve que deshacerme de ellas.

—No deberías haber incumplido la ley.

—Y tú no deberías mirarme las bragas, pero lo haces. —Apoyó

la espalda en la pared y dejó caer una rodilla al suelo mientras mantenía la otra pegada a su pecho.

Y Nath no pudo evitar bajar la mirada y tragar saliva, tan excitado que su erección amenazaba con hacer explotar la bragueta de sus elegantes pantalones. Y no porque se le vieran las bragas, pues ella había colocado las piernas de tal manera que tapaban lo justo para ocultarle la ropa interior. Aunque sí podía observar a placer la cara interna de sus muslos.

No le cabía duda de que sería una delicia acariciarlos. Y saborearlos.

—No deberías provocarme.

—¿Por qué no? ¿Vas a denunciarme a tu amiguito el concejal si lo hago?

—No. Voy a follarte —le advirtió él.

—Sólo si yo te dejo. —Bajó la otra pierna, de manera que, esta vez sí, viera sus bragas.

Eran negras, de un delicado tejido semitransparente que no dejaba nada a la imaginación y que le permitió descubrir que estaba totalmente depilada.

Se le secó la garganta. Y se le hizo la boca agua. Las dos cosas a la vez.

Marilia deslizó la mano derecha por el interior de su muslo, acercándose perezosa al lugar en el que él tanto deseaba estar. Resiguió con las yemas de los dedos el borde de la braguita bajo la atenta mirada masculina, hasta posar el índice sobre su clítoris.

Presionó dejando escapar un gutural jadeo.

—Interesante —gruñó Nath resistiendo apenas el impulso de echársela al hombro como un neandertal y llevarla a su cueva/discoteca para follarla hasta saciarse.

Aunque también podría arrodillarse, agarrarla por los tobillos y tirar acercándola a su boca para paladearla. Le metería la lengua bien adentro y luego le chuparía el clítoris hasta llevarla a la culminación.

¿Por qué no hacerlo?

Porque estaban en mitad de la calle y no era el lugar apropiado para descontrolarse. Eso, en el remoto caso de que alguna vez se permitiera perder el control. Aunque sí podría levantarla y besarla. Recrearse en el sabor de sus labios y el tacto de su piel. Pero no lo haría. Porque entonces ella ganaría la partida y él jamás permitiría tal cosa. Así que esbozó una sonrisa cordial, sacudió la cabeza a modo de despedida y se marchó.

Marilia no pudo evitar fruncir el ceño ante su falta de reacción. No era que esperara que se lanzase sobre ella y la follara, por supuesto que no. Aunque le habría gustado, eso desde luego. Pero sí esperaba una reacción más... expresiva. Algo del estilo a un estallido de furia. O de pasión.

Pero no había reaccionado en absoluto.

Chasqueó la lengua malhumorada. Mucho decir que quería follarla y que la deseaba y, sin embargo, actuaba como si no hubiera intentado provocarlo. Como si no lo excitara mirarla. ¿Y por qué iba a excitarlo? Se miró con amargura la mano izquierda.

Antes podía tener al hombre que quisiera —excepto al novio de su hermanastra, que siempre se le había resistido— con sólo chasquear los dedos. Unos dedos que ya no tenía. Lo único en lo que había superado a su hermanastra era en su poder sobre los hombres. Y ahora lo había perdido, junto con parte de la mano.

Era ridícula. No podía seguir comportándose como si fuera deseable, porque ya no lo era. Había follado con los suficientes tíos tras el «accidente» para comprender que las manos mutiladas no los ponían cachondos, más bien al contrario. Y, joder, era muy desagradable follar con alguien que *a*) mira tu mano con la fascinada repugnancia con que se examina algo asqueroso que el morbo te impide dejar de mirar, *b*) evita que lo toques con el mismo disimulo que si tuvieras una enfermedad contagiosa, o *c*) está tan ebrio que no sabe que te faltan unos cuantos dedos. En realidad, esto último lo había provocado ella al follar con borrachos, pero en su momento le había parecido una buena opción para evitar miradas de conmiseración y comentarios estúpidos.

Una llegaba a cansarse de que todo el mundo la mirara con lástima y expresara sus condolencias por el estado de su difunta mano.

La gente era idiota. Y ella también, por perder el tiempo pensando chorradas.

* * *

Y aquí estamos, en ese momento tremendamente privado en que nuestro protagonista da rienda suelta a sus instintos y se hace una paja en el baño.

Nath apoyó la mano izquierda en la pared de la ducha de su refugio para sostenerse en pie. El placer que se provocaba con su mano derecha era tan intenso, tan arrollador que le faltaba el aliento y le fallaba el equilibrio. Cerró los ojos y se recreó en el rostro diamantino de cierta pelirroja, en sus ojos verdes como las hojas en primavera y sus labios color coral. En su sonrisa llena de picardía y su mirada astuta. Joder. Lo que más lo excitaba de ella no era su aspecto, sino su carácter. Ciñó más la mano con que se masturbaba y aumentó el ritmo. De repente echó la cabeza hacia atrás, su cuerpo tan tenso como un arco. Sacudió con fuerza las caderas. Una vez. Dos.

Explotó exhalando un ronco gruñido.

Se mantuvo bajo el tibio chorro, recuperándose del potente orgasmo.

No debería haber esperado tanto para masturbarse, pensó mientras se secaba. Estar erecto durante la media hora que había tardado en comprobar que todo estaba en orden para la apertura había devenido en una necesidad tan brutal que incluso le temblaron las manos mientras se desnudaba para meterse en la ducha.

Resopló desdeñoso. ¿A quién quería engañar? Eso era una estupidez. No importaba en absoluto el tiempo que tardara en aliviarse, desde que había conocido a Marilia la necesidad siempre era igual de feroz.

Se puso gel en el pelo para someter sus rebeldes rizos y lo peinó con los dedos hasta dejarlo a su gusto, luego entró en el vestidor para elegir la ropa entre docenas de trajes tan similares que serían iguales si no fuera porque el color cambiaba. Y tampoco mucho. Negros, grises y azules. Nada llamativo ni extravagante para el dueño y señor de la discoteca más llamativa y extravagante del país.

Se vistió con la mente puesta en la conversación que había escuchado, a pesar de que era privada. Y, la verdad, no sólo no se avergonzaba por su falta de educación, sino que se alegraba de haberse quedado en silencio mientras ella hablaba absorta. Porque había descubierto cosas interesantes. La primera, que era una consumada mentirosa. No había ni una sola verdad en todo su discurso. Se quedó paralizado con la corbata a medio anudar al darse cuenta de lo que eso implicaba.

No había dicho ni una sola verdad.

Su vida no era mejor que nunca. No tenía un trabajo cojonudo. Sí echaba de menos a sus amigos y su pueblo. Y su mano sí la acomplejaba. Al menos, cuando él estaba presente, porque, en las raras ocasiones en las que la había observado sin que ella lo supiera, se había percatado de que no la escondía ante su jefecillo ni ante el calvo que los visitaba a menudo. Tampoco ante Kaos. Por lo visto, sólo se la ocultaba a él.

Le molestó, y mucho, ese descubrimiento. Porque significaba que se sentía más cómoda con ellos que con él. Y eso no le gustó nada.

Acabó de vestirse y casi al instante sonó el móvil. Respondió y bajó presuroso al vestíbulo, pues acababan de informarlo de que un nauseabundo olor había surgido de repente en la entrada de la discoteca.

Cuando salió a la calle pudo comprobar la veracidad de dicha afirmación.

El soportal de entrada hedía.

Era como si una fosa séptica hubiera reventado esparciendo su pútrido contenido. Sólo que allí no había ninguna masa sólida o líquida que pudiera expeler ese hedor. Se abrió paso entre los clientes que se agrupaban junto a la puerta tratando de alejarse lo máximo posible de la fetidez sin perder su puesto en la fila de entrada y salió a la calle para comprobar si la pestilencia emanaba del sumidero situado en el bordillo de la acera.

—Por favor, qué asco. Esto es insoportable. Huele a rata muerta. A millones de ratas muertas, más exactamente...

Nath se detuvo al oír la voz de Marilia entre las quejas de sus clientes. Se giró buscándola. Estaba a pocos pasos de él, apoyada en un raquítico árbol con los brazos y los tobillos cruzados en la viva imagen de la indiferencia.

—Cualquiera pensaría que alguien se ha vengado del dueño, Dios sabrá por qué, lanzando huevos podridos contra la puerta —dijo socarrona—. Me largo a mi pastelería, allí huele de puta madre. A quien me acompañe le regalo un pecadito... Y están de muerte.

Dicho esto, se dirigió a su negocio. Varias personas la siguieron, mientras que otras indagaron a qué pastelería se refería. Pregunta que fue respondida con timidez y no pocos balbuceos por un calvo de aspecto anodino que estaba en la cola, pese a no tener en absoluto la estrambótica apariencia de los asiduos al Torture Eden.

Los clientes lo pensaron un instante, hasta que la curiosidad y la necesidad de oler algo que no fuera ese aire nauseabundo los hizo ir en masa a Pecados del Edén.

—¿A qué huele? Es asqueroso —comentó Kaos saliendo a la calle para alejarse de la pestilencia, que, a Dios gracias, estaba perdiendo intensidad.

—La pastelera ha dicho que a huevos podridos y ratas muertas, y sí que lo parece —comentó un hombre vestido con unos calzoncillos negros de látex y nada más.

Kaos se giró hacia Nath.

—Tal vez ha reventado alguna tubería cerca o se ha desbordado una alcantarilla —comentó el rubio subido sobre sus tacones de aguja.

—Lo están averiguando —replicó Nath, pues era lo primero que había ordenado hacer al enterarse del problema—, pero intuyo que no va a ser ése el motivo. —Lanzó una disgustada mirada a la pastelería.

—¿En serio? ¿Y cómo crees que lo ha hecho? ¿Tal vez comiéndose dos ollas de fabada para luego soltar un centenar de pedos en la entrada? Siento decirte que estás un pelín obsesionado con ella —señaló burlón Kaos.

Nath arqueó una ceja y, sin molestarse en mirar a su socio, dijo:

—Por cierto, deja de meterle ideas en la cabeza a mi hija —exigió desdeñoso.

Kaos lo miró con tal inocencia que Nath no tuvo ninguna duda de que era absolutamente culpable de todos los desastres y las desgracias que habían ocurrido, ocurrían y ocurrirían en el mundo. Inclusive la extinción de los dinosaurios.

—No vuelvas a hablarle de Marilia —exigió cortante.

—Sólo le comenté que vende unas magdalenas muy ricas...

—Y que me hace tilín —resopló Nath usando las mismas palabras que Kayla.

—¿Me equivoco? —se guaseó Kaos antes de ir a la pastelería.

Nath se quedó en la entrada hasta que el olor se evaporó y todo volvió a la normalidad. Entonces se dirigió a su despacho.

Media hora después, su secretaria golpeó la puerta, entreabriéndola para asomarse e informarlo de que la pastelera estaba fuera y quería hablar con él.

Nath se retrepó en su silla y sonrió.

—Déjala pasar dentro de cinco minutos. Ni un segundo antes.

La mujer asintió y salió cerrando tras de sí.

Dos segundos después se oyó un fuerte golpe y Marilia entró en la oficina.

—Tu secretaria ha tenido un pequeño problema —informó con indiferencia. Nath enarcó una ceja—. Su mesa ha volcado por arte de magia. —Se encogió de hombros, la mano izquierda hundida en el bolsillo trasero de la minifalda.

—¡La has volcado tú! —estalló la mujer entrando tras Marilia con todo el aspecto de estar planteándose matarla. Lentamente y con alevosía.

—¿En serio? No me he dado ni cuenta de que la volcaba —dijo socarrona—. Vaya putada tener que recogerlo todo, ¿no? Deberías ponerte a ello.

—Mira, guapa, no...

—No importa, Sara. Retírate —la cortó Nath.

La mujer lo miró furiosa antes de obedecer.

—Si yo fuera tú, estaría unos días sin pedirle café... —dijo Marilia.

—¿Porque necesito una cura de humildad y hacerme mi propio café lo sería? —inquirió Nath cáustico.

—No, porque si yo fuera ella te escupiría en el café como compensación por haberme echado privándome de mi merecida venganza. —Se sentó con desparpajo en la silla que había frente a la mesa, la mano izquierda oculta a su espalda—. Menudo capullo arrogante estás hecho. Ésa no es manera de tratar a una empleada.

—¿Y tirarle la mesa sí lo es?

—Necesitaba una distracción para entrar y me pareció que eso era preferible a enzarzarnos en una pelea. Más que nada porque, al carecer de una piscina de barro, el asunto pierde toda la gracia —se burló ella.

—Si tanto te apetece revolcarte en el barro, puedo arreglarlo —planteó Nath.

—La verdad es que prefiero una guerra de camisetas mojadas, es más limpio y tengo unas tetas espectaculares para lucir —replicó Marilia.

A Nath no le costó nada visualizarlo, pues ella vestía, además de la escueta minifalda vaquera, una delicada blusa blanca sin mangas.

—Te lo estás imaginando... —murmuró interesada.

Tal vez no le era tan indiferente como había creído. Trató de recordar si mientras hablaba por teléfono había mantenido su horrenda mano oculta. Y, no, no lo había hecho. La había sacudido y movido como si fuera normal. Y él la había visto. De ahí su desinterés cuando la había visto tocarse, seguramente tendría la imagen de su mano mutilada grabada en las retinas y eso, desde luego, no era lo que se dice excitante.

La hundió más en el bolsillo.

—Sí —aceptó él. Apoyó el codo en la mesa y reposó la barbilla en los nudillos mientras la recorría con una mirada ardiente—. Y me gusta lo que imagino.

Marilia no pudo evitar pensar que tenía unas manos preciosas.

Rudas y morenas, con los dedos largos y las venas rugientes. Y esas manos perfectas y bien formadas habían acariciado su deformidad hacía tres semanas. Se echó hacia atrás disgustada.

—Quiero tocarte y tú quieres que te toque —declaró él, sacándola de su abstracción.

—Puede ser, pero eso no va a durar mucho. Dentro de un rato querrás estrangularme —afirmó esbozando una maligna sonrisita.

—Veámoslo —la instó a continuar con un gesto.

—La verdad es que no iba a decirte nada, pero... Joder, ¿para qué hacer la mejor putada del mundo mundial si no puedes jactarte de ello? —Chasqueó la lengua.

—Llevas toda la razón —convino intuyendo por dónde iban los tiros—. Ilústrame, ¿cómo has conseguido ese hedor?

—Te crees tan listo... y no sabes nada —comentó incisiva para, acto seguido, alzar el puño derecho frente a él y abrirlo mostrándole dos ampollas.

Nath las miró confundido y luego alzó la vista hacia sus refulgentes ojos verdes.

—No me jodas que no sabes lo que es esto... —musitó sorprendida.

—No veo por qué debería saberlo.

—Porque en algún momento de tu vida habrás sido niño, ¿no?

—Entre el nacimiento y la adolescencia, exactamente.

—¿Y dónde estuviste todos esos años? ¿Perdido en el Everest?

—Interno en colegios severos en los que no se permitían travesuras.

Aunque en realidad quien no las permitía era su padre. Sólo pensar en defraudarlo bastaba para mantener a raya al niño retraído y acomplejado que había sido.

—Vaya mierda de infancia —afirmó ella. Y no lo decía en broma. Al contrario, parecía bastante cabreada. Como si la ofendiera que no hubiera tenido una infancia amable—. Pues ese desconocimiento en materia travesuril hay que solucionarlo.

—¿*Travesuril*? Dudo que exista esa palabra.

—No seas estirado y ven conmigo —lo retó. Se levantó tendiéndole la mano izquierda, pues con la derecha sujetaba las ampollas.

La escondió un segundo después, al darse cuenta de lo que había hecho. A veces era una completa gilipollas, pensó furiosa.

Nath la miró con una expresión indescifrable antes de seguirla al vestíbulo, donde ella se detuvo esbozando una escalofriante sonrisa que no presagiaba nada bueno.

—Toma. —Le pasó una ampolla—. Tienes que estrellarla contra el suelo.

—¿Crees que voy a realizar una travesura en mi propio negocio?

—Mira que eres soso —le espetó arrebatándosela para guardársela en el bolsillo.

—Sí, de cojones —replicó Nath con sorna. Había oído esas palabras dirigidas a él docenas de veces, así que estaba acostumbrado a ignorarlas. Y, sin embargo, lo enfurecía oírlas de sus labios y saber que lo consideraba un tipo aburrido, igual que todos los demás.

—Atiende y aprende... —le reclamó Marilia—. Vas a recibir una clase magistral en travesuras avanzadas de una verdadera autoridad en la materia. Yo.

Echó la mano hacia atrás con disimulo y lanzó la ampolla que había mantenido oculta en ella contra una esquina.

Un hedor tan repugnante que hacía el aire irrespirable se extendió por el vestíbulo.

—¡Chúpate ésa! —Sacudió el puño en un gesto de victoria y giró sobre sus talones para salir a la carrera de allí.

O, al menos, lo intentó. Pero algo le impidió escapar.

La mano de Nath agarrando con firmeza y no poca fuerza su muñeca izquierda.

—¡¿Qué?! —lo increpó desafiante tratando de soltarse con desespero. ¿No podría haberle agarrado la otra mano? ¿En serio tenía que ser ésa? Joder, el tipo era masoca.

Nath, sin pensarlo dos veces, se la echó al hombro y entró en las oficinas.

—Di a mantenimiento que frieguen el vestíbulo —le ordenó a su secretaria, quien miró pasmada a la pelirroja que lanzaba puñetazos y patadas desde su hombro—. Y no entres en mi despacho. Da igual lo que oigas. No entres.

La mujer asintió entre satisfecha y asustada. Satisfecha, porque esa pelirroja se merecía lo que le hicieran. Y asustada porque su jefe jamás gastaba bromas. De ningún tipo. Por lo que si no quería que entrara... Y si se lo veía tan furioso... Y si esa zorrita había sido, se apostaba el cuello, la culpable del hedor... Se encogió de hombros. Su jefe era un hombre demasiado frío y controlado como para hacer nada grave. Seguramente le pegaría la bronca y la echaría con la advertencia de acudir a la policía la próxima vez.

14

Cuando se demuestra que las secretarias no conocen a sus jefes tanto como creen.

—De todas las estupideces que has hecho desde que te conozco, ésta es la más pueril y disparatada —exclamó Nath cerrando la puerta de un golpe. No sabía si estrangularla por su jugarreta, admirarla por su valor o rendirse a su ingenio. Tal vez las tres cosas a la vez—. ¿En qué estabas pensando? —la increpó. Poca gente lograba sorprenderlo, y sin embargo ella lo hacía continuamente.

La soltó con brusquedad en el suelo.

Y Marilia le lanzó una patada a salva sea la parte. Y si él la esquivó fue porque en situaciones desesperadas el instinto toma el control. Y su instinto había esperado un ataque de ese calibre. No obstante, la pelirroja aprovechó su repliegue para lanzarse a la puerta. Agarró el pomo y lo giró.

Las poderosas manos del Señor del Torture Eden la apuntalaron, impidiéndole abrirse.

—No te tenía por una cobarde —dijo en un ronco susurro tras ella.

—Qué se le va a hacer, soy de las que prefieren una retirada humillante a una derrota digna —replicó con chulería, arrancándole una sonrisa que no llegó a ver—. Apártate. —Giró entre sus brazos para encarársele.

—No.

—Anda, sé un buen chico y apártate —le pidió con sarcástica melosidad.

—No.

—Vamos, no me jodas —mascculló cabreada. Entrecerró los ojos y, del todo consciente de lo que hacía, alzó ambas manos y las plantó sobre el recio torso masculino.

Empujó.

Él no se movió.

—Te lo voy a explicar clarito... —Sonrió de medio lado. Una sonrisa plena de animadversión—. Si no te apartas, te tocaré —le advirtió enseñándole la mano izquierda.

Él la miró con una expresión indescifrable.

—Te tocaré los ojos y te quedarás ciego... —lo amenazó con voz impostada a la vez que acercaba la mano a su cara moviéndola como lo haría una bruja que realizara un hechizo—. Te la pasaré por el pelo y se te despeinará para siempre jamás... y luego te meteré el muñón en la boca y se te caerán los dientes...

—Hazlo —susurró él con un gruñido. Lo disgustaba que se burlara de esa parte de sí misma como si no le importara en absoluto. Como si no la acomplejara. Ésa era su defensa cuando algo le dolía, comprendió, desdeñarlo y fingir que le daba lo mismo.

—¡Vamos, no me jodas! —estalló empujándolo de nuevo con idéntico resultado. No en vano él tenía músculos hasta en los párpados—. ¡Quítate, hostia!, o te juro que te la agarro y no se te vuelve a levantar en la vida —lo amenazó burlona.

—Adelante.

—Pero ¿de qué vas? —lo increpó perpleja. No sólo no se apartaba asqueado, sino que la retaba a tocarlo. ¿Acaso no sabía que ella jamás rechazaba un desafío?

—Te deseo.

—Me parece estupendo —resopló incrédula—. ¿Puedo irme?

—No. —Pegó su pelvis a la de ella.

Marilia abrió unos ojos como platos. O el tipo estaba muy excitado y muy bien dotado, o llevaba en el bolsillo derecho una porra tamaño XXL.

—Pobrecito. Tiene que dolerte estar así. ¿Quieres que te haga una paja? —inquirió con voz peligrosamente dulce cuando se recuperó de la sorpresa.

—Me encantaría —replicó él con la voz ronca y la respiración agitada. Si ella supiera lo que le estaba costando contenerse no haría esas preguntas.

—Vale. Pero hay un problema. —Lo miró desdeñosa—. Sólo tengo una mano libre... —Alzó la izquierda.

—Adelante.

Marilia arqueó una ceja. ¿Le estaba tomando el pelo? ¿En serio quería que...?

Nath le agarró la mano y la guio a su entrepierna, restregándola contra su erección.

—Claro... Así cualquiera —murmuró frotándolo por encima del traje.

—¿Qué quieres decir? —A duras penas consiguió mantener el gesto indiferente. Era difícil conservar los ojos abiertos y mostrarse impávido ante el placer que su roce le proporcionaba, pero no pensaba rendirse a ella. Al menos, no más de lo que ya lo había hecho.

—Estás haciendo trampas —lo acusó sin dejar de acariciarlo. Hacía tiempo que no tenía una golosina como ésa a su disposición. Apretó los muslos para aliviar el pulso que latía entre ellos.

—¿Cómo? —inquirió Nath. Y su voz sonó extrañamente ronca.

—Porque... —Se puso de puntillas y le susurró al oído—: No te estoy tocando.

—Yo diría que sí.

—Entre tu polla y mi mano está el pantalón, por lo que no sientes mis cicatrices en toda su deformidad —se burló. Luego le atrapó el lóbulo de la oreja con los dientes y le dio un punzante mordisco—. Me pregunto cuántos segundos tardarías en perder la erección si te toco en vivo y en directo —lo desafió deslizando la mano por toda su longitud.

Si quería una paja, se la haría, pero tendría que joderse y dejar que lo tocara piel con piel, pensó cabreada. Aunque no sabía bien con quién, si con él por fingir que no le importaba su mano o con ella por querer creerse esa mentira.

—Nadie te impide averiguarlo —señaló él inmutable, encontrando en la profundidad de sus ojos verdes una vulnerabilidad que lo conmovió.

Ella acercó la mano derecha a la bragueta, decidida a desabrocharla y llegar hasta el final. Lo pondría contra las cuerdas y él recularía.

Nath paró su avance. No quería su mano derecha cerca de su polla, ese privilegio sólo le correspondía a su mano izquierda, decidió sin saber bien por qué. Tal vez porque quería que se sintiera poderosa de nuevo, y eso implicaba aceptar su mano sin repulsión.

Ella sonrió socarrona obligándose a mantener los ojos secos, aunque no le resultó fácil. ¿Acaso había esperado otra cosa? Por supuesto que no iba a dejar que lo tocara. Esperar lo contrario habría sido una idiotez. Y ella no era idiota. Al menos, no demasiado.

Nath apretó los dientes furioso al ver un sospechoso brillo en sus ojos. ¿Con qué tipo de imbéciles había follado para estar tan segura de que lo asqueaba su mano mutilada? No era agradable a la vista, por supuesto, pero eso no implicaba que lo repeliera.

—Usa sólo la izquierda para desabrocharme —le ordenó beligerante.

—¿Crees que no podré hacerlo? —resopló furiosa. ¿Tan inútil la creía?

—Sé que podrás. Te he visto manejar la mano y sé lo hábil que eres. ¿Lo sabes tú? —musitó con voz suave, deslizándole el pulgar por el pómulo en una delicada caricia.

Ella lo miró confundida por la ternura que contenía su voz. ¿Qué coño? Sacudió la cabeza para salir de su embrujo y, agarrando el extremo del cinturón, tiró para soltárselo. Se deshizo del botón y le bajó la cremallera. Un instante después hundía la mano izquierda bajo su ropa.

Y ése fue el instante más erótico que Nath había vivido en su vida.

Apretó los dientes para no gemir y se obligó mantener las manos en los costados para evitar que ella se sintiera atrapada, pues aún la tenía contra la puerta.

Marilia no se percató de su deferencia; tenía toda su atención centrada en la tersa verga que acariciaba. Una verga que, por cierto, en lugar de aflojarse bajo sus cicatrices, se había endurecido aún más. La sintió palpitar contra su palma y oyó el jadeo que él exhaló cuando la ciñó. Apretó con tiento, consciente de la fuerza que tenía y de la presión que podía llegar a ejercer si no tenía cuidado.

Nath apoyó una mano en la puerta, incapaz de mantener el equilibrio ante el súbito estallido de placer.

Entonces Marilia comenzó a masturbarlo con atormentadora lentitud y él trató, sin lograrlo, de contener su respiración, cada vez más errática y agitada. Poco a poco fue sintiéndose más segura de su destreza y del poder que ejercía sobre él y aumentó el ritmo.

Y Nath tuvo que apoyar también la otra mano en la puerta, encerrándola entre sus brazos para no caer de rodillas. Se esforzó en mantener los ojos abiertos y fijos en su cara. Anhelaba recorrer con los labios las pecas que daban color a su piel de porcelana.

—¿Qué coño miras? —lo increpó ella, molesta con su escrutinio.

—A ti. Eres preciosa.

—Casi en mi totalidad —bromeó altanera.

—Por completo —rebatió él con severidad a la vez que dejaba caer la cabeza para fijar la mirada en la mano que lo masturbaba.

Ella lo soltó sobresaltada.

Él la asió al instante y volvió a colocarla sobre su polla.

—No pares —le ordenó, aunque sonó a súplica.

Marilia atendió su ruego.

Y él no tardó en rendirse al placer.

Eyaculó con la mirada fija en su mano, demostrándole lo poco que le importaban sus cicatrices.

Tardó varios segundos en aplacar su respiración y unos pocos más en apartar las manos de la puerta y acercarse a por la caja de clínex del escritorio. Sacó algunos para limpiarse y le tendió la caja a Marilia. Luego se abrochó los pantalones, apoyó el trasero en la mesa y la miró.

Porque no sabía qué otra cosa hacer. No estaba acostumbrado a que lo masturbaran en su despacho. Tampoco a ser la parte sumisa de la ecuación, pues, a pesar de haber iniciado el juego, era ella quien había tenido el poder. Porque él se lo había permitido, obviamente. Pero, sobre todo, a lo que no estaba acostumbrado era a que el placer fuera tan intenso y arrollador... E insatisfactorio. Porque quería, y necesitaba, más. Mucho más.

La miró esperando su siguiente movimiento.

Marilia sintió que su carácter se inflamaba. ¡Menudo gilipollas! ¿Cómo se atrevía a comportarse como si no hubiera pasado nada? Como si no lo hubiera hecho gimotear. Como si no hubiera estado a punto de postrarse a sus pies para suplicarle más. Bueno, esto último quizá no. Pero desde luego no había sido una paja cualquiera. Había sido una de diez. Al menos, para ella. Hacía siglos que no se sentía tan poderosa. Y, sin embargo, esa extraordinaria sensación era una mentira. Porque él, desde luego, no estaba afectado.

—Está claro que eres un tío pulcro —comentó despectiva. Le devolvió los pañuelos conteniéndose para no estampárselos en la cara.

—¿Por qué me ha sonado a insulto? —inquirió él intrigado.

—Porque lo ha sido. El sexo tiene que ser sucio, sudoroso y lleno de fluidos, no limpio y aséptico.

—No veo qué hay de malo en asearse tras el placer.

—Que lo das por zanjado —replicó ella con rabia. Él arqueó una ceja instándola a explicarse—. Oh, vamos, si te limpias lo das por terminado. Nadie se ducha y luego sigue follando... —sentenció dando media vuelta para abrir la puerta.

—No hemos terminado.

—Claro que sí. Ya te he compensado por mi travesura —repuso insidiosa mirándolo por encima del hombro a la vez que agarraba el pomo—. Estamos en paz.

Nath la miró colérico, pero no se movió de donde estaba.

—No eres una puta para compensarme con sexo.

—Claro que no, guapi. Yo no cobro por follar, lo hago gratis y siempre que puedo. Los monstruos tenemos que aprovechar cada oportunidad —afirmó escondiendo la mano en el bolsillo trasero de la minifalda. ¡Joder! ¿Por qué había soltado eso?

—No hagas eso.

—¿Qué?

—Infravalorarte.

—¡Vete a tomar por culo! —estalló—. Engreído prepotente, no

soy yo quien te ha dado un puto pañuelo para que te limpies rapidito y te marches mientras te miro aburrido. ¡Que te jodan!

Abrió la puerta y avanzó un paso.

No llegó a dar el segundo.

Él la agarró por la muñeca y tiró con fuerza haciéndole perder el equilibrio y atrapándola contra su cuerpo a la vez que volvía a cerrar de una patada.

—¡No te miro aburrido!

—¡Pues te las apañas muy bien para que lo parezca! —exclamó dándole un fuerte empujón que no lo movió ni un milímetro—. Jamás he conocido a un tío más inalterable, frío y desquiciante que tú —lo increpó furiosa, golpeándole el pecho a cada palabra.

—Da gracias por eso —gruñó él conteniéndose para no estrangularla. ¿Inalterable, frío? No tenía ni idea de lo cerca que estaba de estallar—. No te gustaría verme perder el control.

—Ah, pero ¿sabes perderlo? Porque lo dudo, tienes hielo en las venas y acero en el cerebro. —Le clavó el índice en la frente, como demostrando que dentro sólo había frío metal—. No hay en ti ni una pizca de espontaneidad. No sabes disfrutar. Te reprimes tanto que ni siquiera sabes ser libre.

—¿Quieres que deje de inhibirme? —gritó Nath sorprendiéndose de su exabrupto. Él jamás alzaba la voz. Ni exteriorizaba sus sentimientos. Ni permitía que lo sacaran de quicio.

—No tienes huevos —lo desafió beligerante antes de agarrarle la camisa, ponerse de puntillas y hacer lo impensable.

Le lamió la boca.

Al segundo siguiente estaba empotrada contra la puerta, inmovilizada por el poderoso cuerpo del Señor del Torture Eden. Sus labios exigentes y rudos acoplados a los de ella, su lengua invadiendo su boca, tomando posesión mientras la aferraba por las caderas, atrayéndola contra él. Contra su gruesa erección.

Marilia sólo tuvo tiempo de pensar en cómo era posible que volviera a estar empalmado antes de que él le deslizara la mano bajo la minifalda y la hundiera entre sus muslos.

El estallido de placer fue instantáneo y enloquecedor. Le pasó las manos por los hombros, liberándolo de la chaqueta del traje, y tironeó de la corbata hasta conseguir aflojarla y quitársela por la cabeza, para lo cual tuvieron que dejar de besarse.

Algo que no le gustó mucho a Nath, quien soltó un fiero gruñido antes de volver a devorarle la boca, su pelvis meciéndose contra la de ella como si quisiera traspasar la ropa que los separaba. Le arrancó las bragas de un tirón y la penetró con dos dedos.

La reacción de ella fue exquisita. Se arqueó exhalando un ronco gemido que lo hizo endurecerse aún más, si es que era posible. Luego lo empujó tratando de apartarlo. Nath consintió perplejo, liberándola de sus brazos y su boca para dar un paso atrás.

Ella lo agarró de la camisa y tironeó tratando de desabrochársela.

—Quiero tocarte —exigió impaciente mordisqueándole la barbilla mientras luchaba con los pequeños botones—. Jodidos botones. Qué coño, estás forrado —gruñó para sí—. Ya te comprarás otra.

Le abrió la camisa de un tirón, arrancándosela y dejándolo perplejo por su arrebato. Perplejo y muy excitado, todo hay que decirlo. Luego deslizó los dedos por su torso moldeado, entreteniéndose en sus definidos abdominales antes de pegar la boca a su erizada tetilla derecha y chuparla con lascivia. Sus manos afanándose en desabrocharle de nuevo los pantalones.

No llegó a hacerlo.

Superado por un deseo tan intenso y perturbador que era incapaz de contenerse, Nath la agarró por las axilas y la alzó contra su cuerpo.

Marilia no dudó un instante en rodearle la cintura con las piernas, abriéndose para él, pegándolo a su sexo. Y, confiando ciegamente en que la sostendría, se soltó de su cuello y se arqueó exponiéndole sus pechos. Luego se pasó las manos por encima de la blusa, acariciándoselos.

—¿No sientes curiosidad? Son mi mejor atributo —afirmó con picardía deslizando los dedos por encima de los botones, pero sin abrirlos.

Nath observó desesperado el avance y retroceso de sus dedos antes de recorrer con mirada exasperada el despacho. De repente se dirigió presuroso al refinado escritorio. Apoyó el trasero de Marilia en él y, sujetándola con el brazo izquierdo, usó el derecho para barrer todo lo que había sobre la mesa, tirándolo al suelo.

—¡Ese portátil vale una pasta! —exclamó impresionada al ver el moderno y carísimo ordenador estrellarse contra el suelo.

—Que lo jodan —masculló él obligándola a tumbarse sobre la mesa, algo a lo que, por supuesto, ella no consintió.

Volvió a sentarse erguida y recorrió el increíble torso masculino con labios y lengua, fascinada con su dureza sedosa y a la vez áspera por culpa del vello recortado.

Nath aguantó unos segundos antes de volver a empujarla sobre la mesa y lanzar las manos sobre la delicada blusa que llevaba.

—Te compraré otra —jadeó antes de desgarrarla.

Observó hechizado el sencillo sujetador que no debería ser tan excitante y que, sin embargo, lo puso más duro que nunca y, acto seguido, lo rompió para lanzarse sediento sobre sus pechos. Los lamió y besó, atrapó los pezones entre los dientes y los azotó con la lengua, jugó con ellos mientras Marilia se sacudía bajo él, alzando las caderas para restregarse contra su rígida erección a la vez que trataba de quitarle la camisa.

Se la deslizó por los brazos, obligándolo a apartarse, y él lo hizo de mala gana, quitándosela de dos tirones para volver a jugar con sus pechos. Sólo paró cuando la sintió trastear con su bragueta.

Se la desabrochó nerviosa y le agarró la verga con la mano izquierda mientras deslizaba la otra hacia sus pelotas.

Comenzó a masturbarlo.

Y él sólo pudo gruñir contra sus labios, hundiéndole la lengua en la boca en una burda imitación de lo que deseaba hacerle con la polla.

Le subió la minifalda arremangándosela en las caderas y ella separó aún más las piernas y, agarrándolo decidida, lo guio a su interior.

La penetró de una fiera embestida. Ambos gimieron a punto de correrse.

—Joder —jadeó Marilia, la espalda arqueada y los ojos cerrados, aferrándose a los potentes brazos de él como si fueran su ancla con la realidad.

—Joder —gimió Nath hundiendo los dedos en sus caderas para anclarla a él mientras entraba y salía de ella con tanta fuerza que la mesa se movía bajo ellos.

El ritmo se volvió frenético, las respiraciones erráticas, la pasión delirante y el mundo desapareció mientras se abandonaban a un placer tan absoluto que les robó hasta la cordura.

Marilia soltó la mano derecha del brazo de Nath y la deslizó por el costado masculino, recorriendo lasciva su vientre para acabar posándola en el lugar en que sus cuerpos se unían. Acarició los hirsutos rizos que le oscurecían la ingle y enmarcó su sexo, encajando la polla entre sus dedos para, con el talón de la mano, frotarse el clítoris.

Nath clavó la mirada en ese punto, tan excitado que las pelotas se le endurecieron hasta dolerle.

Ella comenzó a temblar cada vez que alzaba las caderas contra él.

Y Nath tuvo que hacer acopio de toda su contención para no correrse. Resistió los estremecimientos de su vagina ciñéndolo, pero fue incapaz de soportar el trémulo gemido que escapó de sus labios cuando el orgasmo la venció.

La embistió con fuerza una vez, dos. Y se abandonó al éxtasis.

—Pesas —masculló Marilia segundos después, empujándolo por los hombros.

Nath apoyó las palmas de las manos en la mesa y empujó irguiéndose, lo que tensó sus definidos bíceps y tríceps y lo hizo hundirse un poco más en ella. Y, sorprendentemente, aún estaba duro, aunque dicha firmeza comenzaba a desinflarse.

Marilia, todavía tumbada en la mesa, se enderezó rodeándole de nuevo las caderas con las piernas para que no escapara —¡como si a él se le hubiera pasado eso por la cabeza!— y le recorrió el torso con las manos, ascendiendo por los trabajados pectorales para luego deslizarlas por los recios hombros y acabar sobre los poderosos brazos.

—Tienes un cuerpo de infarto —musitó antes de besarle la depresión bajo la garganta para, desde ahí, ascender por el lateral de su cuello con la lengua.

—Me gusta hacer ejercicio —replicó él cerrando los ojos. Dejó caer la cabeza hacia atrás para darle mejor acceso.

Era muy agradable sentir sus labios sobre él. Hundió los dedos en la ondulada melena pelirroja y le masajeó la nuca por el simple el placer de acariciar las suaves guedejas y la tersa piel de su cuello.

—Yo odio el deporte —confesó Marilia para luego apuntar—: Excepto follar, claro. Esa modalidad en particular me gusta mucho y, además, se me da bastante bien, ¿no crees? —inquirió con socarronería dándole un mordisquito en el mentón, y como él tenía los ojos todavía cerrados no pudo ver su mirada vulnerable e insegura.

—Mejor que bien —convino Nath abriendo los ojos y sorprendiéndose al ver su sonrisa refulgente. Cualquiera diría que acababa de hacerla inmensamente feliz.

Le acarició la barbilla atrapándola entre índice y pulgar y se inclinó para besarla. Fue un gesto extrañamente dulce. Un ósculo lento que empezó con una suave caricia sobre sus labios y continuó con una tierna presión de la lengua instándola a que los abriera y le permitiera entrar. Algo que no tardó en conseguir.

Sus bocas se acoplaron a la perfección mientras sus lenguas se tentaban y esquivaban en una danza perezosa que los conectó a un nivel profundo y los asustó por la intensidad con que sintieron esa conexión.

Se separaron alterados, demasiado confusos para poner en palabras lo que acababa de suceder.

—Bueno... —Marilia carraspeó al notar la voz ronca—. Ha sido un placer —lo intentó de nuevo, y esta vez sí sonó como ella misma, o, al menos, como todo lo ella misma que podía ser teniendo las emociones del revés—, pero debo irme.

Nath la miró con fijeza, sin moverse un ápice.

—Si me haces el favor de apartarte... Tengo un negocio que atender y unos clientes que quitarte. Y todavía me queda una bomba fétida —le advirtió burlona.

Él se limitó a negar con la cabeza.

—No hemos acabado.

—Pues yo juraría que sí —rebatió decidida a finiquitar el tema. ¡Por el amor de Dios! Sólo había sido sexo, era absurdo que se sintiera como si el mundo hubiera dado un vuelco. Esas idioteces románticas no le pasaban a ella. Lo suyo era el sexo sin compromisos. Esporádico y elemental. Sin sentimientos de por medio. El amor era para los soñadores como su hermanastra. Aunque, antes de conocer a Jota, Índigo no había sido lo que se dice romántica. Más bien al contrario. Era como ella, realista. A ambas les había quedado claro de pequeñas que el amor no era saludable. Que dolía y corrompía. Que por él se moría y se mataba. Y también se mutilaba, pensó mirándose la mano izquierda.

Reculó sobre la mesa para apartarse, sintiéndose extrañamente vacía cuando su evasión dio como resultado que Nath saliera de ella, y luego giró sobre el trasero para saltar por un lateral del escritorio.

Se deshizo de la blusa y el sujetador desgarrados bajo la inquisitiva mirada de Nath y se agachó para tomar su camisa.

—Me has roto la mía, así que me quedo la tuya. —Se la puso anudándosela a la cintura—. Joder, me siento como Julia Roberts en *Pretty Woman* —bromeó mordaz—. Las dos somos unos putones verbeneros que follamos con millonarios, la única diferencia es que yo lo hago gratis... —Le guiñó un ojo y enfiló hacia la puerta.

—Marilia, no hemos terminado —declaró Nath, paralizándola con su tono perentorio.

—Mira que te ha dado fuerte con el tema... —resopló.

—Se me ha olvidado vestirme para la ocasión.

Marilia lo miró sin entender.

—No he usado preservativo —le aclaró él.

Y fue entonces cuando ella se percató de la densa humedad que resbalaba por el interior de sus muslos.

—Genial. —Abrió la puerta.

«Joder. Joder. Joder.»

—Marilia —la llamó antes de que saliera al vestíbulo, ignorando la mirada asombrada de su secretaria, pues era la primera vez que veía a su jefe, descamisado y despeinado, ir tras una mujer. En realidad, ir tras alguien.

El Señor del Torture Eden convocaba y los nombrados corrían a complacerlo.

—¿Qué? —le espetó ella con hartazgo.

—Entra —ordenó señalando el interior del despacho.

Marilia resopló poniendo los ojos en blanco, pero entró.

—No tengo ninguna ETS, ¿vale? E imagino que tú tampoco. Estás muy en forma para estar enfermo —afirmó cerrando la puerta a su espalda.

Nath asintió con un gesto, dándole la razón.

—Así que estamos sanos como manzanas y todo está bien —sentenció.

—¿Usas algún método anticonceptivo?

—No te preocupes por eso, me ocuparé del tema —dijo saliendo de la oficina.

Atravesó el vestíbulo, salió a la calle y se dirigió a la pastelería sin detenerse. Ni siquiera se paró al entrar y ver que Óskar atendía a un cliente mientras otro esperaba, sino que continuó presurosa hasta el obrador situado en la trastienda y cerró la puerta tras de sí.

Se detuvo ante la mesa de acero inoxidable en la que su jefe elaboraba sus creaciones y apoyó las manos en ella, hundiendo la cabeza entre sus brazos extendidos.

¿Qué coño había pasado en ese jodido despacho?

Sólo había sido un polvo. Un polvo alucinante, sí, pero un polvo al fin y al cabo. Nada que hiciera a su corazón latir tan rápido ni que explicara por qué se le había atorado la respiración en el pecho ni que justificara por qué sentía que merecía más. Que quería más. Que necesitaba más. Y no se refería al sexo.

Golpeó la mesa. Joder. No era como si se hubiera dado de bruces con el amor de su vida ni nada por el estilo. Más que nada porque sabía con certeza que no existía ese tipo de amor.

Excepto para Índigo.

—¡Estaba a punto de llamar a la policía para que fueran a rescatarte! —Óskar entró como un vendaval y se acercó a Marilia. Ella le hurtó la mirada—. Te dije que no era buena idea cabrearlo. ¿Estás bien? —inquirió preocupado—. ¿Te ha hecho algo?

—Podría decirse que sí —replicó ella con un tono que esperaba fuera mordaz pero que, sin embargo, fue un susurro ronco, sin fuerzas. Mierda. No podía continuar así.

Óskar la miró pasmado, pues, a pesar de su pregunta, no había creído que el dueño de la discoteca fuera un hombre peligroso. Al menos, no físicamente, porque estaba seguro de que arruinaba a sus contrincantes sin despeinarse. Pero no usaría violencia física con ellos. Era prepotente, despótico, engreído e imperturbable, pero no agresivo. Aunque también era cierto que Marilia era capaz de sacar de sus casillas al santo Job.

—Cuéntamelo. —Le tomó las manos para que sintiera su apoyo.

Marilia alzó por fin la cabeza y lo hizo esbozando una maliciosa sonrisa que le permitió sentirse ella misma de nuevo. Una sonrisa que evidenciaba que tenía los labios aún hinchados por los besos voraces que había dado y recibido.

Óskar la miró intrigado, y un segundo después se dio cuenta de que la camisa que vestía no era la que llevaba al inicio de la tarde. Es más, era una camisa de hombre. De un hombre grande y con buenos músculos. Abrió los ojos como platos.

—Te lo has follado... —musitó tan sorprendido que estuvo a punto de desencajársele la mandíbula de tanto como abrió la boca.

—En realidad ha sido él quien me ha follado a mí —replicó ella alzando la mano en un gesto que había repetido mil veces con su hermanastra. Sólo que en esa ocasión ella no estaba para chocarle la palma.

Óskar la miró como si se hubiera vuelto loca. Y Marilia bajó la mano resignada.

—Y... ¿qué tal? —inquirió el pastelero.

—No ha estado mal —comentó con fingida indiferencia—. Tiene una polla diminuta, nada del otro mundo... y tampoco la sabe usar muy bien...

—No estás hablando en serio —murmuró Óskar incrédulo. Era imposible que un adonis como ése fuera un fiasco follando.

—Pues sí. No creo que le mida más de... ¡dieciocho centímetros! ¡Joder, la tiene tan grande que pensé que me partía en dos!

—¡Lo sabía! ¡Sabía que mentías! ¡Mala pécora!

—Ah, no, si me vas a insultar, hazlo bien —se burló ella—. Señora Putón Verbenero para ti.

—Eso no es un insulto, es tu título —se burló Óskar—. ¡Cuéntamelo todo!

Y Marilia se lo contó con pelos y señales, aunque evitó referirle lo poderosa y completa que se había sentido al llevarlo hasta el final con su mano mutilada. Por supuesto, tampoco le dijo lo mucho que le había impactado ese estúpido polvo, ni el turbador anhelo que había despertado en ella, y que se iba a ocupar en cercenar de raíz. Las tonterías románticas no eran santo de su devoción. Lo que sí explicó, a él y a sí misma, fue el motivo por el que decidió que había sido tan intenso y estremecedor.

Porque no había habido ninguna barrera entre ellos. Ninguna goma que se interpusiera entre su polla y su vagina limitando las sensaciones y coartando el placer.

—¿Lo has hecho sin condón? Estás loca —jadeó Óskar—. ¿Sabes a cuántas personas se tiene que tirar ese hombre cada semana? ¡Dirige una discoteca sexual!

—*Fetish* —lo corrigió Marilia molesta. Y no porque insinuara que era un follador nato, que tal vez lo fuese. Sí, seguramente lo sería. Sino porque... porque no había caído en eso hasta que él había abierto su bocaza. Y, la verdad, prefería que se hubiera callado.

—¡Lo que sea! —estalló Óskar—. Puede tener cualquier ETS ¡y habértela contagiado!

—Me dijo que estaba limpio. Y yo también lo estoy, así que... —Se encogió de hombros, dando a entender que no había ningún problema.

—Si tú lo dices... —La miró condescendiente—. Pero eso no soluciona la otra cuestión.

Marilia lo miró intrigada.

—¿Estás tomando la píldora? —preguntó Óskar yendo al grano.

—No.

No tenía relaciones sexuales estables, ergo no tenía sentido tomarla. De hecho, últimamente no tenía relaciones sexuales. Punto. Y aunque las tuviera tampoco podría tomarla. Pertenecía a ese pequeño porcentaje de mujeres a las que los anticonceptivos orales les sentaban mal. En su caso, fatal. Porque el primer y único mes que había tomado la píldora acabó con una embolia pulmonar. Así que no había vuelto a intentarlo. Prefería los preservativos, que era lo que usaba siempre. Menos esa vez.

—Podrías haberte quedado embarazada...

—¿Por hacerlo sin condón después de meses de abstinencia? No voy a tener tan mala suerte.

—No es cuestión de suerte. Deberías ir a la farmacia a por la píldora del día después.

Marilia torció el gesto. Con lo mal que lo había pasado con la píldora anticonceptiva, no estaba dispuesta a arriesgarse a tomar otra pastilla que actuara sobre la progesterona y le provocara Dios sabía qué efectos secundarios. Ni de coña.

—Marilia...

—Ya me ocuparé del tema, no te preocupes —le dijo apartándose de la mesa para acercarse a una bandeja de *cupcakes* que estaban enfriándose—. Tienen una pinta bárbara, pero les falta chispa... ¿Podrías añadirles en la cúspide algo que les dé un toque erótico? Tal vez un zapatito o un látigo... ¿Qué te parece unas bolas chinas?

Óskar captó la indirecta.

—Mejor un vibrador anal. En blanco quedaría muy resultón sobre los *cupcakes* de chocolate —apuntó aceptando el cambio de tema.

15

Cuando nuestros protagonistas descubren con pesar que en algunas ocasiones los planes se tuercen...

Viernes, 25 de junio de 2021

—*Y*o no lo tengo tan claro. —Óskar observó con los párpados entrecerrados la nueva idea de Marilia—. Esto es una pastelería...

—Tenemos que abrir mercado —señaló muy seria. Las deudas generaban intereses que se acumulaban, asfixiándola más y más. Necesitaban incrementar su capital con urgencia—. El fin de semana pasado varios clientes comentaron que les gustaría cenar antes de entrar al Torture Eden y ahorrarse la pasta que vale comer cualquier mierda allí. Tenemos que ser listos y aprovechar la coyuntura. Podríamos ofrecerles algo similar a un *high tea*,[1] con sándwiches y *cupcakes*. Es una lástima que no tengamos espacio para poner mesas y que se lo coman aquí. Pero lo haremos para llevar. Y aceptaremos encargos por WhatsApp —se le ocurrió de repente—, podríamos acercárselo a la puerta de la discoteca para que sólo tuvieran que recogerlo y comérselo allí...

—Dudo que a Nath le haga gracia que sus clientes lleven comida de fuera...

1. Merienda inglesa con platos dulces y salados y bebidas con alcohol que actúa a modo de cena temprana.

—Eso no es problema mío, sino suyo —replicó Marilia encogiéndose de hombros—. Podríamos ofrecerlo en plan cena...

—Pero entonces no podremos cerrar antes de las once de la noche en fin de semana.

—De hecho, aguantaríamos hasta las doce y media, por el tema de los rezagados...

—¡Estás loca! —exclamó alterado—. Estamos aquí de madrugada cada sábado y domingo para preparar los desayunos y abrir antes de que cierre la discoteca. —Miró de refilón la máquina Nespresso cuya franquicia habían contratado arriesgando un dinero que todavía no habían ganado. Marilia argumentaba que los clientes querrían desayunar con un buen café y pagarían por ello sin rechistar, dándoles beneficios. Y la verdad es que esa mujer tenía una certera visión de negocios—. No podemos cerrar a las doce y media y abrir a las cuatro... ¡Necesitamos dormir!

—¡Ya dormiremos cuando estemos muertos! —replicó ella—. Además, es ridículo que estemos los dos hasta tan tarde y también que vengamos los dos de madrugada para hornear, porque sólo horneas tú. Deberíamos turnarnos —alegó.

—No es por nada, pero con el jaleo que se montó el fin de semana pasado con los desayunos prefiero no estar solo —rechazó Óskar mordaz.

Y no le faltaba razón. Al cierre de la discoteca habían hecho más caja que en todo el fin de semana, pues, tal y como había pronosticado Marilia, los clientes salían hambrientos después del sexo y la juerga, y que ella estuviera en la puerta de la pastelería con una bandeja de pecaditos que ofrecía gratis había animado a muchos a comprar.

Había sido una locura, y ese sábado esperaban que hubiera corrido la voz y se incrementaran las ventas. Además, empezarían a dar café. Ni de coña podía llevarlo todo solo.

—No digo que des tú solo los desayunos —resopló Marilia—. Tú llegarías como siempre para hornear y yo vendría más tarde. Daríamos los desayunos juntos, nos iríamos a mediodía y volveríamos a abrir por la tarde, a la vez que la discoteca, tú te irías cuando acabaras de hornear y yo me quedaría hasta medianoche.

—¡¿Tú sola?! —exclamó Óskar alarmado—. Ni de coña. Eres una mujer, no son horas para que estés sola...

—No me seas machista —replicó huraña—. No estoy indefensa, ¿sabes? Además, estoy acostumbrada, cuando tenía la taberna me quedaba hasta la madrugada sirviendo copas —dijo con evidente nostalgia, viendo cada vez más lejos el día en que recuperaría su taberna. Si es que alguna vez la recuperaba, algo que comenzaba a dudar.

Echaba de menos el ambiente distendido de su negocio, charlar con unos y otros y enterarse de todo lo que acontecía en su diminuto pueblo. Ahora, a pesar de vivir en una ciudad de más de seis millones de personas, se sentía... aislada. Sola.

—Lamento decírtelo, pero no estás en tu pueblo, sino en Madrid, y aquí no conviene estar sola hasta tan tarde.

—Como se te ocurra ponerte paternalista conmigo, te pego tal patada en los huevos que te los saco por la boca... —le advirtió Marilia.

Y Óskar supo que no bromeaba. Era muy capaz de hacer eso. Y más.

—Vamos a pasarnos el día trabajando... —señaló él.

—Nos turnaremos, de lunes a jueves tú vendrás sólo por las mañanas y yo sólo por las tardes —sugirió.

Él la miró pensativo antes de asentir.

—Vale, pero...

—Estupendo —lo cortó ella abriendo el abatidor para sacar su creación—. No me dirás que tiene mala pinta... —dijo enseñándoselo orgullosa.

—La verdad es que es de lo más apetecible —aceptó Óskar observando el *smörgåstårta*, o, lo que era lo mismo, la tarta de sándwich que había hecho Marilia.

Era redondo como una tarta, sólo que salado. Marilia había creado cuatro pisos de rebanadas de pan polar untadas de una mezcla de queso crema, mahonesa, pimienta y limón que había rellenado con salmón, huevo duro y pepino. Lo había cubierto todo con la mezcla de queso, como si fuera la cubierta de la tarta, para luego decorarlo con tomates cherry *gardenberry* y *yellow pear*, rabanitos y hojas de canónigos.

Desde luego, tenía una pinta alucinante. Y Marilia no podía estar más orgullosa. Óskar era un crack con el dulce, pero ella no se quedaba atrás con lo salado.

—¿Cortamos un par de porciones? —inquirió Óskar.

—Se estropeará la presentación —apuntó disgustada, ganándose una atónita mirada de su jefe.

—¿Y? En algún momento tendremos que probarla para ver si está tan rica como parece... No puedes venderla sin haberla catado —señaló perplejo por su reticencia.

—Ya lo sé. Pero preferiría esperar a que hubiera más paladares para probarla. Por aquello de tener más opiniones que las nuestras, que no son nada objetivas.

—Yo soy muy objetivo.

—Seguro... —resopló—. Son casi las siete, Kaos y Nath tienen que estar a punto de llegar. Y Profesor Xavier no tardará en venir a por su *muffin* —dijo refiriéndose al calvo, a quien había bautizado con ese alias. No sabían su nombre, ya que jamás se acordaban de preguntárselo y, como él tampoco se había presentado..., de alguna manera tenían que llamarlo—. Podríamos esperar para ver qué les parece antes de cortar las porciones.

—A ti te dan lo mismo Xavier y Kaos, lo que quieres es enseñársela a Nath y vacilar ante él... —señaló Óskar ufano.

—No me jodas, Flower Power. Aquí el único romanticón enamorado eres tú —replicó ella con sorna. Aunque lo cierto era que tenía razón. Quería que ese prepotente viera que era una magnífica cocinera. ¿Qué había de malo en lucirse un poco?

—¿Y de quién estás enamorado, si puede saberse? —preguntó una voz conocida desde la puerta de la trastienda.

Óskar se giró palideciendo porque allí, en todo su desnudo esplendor, al menos en la parte superior del cuerpo, se encontraba Kaos. Con sus tacones, sus uñas pintadas y su sombrero. La tentación hecha hombre.

—¡No puedes entrar aquí! —exclamó atormentado a la vez que se secaba las manos, repentinamente húmedas, en los vaqueros acampanados para luego alisarse con disimulo el chaleco azul de inspiración sesentera con bordados botánicos que llevaba.

—No he entrado, sólo estoy asomado —replicó burlón el rubio—. Menuda pinta tiene esa tarta salada —y, ni corto ni perezoso, entró—. Quiero un trozo.

Óskar se apresuró a coger el cuchillo para cortarlo y complacerlo. Marilia lo paró en seco al interponerse, con gran peligro para su integridad física, entre él y el pastel.

—¿Y por qué debería dártelo? —Lo miró desafiante.

—Porque soy tu mejor amigo... —apuntó Kaos con sonrisa pícara.

—Va a ser que no.

—Porque estoy famélico y necesito alimentarme...

—Ni de coña —rebatió recorriéndolo con una apreciativa mirada.

—Porque soy muy guapo...

—No tanto como para abrir el pastel —apuntó ella chasqueando la lengua.

—Porque tengo información que puede interesarte —comentó engreído.

—Suéltala.

—Antes quiero mi trozo de tarta.

—No.

Él arqueó las cejas exigiendo una explicación a tan tajante negativa.

—No eres de fiar. Primero suelta la información y luego te daré el pastel.

—Nath no va a venir hoy.

—No veo por qué me iba a interesar saber eso —repuso ella realmente interesada en los motivos de la posible ausencia de Nath.

¿No iba a ir a la pastelería o no iba a pasar por la discoteca? La diferencia era fundamental, porque si no iba a la discoteca porque estaba *a*) enfermo y al borde la muerte, *b*) fuera del país, *c*) siendo perseguido por la mafia o *d*) raptado por narcotraficantes colombianos, entendería su ausencia y no se molestaría. Pero si sí acudía a la discoteca pero no entraba a la pastelería sólo podía querer decir que *a*) el polvo no había significado nada para él —igual que para ella, así que todo estaba bien—, *b*) ella no era importante para él —y, como tampoco pretendía serlo, todo seguía estando bien—, *c*) era un gilipollas prepotente —que seguramente lo sería, para qué negarlo— o *d*) era un puto cabrón prepotente —sí, repetía palabra— que, habiendo conseguido lo que deseaba ya no se molestaba en perder el tiempo con una estúpida tullida. Lo que significaba que *a*) ella pasaría de él como de comer mierda y *b*) las bombas fétidas no serían nada en comparación con lo que iba a hacer para su próxima venganza.

—No es por nada, pero tu cara es un libro abierto —señaló Kaos divertido por la gama de emociones que había pasado por el rostro de la pelirroja en un minuto.

—No es por nada, pero me están entrando ganas de estamparte el pastel en la jeta —replicó Marilia cabreada. Había esperado con impaciencia que llegara el viernes para ver al arrogante Señor del Torture Eden y él no iba a acudir. No era que estuviera decepcionada, porque no lo estaba. Sólo estaba... contrariada. Desilusionada.

—Sería una pena estropear la tarta con la cara de Kaos —dijo Óskar conciliador—. Así que para evitar la tentación propongo que cortemos tres porciones y la probemos... Y mientras tanto Kaos nos puede contar qué le ha pasado a Nath. Porque seguro que le ha pasado algo —afirmó mirándolo muy serio. Porque *a*) había visto a Nath mirar a Marilia y dudaba que desaprovechara la oportunidad de pasar un rato con ella y porque *b*) si habían follado era porque no le era indiferente, así que *c*) querría repetir, algo que no lograría ignorándola y *d*) como era un tipo listo y con cojones, no se arredraría ante ella.

—Y algo muy grave, además —aceptó Kaos con mirada pesarosa.

—¿Qué ha ocurrido? —le reclamó Marilia preocupada. Tanto, que olvidó fingir indiferencia.

—Que se ha ido a California.

—¿Y qué coño ha ido a hacer allí? —exclamó ella.

—Allí es donde se celebra el Torture Game de este año —apuntó una débil voz—. O, al menos, eso creo..., a lo mejor me equivoco... Yo no sé mucho de esas cosas... —balbuceó la voz al saberse el centro de todas las miradas.

Todos se giraron hacia la puerta. Allí no había nadie, así que Marilia salió a la pastelería para, tal y como había sospechado, encontrarse con Xavier aguardando con timidez al otro lado del mostrador.

—Buenas tardes —saludó esbozando su sonrisa más afable.

Le caía bien el tipo, era un encanto. Los había ayudado mucho con la tienda y eso lo convertía en un amigo y le daba derecho a tomarse ciertas licencias, como, por ejemplo, asomarse al obrador.

El hombretón se sonrojó y, con la mirada baja, musitó un tímido «buenas tardes».

—Hoy llegas pronto —observó Óskar sonriendo encantado, pues con el paso de los días le había tomado aprecio.

El hombretón tenía la extraña cualidad de aparecer en la tienda cuando más solo se sentía. Y como oyente era fantástico, porque prestaba tanta atención a sus divagaciones que lo hacía sentirse importante. Así que se había acostumbrado a comentarle cualquier cosa que se le pasaba por la cabeza, sin esperar respuesta, eso sí, porque Xavier, hablar lo que se dice hablar, no hablaba.

—Estábamos a punto de probar una creación de Marilia, ¿te apuntas? —le preguntó Óskar animado con su presencia.

El hombretón asintió nervioso sin levantar la mirada.

—Estupendo, pasa por detrás del mostrador y ven al obrador —le dijo entrando allí.

—No vamos a comerte —comentó Marilia guasona al ver que no se decidía.

El hombre levantó la vista y sonrió. Una sonrisa tímida, apocada, pero sonrisa al fin y al cabo. Asintió con un gesto leve y fue tras ella.

—¡Alto ahí! —gritó Marilia cuando Óskar se disponía a partir el pastel—. Antes de dárselo a probar a este glotón —señaló desdeñosa a Kaos—, exijo que amplíe la información.

—Cómo no —aceptó Kaos mirándola malicioso—. Ha surgido la oportunidad de conseguir una de las mejores compañías de *burlesque* erótico de California para el Torture Game, así que ha viajado a San Francisco para contratarla.

—¿Qué es el Torture Game? —indagó Marilia intrigada, Xavier había dicho lo mismo.

—La fiesta inspirada en el Torture Eden que Nath monta cada semestre. Ésta va a ser la primera vez que exporte la idea al continente americano.

—Os vais a hacer internacionales. —Óskar sonrió encantado—. No tiene que ser fácil abrirse camino en un mercado tan selecto como el vuestro —lo alabó.

—Fácil no es —convino Kaos—, pero cuando a Nath se le mete algo entre ceja y ceja no se detiene hasta conseguirlo —y miró a Marilia con una sonrisa ladina.

—Vaya, parece que ha corrido la voz del polvo que echamos el otro día, ya sabía yo que su secretaria no podría contener la lengua dentro de la boca —comentó ella mordaz, sorprendiendo a Kaos por su inesperada sinceridad.

Esa pelirroja era de armas tomar.

—Pero eso no significa que me haya conseguido —prosiguió—, más bien he sido yo quien lo ha cazado. —Chasqueó la lengua—. Sí, lo reconozco, me lo follé para despistarlo y hacer que se olvidara del estúpido asuntillo de las bombas fétidas... Y de pasó lo disfruté de lo lindo. Tiene una buena polla y sabe manejarla bien.

Xavier la miró de hito en hito, olvidando su timidez con el pasmo. Jolines con la pelirroja, no tenía pelos en la lengua. Cuando se dio cuenta de que la estaba mirando fijamente bajó la cabeza avergonzado.

—No cabe duda de que das a la expresión *putón verbenero* un significado todavía más profundo —afirmó Óskar con evidente diversión, pues comenzaba a acostumbrarse a las bromas subidas de tono de su empleada.

—¿Fuiste tú quien provocó ese olor asqueroso? —inquirió Kaos estupefacto.

—Usé bombas fétidas, un truco que aprendí de niña en el colegio. Es barato, no es letal y da buen resultado —contestó ella cortando cuatro porciones de pastel.

Le tendió una a cada uno y se quedó con la última.

Lo probaron. Lo paladearon. Y lo tragaron. Luego volvieron a dar otro mordisco para afianzar la sensación que les había dejado en la boca.

—Está muy rico —concluyó Kaos apreciativo.

Marilia no dijo nada, se limitó a fruncir el ceño y dar otro mordisco.

—El resultado visual es espectacular —comentó Óskar—, impulsa a probarla. Está muy equilibrada, con el punto justo de proteínas e hidratos. —Miró de refilón a Kaos para comprobar que se daba cuenta de lo mucho que entendía de cocina. Y, sí, el rubio lo miraba sonriente, aunque no sabía si por su estupenda crítica o porque le hacía gracia la ostentosidad con la que hablaba—. En boca resulta una sabrosa golosina que aglutina sabores dulces y salados y terminan con un final fresco.

Marilia lo miró parpadeando. Vale. ¿Y qué coño significaba todo eso?

—Le falta chispa —musitó Xavier ganándose la animadversión de Óskar.

—No sabía que fueras crítico culinario —masculló ofendido porque pusiera en duda su análisis.

El calvo bajó la cabeza contrito y fijó la mirada en el suelo. Pero no se disculpó. No iba a hacerlo. Había dado su opinión como le habían pedido. Y tenía derecho a darla, aunque a Óskar no le gustara... Aunque tampoco le costaba nada callarse, ¿verdad? Si lo hubiera hecho no le habría disgustado, pensó abatido.

—Tiene razón —apoyó Marilia a su detractor, y éste esbozó una tímida sonrisa de agradecimiento—. Está bueno, pero le falta el toque especial que lo haga irrepetible.

—Yo no lo veo así —protestó Óskar.

—Eres picante y divertida, atrevida y exuberante —balbuceó el calvo sin levantar la vista de la punta de sus zapatos—, tu pastel debería serlo también.

—Vaya, gracias —replicó Marilia animada—. Resumiendo, como ha dicho Xavier, le falta chispa. —El hombretón la miró sorprendido porque le diera la razón y por cómo lo había llamado—. Así que vamos a pensar cómo mejorarlo. No voy a venderlo hasta que sea perfecto. En Pecados del Edén sólo tiene cabida la excelencia.

Kaos sonrió malicioso al oírla y comentó:

—Imagino que no te has dado cuenta, pero eso mismo diría Nath... Algo me dice que tenéis más en común de lo que puede parecer.

16

En ese mismo momento, a nueve mil kilómetros de Madrid, nuestro protagonista no consigue concentrarse. Tampoco a él le gusta que se le tuerzan los planes.

Nath cruzó la pierna izquierda sobre la rodilla derecha y se obligó a prestar atención al *show* de *burlesque* que se desarrollaba ante él. Provocativo y sensual, aunaba las acrobacias y la danza con el erotismo haciendo gala de una subversiva elegancia. No le extrañaba que la compañía estuviera tan solicitada. El espectáculo se daba un aire al del Cirque du Soleil, pero con un talante erótico que encajaba a la perfección con el Torture Game. Había hecho bien en viajar hasta allí para cerrar el contrato con ellos.

Entonces ¿por qué se sentía tan frustrado?

Porque tenía otros planes y había tenido que dejarlos de lado.

Planes mucho menos importantes, por supuesto, pero mucho más deseados. Porque, para qué negarlo, le apetecía volver a coincidir con Marilia. Más aún, había esperado impaciente la llegada del viernes. Se reclinó en la mullida butaca y miró sin ver a los bailarines semidesnudos que realizaban sus cabriolas en el escenario.

Algo había pasado el sábado anterior. Algo turbador y profundo que había removido, o, mejor dicho, sacudido esa parte en su interior que llevaba años paralizada. Se sentía inquieto. Impaciente. Desconcertado. Al borde de algo que podía cambiarlo todo y deseando saltar a ese abismo desconocido.

Y ésas no eran emociones que sintiera a menudo. Más bien nunca.

No le gustaban las sorpresas, al contrario, amaba el orden y la rutina. Siempre tenía previstas las contingencias posibles y también las imposibles. Nada conseguía sorprenderlo ni escapar a su estructurado control. Y, sin embargo, no podía dejar de pensar en la mujer más imprevisible, indómita y visceral que había conocido nunca.

Lo hacía sentirse vivo.

Desde el primer momento lo había fascinado, irritado y divertido a partes iguales. Ésas tampoco eran emociones que le despertaran las mujeres con las que se relacionaba. Entre ellos se había creado una conexión intensa e irracional que había estallado en un encuentro sexual turbador y liberador. Y él no era de los que fingían que no pasaba nada para evitar salir de su zona de confort.

Él era de los que se enfrentaban a los retos y salían vencedores.

Y ése en particular no iba a dejarlo pasar.

No sabía qué podía llegar a ser Marilia para él, pero iba a averiguarlo. Había episodios decisivos en la vida, casarse con Avril y adoptar a Kayla había sido uno de ellos; abandonar el mundo que conocía, vender su casa y crear el Torture Eden había sido otro. Y presentía que explorar su extraña conexión con Marilia y averiguar hacia dónde iban sería el más decisivo de todos. O el más desastroso.

Fuera como fuese, tenía que descubrirlo.

—¿Y bien? ¿Han conseguido deslumbrarte?

Nath miró al director de escena con el que trabajaba en el Torture Eden y el Torture Game.

—Es muy difícil que algo me deslumbre —replicó esquivo.

—Sobre todo si no miras —resopló—. Son magníficos. Exacerban la sensualidad de la danza y se recrean en lo prohibido, convirtiendo al espectador en un morboso voyerista.

—Entonces, tendré que contratarlos.

—Deberías.

Nath asintió, su director de escena jamás se equivocaba. Se

acercó al portavoz de la compañía y, en un impecable inglés, negoció las condiciones del contrato.

Horas después entró en la habitación del hotel y encendió el televisor para sentirse en cierto modo acompañado. Miró la hora mientras se aflojaba la corbata. Eran poco más de las seis de la tarde, lo que significaba que en Madrid serían las tres de la madrugada. Demasiado tarde para llamar a Kayla. Aunque tal vez no echara en falta su llamada, al fin y al cabo era viernes, ergo habría pasado el día con Avril y su perrito faldero.

Frunció el ceño al pensar que el amante de su exmujer habría ocupado su puesto como padre mientras él pasaba el día negociando contratos. Y aún le quedaba acabar la noche en una sala privada escuchando las necedades egocéntricas de influyentes megalómanos que exigirían una invitación al Torture Game a cambio de facilitarle cualquier gestión, por nimia que fuera. Invitación que, por supuesto, sólo otorgaría a quien le interesara utilizar. El resto tendría que pelear por ellas.

Se quitó la corbata y rotó el cuello mientras se desabrochaba los gemelos. Se quitó la ropa, la guardó en bolsas para la lavandería y la dejó en la puerta, junto con los zapatos, para que el personal del hotel se ocupara de ella. Luego se asomó a la terraza y observó la ciudad que se abría ante él.

Kayla había querido acompañarlo, pero ¿cómo llevarla a un viaje en el que pasaría la mayor parte del tiempo negociando contratos? Así que la había dejado en casa. Y, mientras él se dedicaba a afianzar sus negocios, su hija se divertía con el amante de su exmujer. Porque no iba a engañarse, él era el soso de cojones que la ayudaba con los deberes y el puntal con el que siempre podía contar, mientras que Uriel era las travesuras y las risas. Las excursiones inesperadas, lo emocionante, lo diferente, lo divertido.

Uriel era improvisación y atrevimiento y él, rutina y seguridad.

Apretó la barandilla de la terraza hasta que los nudillos se le pusieron blancos.

Antes de que acabara el verano haría un viaje con Kayla, decidió. Un viaje improvisado y sin reglas. O, mejor dicho, con pocas reglas. Sólo las justas y necesarias.

Volvió a mirar el reloj, al cabo de dos horas tenía concertada otra reunión, esta vez con una empresa de catering que, según le habían asegurado, no lo defraudaría. Esperaba que fuera cierto, pues ya era la sexta con la que se reunía y de todas le habían dicho lo mismo. Y, a pesar de la cacareada excelencia, las propuestas culinarias de las cinco anteriores no habían conseguido interesarle lo más mínimo.

O su paladar se había vuelto demasiado exigente o allí la gastronomía no era nada destacable.

* * *

Ha pasado una semana y, por mucho que fastidie a nuestros protagonistas, de nuevo se cumple esa ley de Murphy que asegura que si algo puede salir mal, saldrá mal.

Viernes, 2 de julio de 2021

—Estos cofres serían estupendos para el *high tea*, o, lo que es lo mismo, las «tentaciones noctámbulas» —comentó Marilia—. Mejor así, ¿no crees? *Noctámbulas* es un término más evocador que *nocturnas*. ¿Qué te parece?

—Me parece que esa caja no se parece en nada a un cofre. —Óskar miró receloso la anodina caja de cartón marrón.

—Eso es porque no tienes imaginación. Son cofres y son perfectos para las tentaciones noctámbulas —confirmó el nombre de su nueva creación—. Sólo nos falta un logotipo que nos identifique.

Óskar estuvo tentado de protestar de nuevo, pero lo cierto era que sus ideas daban pingües beneficios. Y la tarta de sándwiches —después de mucho probar habían descubierto que sólo necesitaba cebollino para ser extraordinaria— que habían sacado el domingo anterior se había vendido por porciones en menos de dos horas.

—¿Tienes alguna idea para el logo? —le preguntó Marilia. Él

negó con un gesto—. Tiene que ser algo picante y relacionado con la comida, el pecado y el Edén...

Entrecerró los ojos concentrada, pero no se le ocurrió nada, y no le extrañaba, la verdad. Era viernes y llevaba todo el día —en realidad, toda la semana— cavilando —deseando— sobre si Nath aparecería o no. Por lo visto, tras casi un año con la libido por los suelos, había bastado un polvo —inesperado, apoteósico y turbador— para que sus hormonas se revolucionaran y pidieran más. Mucho más. Y ella no era de las que lo pensaban dos veces cuando algo le gustaba, por lo que esperaba impaciente su regreso para follárselo hasta dejarlo seco.

Apretó los muslos excitada y miró la hora en el reloj de cocina de la casa de Óskar. Las tres menos cuarto. Con un poco de suerte, al cabo de cuatro horas estarían haciéndolo. Dónde y cómo no era importante. Sólo lo era el cuándo. Y el cómo, pensó ladina. Tal vez se enzarzaran en una discusión y acabaran desgarrándose la ropa otra vez. Para eso sólo tendría que sacarlo de quicio, y eso lo lograría sin problemas siendo ella misma. Era tan arrogante que provocarlo resultaba, además de divertidísimo, un desafío. Pues no era de los que caían con facilidad. Oh, sí, se irritaba y se enfurecía, pero era tan flemático que no lo evidenciaba. Por eso le encantaba hacerlo estallar.

Y si ese estallido iba acompañado de un polvo frenético, mejor que mejor. Y estaba segura de que no tardaría en estallar cuando viera lo que había hecho...

—¿En qué piensas? —inquirió Óskar ante su gesto travieso—. Aunque, por tu sonrisa, intuyo que piensas en Nath. Lo que me intriga es qué estás imaginando exactamente.

—No puedo decírtelo, así cuando me lleven a la cárcel no podrán acusarte de complicidad —replicó Marilia chasqueando la lengua.

—Como si no lo supiera —se burló Óskar—. Estoy deseando ver su cara cuando descubra lo que has hecho con la pizarra que te obligó a retirar. No vas a tener calle suficiente para escapar de él.

—¿Tú crees que quiero escapar? Ni de coña. Ese hombre sabe

cómo empotrar a una mujer. Y yo estoy muy necesitada después de meses de sequía —repuso haciéndolo sonreír—. Lo cabrearé y echaré a correr hacia su despacho para hacérnoslo otra vez sobre la mesa, pero esta vez seré yo quien lo monte... Me llama Índigo, dame un segundo —le pidió antes de sacar el móvil y aceptar la llamada. Escuchó un instante antes de estallar—. No quiero saber nada de ella. No. No me interesa la sentencia en absoluto. ¡Ya sé que es mi madre! No necesito que me lo recuerdes, nunca consigo olvidarlo —masculló con una rabia que impresionó a Óskar—. Joder, Indi, no me pidas eso... —gruñó ante lo que fuera que le dijo su hermana—. Está bien, un día, nada más.

Cortó la llamada y apretó el móvil entre los dedos, como si estuviera planteándose lanzarlo contra la pared. Al final ganó el sentido común —uno nuevo era muy caro y estaba sin blanca— y se lo guardó en el bolsillo.

—¿Qué ha pasado? —inquirió Óskar preocupado por su evidente angustia.

—Nada importante... Tengo que irme, volveré dentro de un par de días.

Y, aunque él insistió en saber qué había ocurrido, ella no le dijo nada más. Para según qué asuntos Marilia era hermética, y su pasado era uno de esos asuntos.

* * *

Tres horas después, nuestro héroe está en un centro comercial con su hija, esperando impaciente a que alguien le haga el relevo para ir a buscar a cierta pelirroja.

—Papá... ¡Papá! —exclamó Kayla al ver que Nath miraba abstraído el escaparate de una tienda de lencería femenina—. ¿Qué te pasa? ¿Estás enfermo? —Le envolvió la cara entre las manos y lo miró con sus enormes ojos llenos de tierna preocupación.

—No, sólo distraído —confesó azorado, inclinándose para besarla en la frente. Kayla respondió con un abrazo de oso a la vez que le decía lo mucho muchísimo que lo quería.

Lo que lo hizo sentir egoísta, desalmado y, en definitiva, un pésimo padre. Debería tener todos sus sentidos puestos en ella, pero en vez de eso estaba ausente.

—¿Seguro que estás bien? —Lo miró intranquila. Se estaba comportando de un modo muy raro desde su regreso.

—Perfectamente. Sólo estoy un poco cansado, nada más —la tranquilizó.

Y no mentía. Había tenido que quedarse en San Francisco hasta el día anterior y, por muy cómoda que fuera la cama del hotel, no era su cama. A eso debía sumarle la inquietante atracción por una mujer a la que no había podido ver cuando lo había planeado, lo que había elevado la atracción al grado de obsesión. Obsesión de la que esperaba curarse esa misma tarde, cuando volviera a verla. Y a follarla, por supuesto.

—Vale. Pero si te pasara algo me lo dirías, ¿verdad? —Kayla lo miró con los párpados entrecerrados.

—Por supuesto. Entre nosotros no hay mentiras.

—No decir algo no es mentir, es ocultar lo que te pasa y es igual de malo —señaló muy seria.

—Cierto —convino Nath sonriente, su hija lo conocía demasiado bien—. Hay un asunto que me tiene distraído.

Ella lo miró con intensa concentración y esperó.

Nath se mantuvo silente. No podía explicar lo que ni él mismo entendía.

—¿Es malo? —inquirió ella al comprender que no iba a decir más.

—No. Es..., no sé ni lo que es —confesó desconcertado—. Pero no es malo.

—Si no es malo, entonces es bueno —resolvió poniendo los ojos en blanco. De verdad, cuánto le gustaba a su padre complicarse la vida, ¡con lo sencilla que era!

—Tienes toda la razón —replicó Nath animado porque Kayla, con su simplicidad para enfocarlo todo, había dado con el quid del asunto—. ¿Te apetecen unas palomitas?

—¡Siempre!

Dicho y hecho, fueron a por ellas.

—Ahí están mamá y Uriel —anunció Kayla entusiasmada un rato después yendo hacia ellos.

Nath la siguió sintiéndose horriblemente culpable por la oleada de alivio que lo recorrió al comprender que su tarde paternofilial había concluido y que por fin podría ir a buscar a cierta pelirroja. Ignoró a Uriel y estableció con Avril que retornarían a Kayla a casa el sábado después de comer para que ayudara a su abuela con la fiesta. No porque fuera necesario, sino porque le hacía muchísima ilusión montarla.

—¡Será la primera fiesta de cumpleaños que haremos para papá! —exclamó entusiasmada—. ¿Seguro que no queréis venir? —les preguntó a Uriel y a Avril.

—¿Y pasar la tarde del sábado con tu padre y sus aburridos amigos? No, gracias —se burló éste.

Nath, como de costumbre, fingió no haberlo oído, y Uriel tuvo que reconocer que estaba fingiendo mucho mejor de lo habitual, pues ni siquiera le palpitó la mandíbula, algo bastante usual en sus tensos encuentros.

—Los amigos de papá no son aburridos —lo defendió la adolescente enfadada.

—Claro que no —comentó Nath distraído mirando el reloj.

Eran más de las siete y la M-30 estaría intransitable, por lo que llegaría al Torture Eden justo cuando estuviera a punto de abrir sus puertas. Frunció el ceño, eso no le dejaría mucho tiempo para hablar con Marilia. Aunque si bajaba por la M-12 tal vez...

—Si tú lo dices, princesa —le dijo Uriel a Kayla mirando intrigado al abstraído Nath—. De todas maneras, si te aburres con esa panda de insulsos, ya sabes que puedes llamarme. Acudiré en tu rescate raudo y veloz y te libraré de esa fiesta llena de sosos trajeados tan petardos como tu padre —añadió malicioso. Con los años había aprendido que la manera más rápida de cabrear a Nath era llamarlo soso.

Mas, en contra de lo esperado, él ni siquiera dio muestras de haberlo oído.

—¡Papá no es soso ni petardo! —protestó Kayla sobresaltando a Nath.

La miró desconcertado, como si no entendiera a qué había venido ese exabrupto.

—Claro que no lo soy —convino distraído mirando de nuevo el reloj—. Tengo que irme. Pásatelo muy bien con mamá y Uriel —dijo despreocupado dándole un beso. Luego se encaminó presuroso a la salida.

—¿Qué coño...? —masculló Uriel, tan pasmado como Avril al oír su nombre salir de la boca de Nath. Eso era algo que nunca, jamás, había sucedido.

—Está muy raro, ¿verdad? —inquirió Kayla preocupada—. Me ha dicho que algo lo tiene distraído, pero no me ha contado qué es.

—Tal vez sea cierta pelirroja —comentó Uriel malicioso, recordando lo que les había comentado el cotilla de Kaos.

Avril le lanzó una mirada admonitoria. Si Nath no le había contado nada a Kayla, Uriel no era quién para hacerlo. La vida privada de su exmarido sólo lo concernía a él.

La adolescente miró confusa a Uriel.

—¿Qué pelirroja?

—Una muy guapa que por lo visto tiene los ovarios muy bien puestos —respondió Uriel. Acto seguido se corrigió para evitar que Kayla le replicara que, obviamente, todas las mujeres los tenían colocados en su sitio. Era una chica muy literal—. Quiero decir que tiene mucho carácter, no se deja intimidar y hace siempre lo contrario de lo que tu padre espera.

—¡Uriel! —lo reprendió Avril con un gruñido y él se esforzó en parecer convenientemente arrepentido.

—¿Crees que a papá le gusta esa pelirroja, mamá? —inquirió Kayla muy seria.

Avril miró a Uriel controlando apenas sus ganas de matarlo por bocazas y luego se dirigió a su hija.

—No lo sé.

—Tal vez se haya enamorado —aventuró pensativa.

Avril sonrió con ternura. Kayla era una adolescente con las hormonas revolucionadas para la que el amor lo era todo.

—Nadie se enamora de alguien a quien acaba de conocer —le

dijo con cariño— y, por lo que sé, se conocieron hace poco más de un mes.

Kayla entrecerró los ojos pensativa.

—¿Cuánto tardaste en enamorarte de Uriel? —le planteó a su madre.

—No puedes comparar a tu padre conmigo, yo soy más guapo, más divertido y más encantador —intervino Uriel guasón—. Es mucho más fácil enamorarse de mí que de él.

—¡Eso no es cierto! —exclamó indignada.

—Si tú lo dices... ¿Qué película quieres ver? —le preguntó Uriel cambiando de tema.

Y Kayla, tras un irritado bufido, decidió dejarlo pasar.

—Una de Timothée Chalamet en la que interpreta a un chico que está enfermo y...

—Se muere. Seguro —musitó Uriel enfurruñado, arrancando una carcajada a Avril.

* * *

Media hora después, por fin llega el momento del anhelado reencuentro entre nuestros protagonistas...

Nath esperó con contenida impaciencia a que el semáforo se pusiera en verde y cruzó. Doce segundos después entraba en la pastelería y encontraba a Óskar atendiendo desbordado a un montón de personas. Muchos más de los que había esperado hallar allí. Y, por sus atuendos, todos eran clientes del Torture Eden.

—¿Y Marilia? —inquirió sorprendido por su ausencia.

—¿No es evidente que no está? —resopló agobiado mientras le servía un cubo de pecaditos a un tipo vestido con un diminuto pantaloncito rojo y un sujetador del mismo color, que, por cierto, hacía juego con la cresta de su pelo.

Nath fijó su penetrante mirada en Óskar, impeliéndolo a ampliar la información.

—Ha tenido que marcharse por un asunto urgente —comentó

Óskar atendiendo a otro cliente—. Un puticornio, dos arcoíris y un *cupcake* tortura —repitió mientras lo servía.

Atendió al siguiente, una mujer vestida de Dorothy en *El mago de Oz* —si es que el vestido de ésta fuera de PVC— que sostenía en el pliegue del codo un perrito de peluche.

—¿Braguita, corsé o bóxer? —ofreció cuando le pidió galletas de mantequilla.

—Bóxer, y con el paquete bien gordo para que pueda saborearlo —dijo guasona.

—¿Qué asunto urgente? —exigió saber Nath mientras Óskar llenaba una caja con galletas que imitaban calzoncillos.

Óskar lo miró aturdido antes de procesar la pregunta.

—No lo sé. Ha llamado Índigo y se ha ido a por algo de su madre. —Le tendió los calzoncillos a Dorothy para luego atender a Conan el Bárbaro.

Le vendió dos *muffins* perversión y estaba a punto de despachar al siguiente cuando Nath le preguntó, con voz muy suave y peligrosa:

—¿Quién es Índigo y qué ha pasado con la madre de Marilia? —No era la primera vez que oía ese nombre. Marilia lo había pronunciado varias veces en las conversaciones telefónicas que había escuchado/espiado.

Y Óskar se dio cuenta de que había hablado de más. En su descargo cabía que decir que estaba tan desbordado que ni siquiera había pensado lo que decía.

—Bueno...

—No se cuele, yo estaba antes —intervino furioso un hombre con bigote vestido como Sailor Moon—. Quiero una docena de pecaditos perversos.

—Sí, claro, lo siento —se disculpó Óskar lanzando una agobiada mirada a Nath. ¿No podía interrogarlo más tarde?, cuando no estuviera desbordado.

—Responde a mi pregunta —exigió Nath en tono perentorio, conteniéndose para no decirle al bigotudo quién era él y, de paso, amenazarlo con no dejarlo entrar a su discoteca.

Por supuesto, no lo hizo. No era de los que abusaban de su poder. Aunque pensaba decirles a las camareras que se tomaran su tiempo para atenderlo. Así aprendería a no tener tanta prisa.

Óskar miró abrumado a Nath, consciente de que se le estaba agotando la paciencia. Igual que a los clientes que esperaban a ser atendidos. Todos habían llegado a la misma hora, las siete y media, con el tiempo justo para comprar sus bollos y entrar a la discoteca cuando abriera. ¡Ya podrían haber dejado un poco más de espacio entre ellos!

La mirada de Nath se hizo más dura mientras Óskar se planteaba ignorarlo y seguir despachando. Al fin y al cabo, eran los clientes quienes le daban de comer. Pero Nath era más peligroso. O, al menos, eso le parecía.

De repente la puerta se abrió y alguien entró en la tienda.

—¡Xavier! —exclamó aliviado al ver al hombretón, quien, como siempre, llegaba en el momento que más necesario era—. ¡Me salvas la vida! Te nombro ayudante de pastelero, ven aquí —le pidió con apremio.

El hombre de brillante calva miró azorado a los allí reunidos y se acercó al mostrador con la cabeza gacha.

—Ponte la bata de Marilia, los precios están en los cartelitos —dijo Óskar indicándole con un gesto que despachara al siguiente.

Xavier lo miró perplejo. Era imposible que entrara en la bata de Marilia. Era alto y fornido, grandote, que decía su madre. Bajó la cabeza abatido, estaba claro que Óskar no se había fijado mucho en él, pues no se había dado cuenta de su tamaño.

—¿Quién es Índigo y qué le ha dicho a Marilia para que se haya tenido que ir? —exigió saber Nath con una voz tan afilada que hasta el tiempo pareció detenerse para prestarle atención.

Óskar suspiró atosigado.

Nath inclinó la cabeza, sus ojos convertidos en un arma letal.

—No sé quién es —respondió al fin—. Marilia no habla de su vida anterior a Madrid. Y tampoco sé qué ha pasado, sólo que ha tenido que marcharse. Puedes torturarme si quieres, pero te juro que no sé nada más —aseveró con sinceridad.

Nath asintió y abandonó la pastelería cabreado.

Y Óskar, intuyendo su estado de ánimo, se alegró de haber escondido la pizarra. Con lo mal que le había sentado no encontrar a Marilia allí, no quería ni pensar en cómo habría reaccionado de haberla visto.

17

Cuando se demuestra que algunas personas, además de falsas e interesadas, pueden ser muy crueles.

Sábado, 3 de julio de 2021

Nath observó abstraído la piscina desde los ventanales del salón. Daría lo que fuera por estar allí. No porque le apeteciera nadar, sino porque el jardín estaba desierto. Nada que ver con su casa, que parecía invadida por un desfile de alta costura, no por el estilismo de sus invitados, que también, sino por su elevada posición social y sus cuentas saneadas. O supuestamente saneadas, porque había unos cuantos que vestían de Armani y comían huevos para almorzar y cenar porque no les daba para más.

Miró el reloj hastiado. Sólo habían pasado dos horas desde el inicio de la fiesta y en ese tiempo había recibido varias invitaciones para follar, la mayoría acompañadas de propuestas, supuestamente ventajosas, para participar en proyectos de la más variada índole, casi todos ellos abocados al desastre. Por supuesto, todas fueron rechazadas. También había recibido soplos clandestinos de invitados que, ¡oh, sorpresa!, afirmaban ser sus amigos del alma y le daban información privilegiada para invertir en acciones que eran un activo seguro (seguro de quiebra, por supuesto). A éstos había tardado un poco más en despacharlos. Era divertido ver la red de mentiras que trazaban —a cada cuál más grotesca— para responder a sus preguntas sobre dichos negocios. Luego estaban los que, con la excusa de una charla distendida, lo habían *a*) interrogado sobre inversiones, *b*) interrogado sobre sus finanzas o *c*) interrogado morbosos sobre lo que ocurría en su discoteca. A ésos no se había molestado en despedirlos, simplemente se había dado la vuelta ignorándolos. Y, por último, estaban las mujeres que, atraídas por su pedigrí y sus finanzas —sobre todo por estas últimas—, habían decidido que podrían soportar su carácter desabrido y coqueteaban con él con la intención de alcanzar una alianza íntima. A éstas conseguía soportarlas cinco minutos antes de que lo aburrieran soberanamente.

—Una fiesta maravillosa —comentó una voz conocida tras él.

Nath se giró sorprendido. De todas las personas que podrían asistir a la fiesta, Samara era la última a la que habría imaginado allí. ¿Quién la habría invitado? Su madre, por supuesto, pero la cuestión era: ¿cómo había dado Marga con Samara si, por lo que sabía, y él siempre lo sabía todo, no se conocían?

—¿Nath? —le reclamó ella ante su silencio.

—Yo diría que más interesante que maravillosa —rebatió dedicándole una apreciativa mirada. Vestido rojo de Prada. *Stilettos* Manolo Blahnik. Pocas joyas y de buen gusto. Todo en ella proclamaba que se sentía poderosa y bella. Y lo era—. Es, además de una sorpresa, un placer verte, Samara.

—Si eso fuera verdad, no habrías dejado pasar más de un mes sin convocarme a tu cama —señaló ella con una chispa de interés en la mirada—. Imagino que eso significa que la ocupa otra.

—Sé que te han ascendido a directora ejecutiva de Lormprof, enhorabuena. Es un cargo muy merecido —descartó su pregunta.

Ella ignoró el cumplido con una sonrisa.

—Es una lástima, eres uno de los pocos hombres que me resultan interesantes —comentó, ambos sabían que estaba hablando de su finiquitada relación. Alzó la copa que llevaba en la mano y Nath levantó la suya en un sutil brindis—. Ha sido un placer conocerte todo lo íntimamente que me has permitido y, si alguna vez recuperas el sentido común, búscame, tal vez vuelva a aceptarte —dijo alejándose con andar felino.

Nath sonrió, una dicotomía muy interesante la de esa mujer; sumisa en la cama y dominante fuera de ella. Ambiciosa, segura de sí misma, con una elegancia innata y modales refinados. A su madre le encantaría como nuera, pensó con malicia.

—No te fíes de Samara, se le ha subido a la cabeza el ascenso —le dijo con sorna un hombre de edad indeterminada y facciones congeladas por el bótox.

Quien pensara que sólo las mujeres acudían a la cirugía estética se equivocaba. En su mundo todos querían tener buen aspecto, a ser posible, sin pasar por el gimnasio.

—¿Perdón?

—La rubia que estaba aquí hace un momento —se tambaleó, señal de que la copa que sujetaba era la última de muchas.

Nath lo ignoró, tal vez si no le daba conversación lo dejaría en paz.

—Me la tiré la semana pasada. Es una puta aburrida que deja todo el trabajo al hombre —comentó como quien habla del tiempo—. Se cree alguien y sólo es una zorra más.

Nath arqueó una ceja, era imposible que Samara se hubiera acercado a ese idiota, no le llegaba ni a la suela de los zapatos.

—¿Por qué crees que me interesa escucharte? —inquirió cortante—. ¿Te conozco?

—Deberías —respondió molesto el hombre a la vez que le tendía la mano—. Pablo Fuentes, director general de Aluminios del Hierro.

Nath miró desdeñoso su mano y optó por no apretársela e ignorarlo.

—Ya veo que es cierto lo que dicen de ti —apuntó Pablo retirando la mano.

—¿Que no me mezclo con idiotas?

—Que te crees más de lo que eres.

—Aluminios del Hierro... —Nath entrecerró los ojos pensativo—. Tengo entendido que tu empresa se enfrenta a una opa hostil por parte de Lormprof.

—No van a conseguir nada —mascculló el hombre.

—¿No? Por lo que sé, tus accionistas no piensan lo mismo, y no es que me extrañe, dada la ineptitud de su director general. Ése eres tú, ¿verdad? —señaló Nath comenzando a divertirse. Había hecho bien en estudiar a sus invitados, siempre era bueno tener argumentos con los que silenciar a los idiotas.

—No voy a permitir que me insultes.

—Tienes dos opciones: aguantarte o marcharte —le ofreció Nath circunspecto.

El hombre manifestó con viveza su disgusto por la falta de educación del anfitrión, consiguiendo que las conversaciones del salón se silenciaran y luego, sin dejar de cacarear su indignación, dio media vuelta y enfiló hacia la salida.

—Encantado de verte marchar —lo despidió Nath sin alzar la voz, aunque, dado el mutismo que reinaba allí, sus palabras sonaron altas y claras.

El hombre se detuvo, aunque lo pensó mejor y continuó la retirada.

Poco a poco, las conversaciones conquistaron de nuevo el silencio y Nath atravesó el salón para ir a la mesa de catering y hacerse con una copa de vino, aunque lo que realmente le apetecía era una cerveza bien fría. Lástima que su madre pensara que ese tipo de bebidas no eran de buen tono para una fiesta con tanta clase como ésa.

Resopló molesto y se bebió la copa a cortos sorbos mientras examinaba con mirada crítica el bufet. No tenía mala pinta. Probó un vistoso canapé. Una apariencia muy ostentosa para un bocado insípido. Tomó otro, una delicia de marisco, según lo informó el camarero. De marisco era, desde luego, pero lo de «delicia» le quedaba grande.

Frunció el ceño, por lo visto el deterioro en el sector del catering era un fenómeno globalizado, pensó recordando el fiasco con las empresas californianas, motivo por el que había visto retrasado su regreso a Madrid hasta el jueves. Aunque en honor a la verdad debía reconocer que, tal vez, su gusto se había tornado más exquisito. Al menos, eso decía su director de escena, para quien los menús ofertados eran similares a los que siempre se servían en el Torture Game. Kaos pensaba igual sobre los insulsos tentempiés que servían cada fin de semana en la discoteca: que eran correctos.

Pero él no quería lo correcto. Quería la excelencia.

Tomó un pastelito de arándanos y se lo llevó a la boca. Soltó un gruñido. Desde luego, nada que ver con los pecaditos perversos, aunque, puestos a elegir, prefería el *muffin* puticornio, aunque el nombrecito era de lo más inapropiado. No obstante, se quedaría sin lugar a dudas con las tentaciones noctámbulas y sus porciones de tarta de sándwich que Kaos había llevado para cenar la noche anterior. Nunca había probado nada más delicioso. Era una pena que Pecados del Edén fuera un negocio pequeño y limitado, con un dueño carente de ambición. Deberían dejarse de nimiedades y expandir mercado.

—Nathaniel... ¿Podemos hablar un momento? —le pidió Marga acercándose.

Asintió y acompañó a su madre hasta la cocina, el único lugar de la planta baja que no estaba tomado por la gente. Cerró la puerta tras de sí y apoyó el trasero en la encimera, cruzando los brazos y los tobillos en una postura indolente. Desde luego, no podía dejar más claro lo poco que le interesaba esa conversación.

—Te pido, por favor, que trates de mostrarte más accesible —dijo Marga, y desde luego no sonó a petición, sino a orden.

—¿Has recibido quejas de mi comportamiento? —inquirió burlón.

—Sabes bien que nadie se atrevería a tacharte de maleducado...

—Excepto ese idiota de Pedro Fuentes, ¿o es Pablo? No consigo recordarlo, será porque tengo la costumbre de borrar a los imbéciles de mi memoria.

—¿Crees que estoy molesta porque hayas echado a ese mamarracho? —Marga arqueó una elegante ceja—. Me alegro de que lo hayas hecho, estaba agriando la fiesta con su ebriedad, aunque habría preferido un poco más de discreción, por supuesto.

Nath la miró sorprendido. Su madre no acostumbraba a aprobar nada de lo que hacía.

—La próxima vez lo amordazaré antes de echarlo, así evitaré su diatriba —apuntó.

Marga inhaló con fuerza, lo que equivalía a un resoplido hastiado en cualquier persona con menos clase y estilo.

—Debes mostrarte más accesible si quieres rehacer tu vida —retomó el tema.

—No sabía que tenía necesidad de rehacerla.

—No puedes seguir solo, Nathaniel. Todos los hombres necesitan una mujer a su lado, y tú no eres una excepción.

—Siento curiosidad por saber a qué se debe este repentino interés por mi bienestar sentimental.

—Soy tu madre, me preocupo por ti.

—Tú jamás haces nada porque te preocupes por mí. Es más, esa palabra, referida a mí, no está en tu vocabulario.

Ella inspiró alzando la barbilla ofendida.

—Eres mi hijo, Nathaniel, te quiero. Y siempre hago lo mejor para ti, aunque tú no sepas qué es lo que más te conviene. Y lo que más te conviene en este momento es darle a Kayla una madre a la altura de sus expectativas y su posición. Por eso he montado esta fiesta e invitado a mujeres hermosas, inteligentes y de buena posición social. Te pediría que no las desecharas sólo porque las considero apropiadas. Es más, espero que seas tan inteligente como te jactas de ser y consientas en conocerlas. Tal vez alguna te sorprenda —dijo muy digna antes de irse.

Nath entrecerró los párpados intrigado, su madre no tenía por costumbre mostrar tal despliegue de emociones. En eso se parecían mucho los dos. Sólo Kayla los hacía ser mejores, más cercanos, más humanos.

Y, hablando de Kayla, llevaba un buen rato sin verla. Aunque tampoco era que le extrañara: si a él los invitados le resultaban soporíferos, no quería ni pensar en lo que le parecerían a ella. Seguramente insufribles y aburridos hasta la muerte. Fue a buscarla.

Veintidós minutos después seguía sin encontrarla. No estaba en la pérgola del jardín, tampoco en su dormitorio, donde encontró su móvil olvidado en la cama, ni en la sala de juegos, donde descubrió a una de esas mujeres bellas e inteligentes de su madre enredada con un alto directivo cuya esposa estaba en el salón. Les pidió amablemente que se fueran a follar a un hotel y continuó con su búsqueda cada vez más preocupado.

Bajó de nuevo al salón principal.

—Nathaniel. ¿Qué ocurre? —inquirió Marga en voz baja acercándose. No le había pasado desapercibido su deambular inquieto.

—No encuentro a Kayla.

Marga parpadeó asustada, su hijo era minucioso hasta extremos insospechados, si no encontraba a Kayla era porque no estaba. Se llevó la mano al corazón.

—¿Crees que alguien ha podido secuestr...?

—No —la interrumpió antes de que pronunciara la espantosa palabra—. No ha salido de casa, me lo ha confirmado la empresa de seguridad que he contratado para la fiesta.

Marga arqueó una ceja.

—No pensarías que iba a permitir que invadieras mi casa con desconocidos sin tener previstas todas las contingencias, ¿no? —planteó Nath cortante yendo hacia el vestíbulo para acceder a la escalera que llevaba al garaje. Marga lo siguió.

Tal vez había bajado allí para enseñarle el Huracán a alguien. Se le encogió el corazón al pensar que su pequeña, tan enamoradiza y confiada, podía haber bajado allí con un maldito seductor dispuesto a... Sacudió la cabeza. No quería ni pensar en eso.

Entró en el enorme garaje con la respiración agitada y los nervios a flor de piel.

Pero tampoco estaba allí.

—Nathaniel... —susurró Marga. En su voz se traslucía el terror que sentía.

—La encontraré —aseveró muy serio—. Vuelve al salón, tal vez haya regresado...

Marga, en contra de su carácter, asintió con docilidad e hizo lo que le ordenaba.

Nath regresó a la primera planta y la revisó de nuevo sin dar con ella. Estaba a punto de volver a bajar cuando se quedó inmóvil. Un segundo después subía presuroso a su planta privada. La puerta, por supuesto, estaba cerrada con clave.

Una clave que su hija le había visto meter cientos de veces y se sabía de memoria.

Tecleó la combinación y entró en sus dominios.

La encontró hecha un ovillo en la cama, con la cara manchada por las lágrimas y los ojos enrojecidos.

—Kayla... ¿Qué ha ocurrido?

Ella lo miró compungida y negó con la cabeza.

—¿Quieres que llame a la abuela para que hables con ella? —inquirió consciente de que había temas que su hija trataría con más facilidad con su madre.

—¡No! —estalló echándose a llorar de nuevo—. ¡No dejes que yaya suba!

—Está bien. Pero tengo que decirle que estás aquí para que no se preocupe. —Sacó el móvil e informó a Marga, ordenándole que permaneciera en el salón cuando insistió en subir; luego se sentó en la cama, pero la adolescente se apartó—. ¿Me lo vas a contar?

Kayla negó con vehemencia.

—¿No habíamos quedado en que ocultar las cosas es igual de malo que mentir? —inquirió él con voz suave.

Ella asintió compungida.

—¿Alguien te ha molestado?

Ella negó con rapidez. Con demasiada rapidez.

—Kayla... ¿Qué ha pasado?

—No quiero decírtelo.

—¿Por qué?

—Porque si te lo digo os estropearé la fiesta —confesó—. Y yaya se ha esforzado mucho para que todo sea perfecto y no quiero que se ponga triste. Ni que tú te enfades...

—No me enfadaré —mintió Nath, porque si alguien había hecho daño a su hija lo mataría. Ella lo miró con suspicacia—. Sabes que puedes confiar en mí. Te quiero más que a nada en el mundo. Si alguien te ha hecho daño, necesito saberlo...

—Nadie me ha hecho daño de pegar —replicó ella sorbiendo por la nariz.

Nath entrecerró los ojos ante la elección de palabras.

—¿Y de otra manera?

Ella asintió.

—Los oí hablar —confesó.

Nath la miró sin comprender.

—En la fiesta había un hombre muy guapo con el que hablé un ratito. Era simpático y divertido, y como me aburría me acerqué para hablar otra vez con él. —Fijó la mirada en sus manos—. Estaba con más gente y pensé que si estaban con él también serían majos. Me acerqué y me di cuenta de que estaban hablando de mí. Y me quedé muy callada y no dije nada porque quería saber qué decían... —Se detuvo limpiándose las lágrimas con el dorso de la mano.

—¿Qué decían, cariño? —musitó Nath con el corazón encogido.

—Una mujer dijo que no deberías dejarme estar en la fiesta, que los subnormales no son agradables de ver y que es una falta de respeto que impongas mi presencia a tus invitados —murmuró—, también dijo que era una pena que mamá me hubiera tenido, que deberías haberla obligado a abortar, porque ninguna mujer en su sano juicio va a querer estar con un hombre con un carácter como el tuyo que, además, tiene una hija idiota. Y entonces otra mujer dijo que tampoco era para tanto, que había internados en los que esconderme. ¿Es verdad, papá? ¿No tienes novia por mi culpa? ¿Ninguna te quiere porque soy subnormal?

—Eso es una estupidez. Tú no eres subnormal, eres maravillosa y única. Y quien ha dicho eso es escoria —aseveró Nath tan furioso que le costaba controlarse—. Eres lo mejor que me ha pasado. ¿Lo entiendes? Lo mejor. Sin ti no soy nada. Ni quiero serlo. Das sentido a mi vida. ¿Comprendes?

Ella asintió con un gesto, pero Nath vio en sus ojos que la angustia y la sensación de culpa seguían ahí. Y supo que tardaría un tiempo en curarse de esa herida.

—Lo que digan los demás nos tiene que dar igual, son idiotas. No merece la pena gastar los tímpanos escuchándolos —continuó diciendo.

—Pero no tienes novia. ¿Es por mi culpa? —insistió preocupada.

—Por supuesto que no. Si no tengo novia es porque no quiero tenerla. Además, por esa regla tu madre tampoco tendría novio, y Uriel os adora a las dos —afirmó. Y era verdad. Uriel podía ser un gilipollas arrogante, pero quería a Kayla tanto como él.

La adolescente inclinó la cabeza pensativa antes de soltar un sonoro suspiro y limpiarse la nariz con el borde de la camiseta.

—Eso es una guarrería —la regañó Nath con una cariñosa sonrisa.

Ella se encogió de hombros.

—Te quiero mucho, papá —dijo lanzándose a sus brazos.

—Y yo a ti, mi vida, y yo a ti.

Permanecieron así un rato y, cuando Kayla se relajó, Nath propuso llamar a Marga.

—Estará muy preocupada, deberías hablar con ella y tranquilizarla...

—Se pondrá triste porque he estropeado su fiesta —musitó ella hipando de nuevo.

—¿De verdad crees que una fiesta es más importante para tu abuela que tú?

La niña lo pensó un segundo antes de negar con la cabeza.

—Exactamente. Eres lo más importante para ella. Igual que para mí —sentenció.

Kayla sonrió de verdad de la buena, con toda la cara, y volvió a abrazarlo.

Poco después Nath esperaba a Marga en la entrada, con la puerta abierta; no pensaba teclear la clave en su presencia.

Le contó lo sucedido cuando llegó. Marga palideció.

—Échalas. Sácalas ahora mismo de mi casa —le ordenó con la respiración agitada—. Averigua quiénes han dicho eso de mi niña y arruínalas. Convierte sus vidas en una tortura. Las quiero viviendo de la caridad y durmiendo en la calle. Que nunca más puedan mezclarse con la gente decente —exigió antes de hacer una inhalación lenta y profunda para tranquilizarse. Luego entró en el dormitorio con su nieta.

Lo último que vio Nath antes de irse fue cómo se abrazaban nieta y abuela.

Bajó al salón, localizó a uno de los miembros del equipo de seguridad y le ordenó que le proporcionara todas las grabaciones que hubieran hecho de los asistentes. Cuando Kayla estuviera más tranquila, se las mostraría y le pediría que señalara a sus agresoras. Luego, de mil amores, obedecería la orden de su madre.

Atravesó el salón con decisión y se detuvo frente a la mesa desde la que el pinchadiscos ponía música. Le ordenó parar y encendió el micrófono.

—La fiesta ha terminado —dijo con contundencia. También informó a la empresa de catering de que el bufet estaba cerrado y ordenó al pinchadiscos marcharse con la música a otra parte, a ver si había suerte y, cual flautista de Hamelín, las ratas iban tras él. Literalmente. Era imposible dejar más clara su determinación de echar a sus invitados.

Luego atravesó el salón ignorando a casi todos y despidiéndose cortésmente de unos pocos, con los que se disculpó —en cierto modo, porque él jamás se disculpaba— por su acritud.

18

Cuando un encuentro inesperado le alegra el día a nuestro protagonista.

Domingo, 4 de julio de 2021

—Kayla, por favor —rogó Nath frotándose la frente—. Es la segunda vez que te enseño las fotos, no puedes decirme que quienes te insultaron no están, porque están todos los asistentes a la fiesta. —Le dedicó una penetrante mirada que habría puesto de rodillas a cualquier persona que tuviera la desgracia de toparse con él.

Sin embargo, su hija se encogió de hombros con perezosa indiferencia.

—¿Me llevas mañana al centro comercial? Quiero ver una película con Manu —comentó cambiando de tema.

—Pensé que habías decidido odiarlo —señaló Nath arqueando una ceja.

—Es que antes era un idiota, pero ahora ya no lo es y me gusta.

—¿Vuelve a hacerte caso?

—Me ha dicho que soy muy lista y que dibujo muy bien —dijo sonriente.

—Te llevaré al cine —aceptó, aunque preferiría que siguiera considerándolo un idiota. No estaba preparado para bregar con que Kayla tuviera novio y lo que implicaría.

—¡Estupendo! Voy a llamarlo para decírselo —dijo entusiasmada yendo a la puerta.

—Kayla... No hemos terminado.

Ella se volvió enfadada, poniendo los ojos en blanco.

—Joder, estoy harta.

—Esa boca... No querrás que te la lave con jabón.

—Como si fueras a hacerlo —resopló con osada rebeldía.

Nath no pudo por menos que sorprenderse. Su hija jamás lo desafiaba. Que ahora lo hiciera era una muestra más de que ya no era una niña, sino una adolescente contestona y rebelde, como todos los adolescentes. Suspiró. No sabía si sería capaz de afrontar su edad del pavo sin perecer en el intento.

—Pero puedo no llevarte al cine —la amenazó.

Ella abrió unos ojos como platos.

—¡Pues iré yo sola!

—No.

—¡Sí! Cogeré el autobús y ya está.

—No —volvió a rechazar con severidad.

—Todos mis amigos lo hacen, pero a mí nunca me dejas hacer nada sola —protestó.

—¿Todos tus amigos? —inquirió Nath con mirada penetrante.

—Bueno, todos no. Pero algunos sí. ¡Y ya soy mayor para ir sola!

—No.

—Puedo hacerlo —porfió ella.

—No lo dudo. Pero no irás sola. Y ahora deja de protestar y dime quién dijo esas mentiras sobre ti.

Kayla se puso en jarras.

Él la miró inclemente.

Kayla caminó disgustada hasta el escritorio, se sentó con un resoplido, se cruzó de brazos muy rígida y lo miró echando chispas por los ojos.

—¡Eres un pesado! ¡Estoy harta de mirar las fotos de la gente de la fiesta!

—Si me señalaras a quién oíste, dejaría de hacértelas mirar.

—¡Si lo hago les vas a hacer daño!

Nath la miró asombrado.

—No soy ningún mafioso. No meto a la gente en barriles y los tiro al río.

Ella lo miró con los párpados entrecerrados.

—No. Pero quieres arruinarlos y que vivan de la caridad. Y eso no es de personas buenas. Y no quiero que tú seas malo —dijo muy seria.

—Ya veo que tienes buen oído —señaló Nath, dándose cuenta de que había oído la conversación que había mantenido con Marga.

—También soy mayor y puedo defenderme sola —afirmó rugiente antes de bajar la cabeza y musitar—: aunque esa vez no lo hiciera. Pero la siguiente lo haré. —Alzó la mirada y volvió a estallar—: ¡No necesito que me protejas! ¡No soy una retrasada, sólo tengo capacidades distintas!

—Por supuesto, jamás he dicho lo contrario.

—¡Pues entonces deja de tratarme como a una niña! ¡Estoy harta! ¡Quiero ir sola a los sitios y quiero defenderme sola! —Golpeó la mesa.

—No admito pataletas, ya lo sabes —la reprendió muy serio.

—¡Nunca admites nada! ¡Estoy harta! ¡Soy mayor y quiero ser independiente y hacer lo que me dé la gana! Y tú no puedes...

—Kayla, basta —ordenó Nath cortando de raíz el berrinche. Ella lo miró molesta, se cruzó de brazos y bajó la cabeza huraña—. Eres mi hija y te quiero. Y no voy a permitir que vayas sola y desprotegida. Tampoco que te hagan daño.

—¡Pues tú me lo haces! ¡Quiero que me trates como tratas a mamá!

—Tu madre es la mujer más fiera que conozco. No me necesita, ni a mí ni a nadie.

—Y yo soy su hija y puedo ser igual —afirmó enfadada antes de añadir con voz suave—: Por favor, papá...

—No vas a convencerme de que lo deje estar. Siéntate, mira las fotos y dime quién fue.

Una hora después, se dio por vencido. Estaba claro que su hija sabía mantener la boca cerrada cuando lo decidía. Y entre las dos batallas que le presentaba, *a*) no decirle quiénes eran sus agresores verbales y *b*) exigirle que la dejara ir sola al centro comercial, se decantó por perder la primera y ganar la segunda.

Esperó a que saliera del despacho para esbozar una orgullosa sonrisa. Kayla era digna hija de su madre, pero su habilidad para negociar y su firmeza de carácter las había heredado de él.

Y le daba lo mismo no ser su padre biológico. Tenía su carácter. Y punto.

Se vistió con un sobrio traje beige, camisa blanca, corbata negra y zapatos Oxford y bajó al garaje. Se montó en su nada discreto Lamborghini naranja y, a pesar de que aún era pronto, se dirigió al Torture Eden.

Por culpa del viaje tenía bastante trabajo atrasado, aprovecharía para adelantarlo.

* * *

Veintisiete minutos después, nuestro prota ha aparcado su supermegacoche en el garaje y está cruzando la calle. Y es entonces cuando ve algo que lo deja patidifuso.

Nath parpadeó para aclararse la vista. No podía estar viendo eso. Estaba a varios metros de la pastelería, era factible que lo que su cerebro interpretaba no fuera lo que estaba dibujado en la pizarra que colgaba de la fachada junto al escaparate. Apretó el paso con más intriga que furia y se detuvo frente a la pizarra que había obligado a quitar a Marilia hacía menos de un mes. Había supuesto que se había librado de ella, pero estaba claro que ésa era una percepción errónea.

Observó el dibujo pintado con tiza en la oscura superficie.

Era él. Y muy bien dibujado, por cierto.

En pelota picada.

Y con un cartelito de papel tapando sus partes pudendas.

Un cartelito que sólo estaba pegado por el borde superior, por lo que podía alzarse cual trampilla para gatos, y que tenía escrita la leyenda:

Basado en hecho reales.
Si lo levantas es bajo tu responsabilidad.
No nos hacemos responsables de lo que puedas sentir.

Lo levantó.

Sus ojos se abrieron como platos y una sonrisa jovial curvó sus labios.

Marilia había regresado. Sólo a ella podía ocurrírsele algo así.

Compuso su gesto más severo y entró en la pastelería.

—¿En qué supuestos hechos reales te has basado para atribuirme esos genitales? —inquirió a la mujer que estaba sentada en una silla roja frente a una mesa roja, dibujando concentrada en un cuaderno.

—En mi propia experiencia —replicó alzando la vista. Pero su tono no fue pendenciero, como habría sido de esperar, sino apagado. Como si quisiera parecer desafiante, pero no tuviera fuerzas para serlo.

—Tu sentido de la realidad está distorsionado.

—¿Insinúas que he calculado mal el tamaño de tu polla? —Chasqueó la lengua sin ganas.

Y Nath intuyó que algo no iba bien. Que, de hecho, iba francamente mal.

—No lo insinúo. Lo afirmo. La tengo un poco más gruesa y larga que la de un bebé.

—Vaya, pues yo tuve una sensación totalmente distinta... —dijo apática.

—Razón por la que deberías ir al médico. Está claro que tus sentidos te engañan —replicó comenzando a inquietarse. Parecía una versión descafeinada de sí misma. Le faltaba su fuego. Su fuerza.

Ella frunció el ceño y soltó un suspiro de lo más inesperado.

—No estoy de humor para esto —aseveró disgustada inclinando la cabeza a un lado, de manera que su melena pelirroja le cayó sobre la cara.

Y Nath se percató de que estaba, no despeinada, pero casi. También de que no se había maquillado, y no era que se pintara como una puerta, pero sí usaba rímel y una base de maquillaje suave para dar color a su pálida piel. Fuera lo que fuese lo que había ocurrido en ese viaje, le había afectado, y no para bien. Parecía abatida y ausente.

—¿Y para qué estás de humor? —inquirió acercándose a ella.

Y Marilia lo sorprendió esbozando una sonrisa sincera.

—Ésa es justo la pregunta correcta —dijo con picardía echando un vistazo al reloj—. Falta un buen rato para que abra la discoteca y esto se nos llene de clientes. —Lo miró pensativa y se giró hacia la trastienda—. Óskar, ¿puedes atender unos minutos?

—Claro —aceptó el pastelero saliendo al mostrador. Palideció al ver a Nath, aunque se tranquilizó al comprobar que no parecía cabreado. Tal vez no había visto la pizarra. Ni levantado el cartelito—. Buenas tardes.

—Interesante esbozo el de la pizarra —comentó Nath muy serio.

Ah, joder. Sí lo había visto, pensó Óskar. Se giró hacia Marilia.

—¿Tienes que salir a por algo? —indagó. No le apetecía quedarse solo con ese hombre, menos si estaba furioso. Aunque la verdad era que no lo parecía.

—Claro que no.

La miró confundido. Si no iba a salir, ¿por qué lo sacaba del obrador? Estaba apuntando el pedido semanal y en la tienda no había ni un solo cliente, ni lo habría hasta al cabo de una hora. ¡Su presencia no era necesaria!

—Voy a entrar —explicó ella con una sonrisa torcida señalando la trastienda.

—¿Se te ha ocurrido otro relleno para la tarta de sándwich? —inquirió interesado.

—No. Nath me ha preguntado para qué estoy de humor. Y sólo estoy de humor para follar. Así que, ¿vienes? —le preguntó a Nath y, sin esperar respuesta, pasó por debajo del mostrador y entró en el obrador.

Nath miró la puerta. Al sorprendido pastelero. Y de nuevo a la puerta. Luego se dirigió al extremo del mostrador, alzó el pequeño trozo abatible y cruzó al otro lado.

—Si me permites —le dijo a Óskar, quien se interponía entre él y su destino.

No era una petición.

El joven se hizo a un lado presuroso.

Nath cabeceó en reconocimiento y entró en la trastienda.

Y allí encontró a Marilia, apoyada en la mesa de trabajo de acero inoxidable, que en ese momento estaba despejada, excepto por un par de cuadernos.

El pelo alborotado le caía sobre la cara, dándole un aspecto entre descuidado y lascivo de lo más incitante. Tenía la mano derecha apoyada en el borde de la mesa mientras que ocultaba la izquierda en el bolsillo trasero de la minifalda vaquera que llevaba. Una minifalda que no debería resultarle tan tentadora, habida cuenta de que no era excesivamente corta, ni ajustada ni provocativa, sino de lo más sencilla y modosa. Pero dejaba sus piernas a la vista y las tenía preciosas. De un tono tan claro que parecía porcelana, igual que el resto de su piel.

—Vas directa al grano. —Cerró la puerta tras de sí y se acercó a ella.

—No me gusta perder el tiempo —repuso pendenciera.

Nath asintió y alzó la mano para retirarle un mechón de pelo de la cara.

Ella apartó la cabeza desdeñosa.

—No seas suave conmigo —le espetó con voz llena de cólera, aunque no dirigida a él—. No me van las cursiladas. Quiero follar como si no hubiera un mañana...

—Ni un pasado... —apostilló él con una intensa mirada. Llevó las manos a los níveos muslos femeninos y agarró la orilla de la minifalda para remangársela hasta la cintura. Luego la sentó en el borde de la mesa y, apuntalado entre sus piernas, la besó.

Y, tal y como ella le había pedido, no fue un beso suave.

Fue un beso salvaje en el que no sólo jugaron los labios y las lenguas, sino también las manos y las pelvis.

Se mecieron uno contra otro, frotando sus sexos en una cadencia ruda que pronto se tornó feroz. Las lenguas, hambrientas de placer, chocaban entre sí, se lamían y enfrentaban por lograr la posición dominante mientras las manos de él se escabullían con habilidad bajo la camiseta de tirantes de ella y las de ella abrían con frenética necesidad la bragueta de él para, acto seguido, hundir la derecha bajo el bóxer.

—Creía que sólo estabas dispuesta a tocarme con tu mano mutilada —señaló él mordaz antes de atraparle el lóbulo de la oreja entre los dientes y tirar.

—He decidido ser buena y hacerte el favor de usar la otra —replicó Marilia ciñéndolo entre sus esbeltos dedos. Comenzó a masturbarlo.

Él la detuvo sujetándole la muñeca.

—No me hagas favores, que no quiero. —Le apartó la mano. Ella lo miró beligerante—. Usa la izquierda o no uses ninguna —ordenó dejándola petrificada.

Sonrió complacido por haberle arrancado esa reacción y le aferró el pelo. Tiró obligándola a arquear el cuello y le recorrió la suave piel con los labios.

¡Dios! Había en ella tanta fuerza y también tanta vulnerabilidad que no podía evitar admirarla y a la vez querer protegerla. Era única.

Le besó el cuello, deleitándose con la vena que latía desaforada bajo sus labios. Se sentía tentado de succionarle la piel hasta dejarle huella y marcarla como suya. Pero no lo era. Ni quería que lo fuera. Aún. Antes debía conocerla mejor. Algo le decía que eso iba a ser todavía más apasionante y satisfactorio que follarla.

—Tú sabrás —accedió ella con fingido desdén tratando de ocultar su perplejidad. Desde el accidente, nadie le había pedido algo parecido.

Deslizó la mano mutilada bajo el suave algodón de los Dolce & Gabbana que llevaba y él siseó excitado al sentir que lo envolvía. Apretó y todo él tembló. Comenzó a masturbarlo y él acompañó sus movimientos con impetuosas sacudidas a la vez que hundía la mano derecha entre los muslos femeninos y colaba los dedos bajo las bragas para arrancárselas de un fuerte tirón.

Ella estuvo a punto de correrse cuando la penetró con violencia contenida usando dos dedos.

Nath siseó excitado. Estaba empapada. Añadió un tercero y comenzó a follarla metiéndoselos y sacándoselos con furioso abandono.

Marilia se retorció de placer bajo su ruda invasión. Se dejó caer en la mesa hasta que su espalda tocó la superficie metálica y separó más las piernas, dándole total acceso.

—Ponte un condón y fóllame —le exigió con voz fiera.

Él se paralizó.

—No me jodas, que no tienes condones —lo increpó apoyándose en los codos.

—No soy un adolescente con las hormonas alteradas para llevar preservativos en la cartera —replicó huraño—. Los suelo guardar en mi dormitorio. —Y ahora también en su despacho, por si acaso volvía a darse la coyuntura. Por lo visto, también iba a tener que llevar unos cuantos en la cartera.

—Eso sería genial si estuviéramos en tu dormitorio —señaló Marilia beligerante. Y Nath se la imaginó tendida en sus sábanas de seda, con el Torture Eden a sus pies. Se puso aún más duro—. Pero, mira tú por dónde, no estamos en tu dormitorio, sino en mi pastelería.

—Razón de más para que fueras tú quien nos proveyera de preservativos —repuso.

Marilia parpadeó ante su acertada respuesta.

—Pues sí. Debería tenerlos, pero no los tengo. Está claro que soy un putón verbenero de lo más descuidado... —declaró chasqueando la lengua.

Nath se quedó tan perplejo por su respuesta que no supo qué contestar. Y eso era algo que nunca le ocurría.

—Eres única —musitó.

Se volvió a abrochar el pantalón para erradicar en la medida de lo posible la tentación y se quitó la chaqueta y la corbata. Las dejó con pulcritud en un extremo de la mesa y se desabrochó los botones superiores de la camisa y después hizo lo mismo con los de los puños para remangarse.

—¿Me vas a hacer un estriptís?

—No. Sólo me estoy poniendo cómodo —explicó. Acto seguido le hundió los dedos en la vagina.

Marilia arqueó la espalda exhalando un erótico gemido. Un gemido que se convirtió en un jadeo exaltado cuando él le colocó los pies en los hombros y se inclinó para saborearla.

Sus caderas se elevaron con fuerza ante el primer embate de su lengua en el clítoris. La respiración se le quedó atorada en el pecho cuando esa misma lengua se deslizó por su vulva recogiendo su humedad. Cerró los ojos rendida al placer cuando succionó a la vez que la penetraba con un ritmo inclemente.

Cuando estaba a punto de correrse, Nath se detuvo y sacó los dedos.

Marilia se sacudió contra su boca, exigiéndole más.

La contuvo posando una mano sobre su pubis y obligándola a bajar las caderas mientras la miraba altanero.

—¿Más?

—No. Mejor me dejas a medias... —resopló ella llevando la mano a su sexo para masturbarse y acabar el trabajito.

Él se la apartó y, esbozando una sonrisa feroz, volvió a hundir la cara entre sus piernas. Y, mientras le chupaba el clítoris, le metió un dedo, empapándoselo en su excitación para acto seguido penetrarle el ano.

Ella se tensó ante la inquietante invasión.

Nath la miró desafiándola a protestar.

—Deja de mirarme y mueve la lengua, joder —le espetó ella.

Él lo hizo. Y la movió muy bien. La lengua, los labios y los dedos. Hasta que se corrió con una intensidad que la sorprendió y la dejó temblorosa y sin fuerzas.

—Joder, tienes una boca que vale su peso en oro —musitó exhausta.

—Me siento halagado por tu afirmación. También por tu desmayo.

—Que no se te suba a la cabeza —replicó con una sonrisa diabólica. Y Nath supo que había recuperado su carácter. Sonrió complacido—. Sólo me has comido el coño una vez, para certificar tu maestría necesito probarte unas cuantas más. No te lo tomes a mal, pero este orgasmo puede deberse a un golpe de suerte. Ya sabes, la suerte del principiante.

—Te aseguro que no es el primer coño que me como —repuso él acercándose a la pila para lavarse las manos.

—Pero mira que eres pulcro —señaló desdeñosa—. Y, sí, no será el primero que te comes, pero el mío es especial, igual que su dueña —afirmó socarrona—. Nos gusta la calidad. Y la cantidad. Podría decirse que somos unos sibaritas.

—Pensaba que los putones verbeneros no son lo que se dice selectivos —comentó, a pesar de que no le gustaba usar el apelativo que ella misma se otorgaba.

—Sí que lo somos. Follamos mucho, pero bien. —Bajó de la mesa y miró las bragas tiradas en el suelo—. Me las has vuelto a romper —lo acusó molesta—. Eran mis favoritas.

—Te compraré otras.

—No tendrán tanta historia como éstas.

Nath enarcó una ceja.

—Las conseguí de rebajas, tuve que pelearme con una loca para hacerme con ellas. —Se bajó la falda—. Incluso me rompí un par de uñas. Y no hablo en broma. Esas bragas eran un puto hito en mi vida.

—Nunca lo pondría en duda. ¿Por qué te denominas putón verbenero? —le preguntó intrigado.

—Porque lo soy.

Él arqueó una ceja.

Ella sonrió maliciosa.

—Es una especie de apodo —explicó con algo parecido a la nostalgia—. Una broma entre Índigo y yo. Yo soy un putón verbenero y ella una zorra ninfómana, aunque antes era una puta monja. En serio, no follaba con nadie. ¿Te lo puedes creer? A nuestra edad no disfrutar del sexo es un desperdicio. —Sacudió la cabeza en una resignada negativa.

—¿Qué ha cambiado?

—Conoció a Jota y se enamoró —resopló desdeñosa.

—Lo dices como si fuera un gran error.

—El amor siempre lo es —sentenció. Y Nath supo que no hablaba en broma.

—Sin embargo, debes de quererla mucho...

Marilia lo miró intrigada por su afirmación.

—Al fin y al cabo, te llamó y lo dejaste todo para ir a verla... —apuntó él.

—Vaya. Si resulta que el inaccesible Señor del Torture Eden es un cotilla —se burló—. ¿Cómo lograste sonsacárselo a Óskar? —Sólo su jefe sabía quién había llamado, aunque no adónde iba ni por qué—. ¿Lo amenazaste con horribles torturas?

—No fue necesario. Vine a la hora punta y lo presioné cuando estaba tan desbordado de trabajo que ni siquiera podía pensar lo que decía.

—Eso es una cabronada, qué mala persona eres —lo acusó con una sonrisa torcida.

—Aunque no es que supiera gran cosa —continuó Nath arqueando una ceja.

—Ya. Me largué tan precipitadamente que no me dio tiempo a explicarle nada —señaló con un fingido pesar que pronto se tornó desafiante—. Ah, no. No fue por eso. Fue porque a nadie le importa una mierda adónde voy o dejo de ir.

—Totalmente de acuerdo. A nadie le importa, pero el ser humano es entrometido por naturaleza.

—Y tú quieres saber quién es Índigo y por qué me fui con tanta prisa.

—Digamos que siento cierta curiosidad.

—¿Qué prefieres?, ¿perder el tiempo hablando o que te la coma? —inquirió frotándole la erección por encima del pantalón.

—Por muy bien que me la mames no vas a conducir mi Lamborghini —afirmó él poniendo la mano sobre la de Marilia, consciente de que ella no iba a decir nada más.

No la presionaría porque, como bien había dicho, no era de su incumbencia. Aunque, maldita fuera, la mirada que había opacado sus ojos al principio de la tarde volvía a estar presente. Se reprobó por haberla despertado de nuevo con sus preguntas.

Marilia chasqueó la lengua burlona.

—Tal vez te haga cambiar de opinión —sugirió arrodillándose para bajarle la cremallera muy despacio y sacarle la polla. Se la llevó a los labios y se la comió.

Y sí que estuvo a punto de hacerle cambiar de opinión. Y de conseguir que dejara de respirar. Y de pensar. Y hasta que olvidara su nombre, tanto placer le proporcionó.

Y después, cuando el orgasmo quedó atrás y él la envolvió entre sus brazos para besarla, fue todavía mejor.

19

Cuando nuestros protas descubren que ni todo el tiempo del mundo les parece suficiente.

«¿Cuánto tiempo llevo perdido en el placer?», se preguntó Nath al oír unos golpes apremiantes en la puerta que hicieron que Marilia se sobresaltara, tensándose contra su cuerpo. Por lo visto, ella también estaba perdida en el placer.

«¿Cuánto tiempo llevamos besándonos?», pensó Marilia confortablemente entumecida. Porque era eso lo que habían estado haciendo durante un buen rato. Besarse. Sin más. Y había sido... intenso. Abrumador.

Se apartó de Nath al oír nuevos golpes en la puerta.

—No es que me haga ilusión molestaros, pero necesito a Marilia. Ya —oyeron la voz de Óskar amortiguada por la madera de la puerta.

—Hay que volver al tajo —señaló Marilia resignada.

En respuesta, Nath la atrajo hacia sí y la besó. Con ganas. Luego la soltó.

Ella se lamió los labios y salió de la trastienda dejándolo insoportablemente solo.

—Ya llegan los refuerzos... —Entró en la pastelería, y en ese momento comprendió el alcance del problema.

Había por lo menos ocho personas haciendo cola para ser atendidas y Óskar estaba desbordado, a pesar de que Profesor Xavier le estaba echando una mano.

Miró al hombretón y, dedicándole una sonrisa deslumbrante, cabeceó agradecida. Él se sonrojó intensamente y sonrió con timidez antes de dirigirse al siguiente cliente.

Marilia sacudió la cabeza, ese hombre era un tímido incorregible. También una ayuda inestimable. Pasó a su lado para ir a la cafetera y cargó una cápsula.

—¿No puedes esperar para tomarte el café? —inquirió Óskar ofendido. ¡Estaban desbordados y ella perdía el tiempo haciéndose un café!

—Soy incapaz de funcionar sin mi dosis de cafeína. —Tomó la taza humeante y, tras soplar, dio un sorbo—. Ya empieza a aclarárseme la cabeza. —Cerró los ojos, se acabó el café de un trago y cargó otra cápsula antes de girarse hacia el mostrador.

—Tienes que hacértelo mirar, Marilia, lo tuyo no es normal —apuntó Óskar dándole una bolsa de pecaditos a un tipo con bigote, minifalda negra y suéter rosa igualito a Freddie Mercury—. Jamás he conocido a nadie que bebiera tanto café. Eres una adicta.

—Dices eso porque todavía no me has visto beber cerveza. Puedo tumbar a cualquiera bebiendo botellines. ¿Aceptas el reto? —desafió a Nath, quien la estudiaba apoyado en el quicio de la puerta de la trastienda.

—Por supuesto. Pon día y hora y allí estaré.

—Y si gano conduzco tu Lamborghini.

—No.

Ella lo miró arqueando una ceja a la vez que despachaba una tarta pecado capital.

—Si me ganas bebiendo no estarás en condiciones de conducir —apuntó él.

—Tú tampoco.

—Y por eso cogeremos un taxi.

—Chico listo. ¿Te das cuenta? —le dijo a Xavier guiñándole un ojo. Éste sonrió retraído—. Por eso él está forrado y nosotros no. Siempre sabe qué decir para salir ganando.

Le dio la tarta al cliente y atendió al siguiente.

Y Nath continuó allí, observándola trabajar mientras ella bromeaba y coqueteaba con aquellos a los que atendía. Estaba claro que le gustaba su trabajo. Echó una rápida mirada al reloj y parpadeó sorprendido. Habían pasado más de una hora en el obrador. Y, sin embargo, le habían parecido minutos. Sacudió la cabeza perplejo porque lo más interesante e inesperado era que no tenía ganas de irse. Pero allí molestaba, comprendió cuando Marilia lo esquivó para entrar en la trastienda a por una tarta de encargo.

Se quitó de en medio, pero, en lugar de irse a trabajar, que era lo que debía hacer, se acercó a la mesa en la que ella había estado dibujando, percatándose de que eran la mesa y las sillas que la había obligado a quitar de la calle. Había sentado en una de ellas un maniquí, bastante viejo, al que había vestido con un corsé negro y una minifalda roja. Sonrió, no cabía duda de que era una mujer de recursos.

Apartó la silla vacía y consideró sentarse en ella. No parecía lo suficientemente robusta para soportar su peso. Ya no estaba obeso, pero seguía midiendo uno noventa y sus músculos definidos no lo convertían en un peso pluma. Se quedó de pie.

Tomó el cuaderno en el que Marilia dibujaba cuando llegó y lo ojeó intrigado. Contenía retratos hechos con bolígrafo de trazos rápidos y sencillos, como si los hubiera hecho distraída. Y eran muy buenos. Las primeras páginas las dominaba un hombre enorme con cara de niño que le recordó a su hija, un cuarentón con una luenga barba que lo observaba malhumorado, un calvo con sonrisa seductora y un hombre de impresionante barriga cervecera. Los cuatro jugaban al billar. Pocas páginas después encontró a un tipo que se daba un aire al príncipe Encantador de la película *Shrek*. Estaba muy bien dibujado, con exquisito detalle y trazos más cuidados que los anteriores, como si ese tipejo fuera importante para ella. Eso no le gustó nada, aunque no quiso plantearse el motivo de su desagrado. Pasó la hoja y se sorprendió al encontrarse a una hermosa mujer que lo miraba desafiante. Los siguientes dibujos también la representaban. Luego llegó a un esbozo de una enorme mansión que parecía a punto de caerse a trozos y en la que había dibujado ¿fantasmas? en las ventanas. Sonrió, no cabía duda de que a esa casa decrépita le iban al pelo unos cuantos aparecidos.

En la última página había bosquejado una mujer mayor de mirada enloquecida y expresión colérica. Una mujer que compartía algunos de sus rasgos y parecía...

—Loca. Como una jodida cabra, ¿verdad? —dijo Marilia sobresaltándolo, tanto se había abstraído.

—¿Perdón?

—Digo que parece una demente. —Le quitó el cuaderno y se dirigió al mostrador, donde la cola de clientes se había duplicado.

—Desde luego, muy cuerda no parece.

—Es que no lo está. —Guardó el cuaderno en un cajón—. ¿Te puedo recomendar un fruto prohibido? Te va a encantar —aconsejó a una mujer con un mono rojo de látex.

—¡Por favor, qué horror, cuánta gente! —exclamó alguien desde la puerta—. A quien me deje pasar le garantizo la entrada al Torture Eden y a quien no, en fin, no me gustaría estar en su piel porque le va a tocar esperar frente a las taquillas lo que no está escrito...

Los clientes se giraron con distintos grados de enfado, aunque se les pasó al reconocer al encargado de la discoteca. Ese tan caótico con el que nadie sabía nunca a qué atenerse.

—¿No te parece indigno usar tu cargo para conceder o denegar el acceso a mi discoteca? —señaló Nath, descubriendo quién era a los allí presentes.

Todos se giraron hacia el tipo que vestía un impecable traje. Desde luego, nadie habría dicho que ese elegante adonis fuera el dueño de una discoteca de corte erótico. Pero la mayoría de los presentes lo habían visto las suficientes veces dando instrucciones al personal del Torture Eden como para saber que las apariencias engañaban.

—¿Qué es la dignidad al fin y al cabo? Sólo una estúpida manera de desaprovechar oportunidades. Y yo no soy de los que las malgastan —replicó Kaos girándose hacia Nath. Abrió los ojos sorprendido: su socio no sólo sonreía, sino que también parecía menos inflexible. Más relajado—. Pareces contento...

—Y a pesar de eso no me va a dejar conducir su Lamborghini —señaló Marilia, consiguiendo que Nath la mirara atónito, ¡esa mujer no tenía filtros!

Ella le guiñó un ojo maliciosa antes de tenderle un puticornio a una clienta.

—¡La hija pródiga ha vuelto! —exclamó Kaos encantado—. Y justo a tiempo, no podría pasar otra noche sin tus tentaciones noctámbulas. —Un segundo después, su cerebro procesó lo que acababa de soltar Marilia y desvió la mirada hacia Nath. Esbozó una sonrisa traviesa y miró a la pastelera—. Ya sabes que puedes conducir mi E-Tron cuando quieras. Es lo mínimo que puedo hacer para agradecerte que calmes a la fiera...

—Eso implicaría que la fiera estuviera nerviosa... —Marilia preparó una caja de *muffins* para un cliente—. Y dudo mucho que algo pueda alterarla.

—Eso es porque no la viste ayer, estaba de un tirano insoportable —dijo Kaos.

—¿Y cuándo no? —resopló Marilia.

—Si esa fiera es tan peligrosa como parece, tal vez te estés arriesgando mucho al hablar así de ella. Puede que alguien le vaya con el cuento y te acarree problemas —comentó Nath con desidia, haciendo que los clientes que miraban a Kaos y a Marilia lo miraran a él y de nuevo a los otros dos, como si asistieran a un partido de tenis.

—Pero tú no eres ningún chivato —apuntó Kaos sonriente.

—Por supuesto. —Nath se acercó al mostrador sin que nadie lo amonestara por saltarse la cola. Al fin y al cabo, era el Señor del Torture Eden, nadie osaba contrariarlo—. Unas tentaciones noctámbulas para llevar y un puticornio y un café para tomar —le pidió a Marilia—. Deberías cambiarle el nombre, es un bocado equilibrado en el que los toques dulces contrarrestan el amargor del chocolate negro. Es una pena que ensucies tal exquisitez con un nombre tan vulgar —afirmó.

—Lo tendré en cuenta —intervino Óskar, orgulloso de lo que decía de su creación.

—Deberías hacerlo —insistió Nath. Tomó el pedido, fue a la mesa y miró la silla. Decidió arriesgarse. Se sentó. El mueble crujió, pero aguantó—. Voy a tomarme el café y el bollo...

—*Cupcake* —lo corrigió puntilloso Óskar.

—*Cupcake* —concedió Nath—. Como decía, voy a merendar tranquilamente aquí sentado. Y espero que mi socio —señaló a Kaos— no abuse de su posición para colarse. Eso me disgustaría mucho y me vería obligado a tomar represalias...

—¿Me despedirás? —resopló Kaos divertido—. Por mí no te cortes. Estoy deseando dejar de ser tu encargado y volver a mi Paraíso —y no mentía.

—Me temo que no voy a poder cumplir tu deseo —rechazó Nath, pues aunque Kaos era un verdadero incordio, había resultado ser un buen encargado. Y como todavía no había encontrado un sustituto a su altura, lo seguía necesitando en el puesto—. Lo que haré será quedarme aquí sentado y observar.

—Eso me provoca verdadero pavor —se burló Kaos.

—Si consigues tu comida antes de que me vaya —prosiguió Nath—, asumiré que es porque te han permitido avanzar en la cola de manera ilegítima y me veré obligado a impedir la entrada al Torture Eden a tus cómplices. Me has declarado la guerra y, como comprenderás, no puedo permitirme tener confidentes afines a tu causa pululando por mi discoteca.

—¿Eso significa que a quien lo deje colarse no lo vas a dejar entrar? —inquirió perplejo Conan el Bárbaro, quien se había convertido en un cliente asiduo.

—Y a quien no lo deje lo compensaré con una consumición gratis —añadió Nath comenzando a divertirse.

Marilia lo miró sorprendida al descubrir que el serio, estirado y altivo Señor del Torture Eden tenía una vena diabólica de la que no se había percatado hasta ahora.

Conan el Bárbaro y los demás clientes revisaron sus lealtades. Al fin y al cabo, no le debían nada al rubio. Además, el jefazo los iba a invitar a una copa. Y no eran baratas.

Cerraron filas frente al mostrador, impidiendo el acceso a Kaos.

—No me jodas, Nath, abrimos dentro de diez minutos. Pasarán horas antes de que pueda volver a escaparme, ¡y tengo hambre ahora! —protestó él atónito. ¿Quién coño era ese capullo y dónde estaba su socio? Nath jamás perdería el tiempo en una travesura de ese calibre. Ni de ninguno. Él no hacía travesuras. Hasta ahora. Se giró hacia Marilia—. Mira lo que has conseguido. Eres una mala influencia para él.

Ella esbozó una taimada sonrisa.

—Claro que sí, nene, soy mala y perversa y lo he contagiado. —Chasqueó la lengua a la vez que se giraba hacia Óskar y levantaba la mano enseñándole la palma.

El pastelero la miró confundida y ella bajó la mano disgustada.

Nath entrecerró los ojos. No era la primera vez que la veía hacer ese gesto.

—Anda, sé bueno y date prisa en merendar —lo apuró Kaos llamando su atención.

—Odio apresurarme. —Nath dio un mordisco al *cupcake* y lo saboreó despacio.

—Vete si quieres, cuando se despeje la pastelería me acercaré a dejarte un cofre de tentaciones noctámbulas —intervino Óskar sin importarle ganarse la furia del Señor del Torture Eden. No iba a permitir que el amable y guapísimo rubio pasara hambre.

Nath lo miró reprobatorio, le iba a fastidiar la diversión.

—Gracias, tío, te debo la vida. —Kaos le tendió la mano y, cuando Óskar se la estrechó, tiró de él dándole un abrazo de oso por encima del mostrador—. Eres un buen amigo —afirmó dándole un pico antes de echar a andar hacia la puerta.

Y Óskar estuvo a punto de morir de placer. Algo que se hizo bastante evidente cuando Kaos salió de la tienda y él se quedó mirando la puerta ensimismado.

—Vamos, Flower Power, tenemos trabajo —lo sobresaltó Marilia dándole un codazo.

Óskar volvió a la realidad y atendió al siguiente cliente.

—¿Ya te vas? Pensé que ibas a tardar un poco más —le comentó Marilia a Nath cuando éste se tomó el café de un trago, agarró el cofre con las tentaciones noctámbulas y se dirigió a la puerta con el puticornio a medio comer en la mano.

El Señor del Torture Eden la miró intrigado. No se lo había dicho burlona o desafiante, sino como si no le apeteciera que se marchara. Y lo cierto era que a él tampoco le apetecía irse. Pero tenía un negocio que atender.

—Óskar me ha estropeado la diversión —apuntó con fingida aflicción—, eso sí, me ha ahorrado varias consumiciones gratis, pues ya no es necesario contener a Kaos...

Los clientes miraron huraños a Óskar, por su culpa se habían quedado sin copa gratis.

—Para compensarlo os ofrezco un tres por dos en todas nuestras especialidades —se apresuró a decir Marilia.

Nath la miró orgulloso, con esa oferta calmaba a los clientes y también sacaría un buen rédito.

—¿A qué hora cierras esta noche? —le preguntó.

—Sobre las once, es domingo y tus clientes se van pronto y cenan en sus casas —señaló burlona.

Nath asintió y salió.

Marilia miró la puerta, sintiéndose extrañamente sola. Parpadeó sorprendida por su estúpido sentimentalismo. Últimamente estaba de un sensible que daba asco, cualquiera diría que tenía las hormonas del revés. En el momento en que ese pensamiento acudió a su cabeza una sospecha aterrizó junto a él.

Le dio un vuelco el corazón.

«No. Qué tontería», pensó volviendo a centrarse en el trabajo.

—¿Dónde está Xavier? —le preguntó a Óskar al ver que el extremo de la ele que formaba el mostrador estaba desatendido.

Óskar miró a un lado y a otro sorprendido por la desaparición del hombretón.

—Ni idea. Tal vez haya ido al obrador a por algo...

Como si lo hubieran convocado, el calvo salió de allí con la mirada baja y los hombros caídos, como si acabaran de soltar un peso tremendo sobre su espalda.

—¿Ocurre algo, Xavier? —le preguntó Óskar preocupado. Puede que no fuera muy dicharachero, pero siempre tenía una sonrisa en los labios, y verlo abatido no le gustó nada.

El hombre negó silente y se acercó a su rincón a despachar, algo que hizo sin separar los labios más que para dar los importes que pagar.

Esa noche estuvo más callado que de costumbre. Y eso era mucho decir.

20

Tres horas después, alguien sorprende a alguien...

Marilia observó calculadora las porciones de tarta que quedaban. Estaba a punto de cerrar, sería una pena desaprovecharlas y a Nath le gustaban mucho. También a Kaos, por supuesto. Podría comportarse como una buena vecina y acercárselas. Sería algo así como un gesto de buena voluntad.

«Menuda chorrada», pensó soltando un resoplido.

Ni ella era buena vecina ni le importaba un pimiento tirar la tarta. Lo único que quería era darse una vuelta por la discoteca y ver a Nath en su salsa. Tenía derecho a sentir cierta curiosidad, ¿o no? Al fin y al cabo, él la había visto trabajando.

Además, no necesitaba ninguna excusa para hacer una visita a sus vecinos.

Menos aún si les llevaba un trozo de tarta, pensó metiéndola en una tartera. Añadió el puticornio que había encontrado como por casualidad en un oscuro rincón del expositor. Una casualidad que ella misma había provocado al esconderlo allí, claro está.

No quiso plantearse el motivo que la había llevado a esconder el dulce favorito del Señor del Torture Eden.

Telefoneó a Óskar para advertirle que llegaría tarde; no quería que se preocupara y le jodiera el más que posible polvo con una inoportuna llamada. Apagó las luces dejando las del escaparate y fue a la puerta.

En el momento en que la abrió una sombra amenazadora se abalanzó sobre ella.

Su reacción fue instintiva, localizó la entrepierna del agresor y le asestó un rodillazo. O lo intentó. Porque el tipo se apartó un microsegundo antes de que su rodilla le impactara, lo que desestabilizó a Marilia, que acabó entre sus brazos.

Y eran unos brazos en los que se encontraba muy cómoda.

—Te he subestimado, eres mucho más peligrosa de lo que pensaba —comentó Nath con sorna—. ¿Todavía está en riesgo mi integridad física o ya me has reconocido?

—Eres el Cretino Señor del Torture Eden —replicó agarrándole la polla con la mano mutilada, y ambos sabían que esa mano era muy fuerte—. Y, sobre tu integridad física..., no sé qué decirte. Me has dado un susto de muerte y soy de las que creen en el ojo por ojo y diente por diente. —Apretó.

—¿Te vale si te digo que estoy irremediablemente asustado?

—No. Sólo me vale si me dejas conducir tu coche.

—Arráncame los huevos, no pondré resistencia.

Y lo dijo tan serio que Marilia no pudo evitar estallar en carcajadas.

—Algún día lo conduciré... —le advirtió soltándolo. Ocultó la mano en el bolsillo.

—Tal vez algún día pierda la cabeza y te lo permita, pero ese día no ha llegado todavía.

—¿Qué te trae por aquí? ¿Quieres follarme otra vez? —inquirió traviesa.

—Ese «otra vez» implica que hubiéramos follado esta tarde. Y no ha sido así —señaló estudiando sus rasgos. Bajo la pálida luz que se colaba del exterior, su cara parecía delicada porcelana y sus ojos refulgían selváticos, el desasosiego que brillaba en ellos horas antes había desaparecido—. Pero no. No quiero follarte. Todavía.

Ella inclinó la cabeza intrigada.

—Entonces ¿cuál es tu propuesta?

—¿Te apetece tomar una cerveza en el Torture Eden?

—Jamás digo no a una cerveza bien fría.

—Eso tenía entendido, de ahí que haya elegido específicamente esa bebida. No quería arriesgarme a una negativa —confesó él con mordaz sinceridad.

—No te habría rechazado aunque no hubiera cerveza de por medio —confesó ella con una sonrisa torcida tomando la tartera que había dejado caer al suelo—. Estaba a punto de presentarme en la discoteca como una buena vecina para llevarte un trozo de tarta.

—Supongo que no habrás añadido un puticornio al pícnic —apuntó Nath abriéndole la puerta como el caballero que era. Salió tras ella.

—Por supuesto que lo he metido. Cuando decido engatusar a alguien uso todas las armas disponibles —replicó ofendida echando la llave cuando él bajó el cierre.

—Así que el puticornio es un arma —comentó Nath recorriendo junto a ella los tres metros escasos que separaban la tienda de la discoteca.

—Contigo sí. Te encantan.

—Te veo muy segura de ello.

—Te he visto comértelos —afirmó por toda respuesta.

Él arqueó una ceja.

—Cuando les das un mordisco pones la misma cara que has puesto hoy mientras me comías el coño —señaló maliciosa.

—Me veo en la obligación de rebatir esa afirmación, sin lugar a dudas me resulta más placentero y delicioso hacerte un *cunnilingus* que masticar un bollo, por muy exquisito que éste sea —repuso Nath adelantándose hasta las taquillas para informar a sus empleadas de que Marilia era su invitada personal y tenía acceso libre a la discoteca. También les tendió la tartera indicándoles que le pidieran al jefe de camareros que la sirviera apropiadamente para su consumo privado.

Marilia parpadeó atónita al oírlo. Joder, ni que su tartera contuviera comida del otro mundo. Y ¿qué era eso de que era su invitada personal? Sonaba como si fuera alguien muy importante. Y eso era algo que ella nunca había sido.

—¿No crees que has exagerado un poco? No es necesario tanta historia para comer un trozo de tarta.

—Es tu tarta, por supuesto que es necesario —sentenció sorprendiéndola.

Le puso la mano en la curva de la espalda y la guio con suavidad hasta el interior.

Y Marilia no pudo evitar mirar a su alrededor atónita.

Ni en sus sueños más atrevidos había imaginado algo así. Y no era por el estrambótico atuendo de la gente, pues estaba acostumbrada a verlos en la pastelería, sino por la manera en que se comportaban. Como si sólo allí pudieran ser completamente libres. Como si no hubiera un mañana. Como si nada ni nadie pudiera pararlos.

En mitad de la pista, una Caperucita con un ajustado vestido rojo de PVC y una capa del mismo color le metía mano a un tipo vestido con un arnés de tachuelas y una máscara de lobo. Más allá, un hombre se contoneaba sobre unos altísimos tacones con un tanga de cuero, un bolero de látex y un elegante sombrero de redecilla. Junto a él, una pareja de ama y sumiso retozaban con sus juegos sádicos. No muy lejos, una mujer desnuda a excepción de unas enormes alas de seda blanca que llevaba sujetas a la espalda giraba en éxtasis sobre sus pies descalzos mientras Conan el Bárbaro y un hombre vestido con una bata blanca de médico —y nada más— la jaleaban excitados. Sobre sus cabezas, bailarines aéreos con diminutos tangas hacían acrobacias. De repente, una mujer con una casaca roja, camisa blanca, pantalones negros y sombrero de copa subió al escenario y presentó el siguiente número, que resultó ser un hombre atlético con un escueto taparrabos que, tras sostenerse sobre una gruesa cadena, fue izado a una altura considerable, donde ejecutó una arriesgada coreografía de equilibrio, fuerza y sensualidad.

—Ofrezco una actuación diferente cada fin de semana —le dijo Nath con evidente orgullo—. Ésta es la sección principal del Torture Eden, pero no la única ni la más exclusiva. —La guio a la barra y pidió una cerveza para cada uno, advirtiéndole al camarero que pusiera especial atención en la de ella, pues era su invitada personal.

—Si le dices eso a todo el mundo, se me subirá a la cabeza

—bromeó Marilia intentando aparentar indiferencia. No lo consiguió.

—Todos mis empleados deben saber cómo quiero que seas tratada —aseveró Nath, lanzando una categórica mirada al camarero. Éste asintió y estudió a Marilia con respetuosa intensidad antes de sacar una botella de cerveza de un arcón nevera. La abrió con teatralidad y la sirvió en un cáliz de cristal con bordes dorados y pie grabado para tendérsela con gesto considerado.

Marilia lo miró aturdida, jamás le habían servido una cerveza con tanta pompa y boato. Dio un trago y abrió unos ojos como platos.

—Es como... —Volvió a saborearla—. Me recuerda a un licor viejo con un toque afrutado y dulce. Tiene un sabor profundo. Y mucho alcohol. Está buenísima, joder.

—Veintisiete grados —apuntó Nath tomando la botella—. Samuel Adams Utopias —leyó la etiqueta—. Buena elección, Fran. Es perfecta para ella.

El camarero agradeció el reconocimiento con un asentimiento.

—¿Qué bebes tú? —le preguntó Marilia intrigada, pues no reconocía la marca.

—Una Space Barley; está hecha con cebada cuyas semillas han pasado cinco meses en la Estación Espacial Internacional.

—¿Estás hablando en serio? —inquirió sorprendida. ¿Se podía ser más friki?

Nath asintió y se la tendió para que la probara. Ella dejó su cerveza en la barra y tomó la que él le ofrecía con la mano derecha en lugar de usar la izquierda.

Él intuyó que lo hizo para no sacar la mano mutilada del bolsillo, lo que lo cabreó. No le gustaba su empeño en ocultarla. Marilia era preciosa por entero, en cada matiz y cada defecto. Incluida esa mano.

Ella, ajena a su enfado, cerró los ojos paladeando la cerveza. Estaba buenísima.

—¿De dónde las sacas? Nunca he oído hablar de ellas, pero me apuesto el cuello a que cuestan un dineral. —Le tendió su botella y recuperó su cerveza de la barra.

—No cometamos la ordinariez de hablar de dinero —señaló Nath.

—Lo que significa que valen un ojo de la cara...

—No tanto. Pero casi —sonrió—. No me gusta ofrecer lo que cualquiera puede conseguir. El Torture Eden sólo sirve bebidas exclusivas de reconocida calidad.

—Es una lástima que no sigas la misma premisa con la comida —comentó mordaz observando los canapés expuestos bajo las campanas de cristal.

—Estoy en proceso de mejorarla —masculló molesto.

—Tal vez no estés llamando a la puerta apropiada.

—¿Me estás ofreciendo tus servicios? —Arqueó una ceja, una idea abriéndose paso en su mente. ¿Y si...?

—Depende de cuánto estés dispuesto a pagar por ellos —replicó Marilia caminando sin rumbo fijo por la sala.

Todo lo que había allí era único e irrepetible: la decoración, el acróbata del escenario, el estrambótico público. Y lo más espléndido de todo era el hombre que caminaba a su lado. Su aspecto refinado, su pelo domado con gel y su arrogancia innata lo hacían destacar entre el caos y la extravagancia como un faro en mitad de la noche.

—Si me vendieras tus productos en exclusiva podríamos llegar a un trato ventajoso —afirmó Nath sobresaltándola al ponerse a su lado y pasarle la mano por la espalda. Más aún al atraparle entre sus fuertes dedos la mano mutilada y sacársela del bolsillo para mantenerla encerrada en su palma, entre ambos. A la vista de todos.

Marilia se tensó, pero no apartó la mano ni trató de esconderla. Dudaba mucho que él se lo permitiera.

—No voy a dejar de vender a mis clientes —advirtió negociadora.

—Mis clientes, querrás decir —corrigió Nath—. Todos los que pasan por Pecados del Edén en realidad vienen al Torture Eden.

—Pero comen mi comida en lugar de tu bazofia.

—¿Pretendes ofenderme o cabrearme? Ésa es una pésima manera de negociar.

—Sólo digo la verdad. ¿Adónde lleva? —Señaló una puerta forrada de terciopelo rojo, custodiada por un hombre enorme y una gruesa cadena dorada.

—Da acceso a las salas privadas y la zona vip —la informó Nath yendo hacia allí. Indicó al portero que era su invitada personal y tenía acceso a todas las secciones.

Marilia pudo ver la sorpresa del hombre antes de que éste lograra contenerla y asintiera respetuoso, permitiéndoles el paso.

—No te pondrán ninguna objeción cuando quieras entrar —le comentó Nath guiándola por un pasillo en el que había tres puertas. Abrió la segunda mostrándole una sala con una cama descomunal vestida con sábanas de seda rojas y negras. Era sexy y elegante—. Las otras dos están alquiladas, por lo que no puedo enseñártelas —indicó.

Salieron de nuevo al pasillo y fueron hasta una puerta forrada en terciopelo negro, donde repitió el proceso de informar al custodio de su posición en la discoteca. Luego, sin soltarle la mano izquierda, la guio hasta la señorial escalera que había al otro lado. Mientras subían le explicó que estaban en la zona vip, la más exclusiva de todas, a la que sólo tenían acceso unos pocos privilegiados.

—Por un módico precio, imagino —se burló ella, pues estaba claro que esa planta era para ricachones muy ricachones.

—Es cualquier cosa menos módico —replicó Nath para luego explicarle que allí estaban ubicados los dos salones temáticos con los que contaba el Torture Eden.

Marilia no pudo por menos que parpadear sorprendida. ¡Esa planta era enorme! Los salones tenían que ser colosales. Y sí que lo eran, confirmó cuando entró a uno de ellos, en el que, por cierto, se estaba celebrando una bacanal. Porque tanta gente follando como si se fuera acabar el mundo no era una orgía. Era una jodida bacanal.

—¿No les molesta que estemos aquí? —observó deslumbrada la refinada decadencia de ese salón cuya decoración gótica parecía sacada del castillo del conde Drácula.

—Al contrario, los excita. —Saludó con un gesto a la vampiresa que, sentada en un trono dorado sobre un escenario, observaba los juegos sexuales de sus acólitos—. Los salones cambian de decoración conforme a los gustos y las exigencias de sus ocupantes.

—Te pasarás la vida redecorándolos.

—Cada mes más o menos, es el tiempo mínimo de alquiler que acepto.

—Joder, tus clientes deben de tener mucha pasta para pagar un mes aquí...

—Eso parece.

Abandonaron el salón y Nath la guio hasta la última puerta del pasillo.

—¿Otro salón? No sé si estoy preparada para más perversiones —se mofó.

—En absoluto —repuso misterioso marcando una clave que abrió la puerta.

—Vaya... Nunca habría imaginado algo así aquí —musitó Marilia al entrar.

—¿Algo así? —La miró inquisitivo, aunque ella no se percató, pues en ese momento atravesaba ensimismada el alargado salón, dejando atrás un elegante sofá.

—¿Estamos en una sala de juntas o algo por el estilo? —Observó la mesa de mármol con sus selectas sillas—. Ah, no, espera. Ya sé lo que es... —dijo con voz pícara—. Otra de esas salas privadas en las que tus clientes follan a destajo, sólo que, en ésta, en lugar de una cama enorme hay una mesa enorme.

Y, sin más, se quitó las bailarinas de sendas patadas y se acomodó en la mesa de manera que la minifalda se le subió hasta límites indecorosos. Más aún cuando flexionó las piernas y puso los pies en la fría superficie, evidenciando su ausencia de ropa interior.

Nath se endureció al instante. Llevaba toda la tarde cavilando si había sustituido las bragas que le había roto por otras. Ahora ya tenía la respuesta.

—¿Vas a follarme aquí? —le sugirió ella con mirada lasciva.

—No me lo había planteado, pero me parece una estupenda sugerencia. Más tarde tal vez la siga —señaló Nath caminando hacia la única puerta que había allí, exceptuando por la que habían entrado.

—Qué decepción. Es imposible ser un putón verbenero si nadie quiere follarme. —Chasqueó la lengua disgustada y bajó de un salto de la mesa.

—No he dicho que no vaya a follarte —rebatió Nath—, sólo que hacerlo en la mesa no es mi prioridad. Hay muebles más apropiados para eso. —Abrió la puerta.

—Jo-der —musitó ella marcando mucho las sílabas.

—Eso mismo pretendo hacer. En mi cama.

—¿Tu cama? —Lo miró inquisitiva—. ¿Ésta no es otra sala privada más?

—No. Estás en mi apartamento.

—Entonces me presento voluntaria para ser follada —repuso ella adentrándose en el imponente dormitorio.

Pero lo más impresionante de todo no era la enorme cama ni el sofá ni el vestidor. Lo más alucinante era la pared de cristal que daba a la discoteca. A través de ella podía ver, tan cerca que parecía que podía tocarlos, a los bailarines aéreos contorsionándose en una sensual danza y, unos metros por debajo, a la gente bailando y magreándose.

—Vaya panorámica tienes. —Se giró para mirarlo.

—El dueño siempre tiene la mejor vista. —Nath fijó sus impresionantes ojos azules en ella, dejando claro cuál era para él la mejor vista de todas.

—Ese cumplido se merece una mamada —replicó con una sonrisa torcida, decidida a quitarle intensidad al momento.

Nath sonrió. Estaba claro que a Marilia no le gustaba que las cosas se pusieran serias. Lo que chocaba con sus intereses, pues a él cada vez lo tentaba más empezar una relación seria con ella. Y no era de los que se rendían fácilmente. De hecho, jamás había perdido ningún reto de los que se había propuesto.

Y esa pelirroja indomable estaba resultando ser el más interesante de todos.

Se deshizo de la chaqueta y la corbata y mientras se acercaba a ella se desabrochó los botones de la camisa, quitándosela. En el momento en que iba a besarla, la canción *Your Song* sonó en el bolsillo de sus pantalones.

—Oh, Dios mío, tienes a Elton John escondido en la polla —exclamó burlona.

—Es mi hija —anunció él sacando el móvil del bolsillo—. Disculpa, se me ha pasado llamarla y estará preocupada —dijo antes de contestar la llamada.

Marilia se lo quedó mirando embobada al ver, o, mejor dicho, oír el cariño con el que hablaba con la cría. Ella no recordaba ni una sola vez en la que su padre la hubiera llamado cariño, menos aún que se hubiera disculpado por haberse olvidado de llamarla. Tal vez porque su padre jamás se había molestado en llamarla.

Se dio la vuelta y fijó la mirada en el trío que retozaba dentro de una enorme copa de champán sobre el escenario.

—A Kayla le gustan las rutinas, como a mí, y no soporta que se las rompan —explicó Nath tras ella.

—Entonces no lo hagas —señaló Marilia sin volverse—. Ese trío es impresionante. Tiene que ser la hostia follar siendo tan flexible —afirmó con la vista fija en el escenario.

Nath entendió que ni le iba a preguntar sobre su hija ni quería hablar de ella.

—No creo que se molesten en ejecutar esas acrobacias para follar —aceptó el cambio de tema.

—Puede que tengas razón. Y, de todas maneras, a quién le hacen falta acrobacias teniendo ese pedazo de rabo. Si flácido es así de enorme, erecto tiene que alcanzar como poco los veinticinco centímetros. —Chasqueó la lengua sin girarse para mirarlo.

—Dudo que alcance más de diecisiete —rebatió Nath moviéndose tras ella—. Aunque si tanto te interesa puedo pedirle que suba cuando acabe el número. Tal vez viéndola en vivo y en directo salgas de tu error.

—Tienes que estar muy seguro de ti mismo para ofrecerme comparar.

—Lo estoy.

Se pegó a ella, y Marilia pudo sentir contra sus muslos desnudos las piernas fuertes y cubiertas de vello de Nath, lo que significaba que mientras hablaban se había acabado de desnudar, en tanto que ella continuaba vestida. Y a pesar de llevar todavía la minifalda pudo notar a la perfección su polla presionándole el trasero.

Hizo ademán de girarse y él le sujetó las manos y la obligó a apoyarlas contra la pared acristalada. Luego le deslizó las suyas por los brazos y los costados hasta tocar la cinturilla de la falda. La recorrió despacio, desabrochó con dedos hábiles el botón y la cremallera y metió la mano bajo la tela vaquera, acariciándole el pubis. Danzó con las yemas sobre su piel, acercándose y alejándose de su sexo hasta que ella se removió inquieta, momento en el que Nath sacó la mano.

—¿Te he dicho alguna vez que los preliminares me resultan cargantes? —gruñó Marilia.

—¿Insinúas que deje de perder el tiempo y vaya al grano?

—Lo exijo.

—No estás en posición de exigir —le susurró al oído.

Ella hizo ademán de girarse y él contuvo su movimiento envolviéndola contra su cuerpo, su mano hundiéndose bajo la camiseta para acariciarle los pechos. Los amasó y torturó sus pezones hasta que ella relajó la espalda contra su torso. Y en ese instante la dejó libre y volvió a apoyarle las manos en los cristales.

—No te muevas —ordenó. Y lo hizo con un tono tan ronco y sensual que, si Marilia hubiera llevado bragas, las habría empapado.

Le bajó la minifalda, le sacó la camiseta por la cabeza y la liberó del sujetador dejándola completamente desnuda. Luego la instó a separar las piernas y alojó su gruesa erección contra su trasero. Le rodeó la cintura con el brazo izquierdo, inmovilizándola, y deslizó la mano derecha por la cadera para acabar posándola en su pubis. La abrió en abanico y bajó hasta su sexo, provocándole un estremecimiento.

—Quieta... —le susurró jugueteando con su clítoris con las yemas de los dedos.

—Y una mierda —resopló ella tratando de girarse entre sus brazos.

Él se lo impidió de nuevo.

—Deja que nos dé placer —ordenó hundiendo dos dedos en su vagina.

Marilia gimió arqueando la espalda, de manera que acunó su polla entre las nalgas.

—Quiero follarte el culo. —Se frotó contra ella—. Pero no hoy, no estás preparada —afirmó cuando ella trató de apartarse—. Esperaré. No tengo prisa. —Atrapó entre sus dientes el lugar en que cuello y hombro se unen y succionó.

Ella volvió a estremecerse a la vez que mecía las caderas siguiendo las agresivas embestidas de los dedos masculinos.

Nath apretó los dientes contra la tierna piel de su cuello tratando de soportar la erótica cadencia con que ella se apretaba contra su polla. Si seguía así acabaría corriéndose antes de penetrarla. Y se negaba a eso. Llevaba semanas esperando para estar dentro de ella, no iba a perder esa oportunidad.

Le sujetó la cara con la mano izquierda, obligándola a alzar la cabeza y girarla y la besó. Con perentoria necesidad y salvaje abandono. Le metió la lengua, la saboreó y contendió con la de ella mientras sus dedos la follaban y el culo de ella lo masturbaba.

Marilia estaba al borde del orgasmo cuando Nath se apartó dejándola insoportablemente vacía.

—¿Qué coño...?

—No te muevas —le ordenó encajándola entre su cuerpo y la pared a la vez que le sujetaba de nuevo las manos contra el cristal—. He fantaseado con esto todas las noches desde que te conozco. Permíteme hacerlo realidad.

—Pues vas a tener que darte prisa, porque, o me la metes ya o me follo lo primero que vea que tenga forma fálica —le advirtió jadeante.

Nath no pudo evitar sonreír. Desde luego, tenía contestaciones para todo.

Sacó un preservativo del cajón de la mesilla, se lo enfundó y la penetró con rudeza.

Hasta el fondo.

Ella apuntaló las manos en la pared de cristal y arqueó la espalda, apretándose contra él.

Nath le sujetó las caderas, los dedos hundiéndose en su piel, y bombeó. Su cara contraída en un gesto de intensa concentración mientras la follaba fuerte y rápido. Apretó los dientes, luchando por no correrse hasta llevarla al éxtasis, algo que no tardó en lograr.

Marilia apretó las manos contra el cristal y exhaló un largo gemido gutural mientras las paredes de su vagina lo ceñían exprimiéndolo.

Nath se enterró en ella una vez, dos, y se corrió con un fiero gruñido. Tuvo que soltarle la cintura y apoyar una mano junto a las de ella, pues las rodillas le temblaron cuando la intensidad del placer le arrebató la fuerza.

Se quedaron inmóviles, reticentes a moverse y perder la extraña conexión que había surgido entre ellos.

Marilia fue la primera en apartarse. Salió de entre sus brazos y se dirigió al cuarto de baño. A él le gustaba la pulcritud, ¿no? Pues sería pulcra. Así tendría la excusa perfecta para lavarse la cara y tratar de pensar con claridad.

Joder. Ese polvo había sido el mejor de toda su vida.

Abrió la puerta que, por descarte, debía de llevar al baño y entró. Y se quedó de piedra al ver la enorme bañera ovalada. Dios, mataría por follar allí. Aunque en esos momentos lo que necesitaba era una ducha rápida. Escudriñó el espacio sin localizarla. Era imposible que un tipo tan escrupuloso como Nath no tuviera una ducha en el baño. Ni un váter, pensó al no ver un inodoro por ninguna parte.

—La puerta de la izquierda —comentó él desde la entrada.

Marilia lo miró confundida. ¿Qué puerta? Allí no había más puertas.

Nath atravesó el baño y presionó uno de los espejos que forraban la pared. Éste giró cual pasadizo secreto dando paso a la ducha.

Marilia la miró, luego miró a Nath y el espejo restante. Presionó este último.

—¿Tan mal huelen tus mierdas que tienes que aislarte en un zulo para cagar? —inquirió mordaz al ver el cubículo, que desde luego no era pequeño, en el que se ocultaba el inodoro—. No me invites a follar cuando comas legumbres, no quiero arriesgarme a morir intoxicada —afirmó, y entró en la ducha seguida por las carcajadas de Nath.

Sonrió satisfecha, era un reto hacerlo reír, y cada vez se le daba mejor.

Acababa de abrir el grifo cuando él entró.

—No te he invitado a acompañarme.

—Mira que soy maleducado —replicó él cogiendo el jabón para enjabonarla.

Y una cosa llevó a la otra y acabaron haciéndolo de nuevo. Y menos mal que él, previsor como siempre, había guardado algunos preservativos en el armario de las toallas.

Cuando salieron del baño, Marilia fue al vestidor y tomó una camisa blanca que no dudó en ponerse y anudarse a la cintura. Luego se puso la minifalda y las bailarinas.

—¿Por qué te vistes? —le reclamó Nath tumbándose en la cama desnudo cual dios griego. Y sí que lo parecía con ese cuerpazo que gastaba.

Ella arqueó una ceja ante su obviedad.

—¿Es una pregunta retórica o me lo estás preguntando en serio? —se burló.

—Quédate a dormir.

—Ya hemos follado dos veces hoy, me conformo con eso.

—No te he pedido que te quedes a follar, sino a dormir.

—Compartir cama y no follar no tiene sentido —repuso burlona yendo a la puerta.

—¿Te da miedo quedarte?

—No me jodas, nene. —Se giró para enfrentarlo—. Simplemente no me apetece llevar el sexo a un terreno más personal, y es lo que pasará si compartimos cama. Prefiero follar y punto. Es más satisfactorio y menos complicado.

—Como quieras —accedió Nath. Sus profundos ojos azules desafiándola a huir.

—Estás demasiado bueno y follas demasiado bien para desaprovecharte —gruñó huraña pensándolo mejor—. Si me quedo, no hablaremos de nada personal.

—Me parece bien.

—Vale. Pero te lo advierto, si te pones tierno, te mando a la mierda.

—Ven a la cama.

Marilia soltó un exasperado resoplido y regresó a la cama. Antes de llegar se deshizo de la camisa y la minifalda, exponiendo su cuerpo desnudo ante él. Luego se tumbó de costado sobre las sábanas de seda y lo miró con los ojos entrecerrados.

—Pasaremos la noche hablando de cosas sin importancia, follando y, si lo vemos necesario, durmiendo —le dijo muy seria deslizando un dedo sobre su torso musculado.

—Dormir no es una prioridad —apuntó Nath. De hecho, en ese preciso momento su única prioridad era morder sus labios mientras retozaban sobre las sábanas de seda.

—Y otro día, tal vez tú me cuentes algo sobre tu hija y yo te hable de mi hermanastra, Índigo —añadió antes de montarse a horcajadas sobre él y besarlo.

Nath sonrió complacido. Acababa de traspasar una de las barreras que Marilia había levantado entre ella y el mundo.

21

Cuando, tres semanas más tarde, nuestro protagonista decide tomar medidas drásticas para paliar la tristeza de la persona a la que más quiere...

Lunes, 26 de julio de 2021

Nath se agarró a la barra anclada al techo y ascendió a fuerza de brazos hasta sobrepasarla. Mantuvo la posición, bajó y volvió a alzarse hasta completar veinte repeticiones. Cuando se soltó, le ardían los hombros, la espalda y el pecho. Pero era un ardor que agradecía. Mejor ése que el que lo consumía por las noches.

Tomó una toalla, se secó el sudor y comenzó la rutina de estiramientos. Cuando acabó, apagó la música y entró en su dormitorio, y en ese momento oyó el zumbido que confirmaba el acceso a sus dominios. Un segundo después, la puerta se abrió y su hija se asomó con timidez. Algo que no le gustó nada, porque Kayla era de todo menos tímida. Sin embargo, desde la fiesta se mostraba retraída, sobre todo con él.

—He llamado y no me has contestado —se excusó entrando reticente.

—Estaba en el gimnasio con la música. ¿Has quedado con Manuel? —inquirió.

No era que le hiciera gracia el muchacho, era tres años mayor que Kayla, lo que lo convertía en demasiado viejo, al menos bajo su punto de vista. También era muy tímido, tanto que cuando hablaba con él se trababa. Era un chico muy parado, como si le costara reaccionar, aunque Kayla afirmaba que sólo era así con él, y que era por su culpa, porque le imponía con su carácter serio y arrogante. Que tenía que sonreírle más.

«¿Y qué más? ¿Darle palmaditas en la espalda y llamarlo yerno?», pensó Nath comenzando a cabrearse. Y lo malo era que no tenía razón para ello. Porque la realidad era que el muchacho era agradable y educado.

Y le iba a robar a su hija.

Como si no tuviera bastante con compartirla con Uriel, ahora entraba otro hombre en su vida. ¿Se enfadaría mucho Kayla si lo metía en una caja y lo mandaba a la Conchinchina? Seguro que sí. En fin, no quedaba otra que aguantarse.

¡Qué duro era ser padre!

—Se ha ido de vacaciones a la playa.

—Vaya, cuánto lo siento —resopló irónico.

—Yo también. Lo echo mucho de menos —musitó ella sin captar su ironía. Se sentó en la cama con las piernas cruzadas y lo miró con carita triste.

—¿Quieres que demos una vuelta por el centro comercial? —propuso Nath.

Ella negó con la cabeza y Nath tuvo que hacer un ejercicio de contención para no estallar. Desde la maldita fiesta, Kayla no había vuelto a salir con él, como si no quisiera que nadie, o, mejor dicho, que las mujeres y posibles novias, la vieran en su compañía.

¡Dios, cuánto le gustaría poner las manos encima a quienes le habían hecho eso a su hija! Pero no había modo, ella se había cerrado en banda y no abría la boca sobre ello.

Se sentó a su lado y la abrazó. O lo intentó, porque ella se apartó arrugando la nariz disgustada.

—Hueles fatal. ¡Tienes que ducharte! —Lo empujó como si tuviera la peste.

Nath sonrió, su hija era muy sensible a los olores. Se marchó obediente y poco después regresó con una toalla envolviéndole las caderas. Ella seguía en la cama, con la cabeza baja y concentrada en las líneas que trazaba sobre las sábanas.

Apretó los labios enfadado. No soportaba verla así. Se sentó a su lado abrazándola.

—¡Quita, que me mojas! —exclamó apartándolo de nuevo.

—Y no quieres que te moje...

—Pues no —resopló poniendo los ojos en blanco. ¡No era tan difícil de entender!

—Vaya... Lo siento tanto...

—¿Qué sientes? —Lo miró con los ojos entrecerrados.

—¡Esto!

Se puso sobre ella y comenzó a sacudir la cabeza como si fuera un perro, lanzando gotitas de agua a diestro y siniestro. Y cuando no fue suficiente le levantó la camiseta dejándole la tripa al aire y frotó su pelo empapado contra ella. Y, claro, ya que estaba, aprovechó para hacerle unas pocas cosquillas. Así, como quien no quiere la cosa.

—¡Quita! ¡Papá, para! —aulló muerta de la risa.

Por supuesto, no obedeció. Siguió mojándola y haciéndole cosquillas hasta que ella lo abrazó con fuerza, conteniendo su ataque.

—Te quiero muchísimo, papá —le susurró al oído.

—Y yo a ti, cariño —replicó él besándole la coronilla.

Se quedaron en silencio hasta que ella se removió y Nath no tuvo otro remedio que soltarla. Cuando era pequeña podía pasar horas en sus brazos, pero ahora apenas lo dejaba abrazarla un instante. Se hacía mayor, pensó compungido.

—Papá... —Lo miró reticente.

—Cuéntame qué te preocupa —dijo muy serio, pues intuía que quería decirle algo, pero no sabía cómo hacerlo.

—Este fin de semana no has dormido en casa, a pesar de que estabas en Madrid...

—Así es. —Porque lo había pasado en su dormitorio del Torture Eden, con Marilia.

—Y tampoco dormiste el anterior. Ni el anterior del anterior. Ni el domingo anterior del fin de semana anterior al anterior. —Extendió tres dedos para contabilizar los fines de semana que su padre llevaba sin dormir en casa. Y eran tres y medio, contando ese primer domingo—. Y me parece estupendo. De verdad. Genial —se apresuró a decir—. Manu dice que cuando su padre no duerme en casa es porque lo hace con su novia... ¿Tienes novia? —le preguntó muy seria.

Y Nath supo qué era lo que la preocupaba. No que tuviera o dejara de tener novia, sino que no le hubiera hablado de esa relación y que quizá tampoco le hubiera dicho a la posible novia que ella existía. Porque, por culpa de las idiotas de la fiesta, Kayla creía que era un estorbo para sus relaciones.

Y la reticencia de él a hablar de Marilia no ayudaba a hacerle pensar lo contrario.

—No tengo novia. Pero hay una mujer que me atrae mucho. —Lo pensó un segundo antes de continuar—. Me gustaría que la conocieras.

Kayla entrecerró los ojos suspicaz.

—¿Lo dices de verdad?

—¿Cuándo te he mentido? —exigió severo.

—Nunca —musitó azorada para luego mirarlo con una altanería desafiante que, sin duda, había heredado de él—. ¿Por qué no me habías dicho que te gustaba una chica? —exigió saber con la misma severidad empleada por Nath un instante antes.

—Porque no tenía claro hasta qué punto me gustaba ni si era lo suficientemente importante como para hablarte de ella —reconoció con sinceridad.

—Y ahora ya lo tienes claro.

—Bastante claro —aseveró—. No sé hasta dónde voy a llegar con ella ni si algún día tendremos una relación o si sólo seremos amigos, ni siquiera si dentro de dos semanas nos seguiremos cayendo bien —apuntó, no quería que se hiciera falsas ilusiones—. Pero quiero que la conozcas y me des tu opinión. Es muy importante para mí.

Kayla lo miró perspicaz. Era importante para él. Muy importante. ¿Y si la fastidiaba? ¿Y si las mujeres de la fiesta tenían razón y la espantaba y su padre se quedaba sin novia por su culpa? Sabía que a algunas personas no les gustaba la gente como ella. No lo decían, pero sus miradas hablaban. Y hablaban muy mal. A veces a gritos, aunque no pronunciaran ninguna palabra.

—Me acabo de dar cuenta de que no celebramos mi cumpleaños como es debido, así que tendremos que festejarlo hoy... —improvisó Nath al notar su reticencia.

—Hace tres semanas de eso. ¡Ya es muy tarde! —resopló Kayla.

—Podríamos acercarnos a la discoteca, hace poco dijiste que querías ir —continuó como si no lo hubiera interrumpido.

—¿Vamos a ir al Torture Eden? ¡Qué guay! —exclamó entusiasmada olvidando todos sus reparos. Hacía meses que quería ir y él siempre se negaba a llevarla.

—Estará cerrada... —le advirtió Nath para que no se llevara a engaño.

—Ya decía yo —masculló enfadada—. Yo quiero ir cuando haya gente.

—No —replicó categórico.

Ella se cruzó de brazos enfurruñada. Y eso ya le iba bien a Nath, la prefería enfurruñada que triste.

—Y, ya que vamos a la discoteca, nos pasaremos por la pastelería que hay al lado y compraremos una tarta. No se puede celebrar un cumpleaños sin una tarta —apuntó sin saber bien cómo introducir a Marilia en la conversación.

—¿Es la pastelería de la pastelera de la que habla tío Kaos? —Éste le había contado lo lista y divertida que era, y estaba deseando conocerla—. ¿La que es simpática y alegre y te vuelve loco?

Nath parpadeó perplejo. Quién le iba a decir que, por una vez en la vida, el bocazas metomentodo de Kaos iba a resultarle útil. Ver para creer. Tal vez no lo ahorcara al final.

—No me vuelve loco. Sólo me sorprende en ocasiones. Casi siempre, en realidad. —Esbozó una sonrisa soñadora.

Y gracias a esa sonrisa Kayla intuyó que la pastelera era la mujer que le gustaba.

La timidez y el sentimiento de ser un estorbo regresaron con fuerza.

—No me apetece comer tarta... Ni ir a la discoteca —musitó retrayéndose de nuevo. No iba a fastidiarle el idilio a su padre.

—Kayla, esto es absurdo. No puedes recluirte en casa y dejar de salir conmigo por una estupidez que oíste decir a unas idiotas —señaló enfadado.

Ella lo miró reticente.

—¿La pastelera es la mujer que te gusta? —inquirió, aunque sabía la respuesta.

Nath asintió con un gesto.

—Pero no es tu novia —aseveró ella.

—No.

—¿Por qué no quiere ser tu novia? —reclamó suspicaz.

—No hemos hablado de ello, así que no sé si quiere serlo o no —replicó Nath. Esa explicación era mucho más sencilla que tratar de hacer entender a su romántica y soñadora hija las complicadas relaciones entre los adultos.

—¿Le has hablado de mí? —quiso saber con timidez.

—Sí.

—¿Y sabe que tengo capacidades distintas? —planteó con un hilo de voz.

—Se lo comenté el otro día, pero no entramos mucho en el tema —reconoció.

Aunque Marilia seguía mostrándose reticente a hablar de temas privados, al ver que llamaba a Kayla cada viernes, sábado y domingo, le había preguntado intrigada por qué lo hacía. Y él le había hablado de ella. Había sido una conversación breve en la que la pelirroja lo había mirado atónita. Y, a tenor de sus preguntas, no había sido porque su hija tuviera síndrome de Down, sino porque la sorprendía muchísimo que la llamara cuando faltaba de casa. Y, dado el pasmo con que asimilaba sus respuestas, le quedó meridianamente claro que su padre no debía de ser muy atento. Más bien al contrario.

—Pero sabe que tengo capacidades diferentes —insistió Kayla preocupada.

—Sí.

—¿Y qué ha dicho?

—Nada. ¿Qué iba a decir? No es que tengas seis ojos y dos cabezas —repuso burlón.

—La señora de la fiesta dijo que... —murmuró Kayla disgustada al ver que su padre se tomaba a risa un asunto tan serio.

—Esa mujer era una estúpida, no debes hacer caso a lo que dijo —la interrumpió enfadado—. La cuestión es que me gustaría mucho que conocieras a Marilia. Y que ella te conozca a ti —afirmó muy serio.

Kayla lo miró abatida.

—¿Y si no le gusto?

—Le gustarás.

* * *

Una hora después, padre e hija aparcan el discreto coche naranja en el garaje y salen a la calle a comprar pasteles. O, mejor dicho, cupcakes.

—Que sí. Que vale. Que lo que tú digas... —resopló Marilia al teléfono mientras dibujaba unos cuernos sobre el boceto que había hecho de su hermanastra—. Me hace una ilusión bárbara, tanta que estoy a punto de vomitar. —Fingió varias arcadas a la vez que dibujaba una caricatura de una anciana con unas enormes gafas de culo de botella—. Ni de coña, Indi. No voy a ponerme de tiros largos por mucho que insistan tus abuelas. No. No pienso ceder —sentenció feroz. La respuesta de su hermanastra la enfureció tanto que su piel perdió el poco color que tenía—. ¿Perdona? ¿Me lo estás diciendo en serio? No me lo puedo creer. Diles que se metan su puto dinero por el culo. ¡No me hace falta, joder! Me sobra el dinero, tengo un trabajo cojonudo con el que me saco mucha pasta —mintió. No tenía dinero y una gran parte del poco que conseguía se lo embargaba el Estado a cuenta de lo que todavía debía—. Y aunque no fuera así y tuviera que mendigar para comer, no aceptaría nada de ellas —jadeó con rabia—. Llevan toda la vida volviéndome la cara y ahora quieren que haga como si no hubiera pasado nada porque se han dado cuenta de que no soy tan puta como pensaban. Pues que se jodan, ¡porque sí lo soy! ¡Y las voy a joder vivas! —Cortó la llamada e hizo ademán de lanzar el móvil contra la puerta.

Lo pensó mejor porque *a*) no tenía dinero para comprar un móvil nuevo, *b*) en la puerta había una persona que la miraba con curiosidad, *c*) esa persona era Nath y no era cuestión de romperle su bonita cara de un telefonazo, además de que *d*) lo acompañaba una adolescente con síndrome de Down que seguramente sería su hija, a la que *e*) no quería causarle peor impresión de la que ya le habría causado y *f*) estaba segura de que si le rompía la cara a su padre se la causaría.

Así que dejó el móvil en la mesa y esbozó una sonrisa forzada mientras trataba de sobreponerse a la sorpresa. ¿Qué coño hacía Nath allí un lunes? ¡Y con su hija! ¿Qué parte no había entendido de no llevar su relación, estrictamente sexual, a terreno personal? Porque, joder, presentarse con su hija en la pastelería era de lo más personal. Y cuando las cosas se volvían personales alguien, normalmente ella, acababa sufriendo. Y con el problemón que se le vendría encima de ser cierta la sospecha que la acuciaba desde hacía unos días tenía más que suficiente. No quería enredarse más con él. Aunque también era cierto que tal vez no le quedara otra opción.

—Qué sorpresa verte por aquí. ¡Y tan bien acompañado! —exclamó con ojos llameantes.

—Me doy cuenta —replicó él entrando en la tienda con una tímida Kayla a la zaga.

El móvil empezó a sonar. Y la melodía era de lo más categórica: *Idiota*, de Los Ronaldos.

—Disculpad un segundo —dijo Marilia con retintín aceptando la llamada—. Acaba de entrar el tipo del Lamborghini, no puedo atenderte, Indi. ¡Eh, que estoy hablando en serio! No me invento nada, palabrita de putón verbenero —señaló burlona cuando la acusó de mentir—. ¿Por qué iba a engañarte? ¿No me ves lo suficientemente guapa, lista y maravillosa como para tener comiendo de mi mano a un millonario guapísimo? —preguntó cáustica a la vez que endurecía la mirada.

Y, a pesar de sus esfuerzos por disimularlo, Nath sólo necesitó mirarla a los ojos para saber que hablaba en serio y que eso era exactamente lo que pensaba de sí misma.

—No me vengas con chorradas, Indi, no estoy de humor para coñas. Otro día hablamos, tengo que trabajar. —Apagó el teléfono y le lanzó una mirada a Nath que decía: «Estoy bien. Mejor que bien. La vida es cojonuda y soy asquerosamente feliz. Ni se te ocurra ponerte tierno conmigo».

Y Nath supo que algo había pasado. Algo que la preocupaba y la hacía sentirse vulnerable, poniéndola a la defensiva. Así que hizo lo único que podía hacer; no achantarse por su elocuente mirada, ir hasta el mostrador y, con tono desafiante, aseverar:

—Siento llevarte la contraria, pero no me tienes comiendo de tu mano.

Marilia lo ignoró y examinó a la adolescente que permanecía retraída junto a él.

Tenía ojos de cervatilla asustada y aferraba con fuerza la mano de su padre. Parecía un animalillo a punto de salir corriendo. O de echarse a llorar. Mantenía la cabeza baja y su mirada huidiza se deslizaba del mostrador a las sillas, la mesa o cualquier otro punto menos a ella, pues evitaba en todo momento mirarla.

Una insoportable ternura se adueñó de ella. Una ternura que achacó a sus hormonas totalmente disparatadas. También a su asquerosa niñez. Porque hubo un tiempo en el que se había sentido así. Cuando era una niña retraída de tal vez seis años, siete a lo sumo, que acudía al colegio asustada por lo que pensaban de ella y de su madre sus compañeros de clase. Y nunca era nada bueno ni se molestaban en ocultarlo. Había aprendido a base de puñetazos y patadas, tanto recibidos como propinados, a no esperar nada de nadie. A ser fiera y dura. A no mostrar jamás debilidad y que era mejor atacar y ser mala que vulnerable.

Pero esa cría no aprendería nunca nada de eso. En sus ojos no había ni una pizca de maldad, sólo inocencia y confianza. Y, en ese momento, también vulnerabilidad.

Esbozó una sonrisa sincera y se acodó en el mostrador, acercándose a ella.

—Tu padre es un pobre ingenuo... —musitó maliciosa—. ¿Dejamos que piense que no lo tengo comiendo de mi mano o lo sacamos de su error?

La adolescente la miró sin entender.

—Porque el muy tontorrón piensa que puede resistirse a mí, y tú y yo sabemos que está loco por mí —susurró Marilia en voz apenas audible a la vez que le guiñaba un ojo.

Kayla esbozó una sonrisa radiante, porque su padre le había dicho que esa mujer le gustaba mucho. Así que no mentía, aunque él quisiera hacerle creer lo contrario.

—Es verdad —afirmó observándola concentrada, parecía una médico con esa bata blanca que llevaba y el pelo recogido en una gruesa trenza.

—Se supone que estás de mi parte y tienes que apoyarme, cariño —la reprendió Nath de buen humor—. Deberías negar sus acusaciones.

—Pero entonces mentiría. —Kayla lo miró admonitoria.

—¡Bien dicho! —Marilia chasqueó la lengua y alzó la mano, olvidando por enésima vez que su hermanastra ya no estaba allí para chocársela.

Kayla se la chocó.

Marilia se quedó inmóvil, la mano de la adolescente aún contra la suya. Poco a poco, una sonrisa como no había mostrado antes curvó sus labios hasta hacerse tan amplia que casi podía decirse que le iluminaba todo el rostro. Y, en realidad, así era.

—¡Joder! ¿Sabes qué? —exclamó eufórica.

Kayla negó con la cabeza, atemorizada por el repentino exabrupto de la pelirroja.

—Eres la primera persona en dos meses que me choca la mano cuando la levanto. ¡Es la puta bomba! —Volvió a alzar la mano y Kayla se la chocó instintivamente.

—A lo mejor es porque no saben que tienen que hacerlo. Quizá no juegan al fútbol. Yo sí juego y cuando el equipo marca gol nos chocamos la mano —explicó conciliadora.

—No. Es porque son idiotas —afirmó Marilia.

—Mi padre no es idiota —rebatió Kayla con ferocidad.

—¿Tú crees? —Marilia recorrió con la mirada a Nath. Estaba guapísimo. En lugar de su traje habitual llevaba unos vaqueros desgastados y una camisa celeste que acentuaba su piel morena y sus ojos azules.

—Estoy segura. —Kayla entrecerró los ojos amenazadora.

El pecho de Nath se hinchó de orgullo ante la defensa incondicional de su hija.

—Vale, aceptamos pulpo como animal de compañía —se burló Marilia guiñándole un ojo a la adolescente.

Kayla se echó a reír.

Y Nath esbozó una aliviada sonrisa al comprender que su hija se había relajado con las bromas de Marilia, quien también parecía cómoda con Kayla. Más aún, se diría que entre ellas había nacido una complicidad inesperada y más que bienvenida. Porque, no se iba a engañar, había sido una temeridad saltarse el anatema de Marilia sobre llevar la relación a terreno personal.

Se había arriesgado y había merecido la pena, porque había ganado.

Miró orgulloso a su hija y en ese momento se dio cuenta de que ella observaba con fijeza la mano mutilada de Marilia, que, cosa rara, no mantenía oculta a su espalda.

—Qué fea es. ¿Te duele? —le preguntó Kayla arrugando el ceño.

Nath contuvo la respiración consciente de que a Marilia la acomplejaba su mano. Y la observación de Kayla, aunque indiscutible y sincera, no era en absoluto apropiada.

—Ya no, sólo me pica de vez en cuando —repuso Marilia, sorprendiendo a Nath y, sobre todo, a sí misma, al no ocultar la mano e ignorar la pregunta como siempre hacía.

Pero Kayla se lo había preguntado con la misma naturalidad y ausencia de malicia con que le habría preguntado por un moratón. Como si fuera lo más normal del mundo. Y ella se había sentido impelida a contestar con la misma franqueza. De nuevo achacó esa insólita reacción a sus hormonas alteradas.

—¿Qué te pasó? —inquirió la joven con genuina curiosidad.

—Kayla, no creo que sea una pregunta adecuada. —Nath miró preocupado a Marilia.

—Un accidente de caza —aclaró ella. No era exactamente la

verdad, pero se le parecía. Sus hormonas todavía no la habían idiotizado tanto como para contar lo ocurrido.

Nath la miró atónito, pues nunca le había hablado de eso. Aunque también era cierto que jamás le había preguntado.

—Siento mucho que te dispararan —musitó Kayla asumiendo, como esperaba Marilia, que eso era lo que había sucedido—. ¿Puedes hacer cosas con ella?

—Puedo hacer todo lo que me proponga —replicó Marilia picada.

Kayla asintió sin más y miró el cuaderno que estaba sobre el mostrador.

—¿Te gusta dibujar?

—Es lo que mejor se me da.

—¿Puedo verlo?

Marilia se lo tendió. Y Nath volvió a sorprenderse, porque a él se lo había quitado cuando lo había estado ojeando.

Kayla examinó la página por la que estaba abierto y se echó a reír al ver la caricatura de la anciana y los cuernos que había dibujado en la frente de Índigo.

—Dibujas muy bien —dijo pasando las hojas—. ¿Quién es éste? —Señaló el dibujo del hombre que le había llamado la atención a Nath por el detalle con que lo había plasmado.

Éste esperó interesado su respuesta.

—Jota. El novio de mi hermanastra —respondió Marilia.

Nath sonrió, el tipejo no era nadie importante. Sólo su futuro cuñado. Frunció el ceño molesto al darse cuenta de que por un instante había sentido celos de un dibujo.

—Es muy guapo. Como el príncipe de *Shrek*.

—Por eso mismo lo llamamos Encantador. Es igualito a él. Intenté ligármelo, pero mi hermanastra se me adelantó. La muy ladrona —bufó ofendida, y Nath supo que esa chanza ocultaba cierta verdad. El tipejo volvió a caerle mal—. Pero en cuanto se descuide se lo robaré y la dejaré sin novio —afirmó guasona sin entender por qué narices había dicho eso. ¡A nadie le importaba su fracaso! Sólo era uno más de tantos.

Putas hormonas descerebradas, pensó molesta por la deriva de sus emociones sin darse cuenta de la mirada colérica que Nath le estaba dedicando.

—Mi padre es más guapo y más simpático y divertido —aseveró Kayla muy seria—, deberías ligártelo a él y olvidarte de Encantador. No es tan guay como papá —sugirió, dejando pasmada a Marilia. Y también a Nath, para qué negarlo. Pasó otra hoja del cuaderno—. ¿Es tu hermanastra? —Señaló varios retratos de la misma mujer.

—Sí, Índigo.

—Qué nombre más raro...

—En realidad se llama Társila, pero le puse Índigo por sus ojos, los tiene muy azules, más que tu padre.

Kayla la miró interesada y siguió ojeando el cuaderno. Se detuvo en la mujer con aspecto de demente que también le había llamado la atención a Nath, pero no preguntó por ella, como si no quisiera saber nada de alguien tan espeluznante. Retrocedió otra hoja.

—Y éste, ¿cómo se llama? —preguntó refiriéndose a un hombre de oronda barriga.

—Tocinete.

Kayla se echó a reír. Nath también, aunque lo ocultó tras una tos.

—Éstos son Rasputín y Tenorio. —Marilia señaló a dos hombres que había dibujado jugando al billar—. Eran unos buenos amigos.

—¿Ya no lo son? —Kayla la miró compasiva.

—Imagino que seguirán siéndolo. La verdad es que hace meses que no los veo. —Acarició el dibujo con nostalgia—. Viven en el pueblo y llevo tiempo sin ir.

—¿Los añoras? A tus amigos, a tu hermanastra y al pueblo —especificó Kayla.

—¡Qué va! —exclamó Marilia con tanto énfasis que Nath no la creyó ni por un instante—. Índigo es una pesada que se pasa la vida llamándome, así que no me da tiempo a echarla de menos —resopló con desdén—. Y ni de coña echo de menos el pueblo y su aburrida rutina. Allí la gente sólo tiene una cosa que hacer: opinar sobre la vida de los demás. Prefiero estar aquí —aseveró taxativa.

Nath supo que mentía. Que añoraba su pueblo y a sus amigos y, sobre todo, a esa hermanastra a la que tanto echaba de menos a pesar de fingir lo contrario. Marilia era un verdadero enigma y estaba deseando descubrir todo lo que ocultaba.

—Yo sí echo de menos a mis amigos y a mi novio —suspiró Kayla.

—¿Tienes novio? —Marilia miró intrigada a Nath y a punto estuvo de estallar en carcajadas al ver su gesto de resignación.

—Desde hace unas semanas... —contestó Kayla sonriente.

—Eso está bien, pero deja que te dé un consejo... No te líes con nadie. Los tíos al principio molan mucho, pero luego son unos petardos. Lo que tienes que hacer es salir con tus amigos y pasar de romances. Los novios son un incordio —sentenció vehemente.

Nath asintió complacido antes de darse cuenta de que en esa descripción era más que probable que también lo incluyera a él. Arqueó una ceja ofendido.

Kayla entrecerró los ojos concentrada mientras sopesaba su afirmación.

—Papá siempre mola —aseveró—. Y no es un petardo. Es divertido, alegre y cariñoso. Sería un novio estupendo para ti —finalizó categórica.

Nath parpadeó atónito. ¡Vaya casamentera estaba hecha!

—Pero yo no quiero novios —afirmó terminante Marilia.

—Pues tú te lo pierdes —replicó Kayla con ferocidad.

Marilia miró pasmada a la cría. ¡Vaya con la mosquita muerta! Si iba a resultar que tenía carácter. Y mucho. Desvió la mirada hacia Nath y éste sonrió engreído.

—Kayla sabe de lo que habla, me trata a diario. Deberías hacerle caso —apuntó.

—Kayla no es objetiva, es tu hija —repuso Marilia divertida. ¡Eran tal para cual!

—¡Pues claro que lo soy! —resopló la niña poniendo los ojos en blanco. Zanjó el tema fijando de nuevo su atención en el cuaderno—. ¿Quién es? Me gustan sus ojos —Señaló el dibujo de un hombre con una mirada tan dulce que sobrepasaba el papel.

—Tutti Frutti. Es un poco como tú —murmuró Marilia con melancolía.

—¿Tiene capacidades distintas? —inquirió Kayla suspicaz.

—Sí, pero más del estilo Forrest Gump.

Nath la miró atónito. No sabía si cabrearse, ofenderse o...

—Me cae bien Forrest Gump. —Kayla sonrió. Y Nath comprendió que Marilia no había dicho nada malo, al contrario, había puesto un ejemplo claro para que su hija y también él supieran cómo era—. Es una buena persona.

—Pues Tutti Frutti es igual —afirmó Marilia.

—¿Por qué lo llamas así? —Kayla la miró intrigada por el mote elegido.

—Porque es muy dulce y está lleno de vida y color, como una macedonia de frutas. Dan ganas de darle un bocado —suspiró. De todos sus amigos, era al grandullón al que más añoraba. No se había dado cuenta de lo mucho que iba a echar de menos su generosidad y su alegría hasta que había dejado de verlo.

—¿Todos los motes de tus amigos se los has puesto tú? —inquirió Kayla. Marilia asintió—. ¿Y cómo te llaman a ti?

—Pues... Marilia. No tengo mote.

—¿Por qué?

—Nadie me lo ha puesto nunca. —Se encogió de hombros con indiferencia.

Y Nath supo que eso la disgustaba. Mucho. Ninguno de sus amigos se había ocupado de inventarle un mote y eso la hacía diferente. Como si no fuera parte del grupo.

—¡Yo te lo pondré! —exclamó Kayla entusiasmada—. ¡Y será uno genial! ¡Lo pensaré mucho y se me ocurrirá uno estupendo! ¡Ya lo verás!

Marilia la miró emocionada.

—Genial, a ver qué se te ocurre —aceptó molesta por su estúpido sentimentalismo. Malditas hormonas, que la estaban volviendo loca. Porque ella no era así. Esas cosas no la emocionaban ni la hacían suspirar.

—¿Qué mote le has puesto a papá? —inquirió Kayla pasando distraída las páginas.

Nath miró a Marilia desafiante, una de sus oscuras y definidas cejas arqueándose.

Ella entrecerró los ojos pensativa.

—Le iría bien Pichabrava, siempre está a punto...

—Ni se te ocurra continuar por ese camino —la cortó Nath amenazante.

—Entonces Gruñón, ése también te va como anillo al dedo.

—No soy ningún enano de cuento —replicó él.

—Mira que eres quisquilloso —se burló. De repente, su mirada se iluminó—. Tiquis. Así te llamaremos.

—¿Tiquis? ¿Y eso qué significa?

—Tiquismiquis. No puedes negar que no lo eres...

—No voy a permitir que...

—A mí me gusta —lo interrumpió Kayla—. Y a mí, ¿qué mote me pondrás?

—Ojazos. Sin dudarlo. Tienes unos ojos enormes y preciosos.

Kayla esbozó una radiante sonrisa y miró a su padre sonrojada.

—Tengo los ojos de mi padre. Por eso son tan bonitos.

—No. Los de tu padre son fieros y penetrantes. Los tuyos son dulces y luminosos... como este *cupcake* —dijo tendiéndole uno con una brillante cobertura arcoíris que a Nath le recordó poderosamente a los puticornios que tanto le gustaban.

Kayla lo aceptó encantada.

—¡Está riquísimo! —exclamó tras dar un mordisco. Luego volvió la mirada al cuaderno—. ¿Por qué le has puesto cuernos a una manzana?

Nath se inclinó para mirar lo que señalaba su hija. Efectivamente, Marilia había dibujado una manzana roja y brillante, como la de Blancanieves, y le había puesto dos cuernecillos y un rabo de demonio.

—Es un logo para la pastelería. He jugado con el nombre de la tienda, Pecados del Edén. La manzana, por ser la fruta prohibida del Edén y los cuernos y el rabo de demonio, por el tema de los pecados...

—Es una idea magnífica —alabó Nath.

—Eso mismo he pensado yo. —Marilia chasqueó la lengua y alzó la mano.

Kayla se la chocó al instante y las dos se echaron a reír.

Y Nath se dio cuenta de que, en todo el tiempo que llevaban allí, Marilia no había ocultado su mano mutilada. Sonrió. Estaba claro que su hija se la había ganado.

—Vamos a la discoteca, ¿quieres venir? —le preguntó Kayla de sopetón a Marilia.

—Creo que no. Me queda un rato para cerrar y la discoteca la tengo muy vista.

—Luego iremos al templo de Debod. ¿Vienes? Es un templo egipcio superchulo.

—La verdad es que apenas he hecho turismo en los meses que llevo aquí. Voy del trabajo a casa y de casa al trabajo... —murmuró Marilia tentada de aceptar.

—¡Entonces tienes que venir!

—Vale. Id a la discoteca y a las ocho me pasáis a buscar con vuestro supercochazo.

—¡Genial! —exclamó Kayla alzando la mano.

Marilia se la chocó y se volvieron a reír como dos niñas traviesas. Y esas risas fueron como un bálsamo para el desasosiego que llevaba todo el día lastrándola, algo que no le pasó desapercibido al Señor del Torture Eden.

—Podemos dejar la discoteca para otro día y quedarnos contigo hasta que cierres. —Nath le dedicó una penetrante mirada con la que la apremiaba a decirle qué le ocurría.

—¡Me prometiste que iríamos! —estalló Kayla.

—Nos vemos a las ocho, ¡largo! Tengo trabajo que hacer. —Los echó Marilia.

Nath salió con Kayla a la zaga, pero se detuvo antes de entrar en la discoteca.

—Espérame aquí un segundo, cariño, se me ha olvidado algo —le dijo antes de regresar a la pastelería.

Ella aceptó intrigada y observó a su padre a través del escaparate. ¿Qué se le habría olvidado? «¡Ay, la tarta!», pensó al darse cuenta de que no la habían comprado.

Pero no era eso. Era algo mucho más importante. Un beso.

Lo vio pasar al otro lado del mostrador e ir hasta Marilia. Le ciñó la cintura pegándola a él y le acarició el cuello con la mano derecha.

Acto seguido, la besó. Fue un ósculo intenso. De los que en las películas hacían temblar las rodillas.

Eso debió de pasarle a Marilia, porque le rodeó el cuello como si el beso la debilitara.

Y Kayla pensó que sería genial que Manu la besara así.

22

Cuando se descubre que Kayla, además ser una chiquilla dulce y encantadora, también es una lianta de cuidado.

Marilia salió de la pastelería a las ocho en punto, y mientras echaba el cierre se recordó que salir con Nath y su hija a hacer turismo sólo significaba que iban a dar una vuelta. Nada más.

Ni nada menos.

¿Por qué coño había accedido? No era que le interesara ver un arcaico templo, por muy egipcio que fuera. Pero la cuestión era que sí le apetecía. No tanto ver el susodicho, sino dar un paseo con amigos. Y Nath era su amigo. O, al menos, así lo consideraba. Uno con derecho a roce que follaba de maravilla. Sí. Pero, ante todo, un amigo. El único que tenía en Madrid si no contaba a Óskar, quien estaría en casa en pleno proceso creador.

Necesitaba despejarse y disfrutar de una tarde sin complicaciones ni dramas. Y, quién sabía, tal vez al caer la noche podrían despistar a Kayla y echar uno de esos apoteósicos polvos que sólo Nath sabía echar. No sería un mal colofón para un día de mierda que había empezado con una sospecha que, si se confirmaba, y con la suerte que tenía seguro que así era, duraría varios meses. Y, para rematar el día, su hermanastra, tan oportuna como siempre, había llamado para informarla de que ya tenía fecha para la boda, a la que, por cierto, no le hacía ninguna ilusión ir, y que, para fastidiarla más aún, era obligado ir de tiros largos. ¡Como si los vestidos de fiesta fueran baratos!

Oyó un claxon y se giró. El Lamborghini naranja estaba esperándola.

Tomó una gran bocanada de aire y al expulsarlo se esforzó en expulsar también sus preocupaciones, al menos por el momento. Iba a pasar una tarde estupenda y nada se la iba a amargar. Fue hacia el coche meneando las caderas, consciente de que el vestido que llevaba era más corto que nunca y hacía sus piernas kilométricas. Sonrió al ver el destello hambriento en los ojos de Nath. Estaba claro que le gustaba lo que veía.

—¡Qué guapa es! —exclamó Kayla mirando a Marilia por la ventanilla—. Con la bata es guapa, pero sin ella es guapísima. No me extraña que te guste. Es simpática, divertida, cariñosa y, además, guapa. Es perfecta para ti —afirmó entusiasmada.

—¿Cariñosa? Me temo que no estamos hablando de la misma persona —bromeó Nath comiéndose a Marilia con los ojos.

Decir que estaba guapa era quedarse corto.

Llevaba un vestido de tirantes de un vibrante verde trébol que hacía juego con sus ojos y se le ceñía al pecho y a la cintura como una segunda piel para terminar en una cortísima minifalda en trapecio que dejaba al descubierto sus hermosas piernas.

Cuando ella se sentó en el asiento del copiloto, Nath deseó con una intensidad que lo asustó hundir la mano entre sus muslos de porcelana y acariciar su sexo. Meterle los dedos y luego saborearlos. Apoderarse de su boca y pelear con su lengua mientras le separaba las piernas y la follaba con violencia sobre los asientos de piel del coche. Tal vez así eliminara de sus ojos esa mirada de animal atrapado.

—Papá, ¿nos vamos ya? —lo llamó Kayla, intrigada por su ensimismamiento.

—Sí, claro —musitó Nath removiéndose incómodo.

Se llevó con disimulo la mano a la bragueta y tiró tratando de acomodar la tremenda erección que sus inapropiados pensamientos le habían provocado.

—¿Problemas en la zona media? —inquirió Marilia con un guiño travieso.

—Nada que no podamos solucionar esta noche —replicó Nath

lanzándole una ardiente mirada que dejaba muy claras sus intenciones.

—¿Estás bien, papá?

—Está en la gloria, cielo. Y mejor que va a estar —contestó Marilia con malicia.

—Te recordaré esas palabras más tarde —le advirtió Nath pisando el acelerador.

Fue como si una corriente de lujuria atravesara el cuerpo de Marilia, pues se tensó de pies a cabeza como si estuviera en mitad de un orgasmo.

—¡Dios, cómo suena el motor! ¡Parece que ruge! —exclamó excitada olvidando todas sus preocupaciones ante el ronco sonido—. ¡Písale a fondo!

—Circulamos por la calle de Alcalá. No voy a pisarle a fondo —repuso Nath perplejo por su reacción.

—No seas petardo, Tiquis. Llevas un coche de ciento cincuenta mil euros, no puedes ir a paso de tortuga... ¡Es una herejía! —protestó exaltada.

—Doscientos cuarenta y siete mil, en realidad —corrigió Nath.

—¡No me jodas! —jadeó derrumbándose en el asiento—. ¿De verdad te ha costado eso? —Él asintió divertido por su estupefacción—. ¡Y no quieres correr! ¡Qué desperdicio! —Se llevó las manos a la cara en un gesto de desesperación—. Kayla, por lo que más quieras, dile algo a tu padre... Haz que entre en razón.

La adolescente la miró pasmada por su histrionismo.

—A papá no le gusta que le pongan multas —señaló confundida. ¿Por qué tenía que correr más porque el coche fuera caro? No lo entendía. Miró a Nath desconcertada.

—No le hagas caso, cariño, se ha vuelto loca —explicó divertido.

—¿Yo me he vuelto loca? ¡Vamos, hombre! ¡No soy yo quien conduce pisando huevos un coche de un cuarto de millón! —Miró al cielo con frustración—. ¡Dios da pan a quien no tiene dientes!

Kayla la miró confundida y luego estalló en carcajadas.

Marilia se giró para mirarla. Se reía con ganas, sin guardarse nada. Esa cría era auténtica. Se sentía libre y segura. Confiada y feliz.

Y era gracias a Nath. A la clase de padre que era.

Envidió la fe ciega que Kayla tenía en él, su seguridad en que la protegería. En que jamás le faltaría su cariño y su apoyo. Suspiró.

Frunció el ceño al percatarse de que tenía las emociones a flor de piel y no podía hacer nada por evitarlo por mucho que lo intentara. Torció la boca en un gesto de disgusto. Estaba siendo tan sensiblera que daba asquito.

—¿Estás bien? —inquirió Kayla preocupada al ver su gesto.

—¡Estupendamente! Por cierto, gracias —le dijo esbozando una sonrisa.

—¿Por qué?

—Por dejarme sentarme delante. Me hace mucha ilusión.

Kayla la miró calculadora antes de esbozar una sonrisa taimada.

—Pero sólo te voy a dejar esta vez —le advirtió muy seria—. Sólo yo puedo sentarme en ese asiento. Yo... y la novia de papá —añadió con mirada pícara—. Así que si quieres ser copiloto tienes que ser su novia —sentenció.

—Vaya... —Marilia miró a Nath.

Éste mantuvo la vista en la carretera, preocupado por la insistencia de su hija. Estaba claro que se estaba haciendo ilusiones... Ojalá no acabara decepcionada.

—¿Te parece bien que tu hija me chantajee? —inquirió divertida.

—Kayla es la dueña del asiento, ella decide a quién se lo cede —replicó muy serio.

—Yo no chantajeo a nadie —repuso Kayla ofendida—. Sólo pongo normas.

—Bien dicho, cariño —aprobó Nath accediendo a un parking privado, donde aparcó siguiendo sus quisquillosas premisas.

Ocupó dos plazas para asegurarse una buena distancia entre su coche y los demás y advirtió al vigilante que estuviera atento. Acompañó dicha advertencia de un billete de veinte euros y la promesa de otro si encontraba el coche tal y como lo había dejado.

—Casi estoy por vigilarlo yo. No me vendría nada mal ese dinero para comprarme el puñetero disfraz para la boda —gruñó Marilia.

—Pero entonces te perderías la excursión al templo —apuntó con toda lógica Kayla.

—Y eso sería una verdadera pena —ironizó la pelirroja caminando hacia la salida.

—¿De qué te vas a disfrazar? —le preguntó Kayla siguiéndola a la calle.

Marilia la miró confundida.

—Has dicho que tienes que comprarte un puñetero disfraz para la boda.

—No es un disfraz. Es un vestido de fiesta —masculló Marilia cruzando la carretera sin esperar a que el semáforo cambiara. Y hacer eso en Madrid no era una buena idea.

El claxon furioso de los coches la acompañó hasta el otro lado de la calle mientras Nath y su hija esperaban a que cambiara el semáforo.

—¿Por qué se ha enfadado, papá?

—No lo sé —confesó preocupado por el humor cambiante de Marilia.

Cruzaron el paso de cebra cuando el peatón cambió a verde. Marilia los esperaba en la cumbre de la escalinata que llevaba a la explanada del templo. Tenía los brazos cruzados contra el pecho, la mano mutilada oculta bajo el brazo derecho y la mirada altiva y desafiante fija en el templo que tantos años atrás Egipto cedió a España.

—¿Estás enfadada con tu hermanastra por el vestido? —le preguntó Kayla.

Marilia giró con rigidez la cabeza y la miró distante.

—¿Por qué dices eso? —la interpeló con una voz que podía cortar hielo.

—Porque cuando hemos llegado discutías con Indi por teléfono. Y he pensado que Indi podía ser Índigo —replicó Kayla sin achantarse ante su ferocidad.

—Desavenencias entre hermanas. Nada grave. Sólo lo normal —masculló Marilia haciendo un esfuerzo por no volcar su mal humor en una muchachita encantadora que no le había hecho nada.

—Yo no sé qué es lo normal. No tengo hermanos —señaló Kayla con un suspiro.

—De eso te libras —resopló Marilia—. No me hagas caso, tener hermanos no es tan malo. Es sólo que hoy estoy muy susceptible.

—¿Te va a bajar la regla? —inquirió la adolescente—. Yo me altero cuando me toca.

Marilia la miró turbada antes de estallar en una carcajada histérica.

Nath y Kayla se miraron confundidos. ¿De qué se reía?

—Lo siento... —musitó Marilia limpiándose las lágrimas de los ojos.

Nath quiso pensar que eran de la risa, aunque no osaría afirmarlo con seguridad.

—Es sólo que... Da igual —desestimó Marilia—. Así que este templo es egipcio...

—Sí. —Y Kayla, ni corta ni perezosa, procedió a ponerla en antecedentes.

* * *

Una hora después, nuestro héroe espera a que sus heroínas regresen a la mesa que ocupan en la cafetería. Y lleva un buen rato esperando porque, como buenas féminas, han ido al aseo en pareja y sin prisa.

—Y diseñaron la campaña de Navidad del Ayuntamiento de Barcelona —se apresuró Kayla a finalizar la explicación un segundo antes de llegar a la mesa. Lanzó una rápida mirada a su padre y luego asintió con un gesto a Marilia.

Asentimiento que ésta replicó.

Menos mal que Nath estaba concentrado en leer mensajes en su móvil y no se dio cuenta del intercambio de miradas, o habría intuido que algo le ocultaban.

—Ya veo que te interesa el tema, estás muy bien informada —comentó Marilia guiñándole un ojo a Kayla.

Nath las miró confundido.

—¿Ahora te interesa el Ayuntamiento de Barcelona?

—Me gustó mucho cuando fui de viaje cultural —apuntó Kayla. Y no mentía.

—Descubriste cosas muy interesantes —agregó Marilia guiñándole un ojo antes de alzar su horchata en un brindis—: ¡Por las chicas listas!

—¡Por nosotras! —Kayla chocó su vaso con el de Marilia.

—¿No vas a brindar? —le reclamó Marilia burlona a Nath.

—Ah, pero ¿se me permite brindar con vosotras? Pensaba que no estaba incluido, como no habéis dicho nada de los chicos listos... —comentó mordaz.

—Está ofendidito porque que no le hacemos caso... Pobrecito —se burló Marilia a la vez que se deshacía de la bailarina que calzaba para, aprovechando la intimidad que les daba estar sentados a una mesa, deslizar el pie desnudo por la pierna de Nath y posarlo sobre cierta zona de su anatomía de lo más sensible. Al sentir que se endurecía, lo amasó con suavidad y él apretó los dientes conteniendo un gemido.

—Sabes que luego te lo voy a hacer pagar, ¿verdad? —le advirtió Nath en un tono que prometía un placer oscuro y desatado.

—Promesas, promesas... Fáciles de hacer, fáciles de romper —lo desafió ella. Lo rozó una vez más antes de apartar el pie y continuó bromeando con Kayla.

Y Nath no pudo por menos que sonreír. Marilia era de lo más ocurrente y Kayla había perdido por completo la timidez, lo que significaba que se lo estaban pasando en grande metiéndose con él. Y eso ya le iba bien. Lo que fuera con tal de verlas reír.

Se repantigó en la incómoda silla de la terraza de la cafetería y dio un trago a su cerveza helada. O no tan helada, en realidad. Había perdido fuerza y ganado temperatura en el rato que llevaban allí.

—¿Os apetece otra horchata? —les preguntó.

Kayla negó con un gesto.

—Si tomo más me saldrá por las orejas. —Marilia miró asqueada su vaso, que, además de estar medio lleno, era el primero que tomaba—. No la recordaba tan dulce.

—¿Te pido una cerveza? —inquirió Nath divertido, lo había dicho con tal aversión que en vez de horchata parecía que estuviera tomando leche de rata.

—No me apetece, gracias.

Nath la miró sorprendido. Era la primera vez que la veía desdeñar una cerveza. Es más, que él supiera, ésta era, junto con el café con hielo, su bebida favorita.

Le hizo un gesto al camarero para que le trajera la cuenta.

—¿Queréis que cenemos en algún sitio en particular? —inquirió mientras pagaba—. Podríamos acercarnos al Pink Monkey.

—¿Por qué no cenamos en casa? Yaya ha hecho croquetas —sugirió Kayla.

—¿No quieres cenar fuera? —Nath la miró sorprendido.

—¿Habiendo croquetas en casa? ¡Claro que no! No sabes lo bien que le salen a mi abuela —le explicó a Marilia—. Las hace de cocido y están buenísimas.

—No me gustan mucho, la verdad —improvisó ésta a la defensiva. Ni de coña iba a cenar en casa de Nath con su madre y su hija. Puede que sus disparatadas hormonas la tuvieran un poco alterada, pero ¡no tanto!

Nath tosió ocultando una carcajada ante el gesto de espanto de Marilia. No podía ser más expresiva.

—Te llevaremos a casa y luego Marilia y yo iremos a Freixa —le propuso a su hija, obteniendo una luminosa sonrisa de Marilia.

Kayla, en cambio, lo miró malhumorada. No le gustaba que le fastidiaran los planes. Y eso era justo lo que acababa de hacer su padre.

—Podríais cenar con yaya y conmigo. Si no te gustan las croquetas puedes comer otra cosa. La abuela siempre tiene mucha comida en la nevera —porfió mirando a Marilia.

—Paso de cenar en casa de nadie. Eso de estar en familia no va conmigo, prefiero ir a mi aire —afirmó ésta—. Soy un putón verbenero de lo más antisocial —se burló.

—¿Por qué dices eso? —estalló enfadada—. No lo eres. Ni putón ni antisocial.

Marilia parpadeó ante la repentina furia de la adolescente. Por lo visto, la cabreaba no poder salirse con la suya. Bien. Le gustaba la gente con carácter.

—Sí lo soy. Y me encanta serlo —afirmó maliciosa—. ¿Vivís muy lejos? Estaría bien meternos en la autopista para oír rugir a esa preciosidad que tienes por coche. —Echó a andar hacia el parking.

—Pues sí vivimos lejos —saltó Kayla irritada por su rechazo—. Y sí vamos a ir por autopista. Y tú no vas a montar en el asiento del copiloto, sino que vas a ir detrás. Por putón y antisocial —sentenció.

—¡Kayla, pide disculpas ahora mismo! —la regañó Nath.

—¡No! ¡No he dicho nada que no haya dicho ella! —lo increpó la adolescente.

—En eso tiene razón. No puedes regañarla por decir la verdad, no sería correcto —intervino Marilia con evidente diversión.

—¡Pues claro que no lo sería! —Kayla fulminó con la mirada a su padre—. Si tienes que regañar a alguien es a Marilia. Es ella quien se ha insultado, no yo —lo desafió furiosa.

—¡Así se habla, con dos ovarios y sin dejar que ningún tiparraco te pisotee! —exclamó Marilia alzando la mano.

Kayla se la chocó al instante, aunque no por eso dejó de estar enfadada con ella.

—Os recuerdo que este tiparraco es su padre —les reclamó Nath atónito. ¿Ahora iban contra él? ¡Ver para creer!

—¿Y? Nosotras no tenemos la culpa de eso. —Marilia chasqueó la lengua—. Es algo que sucede en las mejores familias, un daño colateral inevitable en todo proceso de traer niños al mundo. Aunque los científicos están avanzando tanto en ingeniería genética que de aquí a nada los padres serán prescindibles —apuntó encogiéndose de hombros.

Nath parpadeó.

Kayla la miró como si no entendiera nada, como así era.

Nath buscó denodadamente una respuesta adecuada.

Kayla se le adelantó.

—Pues vale. Pero te jorobas y vas detrás en el coche —dijo taxativa yendo al tema que realmente le interesaba.

—Eres genial, joder —afirmó Marilia sonriendo encantada.

—Tú también eres genial —repuso Kayla—. Y lo serías aún más si me hicieras caso.

—Lo pensaré —aceptó Marilia alzando la mano.

Kayla se la volvió a chocar.

—¿Qué pensarás? —reclamó Nath, quien, de verdad de la buena, no entendía nada.

—Ser tu novia, ¿qué, si no? —replicó Marilia—. Ser copiloto de un Lamborghini bien merece la pena el sacrificio. —Le guiñó el ojo.

* * *

Cuando, media hora después —Nath pisó el acelerador, aunque sin saltarse los límites de velocidad, por supuesto—, entran en La Moraleja y a Marilia le hacen los ojos chiribitas al ver su casa.

—No me jodas que vivís aquí —musitó pasmada cuando Nath alineó el Huracán con unas altas puertas ubicadas en un muro todavía más alto. Y las puertas debían de ser inteligentes, porque se abrieron en cuanto el coche se acercó a ellas.

—Sí. Mi habitación y la de yaya están en la planta intermedia y la de papá en la superior, aunque la verdad es que toda esa planta es suya. Y nadie puede entrar.

—¿La tiene cerrada con llave? —bromeó Marilia sin apartar la vista de la casa que se alzaba al final de un corto paseo delimitado por frondosos árboles. ¡Era enorme!

Tres plantas de estilo moderno con amplios ventanales y dos espaciosas terrazas, ubicada en una parcela gigantesca con una piscina alucinante.

—Con llave no, con una clave que sólo sabemos él y yo —señaló Kayla.

Marilia la miró sin entender, hasta que cayó en la cuenta de que estaban hablando del ático de la casa, que por lo visto era la fortaleza privada de Nath.

—Pues tendrás que decírmela para que pueda colarme alguna noche —bromeó.

Kayla se lo debió de tomar literalmente, porque la miró con los ojos muy abiertos.

—¡Jamás haría eso! —exclamó ofendida.

—Bien dicho —celebró Nath deteniendo el coche frente al porche—. Entra en casa, esperaré a que cierres la puerta para marcharme.

—¿No vais a entrar conmigo? —protestó decepcionada mirando a Marilia—. Creía que subirías a ver mi cuarto. Me hace mucha ilusión enseñarte mis dibujos. —Le dedicó una mirada cómplice y nada discreta—. Ya te he contado que me gusta diseñar y he hecho algunos proyectos superchulos. Te los podría enseñar en un momentito. Anda, porfa. No tardamos nada... Entras, subes, los ves y te vas. ¿Vale?

—Bueno, yo...

—¡Genial! ¡Voy a decirle a yaya que tenemos una invitada! —Entusiasmada, saltó del coche y entró a la carrera en la casa.

—Pero si no he dicho que sí... —musitó Marilia a nadie en especial.

—Tampoco has dicho que no —señaló Nath divertido.

—No me ha dado tiempo... —rezongó ella.

—Si quieres, arranco y nos vamos —sugirió Nath mirándola a través del retrovisor.

—¡Ni de coña! Puede que sea una mala puta, pero no soy tan cabrona como para dejarla tirada tras ilusionarla —jadeó Marilia ofendida por su sugerencia.

Nath esbozó una cálida sonrisa.

—No esperaba menos de ti. —Apagó el motor.

—Serás cabronazo, me has tendido una trampa...

—No se llega a millonario jugando limpio. —Se apeó del Huracán y le abrió la puerta del coche como el caballero que era—. Y, por cierto, estoy con Kayla. A mí tampoco me gusta oírte decir que eres una puta —dijo muy serio.

—Oh, por favor, no seas melindre, ya te expliqué que es un juego entre Índigo y yo —desestimó bajando del coche.

—Pero yo no soy tu hermana y ya estoy harto de ese juego. No eres ninguna mala puta, ni un putón verbenero ni nada parecido —sentenció taxativo.

—Claro que lo soy —replicó burlona.

—Si lo fueras, tendrías cientos de amantes. Y sólo tienes uno —afirmó categórico dedicándole una mirada tan posesiva que Marilia sintió que se le erizaban los pezones.

—No te hagas ilusiones, Tiquis. Si sólo te tengo a ti es porque llevo pocos meses en Madrid y aún no me ha dado tiempo a hacerme con un harén...

A pesar de saber que ella bromeaba, a Nath le molestó —y mucho— su respuesta. Esbozó una sonrisa que esperaba le hiciera parecer estoico en lugar de exasperado, que era como en realidad se sentía.

—Cómo te gusta fingirte inicua, y qué mal se te da. —Le atrapó la cara entre las manos y la besó con avaricia—. Eres una mujer magnífica, si quisieras un harén sólo tendrías que chasquear los dedos. Pero no lo quieres —aseveró feroz incapaz de contener su lengua.

—Por supuesto que lo quiero, pero no tengo dedos que chasquear, ergo me toca aguantarme con un solo amante. —Le mostró la mano mutilada para enfatizar su afirmación.

—Te he visto en la pastelería, coqueteas con los clientes, los animas y los provocas. Y ellos sucumben a tu encanto —rebatió enfureciéndose, a pesar de saber que estaba siendo obtuso. Pero si ella no tenía más amantes era porque lo había elegido a él. Y quería oírselo decir—. Podrías tenerlos comiendo de esa mano que tanto te avergüenza si quisieras.

—¡No me avergüenza! —estalló humillada empujándolo con rabia.

—Que te incomoda, entonces —se corrigió a la vez que le tomaba dicha mano y se la llevaba a los labios. Le besó el dorso y se la giró para hacer lo mismo con la palma.

Marilia se soltó de un tirón, alejándola de sus labios a la vez que lo miraba sin conseguir disimular su sorpresa. ¿Por qué había hecho eso?

Nath sintió un estallido de cólera al verse privado de su tacto y, sin plantearse lo que iba a hacer, le aferró de nuevo la mano, esta vez con la fuerza suficiente para que no pudiera soltarse, y le besó la palma. Luego dio un tirón que la arrojó contra él. La estrechó entre sus brazos, la profundidad azul de sus ojos fija en ella.

—Puedes tener a quien quieras, y me quieres a mí. A nadie más —sentenció con ferocidad afianzándola contra él—. Reconócelo, sólo a mí.

Marilia se quedó perpleja por su repentina exigencia. Ya podía esperar sentado.

—No fastidies, la monogamia es tan aburrida... Donde esté un harén, que se quite un solo semental, por muy bueno que esté y mucho aguante que tenga —resopló mordaz desistiendo de escapar de sus brazos. Eran demasiado acogedores y excitantes, si es que esa mezcla era posible, para desdeñarlos. Se acomodó contra su pecho y le acarició el cuello con la punta de la nariz antes de darle un suave mordisco.

Nath parpadeó perplejo por su inesperada respuesta. Maldita mujer, tan díscola y descarada, nunca hacía lo que esperaba de ella. Lo volvía del revés, debilitando sus defensas y volviéndolo loco. Loco por ella. Sonrió despacio, toda la ferocidad que habitaba en su interior se evaporó con la misma rapidez con la que había brotado.

Sacudió la cabeza resignado.

—No das tu brazo a torcer... —La ciñó contra él tan estrechamente que Marilia sintió su gruesa erección contra el vientre.

—Nunca —afirmó desafiante.

Le rodeó el cuello y se puso de puntillas para lamerle la boca. Le atrapó el labio inferior y succionó arrancándole un gemido.

Nath deslizó las manos hasta su trasero y la meció contra su impaciente erección.

—¡Papá! ¿Vais a entrar o no? —Kayla se asomó a la puerta seguida de una mujer que no aparentaba más de sesenta años, a pesar de haber cumplido con creces los setenta—. Oh, lo siento... —musitó azorada al descubrirlos en tan íntimo abrazo.

—No lo sientas, cariño, no eres tú quien se está comportando inapropiadamente... —aseveró la mujer mirando con evidente desdén a la pareja.

—Madre —la saludó Nath cortante. Posó la mano en la curva de la espalda de Marilia y la guio a la puerta—. Me gustaría presentarte a Marilia, es una buena amiga.

—De eso no me cabe la menor duda —replicó Marga displicente. La revisó de arriba abajo despectiva y entró en la casa sin decir nada más.

—Yaya... —musitó Kayla avergonzada. Miró a Marilia y a su padre con expresión de disculpa—. Yaya no...

—Tu abuela es un verdadero encanto, en serio, la simpatía personificada —comentó Marilia en voz clara y audible.

Marga se irguió envarada y continuó caminando.

—Sí que lo es —la defendió Kayla con denuedo—. Es una abuela maravillosa, lo que pasa es que tiene mucho genio. Y nosotros llegamos tarde a cenar y se ha enfadado.

—Entonces tiene dos opciones, seguir enfadada o desenfadarse —apuntó Marilia con desparpajo para acto seguido entrar en la casa—. ¿Me vas a enseñar tu palacete hoy o mañana? —inquirió guasona al ver que Kayla la miraba sorprendida.

—Hoy —contestó la adolescente siguiéndola.

Nath fue tras ellas pensando que acababa de meter a una zorra en la guarida de una víbora. Iba a ser divertido ver quién se comía a quién.

Él tenía su propia apuesta ganadora.

23

Cuando se demuestra que a nuestra protagonista es mejor no tocarle las narices.

Nath guio a Marilia por la casa y ésta tuvo que hacer un esfuerzo monumental para que la mandíbula no se le desencajara por la sorpresa. En la planta baja se ubicaba un impresionante salón comedor, una cocina en consonancia, la biblioteca y un cuarto de baño enorme que parecía diminuto en comparación con los de las tres habitaciones de la planta intermedia, en la que además había un saloncito —aunque de «ito» no tenía nada— de lo más coqueto.

—Joder, de mayor quiero ser rica... —afirmó esbozando una sonrisa torcida.

—Pero ¡si ya eres mayor! —señaló Kayla exultante. A Marilia le gustaba su casa y eso era genial. Un punto más a favor de su padre. Lo único malo era el enfado de yaya, pero seguro que se le pasaría pronto. La abuela tenía aún más ganas que ella de que papá se echara novia.

—¿Estás segura de eso? —inquirió Marilia con gesto fingidamente avieso—. Tal vez deberías plantearte esa afirmación...

—Joven no eres —replicó Kayla encogiéndose de hombros.

—Me has roto el corazón... —Marilia se llevó la mano al pecho con teatralidad.

—Pero no eres tan mayor como papá —se apresuró a apuntar la adolescente.

—Cierto. Y es un consuelo. ¿Cuántos años tiene? ¿Cincuenta? ¿Sesenta?

—Cuarenta y dos —señaló Nath arqueando una ceja ante su exageración.

—¡¿Tantos?! ¡Qué horror! —exclamó Marilia.

—Son bastantes, pero muy bien llevados —lo defendió Kayla con una de las frases favoritas de su abuela—. No aparenta más de... cuarenta.

Nath miró a su hija desconcertado. ¿En serio sólo le había quitado dos años?

—Disculpadme, ¿estáis insinuando que soy viejo? —inquirió amenazante.

—Sí —contestaron las dos al unísono.

Se miraron sorprendidas por la coincidencia y acto seguido chocaron las manos y estallaron en carcajadas.

—Me estáis empezando a dar miedo... —comentó Nath con una seriedad desmentida por la risa que bailaba en sus ojos. Estaba a punto de añadir algo más cuando una voz sonó en el bolsillo de sus vaqueros.

«¿Me estás hablando a mí? ¿Me estás hablando a mí? ¿Me estás hablando a mí?»[1]

Marilia lo miró pasmada.

—¿Tienes a Robert de Niro en la bragueta?

—Es el tono que le ha puesto a yaya —la informó Kayla con gesto huraño—. Le he dicho que debería cambiarlo, pero no quiere...

—Es perfecto para tu abuela. —Nath contestó al móvil. Asintió y cortó la llamada.

—Debería darte vergüenza adjudicarle ese tono a tu madre, pobre mujer —le reprochó Marilia maliciosa.

—Tú le has puesto a tu hermana *Idiota* —le recordó Kayla—. Eso es mucho peor.

—Pero ¿tú no estabas de mi parte? —le reclamó Marilia.

1. Frase pronunciada por Robert De Niro en *Taxi Driver*.

—Yo estoy de parte de quien me apetece —replicó ella tan pancha.

—Bien dicho, cariño —la alabó Nath—. Tengo que bajar un momento con la abuela.

—Genial. Así puedo enseñarle a Marilia mis dibujos sin prisa. Vete. —Lo echó sin disimulo a la vez que agarraba a Marilia de la primera mano que encontró, que fue la izquierda, para tirar de ella hacia su dormitorio—. Tengo un montón de diseños, pero sólo te voy a enseñar los más bonitos, los que están peor no. ¿Vale?

—Ah..., claro, vale —murmuró Marilia dejándose llevar. Por lo visto, a Kayla la asqueaba su mano mutilada tanto como a su padre: nada.

Nath sonrió ante la perplejidad de Marilia y la soltura de su hija y, seguro de que iban a estar entretenidas un buen rato, bajó a la cocina, donde encontró a su madre friendo croquetas pertrechada con un delantal.

—¿Va a quedarse a cenar tu fulana? —le reclamó Marga con sequedad sin girarse para mirarlo.

—Contén la lengua, madre, y trata a Marilia como la invitada que es —exigió Nath con mirada fiera.

Una mirada de la que ella no se percató. Si lo hubiera hecho, tal vez habría medido sus siguientes palabras.

—¿Es una invitada? Por cómo te estaba sobando pensé que era tu furcia...

—Ten cuidado, madre, no voy a consentir que me faltes al respeto ni insultes a mis invitados —dijo en tono bajo y peligroso, y esta vez Marga sí percibió la severa advertencia en su voz—. Mi paciencia tiene un límite y estás a punto de rebasarlo.

Se giró para enfrentarlo y dio un paso atrás ante la frialdad de su mirada, aunque no tardó en recuperarse y contemplarlo con el mismo desprecio que él le dedicaba.

—¿Tenías que presentársela a Kayla y traerla a casa? ¿Es que no tienes dignidad?

—¿Y tú me lo preguntas? —replicó él conteniendo a duras penas su furia—. Eres una buena actriz, madre, haz uso de tus dotes interpretativas, finge que no me odias, compórtate como una buena anfitriona y tengamos la fiesta en paz. No tendrás que soportarnos mucho más tiempo, vamos a cenar fuera.

—Yo nunca finjo —afirmó herida.

—Cierto, tu desprecio siempre es más que evidente —convino Nath—. Media hora, madre, y nos iremos. Pégate una sonrisa en la cara y aguanta el tirón o quédate escondida en la cocina; me es indiferente, siempre y cuando no tenga que soportar tus desplantes —exigió dando media vuelta para regresar a la planta intermedia.

—Aunque no lo creas, lo que hago lo hago porque me preocupo por ti. Porque te quiero —afirmó muy seria y aún más preocupada.

Era la primera vez que Nathaniel le presentaba una mujer a Kayla y la llevaba a casa. No quería ni pensar en lo que eso podía significar. Pero, desde luego, no había que ser muy lista para saber que esa pelandusca lo tenía bien pillado.

Nath se giró despacio y la miró enarcando una ceja.

—Discúlpame, pero no, no lo creo. Hay demasiadas evidencias de lo contrario.

—Esa mujer no es buena para ti —afirmó Marga ignorando sus palabras—. Sois de mundos distintos, de clases distintas. No está a tu altura.

—Te equivocas, madre, estamos al mismo nivel. Eres tú quien cree estar por encima y sin embargo no le llegas ni a la suela de los zapatos.

Marga inspiró bruscamente ante el insulto.

—Media hora, madre —le recordó Nath agarrando el pomo de la puerta.

—Con lo refinado que eres, cualquiera diría que huirías de las zorras que no tienen donde caerse muertas como de la peste. Y, no obstante, parecen atraerte —dijo con desdén—. Primero Avril y ahora ésta... ¿También te vas a casar con ella y metérmela en casa o solamente le vas a financiar sus caprichos?

Esta vez fue Nath quien tomó una gran bocanada de aire para armarse de paciencia antes de girarse.

—Te recuerdo que Avril no fue mi elección, sino la de Jon. Él la dejó embarazada y yo asumí sus responsabilidades.

—No era necesario que te casaras con ella...

—Sólo que le arrebatara a su hija, lo sé, me lo dejaste claro hace años.

—Y ahora vas a cometer el mismo error que cometió tu hermano...

—Kayla no fue ningún error. Casarme con Avril tampoco —replicó él, el azul de sus ojos tornándose, más que frío, gélido.

—Presentarle a esa mujerzuela a la hija de tu hermano y traerla aquí sí lo es —arguyó Marga—. ¿Es que tu padre no te enseñó nada? —le planteó tan furiosa que apenas podía medir sus palabras—. Úsala para satisfacerte si quieres, puede que sea buena en la cama a pesar de su deformidad, pero no nos la impongas a Kayla ni a mí. Es sólo una zorra más, y como tal debes tratarla.

—Basta, madre. No te consiento que...

—Sólo le interesas por tu dinero.

—Eso no es del todo cierto —los interrumpió Marilia desde el otro lado de la puerta. Un instante después, ésta se abrió y ella entró en la cocina—. A ver, no pensaba meterme, los asuntos familiares me dan una grima tremenda —dijo con exagerado fastidio yendo hacia la nevera—. Pero no puedo permitir que te engañes con respecto a por qué estoy follándome a tu hijo. El dinero ayuda, por supuesto, a nadie le amarga un dulce. Pero también está ese supercochazo que me hace mojar las bragas cada vez que monto. Y mejor no hablamos de su polla. Es tremenda, de primera categoría. Y sé bien de lo que hablo, he saboreado cientos de vergas y ésta es sobresaliente. —Chasqueó la lengua a la vez que sacaba un par de refrescos de la nevera—. Kayla me ha pedido que bajara a por unas Coca-Colas. Creo que quiere enseñarme algo que no encuentra y por eso me ha mandado a perder el tiempo —explicó—. Por cierto, sé que es de pésima educación escuchar tras las puertas, pero hace tiempo que prescindí de los buenos modales, son un lujo que los putones verbeneros no podemos permitirnos. —Le guiñó un ojo a Nath y se giró hacia Marga—. Además, ¿cómo, si no, me habría enterado de los piropos que me estabas dedicando?

Salió de la cocina.

Y volvió a entrar un segundo después.

—No es por nada, pero se te van a quemar las croquetas, y sería una pena porque tienen una pinta bárbara.

Se fue.

Marga se giró con rapidez hacia la vitrocerámica para sacarlas de la sartén.

Y Nath luchó por mantener el rostro impasible. No lo consiguió. Una perezosa sonrisa curvó sus labios.

—¿Te hace gracia? —le reclamó Marga ofendida.

—No imaginas cuánta, madre. Zorra 1 - Víbora 0 —dijo antes de marcharse.

Subió presuroso al dormitorio de su hija y al entrar se encontró a las dos féminas sentadas en el suelo revisando una cantidad ingente de diseños de todo tipo.

Entrecerró los párpados, ¿de dónde habían salido tantos dibujos? Su hija no le había enseñado ni la mitad. Se acercó a ellas, acuclillándose para quedar a su altura.

—¿No os parecían cómodos los sofás del salón? —inquirió burlón recorriendo apreciativo las piernas desnudas de Marilia, pues al sentarse, la falda, ya de por sí corta, se le había subido aún más.

—La mesita del salón es muy pequeña y no caben todos mis diseños —le explicó Kayla poniendo los ojos en blanco. ¿Es que no era evidente? Los mayores no se daban cuenta de nada.

—Cierto. Tienes muchos. Más de los que me has enseñado nunca —la acusó Nath sentándose en el suelo con ellas.

—Ya.

Y no dijo nada más.

Nath arqueó una ceja, molesto al sentirse en cierto modo relegado.

Marilia esbozó una sonrisita traviesa.

—Eres tan mono cuando haces pucheros... —musitó dándole un rápido beso.

—Papá siempre es mono —afirmó Kayla—. Éste es para la caja roja de Nestlé. Éste es el de La Casa de Carlota y éste el que hice yo. —Le enseñó una foto de dicha caja y un boceto dibujado por ella.

—Son muy chulos, y el tuyo encaja perfectamente con el concepto —comentó Marilia observando ambos.

—Me encantaría trabajar con ellos —musitó mirando de refilón a su padre.

—Puedes conseguir todo lo que te propongas —aseveró Nath sin dudar.

—Ya... Bueno, da igual. Tampoco importa. Antes tengo que estudiar diseño —dijo desanimada para luego levantarse del suelo.

Recogió todos los bocetos y fue a su dormitorio, que también era, por así decirlo, su despacho. Comenzó a ordenarlos en distintas carpetas que Nath nunca había visto.

—¿Por qué tengo la impresión de que me oculta algo? —le musitó a Marilia.

—Porque te lo oculta —replicó ella en su mismo tono antes de ponerse en pie—. Kayla, mientras ordenas tus diseños, voy a probar esos magníficos sillones del salón.

Nath se apresuró a seguirla preocupado. Era imposible que su hija le ocultara algo. Y más aún que lo que de ninguna manera le ocultaba se lo dijera a Marilia, a la que conocía desde hacía unas horas. ¡Era demencial!

Marilia se quitó las bailarinas de dos patadas y se recostó cual diosa romana en el sofá, desde donde lo observó divertida. Nath era un tipo hermético e inalterable, pero en lo tocante a su hija era un libro abierto. Y ese libro abierto mostraba cierto enfado mezclado con una buena dosis de incredulidad y una alta cuota de frustración. Estaba claro que no lo había hecho feliz descubrir que su hija tenía secretos con él.

Apartó las piernas cuando él ignoró los demás sofás y se sentó en el que ocupaba. Por supuesto, le colocó los pies descalzos sobre el regazo. Al fin y al cabo, era él quien había invadido su sofá.

—Pobrecito..., pareces un perrito apaleado —lo compadeció burlona acariciándole la tripa con la punta del pie.

—¿Qué me oculta? —exigió saber con mirada fiera y voz aún más fiera.

—¿Por qué te lo tendría que decir? Me lo ha contado en confidencia. De amiga a amiga. Y, aunque no lo parezca, no soy de las que traicionan a sus amigos —chasqueó la lengua antes de añadir—: al menos, no sin obtener recompensa...

—No me gustan estos juegos. —Le sujetó el pie, inmovilizándoselo contra su regazo, sus ojos duros como el granito.

—No estoy jugando —replicó desasiéndose de un tirón. Se sentó al estilo indio y lo miró desafiante—. Si quieres saberlo tienes que darme algo a cambio. Si no lo haces, lo siento mucho, pero mis labios están sellados. —Simuló cerrarse la boca con una cremallera.

La cara de Nath se endureció aún más, su mandíbula tan apretada que le palpitaba.

—Marilia...

—Nath... —respondió ella imitando su voz y su tono.

—No me hace gracia.

—A mí sí —repuso burlona—. ¿Crees que tardará mucho en acabar? —Miró hacia la habitación—. No es que sea un chivatazo largo de exponer, pero sí me gustaría desarrollarlo, y entre que te decides y no te decides, el tiempo corre...

Nath la observó, su carácter inflamándose exponencialmente a cada segundo que pasaba. Jamás habría imaginado esa traición por su parte. Por lo visto, la había juzgado mal. Peor que mal. Y ahora iba a pagarlo. Aunque... sería la primera vez que se equivocara tanto juzgando a alguien. Entrecerró los ojos. Algo no le cuadraba en esa ecuación. Conocía a Marilia, no era tan inmoral y malvada como le gustaba aparentar. De hecho, no era ni una cosa ni la otra. Y punto.

—¿Qué quieres? —planteó dominando su furia. No se llegaba a dirigir un negocio como el suyo perdiendo los estribos.

Ella sonrió maliciosa y se inclinó hacia él.

—Una promesa.

—¿Qué promesa?

—Una a ciegas.

—No.

—Qué pena... —Se removió hasta quedar sentada frente a la mesa y subió los pies.

Y, tal vez porque la conocía mejor de lo que pensaba, Nath intuyó que su falta de confianza le había molestado. O, más que molestado, desilusionado. ¿En serio pretendía que confiara a ciegas en ella? Aunque, ¿cuándo lo había defraudado? Puede que fuese descarada, altanera y rebelde, pero no era mentirosa ni nociva. Era leal, sincera y valiente. Y, aunque fuera una locura, se fiaba de ella.

Dio un salto de fe.

—Tienes mi promesa. Una sólo. Y con una hora de caducidad, a partir de ese momento no prometeré nada —dijo. Una cosa era confiar y otra ser ingenuo.

—Es la primera vez que me hacen una promesa con condiciones... Aunque, ¿qué otra cosa podría esperar de ti? —se burló. Retomó su postura estilo indio quedando encarada a él—. Tu hija está fascinada por el trabajo que hacen en La Casa de Carlota...

—Que yo sepa, no conoce a ninguna Carlota —replicó Nath repasando en su cabeza los nombres de los amigos y compañeros de clase de Kayla.

—Es un estudio de diseño muy innovador. Tal vez reconozcas alguna de sus campañas: la caja roja de Nestlé de Navidad, la web Teloprometo.org para el cambio climático, el logo de BID Lab...

—¿El Banco Interamericano de Desarrollo? —la interrumpió reconociendo una de las entidades financieras más importantes del planeta.

—Sí. Pues lo diseñaron en La Casa de Carlota.

—Vaya. ¿Y te ha contado todo eso en los quince minutos que habéis estado solas en su cuarto? —inquirió suspicaz—. Sí que habéis hablado rápido.

—No seas obtuso, por favor, no te pega —resopló—. Me lo ha contado cuando hemos visitado el servicio de la cafetería y me lo ha ampliado mientras me enseñaba sus diseños.

—¿Me habéis abandonado media hora en la cafetería porque estabais charlando?

—Vamos, no seas quejica, ni que te hubieras sentido solo y desamparado —se burló ella—. ¡Estabas tan feliz jugando con el móvil!

—Estaba poniéndome al día con el correo. ¡No jugaba, trabajaba!

—Cielo, para ti trabajar es sinónimo de jugar... —Chasqueó la lengua burlona.

Y Nath sintió unas ganas terribles de silenciarla. Con su boca. Con su lengua.

—Volviendo a lo que nos ocupa... ¿Qué tiene que ver ese estudio de diseño con lo que me oculta mi hija? —exigió saber ignorando el potente deseo que ella le despertaba. ¿Qué tenía Marilia que, incluso cabreándolo, lo excitaba con tanta intensidad?

Y, por primera vez en toda la conversación, ella lo miró muy seria.

—Quiere formar parte de él.

—¿Qué? —La miró pasmado.

—La Casa de Carlota promueve la diversidad creativa. Cuentan con un equipo integrado por creativos autistas y con síndrome de Down... Y todos crean. No es como en otras empresas, en las que a los discapacitados se los emplea en tareas mecánicas y repetitivas. Aquí todos cuentan. Sus campañas surgen de aunar el pensamiento menos racional y alejado de lo tradicional de personalidades muy diversas. Y Kayla los adora. Son sus héroes. Quiere trabajar con ellos —reiteró.

—Perfecto. Va a estudiar diseño, cuando acabe el grado la apoyaré para que consiga trabajar con ellos. No veo el problema —dijo confuso. ¿Tanto secreto para esa tontería?

—El problema es que La Casa de Carlota tiene tres sedes. Una en Barcelona, otra en Medellín y la última en Sevilla. Y Kayla no quiere irse dejándote solo. Se preocupa por ti. Cree que no serás feliz y que te encontrarás mal sin ella. Además, dice que eres demasiado protector y que nunca accederás a dejarla marchar...

Por la repentina palidez de Nath, supo que su hija no erraba en sus suposiciones.

—No puede irse a Colombia —acertó a decir él—. Ni a Sevilla ni a Barcelona. ¡No están aquí al lado! —estalló levantándose para ir a hablar con Kayla.

—¡Quiero mi promesa! ¡Ahora! —exigió Marilia saltando frente a él para impedirle el paso—. No le dirás una sola palabra de todo esto y lo meditarás durante un par de meses antes de decidir lo que vas a dejarle o no hacer.

—Es mi hija, no voy a...

—Kayla es tu hija, sí, y también una persona con sus propios sueños e inquietudes. Y tiene derecho a imaginar el futuro que desea sin que su padre la haga sentirse culpable por ello.

—Papá, ¿estás bien? ¿Ocurre algo? —inquirió Kayla saliendo del dormitorio al oírlos discutir. Lo abrazó. No había nada que no se curara con un abrazo.

—Cumple tu promesa, Nath —le ordenó Marilia con voz fiera.

—No ocurre nada, cariño, sólo que Marilia siente cierta inclinación a sacarme de mis casillas.

—No me gusta que discutáis —musitó abrazándolo más fuerte.

—No discutimos, sólo quiero matarla —gruñó Nath.

—¿Como a tío Kaos? —preguntó Kayla interesada.

—Más o menos.

—Entonces no hay de qué preocuparse —aseveró apartándose de él para abrazar a Marilia—. ¿Te apetece probar una croqueta?

—Bueno...

—Voy a decirle a yaya que prepare unas pocas para que las pruebes —exclamó a la vez que echaba a correr hacia la escalera.

—Tu hija es una lianta de campeonato —farfulló Marilia.

—Le dijo la sartén al cazo —mascculló Nath enfadado—. Me has tendido una trampa...

—¿Yo? Qué va. Si soy una santa.

—Sabías perfectamente cuál iba a ser mi reacción y por eso me has exigido una promesa a ciegas —la acusó.

—Pero eso no es tender una trampa, es ser precavida y tener estudiadas todas las posibles contingencias. —Parpadeó con inocente coquetería—. Lo he aprendido de ti.

—Eres una descarada —murmuró Nath tomándole con delicadeza el mentón. Se lo alzó y deslizó sus labios sobre los de ella en un beso tan suave como alas de mariposa.

—Y bien que te gusta que lo sea —replicó ella rodeándole la nuca con los brazos a la vez que se ponía de puntillas. Lo atrajo hacia sí y lo besó con ganas.

Nath, por supuesto, aceptó y devolvió el beso con el mismo entusiasmo. Hasta que se dio cuenta de que ese ósculo oscuro y salvaje lo estaba despojando de la voluntad, lo que significaba que *a*) no tardaría en tomarla en brazos y subirla a su dormitorio, donde *b*) la follaría hasta saciarse con el consiguiente *c*) disgusto de su hija por no haber bajado a probar las croquetas y *d*) la más que segura indignación de su madre por utilizar la casa de lupanar, que era como ella lo vería. Aunque también podía *a*) seguir besando a Marilia sin moverse de donde estaban con el consiguiente peligro de que *b*) Kayla los pillara *in fraganti*, lo que haría que *c*) se hiciera aún más ilusiones sobre su relación y que *d*) se lo contara entusiasmada a su abuela, por lo que *e*) ésta se cabrearía. Fuera como fuese, su madre acababa cabreada. Sonrió contra los labios de Marilia y un segundo después dejó de besarla porque *a*) no tenía ganas de oír las quejas de su madre, *b*) no quería que Kayla se hiciera ilusiones y *c*) acababa de oír rugir el estómago de Marilia.

—¿Tienes hambre?

—Me comería un elefante —admitió ella para luego sonreír con picardía—. Seguido de una buena salchicha... dura y gorda, con queso derretido en la punta. —Se lamió los labios a la vez que plantaba la mano en el paquete de Nath para amasarlo.

—¿Qué voy a hacer contigo? —musitó él pegando su frente a la de ella.

—Invitarme a cenar y luego follarme, ¿qué, si no? —Chasqueó la lengua.

Nath se echó a reír. La tomó de la mano y la guio hacia la escalera.

—Lo que no alcanzo a entender es cómo es posible que Kayla, conociéndote desde hace menos de cinco horas, se haya sincerado contigo —comentó pensativo mientras bajaban—. No es que os haya dado tiempo a ser amigas íntimas.

—Todos necesitamos a alguien con quien hablar de temas que no nos atrevemos a sacar a la luz. Y contárselos a un desconocido es infinitamente más fácil que contárselos a un conocido, porque al ser desconocido te importa una mierda que te juzgue o lo que pueda pensar de ti.

—Eso es psicología barata.

—No, eso son trece años de experiencia tras una barra. No puedes ni imaginar todo lo que he oído en ese tiempo —dijo con evidente nostalgia.

Y Nath supo que echaba mucho de menos su antiguo trabajo.

—¿Qué ocurrió? ¿Por qué dejaste tu taberna?

—No la dejé, me la embargó el banco. No pude seguir haciendo frente a los pagos y me quedé sin ella —explicó encogiéndose de hombros con una indiferencia que, desde luego, no sentía—. Me muero de hambre, ¿está muy lejos el restaurante? —cambió de tema.

Nath se lo permitió. Aunque no le daría mucha más tregua. Quería saber qué le ocurría, por qué su mirada a veces se opacaba y por qué mentía sin parar a su hermana. Y quería saberlo ya.

—Pisaré a fondo el acelerador y llegaremos en menos de media hora —respondió—. Pero me temo que antes vas a tener que probar las croquetas de mi madre. No obstante, no creo que haya ningún peligro, como no le hemos avisado de tu visita dudo que le haya dado tiempo a envenenarlas.

—Por si acaso te permitiré a ti dar el primer mordisco y me comeré lo que dejes. Seguro que esa ordinariez la saca de quicio —señaló maliciosa entrando en el comedor.

Nath la siguió y a punto estuvo de chocar con su espalda, pues Marilia se había quedado petrificada mirando a Kayla, quien había puesto la mesa con el mantel elegante —incluyendo los bajoplatos—, las copas —cuatro en lugar de dos—, la cubertería buena —no era que la de diario fuera mala— y las servilletas de lino en vez de las de papel.

Arqueó una ceja ante lo que eso podía significar.

—Kayla... No vamos a cenar en casa —le comentó con ternura a su hija.

—Ya lo sé. —Puso los ojos en blanco ante la cortedad de su padre—. Pero Marilia tiene que probar las croquetas de yaya, y para eso hacen falta platos para ponerlas, cubiertos para comerlas y servilletas para limpiarse.

—¿Y las copas?

—¡Por si os entra sed después de comer la croqueta! —exclamó exasperada.

—Kayla, cariño, no tenías que haberte molestado en vestir la mesa tan elegante. Tu padre y su amiguita —dijo Marga con un deje desdeñoso que dejaba claro que utilizaba dicha palabra en su acepción más sexual y despectiva— no van a quedarse a cenar.

—Aun así, Marilia es una invitada y a los invitados hay que agasajarlos —replicó Kayla mirando molesta a su abuela. Si fuera un poco más simpática, tal vez Marilia se quedara, pero estaba siendo tan antipática que eso sería imposible.

—Hay invitados e invitados. Y estoy segura de que Marilia no es de la clase que agradece servilletas de lino y manteles de damasco, hay que tener cierta categoría para reconocer la excelencia.

—Madre...

—Y tanto. Yo soy más de servilletas de papel y manteles de hule, así hay que poner menos lavadoras —la cortó Marilia apartando una silla para sentarse—. Aunque, si me dan a elegir, prefiero sábanas de seda y ropa interior de encaje a servilletas de lino y manteles de damasco, más que nada porque las primeras sólo valen para limpiarse la boca, ergo su fin último es estar sucias, mientras que las segundas proporcionan placer. Porque no me vas a negar que retozar sobre sábanas de seda o sentir que tu amante te arranca las braguitas de encaje no es excitante... Además de gozoso —afirmó lamiéndose los labios.

—¿Papá te arranca las bragas? —inquirió Kayla con los ojos muy abiertos.

—¡Por el amor de Dios! —exclamó Marga—. ¿Cómo te atreves a hablar así en mi mesa? —jadeó tan indignada que le costaba hablar.

—No creo que éste sea un tema adecuado para tratar en público —le recriminó Nath a Marilia enarcando una ceja.

Ella lo ignoró, la mirada fija en Kayla.

—A veces... —contestó con picardía la pregunta de la adolescente.

—Marilia... Basta —gruñó Nath. Su mirada dejaba claro que no aprobaba ese juego.

—Sí, ya, hay temas de los que no se habla en la mesa, pero como soy de bajo linaje no sé cuáles son —replicó. Tomó una croqueta y se la acercó a Nath hasta tocarle los labios—. ¿La pruebas? Al fin y al cabo, la ha hecho tu madre, si está envenenada lo justo es que la palmes tú antes que yo.

—No están envenenadas —aseveró Kayla mirando confusa a Marilia.

—¡Será posible! —soltó Marga ofendida.

—Espero que no. Disfruto mucho con las artes amatorias de tu hijo. No me gustaría que enfermara y perdiera su vigor —apuntó Marilia con sorna.

Nath consiguió contener una sonrisa, Marilia era una fuerza de la naturaleza imposible de contener. Zorra 2 - Víbora 0. Abrió la boca y mordió la croqueta.

—Eres una descarada —la acusó Marga mirando a su hijo—. ¿Te parece bien lo que está haciendo? Debería darte vergüenza traer a esta... mujer a mi casa.

—No es tu casa —repuso Nath.

—Es una... —Marga se contuvo. Ella no decía palabras soeces.

—Creo que la palabra que buscas es putón verbenero —la ayudó Marilia.

—¿Vas a permitirle que se comporte así en mi... en esta casa? —se corrigió—. ¿Que me hable con esa falta de respeto? —increpó Marga a su hijo.

Kayla observó a los adultos con los ojos brillantes de desesperación. ¡Lo estaban estropeando todo! ¿No podían portarse bien?

—Si siembras vientos, recogerás tempestades, madre —señaló Nath antes de mirar a Marilia con una severidad que no ocultaba su enfado—. Creía que habíamos acordado que no ibas a utilizar más esa expresión referida a ti...

—Pues no. En realidad... —Marilia se calló al ver la cara congestionada de Kayla y sus ojos brillantes por las lágrimas no derramadas. Joder. Su guerra sin cuartel estaba teniendo daños colaterales que desde luego no pensaba ignorar.

Esbozó una alegre sonrisa que sorprendió a Nath y a Marga por el cariño que destilaba y acto seguido puso su mano sobre la de Kayla.

—Esta mesa está tan bien puesta, es tan elegante y bonita que me siento como si fuera una reina a punto de cenar. Es más, estoy segura de que a Leti no le ponen una mesa tan maravillosa —la alabó con cariñosa desenvoltura dejando patidifusa a Marga a la vez que despertaba la suspicacia de Nath. Algo tramaba.

—Gracias —musitó Kayla con voz emocionada pasándose el dorso de la mano por los ojos.

Y en ese momento Nath y Marga fueron conscientes de lo que pasaba.

—Kayla... ¿Estás bien, cielo? —inquirió Nath preocupado. Marga se apresuró a pasar su delgado brazo sobre los hombros de su nieta a la vez que miraba con odio a Marilia.

—Por supuesto que está bien. Estos hombres hacen unas preguntas tontísimas —señaló Marilia—. Dame una croqueta, anda, Kayla, el tragón de tu padre se ha comido entera la que le he dado. Desde luego, eso de compartir no va con él.

—Eso es porque yaya las hace muy ricas —musitó Kayla sorbiendo por la nariz—. Y no están envenenadas —reiteró, sólo por si acaso no le había quedado claro.

—Eso espero, porque voy a comerme ésta. —Tomó la que le tendía—. Al fin y al cabo, tu padre se ha comido la mía y sigue vivo... —Lanzó una cómplice mirada a Nath.

Él se llevó la mano al pecho y fingió derrumbarse sobre la mesa.

Kayla sonrió con timidez.

—Me muero... Me ha envenenado...

Kayla no pudo contener una risita.

—Por el amor de Dios, Nathaniel, ¿no tienes dignidad? —le espetó Marga ofendida al saberse la mala del cuento.

—La dignidad está sobrevalorada —señaló Marilia antes de morder la croqueta—. Deliciosa —alabó a Marga, quien la miraba entre escandalizada y perpleja.

—Me alegro de que te gusten —dijo con rigidez—. Deberíais marcharos, se os hace tarde y los restaurantes de cierta relevancia cierran a horas prudenciales. Aunque imagino que no has visitado ningún restaurante de autor para que puedas saberlo. —Miró altanera a Marilia, dejándole bien claro que guardaría las formas, pero que eso no significaba que hubiera ganado la batalla. Ni que la guerra hubiera acabado.

Marilia entrecerró los párpados mientras un torrente de rugiente rabia estallaba en su interior. La estaba echando de la casa de su hijo. Más aún, estaba echando a su hijo de su propia casa. Ah, no. Eso sí que no. Demasiadas veces la habían echado de las casas cuando era niña. Y cuando era mayor. De hecho, no hacía ni dos años de la última vez que las abuelas de Índigo la echaron de su casa. Y no iba a permitirlo nunca más.

Esbozó una sonrisa sesgada.

—Tienes razón. Se ha hecho tardísimo. Seguro que nos encontramos Freixa cerrado. —No tenía ni idea de qué era Freixa, pero Nath lo había mencionado y con lo refinado que era seguro que no sería un restaurante normalito—. ¡Mecachis! ¡Qué rabia! ¡Con el hambre que tengo! —exclamó con tono agudo—. Menos mal que has hecho croquetas para un regimiento y que, además de estar riquísimas, no están envenenadas. Nos salvas la vida, Marga. O, mejor dicho, el estómago. —Agarró la elegante servilleta, la extendió con una sacudida y se la acopló en el escote a modo de babero. Acto seguido acercó la silla a la mesa, tomó un plato y se sirvió, con la mano, media docena de croquetas.

Marga la miró patidifusa. ¿Pensaba quedarse a cenar?

Nath la observó intrigado por su repentino y drástico cambio de parecer. Y vio la cólera en sus ojos. Una rabia imposible de ocultar que dotaba de dureza su rostro y convertía su sonrisa en una amenaza de muerte.

—¡Gracias! ¡Eres genial! ¡Cuánto te quiero! —exclamó Kayla encantada dándole un sonoro beso en cada mejilla a Marilia.

—Gracias a ti por invitarme —replicó, sus labios curvados en una sonrisa sincera.

Nath reconoció los síntomas. Kayla había conquistado el corazón de Marilia.

24

Tras la cena, insufrible e ignominiosa para la altiva suegra, alegre y maravillosa para nuestra princesa favorita, interesante y entretenida para el apuesto héroe y divertida y maliciosa para la irreverente heroína, llega la sobremesa.

—Como el pueblo es famoso por los fantasmas de Villa Fortuna, decidí aprovechar la coyuntura y llamé a mi taberna el Refugio de las Ánimas, y para darle más énfasis hice un cartel con una mujer envuelta en un sudario. Además, como mi casa estaba hecha polvo, tampoco tuve que esforzarme mucho por darle una apariencia decrépita.

—¿La taberna estaba en tu casa? —inquirió Kayla en su enésima pregunta.

Marilia sonrió al oírla. En vez de diseñadora debería ser investigadora, el CNI perdería un gran activo si Kayla no entraba a trabajar con ellos.

—En la planta baja más exactamente —explicó arrellanándose en el sofá, pues se habían trasladado al salón tras el postre—. Dejé la herrumbre de las rejas de los balcones y puse jardineras rotas con plantas muertas en las ventanas. Era espeluznante, fantasmal.

—¿Y no les daba miedo a los clientes? —La miró con unos ojos como platos.

—Te voy a contar un secreto. A la gente le va el morbo. Si metes una araña peluda en un bote y se la enseñas a alguien, no dejará de mirarla con repulsiva fascinación. Por eso las personas se paran cuando hay un accidente de tráfico y ven programas sobre asesinos en serie y masacres. Porque el morbo vende. Y yo decoré mi taberna conforme al morbo por los fantasmas. Poca luz, rincones oscuros, telarañas... También es cierto que estaba sin un duro y que esa decoración era la más barata que se me ocurrió. —Chasqueó la lengua.

—¿Y las mesas y las sillas cómo eran? —preguntó Kayla interesada.

Marilia la miró sin entender.

—¿También eran espeluznantes y fantasmales? —amplió la adolescente.

—No, el mobiliario me lo proveyó la distribuidora de bebidas. Las sillas y las mesas eran de Mahou, las tazas y los platos de una empresa de café, los vasos eran de las marcas de licores y de vinos, y las neveras y las vitrinas se las saqué, no con poco esfuerzo, a Coca-Cola. Es lo que tiene conseguir las cosas gratis, que no puedes elegir el diseño. —Sonrió al recordar la mezcolanza de estilos de su taberna.

—¿Te las regalaron?

—Más o menos. Casi todo me lo suministró un panoli al que le hice creer que me gustaba y que lo... aceptaría como novio —dijo con una mirada tan pícara que a Marga y a Nath les quedó claro, diáfano, que no era eso lo que le había hecho pensar.

—¿No te gustaba? —inquirió Kayla.

—¡Tenía tres papadas y me doblaba la edad! Además, estaba casado —desestimó con un resoplido ignorando la ceja disparada de Nath, que se sentaba a su lado en el sofá—. No me gustaba, pero eso él no lo sabía. Puedo ser muy convincente cuando me lo propongo —señaló ufana ignorando la mirada escandalizada de Marga—. Lo enredé para que me cediera el mobiliario promocional que daban las empresas a su distribuidora y que a él no le costaba nada. También le saqué dos barriles de cerveza para la inauguración.

—Pero eso no está bien —aseveró Kayla enarcando una ceja igual que su padre.

—¿Por qué no? Yo lo necesitaba y a él no le costaba dinero.

—Pero lo engañaste...

—Él se dejó engañar.

—Le mentiste.

—No. Jamás le dije que me gustaba. Sólo me puse ropa favorecedora, sonreí mucho y parpadeé como si fuera tonta. Y él pensó que lo era.

—Pero no lo sacaste de su error.

—¡Por supuesto que lo hice! —Chasqueó la lengua maliciosa—. Cuando conseguí todo lo que podía proporcionarme le di calabazas.

—Pero eso está mal... Lo utilizaste —apuntó Kayla dolida.

—Por supuesto que está mal, cariño —aseveró Marga—. Sólo quienes no tienen integridad, dignidad ni orgullo actúan con tanta zafiedad, codicia y corrupción.

Marilia fijó una gélida mirada en la mujer a la vez que sus labios se curvaban en una sonrisa lenta, despectiva.

—Cuando eres pobre como las ratas, la dignidad, la integridad y el orgullo no se cuentan entre tus opciones. ¿Quieres saber lo que está mal, Kayla? —Acarició con el dorso de la mano la suave mejilla de la adolescente—. No saber si te van a cortar la luz y el agua ese mes, o si vas a seguir teniendo tu casa al día siguiente. Eso es lo que está mal. Engañar a un idiota baboso que tiene el cerebro en el pito es supervivencia —reveló sin poder contenerse. Puñeteras hormonas alteradas, que le provocaban incontinencia verbal—. Además, no todo lo que conseguí gratis lo gané con argucias. También hubo un par de cosas que obtuve legalmente —continuó con desparpajo, restándole importancia a la intensidad de lo que acababa de relatar—. ¿Te he contado que en la taberna tenía una mesa de billar que era la leche? —Una mesa de billar que le habían quitado con la casa, pero que algún día recuperaría. Costara lo que costase. Igual que su taberna.

—No.

—Era algo digno de verse. —Cerró los ojos y sonrió, como si la viera en el interior de sus párpados—. Era de nogal negro, con el paño verde tan liso que las bolas se deslizaban por él como si estuvieran engrasadas. Era un puto lujo. Índigo se la ganó a un ricachón que se alojó en Villa Fortuna. —Abrió los ojos y su mirada era puro regocijo—. El muy idiota se burló de los fantasmas y se vanaglorió de ser mejor jugador de billar que Silvestre Mendoza, que era el difunto tío de Índigo y había sido campeón de Asturias. Tanto parloteó que acabó cabreando a mi hermana y ésta lo retó a una partida de billar. El idiota aceptó. Y perdió.

—Y te dio una mesa de billar —exclamó Kayla entusiasmada.

—¡Qué va! El muy capullo dijo que Indi había hecho trampas y que no iba a pagar, y eso cabreó a Silvestre, que se le apareció dándole un susto de muerte y le advirtió que, si no pagaba, lo perseguiría hasta el fin de sus días —contó con voz lúgubre.

—¡¿Hay fantasmas de verdad en esa casa?!

—¡Pues claro! Por eso se le llama el palacio de las Viudas, porque todos los maridos murieron jóvenes y se quedaron a vivir allí como fantasmas —señaló risueña.

—Los fantasmas no existen, Kayla —intervino Marga con tono inflexible—. No debes creer todo lo que te digan, hay personas que son cuentistas profesionales y se dedican a engatusar a los incautos con sus mentiras. —Desvió la mirada a Nath, dejando bien claro a qué incauto se refería.

—Pero ¡Marilia no miente! —Kayla miró molesta a su abuela, harta de que fuera tan antipática con Marilia—. Ella ha visto a los fantasmas. ¡¿A que sí?! —dijo con toda la confianza del mundo en su mirada.

—No. —Marilia desvió la vista hacia la ventana, esquivando los ojos de la niña. Y de todos en realidad—. Yo no vivía en el palacio de las Viudas.

—Pero cuando ibas a ver a tu hermana...

—No iba a verla —la cortó con voz gélida—. Así que al final el tipo le compró una mesa e Índigo me la regaló —continuó, pero ni su sonrisa era sincera ni su mirada serena—. Y luego en otra ocasión otro idiota apostó a que le ganaba a los dardos...

—¡Y fue Indi quien ganó y te regaló a ti la diana!

—¡Exacto!

—Jo, tiene que ser genial tener una hermana como Índigo. Parece estupenda.

—Tiene sus momentos. Sobre todo cuando nos reíamos de los idiotas a los que desafiaba al billar en la taberna. Nunca perdía, y con el dinero que ganaba en las partidas invitaba a la gente que estaba en la taberna... A veces se montaba tal jolgorio que Rasputín tenía que ayudarme en la barra y Tutti Frutti me recogía las mesas —dijo nostálgica. Se quitó las bailarinas, subió los pies al sofá y se abrazó las rodillas apoyando la barbilla sobre éstas, la mirada fija en los enormes ventanales, como si pudiera ver su taberna y a su hermana a través de la oscuridad y la distancia.

Nath pensó que parecía una niña vulnerable. E insoportablemente solitaria.

—Si tanto echas de menos ponerte detrás de una barra puedes echar una mano en la discoteca, últimamente andamos faltos de personal —bromeó deslizándole los dedos por el cuello en una caricia que la hizo estremecer.

—Tal vez lo haga. —Marilia cerró los ojos relajándose—. Seguro que me llevo de calle a todos tus clientes.

—Eso no lo dudo —admitió él. Continuó con su caricia hasta rodearle la nuca y tiró con suavidad, atrayéndola hacia su pecho.

Marilia, en lugar de resistirse o burlarse de su ternura, se acurrucó con laxitud contra él y frotó la mejilla contra su torso, inhalando su esencia.

Una corriente de complacencia y orgullo lo recorrió al sentir que se abandonaba a sus caricias. Marilia no era dada a bajar la guardia y, sin embargo, acababa de rendirse a él.

—No me extraña que se esté durmiendo, es muy tarde —arguyó Marga en tono desabrido al ver cómo el imbécil de su hijo caía en la trampa de esa fémina. No había necesitado más que fingirse desamparada para que quisiera rescatarla—. Pediré un taxi.

—No es necesario, madre. Yo la llevaré —apuntó Nath molesto al sentir que Marilia se apartaba de él para sentarse de nuevo erguida.

—Por supuesto, no esperaba menos de ti —aceptó Marga con tono displicente—. Asumo que pasarás la noche fuera, acompañándola para que no se sienta sola después de su dramática confesión sobre lo miserable que era su vida antes de conocerte. —Miró a Marilia y todo el desprecio del mundo se reflejó en sus ojos antes de que lo vertiera en Nath—. Tan listo que te crees y tan crédulo que eres. Sigue pensando con el órgano equivocado y acabarás perdiéndolo todo entre sus piernas.

Nath se tensó de tal manera al oírla que su cuerpo pareció convertirse en granito, sus ojos dos rendijas que apenas contenían la cólera que habitaba en su mirada al oírla. Bastante le había permitido ya esa noche. Y, en realidad, toda su vida.

—Yaya... —murmuró Kayla alarmada. No captaba el significado exacto de lo que había dicho su abuela, pero por la reacción de su padre era algo malo. Muy malo.

—Has rebasado el límite, madre, y te advertí que no iba a consentirlo —dijo Nath con peligrosa suavidad, poniéndose en pie—. Te quiero fuera de mi casa antes del fin de semana. Te alojarás en un hotel mientras encuentras una ca...

—Oh, por favor, no seas tan dramático —lo cortó Marilia saltando del sofá. Lo rodeó hasta colocarse tras él y posó las manos sobre sus hombros, masajeándoselos.

—Mantente al margen, Marilia —ordenó Nath con voz gélida sin apartar la mirada de su madre, quien, sentada con la rigidez de una reina, lo miraba altiva y desafiante.

Sólo el observador avezado, y Marilia lo era, se fijaría en el ligero temblor de las manos que reposaban con aristocrática pulcritud en su regazo o en la lividez de su cara bajo el suave maquillaje.

—Pero no puedo. Tu madre está equivocada y he de sacarla de su error —afirmó ufana—. Si vas a pasar la noche conmigo no es porque seas un sensiblero, sino porque soy muy buena en ciertos juegos de mesa. Y de cama. Y de bañera. Incluso de pared... —Deslizó las manos por su torso.

—Basta, Marilia. No consiento que finjas ser una...

—Yo nunca finjo —lo interrumpió burlona poniéndose de puntillas para frotar los labios contra su oído—. Mira a tu hija —susurró a la vez que le clavaba las uñas en el torso.

Nath desvió la vista hacia Kayla. Y se le detuvo el corazón. Lo miraba aterrada con los ojos llenos de lágrimas porque, a pesar de no entender lo que ocurría, era consciente de que era algo grave y horrible que iba a poner su mundo patas arriba.

—Es muy tarde y todos tenemos sueño. Vámonos... —propuso Marilia clavándole de nuevo las uñas para enfatizar su orden disfrazada de petición. Luego lo soltó para acercarse a Kayla—. ¿Volverás a visitarme a la pastelería?

—Vale —musitó sin apartar la mirada de su padre, quien tenía la mandíbula tan apretada que le palpitaba. Luego miró a su abuela. Estaba pálida como un papel.

—No les hagas caso. Tienen el genio pronto. Se enfurecen con rapidez y dicen cosas que no sienten... Pero se les pasará —trató de tranquilizarla Marilia.

—Últimamente no se les pasa nunca —repuso Kayla preocupada sin apartar los ojos de las dos personas a las que más quería en el mundo y que, sin embargo, entre ellos no parecían quererse en absoluto. Más bien al contrario.

—Ningún enfado dura eternamente. —Marilia lanzó una admonitoria mirada a Nath con la que le exigía que se calmara—. ¿Te he contado que odiaba a mi hermana?

Eso llamó tanto la atención de Kayla que la miró con los ojos desorbitados.

—Pues sí. La odiaba como no he odiado a nadie en el mundo —prosiguió Marilia con sinceridad—. Deseaba que desapareciera, que se muriera y no existiera. Y ahora, sin embargo, llevo tiempo sin verla y la echo de menos —resopló burlona.

—¿Por qué la odiabas?

—Porque era todo lo que yo no era.

Kayla la miró sin entender.

—¿Para qué querías que fuera todo lo que tú eras?

Marilia esbozó una sonrisa radiante al oírla, desde luego era clarificador hablar con alguien que pudiera ver las cosas de otra manera. La abrazó con fuerza.

—Prométeme que no cambiarás nunca.

—Vale.

—Nos vemos otro día —se despidió Marilia—. ¿Nos vamos? —instó a Nath.

—No.

—Nath... —lo urgió Marilia con mirada fiera.

—Esta noche dormirás conmigo. En mi cama —afirmó a la vez que miraba beligerante a su madre.

Ésta dio un respingo ante su despótica ordinariez, pero conservó la boca prudentemente cerrada.

Nath mantuvo la mirada en ella, desafiándola a darle un motivo para acabar con la farsa en que habían convertido su relación. Pero ella no se lo dio, por lo que se volvió hacia su hija esforzándose en parecer risueño.

—¿Le has chivado a Marilia la clave para entrar en mis dominios?

—¡Claro que no! —exclamó Kayla ofendida. ¡Ella nunca haría eso!

—Pues deberías hacerlo, o correrá el riesgo de quedarse encerrada si me niego a decírsela...

—¿Y por qué no ibas a decírsela? —le preguntó confundida.

—Porque tal vez no quiero que se marche nunca de nuestra casa. —Le guiñó un ojo arrancándole una sonrisa, que era justo lo que pretendía—. Sube con Marilia y enséñaselo todo. Iré con vosotras dentro de unos minutos...

Kayla miró preocupada a su abuela, a su padre y de nuevo a su abuela.

—Ve, cariño —la animó Marga.

La niña asintió con gesto resignado y se acercó a ella.

—Por favor, yaya, no discutáis más. Dile que lo quieres y dale un beso, y verás cómo se le pasa —dijo mientras la abrazaba. Al terminar se giró hacia su padre y lo abrazó pidiéndole exactamente lo mismo. Luego guio a Marilia hasta la escalera. Se detuvo en el primer peldaño y se volvió hacia los dos adultos que mantenían una enconada distancia.

—Prometedme que no vais a discutir —exigió al darse cuenta de que ninguno de los dos había respondido a su petición.

—Claro, cariño —aceptó Marga con ligereza.

Kayla entornó los párpados disgustada al comprender que su abuela sólo le estaba diciendo lo que quería oír.

Nath, sin embargo, tardó unos segundos en responder con un gesto afirmativo.

Kayla suspiró tranquila, su padre se tomaba muy en serio sus promesas y jamás las rompía. Tomó la mano de Marilia y comenzó a subir la escalera.

Nath esperó hasta verlas desaparecer y se giró hacia su madre.

25

Cuando nuestra heroína descubre, con no poco fastidio, que sus hormonas disparatadas le provocan una incontinencia verbal de lo más molesta.

—Es alucinante —musitó Marilia observando pasmada la habitación que ocupaba gran parte de la planta superior de la casa.

—Y es toda de papá —dijo Kayla junto a la puerta. Ya le había enseñado la planta, era hora de irse para que estuvieran solos cuando su padre subiera—. Buenas noches. —Salió.

Marilia se sintió perdida en mitad de aquel inmenso espacio de muebles minimalistas y enormes ventanales. Parecía tan desangelado. ¿De qué servía tener un dormitorio tan grande como una pista de tenis —o quizá como una de bádminton— vacío? Aunque en realidad no estaba vacío. Había una cama de tres metros por tres metros ubicada sobre una plataforma redonda elevada de la que emergían dos mesillas cuyo diseño parecía inspirado en el *Enterprise* y, enfrentados a la pared de cristal que mostraba una panorámica de la piscina, un sofá de cinco plazas con una mesita a juego.

Y nada más.

Ochenta metros cuadrados de habitación desaprovechados en una cama futurista y un sofá de piel tan blanco que se mancharía con sólo mirarlo.

¡Qué desperdicio!

Aunque también era cierto que no necesitaba más, pues sus dominios, como él los llamaba, contaban con un vestidor, un cuarto de baño —¡con una bañera circular a ras del suelo y una ducha!— y un despacho que nada tenía que envidiar al que poseía en el Torture Eden. Además de con un salón con la televisión más grande que había visto en su vida y un gimnasio con un sinfín de aparatos de —tortura— gimnasia.

La habitación era sosa de cojones, pensó Marilia. Todo allí, las paredes, los muebles y la ropa de cama, era blanco o gris. Sí, eso le daba amplitud, pero no era amplitud lo que necesitaba ese espacio, sino color, vida y un punto de locura.

Era incapaz de comprender cómo era posible que el hombre que había creado la discoteca más extravagante del mundo y que conducía un Lamborghini naranja viviera en ese espacio tan aséptico, monótono y aburrido.

—¿En qué piensas? —le llegó la voz de Nath desde la entrada.

—En que esta habitación no te pega ni con cola...

—¿Ah, no?

—No. Es sosa de cojones. —Le dio la espalda para acercarse a la pared de cristal, lo que le impidió ver su mueca de disgusto—. Y tú no eres soso, sino todo lo contrario —afirmó girándose para mirarlo.

—¿Y a qué te refieres, si puede saberse, con «todo lo contrario»? —planteó Nath interesado. Jamás nadie lo había acusado de ser todo lo contrario a soso de cojones.

—Vibrante. Intenso. Audaz. Sólido. Estoico. Apasionado. Lúcido. Cabal.

—Muchos adjetivos son ésos para una sola persona —apuntó sonriente, sus ojos fijos en ella, recreándose en la nota de color que ponía en su aburrido dormitorio.

El intenso pelirrojo de su melena parecía destellar contra las pálidas paredes, en tanto que sus vivaces ojos verdes iluminaban la estancia. Incluso su vestido verde trébol era un borrón de color en mitad de todo ese espacio en blanco.

—Tú eres más que una sola persona —replicó Marilia—. Empresario visionario. Padre protector. Amante devoto... —agregó con un brillo pícaro en la mirada.

—No creo que devoto pueda usarse para definirme —rebatió Nath.

—Entusiasta, entonces. Fogoso. Impetuoso. En ocasiones violento... —Se acercó a él con caminar felino y mirada ardiente.

—Si no te conociera pensaría que tratas de seducirme con tanto halago...

—¿Lo consigo?

—Siempre —musitó atrapándola e inclinando la cabeza para besarla.

No fue un beso suave, sino intenso, apasionado, audaz... y corto.

—Lamento la actitud de mi madre —musitó pegando su frente a la de ella.

—No te preocupes, estoy acostumbrada a no caer bien a las brujas clasistas que se creen más que nadie por tener mucho dinero y una casa grande —replicó con acritud.

—Por lo visto, has coincidido con unas cuantas —señaló él con sorna.

—Tu madre es la tercera que trata de echarme de su casa. Y la primera que no lo consigue —confesó sorprendiendo a Nath, pero más a ella misma, con su incontinencia verbal.

—Lamento profundamente oír eso. Si tuvieras a bien informarme del nombre de esas brujas, estaría encantado de utilizar mis contactos y mis conocimientos para arruinarlas...

Marilia exhaló una carcajada al oírlo. Una carcajada que se cortó en seco al percatarse de la dureza de su mirada.

—Joder, hablas en serio...

—Por supuesto.

Ella lo miró con los párpados entrecerrados.

—No. Estás de coña, no vas a arruinar a unas viejas idiotas sólo porque sean unas cabronas. No eres tan capullo, pero finges tan bien que casi me lo he tragado.

Él esbozó una perezosa sonrisa llena de socarronería.

—Por supuesto —repitió.

Marilia arqueó una ceja sin tenerlas todas consigo. Ese hombre terco y desquiciante era muy capaz de... Abrió unos ojos como platos al recordar el motivo que lo había entretenido.

—¿Qué le has dicho a tu madre? —exigió saber repentinamente seria—. No puedes...

Él arqueó una ceja cercenando su argumentación. O intentándolo, porque, al contrario de lo que ocurría con todo el mundo, su gesto no surtió el efecto esperado.

—Como sigas haciendo eso, te van a salir arrugas en la frente antes de tiempo —le advirtió irónica antes de endurecer la mirada y clavarle el dedo índice en el pecho—. Mira, nene, me importa una mierda si te llevas bien o mal con tu madre, tampoco es que yo adore a la mía, pero las movidas que yo tenga con Marga, o con cualquiera, me las ventilo solita. No necesito ningún caballero de brillante armadura que venga a meter las narices en mis historias. ¿Te queda claro? —lo desafió adelantando la barbilla.

Se negaba a ser la culpable de que Nath echara de casa a la abuela de Kayla.

—Diáfano —contestó él.

Marilia esperó a que dijera algo más. No lo hizo.

—Vale. Espero que hayas hecho caso a tu hija y te hayas reconciliado con tu madre —comentó beligerante a ver si conseguía enterarse de algo.

—Los asuntos que tenga con mi madre sólo me incumben a mí, no necesito que ninguna guerrera pelirroja venga a meter las narices en ellos.

Ella lo miró enfadada.

—Kayla sufrirá si...

—No le he ordenado que se mude —la cortó Nath ablandándose al percatarse del motivo de su interés—. Pero sí le he dejado claro que no toleraré ciertas actitudes.

Marilia asintió. Con eso era más que suficiente. Con no volver a pisar la casa de esa bruja, que tampoco era que le hiciera mucha ilusión, finiquitaría la guerra.

—No te vas a mantener alejada de mi casa —apuntó Nath, leyendo en su cara como en un libro abierto.

—Sinceramente, prefiero follar en la discoteca, hay que subir menos escaleras y me pilla más cerca de mi casa —replicó Marilia con suficiencia.

—Por supuesto.

—¿Y eso significa que estás de acuerdo o que no lo estás? —masculló enfadada por su nada esclarecedora respuesta.

—Significa que, en efecto, mi dormitorio en el Torture Eden se sitúa en una planta inferior, ergo hay menos escaleras. Y que, sin duda, también está más cerca de tu casa.

—Por supuesto —repuso ella fijando sus ojos verdes en los intensamente azules de él en un duelo de miradas del que ninguno salió ganador. Ni perdedor.

—No voy a permitir que mi madre te destierre de mi casa.

—Soy yo quien no quiere venir —rebatió con altivez.

—No volverá a despreciarte —aseveró él.

—Como si me importara —resopló—. En realidad, sus ataques me resultan divertidos.

—¿Ah, sí?

—Hace falta mucho más que indirectas veladas y miradas arrogantes para molestarme. Y tu madre, permíteme que te lo diga, no es más que una aficionada comparada con la mía.

—Intuyo, pues, que tu madre no es una mujer cariñosa —afirmó interesado.

—Va a ser que no. Ella es más del estilo demente que se dedica a reventar manos con una escopeta cuando su hija se mete donde no la llaman —dijo desafiante alzando la mano mutilada—. Así que, no, tu mamaíta no me hace ninguna pupa.

Se dio media vuelta enfadada consigo misma y fue a las cristaleras. ¿Qué mosca le había picado para soltar eso?

Sintió a Nath tras ella antes de vislumbrar su reflejo en los cristales. Deslizó sus grandes manos por sus brazos, envolviéndola en un íntimo y reparador abrazo a la vez que le tomaba la mano mutilada entre las suyas.

Ella se estremeció al sentir sus dedos recorrerle las cicatrices.

—¿Qué pasó? —le preguntó con voz suave.

—Mi madre amenazó con matar a Índigo y yo me puse en medio. Como no le sentó bien, me pegó un tiro. Es algo que pasa hasta en las mejores familias —señaló con aspereza escapando de su abrazo—. Es la primera vez que veo un sofá blanco sin una funda que lo proteja. —Se quitó las bailarinas de sendas patadas y se dejó caer en los mullidos asientos—. Joder, esto es vida... —Subió los pies al sofá y se abrazó las rodillas, su mirada fija en la piscina iluminada—. Sólo me falta un semental que me traiga un cóctel y me coma el coño... ¿Te prestas voluntario?

—Acabo de cenar y no tengo hambre —respondió él sentándose a su lado.

—Aguafiestas.

—Así que te pegó un tiro —comentó manteniendo la distancia. La compasión y la ternura la habían hecho huir hacía un instante, tal vez la rudeza y la insensibilidad dieran mejor resultado.

—Qué cabrona, ¿no? —se burló ella.

—Mucho —convino él—. ¿Y tu padre? ¿No pudo hacer nada por impedírselo?

Esa pregunta consiguió que ella girara la cabeza y lo mirara sorprendida, como si en su mundo los padres no protegieran a sus hijos.

—¿Mi padre? Ni de coña. Si hubiera estado vivo, habría estado durmiendo la mona o borracho como una cuba en cualquier lugar impensable —desestimó con un resoplido.

—Asumo, pues, que tu padre estaba muerto cuando ocurrió.

—Y menos mal. Es lo único bueno que hizo en su vida. Morirse.

—No le tenías mucho aprecio.

—Lo odiaba.

—Igual que a tu hermana.

—Ella era la niña perfecta. Rubia, modosa, bien educada... Lo tenía todo y yo no tenía nada. Su abuela y sus tíos la adoraban y su madre era la esposa legal en lugar de la otra, como era la mía. Vivía en una enorme mansión en la que nunca faltaba de nada y la gente del pueblo la respetaba. Y yo la odiaba y la envidiaba a partes iguales. Y eso que no la conocía. Su tía y su abuela no querían que se relacionara conmigo porque era la hija de la otra y, por tanto, una mala influencia. Y mi madre tampoco nos dejaba juntarnos porque aseguraba que su familia nos había robado nuestra supuesta herencia y era la culpable de la miseria en la que vivíamos.

Se calló un momento, la barbilla apoyada en las rodillas mientras rememoraba esa época. Luego una perezosa sonrisa comenzó a curvar sus labios.

—Y entonces nuestro padre murió. Una noche se pasó de listo y el tío de Índigo, que era quien tenía el dinero, se hartó de él, lo echó del palacio de las Viudas y lo llevó al pueblo. Lo dejó en la puerta de nuestra casa. Mi madre, que de tonta no tenía un pelo, supo que a mi padre le habían cerrado el grifo y que si lo acogía tendría que mantenerlo, porque, además de borracho y putero, era un vago y un inútil. Así que no lo dejó entrar, de nada le servía un amante arruinado. Y mi padre hizo lo que mejor se le daba.

—Emborracharse.

—Se pilló una cogorza de campeonato y se quedó dormido contra un árbol en mitad de una nevada. Murió de hipotermia esa noche. Y yo me alegré. Estaba mejor muerto.

—¿Cuántos años tenías?

—Once.

—¿Y tu hermana?

—Dos meses más que yo.

Nath la miró sorprendido, sí que tenía la bragueta floja su padre...

—No creas que fue por casualidad —se burló al ver su cara—. Mi madre decidió quedarse preñada cuando se enteró del embarazo de la mujer de mi padre. Tenía no sé qué loco plan para recuperar lo que por derecho le correspondía y necesitaba un vástago de mi padre —resumió sin entrar en detalles—. Además, al tener un hijo suyo creyó que le daría una asignación para mantenerlo. Era un negocio redondo, así que se puso a ello y nueve meses después nací yo. Pero nada salió como había previsto. El dinero no llegaba nunca, mi padre siempre estaba borracho y, para acabar de fastidiarlo todo, el muy idiota murió antes de tiempo frustrando su plan para hacerse con Villa Fortuna —resopló.

—¿Villa Fortuna era tu supuesta herencia? —inquirió Nath atando cabos.

—Toda mi vida ha girado en torno a esa mansión. Es tan grande como esta casa, pero vieja y decrépita. Sus muros parecen a punto de derrumbarse, pero en realidad siguen tan firmes como cuando se construyeron hace dos siglos. En un lateral de la fachada se alza un imponente torreón octogonal coronado con una cúpula tan azul como los ojos de Índigo, como si lo hubieran hecho en su honor. Allí vive mi hermana. —Entrecerró los ojos como si pudiera ver en la distancia el palacete y su torreón—. Se alza en un valle entre montañas, lejos del pueblo, y el bosque casi ha invadido el jardín, pero todavía conserva su encanto —musitó nostálgica—. Mi madre decía que nos pertenecía. Que yo era la verdadera heredera, pues mis venas eran las únicas por las que corría la sangre de los Mendoza. Estaba obsesionada con eso. Con el paso del tiempo, la obsesión se fue convirtiendo en locura y hace un año y medio decidió recuperar lo que le pertenecía.

Nath esperó a que dijera algo más, pero ella guardó silencio. Un silencio tan tenso y vulnerable que deseó más que nada en el mundo abrazarla. Pero supo que, si lo hacía, si le brindaba su compasión, Marilia se la escupiría en la cara.

—Conocí a mi hermana el día que enterraron a mi padre —comentó sorprendiéndolo. No había esperado que retomara la historia, aunque, más que retomarla, había retrocedido—. Los observé escondida mientras lo metían en su nicho. Mi hermana me vio y se escabulló hasta donde yo estaba. Nunca antes había hablado con ella. Luego, esa misma tarde, fui a Villa Fortuna. No era la primera vez que veía la mansión, mi madre me llevaba a menudo para recordarme lo que era mío y me habían robado, pero sí era la primera vez que saltaba el muro que la rodeaba. Me asomé a una ventana y mi hermana me vio. Poco después, hablábamos escondidas en el porche. Resultó que teníamos mucho en común. Las dos estábamos solas y nuestras madres estaban locas. —Sonrió con desdén—. Nos hicimos amigas en contra de los deseos de su familia, de mi madre y de medio pueblo, pues no me veían con buenos ojos, ya sabes, de tal palo, tal astilla, y como mi madre era una puta, yo también lo sería. —Chasqueó la lengua, sus ojos brillando maliciosos.

—Te ocupaste de hacerles creer que tenían razón... —intuyó Nath.

—Era tan fácil sacar de quicio a las brujas del pueblo... —se burló—. Sólo tenía que ponerme minifaldas y blusas escotadas y caminar sacudiendo las caderas para que a sus maridos se les cayera la baba mirándome. Un buen día se me ocurrió que podía aprovechar el poder que tenía y de paso sacar algo de dinero para no tener que depender de los trapicheos de mi madre.

—Y montaste la taberna en el bajo de tu casa.

—Sí. Al principio no tenía muy claro cómo hacerlo, pero Índigo me desafió, y ya sabes lo que sucede entre hermanas cuando una desafía a la otra...

—Es como poner un capote rojo frente a un toro —señaló Nath divertido.

—¡Exacto! Ella estaba en la universidad y me mandó un e-mail diciéndome que no tenía ovarios para montar la taberna. ¿Te lo puedes creer? —Saltó del sofá y recorrió el espacio entre éste y la pared de cristal—. Qué pedazo de cabrona, pero más cabrona era yo, porque, ¿sabes qué?, Índigo es más inteligente que yo, y tal vez más guapa, también tiene más dinero, una mansión de la que nadie la puede echar, una familia que la adora y una carrera universitaria que no le sirve para nada, pero yo soy más lista. —Adelantó la mandíbula con arrogancia.

Y Nath, al oír cómo se infravaloraba, tuvo que luchar contra el impulso de aferrarla por los hombros y obligarla a escucharlo hasta que le quedara bien claro que no era menos que nadie.

—Yo sé tratar a la gente, sobre todo a los hombres —continuó ella—. Sé engatusarlos, convencerlos para que hagan lo que quiero... Ése es mi poder: ser una zorra. Y me encanta serlo. —Chasqueó la lengua a la vez que fingía dispararle al corazón con la mano derecha.

Nath sintió que su carácter se inflamaba aún más al comprender que de ahí venía lo de putón verbenero. Toda su infancia y por lo visto también su adolescencia la habían mirado y tratado como si fuera una zorra, y ella había acabado por asumir ese papel.

—No eres una zorra —aseveró conteniendo apenas su furia.

—Desde luego, he perdido mi toque a raíz de ciertos acontecimientos —dijo mordaz alzando la mano mutilada—. Pero deberías haberme conocido hace unos años... Era la hostia, podía conseguir todo lo que quería con sólo sonreír —afirmó con añoranza antes de retomar su eufórico deambular—. Puede que no haya acabado el instituto, pero soy muy lista y sé improvisar y buscarme la vida. Antes de que terminara el invierno había montado la taberna con la ayuda de mis amigos. Me encantaría que pudieras verla... Las vigas y el suelo de madera, las paredes de piedra, la barra y las estanterías que me hicieron Tocinete y Tenorio, las lámparas de botellas recicladas que hice con Tutti Frutti... Era cutre, pero auténtica. Tenía vida. Y era mía. Luego Índigo consiguió la mesa de billar y la diana, y mi taberna, que, por cierto, era la única del pueblo, se convirtió en el eje de la vida social, a pesar del rechazo de la tía y la abuela de Indi. Dios, tendrías que verlas. Les hervía la sangre cada vez que nos encontrábamos por la calle, se les notaba en la cara. Y yo meneaba más las caderas y me reía más alto sólo por fastidiarlas —explicó—. Trataron de cerrármela, pero no lo consiguieron. Era la dueña y señora de mi reino y mi palabra era ley —señaló desafiante—. Nadie me negaba el saludo, ni me insultaba con la mirada ni me trataba como si fuera escoria. Porque ése era mi reino, y los caballeros que acudían a él me rendían vasallaje.

Hizo una teatral reverencia como si fuera uno de esos caballeros y se derrumbó en el asiento con una carcajada para, acto seguido, montar a horcajadas sobre Nath. Lo besó presionando su boca contra la de él. Y él, a pesar de lo mucho que lo habían enfurecido sus confesiones, se olvidó de todo en cuanto sintió su lengua tentándolo. La dejó entrar y se enzarzaron en una arrolladora batalla mientras ella se mecía sobre su regazo, provocándole una violenta erección.

De repente Marilia saltó al suelo y volvió a caminar nerviosa de un lado a otro.

—Fueron los mejores años de mi vida. —Esbozó una sonrisa radiante que apenas duró un instante en su rostro—. Luego el pueblo empezó a vaciarse. Los pocos jóvenes que quedaban se largaron a las ciudades, los viejos comenzaron a morirse y el dinero empezó, otra vez, a escasear. Así que me busqué la vida y hace tres años me hice alcaldesa...

Nath la miró pasmado. Eso era lo último que habría esperado.

—No me mires así —lo regañó montándose de nuevo en su regazo para agarrarle las pelotas y apretárselas amenazante—. Fui una buena alcaldesa...

—No me atrevería a ponerlo en duda. —Le asió la muñeca para proteger su posesión más preciada.

—Y a pesar de eso acabaron echándome del cargo antes de finalizar mi mandato —confesó con un asomo de cólera que no tardó en ocultar. Cólera por la injusticia cometida, pero sobre todo por su demencial necesidad de contarle cómo se había sentido, lo mucho que le había dolido. ¡Como si a él le interesara! Como si le importaran sus problemas y sus luchas. Su dolor y su desesperación.

Malditas hormonas disparatadas, que la estaban convirtiendo en una idiota, pensó furiosa. No pensaba dejarse vencer por ellas. Estaba allí para una cosa y eso era lo que iba a hacer: callarse y follar de una buena vez.

Movió la mano que mantenía sobre la abultada bragueta de él, amasándole la erección a la vez que le atrapaba el labio inferior entre los suyos y succionaba.

Nath respondió al beso. Se sumergió en él hasta que la sintió relajarse contra su pecho. Y entonces se separó de sus labios y clavó sus profundos ojos azules en ella.

—¿Por qué te echaron? —inquirió dejándole claro que, por mucho que lo besara, no iba a distraerlo de lo que realmente le interesaba. Y era ella. Únicamente ella.

—¿Acaso importa? —replicó Marilia lamiéndole los labios a la vez que le desabrochaba el cinturón—. Estoy harta de hablar...

—Pero yo no estoy harto de escuchar —le impidió continuar.

—Eres un aguafiestas...

—¿Qué pasó? —exigió saber atrapándola en su mirada infinita.

Ella dio un tirón para desasirse y se sentó abrazándose las rodillas.

—Pues pasó que hace un año y medio una productora alquiló el palacio de las Viudas para rodar una película, *Besos prohibidos*, y el pueblo se llenó de extraños. Tampoco muchos, no te creas. No era una gran producción, sino algo bastante reducido. Pero aun así había más gente de lo normal. Y entre esa gente estaba Jota.

Nath arqueó una ceja al oír ese nombre.

—¿El novio de tu hermanastra?

—En aquel momento no lo era. Entró en la taberna y por poco no se me cayeron las bragas al verlo —exclamó divertida—. En serio, no tienes ni idea de lo que significa ver a un tipo joven, guapo y con una abundante melena cuando todos tus clientes rondan los setenta años y tienen cuatro pelos y dos dientes. Me lo quise follar en ese mismo instante. Índigo ni siquiera lo miró, estaba cabreada porque nadie quería jugar al billar. Entonces Jota se ofreció voluntario y ella, como no podía ser de otra manera, ganó. Y una cosa llevó a la otra y acabaron enamorados. Pero hasta las trancas. Para que te hagas una idea, ni siquiera conseguí follármelo cuando mi madre lo drogó y estaba tan ido que no sabía quién era él ni quién era yo, pero aun así sabía que no era su amada y me rechazó —masculló malhumorada—. Hasta ese punto se quieren... Qué estúpidos.

—¿Tu madre lo drogó?

Nath la miró perplejo, esforzándose por ignorar todo lo demás porque, a pesar de que había sucedido hacía tiempo —tan sólo un año y medio antes—, eso no significaba que a ella no le siguiera interesando, aunque sólo fuera por competitividad entre hermanas. Al fin y al cabo, de todos sus retratos, el de ese hombre era el mejor ejecutado, el más detallado. Y eso no le hacía gracia. Pero ni pizca.

—Se le había ocurrido un plan demencial —prosiguió Marilia— para hacerse con nuestra supuesta herencia, y el romance entre Jota e Índigo podía estropearlo, así que intentó ponerle remedio. Y cuando no lo consiguió fue a por mi hermana.

Saltó del sofá para ir hacia la pared de cristal y así zafarse de su mirada.

—Trataste de impedírselo y ella te disparó. —Se colocó tras ella sin tocarla.

—Lo perdí todo. No sólo la mano —susurró estremeciéndose—. Estuve bastante tiempo sin trabajar y, cuando por fin pude retomar mi vida, todo había cambiado. Mi don para manejar a los hombres, lo único en lo que era buena, se había esfumado, a nadie le resulta atractiva una mujer deforme. —Volvió a alzar la mano izquierda—. Ya no tenía poder sobre ellos ni sobre nadie.

Nath le atrapó la mano y se la llevó a los labios para besarle el dorso.

—No creo que fuera tu mano, tu físico o tus argucias lo que atrajera a tus clientes a la taberna, sino tu manera de dirigirla —señaló cabreado por cómo se subestimaba—. Eres buena en lo que haces, te gusta tu trabajo y se nota. Sabes vender tus productos y llevar a los clientes a tu terreno.

—Pero es muy difícil vender nada si nadie entra en tu negocio —comentó girándose para quedar enfrentada a él—. Y en mi taberna no entraba nadie. Nadie excepto mi hermana, mis cuatro amigos y un viejo cuentahistorias.

Tomó una profunda bocanada de aire sintiéndose horriblemente vulnerable. ¡Dios, qué ganas tenía de apoyar la frente en su pecho y echarse a llorar! Seguro que la abrazaría y la compadecería... Apretó los dientes furiosa. No necesitaba la compasión de nadie. Saldría del bache igual que había salido de todos los hoyos en los que había caído en su vida. Y no eran pocos.

—Eres una estupenda comercial, podrías haberte sacado de la manga alguna promoción como haces en la pastelería o haber ideado alguna campaña que atrajera de nuevo a los clientes —apuntó Nath conteniéndose para mantenerse apartado de ella. No le había pasado desapercibida la furia que ardía en sus ojos y sabía que un abrazo no sería bien recibido.

—¡Claro, qué tonta! ¿Cómo no se me ocurriría hacer algo en lugar de quedarme sentada a esperar que vinieran los clientes? —ironizó tan furiosa que la voz le salió entrecortada—. No entiendes nada. No sabes nada. —Le clavó el dedo en el pecho—. ¡Cómo te atreves a pensar que no intenté hacer nada! Yo no soy como tú ni como Índigo, a mí nunca me han dado nada, todo me lo he tenido que ganar —aseveró abriendo y cerrando los puños mientras miraba frenética a su alrededor. Maldita habitación de mierda. No contenía nada que pudiera estrellar contra las paredes—. No tengo unos padres millonarios ni una casa en La Moraleja ni una jodida discoteca de moda. Tengo una madre que, además de ser puta, está loca. Una madre que dejó morir congelado a su amante y disparó a su hija. Ésa es mi herencia. Y es jodidamente difícil en un puto pueblo que no supera los cien habitantes quitarte de encima ese sambenito. Porque de tal palo, tal astilla. Y eso es ley —zanjó con un movimiento cortante de su mano mutilada.

—Marilia...

—¿Crees que no lo intenté? ¿Que no puse en marcha mil ideas para recuperar mi negocio? ¡Por supuesto que lo hice! Y no sirvió de nada. Porque si mi madre estaba tan loca como para matar, ¿por qué no iba a estarlo yo? De tal palo, tal astilla. Los rumores sobre la muerte de mi padre regresaron multiplicados por cien. Ya no se había dormido en el bosque, sino que mi madre lo había golpeado o drogado y dejado allí. Y de igual manera la escopeta con la que me había disparado se convirtió en un rifle, en una pistola, incluso en un fusil de asalto que tengo escondido para liarme a tiros con todo el pueblo y vengar a mi madre, quien, por cierto, está en un puto manicomio —dijo recordando su última visita a Asturias—. Índigo y nuestros amigos me apoyaron acudiendo todos los días a la taberna, y ¿sabes qué ocurrió? Que la gente empezó a darles de lado, asegurando que eran unos idiotas por confiar en mí y que acabaría causándoles problemas...

Se paseó frenética por la estancia, dominada por la ansiedad.

—La situación se hizo insostenible. No tenía para pagar la hipoteca, que, por cierto, no era mía, sino de mi madre, pues la taberna estaba en su casa. Ni para hacer frente a los proveedores ni a los impuestos que venía atrasando desde hacía años. Tampoco podía pagar el agua, ni la luz, ni nada. Joder, ni siquiera tenía para comer. Todo se iba a la mierda y no podía hacer nada para evitarlo. —Lo miró ardiendo de rabia—. Uno de mis proveedores, al no cobrar, se llevó la mesa de billar que me regaló mi hermana. ¡Se la llevó y no pude hacer nada por evitarlo! Era su regalo y me lo arrebataron. Como todo.

Se pasó las manos por el pelo a la vez que tomaba una larga bocanada de aire.

Nath se acercó a ella y Marilia se apartó con hosquedad, poniendo una mano entre ambos, la mirada fiera y los dientes tan apretados que el aire entraba sibilante entre ellos.

—Cuando se enteraron de mi apurada situación, la abuela y la tía de Índigo me ofrecieron dinero. Puesto que había salvado a su querida niña ya no pensaban que fuera una puta. Les dije que se lo metieran por el culo. Prefiero morir de hambre a deberles nada —gruñó—. Me llegó el aviso de embargo de la casa y decidí que era el momento perfecto para empezar una nueva vida. Y eso hice. Vine a Madrid y busqué trabajo. Pero nadie quiere una camarera con una sola mano. Y yo sólo sé servir mesas y follar. Nada más. Desesperada, probé suerte una última vez, y el capullo prepotente al que le pedí trabajo me rechazó. —Se acercó felina a Nath—. Y, sin embargo, aquí estoy, en su mansión de lujo, en su aburrido dormitorio, a punto de follármelo en su puto sofá de piel. Parece que he recuperado mi don a pesar de mi mano...

Lo empujó y Nath se dejó caer en el sofá. Ella se sentó a horcajadas sobre él y le hundió los dedos de su mano derecha en el pelo, aferrando los rígidos mechones domados con gel. Le echó la cabeza hacia atrás y lo besó. Con rabiosa desesperación.

Él reaccionó.

La tumbó en el sofá y se colocó entre sus piernas. La besó, las manos ascendiendo por sus muslos mientras sacudía las caderas frotando su gruesa erección contra ella. Sus dedos tocaron el borde de las braguitas y se enredaron en ellas para arrancárselas.

—Ni se te ocurra —le llegó el gruñido de Marilia a la vez que le tiraba del pelo—. Quita de encima, joder. —Lo empujó a la vez que se removía furiosa bajo él.

Nath se apretó contra ella, clavándola en el sofá, antes de apartarse con un gruñido y sentarse rígido, la espalda contra el respaldo, la cabeza hacia atrás con el cuello tan arqueado que la nuez parecía a punto de traspasar la barrera de la piel con cada agitada respiración.

—Te vas a quedar quietecito y vas a hacer lo que yo te diga... —le ordenó Marilia colocándose de nuevo a horcajadas sobre él.

—No soy un hombre sumiso. —Clavó sus ojos, de un azul más intenso que nunca, en ella.

—Esta noche, sí. O te quedarás sin follar —lo amenazó desabrochándole con urgencia los botones de la camisa—. Esta noche vamos a ver cuánto aguante tienes..., porque no voy a dejar que te corras hasta que me lo supliques.

—Yo nunca suplico.

—¿Me estás desafiando? —susurró contra su oreja antes de atraparle el lóbulo entre los dientes y tirar—. Te explicaré las reglas del juego... Te voy a masturbar hasta volverte loco, pero no voy a dejar que te corras hasta que me lo pidas por favor.

—¿Y por qué crees que te lo voy a permitir?

—Porque sabes que te va a gustar mucho... —Le deslizó la mano por el pecho antes de agarrar ambos extremos de la camisa y bajársela por los hombros de manera que quedó trabada en sus brazos, atrapándolos—. Joder, cómo me gusta tu cuerpo... Es magnífico. —Se inclinó para lamerlo. Jugó con la lengua sobre las tetillas y, cuando se endurecieron, las succionó. Nath sacudió las caderas frotándose contra ella—. Ah, no. No puedes moverte o no jugaré...

—No soy un hombre pasivo...

—Lo serás —afirmó atrapándolo en su mirada de jade.

Le desabrochó el cinturón, le soltó los botones y hundió la mano bajo los vaqueros y el bóxer. Le agarró la polla libidinosa.

Nath jadeó estremeciéndose por el placer, pero aun así negó con la cabeza.

—Ésa no es la mano que me gusta —le advirtió con voz ronca mientras luchaba por contenerse y permitirle hacer su voluntad. Porque era consciente de que eso era lo que ella necesitaba en ese momento. Demostrar su poder, a él y, sobre todo, a sí misma. Saber que seguía siendo capaz de llevar a un hombre a la locura...

Como si no lo hiciera cada segundo que pasaban juntos.

—No estás en posición de exigir.

Le mordisqueó el cuello y bajó por su torso con labios y dientes, parando para chuparle o morderle según se le antojaba, hasta quedar arrodillada en el suelo, entre sus piernas. Aferró los vaqueros y le dio un mordisco en la tripa, instándolo a levantar el trasero. Él obedeció y ella lo liberó de los pantalones y el bóxer, deshaciéndose también de los mocasines que vestían sus pies.

Luego se entretuvo en comerle la polla con lascivia, acunándole las pelotas en la palma de la mano mientras sus labios bajaban ávidos por su tallo, apretando y succionando el capullo al ascender, llevándolo al borde del abismo.

Y entonces se apartó dejándolo a punto de estallar.

Nath apenas pudo contener las furiosas sacudidas de sus caderas ante el súbito abandono.

—No vuelvas a parar... —le ordenó con la voz entrecortada, los puños apretados con rabia y la mirada empañada por el placer.

—¿Es una súplica?

—Yo no suplico —reiteró con un gruñido.

—Entonces tampoco te correrás —lo amenazó ella.

Deslizó la mano por su torso, gozando de la suavidad de su piel, de los músculos que se tensaban ante su contacto y de los espasmos que sus caricias le provocaban. Continuó deleitándose en ese cuerpo trabajado y definido, hundiendo la mano entre sus sólidos muslos para arañarle el interior de éstos antes de regresar a su vientre y ascender lúbrica por los trabajados abdominales. Escaló por su torso para retozar con labios y lengua sobre la dureza de sus pectorales hasta que sintió que la respiración de él se calmaba y los latidos de su corazón recuperaban un ritmo casi normal. Entonces volvió a agarrarle la polla y comenzó a masturbarlo con violencia.

Nath apretó los dientes mientras se obligaba a mantenerse inmóvil con los brazos en los costados y la espalda pegada al respaldo, pero no pudo evitar sacudir las caderas al ritmo que ella imponía, tan excitado que su verga palpitaba. Consiguió abrir los ojos a pesar de que el placer lo obligaba a cerrarlos y la miró.

Estaba intensamente concentrada en él. En su placer. En llevarlo al límite y hacerlo suplicar.

—Ni se te ocurra —jadeó al intuir que iba a volver a parar.

—¿No quieres que pare?

—No.

—¿Es una súplica?

—Una advertencia.

Ella sonrió maliciosa y lo soltó.

Y un segundo después se encontró atrapada contra el sofá, su espalda aplastada contra el mullido asiento y Nath profundamente enterrado en ella. La camisa colgando desgarrada de los brazos de él, mientras que la falda de su vestido se arrugaba sobre sus caderas y sus braguitas rotas le rozaban el interior de los muslos.

Él salió hasta dejar sólo la punta en su interior y luego se hundió con rudeza.

El placer fue tan intenso que a punto estuvo de lanzarla al orgasmo.

Nath comenzó a bombear, presionando contra su sexo en cada embate como si quisiera traspasarla.

Y ella sólo pudo arquearse, atraparlo entre sus piernas y sentir. Y gemir. Deslizó la mano derecha por su pubis para acariciarse el clítoris. Y él intensificó la potencia de su penetración, llevándolos tan cerca del paroxismo del placer que los espasmos recorrían sus vientres contraídos.

Y entonces se detuvo con un fiero gruñido.

—No pares, joder —le exigió ella.

—No me he puesto el preservativo.

—Da igual —musitó sin dejar de acariciarse, perdida en las brumas del placer.

—¿Utilizas algún método anticonceptivo? —inquirió conteniéndose para no seguir bombeando, porque Marilia estaba tan cerca del orgasmo que las paredes de su vagina le constreñían la polla llevándolo al límite.

—Eso no importa. —Le acercó a los labios los dedos impregnados en su placer para que los lamiera y luego se alzó sobre los codos buscando su boca—. No pares —susurró cuando se separó, los espasmos de su vagina ordeñándolo.

—¿Es una súplica? —exigió Nath atrapándola en su mirada.

—Sí.

Se hundió en ella follándola frenético hasta que se tensó bajo él. Aguantó el ritmo sosteniéndola en su orgasmo y, cuando se calmó, se apartó para verterse sobre su vientre.

Pasaron varios minutos hasta que encontraron las fuerzas para moverse, y algunos más hasta que fueron capaces de recorrer el largo espacio hasta el cuarto de baño.

—Hay que joderse, una mansión de cojones, una habitación enorme y no tienes una jodida moto para que nos lleve desde el sofá al cuarto de baño. La próxima vez que te compres una casa, que sea menos grande y tenga el baño más cerca —masculló Marilia sacándose el vestido antes de meterse en la ducha—. O eso, o te quitas de encima esa manía de la limpieza y nos quedamos a dormir en el sofá sucios y oliendo a sexo.

Nath se echó a reír, aunque tomó buena nota de cambiar la distribución y acercar el baño al dormitorio. O instalar otro baño. Tenía espacio de sobra y, según ella, estaba muy desaprovechado. Tal vez pusiera una bañera pegada a la cristalera. Así podrían bañarse observando la luna. Tendría que ser una bañera bien grande para poder follar sin estrecheces. Tendría que comentarlo con su arquitecto...

—No sé qué estás pensando, pero debe de ser cojonudo por la cara que estás poniendo...

—Una bañera. Allí. —Señaló un rincón junto a los ventanales.

—Mejor un jacuzzi con burbujitas —se burló ella por su excentricidad. ¡Una bañera en mitad del dormitorio! ¡Por favor!

Nath entrecerró los ojos pensativo.

—Un jacuzzi interior. Sí.

Marilia lo miró con unos ojos como platos.

—¡Lo decía en broma!

—Y a pesar de eso es una buena idea. Mañana lo encargaré y la próxima vez que vengas estará instalado.

—Por mí no lo hagas —resopló saliendo de la ducha.

—Marilia —la llamó. Ella se giró—. Vas a volver. No permitiré lo contrario.

—No me gustas cuando te pones en plan mandón.

—Te gusto siempre. Sobre todo cuando estoy en plan mandón.

—No seas engreído.

—No puedo evitarlo —repuso arrancándole una sonrisa.

Un instante después estaba a su lado, besándola mientras el agua se deslizaba por sus cuerpos mojados formando un charco en el suelo. Las manos de él dibujaron lúbricas el trasero femenino y jugaron con la unión entre las nalgas tentando la fruncida entrada.

—Estás decidido a llamar a la puerta trasera.

—Totalmente.

—Pues ya puedes esperar sentado. —Chasqueó la lengua apartándolo de un empujón para luego dirigirse con pasos sinuosos a la plataforma sobre la que se encontraba la cama.

Estaba deseando probarla. Era la más grande que había visto nunca. Se dejó caer y abrió los brazos y las piernas en cruz para hacer el ángel sobre las sábanas.

—¡Es enorme! —Se revolcó haciendo la croqueta a un lado y luego al otro a la vez que estallaba en cristalinas carcajadas.

Nath pensó que no había visto nada más hermoso que ella en ese momento.

—¡Deja de mirarme y ven! —Saltó sobre la cama para quedar arrodillada.

Extendió la mano y él se apresuró a cogérsela. Se la llevó a los labios y le besó los nudillos para luego tomarle la izquierda y repetir el gesto sobre las cicatrices.

Ella tembló.

—No hagas eso.

—¿El qué?

—Tratarme así. No me gusta. —Le quitó la mano dando un tirón—. No necesitas gestos galantes para follarme, lo hago de buena gana —resopló burlona, pero no había ni ápice de humor en su mirada.

Él se acercó para besarla y ella se tendió sobre la cama e hizo de nuevo la croqueta, rodando hasta el otro extremo y dejándolo insoportablemente solo.

Él inclinó la cabeza a un lado y la miró fingidamente enfadado.

Ella se puso panza abajo, los pies colgando por fuera del colchón, y sonrió maliciosa.

—¿A que no me atrapas?...

Nath enarcó una ceja.

Marilia echó a correr.

Y, a pesar de todo el espacio libre que tenía para hacerlo, o tal vez debido a ello, él la pescó con relativa facilidad, pues no había nada con lo que pudiera regatearle. ¡Una desventaja más de tener una habitación tan grande, limpia y ordenada!

La atrapó entre sus brazos, la besó con ganas y la llevó a la cama. Se tumbó envolviéndola con firmeza para que no volviera a escapársele.

Y si se sintió tentado de preguntarle algo más, de comentar sobre lo que le había contado, no lo hizo. Porque supo que ella no volvería a hablar sobre ello. Al menos, no en un futuro próximo. Lo había vomitado, con arcadas profundas y dolorosas, hasta quedarse vacía, pero no se recrearía en ello. Y él respetaba eso.

Marilia estiró el cuello buscando sus labios.

Nath se inclinó para que los encontrara y, mientras se besaban, ella se meció contra él, reviviendo una parte de su anatomía que se estaba tomando un merecido descanso, lo que le recordó...

—¿Usas algún método anticonceptivo? —inquirió por segunda vez esa noche.

Ella se revolvió incómoda, dándole la espalda de nuevo.

Nath frunció el ceño, cualquiera pensaría que esa noche había tomado por costumbre darle la espalda.

—No.

—¿Te has planteado usarlo? Hoy hemos rozado el desastre... —señaló abrazándola.

—Pediré cita en el ginecólogo —aceptó sin darle importancia. Dudaba mucho que cuando acudiera a planificación familiar lo hiciera para pedir un método anticonceptivo.

—Te acompañaré.

Ella se giró entre sus brazos y lo miró con los ojos llenos de alarma.

—Ni de coña. No necesito un guardaespaldas para protegerme mientras me abro de piernas en una camilla y me echan un ojo. No me jodas.

—Lo sé, pero...

—No —y fue tan cortante que a Nath no le cupo la menor duda de que no iba a ceder.

—De acuerdo.

—Bien.

Se quedaron un momento en silencio antes de que Marilia se atreviera a preguntar algo que le daba vueltas en la cabeza desde que había espiado la conversación que habían mantenido en la cocina Nath y su madre.

—¿Kayla no es tu hija biológica? —Porque, desde luego, su hija de corazón, de alma y de todo lo que de verdad importaba sí lo era.

26

Cuando nuestra protagonista se percata acongojada de que la historia se repite, con finales diferentes pero idénticos inicios.

—Así que le ofrecí casarnos, bajo ciertas condiciones, por supuesto, y Avril aceptó no sin ciertos reparos —explicó Nath.

—No era tu hijo y te casaste con ella. —Lo miró pasmada.

—Era mi responsabilidad —replicó él con severidad.

—Bueno, eso es discutible, era responsabilidad de tu hermano, no tuya —rebatió antes de añadir—: Aun así, ¡casarte! Es tan arcaico, tan de otra época. Habría bastado con pasarle una manutención —señaló turbada.

—En ese momento casarnos era lo más conveniente y lo que debía hacerse —sentenció con mirada férrea—. Kayla era mi responsabilidad y la asumí.

—También yo era la de mi padre y ni siquiera se molestó en reconocerme.

—Yo no soy tu padre.

—No, eso está claro —musitó con la respiración atorada en el pecho.

La historia se repetía. Su madre se había quedado embarazada sin darle a su padre opción de elegir si quería tener un hijo o no, mientras que Nath se había visto obligado a casarse para asumir la responsabilidad de su hermano al dejar preñada a una mujer.

Marilia sospechaba que podía estar embarazada, y, si era así, Nath se sentiría, otra vez, obligado a responsabilizarse de un error.

Más exactamente, del error que ella había cometido al no tomar medidas para evitar el embarazo, al fin y al cabo le había dicho que se ocuparía de ello y no lo había hecho.

Pero ella no quería ser su responsabilidad. Quería... quería más. Mucho más.

Qué estúpida. Las zorras jamás obtenían *más*. Menos aún cuando atrapaban a los hombres con engaños rastreros. Y aunque ésa no había sido su intención, eso sería exactamente lo que él pensaría.

Y no iba a permitirlo.

—Marilia... ¿Qué ocurre?

—Nada, es sólo que estaba pensando en las coincidencias entre Kayla y yo. Ambas somos hijas no deseadas, aunque en su caso tiene un padre que la quiere y se preocupa por ella. Tuvo mucha suerte. —Se estiró para besarlo y apoyó la cabeza en su pecho.

La almohada sobre la que había reposado hasta ese momento era blanda y esponjosa, pero el pecho de Nath era cálido y seguro, y sus latidos la arrullaban.

—Avril y tu hermano no se plantearon... —Se calló sin saber cómo continuar.

—¿Interrumpir el embarazo? —concluyó Nath anticipando su pregunta.

—Eran muy jóvenes, ella sólo tenía catorce años...

—Se lo propuse, casi podría decirse que se lo exigí a mi hermano —apuntó Nath.

Marilia sintió que el corazón se le paraba en el pecho al oír su respuesta. Le había pedido que abortara. No quería el bebé. Se llevó una mano al vientre.

—Estaba desbordado, Marilia —confesó malinterpretando su silencio—. Al principio creía que no era suyo. Jon afirmaba que sólo se habían acostado una vez y no me daba ninguna prueba de su paternidad, más allá de que ella así lo atestiguaba. Podía no ser suyo. Y aunque lo fuera... Mi familia no estaba en la mejor situación personal ni mucho menos económica. Porque, pese a lo que puedas pensar, no he nadado en dinero ni vivido en La Moraleja siempre —le reprochó—, al contrario, he pasado momentos muy complicados. Y cuando mi hermano dejó embarazada a Avril estaba pasando por el peor de todos. Mi padre acababa de fallecer y yo había descubierto con no poco sobresalto que nuestras cuentas bancarias estaban al descubierto y generaban unos intereses de demora imposibles de asumir a los que mi padre había tratado de hacer frente solicitando préstamos que no podía pagar, lo que nos hundía más todavía. Sus empresas estaban en quiebra técnica, debíamos dinero a la Seguridad Social y a Hacienda, y las propiedades de las que tanto se vanagloriaba o no valían nada o estaban hipotecadas. Todas salvo la casa en la que vivíamos, que en un alarde de inteligencia había puesto a mi nombre y por tanto estaba más o menos a salvo. La vendí y nos mudamos a Lavapiés.

Ella abrió unos ojos como platos. Lavapiés no pasaba por ser uno de los barrios más caros y glamurosos de la capital, más bien al contrario.

—¿Has vivido en Lavapiés?

—Casi cinco años. Luego alquilé un chalet en Pozuelo y no hace mucho compré esta casa —explicó—. Pero hasta que logré salir del bache pasaron unos cuantos años. Y un bebé en ese momento suponía otro problema más del que ocuparme.

—Así que les propusiste abortar y ellos dijeron que no...

—No fue necesario, Avril no le habló a mi hermano del embarazo hasta que cumplió cuatro meses, lo que eliminaba la posibilidad de interrumpirlo legalmente en España, y yo no estaba en situación de pagar un viaje a otro país para ofrecerle un servicio que, además, ella rechazaba.

—Vaya jugarreta que os hizo... —murmuró cada vez más horrorizada, no por lo que le había hecho Avril, sino por cómo se estaba repitiendo la historia.

—Sin embargo, esa jugarreta me ha dado lo mejor de mi vida.

Ella asintió, incapaz de hablar. Apretó los labios para contener el quejumbroso gemido que se había formado en su garganta y giró sobre sí para ponerse de costado, dándole la espalda.

Él se pegó a ella, su duro torso contra su espalda y una de sus velludas piernas envolviendo las suyas.

—¿Te desagrada que les pidiera que interrumpieran el embarazo?

—No. Yo también lo habría hecho en tu lugar. Y más en tu caso, que no tenías nada que ver con las meteduras de pata de tu hermano. No era tu responsabilidad. Mi padre también le dijo a mi madre que se librara de mí, o, al menos, eso me comentó, pero a ella le interesaba más tenerme y sacarle dinero, además de que le era necesaria para su estúpido plan de hacerse con Villa Fortuna, claro.

—¿De qué iba el plan? —inquirió, más por cambiar de tema que porque le interesara.

—Ya ni me acuerdo —mintió.

—Deberíamos presentarlas —comentó Nath apartándole la ondulada melena pelirroja para besarle la nuca.

—¿A quién? —Se estremeció cuando le lamió la nuca para luego soplar.

—A nuestras madres.

—Oh, sí, tienen mucho en común. La mía está loca y la tuya es una arpía.

—Quizá tuviéramos suerte y se murieran del disgusto al conocerse —dijo con sorna.

—Algo parecido comentó Índigo el día que nos conocimos.

Nath pudo percibir la sonrisa de Marilia en el tono de su voz.

—¿Cuándo se casa?

—Pronto. ¿Sabes cómo le pidió Jota matrimonio? —Se giró entre sus brazos.

—Intuyo que me lo vas a contar.

—Pues no. Te vas a quedar con la intriga, por capullo. —Volvió a darle la espalda.

Él estalló en una ronca carcajada que silenció contra la nuca de ella, haciéndola estremecer de nuevo. Vaya, quién habría pensado que fuera tan sensible en ese punto. Continuó mordisqueándosela perezoso a la vez que le deslizaba la mano por el costado para acoger su pecho en la palma. Lo provocó con caricias sutiles y roces fugaces hasta que ella se removió impaciente, restregando su trasero contra la naciente erección.

—Provocadora...

—Mira quién fue a hablar.

—¿Cómo se lo propuso? —Atrapó el pezón entre sus dedos y tiró.

Marilia emitió un gemido gutural ante el estallido de placer, pero no dio su brazo a torcer.

—Vas a tener que esforzarte un poco más si quieres saberlo —lo retó.

Y él se esforzó. Vaya si se esforzó. Y ella, entre jadeos y gemidos, se lo contó.

—Jota ha hecho un flaco favor al género masculino de la especie —gruñó Nath disgustado a la vez que entraba en ella.

Se hundió con implacable lentitud hasta quedar profundamente enterrado. Luego salió tan despacio como había entrado, haciéndola desear más. Mucho más.

Marilia, aferrada a sus duros brazos, se esforzó por abrir los ojos y mirarlo.

—¿Por qué? —Elevó las caderas cuando él bajó de nuevo, haciendo la penetración más profunda. Más intensa. Tensó la vagina, ciñéndolo, y él dejó escapar un áspero jadeo.

—Porque como se corra la voz de lo que ha hecho el género femenino de la especie va a esperar peticiones de mano similares y van a llevarse una grave desilusión cuando sus expectativas se vean defraudadas. Desilusión que, por supuesto, harán pagar a sus parejas.

—Por supuesto —jadeó ella hundiendo los dedos en sus bíceps—. Entonces lo que tiene que hacer el género masculino de la especie es *a*) no proponer matrimonio al género femenino o *b*) esforzarse para superar a Jota, algo complicado, porque es director de fotografía y tiene una imaginación desbordante, además de ser un tío cojonudo.

Nath frunció el ceño. Puñetero Jota, ni que fuera el hombre perfecto.

—O *c*) el género masculino de la especie podría linchar a quien nos ha traicionado de manera tan rastrera, dándole su más que merecido castigo —gruñó penetrándola hasta el fondo y quedándose allí, su mirada tormentosa fija en sus maliciosos ojos verdes.

—O *d*) el género masculino de la especie podría dejarse de tanta charla, mover el culo y acabar lo que ha empezado —lo desafió dándole un azote en el trasero.

—¿Y eso es?

—Follarme hasta reventarme de placer. —Le envolvió las caderas con las piernas—. O sucederá que *a*) me veré en la necesidad de acabar yo solita. —Se llevó la mano al pubis—. Y tú correrás el riesgo de que *b*) descubra que eres del todo prescindible.

—Eso es imposible porque *c*) voy a follarte tanto y tan bien que los demás integrantes del género masculino de la especie te parecerán eunucos.

Y lo hizo. Vaya si lo hizo.

La llevó una y otra vez al éxtasis hasta que ella afirmó que era incapaz de correrse una vez más.

Así que se ocupó de demostrarle que estaba equivocada.

Cuando la condujo de nuevo al culmen, la sostuvo allí hasta que quedó exhausta y él por fin se dejó ir. Su eyaculación fue tan potente, tan feroz, que todo él tembló incontenible. Se derrumbó sobre ella, incapaz de abandonar su incendiada vagina tan pronto.

Jamás había sentido un placer tan intenso. Una conexión tan profunda.

Se sostuvo sobre los codos para no aplastarla y la estudió concentrado. Tenía los ojos cerrados y el cuerpo laxo, sus labios estaban hinchados por sus besos y la piel de su cuello se veía enrojecida por el roce de su incipiente barba. Sus pezones continuaban enhiestos y su respiración, aunque agitada, comenzaba a calmarse.

Y supo sin lugar a dudas que el sobrenatural placer que acababa de experimentar se debía a que era ella. Ella y sólo ella.

Ella en su casa. En su dormitorio. En su cama. En su alma.

Ella y nadie más que ella.

—¿Te ha dado un pasmo? —le preguntó Marilia adormilada.

—No.

—Pues lo parece. Deja de mirarme y aparta, no eres un peso pluma. —Chasqueó la lengua, o lo intentó, porque estaba tan extenuada que no fue capaz de ejercer la fuerza necesaria para hacer dicho gesto—. Por cierto, si quieres que huela a rosas vas a tener que llevarme en brazos hasta el baño y bañarme tú, me niego a andar un kilómetro para ducharme —gruñó.

Él se echó a reír a la vez que se dejaba caer a un lado.

Marilia se acomodó contra él y cerró los ojos, a un segundo de dormirse.

Nath se deshizo del preservativo y lo tiró al suelo, a pesar de lo mucho que le molestaba dejarlo allí, pero ella tenía razón. No tenía fuerzas para recorrer la distancia hasta el baño. No obstante, sentía la polla pegajosa y no soportaba la visión de esa goma impregnada en sus fluidos rompiendo la aséptica pulcritud del piso de su dormitorio.

—Comienzo a sentir aversión por los preservativos —masculló depositando un suave beso en la frente femenina para luego salir de la cama e ir al baño.

Marilia abrió los ojos sobresaltada por su comentario. ¿Qué pretendía decir con eso? ¿Que no se olvidara de ir al ginecólogo a por un método anticonceptivo o que no le gustaba follar con condón? Se removió inquieta, dándole vueltas al asunto mientras él se demoraba en el baño.

Cuando salió tenía el pelo mojado y el cuerpo húmedo, signo de que no había podido resistirse a una vivificadora ducha. También llevaba un par de toallas en la mano. Húmedas, para más señas, algo que Marilia descubrió cuando le pasó una entre las piernas.

—¿También vas a echarme cremita para el culete como si fuera un bebé? —dijo burlona cuando empezó a asearla.

—No me importaría. Tengo gel lubricante en el cajón, si quieres probar... —Le pasó un dedo por el esfínter anal, haciéndola estremecer, no de rechazo, sino de anticipación. De tanto hablar de ello comenzaba a excitarla planteárselo.

—¿Para qué tienes eso aquí? —inquirió suspicaz.

—Para masturbarme —replicó él con sinceridad—. Me resulta más agradable.

—¿Te masturbas a menudo?

—Varias veces a la semana, aunque ésta serán menos. —La miró con intensidad.

Y Marilia comprendió que se masturbaba cada día que no pasaba con ella.

—Eres un hombre ardiente —musitó relajándose cuando él tiró al suelo la toalla con la que la aseaba y usó la otra para refrescarle el cuerpo.

—¿No lo sabías?

Ella sonrió. Por supuesto que lo sabía. Le había quedado claro desde la primera noche que pasó con él. Eso, y que era pulcro hasta la excentricidad, pensó al ver que, incapaz de dejarlas en el suelo, se alejaba con las toallas para deshacerse de ellas en el baño.

Cerró los ojos para llamar al sueño, pero éste se había esfumado dando paso a un desagradable sentimiento de culpabilidad del que, a pesar del denuedo con que trataba de ignorarlo, no podía deshacerse. Porque estaba haciendo exactamente lo mismo que había hecho su madre con su padre, con la excepción de que ella no quería dinero, sólo quería... lo que tenía su hermana. Pero eso no lo iba a conseguir. Se agarró a la almohada, sus dedos hundiéndose con crueldad en la suave tela.

Cuando Nath regresó volvía a estar tranquila, o, al menos, era capaz de aparentarlo, así que cuando lo sintió tumbarse a su lado se removió contra él provocadora.

—¿Dónde ha quedado eso de que no podías con más? —señaló malicioso.

—No te hagas ilusiones, semental, es sólo que me pica y me estoy rascando.

A lo que él respondió dándole un azotito en salva sea la parte. Ordenó a Roxy que apagara las luces y se tumbó de espaldas en la cama esperando, y deseando, que Marilia posara la cabeza sobre su pecho. Cuando lo hizo, le acarició distraído el hombro mientras le daba vueltas a una idea que llevaba tiempo en su mente y que esa noche había salido por casualidad durante la cena.

Marilia echaba de menos trabajar tras una barra.

Y él tenía una barra a la que le faltaba personal.

No sólo eso, también tenía un catering que no estaba a la altura de su negocio, lo que devenía en que algunos de sus clientes se avituallaran en la pastelería y entraran de contrabando *muffins*, *cupcakes* y tentaciones noctámbulas en lugar de consumir los tentempiés, a todas luces insuficientes tanto en calidad como en variedad, que él tenía a la venta. Y no podía consentirlo.

No porque afectara a su negocio o a sus ingresos, que no era el caso, pues su mayor margen de beneficios se daba en el alquiler de los salones temáticos y las salas vips, la venta de entradas y la consumición de bebidas, por ese orden. El catering siempre había quedado relegado al último punto de los beneficios y de sus prioridades.

Hasta ahora.

Ahora ocupaba el primero.

No por los ingresos que había dejado de obtener desde la apertura de la pastelería, que eran ínfimos, sino porque su arrogancia, y de eso tenía mucho, le impedía quedarse de brazos cruzados sabiendo que había sido superado. Le escocía que las viandas que ofrecía su discoteca fueran inferiores a las que vendía una simple pastelería de barrio.

Era un golpe a su orgullo.

Él, que siempre había exigido y ofrecido la excelsitud en todas las empresas que había acometido, se había relajado con la restauración del Torture Eden y había sido superado por una pastelería dirigida por un jovenzuelo hippy sin visión de futuro y una pelirroja deslenguada increíblemente cualificada para dirigir un negocio de restauración. Una pelirroja de la que, por cierto, estaba comenzando a enamorarse.

Había llegado la hora de corregir esa situación.

27

Cuando nuestra protagonista se da cuenta de que su amado puede ser aún más liante que su hija.

Martes, 27 de julio de 2021

«Enséñame la pasta. Enséñame la pasta...»

Marilia se despertó sobresaltada al oír a Tom Cruise gritar la famosa frase de *Jerry Maguire*. Se incorporó en la cama y miró alrededor buscando el origen de ese grito demencial mientras las persianas subían solas como por arte de magia.

«Enséñame la pasta. Enséñame la pasta...»

—Roxy, para —ordenó Nath.

Tom Cruise, obediente, se calló.

Marilia se dejó caer de nuevo en la cama con un gemido de alivio.

—¿Qué coño era eso?

—Mi alarma.

—¿Tom Cruise gritando como un loco a las —miró la hora— siete y media de la mañana es tu alarma? ¡No me jodas! ¡Y baja las persianas! —gimió revolviéndose hasta quedar boca abajo y hundir la cara en la almohada para esquivar la luz del sol.

Nath no pudo resistirse a darle un suave apretón en su apetitoso trasero desnudo.

—Es una frase incitadora para acometer la jornada —señaló divertido por su enfado. En eso se parecía a Avril, tampoco a ella le gustaba madrugar.

—Es una frase de mierda —masculló dándole un manotazo.

—Roxy, inicia día —dijo Nath, y Marilia alzó la cabeza para buscar a la tal Roxy antes de recordar que Kayla le había comentado que ése era el nombre que Nath le daba al sistema de inteligencia artificial controlado por voz con el que dirigía esa planta.

Una voz femenina con una cuidada entonación comenzó a hablar en tono monótono mientras Nath, que ya estaba en pie, empezaba a hacer ejercicios pausados y medidos que evidenciaban lo mucho que cuidaba su cuerpo. Y lo extraordinario que éste era, para qué negarlo.

«La temperatura en Madrid es de 19 grados y el cielo está despejado. La previsión es que se alcancen 30 grados a las 14.03 y que la temperatura siga en ascenso hasta superar los 38 grados a las 18.07. Se esperan lloviznas alrededor de las 22.00 con temperaturas no superiores a 29 grados. A las 9.00 Kayla debe estar en el campamento de verano. Hoy comenzará la jornada con una clase de...»

Marilia parpadeó atónita cuando la voz detalló la agenda de Nath para ese día. Se agobió sólo de oírlo. ¡Era imposible que pudiera hacerlo todo en sólo veinticuatro horas! Aunque había algo que podía dejar perfectamente en manos de otros y, sin embargo, se ocupaba él.

—¿Llevas a tu hija al campamento todos los días y luego la recoges? —le preguntó sorprendida. Él asintió mientras se movía siguiendo la rutina de estiramientos—. Pensaba que los ricachones teníais gente que se ocupaba de eso por vosotros.

—Me gusta conducir. Y la primera vez que tuve a Kayla en mis brazos me prometí que jamás se sentiría tan abandonada como me sentí yo, así que me ocupo personalmente de todo lo que tiene que ver con ella —señaló muy serio—. Roxy, abro agenda. Pospón la cita con Fran para mañana a la misma hora —ordenó estirándose como si quisiera tocar el techo—. Mantén la videoconferencia con Virgin Desire, pero cambia la hora a las 17.30.

«¿Hora CET o PST?»[1]

—CET —replicó—. Anula el resto de las citas, motivo: incompatibilidad de agenda. E-mail corporativo a Ismael con relación de anulaciones, asunto: modificación y restablecimiento de agenda. E-mail corporativo a Ivanka, asunto: cesa búsqueda catering. —Finalizó sus ejercicios y se dirigió al cuarto de baño—. E-mail personal a Kaos, asunto... —Silencio—. Anula e-mail personal a Kaos. Programa llamada a Kaos, hora 12.30, tres tonos y cortar. Repetir llamada con periodicidad tres minutos hasta las 13.00. Roxy, cierro agenda —señaló el fin de las instrucciones y se metió en la ducha.

Algo que Marilia agradeció, porque de verdad de la buena que estaba comenzando a sentir náuseas con tantas instrucciones. O, al menos, esperaba que ése fuera el motivo, y no otro. Cerró los ojos y respiró despacio hasta que se le relajó el estómago. Los mantuvo cerrados, se estaba tan a gusto en esa cama... Si el puñetero sol no entrara a raudales podría volver a dormirse. Abrió los ojos decidida, se levantó y buscó la correa de las persianas para bajarlas.

No había. Mierda.

¿Y ahora qué? Tenía sueño y una magnífica cama en la que dormir. Era la combinación perfecta. Y la estropeaba la brillante luz del sol. Frunció el ceño y, sintiéndose más tonta que nunca, se sentó en la cama y le dijo a nadie en especial:

—Roxy, baja las persianas.

«Lo lamento, su voz no está incluida en mi registro.»

—Roxy, anda, guapa, baja las persianas.

«Gracias por el piropo. Lo lamento, su voz no está incluida en mi registro.»

—Será posible... —masculló Marilia pasmada ante la respuesta de esa tiparraca—. Roxy, no seas capulla y baja las putas persianas.

«Su desprecio me hace daño. Usar palabras groseras para expresarse denota un limitado vocabulario y ensucia la boca. Lo lamento, su voz no está incluida en mi registro.»

1. CET (Central European Time): huso horario que se utiliza en la mayoría de los países europeos. PST (Pacific Standard Time): huso horario de la Costa Oeste estadounidense.

—¡Será gilipollas! —estalló encolerizada poniéndose en pie para pasearse furiosa sobre el colchón—. ¡Roxy, eres una prepotente, y como no bajes las putas persianas te reviento la cabeza!

«Su desprecio me hace daño. Usar groserías para expresarse denota un limitado vocabulario y ensucia la boca. Siento comunicarle que no tengo cabeza. Lo lamento, su voz no está incluida en mi registro.»

Marilia abrió unos ojos como platos ante la descarada respuesta de esa... esa... lo que fuera. ¡Cómo se atrevía a reírse de ella!

—Escúchame bien, cabrona asquerosa, como no...

—No te esfuerces, no reconoce tu voz, ergo no admite tus órdenes —la cortó divertido Nath saliendo del baño recién afeitado, con el pelo mojado y la piel húmeda tras la ducha. No se había molestado en cubrirse con una toalla y su pene sobresalía grueso y relajado sobre el corto nido de rizos de su pubis.

Marilia lo miró hambrienta. Estaba para comérselo. Despacito y paladeándolo.

—No admitirá mi voz, pero bien que me replica —masculló enfadada.

—En realidad sólo transmite las instrucciones que yo le he dado.

—¿Tú le has dicho que me diga que me estoy ensuciando la boca y tengo un vocabulario limitado? —Lo miró perpleja. ¡Iba a matarlo!

—No. Está programada para decir esa frase cada vez que oye palabras que yo he clasificado como groserías. Cuando la instalé a Kayla le hacía gracia volverla loca y tuvo una época en la que se divertía insultándola, nada muy grave, palabras como *tonta*, *idiota* y similares. Así que decidí ponerle remedio.

—Cojonudo. ¿Te importaría decirle que haga el favor de bajar las persianas para que pueda seguir durmiendo en esta maravillosa cama que está tan desaprovechada?

—Roxy, añadir al registro, usuario Marilia —dijo Nath, y luego se giró hacia ella—: Habla.

—Buenos días, Roxy. Soy Marilia Montes, tengo treinta y cuatro años soy pastelera y resido en Madrid —comentó sintiéndose estúpida mientras Nath la instaba por gestos a seguir hablando—. Y voy a matar al... niño bonito que tienes por jefe por hacerme hablar con una máquina como si estuviera en una película de ciencia ficción, y como esto no acabe pronto se me va a acabar el repertorio de estupideces...

«Usuario Marilia añadida al registro.»

—¡Genial! Roxy, baja las persianas —ordenó dejándose caer en la cama. Agarró la almohada como una cría de chimpancé se agarraría a su madre.

—Roxy, anula la orden.

Marilia levantó la cabeza de la suavidad de la almohada y lo miró cabreada.

—Roxy...

—Son las ocho de la mañana, hora de ponerse en marcha —la interrumpió él.

—No me jodas, Nath. No tengo que trabajar hasta las cinco de la tarde y tú has anulado todas tus citas, podemos quedarnos un rato más en la cama.

—He anulado mis citas porque tengo algo más importante que hacer. Así que, arriba, tenemos asuntos que emprender y poco tiempo para ejecutarlos. —Hincó una rodilla en la cama y le arrancó con crueldad la almohada.

—¡Devuélvemela!

—No. —Le dio un suave azote en el culo y luego se entretuvo en amasárselo.

—Si no hay cama, no hay culo. —Lo apartó de un manotazo—. Pero si me dejas dormir un par de horas más tal vez te permita entrar por la puerta trasera —señaló con picardía.

—En otro momento aceptaría sin dudar tu invitación —musitó Nath acercándose para besarla, su mano derecha se deslizó por su trasero y uno de sus dedos se coló atrevido entre las nalgas para presionar lascivo la fruncida roseta—. Pero tenemos mucho que hacer y no hay tiempo que perder —reiteró con pesar cuando se separó de ella.

—Seguro que nada tan excitante como follarme...

—Ni tan placentero —convino él—. Pero quiero saborearte y ahora mismo sólo tengo tiempo para devorarte...

—Con eso me vale.

—Pero a mí no —y, sin más, la tomó en brazos y la llevó a la ducha.

Y allí Marilia se salió con la suya demostrándole que existía un delicioso y excitante término medio entre saborear y devorar que no necesitaba demasiado tiempo para llevarse a cabo.

Se ducharon de nuevo —la obsesión de ese hombre con la limpieza comenzaba a resultar enervante—, y después observó interesada cómo Nath luchaba contra su cabello rizado hasta acabar sometiéndolo con una buena cantidad de gel. Luego fueron al vestidor y estuvo a punto de caerse de culo cuando las puertas se abrieron de forma automática a su paso y las luces se encendieron solas dejándole ver su verdadero tamaño.

Cuando la noche anterior Kayla le había señalado la puerta no le había parecido interesante asomarse; al fin y al cabo, ¿qué era un vestidor sino un armario grande? Pero es que ese vestidor no era grande. Era inmenso. Joder. Si tenía hasta un sofá y una mesita dentro. Un sofá que, la verdad, parecía de lo más cómodo.

Se sentó mientras observaba a Nath, que era un torbellino de actividad.

—Deberías vestirte, vamos con retraso... —la instó él eligiendo un traje azul que al instante cambió por otro beige.

—Tranquilo, no me va a llevar mucho tiempo. Sólo tengo que ponerme el vestido porque algún capullo insensible me rompió ayer mis segundas bragas favoritas —lo acusó.

—No te las quitaste con la suficiente rapidez —replicó girándose para mirarla—. Y, por cierto, te agradecería que no comentaras con mi hija los detalles de nuestra vida sexual.

—Ella preguntó —se excusó Marilia encogiéndose de hombros.

Nath estuvo a punto de ordenarle que no volviera a hacerlo, pero se contuvo consciente de que bastaba con prohibirle algo a Marilia para que ésta lo hiciera a propósito.

Volvió a observar la ropa y, tras pensarlo un segundo, se dirigió a la sección de las camisas azules. Optó por una en tono celeste.

—¿Vas a ir a la discoteca? —lo interrogó sorprendida. Que ella supiera, sólo se ponía traje allí.

—No. A una importante reunión de negocios.

Marilia lo miró suspicaz, pues le había dicho a Roxy que anulara todas sus citas.

—¿Algún problema? —inquirió Nath al ver su gesto.

—No. O sí. Uno muy grave. La combinación que has elegido es sosa de cojones. ¿Tienes que llevar traje sí o sí?

Él estudió el traje y la camisa. No era un conjunto aburrido, sino conveniente. Evidentemente caro pero no pretencioso. Sobrio y elegante, con clase pero discreto. Una buena combinación para hacer negocios.

—Es lo adecuado —señaló.

—Y lo aburrido. No le pega a tu carácter. Es demasiado... monótono.

Él enarcó una ceja interesado.

—¿Qué propones?

Marilia esbozó una sonrisa radiante y saltó del sofá para revisar con ojo crítico el vestidor. Y, joder, tenía unas prendas, tanto casuales como de vestir, espectaculares, sólo había que saber combinarlas para que, en lugar de ocultar ese carácter tan especial que Nath tenía, lo sacaran a la luz. Necesitaba un *look* atrevido y elegante que no se alejara del clasicismo británico que tanto le gustaba. Algo serio pero audaz. Sobrio pero con un punto de apasionada rebeldía.

Sonrió encantada cuando encontró justo lo que necesitaba.

* * *

Media hora después, nuestra pareja favorita del mundo mundial baja la escalera como rey y reina, dejando con la boca abierta a la encantadora princesita y a la estirada reina madre, aunque por distintos motivos.

—¡Papá, estás guapísimo! —exclamó Kayla aplaudiendo entusiasmada.

—Una combinación interesante —comentó Marga mirándolo con gesto desabrido—, aunque deberías haber optado por el traje completo en lugar de por esa inadecuada miscelánea de estilos y tejidos.

—¡Claro que no! Te queda genial, papá. Eres... Eres... ¡Eres totalmente tú! —exclamó sin saber explicarlo mejor.

—Me alegro de que te guste, le he elegido la ropa personalmente —señaló Marilia con evidente orgullo mientras deslizaba la mirada sobre su amante.

No podía estar más guapo. Llevaba unos vaqueros pitillo de un azul celeste tan claro que casi parecían blancos, y los acompañaba de una camisa de lino beige y una americana del mismo color con un tono muy similar. En los pies, unos zapatos beige de doble hebilla de los que se había enamorado nada más verlos.

Le había costado un enorme esfuerzo contenerse para no desnudarlo y follárselo en el suelo del vestidor.

—Te permites elegirle la ropa a mi hijo y, sin embargo, tú no has tenido la deferencia de cambiarte de indumentaria —le soltó Marga mirándola desaprobadora.

—Era ponerme el mismo vestido o bajar desnuda... Y he pensado que si bajaba desnuda acabaríamos dándole a la mesa un uso que nada tiene que ver con el que fue creada —repuso chasqueando la lengua.

—Eres una... —Se calló al ver la ceja enarcada de Nath—. Una sabia elección. Si te sientas a la mesa le pediré a María que atienda tu desayuno. —Señaló una silla.

Marilia se acomodó y, poco después, una mujer se acercó empujando un elegante carrito de té que contenía todo lo necesario para un opíparo desayuno. Miró incómoda a la mujer cuando ésta le puso una taza con su platito, y otro plato un poco más grande delante y le preguntó qué iba a tomar.

Eso de que le sirvieran no iba con ella. Como decían en su pueblo, «gente pobre no necesita criados», pero también decían «allá donde fueres haz lo que vieres», así que...

—¿Tienes café descafeinado? —le preguntó.

Nath arqueó una ceja. Marilia adoraba el café. Cuanto más fuerte, mejor. Y lo bebía en cantidades industriales. Y, sin embargo, el día anterior lo había rechazado en la cafetería y en su casa tras la cena. ¿Qué narices pasaba ahí?

—Lo siento. Esta misma tarde me ocuparé de comprarlo —replicó la mujer.

—No, no hace falta, por favor —rechazó Marilia azorada—, tomaré Cola Cao, como Kayla —dijo señalando la taza de la adolescente.

—Es Nesquik. El Cola Cao no me gusta porque hace grumos y me molestan en la lengua —apuntó ésta.

—También es cierto, pero si viertes sobre él leche caliente se deslíe bien —apuntó echándose un par de cucharadas—. ¿Cómo es que estás levantada y vestida tan pronto?

Kayla la miró como si se hubiera vuelto loca al hacer esa pregunta.

—¡No es pronto! Es la hora justa. —Señaló el reloj—. O incluso un poco tarde. —Entrecerró los ojos igual que hacía Nath cuando algo no era como debía ser.

Marilia sonrió. Puede que no fuera su hija biológica, pero desde luego tenían los mismos gestos y rasgos de carácter. Se preguntó si Kayla también sería tan obsesiva con la limpieza corporal.

—No llegaremos a tiempo al campamento. —La adolescente miró acusadora a Nath.

—Lo siento, cariño, me he entretenido...

—Ya puedo imaginar en qué y con quién —murmuró Marga desdeñosa.

—¿Sí? Si tienes alguna duda, puedo contártelo en detalle —se ofreció Marilia.

—No creo que sea necesario, Marilia —repuso Nath, y no era una sugerencia. Luego miró a su madre enarcando una ceja y ésta bajó la mirada.

—Si llegamos tarde no podremos entrar hasta después del recreo —dijo Kayla disgustada, por lo visto también había heredado de Nath su gusto por la puntualidad.

—Había pensado en pasarnos por la pastelería para hacer tiempo...

—¿En serio? —exclamó Kayla encantada en tanto que Marilia lo miró suspicaz.

¿A qué venía ese repentino interés por visitar la pastelería?

—Tengo unos asuntos que quiero tratar con el dueño. ¿A qué hora abrís? —le preguntó a Marilia.

—A las diez, aunque Óskar llega unas horas antes para hornear.

—Tenemos, pues, el tiempo justo para desayunar e irnos —señaló Nath untando su tostada de mantequilla. Y, como toda acción que emprendía, lo hizo con meticulosidad, dando largas pasadas y asegurándose de que quedaba extendida en una capa uniforme.

—¿Qué pasa? ¿Te han entrado unas ganas repentinas de comerte un puticornio? —se burló Marilia, ganándose un resoplido de Marga al oír esa palabra.

—Podría ser —respondió Nath misterioso.

* * *

Una hora después, nuestro trío favorito llega a la pastelería y Kayla descubre que los sueños se hacen realidad si lo deseas con la suficiente fuerza.

—¡Es igualito que Timothée Chalamet! —exclamó Kayla con un suspiro contenido mientras tiraba alterada de la mano de Marilia para impedirle entrar en la pastelería.

—¿Y ése quién es? —inquirió ella pasmada por su exagerada reacción.

—Mi *crush* —musitó Kayla con los ojos tan abiertos que parecía que se le iban a salir de las órbitas.

—Que traducido al cristiano es...

—Su amor platónico. Y también su actor favorito —señaló Nath observando al pastelero a través del escaparate mientras éste colocaba los *cupcakes* en el expositor. La verdad era que sí que se parecía. Y mucho.

—No quiero entrar —susurró la joven tirando de Marilia hacia atrás.

—¿Por qué?

—Porque no me he puesto guapa.

—Eres guapa, no tienes que ponerte guapa —replicó Nath pasmado. ¿A qué venía eso?

—Jo, papá, no te enteras de nada —masculló enfurruñada—. Marilia, porfa, te he dejado montar delante en el coche..., te toca devolverme el favor.

—Está bien, vamos a hacer una cosa. —Le hundió las manos en la suave cascada que era su cabello y se lo alborotó un poco, y luego, ante la mirada atónita de Nath, sacó el rímel del bolso—. Abre mucho los ojos y mira hacia el cielo... No te muevas... ¡Perfecto! Ya estás lista para conocer a tu *crush*.

—¿No tienes barra de labios? —le preguntó Kayla muy seria.

Nath estuvo a punto de caerse de culo. Su hija no se maquillaba, ni siquiera debería saber de la existencia de esas cosas. O sí. Claro. Cómo no. Era una adolescente de diecisiete años que estaba convirtiéndose en adulta. No debía olvidarlo.

—No, lo siento. No me gusta pintarme los labios, es muy engorroso a la hora de besar. Siempre acaba corriéndose y, además de quedar fatal, mancha al chico al que besas.

Kayla se giró al instante y miró concentrada los labios de su padre.

—Vale. Pero quiero comprarme una. Manu está de vacaciones y no va a venir hasta septiembre, y sólo me besa él... —le dijo muy seria a Marilia.

Nath se dio cuenta de que no había vigilado con suficiente empeño a la parejita cuando los dejaba en el centro comercial. De hecho, era tan cándido que no se le había ocurrido vigilarlos. Y su hija era inocente e ingenua, y Manuel era mucho mayor que ella —tres años— y mucho más listo —ni de coña— y no iba a permitir que...

—No tendréis armas en casa, ¿verdad, cariño? —le planteó Marilia a Kayla.

—No. ¿Para qué las quieres? —La miró pasmada. Los mayores a veces preguntaban cosas rarísimas.

—Para nada. Sólo quería cerciorarme de que tu padre no tiene ninguna arma a su alcance... —señaló burlona ganándose una fiera mirada de Nath.

—Entremos —gruñó éste tirando de la puerta y casi desencajándola de sus goznes cuando ésta se negó a abrirse porque la pastelería no estaba abierta.

En el interior, Óskar se irguió sobresaltado ante el ruido mientras que Marilia, exhalando una cascabelera carcajada, se apresuró a usar la llave.

—Buenos días, ¿qué os trae por aquí? —inquirió Óskar mirándolos aturdido.

—Buenos días... —saludó Kayla nerviosa.

—Óskar, ésta es Kayla. Mi hija —apuntó Nath con mirada amenazante.

Óskar miró a Nath, a la adolescente y de nuevo a Nath.

Vale, era uno de esos padres sobreprotectores y feroces.

—Encantado de conocerte. —Le tendió la mano a la joven, era más seguro que darle dos besos.

—Y yo —musitó ella tocándose el pelo nerviosa—. Eres igual que Timothée Chalamet. Es mi actor favorito. ¿Sabes quién es?

—Ah, sí. El que hace de Nic Sheff en *Beautiful boy*, ¿no?

—¡Sí! —exclamó encantada.

—¿Cuándo has visto esa película? Yo no la he visto y, sin embargo, me encantó el libro. —Nath miró a su hija arqueando una ceja.

—¡Claro! ¡Porque no se muere! —Kayla alzó la vista al cielo exasperada—. Ya sabes que las pelis en las que no muere nadie las veo con Uriel para que no se ponga malo... —explicó al ver la conmoción de su padre.

—De verdad, Nath, es que no te enteras de nada, tío —apuntó Marilia con voz macarra empujándolo en el hombro—. A ver si te pones las pilas, colega.

Nath le lanzó una mirada que podría cortar granito.

Óskar tosió ligeramente y miró concentrado el techo, era de lo más interesante.

Y Kayla estalló en carcajadas, contagiando a Marilia y acabando con los esfuerzos de Óskar de mostrarse circunspecto.

Charlaron un instante sobre las películas de Timothée Chalamet, por supuesto, y luego Nath, tras comentarle a su hija que iba a hablar de negocios, miró con fijeza a Óskar/Timothée y expuso el motivo de su visita.

—¿Quieres comprar en exclusiva toda nuestra producción? —jadeó Óskar turbado.

—Ya te dije que no te venderíamos nada en exclusiva —le gruñó Marilia a Nath—. Tenemos nuestros clientes y nos debemos a ellos. No podemos privarlos de sus compras habituales sólo porque a ti se te antoje venderlas en tu discoteca.

—Bueno... —intentó intervenir Óskar.

—¿Vuestros clientes? ¡Esto sí que tiene gracia! —bufó Nath—. Perdona que te corrija, pero son mis clientes. Y no los privarás de nada, sólo cambiarás el canal de ventas.

—Oh, claro, pero ¿a qué precio? Porque dudo que paguen lo mismo por comerse un puticornio en mi pastelería que por comérselo en tu discoteca *supermegafashion.* —Adelantó la mandíbula desafiante.

—La excelencia se paga, y no es lo mismo comer de pie en la calle que hacerlo en cómodos sillones, escuchando música y disfrutando del espectáculo que ofrezco —rebatió altanero.

—En eso tiene razón... —apuntó Óskar.

—Si les dejaras entrar mi comida en tu discoteca no se verían obligados a comérsela en la calle —le espetó Marilia.

—Si me vendieras tu producción, podrían comérsela en mi discoteca —replicó Nath.

—Vale. —Marilia sonrió con suficiencia—. Dime qué necesitas y te lo proveeremos.

—En exclusiva.

—No.

Se miraron desafiantes mientras Óskar los contemplaba alternativamente y Kayla se entretenía subiendo imágenes de Timothée Chalamet a su historia destacada de Instagram.

Nath apartó la chaqueta y metió las manos en los bolsillos del pantalón, la espalda erguida y la barbilla alta mientras sus penetrantes ojos azules estudiaban feroces a Marilia.

Marilia entrecerró los ojos, Nath había adoptado una pose de modelo que la estaba poniendo a cien. Y el muy capullo lo sabía. Por eso lo hacía.

—A este juego podemos jugar los dos —señaló con voz suave—. Tú estás muy bueno, pero yo, te recuerdo, no llevo bragas... Piensa en ello.

—¿Te las ha arrancado papá? —inquirió Kayla, quien por lo visto no estaba tan distraída como parecía.

Óskar se atragantó y comenzó a toser como un loco.

—Aunque pueda parecer lo contrario, cariño, no me dedico a arrancarle las bragas a Marilia —mintió Nath con soltura.

—Qué mono, cómo te pareces a Pinocho —susurró Marilia maliciosa. Nath la taladró con la mirada—. Por supuesto. No es algo que tu padre haga a diario —se apresuró a confirmar su versión.

Kayla, dándose por satisfecha, volvió la atención al móvil.

Nath fijó la mirada en Marilia y ella se la devolvió impregnada en la picardía de sus ojos verdes. Así que, viendo que no iba a poder someterla —por eso se estaba enamorando de ella—, arqueó una ceja y se giró hacia Óskar.

—Añado el Torture Game.

—¿Perdón? —musitó Óskar, sorprendido porque lo metiera en la conversación, algo que no había hecho hasta el momento. Al fin y al cabo, sólo era el jefe y dueño de la pastelería, no era como si tuvieran que contar con él, pensó con ironía.

—Dame la exclusiva de tus creaciones y yo, además de venderlas en el Torture Eden, las llevaré por todo el mundo con el Torture Game. Este septiembre estarán en San Francisco y para el invierno de 2022 estoy en negociaciones con Berlín. No sé si eres consciente de la repercusión mediática que tiene el Torture Game...

—¿Y qué? ¿De qué nos sirve salir en un par de revistuchas de Berlín o San Francisco? Nosotros estamos en Madrid.

—¿Revistuchas? No seas ingenua, Marilia —objetó Nath con soberbia.

—El Torture Game sale en blogs de todo el mundo —apuntó Kayla desde la mesa.

Nath se giró con brusquedad. Se suponía que su hija no miraba esas cosas en internet. Joder, las imágenes de sus fiestas eran...

—Las fotos son geniales, porque hay de todo. Sale gente medio desnuda, desnuda entera y también vestida con ropa rarísima. Y pintados, como en carnavales. Y con gorros raros. Y algunos con correas de perro y máscaras, es muy interesante —apuntó la adolescente antes de fijar la mirada en el móvil, donde el buscador acababa de localizar una foto de Chalamet en la que era clavadito a Óskar, pero sin la camisa de gasa transparente y los pantalones acampanados de flores que el pastelero vestía.

—No creerías que no habría buscado nada sobre tu discoteca en internet —le susurró Marilia a Nath, sacándolo de su inmovilidad—. Es una adolescente con acceso a internet... Si yo fuera tú, me preocuparía si no lo hiciera, que lo haga es lo más normal del mundo. Eso y buscar porno. ¡Es broma, es broma! —se apresuró a decir cuando él la atravesó con la mirada—. Kayla no busca porno, seguro que es la única adolescente del mundo que no lo hace —señaló en voz muy baja.

Nath tomó una brusca bocanada de aire, enfadado con Marilia por meterle esas ideas en la mente, y, sacudiendo la cabeza, retomó la conversación.

—Tal y como ha comentado Kayla, tanto el Torture Eden como el Torture Game son mencionados en blogs de todo el mundo. La publicidad que generan es incalculable, y eso repercute en la popularidad incidiendo en las ventas y los beneficios.

Óskar lo miró interesado, pero Marilia se le adelantó antes de que pudiera hablar.

—Reitero, ¿para qué nos sirve que nos publiciten en California si estamos en Madrid? —inquirió con severidad.

—Para que se conozca vuestra marca. La popularidad vende. Un producto, una tienda, una marca en definitiva, que es mencionada en blogs y webs de distintos países tiene más crédito y suscita más confianza que una marca desconocida. Es un hecho.

Óskar asintió con énfasis, y Nath contuvo la sonrisa. Tenía al jefe en el bolsillo. Ahora sólo le faltaba ella, que era la más difícil. Sintió que se excitaba ante el desafío.

—Por ahora —enfatizó— sólo vas a vender en Madrid, pero tus clientes, que son los míos y por tanto se mueven en mi mundo, pagarán de buena gana el precio que yo ponga a tus productos si éstos gozan de repercusión mundial. Amén de que vendiéndolos en el Torture Eden y el Torture Game incrementarás exponencialmente tus ventas.

Óskar abrió unos ojos como platos, las palabras *ventas* y *exponencialmente* en la misma frase conformaban una imagen muy potente.

Marilia, a pesar de que lo intentó, no pudo evitar ocultar su interés. Si Pecados del Edén se hacía famoso en el mundo mundial, cuando regresara al pueblo para la boda de Índigo lo haría como una vencedora y no como una perdedora. Y podía ser que, gracias a la fama que Nath les prometía, consiguieran poner sus productos en más tiendas y ganar más dinero, y entonces podría pagar sus deudas y tal vez, sólo tal vez, recuperar su taberna. Y abrirla de nuevo, y dar en la cara a todos los palurdos del pueblo. Demostrarles quién era ella y hasta dónde había llegado sin su ayuda.

—No nos engañemos —continuó Nath—, a mi discoteca acuden muchos más clientes potenciales para vuestro mercado que los que se paran a comprar en esta reducida pastelería. Tengo más capacidad de venta que vosotros, y eso es innegable.

—Pero a nosotros nos gusta el trato cercano con el cliente que entra a comprar —replicó Marilia tratando de plantar los pies en la tierra y dejar de soñar con el cuento de la lechera. Además, no mentía.

Óskar se deprimiría si se veía obligado a pasar todo el día haciendo pasteles sin tener la recompensa de ver el placer de la gente al comérselos ni oír sus halagos. Y ella... ella no tendría ninguna utilidad en ese nuevo negocio, no sabía hacer pasteles y su tarea se limitaría a ayudar a Óskar sin salir jamás a vender. ¡Se moriría de aburrimiento!

—No os pido que cerréis la panadería —señaló Nath entornando los ojos.

Conocía a Marilia, podía leer en ella como en un libro abierto, ¿cómo era posible que no se hubiera percatado de que necesitaba el trato con la gente para sentirse completa? Es más, la noche anterior habían bromeado sobre eso; de ahí le surgió la idea de que trabajara en la discoteca.

—Si te vendemos a ti la exclusiva de todos nuestros productos, no veo para qué vamos a tener abierta la tienda, el aire no se vende... —replicó malhumorada.

—Podemos venderle únicamente la exclusiva de los productos que tengan relación con el Torture Eden —apuntó Óskar, a quien le había quedado clara la conveniencia de unir sus negocios.

Marilia y Nath lo miraron interesados. Kayla soltó un suspiro enamorado al oír su hermosa voz.

—Me refiero a... las galletas de mantequilla y jengibre, por ejemplo —las señaló—, de martes a jueves las hago con la cara de Bob Esponja, Peppa Pig, o, por ejemplo, para la Paloma estoy pensando en hacerlas con forma de chulapa y chulapo... Eso no tiene nada que ver con tu discoteca.

Nath se fijó en el expositor. No había puticornios, pecaditos perversos, frutos del pecado ni nada de lo que conocía. Al contrario, había *cupcakes* que, en lugar de estar coronados por látigos o bolas anales, lo estaban por flores, perlas y corazones.

Miró especulativo a Óskar.

—Los clientes que vienen entre semana no tienen nada que ver con los que tenemos los fines de semana —afirmó éste encogiéndose de hombros.

No es que fueran una parte importante de las ventas, pero poco a poco se había ido creando una cartera de clientes entre los vecinos del barrio y los trabajadores que acudían a comprarle el almuerzo y no le gustaría renunciar a ellos. Como Marilia había apuntado, el trato personal era muy importante para él.

Nath asintió, tamborileando con los dedos sobre el mostrador.

—Sólo quiero la exclusiva de los productos relacionados con el erotismo —dijo tendiéndole la mano a Óskar para cerrar el trato.

El joven miró a Marilia, la mano que le tendía Nath y de nuevo a Marilia.

—Vale —aceptó.

—Redactaré un contrato de exclusividad y te lo haré llegar con mi abogado.

Óskar asintió.

—Marilia se ocupará de vender vuestros productos en el Torture Eden, empezará este viernes, y, si se desenvuelve como creo que lo hará, se ocupará también de gestionar las ventas en el Torture Game. Viajaremos a San Francisco dentro de dos semanas. ¿Qué instalaciones y materiales precisas para trabajar? Necesito una relación mañana sin...

—Para el carro, colega —lo cortó Marilia—. Yo no voy a vender nada en tu discoteca. Y mucho menos voy a ir a San Francisco. Ni de coña.

—Entonces no hay trato.

—¿Por qué? —jadeó Óskar, quien ya estaba calculando los futuros beneficios.

—Porque es vuestra mezcla de ideas, capacidades y personalidades lo que hace únicos vuestros productos. De nada me sirve tener la exclusividad de los puticornios si no tengo a Marilia para venderlos.

—Qué estupidez. Tus empleados están más que cualificados.

—Para vender cócteles. Sin embargo, tú misma dijiste que la comida era un asco.

—¡Porque lo era! Pero nuestros bollos no lo son, se venderán solos.

Nath la miró con los ojos entrecerrados.

—¿Tienes algún problema que te impida encargarte del catering en mi discoteca?

—Ninguno —replicó ella escondiendo la mano izquierda a su espalda, gesto que no le pasó desapercibido a Nath.

—Comprendo...

—¿Qué coño significa eso? —reclamó Marilia.

—Que entiendo que te dé miedo mostrar tu mano en una barra tan selecta como la del Torture Eden, donde sólo se acepta la excelencia.

—Eres un prepotente —lo acusó furiosa.

—Y tú una cobarde.

Ella inspiró con fuerza por la nariz.

—Prueba este fin de semana y, si ves que no puedes con ello, te borraré del contrato y así quedarás libre —propuso con indiferencia.

Ella reaccionó como era de esperar. Embistiendo cual toro ante un capote rojo.

—Seré yo quien te borre a ti del contrato, capullo —replicó a la vez que imitaba una pistola con su mano derecha y disparaba—. Quiero un sueldo fijo por trabajar en el Torture el fin de semana, más un seis por ciento de todo lo que venda.

Nath la miró enarcando una ceja.

—Ya voy a pagar por vuestros productos.

—Vas a pagar a Óskar, no a mí. Él es el dueño y yo sólo soy su empleada. Si también trabajo para ti quiero cobrar. —Cuanto más dinero consiguiera, más deudas pagaría y más ahorraría para recuperar su taberna—. No soy una esclava a la que podáis pasar gratis de una plantación a otra. —Chasqueó la lengua.

—Sin embargo, la realidad es que sólo vas a cambiar una plantación por otra, porque, en lugar de trabajar el fin de semana en la pastelería, lo harás en la discoteca, ergo ya recibes un salario de Óskar por ese desempeño.

—Va a ser que no, porque en la pastelería ni de coña trabajo tantas horas como me tocará hacerlo en la discoteca, en donde me voy a pasar toda la noche. Lo que significa que, además del incremento de horario, tendré que dormir de día, por lo que no podré acudir a la pastelería las mañanas del fin de semana y Óskar no me las pagará.

Óskar, a quien eso ni se le había pasado por la cabeza, asintió con énfasis, porque tenía claro, cristalino, que lo que Marilia pudiera sacarle a Nath era el triple de lo que podría pagarle él.

—Enséñame la pasta, nene —canturreó maliciosa, recordándole la alarma que los había despertado y, por ende, la extraordinaria sesión de sexo que habían disfrutado.

Nath mencionó una cantidad y un porcentaje. Ella, por supuesto, lo regateó; él eludió sus argumentos y subió un poco las cifras; ella protestó, él se mantuvo inamovible, y ella acabó por aceptar. Zanjaron el trato con un decidido apretón de manos.

—Papá, se hace tarde —apuntó Kayla enseñándole el reloj.

—Debemos irnos —convino Nath—. No olvides pasarme mañana sin falta la relación que te he pedido —le dijo a Óskar—. Necesito mandársela a mi organizadora de eventos para que tenga listas varias opciones para la segunda semana de agosto, de manera que puedas elegir lo que más te convenga.

—¿Lo que más me convenga para qué?

—Para trabajar en San Francisco, por supuesto. Lo que se sirve en el Torture Game se hace en el Torture Game. No quiero productos rancios en mi fiesta.

Óskar asintió, no le faltaba razón.

—Saldremos el 9 de agosto y regresaremos el sábado de madrugada, tenedlo todo previsto. Tal vez os convenga colgar el cartel de cerrado por vacaciones esa semana —les propuso antes de hacerle un gesto a Kayla para marcharse.

—¡Espera! —los detuvo Marilia—. ¿Yo también voy a San Francisco?

—Por supuesto —replicó Nath, y Kayla abrió unos ojos como platos al oírlo.

—¿Para qué? Yo no sé qué necesitamos para hacer pasteles...

—Pero sí sabes en qué marco se venden mejor, a la vista está el cambio que ha dado la pastelería bajo tu batuta —señaló lo que lo rodeaba—, así que tu criterio no es sólo bienvenido, sino necesario y exigido. Además, es conveniente que conozcas el escenario en el que te moverás en la fiesta para poder prever las posibles contingencias.

—No voy a moverme por ningún escenario en la fiesta. No pienso ir a San Francisco a vender —repuso atónita.

—Por supuesto que lo harás. Pero no te equivoques: no irás a vender, sino a dirigir el catering. Además, serás la representante de tu marca, ya que te presentaré como mi apuesta personal a los periódicos, blogs y webs que considere más interesantes. En tu mano estará convencerlos de la excelsitud de Pecados del Edén. Por cierto, deberíais valorar anglicanizar el nombre de la pastelería, funcionaria mejor *Sins of Eden* —paladeó las palabras—. Sí. Mucho mejor.

—No puedo hacer nada de eso —afirmó Marilia. Nath la enredaba en su tela de araña y ella, en lugar de soltarse, se estaba dejando atrapar—. No sé ni una palabra de inglés.

—Más de un tercio de los californianos hablan castellano, no tendrás problemas para entenderte —desestimó él.

—¿Y qué pasa con los dos tercios que no lo hablan?

—Tendrán que aguantarse y hablar con los camareros en lugar de contigo —señaló—. Debo irme, se nos hace tarde.

Se dirigió a la puerta, pero de repente se detuvo y regresó al mostrador con Marilia. La tomó por el talle y le dio un beso que lo hizo encoger las puntas de los pies.

—No podía marcharme sin despedirme —apuntó con mirada chispeante.

—Claro, por cierto —se puso de puntillas para susurrarle al oído—: he decidido no ponerme bragas cuando estemos juntos. Estoy harta de que me las rompas. —Le mordió el lóbulo de la oreja antes de apartarse y mirarlo traviesa.

Nath inclinó la cabeza y esbozó una sonrisa aquiescente.

—Pagarás por la erección que me acabas de provocar —susurró—. Advertida quedas.

Luego cabeceó a modo de despedida y salió de la pastelería.

Kayla aguantó hasta entrar en el coche para preguntarle lo que se moría por saber.

—Papá, ¿puedo ir con vosotros a San Francisco? Porfa, porfa, porfa. Si va Marilia no estaré sola y, además, va a ir Óskar y es tan guapo... —dijo con ojos de corderito.

28

Un poco más tarde, en la pastelería, nuestros pasteleros favoritos se miran atónitos el uno a la otra...

—Joder —musitó Marilia todavía asumiendo lo que acababa de pasar.

—¡Nos vamos a San Francisco! —gritó Óskar echándose a bailar—. ¡Y gratis!

—De hecho, debería pagarnos por ir —apuntó ella, a quien ese dinero le vendría muy bien para aligerar su deuda.

—No fastidies, Marilia, ¿qué más da que nos pague o no? ¡Vamos a San Francisco con todos los gastos pagados!

—¿A San Francisco? —inquirió asombrado Xavier entrando en la pastelería.

Óskar, eufórico, salió de la barra, agarró las manos del hombretón y comenzó a bailar con él algo parecido al *Corro de la patata* pero con mucho más ritmo y saltos.

Xavier lo miró atónito, pero no por eso dejó de sonreír cuando Óskar lo hizo girar más rápido, hasta que todo cuanto los rodeaba se convirtió en una mancha vertiginosa. Todo, excepto Óskar y sus enormes y expresivos ojos negros. Todo, excepto Óskar y sus definidos labios color coral, que en ese momento se curvaban en una deliciosa sonrisa.

Se sonrojó y bajó la mirada al suelo, tan nervioso que sentía el corazón a punto de estallar. Algo que estuvo a punto de ocurrir cuando Óskar le contó alborotado que iban a vender sus productos en exclusiva al Torture Eden, que Marilia iba a trabajar allí los fines de semana y que en agosto se iban a San Francisco con todos los gastos pagados.

—¿Vais a estar fuera mucho tiempo? —le preguntó a Marilia, pues con ella no se trababa como con Óskar, por lo que no hacía tanto el ridículo.

—Cinco días —respondió Óskar entusiasmado—. ¿Te puedes imaginar todo lo que vamos a hacer? ¡Dios, va a ser la releche!

Sólo cinco días. No eran muchos.

Una sonrisa de alivio curvó los labios de Xavier. Aunque dicha sonrisa sólo le duró los pocos segundos que tardó en comprender todo lo que le había dicho Óskar y percatarse de las repercusiones que tendría para la pastelería. Para él.

Su rostro, de normal sonrosado, empalideció.

—¿Vais a cerrar la tienda? —le preguntó casi sin voz a Marilia.

—¡Claro que no! ¿Por qué tendríamos que hacer eso? —le reclamó ésta.

—Porque si vais a vender en exclusiva al Torture Eden no os quedará nada que vender aquí —murmuró reteniendo el aliento.

—Este tonto te lo ha contado todo mal —lo tranquilizó Marilia y, acto seguido, le relató todo lo que Óskar en su apresuramiento había olvidado referirle. Y no era poco.

El aire volvió a entrar en los pulmones de Xavier y el color regresó a su rostro al comprender que no iban a cerrar y que todo seguiría, más o menos, como siempre.

—Estarás solo los fines de semana y la tarde de los viernes, ¿vas a poder con todo? —le planteó a Óskar.

—Pues no lo sé... La discoteca necesitará más producción de la que requiere la pastelería, y Nath la quiere al día —murmuró turbado al caer en la cuenta de que iba a tener más trabajo del normal—. Y si estoy en el obrador no voy a poder atender al público, que es lo que hace Marilia, y tú no vas a estar... —La miró alarmado—. Voy a necesitar que alguien me ayude, es imposible que esté a todo. —¿Cómo no habían caído en eso al aceptar el trato?—. Si no estás, no tendremos cobertura para aumentar la producción...

—Yo puedo ayudar... Si quieres, claro... Aunque no es que vaya a ser de gran ayuda... —balbuceó nervioso el hombretón.

—¡Claro que vas a ser de gran ayuda! —exclamó Óskar viendo en él la solución a todos sus problemas. ¿Cómo podía decir que no era de ayuda? ¡Al contrario!—. ¡Nos acabas de salvar la vida! Conoces el negocio y ya has atendido varias veces en el mostrador...

Exactamente todos los viernes, sábados y domingos desde que, casi un mes atrás, lo hizo por primera vez, pensó Marilia entrecerrando los párpados. Y, por lo que sabía, también se acercaba todas las mañanas a la pastelería a comprar el pan y de paso charlar —y ayudar— un ratito —más de media mañana— a Óskar. Tanto era así que éste le había comprado una bata para que tuviera un aspecto más profesional cuando estaba tras el mostrador.

—Si crees que puedo ser de ayuda... —aceptó Xavier esbozando una retraída sonrisa que no por ser tímida era menos entusiasta.

* * *

Un poco más tarde. Nuestro protagonista ha dejado a su hija en el campamento y recorre la carretera a toda velocidad, pero sin superar el límite, por supuesto. Nadie podría acusarlo nunca de infringir las normas o perder el control.

«Gire a la derecha en el próximo desvío», le indicó el navegador siguiendo la ruta más corta para llegar a la exclusiva tienda que Nath le había pedido.

—Roxy, hora estimada de llegada.

Escuchó la respuesta del sistema de inteligencia artificial que también dirigía su coche y sonrió. Tenía el tiempo justo para comprar antes de ir a su siguiente destino.

—Roxy, llama a Avril.

Los altavoces emitieron los pitidos de marcación y varios, más bien muchos, tonos después, su exmujer se dignó contestar.

—¿Le ha pasado algo a Kayla? —oyó su voz somnolienta y furiosa.

—No.

—Entonces puedes irte a la mierda. —Colgó.

Nath sonrió. Avril odiaba madrugar. Y como el Lirio Negro cerraba sobre las cuatro de la madrugada nunca se acostaba antes de las cinco, por lo que —miró la hora en el salpicadero— las 11.27 era madrugar para ella.

—Roxy, llama a Avril.

—Te estás jugando la puta vida —lo amenazaba Avril un segundo después.

—A por él, cariño, machácalo —se oyó la maliciosa voz de Uriel a través del altavoz.

—Necesito que esta tarde recojas a Kayla —dijo Nath.

Se hizo el silencio al otro lado de la línea.

—¿Estás bien? —inquirió Avril con un atisbo de preocupación en la voz.

—Mejor que nunca. ¿Podrás recogerla?

—Sin problemas. ¿La llevo a tu casa o duerme conmigo?

—Lo que ella prefiera. Avisa a mi madre con lo que vayáis a hacer —le ordenó antes de cortar la llamada—. Roxy, llama a Simón.

* * *

En la otra punta de Madrid, en los dominios de la Reina del Infierno en el Lirio Negro, la Reina se incorpora en la cama y mira preocupada a su consorte.

—Lo mismo tiene una enfermedad incurable y se está muriendo y por eso te ha pedido ayuda —comentó Uriel con fingida desidia, porque, al igual que Avril, se había quedado de piedra al oír a Nath, tal vez por primera vez en su vida, emplear el verbo *necesitar*.

—No me hace gracia, Uriel —masculló enfadada por su impostura—. Algo le ocurre. En diecisiete años nunca me ha pedido ayuda, al contrario, yo se la he pedido a él y siempre ha estado ahí para mí. Pero él ni siquiera ha insinuado jamás que le eche una mano con Kayla. Nunca. Y ahora me dice que necesita que la vaya a buscar. Joder, Nath siempre lo tiene previsto todo, jamás improvisa... Algo le pasa —sentenció intranquila.

Tomó el móvil y mandó un whatsapp a Kayla.

Uriel no pudo por menos que asentir. El Cretino Señor del Torture Eden jamás necesitaba nada de nadie. Y si lo hacía no lo cacareaba en una llamada de móvil que sabía perfectamente que él iba a escuchar. Por tanto, *a*) estaba enfermo, *b*) se había vuelto loco o *c*)... No se le ocurría ninguna opción *c*). Y, joder, la última vez que lo habían visto parecía muy sano. Algo distraído, pero sano. Por tanto, sólo quedaba la locura...

—Tal vez el exceso de trabajo haya acabado por pasarle factura y le esté afectando al cerebro —señaló con sorna, aunque Avril pudo oír la preocupación subyacente en su voz—. El estrés puede romper hasta la mente más lúcida.

—Igual que el amor... —apuntó ella sonriendo mientras leía la respuesta de su hija. Luego dejó el móvil, volvió a tumbarse y apagó la luz. Aún era pronto para levantarse.

Uriel enarcó una ceja, aunque, por supuesto, ella no pudo verlo, pues estaban sumidos en la más completa oscuridad. Así que tanteó la mesilla hasta dar con su móvil y le mandó un mensaje a Kayla. No pensaba quedarse en la inopia.

Un minuto después le llegó la respuesta.

Se derrumbó en la cama pasmado.

—Si va a resultar que es humano —musitó sorprendido por las revelaciones de Kayla—. Y si es humano puede ser herido... —Una sonrisa maliciosa se dibujó en sus labios mientras pensaba en el uso que iba a dar a la información recibida.

—Ni se te ocurra, Uriel —cortó Avril sus pensamientos.

—Oh, vamos, sólo quiero divertirme un rato...

—Si le molestas en esto, seré yo quien quiera divertirse —lo amenazó muy seria.

Uriel recordó que en su último cabreo lo había sometido a una semana de control sexual sin permitirle hacerle el amor ni mucho menos correrse, pero, eso sí, manteniéndolo constantemente excitado. Y, sí, esos juegos lo ponían a mil, pero ¡no una semana entera!

—¿Ni siquiera puedo meterme un poquito con él por haberse

enamorado locamente —palabras textuales del whatsapp de Kayla— y llevado a la pastelera a su casa para presentarla a su abominable madre? —inquirió quejumbroso.

—Dos semanas, Uriel —le advirtió Avril. Era la primera vez que Nath se interesaba por una mujer, no iba a permitir que lo atormentara.

—Eres cruel.

—Sí.

Y con eso quedó todo dicho.

* * *

Casi una hora y media después, en la autovía M-40, un relámpago naranja circula exactamente a los cien kilómetros por hora permitidos. Una sonrisa maliciosa curva los labios del conductor al pensar que Roxy está en ese mismo instante cumpliendo su orden. Que, de hecho, llevará veintidós minutos cumpliéndola.

Redujo la velocidad y salió de la autovía para circular por las amplias avenidas que unían Pozuelo con su zona más exclusiva, Somosaguas. Se detuvo frente a las rejas que guardaban dicha urbanización y esperó tamborileando con los dedos en el volante mientras el vigilante introducía la matrícula de su coche en el sistema. Poco después le permitió el paso y Nath enfiló una larga y sinuosa calle cuyas lujosas casas quedaban ocultas tras pantallas arbóreas. Aparcó frente a un chalet, se apeó para plantarse frente a la cámara que vigilaba el recio muro y llamó al videoportero.

Contestaron mucho antes de lo que habría esperado.

—¡Eres un jodido cabrón!

Acto seguido, la cancela se abrió lentamente.

Nath sonrió. Por lo visto, Roxy había conseguido despertar a Kaos.

—¡¿Por qué coño le has dicho a tu puto robot que me llame cada cinco minutos y cuelgue?! —exclamó el rubio que lo recibió en la entrada de la casa.

Estaba completamente desnudo, el pelo del lado derecho de la cabeza salía disparado hacia el cielo, mientras que el del lado izquierdo se le pegaba a la cara, como si hubiera dormido sobre él. Todavía tenía la marca de la almohada en esa mejilla.

—¿Cada cinco? Juraría que le ordené llamarte cada tres —comentó Nath entrando en la casa, que era tan caótica como su dueño.

—¡Pues entonces cada tres! Joder, no me he puesto a contarlos. —Se pasó los dedos por el pelo mientras atravesaba enfadado el vestíbulo—. No es por nada, pero que tú no duermas no significa que los demás tampoco lo hagamos. Por si no te acuerdas, esta noche, como todas las putas noches, he trabajado en el Paraíso, donde por cierto se me acumula el trabajo porque resulta que sigues sin encontrar un puñetero encargado para tu discoteca, lo que me mantiene alejado de mi verdadero empleo todos los fines de semana —bramó. Entró en el cuarto de baño y se situó sobre un sumidero circular ubicado en mitad del suelo azulejado—. ¡Antonia, lluvia. Treinta y ocho grados!

Y, como por arte de magia, el agua comenzó a brotar del techo.

—¡Joder, Antonia, he dicho treinta y ocho grados! —jadeó con voz aguda cuando el agua helada (a ocho grados exactos) impactó sobre su cuerpo—. Jodidos sistemas de inteligencia artificial... ¿Cómo haces para que la tuya te obedezca?

—No le grito y la trato con respeto —contestó Nath apoyado en el quicio de la puerta.

—No me jodas... —masculló el rubio, comenzando a sentirse humano ahora que el agua caía a la temperatura adecuada.

—Es reconfortante descubrir que eres capaz de enfadarte como cualquier mortal —señaló Nath con una sonrisa diabólica—. Hasta este momento lo había creído imposible.

Kaos lo miró perplejo. ¿De verdad Nath tenía una sonrisa canalla en los labios? ¿El mismo Nath que conocía desde hacía años y que era un capullo arrogante que jamás sonreía? ¿Qué coño se había fumado para sonreír así? Si hasta parecía humano.

—Ya ves, sólo es necesario que me despiertes veinte veces en una hora.

—En realidad, sólo han sido diez en treinta minutos —señaló Nath con suficiencia.

—Me estás empezando a resultar cargante.

—Lo sé. Y es mucho más divertido que imaginar que te estrangulo. —Se apartó de la puerta—. Voy a servirme algo de beber.

—¿Imaginas que me estrangulas? —lo increpó Kaos, pero Nath ya se había ido.

Así que se apresuró a lavarse y, tras envolverse con una toalla el cabello recién tratado con una supermegacara mascarilla, salió del baño. No se molestó en cubrirse ninguna otra parte del cuerpo. Nada era tan importante como su pelo.

Encontró a Nath en la cocina, sentado en un taburete —el único que había— frente a la isla que dominaba la estancia.

—¿Cuándo vas a amueblar el salón? No sé cómo puedes usar ese colchón andrajoso a modo de sofá —comentó antes de comerse una magdalena con cobertura arcoíris.

Una horrible sospecha asaltó a Kaos, que, sin perder un instante, corrió hacia el microondas, que era donde recordaba haber dejado su tesoro.

—¡Te has comido mi puticornio! —exclamó atónito.

¿Quién coño era ese tío que le jugaba bromas pesadas con el teléfono, paseaba por su casa como Pedro por la suya, utilizaba el único asiento de su cocina y se comía el puticornio que había guardado para desayunar?...

—Tenía hambre y los puticornios son mi dulce favorito —señaló Nath—. Por cierto, tienes que comprar más cápsulas de café, están a punto de gastarse.

Kaos abrió unos ojos como platos y se dirigió al armario donde guardaba el café. O donde pensaba que guardaba el café, porque allí encontró los Blu-ray que había perdido en la mudanza. Abrió otro armario y halló en su interior una caja de zapatos con sus botines de tacón favoritos. La sacó y la dejó en el fregadero, los había echado mucho de menos. Abrió otro y volvió a cerrarlo al instante, librándose por los pelos de la avalancha de trastos inútiles que se le venía encima.

—En el armario de debajo del fregadero —indicó Nath.

—Gracias, pero ya lo sabía. Sólo estaba asegurándome de que no habías tocado mis cosas —lo acusó abriendo una de las puertas bajo el fregadero.

—En la otra puerta.

—¿Podrías dejar de esbozar esa sonrisita de suficiencia? —le pidió sin girarse.

Nath sonrió aún más.

Kaos exhaló un trémulo suspiro cuando comprobó que quedaba una cápsula de café en el paquete. Ahora sólo le faltaba localizar la cafetera...

—En la nevera, segundo estante —apuntó Nath leyéndole la mente.

Kaos se giró lentamente hasta encararlo.

—¿Cómo es posible que sepas dónde tengo cada cosa si no lo sé ni yo?

—Tengo buena memoria y, además, es cuestión de supervivencia —contestó señalándose la frente. Más exactamente, una zona enrojecida que no tardaría en convertirse en chichón—. El armario junto a la ventana. El tablero de ajedrez —explicó cuando Kaos lo miró confundido.

—¿Estaba ahí? Quién lo habría pensado. ¿No habrás encontrado por casualidad los bisturís? Los perdí hace unas semanas, cuando los saqué para afilarlos...

Nath enarcó una ceja.

Kaos le respondió con una sonrisita maliciosa y sacó la cafetera de la nevera, la enchufó, metió la última cápsula que le quedaba y suspiró soñador cuando, poco después, dio el primer trago a su café.

Nath no pudo evitar pensar que en eso se parecía a Marilia, a ninguno de los dos podía considerárselo una persona civilizada —y ésa era la palabra clave— hasta que tomaban el primer café del día. Aunque ella había rechazado tomarlo en su casa. Estrechó los ojos pensativo, pero dejó el tema de lado. Tenía un asunto importante que tratar.

—He encontrado el modo de prescindir de tus servicios —le soltó a bocajarro a Kaos mientras éste mojaba en el café el bocadillo que se había hecho con la loncha de chorizo rancio que había desenterrado del lavavajillas y una rebanada de pan fosilizada que había localizado en la tostadora.

Kaos se quedó inmóvil con el bocadillo en el aire y luego se lo llevó a la boca. Se lo zampó de dos bocados y se lamió los dedos antes de hablar.

—Así que quieres prescindir de mis servicios...

—Acabas de quejarte de que no tienes tiempo para ocuparte del Paraíso. Y no es la primera vez que lo haces. De hecho, comienzo a cansarme de escuchar tu letanía...

—Lo sé, por eso la entono. —Se sentó en la encimera—. No puedo decir que no tenga ganas de regresar a mi reino, pero la verdad es que echaré de menos el Torture Eden, tal vez me pase de vez en cuando a hacerte una visita.

—Serás bienvenido, yo también echaré de menos tu presencia.

Kaos saltó de la encimera y recorrió la distancia que lo separaba de Nath para ponerle una mano en la frente y mirarlo concentrado.

—Los golpes en la sien son más peligrosos de lo que la gente cree, pueden provocar fiebre, alucinaciones y cambios repentinos de personalidad. Y ese tablero de ajedrez es muy pesado. —Le tomó la muñeca derecha a la vez que lo hacía girar a la izquierda para mirarle el reloj—. No hables, voy a tomarte el pulso... —Aguardó unos segundos y lo soltó—. Sesenta y cuatro pulsaciones. Estás sano como una manzana, así que dime qué alucinógeno te has tomado.

Nath enarcó una ceja.

—¿Vas a seguir perdiendo el tiempo o puedo pasar a lo que realmente nos interesa?

—Adelante, desvela el misterio —aceptó Kaos saliendo de la cocina.

Nath lo siguió hasta lo que debía de ser la biblioteca, pues contenía un número infinito de libros esparcidos en columnas que iban del suelo al techo. Allí, sobre un astroso sillón, había un peine de seis púas.

—Siéntate si quieres —le ofreció Kaos acercándose al espejo que colgaba de la pared.

Qué hacían un peine y un espejo en una biblioteca era algo que Nath era incapaz de explicar. Observó el sillón y decidió que era más saludable permanecer de pie.

—He convencido a Marilia para que trabaje en el Torture Eden.

—¿No te propuse eso mismo hace unos meses y lo rechazaste? —inquirió mordaz.

—Errar es de humanos y rectificar de sabios.

—Y tú eres sabio... —se burló Kaos.

—También he convencido a Óskar para que nos venda en exclusiva su producción erótica.

—Has estado ocupado...

Nath pasó a detallarle todo lo que había hecho. Y no porque fuera necesario que lo supiera; al fin y al cabo, él seguía siendo el dueño del Torture Eden, ergo era el único con poder para tomar las decisiones, pero en esos dos meses había descubierto que le gustaba Kaos. Casi siempre. Y que era un tipo inteligente que no tenía prejuicios ni limitaciones, lo que le daba una claridad mental envidiable.

Así que le contó su estratagema y lo que pensaba conseguir.

—Sólo le veo un problema —afirmó Kaos frotándose la barbilla—. No existe un espacio concreto en la discoteca para que Marilia pueda vender sus productos. La diminuta sección de barra que empleas para la bazofia que vendes como comida no sirve. Vas a tener que retrasarlo al menos una semana mientras ideas algo diferente...

—Ya me he ocupado de eso. Voy a reformar esa sección, ampliándola.

—Bien.

—Mañana estará hecho.

—¿Mañana?

—Eso me ha asegurado Simón —dijo refiriéndose al encargado de la empresa que contrataba para las asiduas reformas que realizaba en los salones temáticos.

—Es imposible que le dé tiempo a tenerlo para mañana —señaló Kaos.

—Lo tendrá. O dejaré de solicitar sus servicios y me perderá como cliente.

—Imagino que se lo has comentado más o menos con esas palabras.

—Exactamente con esas palabras.

—Eres un negrero.

—Pero pago bien. Vístete, nos vamos.

—¿Adónde?

—Al Torture Eden, he quedado allí con Simón y su cuadrilla dentro de... —miró el reloj— cuarenta y tres minutos. Nos vemos en un rato —dijo enfilando hacia la puerta.

—Nath —lo llamó Kaos. Éste lo miró enarcando una ceja—. Estás colado por ella...

Nath se mantuvo silente mientras una lenta sonrisa curvaba sus labios.

—Hasta el fondo —replicó antes de dar media vuelta y salir a la calle.

29

En donde todo se pone en marcha y alguien se hace ilusiones que tal vez no debería hacerse.

—¿Y por qué no le dices a Marilia que lo telefonee y le diga que venga? —le reclamó Kaos a Nath varias horas después, exactamente a las ocho menos tres minutos de la tarde, mientras salían de la discoteca para ir a la pastelería—. Es mucho más sencillo que mandarme a buscarlo a su casa.

—Porque si le digo que llame a Óskar, éste le dirá que lo esperemos en la pastelería —replicó Nath armándose de paciencia, llevaban un rato discutiendo ese tema.

—Genial, así aprovecho para comer algo, tengo un hambre que me muero.

—¿Estás siendo obtuso a propósito o eres así de estúpido? —Nath lo miró suspicaz.

—A propósito. Es divertido sacarte de quicio —se burló Kaos calándose el sombrero a la vez que aceleraba el paso para adelantarse y entrar el primero en la pastelería—. Buenas tardes, bella dama, ¿no tendrías un puticornio para este pobre hambriento? —Se frotó el estómago desnudo con teatralidad.

—Tendría que haberte estrangulado la primera vez que lo pensé —mascculló Nath entrando tras él.

Marilia los miró resplandeciente, una enorme sonrisa dibujándose en sus labios.

—Buenas tardes, apuesto hambriento, por supuesto que tengo

un puticornio para ti. —Tomó el último *cupcake* con cobertura arcoíris, aunque sin detalles eróticos, que quedaba en el mostrador.

—Sé de alguien que se va a quedar sin su magdalena favorita —le susurró Kaos malicioso a Nath, y se acercó a Marilia, quien sostenía el dulce ofreciéndoselo.

Estaba a punto de cogerlo cuando ella le hizo un regate más propio de un defensa de fútbol que de una pastelera y lo puso fuera de su alcance.

—No te apresures, nene. —Chasqueó la lengua—. Sólo queda un puticornio y aquí veo dos pobres hambrientos... ¿Qué me ofreces a cambio de este tesoro único?

—Mi persona y mi virtud —señaló Kaos haciendo una sentida reverencia.

—¿Para qué quiero al Príncipe del Paraíso si ya tengo al Señor del Torture Eden? —dijo ella haciendo referencia a su título en el Lirio Negro—. Y, no es por nada, pero me apuesto el cuello a que tu virtud hace siglos que la entregaste...

—Me hieres... Está bien, mi coche a cambio de ese puticornio —ofreció Kaos.

—Ya he conducido tu E-Tron. —Marilia miró a Nath—. ¿Tienes una oferta mejor?

Nath esbozó una lenta sonrisa y sus ojos refulgieron traviesos mientras se acercaba al mostrador. Levantó el trozo abatible, pasó al otro lado y la tomó por el talle.

La besó.

Y tuvo los reflejos suficientes para atrapar el puticornio, que se le escapó a ella de entre los dedos.

—Eso es trampa, colega —protestó Kaos esbozando una sonrisa. No era habitual en Nath mostrarse cariñoso con una mujer (ni con nadie) en público. Tampoco bromear relajado. Estaba claro que Marilia era una buena influencia para él.

—¿Creías que iba a jugar limpio? Pobre ingenuo —se burló Nath frotando la nariz contra el cuello femenino. Estaba deseando probarla. Sin testigos—. ¿Dónde vive Óskar?

Marilia lo miró sin comprender.

—Estoy reformando la barra del Torture Eden para albergar

vuestros bollos y la cuadrilla de albañiles tienen unas cuantas dudas que debéis resolverles.

Ella parpadeó aturdida.

—Estás...

—Mañana empiezas a trabajar para mí, quiero que todo esté en las condiciones apropiadas.

—Pero...

—¿Dónde vive Óskar? Kaos irá a buscarlo —inquirió Nath con tono severo.

Ella se lo dijo, aunque no sin antes pedirle mil explicaciones sobre el diseño de la barra, que él le dio armándose de paciencia.

—¿Dónde tienes las llaves de la pastelería? —requirió.

Marilia lo miró pasmada. Él volvió a besarla. Ella se lo dijo, era imposible luchar contra ese hombre cuando la besaba así.

Nath fue a la trastienda a por el bolso y se lo tendió para que las buscara, cuando las encontró se las tiró a Kaos a la vez que la tomaba de la mano guiándola hacia la salida.

—¿A qué viene tanta prisa? —preguntó ella siguiéndolo a trompicones.

—A que he mandado a los obreros a cenar y van a volver dentro de —miró el reloj— cincuenta y un minutos.

—Qué exactitud —se burló ella.

—Serán puntuales, saben lo que les conviene —señaló Kaos, quien ya estaba acostumbrado a las manías de su socio con la hora—. Además, estarán deseando continuar para poder irse a dormir cuanto antes.

—¿Van a trabajar esta noche?

—Toda la noche si es necesario para que esté acabado mañana —apuntó Nath abriendo la puerta.

Marilia lo miró pasmada mientras tiraba de ella sacándola a la calle.

—Cierra la puerta y baja la reja al salir. Te espero en el Torture a las nueve —le dijo a Kaos yendo apresurado a la discoteca.

—¿Ahora soy el portero? —resopló el rubio.

Ninguno de los dos lo oyó, pues en ese momento entraban en la discoteca, que estaba fantasmalmente vacía, no en vano era jueves y estaba cerrada. Nath echó la llave y, sin perder un instante, llevó a Marilia a su dormitorio. No tenían mucho tiempo...

Se empezaron a despojar de la ropa en el mismo momento en que pisaron la galería de la primera planta.

—Qué desilusión... Llevo toda la tarde pensando que no ibas a llevar bragas... —comentó Nath tras quitarle el vestido, en esta ocasión blanco y de largo asimétrico, y ver que llevaba unas deliciosas braguitas de encaje blanco.

—Si hubiera sabido que ibas a venir, me las habría quitado —replicó ella desabrochándole el cinturón para hundir la mano en sus vaqueros y agarrarle la polla, que estaba justo como le gustaba, gruesa, dura y a punto para follarla.

—Aun así, comprenderás que ante tal desilusión no me queda otro remedio que...

—¡No! —estalló al intuir lo que iba a hacer. Trató de apartarse de él, pero la sujetaba impidiéndole huir—. En serio, Tiquis. No —le ordenó cortante—. Me estoy quedando sin reservas de bragas. Así que ni se te ocurra. Te esperas un segundo y me las qui...

No le dio tiempo a terminar. Nath enredó los dedos en sus braguitas y tiró rompiéndoselas.

—Joder.

—Ahora mismo —aceptó él devorándole la boca.

* * *

Más o menos en el mismo momento en que Marilia pierde sus enésimas bragas a manos de Nath, Kaos llega a un anodino portal situado a un par de calles de la pastelería.

Observó meditabundo el panel de telefonillos. Debería buscar el piso que le había indicado Marilia y llamar para decirle a Óskar que bajara. Pero eso sería tan aburrido... Hizo saltar las llaves en la mano. Eran de Marilia. Y ella vivía con Óskar. Y había más llaves además de la que había usado para cerrar la tienda. Seguramente alguna correspondería a ese portal, y otra a la puerta de la casa.

Miró las llaves, el portal y esbozó una sonrisita ladina.

Dos minutos después se paraba frente a la puerta del segundo derecha y probaba la llave que le pareció que encajaría mejor en su cerradura.

Bingo.

Abrió con sigilo, aunque no tardó en replanteárselo, no era cuestión de matar de un susto al pobre muchacho.

—¿Óskar? ¿Estás en casa?

—¡Kaos! —le llegó el grito estrangulado del joven. Un segundo después salía de una habitación vestido con unos calzoncillos—. ¿Qué haces aquí? ¿Cómo has entrado?

—Pues la verdad es que estaba a punto de llamar al telefonillo para decirte que bajaras, pero me ha parecido aburrido y he pensado que era mejor subir y darte la sorpresa, espero que no te moleste —dijo entrando sin esperar invitación.

—No, claro. —Óskar lo observó embelesado mientras recorría el pasillo asomándose sin pudor a las habitaciones—. Pero ¿cómo has abierto la puerta?

—Marilia me ha dado las llaves para que cerrara la pastelería porque Nath tenía prisa por ir a la discoteca. Imagino que ahora estarán follando como locos en esa bañera enorme que hay en su apartamento, quién sabe. A mí personalmente no me convence follar en el agua, es demasiado resbaladizo y en cuanto te mueves rebosa, poniendo perdido el suelo —comentó con desidia entrando en lo que, por los almohadones y cojines que cubrían el suelo y la televisión ubicada sobre una mesa hecha de vallares, intuyó que sería el salón—. Me gusta tu casa, es alegre y acogedora. —Deslizó la mirada por los floridos fulares que forraban las paredes—. Muy colorida y primaveral, como tú.

—Ah..., gracias. Si quieres pasar —le ofreció Óskar a pesar de que Kaos ya lo había hecho—. Y sentarte... —añadió al ver que se acomodaba sobre un almohadón.

—Gracias por tu hospitalidad, eres muy amable —dijo Kaos.

Se quitó los botines, los pinquis y el sombrero y se recostó contra la pared cruzando los tobillos para ponerse cómodo. Pero no debía de estarlo mucho, porque al instante se llevó las manos a los vaqueros y se desabrochó los cinco botones —ni uno más ni uno menos— que cerraban la bragueta. Luego volvió a relajarse contra la pared.

A Óskar a punto estuvo de darle un pasmo al ver la uve de piel desnuda que esos botones dejaron a la vista. Joder. No llevaba ropa interior. Y parecía que estaba depilado.

—¿No tendrás algo de comer para este pobre hambriento? Nath ha utilizado sus argucias para arrebatarme el único puticornio que le quedaba a Marilia.

—Ah, sí, claro... Creo que tengo..., ah..., unas rosquillas de Alcalá que estoy probando con vistas a las fiestas de la Paloma... Ya sabes, de las listas...[1]

—Genial, me muero por probarlas. Además, así te doy mi sincera opinión.

—Voy a por ellas. Dame sólo un momento. No te vayas... —comentó nervioso. ¡Tenía a Kaos en su casa! ¡En su salón! ¡Y sólo llevaba puestos los pantalones!

¡Ay, Dios! ¿Qué iba a hacer?

—Llevarle sus rosquillas... —musitó para sí yendo a la cocina—. Y un café... Le gusta muy cargado. Con dos azucarillos y una pizca de canela. —Lo había memorizado la primera vez que le puso uno en la pastelería.

Preparó una elegante bandeja y sirvió con primoroso detalle el café en una taza de porcelana de la vajilla de su abuela. Le sacó brillo a la cucharilla antes de colocarla en el platito y preparó una bandejita de plata con rosquillas. Estaba a punto de salir de la cocina cuando lo pensó mejor y añadió una servilleta bordada. Comprobó que todo estaba impecable y lo llevó al salón, donde Kaos había encontrado su alijo de *Attitude*[2] y lo ojeaba despreocupado.

Óskar parpadeó perplejo, no era que tuviera las revistas escondidas, pero desde luego no estaban a la vista.

—Ah, yo... Esto... —murmuró turbado a la vez que enrojecía

1. Dependiendo de su elaboración, las rosquillas pueden ser tontas, listas, de Santa Clara, francesas...

2. La revista gay más vendida en el Reino Unido.

vivamente. Esas revistas no eran pornográficas, pero sí muy explícitas y estaban llenas de chulazos desnudos.

—¿Dónde los has conseguido? Hacía siglos que no veía un *Attitude* —comentó Kaos con sonrisa pícara—. Ah, pillín, los has conseguido de contrabando...

—Eh... No —replicó agitado—. Los he pedido por internet..., yo...

—Pero no me digas eso, hombre, que le quita toda la emoción al asunto —lo regañó guasón volviendo la atención a la revista—. Me gustan los tatuajes de este tío. —Se lo enseñó.

O, mejor dicho, le enseñó una foto a doble página de un hombre desnudo dando la espalda a la cámara. Tenía un culo de infarto y las piernas separadas de manera que el escroto asomaba entre sus muslos. Y, sí, tenía un tatuaje en la espalda. Y, a pesar de todas las veces que Óskar se había masturbado con esa imagen, nunca se había fijado en su tatuaje.

—¿Ésas son mis rosquillas? —Kaos se sentó erguido y dejó la revista a un lado sin cerrarla, por lo que otro chulazo, éste rubio y en una pose frontal de lo más explícita, les sonreía mientras se tapaba con las manos la entrepierna.

—Ah... Sí, claro. Rosquillas de Alcalá, capas prensadas de hojaldre bañadas en una mezcla de yemas y almíbar para, una vez secas, pintarlas con una mezcla de agua y azúcar lustre a la que he añadido unas gotitas de azahar —refirió Óskar dejando la bandeja sobre una mesita baja de madera labrada.

—Tienen una pinta bárbara —observó Kaos cogiendo una—. Por cierto, me encantan tus calzoncillos, son muy originales.

Óskar lo miró con los ojos muy abiertos y luego bajó la vista. ¡Ay, Dios! Había olvidado que sólo llevaba un bóxer negro de encaje con rosas rojas y amarillas bordadas.

—Lo siento..., voy a... Ahora vengo.

—¡Óskar! —lo llamó Kaos antes de que saliera—. No se te ocurra cambiarte de ropa. Estás en tu casa y, además, estás muy sexy... —Esbozó una sonrisa encantadora y lasciva capaz de conquistar el corazón más duro.

Y el de Óskar, desde luego, no era ni una pizca de duro.

—Vaya, vaya... Va a resultar que te los vas a tener que quitar... Sería una pena que los rompieras y, como sigas así, acabarás por estallarlos —señaló Kaos burlón fijando la mirada en la repentina erección de Óskar, que se engrosaba por segundos.

—Lo siento... Yo... —Se calló incapaz de recordar incluso cómo se llamaba al ver cómo Kaos pasaba la punta de la lengua por la rosquilla.

—Buenísima... —murmuró el rubio con voz ronca y la mirada fija en la rotunda erección de Óskar—. Me la comería entera de un bocado, pero entonces no la disfrutaría...

Volvió a lamer la rosquilla.

—Tengo... que... cambiarme... —consiguió decir el joven.

—Por mí no lo hagas. No me molesta ver a la gente excitada, es más, estoy acostumbrado: en el Paraíso todo el mundo está empalmado y follando, entre otras cosas. También se llevan mucho las felaciones y los *cunnilingus*. Por cierto, ¿sólo te van los hombres o le das a todo?

—Sólo los hombres...

—¿Debo asumir que el motivo de tu excitación soy yo, y no el tipo de la revista?

—Ah..., bueno... La verdad es que...

—Qué mono, si hasta te sonrojas —dijo malicioso.

Óskar se sonrojó aún más.

—Óskar, mírame —le reclamó Kaos con voz grave. Esperó hasta que el pastelero fijó su atención en él antes de continuar hablando con una firmeza inusitada—. Soy hetero. Cien por cien. ¿Está claro?

Él lo miró boqueando y, tras unos segundos, consiguió asentir.

—Te lo digo porque creo que lo debes saber, para que no te lleves a engaño —señaló Kaos con más seriedad de lo que nunca había dicho nada.

—Gracias...

—Un placer. Aunque, la verdad, más placer sería que me la comieras —se burló.

Óskar lo miró pasmado.

—Pero acabas de decir que no eres...

—Y no lo soy. Pero si cierro los ojos y me imagino que es una mujer quien me la come me excito igual. El truco está en usar la imaginación. Y en que quien me la coma no tenga barba ni bigote, claro. Ni hable, porque entonces estropea toda la fantasía.

—Claro.

—Lo malo es que no puedo corresponder, me resulta muy molesto meterme pollas en la boca. Y tampoco me hace gracia masturbar a hombres. En realidad soy un cabronazo que sólo busca su propio placer. Pero, eso sí, soy sincero.

—Ya lo veo.

—Sólo quería que lo supieras. —Se llevó una rosquilla a la boca y cerró los ojos mientras la paladeaba.

Los dejó cerrados.

No los abrió cuando sintió a Óskar arrodillarse junto a él.

Tampoco cuando el pastelero le acarició con timidez la entrepierna, descubriendo que, al contrario de lo que le sucedía a él, Kaos no estaba excitado.

Descruzó los tobillos y se repantigó en los cojines hasta quedar tumbado cuando Óskar se animó a hundirle la mano en los vaqueros y masturbarlo. Se relajó y dejó la mente volar a un tiempo más feliz y sencillo, sumergiéndose en la fantasía mientras su *partenaire* se esforzaba en excitarlo.

Y cuando Óskar se metió su polla en la boca, lo que vio en su mente fueron los labios increíblemente gruesos de la mujer de cabello castaño e insondables ojos grises a la que jamás podría tener.

* * *

Bastante después, Kaos entra con Óskar en la discoteca. Uno de ellos parece muy feliz; el otro, en cambio, sigue igual que siempre.

—Ya están aquí... —señaló Nath al verlos recorrer la pista a través de la pared de cristales de su refugio.

—¿Tan pronto?, ¡qué rabia! —Marilia se estiró perezosa contra él y, de paso, aprovechó para acariciar su definido torso. Era una delicia tocarlo. Y besarlo. Y lamerlo.

Nath se giró para besarla y se levantó de la cama en la que estaban tumbados con la piel y el cabello húmedos tras la rápida, pero no por ello menos excitante, ducha que acababan de darse. Una hora daba para mucho si se sabía administrar bien.

—Llegan doce minutos antes de lo acordado —mascculló disgustado mirando el Rolex de su muñeca.

Se vistió y salió del dormitorio para regresar un instante después con el vestido y las bailarinas de Marilia.

—Eres todo un caballero —comentó ella estirándose retozona antes de ponerse el vestido—. Si llego a saber que iba a hacer de capataza de una obra, me habría puesto vaqueros. Así no tendría que estar pendiente de que se me vieran las bragas si hago algún movimiento raro... —Lo miró maliciosa antes de añadir—: Ay, no, que alguien me las ha roto. Si por casualidad se me levanta el vestido, lo que verán todos esos obreros fornidos y sudorosos será un coño depilado y apetitoso... Quién sabe, tal vez hoy consiga hacerme con el harén que tanto anhelo. —Chasqueó la lengua burlona.

—Lo que me recuerda...

Nath se acercó al vestidor y tomó una elegante bolsa beige con asas doradas que había dejado allí esa tarde, tras visitar cierta tienda antes de ir a casa de Kaos. Se la tendió a Marilia y ella la aceptó sorprendida al ver el logo. La abrió y sus ojos estuvieron a punto de salirse de las órbitas al ver tres cajas en su interior. La primera contenía el conjunto de braguita clásica de tiro bajo y sujetador sin aros más bonito que había visto en su vida.

—Joder —musitó sin atreverse a tocar las prendas.

—No muerden —señaló Nath muy serio.

—Son de La Perla. —Lo miró pasmada—. Son preciosas.

—Póntelas.

—Ni de coña. No me las pienso poner para estar aquí supervisando una obra. Este conjunto es para una ocasión especial...

—Póntelas —repitió Nath.

—Son demasiado bonitas para ponérmelas un día normal —dijo abriendo la segunda caja. Jadeó asombrada. Era otro conjunto, aún más bonito que el primero—. No me jodas...

Se lanzó a por el siguiente y sintió que el corazón le daba un vuelco. Y no por lo hermosos que eran los conjuntos o por la pasta que tenían que haberle costado, sino porque las prendas que había elegido dejaban claro que no las había adquirido sin pensar o siguiendo las sugerencias de la vendedora, al contrario. Eran conjuntos en los que la había tenido muy en cuenta a ella. Lo que siempre usaba, lo que le gustaba, con lo que se sentía cómoda.

—Nunca he tenido algo tan bonito —murmuró. ¡Puñeteras hormonas disparatadas! ¡¿De verdad iba a llorar por unas bragas?! ¡Joder!—. No me las puedo poner...

—Claro que puedes.

—No. Tú no lo entiendes. Nunca. Nadie. Me ha regalado algo así. Jamás nadie se ha molestado en pensar qué me podía gustar o se ha fijado en que sólo uso bragas clásicas de tiro bajo y sujetadores sin aro porque no soporto los aros ni que las bragas se me metan en el culo. Nadie se ha tomado jamás tantas molestias por mí.

—Eso es porque no has conocido al hombre apropiado. Hasta ahora. Ponte el conjunto blanco —le pidió con tanta ternura que Marilia tuvo que luchar para que no se le escaparan las lágrimas.

—Vale, pero si las estropeo no quiero saber nada...

—Si las estropeas, te compraré otras.

—Palabras, palabras —replicó con voz ronca mientras se ponía las braguitas—. ¡Son supersuaves! —exclamó acariciándolas, era lo más suave que había tocado en su vida.

—Satén de seda con bordado de tul. Son perfectas para ti —musitó Nath acercándose para deslizar los dedos sobre el sedoso tejido.

Ella se apartó de un salto.

—¡Si me las rompes, te mato! ¡Lo juro! Éstas no se pueden romper. Me niego.

Nath se echó a reír y se acercó de nuevo a ella.

—Te las romperé si quiero.

—Y yo te cortaré las manos. O, mejor aún, la polla —lo amenazó echando a correr alrededor de la cama para zafarse de él.

Nath, por supuesto, no tardó en atraparla.

* * *

Un buen rato después, nuestros protagonistas bajan por fin para supervisar la reforma de la barra. Ella, milagrosamente, aún conserva intactas las bragas blancas de satén de seda.

—Hombre, si os habéis dignado aparecer... —Kaos miró el reloj con el mismo gesto concentrado que ponía Nath—. ¡Veintitrés minutos tarde! ¡Qué impuntualidad! esperaba más de ti, ¡oh, poderoso Señor del Torture Eden!

Nath enarcó una ceja admonitoria, pero no le sirvió de nada porque Marilia dio al traste con su gesto severo al guiñarle un ojo a Kaos, chasquear la lengua y decirle:

—Me ha regalado unas bragas preciosas, y, claro, una cosa llevó a la otra...

Nath abrió la boca para reprenderla, pero lo pensó mejor. No iba a conseguir nada, más bien al contrario. Y de todas maneras no estaba mintiendo, ergo calló y sonrió.

Marilia, al ver que no había logrado enrabietarlo, se acercó a Óskar, quien parecía bastante despistado. De hecho, tuvo que darle un ligero empujón para que dejara de mirar embobado a Kaos, quien estaba muy entretenido molestando a Nath.

—¿Qué te parece lo que llevan hecho? —le preguntó señalando la barra.

—Muy bonito... —suspiró el pastelero sin prestar atención.

—¿Recuerdas la altura a la que se separan los estantes en la pastelería? Estaría bien replicarla en los de la barra, es la más adecuada para los diferentes tipos de... ¿Me estás escuchando? —lo increpó al ver que continuaba mirando atontado a Kaos.

—Ah..., sí, perdona. Estaba distraído —musitó enrojeciendo.

—Ya lo veo... Alturas. Estantes. Tartas... —dijo enfadada en modo telegráfico.

Un instante después, Marilia y Óskar estaban instruyendo a los obreros sobre lo que querían exactamente, pidiéndoles un montaje de una lúcida y genial extravagancia.

30

Tras dos semanas, ha llegado el día del gran viaje, pero aún faltan unas pocas horas para salir al aeropuerto y todos nuestros protagonistas duermen.

¿Todos?

No.

Lunes, 9 de agosto de 2021

Nath observó hechizado a la mujer que dormía a su lado. El reflejo plateado de la luna que se colaba por las ventanas iluminaba su semblante relajado, convirtiendo su piel en porcelana y aplacando el fuego de su pelo. Se inclinó para depositar un beso en su frente y ella murmuró una frase ininteligible a la vez que se giraba para darle la espalda.

Sonrió. En las noches —muy pocas— que habían dormido juntos había aprendido dos cosas de ella. La primera, que no le gustaba que la molestaran cuando dormía. La segunda, que hablaba dormida, aunque en realidad lo que hacía era farfullar palabras ininteligibles en tono airado, sobre todo si antes la había molestado.

Era una gruñona.

Le acarició la espalda desnuda incapaz de resistirse a la tentación de atormentarla un poco y ganarse un gruñido. Y ella, en respuesta, le dio un somnoliento manotazo y murmuró algo sobre

Índigo. Luego masculló «Micah». Nath ladeó la cabeza confundido, era la primera vez que oía esa palabra y no podía ubicarla en ninguno de los cinco idiomas que hablaba. La besó en el hombro. Y ella farfulló enfurruñada algo sobre dormir por dos.

Y por tres, pensó divertido. Era una dormilona de cuidado.

En vista de que no conseguía conciliar el sueño —los viajes siempre le producían insomnio— y de que era incapaz de mantenerse apartado de ella, abandonó la cama.

Fue sigiloso al vestidor, se puso un bañador y, sin calzarse, salió de sus dominios decidido a entretener la vigilia nadando a la luz de la luna. Aún faltaban un par de horas para salir al aeropuerto con destino a San Francisco, por lo que le quedaba un buen rato para despertar a sus bellas durmientes y al príncipe encantado, porque, además de a Marilia y a Kayla, también tenía que despertar a Óskar, quien en ese momento, para gran alegría de su hija y gran preocupación suya, dormía en la habitación de invitados.

En vez de salir directamente al jardín, se pasó por la cocina para hacerse con el puticornio que había sacado de estraperlo del Torture Eden. Se preparó un café, se sentó a la mesa, dio el primer mordisco al *cupcake* y cerró los ojos. Delicioso.

Casi tanto como la mujer que los vendía en su discoteca.

Tal y como había previsto, Marilia se había sentido como pez en el agua tras la barra. Tanto era así que Kaos ya lo había avisado de que dimitiría como encargado cuando volvieran de California. Y aunque era precipitado podrían asumirlo. Porque Marilia era una líder nata. Se desenvolvía entre las arenas movedizas de los clientes, los proveedores y los camareros con seguridad, solvencia y asertividad. Nada la pillaba desprevenida, y si lo hacía lo disimulaba muy bien. Era capaz de solucionar el entuerto más complicado con una sonrisa, un chasqueo de lengua o, cuando la ocasión lo requería, con una seriedad teñida de violencia de lo más intimidante.

En las dos semanas que llevaba dirigiendo el catering —y toda la barra en realidad, pues Kaos se había desentendido al ver que se las apañaba bien sin su ayuda— le había quedado meridianamente claro que había nacido para el puesto de encargada.

Ahora sólo faltaba que dejara la pastelería y trabajara en exclusiva en la discoteca. Pero ella se empeñaba en mantener ambos trabajos, a pesar de acabar extenuada.

Frunció el ceño disgustado. Era la mujer más independiente y autosuficiente que había conocido nunca. Jamás se apoyaba en nadie. Nunca pedía ayuda ni la aceptaba. Y tampoco le contaba cuáles eran los fantasmas que la atormentaban cuando hablaba con su hermana y sus ojos se opacaban, o cuando, sin motivo aparente, se retraía y lo esquivaba, apartándolo con unos muros que no por ser invisibles e intangibles eran menos sólidos.

Y eso comenzaba a molestarle. Mucho. Porque cada vez más a menudo le daba la impresión de que Marilia actuaba como si tuviera un secreto horrible que no se atreviera a contarle. Y esa falta de confianza por su parte era, sencillamente, intolerable.

Estaba acostumbrado a ser el fuerte, quien resolvía todos los problemas, propios y de su familia, y quien llevaba toda la carga sobre sus hombros y se había ido a enamorar de una mujer que no admitía que nadie se inmiscuyera en sus asuntos. Que, de hecho, ni siquiera compartía con él la gran mayoría de sus asuntos.

¡Era exasperante! Y muy frustrante.

Sacudió la cabeza y se terminó el dulce. Nadar le vendría bien para desenredar sus pensamientos. Recogió la taza y en ese momento su madre entró en la cocina.

—Te he oído bajar —explicó recorriéndolo con una mirada despectiva—. ¿Ya ni siquiera te molestas en vestirte para estar por casa? —lo acusó altiva.

—Estoy vestido, madre —replicó señalando su ajustado bañador Speedo.

—Tarzán va más tapado que tú. —Marga alzó su aristocrática nariz con desdén.

—Peor para él, pasará más calor. —La esquivó para salir.

—Tengo que hablar contigo, por favor, no te vayas —anunció. Y eso viniendo de su madre era toda una declaración de intenciones.

Nath regresó a la mesa, ya que iba a tener que escucharla, al menos lo haría sentado, y le indicó con un gesto que hablara.

—Has vuelto a traerla a casa. —Marga irguió más la espalda, si es que eso era posible.

—¿Te refieres a Marilia? —inquirió él sólo por el placer de enfurecerla.

Su madre actuaba como si tuviera que soportar la presencia de Marilia a diario, cuando la realidad era que le había costado más de dos semanas convencerla para que visitara de nuevo su casa. Y si lo había conseguido había sido con la excusa de que podría dormir al menos una hora más —eso había sido determinante— si salían juntos hacia el aeropuerto en lugar de tener que perder el tiempo recogiéndolos a Óskar y a ella.

Así que Marilia había aceptado a regañadientes y él había vuelto a tenerla en su cama. E iba a hacer lo necesario para mantenerla a su lado todos los días.

—No te finjas obtuso, sabes perfectamente a quién me refiero —respondió Marga arrancándolo de sus cavilaciones—. No es quien aparenta ser, te está engañando.

—¿Ah, no? ¿Quién es? Ilústrame —exigió Nath con sorna.

—Está endeudada hasta las cejas —afirmó arrogante—. Tiene la nómina embargada por las deudas contraídas por su pésima gestión de su negocio y no tiene nada en propiedad, ni siquiera un lugar donde caerse muerta. Le viene muy bien tener un amante rico y tonto al que sacar dinero. No creo que tarde mucho en pedirte ayuda con los ojos empañados en lágrimas mientras te recita algún cuento patético sobre la dureza de su infancia, lo mal que la ha tratado la vida y lo apurado de su situación.

—La has investigado —murmuró Nath, su mirada tan dura que podría cortar granito.

—Lo he hecho por Kayla. Mi nieta se está encariñando con ella y tú lo estás permitiendo. Te está utilizando y te parece bien con tal de acostarte con ella —dijo con desprecio—. No voy a permitir que se ría de mi nieta y la utilice a su antojo. Kayla se merece depositar su confianza en alguien mejor, más íntegro, de su clase.

—Debería haber previsto que lo harías —continuó Nath como si Marga no hubiera hablado—. Es tu estilo, ¿verdad? Contratar detectives que remuevan la mierda para disfrutar esparciéndola, a ser posible sobre mí.

—Todo lo que hago lo hago por Kayla y por ti. Esa mujerzuela no es...

—Cuidado, madre... No tientes a tu suerte.

Marga apretó la mandíbula. Ya no se atrevía a desestimar las amenazas de su hijo. Esa mujer lo tenía tan hechizado que lo había cegado a todo lo que no fuera ella.

—Te engaña, Nathaniel. Hace contigo lo que quiere. Te ha convertido en un pelele.

Nath se retrepó en la silla, cruzó los tobillos en una pose relajada y apoyó el codo en la mesa para, a su vez, apoyar la barbilla en los nudillos, como si lo aburriera tanto escucharla que necesitara sostenerse la cabeza para no dormirse.

Marga guardó silencio enfurecida.

—Continúa, madre, me interesa mucho todo lo que puedas contarme.

—¿Seguro? No parece que te importe en absoluto —replicó indignada por su obcecación. Era igual que su padre. Y, como éste, llevaría a la familia a la ruina y el escarnio.

—Por supuesto que sí. Permíteme que te amplíe la información. Resulta que hace unos años Marilia no pudo hacer frente a las deudas que acumulaba su negocio ni a los préstamos que había pedido su madre, no ella —especificó—. Como resultado, su madre perdió su casa y Marilia se quedó sin su taberna —resumió—. Lo que deviene en que tiene embargado un porcentaje de su nómina para pagar las deudas antes mencionadas. ¿Era eso lo que querías contarme?

—Lo sabías.

—¿Sorprendida?

—Si la has investigado es porque no te fías de ella —asumió Marga—, entonces ¿por qué sigues...?

—No la he investigado —la cortó—. No soy como tú, madre. Me limité a preguntar y ella respondió —aunque en realidad había sido mucho más complicado.

—Claro que respondió. Seguramente entre lágrimas y desnuda

en tu cama, implorando tu compasión y tu cariño —repuso enfadada por su ofuscación.

Nath no pudo evitar esbozar una sonrisa. Era incapaz de imaginarse a Marilia implorando nada.

—Y, a cambio, ha conseguido que la lleves a San Francisco y la contrates en tu discoteca para no hacer nada. Desde luego, la jugada le ha salido redonda —continuó Marga furiosa borrando la sonrisa de Nath—. Su madre es una demente que mató a su padre y cumple condena en un centro psiquiátrico penitenciario...

—En realidad la condena la cumple por haberle disparado a Marilia, quien intentaba salvar a su hermanastra —señaló Nath—. Aunque eso ya lo sabías, ¿verdad? —inquirió al ver el gesto de su madre—, pero no te interesaba sacarlo a relucir porque reseñaría su valor, su integridad moral y el sentimiento de lealtad y protección que siente hacia su hermanastra. Tan fuerte que no le importó arriesgar su vida para salvarla. En definitiva, Marilia aúna en su persona algunas de las cualidades que más admiro, lo que podría convertirla en una heroína a mis ojos. Y eso no puedes permitirlo.

—No te conviene. Podría haber heredado la locura de su madre. Y, si así fuera, ¿qué sería de Kayla? No puedes arriesgarte a que le haga daño.

—Tu preocupación por mi hija es admirable.

—La hija de Jonathan —no pudo evitar corregirlo Marga.

—Cierto, es su hija. ¿La querrías igual si fuera biológicamente mía? —preguntó Nath dando voz a una sospecha que lo atormentaba desde hacía años—. Prefiero que no contestes. —Levantó una mano atajando su respuesta—. Lo importante es que la adoras, no el motivo.

—Y lo importante es que esa mujer no le conviene a Kayla —incidió Marga—. No es buena para ella. Sólo tienes que ver su falta de modales y su pésima educación. ¿De verdad quieres que Kayla conviva con una irresponsable que ha llevado su negocio a la ruina y tiene los genes de una demente? No permitiré que viva en esta casa.

Nath le lanzó una mirada de advertencia y Marga apretó los labios para contener su lengua, consciente de que tenía que ir con cuidado.

—Piensa en Kayla —musitó atenazada por la preocupación—. Necesita buenos ejemplos en su vida. Es vulnerable e inocente, y se está encariñando con ella. Y esa mujer la utilizará a su conveniencia para tenerte comiendo de su mano. La pondrá en mi contra —apuntó con desesperación, y no fingía.

—Nadie va a poner a Kayla en tu contra. Marilia no es así.

—¿Cómo puedes ser tan obtuso? —exclamó exasperada—. Piensa en cómo es: vulgar, zafia, interesada, inculta... Si se lo permites, moldeará a Kayla a su imagen, echando a perder la educación que tanto nos hemos esmerado en darle. ¿Quieres que la hija de tu hermano se convierta en una zorrita que utiliza el sexo para conseguir lo que quiere de los hombres?

—Cuidado, madre, estás rozando el límite de mi paciencia.

—Por el amor de Dios, te tiene sorbido el seso —exclamó frustrada—. ¿Acaso no ves cómo es? Y Kayla es una esponja. Asimilará todo lo que le diga. Esa mujer no es tonta, es muy lista, eso te lo reconozco, sabrá ganarla para su causa, igual que te ha ganado a ti. La pondrá en mi contra, como ha hecho contigo. Hará que deje de quererme...

—¿De verdad crees que Kayla puede dejar de quererte por lo que pueda decirle nadie? —la increpó Nath levantándose de la silla—. Qué poco conoces a tu nieta.

—Nathaniel... —lo llamó al ver que hacía intención de irse.

—Estoy harto de esta conversación, madre.

—Vuelve con Samara —lo exhortó desesperada al darse cuenta de que no entraba en razón. Lo iba a perder y, si eso sucedía, se quedaría sin su preciosa nieta—. Ella sí te conviene. Es una mujer inteligente, tiene un trabajo reconocido y unos modales exquisitos. Será una buena influencia para Kayla.

Nath se giró despacio, sorprendido por sus palabras.

—¿Conoces a Samara?

—Por supuesto, la conocí en tu fiesta de cumpleaños —dijo a la defensiva.

—La invitaste, por lo que debías de conocerla de antes. —Entrecerró los párpados. Ésa era una cuestión que lo había intrigado en su momento, aunque se había olvidado de ello con la desaparición de Kayla—. ¿De qué os conocíais, madre?

—Tenemos amigas comunes —respondió evitando su mirada.

Nath negó con un gesto, no la creía. Esa explicación era demasiado ambigua.

—¿Me has investigado también a mí? —inquirió en tono peligrosamente suave. Por el respingo de Marga, supo que había dado en el clavo—. Por supuesto que lo has hecho. No será la primera vez que contratas a un detective para seguirme, no sé por qué me sorprendo.

—Mi deber como madre...

—¡Tu deber como madre es quererme! —estalló Nath lleno de rabia a la vez que estrellaba el puño contra la mesa.

Ella lo miró asustada al darse cuenta de hasta qué punto lo había enfurecido. Jamás le había levantado la voz. Ni golpeado nada en su presencia.

—Nathaniel...

—No. —Alzó la mano silenciándola. Una idea giraba en su cabeza—. ¿Cuándo empezó a preocuparte que Marilia pudiera convertirse en alguien importante para mí?

—No sé a qué te refieres.

—Me propusiste la fiesta de cumpleaños antes de que Marilia y yo... —Hizo memoria—. Por tanto, no mentiste y el motivo original para esa estúpida fiesta fue que Kayla se relacionara con esa ralea de esnobs prepotentes que tanto te gustan —dijo para sí—. Pero poco después descubriste, o, mejor dicho, tu detective descubrió mi interés por cierta pastelera y decidiste aprovechar la fiesta para tomar cartas en el asunto. ¿Voy bien encaminado?

—Estás siendo absurdo.

—Fue en la fiesta cuando mencionaste por primera vez que tenía que buscarme una novia acorde a mi estatus social. Y Samara estaba allí, muy oportunamente.

—Es la mujer perfecta para Kayla y para ti. Tiene clase, elegancia, saber estar...

—Samara es el tipo de mujer que te gusta, educada, inteligente, fría, calculadora... No habría hecho feliz a Kayla. Ni a mí, aunque no creo que eso te importe especialmente.

—Y, sin embargo, a pesar de no hacerte feliz, mantuviste una relación de más de diez años con ella —replicó altiva.

Nath enarcó una ceja y Marga se dio cuenta de que había hablado de más.

—Una relación de lo más apropiada para ti y tus expectativas —apuntó Nath—. Sólo sexo y nada más, sin sentimientos ni futuro. La limitada presencia de Samara en mi vida no amenazaba tu posición en esta casa ni en el corazón de tu nieta, así que la ignoraste. Y entonces conocí a Marilia.

—Y empezaste a perseguirla como un perro en celo —le espetó disgustada.

—¿En serio? Pensaba que había sido más discreto.

—Babeabas cada vez que la veías —siseó desdeñosa—. Bastaba con verte la cara en las fotos que me traía el detective para saber que te tenía atrapado por las pelotas —dijo sorprendiéndolo, pues jamás usaba esos términos—. Conozco a las mujeres como ella. Sé cómo actúan. Se meten en la bragueta de los hombres y hacen con ellos lo que quieren.

—Por supuesto —señaló Nath.

Marga tuvo que contenerse y no darle una bofetada por su sarcasmo.

—Eres igual que tu padre: te crees muy listo, pero eres un idiota que sólo piensa con... —Se calló.

—Yo no soy como padre.

—Eres su viva imagen.

—¿Por eso me odias? ¿Porque me parezco a él físicamente?

—No digas tonterías. No te odio.

—Lo disimulas muy bien.

—No te odio, Nathaniel. Nunca te he odiado. Puede que no te quiera tanto como debería, pero no puedes culparme a mí, sino a tu padre. Y, aun así, siempre he hecho lo que he considerado mejor para ti, y Marilia no es lo mejor para ti. Te utilizará, te arruinará y luego te dejará. Y la historia se repetirá. ¿O de verdad crees que la delicada situación económica en que nos dejó tu padre era algo que sólo sucedió esa vez?

—Por supuesto que no. Sé que era un ciclo que se repetía. Tardé en averiguarlo, pero lo hice.

—Ganaba dinero y lo gastaba en sus amantes, hasta el punto de olvidarse de todo. Y lo primero de lo que siempre se olvidaba era de mí. Pero jamás se olvidó de ti —afirmó con rabia—. Siempre se encargó de mantenerte alejado de su sordidez recluyéndote en internados a los que jamás se molestó en llevar a tu hermano. Porque él no le importaba. Sólo le importabas tú.

—Sin embargo, yo habría preferido gozar de la libertad que tenía Jon y vivir con vosotros.

—No sabes lo que dices. No entiendes lo que tuvimos que soportar mientras estabas en los exclusivos colegios a los que te llevaba, tuviera o no dinero para pagarlos. Siempre pensaba en ti. Sólo en ti. Incluso tuvo la desfachatez de poner nuestra casa a tu nombre, ¡como si la merecieras! Nunca tuviste que aguantar sus desplantes y su desprecio, sólo Jonathan y yo tuvimos que soportar su desdén y hacer frente a la vergüenza cuando paseaba a sus queridas ante todos. Sólo cuando venías por vacaciones se portaba con integridad.

—Y yo soy igual que él... —apuntó Nath incrédulo. ¿Cómo podía creer eso?—. Esta situación se ha hecho insostenible, madre. No puedo consentir que continúe esta guerra sin cuartel. Nos estamos haciendo daño el uno al otro, pero quien acabará sufriendo será Kayla. Y no voy a permitirlo.

Sacudió la cabeza pesaroso por el punto al que habían llegado.

—Kayla y yo salimos dentro de una hora hacia San Francisco, estaremos fuera hasta el sábado. Ése es el tiempo que tienes para mudarte, no te quiero viviendo en mi casa. Busca un lugar que te guste, no repares en gastos, los asumiré. Por supuesto, también te proveeré con una asignación adecuada a tu categoría —afirmó con sorna yendo hacia la puerta.

—Nathaniel..., Kayla...

—Podrás verla, no te lo impediré. Busca una casa cerca y ella irá a visitarte siempre que ambas queráis, pero no volverás a pisar mi casa —reiteró con voluntad férrea.

Marga supo que su decisión era inapelable.

—Tu hermano jamás...

—Mi hermano está muerto —la silenció con brusquedad—. ¿Lo quisiste más que a mí porque no se parecía a padre o porque padre no lo quería y por eso te volcaste en él?

—Tu hermano era idéntico a su padre. Y por eso tu padre lo odiaba. —Marga fijó su mirada en él—. Y por ese mismo motivo yo lo amaba más que a ti.

—Gracias por aclarármelo, madre. —Salió de la cocina.

Y casi se dio de bruces con Marilia.

—Los disparos de tu madre son más certeros y dolorosos que los de la mía —musitó deslizando los dedos con suavidad sobre su mejilla.

Nath inclinó la cabeza, dejando que le acunara la cara con su mano.

31

Nuestros protagonistas están en el aeropuerto, esperando que anuncien su vuelo sin saber que éste no va a ser un viaje como los demás. Va a ser especial. No se imaginan cuánto..., pero ya lo descubrirán.

Marilia observó a Nath y a Kayla alejarse por la pasarela de la terminal 4 del aeropuerto Madrid-Barajas.

Kayla se había despertado entusiasmada por el viaje, dicharachera y con una energía incontenible que no había hecho más que aumentar conforme se acercaba la hora de partir. Hasta que el taxi que debía llevarlos al aeropuerto paró frente a la propiedad y su abuela la llamó aparte para despedirse de ella. En ese momento todo cambió. Su energía había desaparecido, igual que el brillo de sus ojos. Había mantenido un inusitado silencio durante el trayecto y mientras recorrían el aeropuerto hasta llegar a la pasarela en la que se encontraban. Y en ese momento le había dicho a Nath que quería hablar a solas con él.

Nath había accedido. Y en eso estaban ahora, parados frente al mirador desde el que se podían ver los aviones. Él, altísimo y fornido, con vaqueros y una ceñida camiseta negra que evidenciaba la potencia de su cuerpo, y su hija, bajita y algo rellenita, el pelo largo hasta media espalda, los shorts blancos de algodón y una dulce camiseta rosa.

Hablaban muy cerca uno del otro. Las miradas trabadas mientras lo hacían. Él, serio, casi inmóvil. Ella, nerviosa, incapaz de quedarse quieta. De pronto la adolescente se lanzó contra él y lo abrazó con fuerza mientras él le acariciaba el pelo con una ternura que le inundó los ojos a Marilia.

Porque sabía que Kayla estaría llorando imparable, liberándose con sus lágrimas de la tristeza y la rabia, mientras que Nath dominaría sus emociones, manteniendo el control y siendo la roca que se esperaba de él que fuera, como siempre hacía.

—¿Qué ha pasado? —musitó Óskar, la mirada fija también en la desigual pareja.

—Ya te lo contará ella —musitó Marilia apartando la vista para darles intimidad.

Pero no parecía suficiente. Así que deambuló por la terminal fingiendo mirar los escaparates de las tiendas, ¡como si le importaran un ápice! Pero era una buena excusa para alejarse y poner en claro sus ideas. Para recordarse que Nath no era su pareja ni Kayla su hijastra, o lo que quiera que fuera la hija de un novio. Que sólo eran una adolescente que le caía bien y el hombre con el que se acostaba. No tenía derecho a inmiscuirse en su privacidad por mucho que deseara abrazarlos y que la abrazaran. Ese consuelo sólo estaba destinado a las familias.

Más específicamente, a las familias que se querían.

Y ella ni era familia ni quería serlo.

Porque, ¿de qué valía desear algo que nunca se haría realidad? Era más seguro no desearlo. No quererlo. No pensar en ello.

Siguió caminando sin rumbo mientras deslizaba la mano por su barriga.

Era muy fácil desear cosas sencillas, como un buen trabajo, un amigo cómplice, un amante atento, un lugar en el que refugiarse. Pero el problema era que siempre acababa deseando más. Más de lo que nunca tendría. Más de lo que la vida le daría.

Y eso era un error. Porque la vida era cruel e injusta, y cuanto más se deseaba menos se conseguía. Había aprendido la lección hacía años. Había deseado una madre cariñosa, un padre que le enseñara a montar en bici, una casa de donde no la echaran y un lugar en el que la aceptaran, y nada había conseguido.

Nada, excepto lo único que no había deseado: una hermana.

Se detuvo y, sin pensar en lo que hacía, sacó el móvil y llamó a Índigo.

—No. No pasa nada —respondió a la preocupación de Índigo, quien estaba poco acostumbrada a que la llamara. De hecho, era algo que no había ocurrido nunca—. Sólo quería comentarte que estaré fuera del país toda la semana, por si me llamas y el teléfono te da fuera de cobertura... Me voy de vacaciones a San Francisco con mi amante millonario al más puro estilo *Pretty Woman*. Me lleva con todos los gastos pagados a cambio de licencia para follarme cada noche.

Estalló en carcajadas al oír la réplica de su hermana.

—Pues sí, aunque no te lo creas, no puede vivir sin mí. Lo tengo sequito al pobre de tanto como lo ordeño —afirmó maliciosa—. Está bien, me pongo seria y te digo la verdad. Me voy a San Francisco con mi amante —repitió con sorna—. Me ha suplicado que lo acompañe para que lo ayude a montar un superevento sexual de fama mundial.

—Yo jamás suplico —le llegó alta y clara la voz de Nath.

Se giró sobresaltada, descubriéndolo a su lado. Kayla estaba en la zona de espera, sentada con Óskar, o, mejor dicho, acurrucada entre sus brazos.

—Sí, era él. Pobre iluso, dice que no suplica... —se burló respondiendo a Índigo—. ¡Claro que tiene una voz bonita! Y un cuerpo de infarto, una polla enorme y una cuenta bancaria aún más abultada. Cuando me busco un amante lo hago a conciencia —se jactó.

Nath enarcó una ceja.

Marilia le guiñó un ojo.

—Tengo que dejarte, Indi, mi amante me reclama. Creo que quiere follarme en el aseo de la terminal, le da morbo hacerlo en sitios públicos. Ya te contaré si acabamos haciéndolo en pleno vuelo... —dijo socarrona antes de cortar.

—Aunque puedas creer lo contrario, no me resulta excitante, sino repugnante, pensar siquiera en hacer el amor en un baño público que usan cientos de viajeros —señaló él arrugando el ceño—. Y, sinceramente, no consigo imaginar cómo pretendes que nos metamos los dos en el diminuto aseo del avión y tengamos sexo. Apenas entro yo...

—No seas tiquismiquis. Nadie dice que lo vayamos a hacer, sólo me estaba burlando de Indi.

—Por supuesto. Creo que comienzo a entender tu *modus operandi*. Primero dices la verdad, pero de tal manera que parezca mentira, y luego sueltas una mentira tan evidente que nadie podría dudar que lo es. De esa manera consigues que tu interlocutor, en este caso tu hermanastra, asuma que todo lo que le dices es mentira y que te estás burlando de ella. —La miró con los ojos entrecerrados—. ¿Por qué lo haces, Marilia?

—Porque me divierte. —Chasqueó la lengua, aunque no tardó en ponerse seria—. ¿Kayla lo sabe?

Nath asintió, sabía perfectamente a qué se refería.

—Marga se ha despedido de ella esta mañana diciéndole que a su regreso estaría viviendo en otra casa. Así que me ha preguntado el motivo —señaló con gesto impasible.

—¿Y qué le has dicho?

—La verdad, por supuesto. Que su abuela y yo tenemos diferencias irreconciliables y que la convivencia resulta imposible. Me ha dicho que se lo esperaba, últimamente la tensión era más que evidente entre nosotros, pero que no por eso le ha dolido menos.

—Podrías haber sido un poco menos... sincero.

—¿Insinúas que debería haberle mentido a mi hija?

—Estaba entusiasmada y ahora está llorando. —Se giró hacia donde estaba la adolescente, que en ese momento parecía más triste que nunca—. Sólo digo que podrías haberle dado largas y decírselo en el vuelo de regreso, así habría disfrutado más del viaje.

—Yo no le miento a mi hija ni le oculto información cuando me pregunta —afirmó, la mandíbula tan tensa que le palpitaba—. Odio las mentiras. Es lo único que no puedo perdonar, que me mientan. Y, por tanto, yo no miento —sentenció.

Marilia palideció al oírlo. Su piel de por sí nacarada se tornó aún más blanca en tanto que sus labios se entreabrieron en un jadeo contenido.

—Marilia... ¿Qué ocurre? —susurró Nath estrechando los ojos ante su reacción.

Ella boqueó un par de veces antes de girarse hacia la pantalla de vuelos y decir:

—Creo que acaban de anunciar nuestro vuelo. Vamos a la puerta de embarque —y echó a andar con tal rapidez que Nath supo que había algo que no quería decirle.

No obstante, le permitió escapar a su pregunta. Ya tendría tiempo de volver sobre ello en las quince horas que duraba el vuelo.

Pero no lo tuvo. Porque durante el vuelo hasta San Francisco Kayla se sentó entre Marilia y él. Y cuando por fin llegaron al hotel y se registraron, una habitación para Óskar y una suite con dos dormitorios y un salón para Kayla, Marilia y él, todos —menos Nath— decidieron que era pronto —apenas las seis de la tarde en San Francisco, en Madrid las tres de la madrugada— y que no iban a quedarse en el hotel a descansar como si fueran viejecitos. A Nath no le quedó más remedio que resignarse y mantener el tipo para que no pensaran que era un blando —y porque era incapaz de decirles que no a su hija y a su amante—, y salieron a recorrer las empinadas calles de San Francisco.

Cruzaron el Golden Gate, montaron en tranvía y bajaron Lombard Street entre las exclamaciones de sorpresa y las risas entusiasmadas de Óskar, Marilia y Kayla, quien con el paso de las horas había dejado de lado la congoja y estaba disfrutando del viaje como la adolescente que era. No fue hasta que se detuvieron en Crissy Field para ver a lo lejos Alcatraz que sus incombustibles acompañantes se quedaron sin pilas.

Tal cual.

En un momento estaban dando saltos y haciéndose fotos con la prisión de fondo y al instante siguiente estaban tirados en la pradera quejándose de que no se podían mover. Pero nada de nada. *Nasti de plasti*. Marilia incluso le dijo que si quería levantarlos que llamara a una grúa. O a una ambulancia. Lo que antes llegara.

Y Nath no pudo dejar de mirar la antigua prisión con cierta melancolía. Si se lo pedía amablemente a los vigilantes, ¿la abrirían para que pudiera encerrar en ella a su amante, a su hija y a su pastelero favorito? No para siempre, por supuesto. Sólo por unas cuantas horas. Para que aprendieran la lección.

Suspiró resignado y, armándose de paciencia, tiró de ellos —para algo tenían que servirle los músculos que tanto esfuerzo le había costado ganar— hasta que consiguió ponerlos en pie —y no fue nada fácil— y los hizo andar a punta de pistola —es un decir, porque por desgracia no tenía ninguna pistola a mano, ¡bien que le habría venido!— hasta la carretera, donde detuvo un taxi que —¡por fin!— los llevó al hotel y de ahí a las camas. Donde todos, incluso él, a pesar de su habitual insomnio viajero, cayeron como piedras.

Cuando se levantaron al día siguiente, Marilia rezongando y Óskar, Kayla y Nath animados, todo volvió a empezar. Había mucho por ver y muy poco tiempo para verlo. Más, habida cuenta de que por la tarde tenían una reunión en el teatro en el que se celebraría el Torture Game. Allí, Marilia y Óskar se comportaron como los profesionales que no sabían que eran —aunque Nath sí—, y mientras ella diseñaba la barra de catering, Óskar revisó catálogos, habló con representantes y regateó con proveedores.

Esa noche Nath no tuvo que tirar de ellos, más que nada porque no consiguió alejarlos del hotel más allá del restaurante situado en la esquina de la calle, que fue donde cenaron.

El miércoles fue idéntico al martes, sólo cambiaron los lugares que visitaron por la mañana y los proveedores con los que hablaron por la tarde. Esa noche, Nath consiguió, con no poco esfuerzo, convencerlos para asistir al teatro. Marilia se durmió en el momento en que empezó la obra —al fin y al cabo, hablaban en inglés y ella no entendía ni una palabra—, Kayla aguantó casi cinco minutos antes de caer y Óskar..., en fin, Óskar usó el hombro de Nath de almohada. Era lo que tenía que a las ocho de la tarde en San Francisco fueran las cinco de la madrugada en España.

Y, a pesar del cansancio, de que lo arrastraran por toda la ciudad obligándolo a hacerles fotos sin parar, de la apretada agenda e incluso de los ronquidos de Óskar junto a su oído durante la representación, Nath pensó que jamás se había divertido tanto en un viaje. Que, de hecho, nunca se lo había pasado mejor en su vida.

El jueves por la mañana visitaron las casas victorianas de Alamo Park, recorrieron Little Italy, subieron al mirador de Twin Peaks, se persiguieron en las cuestas de Nob Hill que salían en las películas de acción ambientadas en San Francisco, comieron en Chinatown y compraron en Union Square. Y, al llegar la tarde, y con ella la reunión prevista, Nath se encontró con un motín.

Nadie quería acompañarlo.

Ni siquiera su hija.

—Jo, papá, no quiero ir. Tus reuniones son un rollo. No hacéis más que hablar y hablar y hablar. Todo el rato hablando. Es muy aburrido —se quejó ardientemente.

—Y además lo hacen en inglés —apostilló Marilia, uniéndose a la rebelión.

Nath enarcó una ceja, molesto porque se posicionara con los amotinados.

—Y de todas maneras no es como si nosotros pintáramos algo —señaló Óskar, quien le había perdido si no el respeto, sí el temor que le tenía—. Sólo te estorbaríamos...

—¡Exacto! —hizo frente común Kayla—. Tienes que relacionarte con un montón de gente y si debes cuidar de nosotros no vas a poder.

—Tu hija es una mujer sabia que se preocupa por ti y por tus negocios —comentó Marilia—. No es que no queramos ir, es que es mejor para ti que no te acompañemos. Podrás amenazar, extorsionar y sobornar mejor si no estamos presentes.

—¡Exacto! —volvió a exclamar Kayla entusiasmada.

Nath la miró admonitorio arqueando una ceja.

—No quiero decir que hagas nada de eso —se apresuró a decir poniendo ojos de corderito—, sólo que, si tuvieras que hacerlo, con nosotros presentes no podrías.

—Me da la impresión de que teníais este motín preparado —repuso Nath inquisitivo.

—No. Qué va —rechazó Óskar.

—Sí que lo hemos preparado —dijo Kayla a la vez, incapaz de mentirle a nadie, y menos a su padre—. Incluso lo hemos ensayado. Pero eso no es malo. Eso es...

—Prever las contingencias —completó Marilia.

Kayla le chocó la mano y se echaron a reír.

Y Nath supo que tenía la batalla perdida.

—¿Qué tenéis pensado hacer en mi ausencia?

—¡Una fiesta de pijamas! —estalló Kayla entusiasmada.

—Y tú sobras —le soltó Marilia a Nath chasqueando la lengua.

—¡No! No sobra —se apresuró a corregirla Kayla—. Sólo...

—Estorba —apuntó Marilia.

—¡Que no! —replicó Kayla enfadada—. No sobra ni estorba... Papá...

—Es una fiesta de pijamas para chicas en la que vamos a contar secretos de chicas y no eres bienvenido —se extendió Marilia mirándolo maliciosa.

—Eso. Menos lo de que no eres bienvenido. Sí lo eres. Pero te aburrirías. Por eso es mejor que no estés. Nosotras somos todas chicas y tú eres un chico —afirmó Kayla.

—Óskar es un chico —señaló Nath.

—Pero tengo cara de chica, me gustan las flores y voy a llevar un pijama de tulipanes, así que pueden fingir que soy una chica —repuso el pastelero.

Y con eso quedó zanjada la cuestión.

32

Donde Kayla descubre que con amigos de verdad los secretos que duelen son menos temibles.

Jueves, 12 de agosto de 2021

—¿Y qué nos cuentas de tu novio? —le preguntó Marilia a Kayla.

Estaban tumbadas en la enorme cama del dormitorio que compartían Marilia y Nath, mientras que Óskar estaba derrumbado sobre un elegante diván que habían movido hasta colocarlo a los pies de la cama. El suelo estaba plagado de bolsas vacías de chucherías, envoltorios de bollos y chocolate, latas de refrescos y cubos de helados a medio terminar. Vamos, una fiesta de pijamas en toda regla.

Marilia no pudo evitar pensar que, con lo pulcro y ordenado que era, a Nath le iba a dar un ataque cuando viera su dormitorio. Sonrió maliciosa.

—Está de vacaciones en Huelva, en Isla Cristina —comentó Kayla flemática.

—Imagino que lo echas mucho de menos. —Óskar se estiró para tomarle las manos y darle unas consoladoras palmaditas.

—Pues la verdad es que no —replicó con la brutal sinceridad que la caracterizaba—. Sólo hemos salido cuatro veces antes de que se fuera... y como ya hace semanas que no lo veo se me olvida echarlo de menos. Además..., me gusta otro chico —Se sonrojó.

—¡Qué pillina! —Óskar se arrastró por el diván hasta pasar a la cama y sentarse estilo indio frente a sus amigas—. Dinos quién es... Y, sobre todo, ¡dinos si está bueno!

—Es muy guapo. Y muy cariñoso —musitó Kayla desviando la mirada.

—¿Ya lo has besado? —inquirió Marilia con picardía—. Los besos son muy importantes, ya lo decía Cher: si quieres saber si un chico te ama de verdad, lo descubrirás en su beso...

Acto seguido se levantaron, e hicieron levantarse a Kayla, para recorrer la habitación —que desde luego pequeña no era— haciendo el trenecito mientras cantaban. Y cuando estallaron en carcajadas y se derrumbaron en la cama al terminar, Kayla pensó que era imposible reírse más ni pasárselo mejor.

—Marilia... ¿Tú supiste que papá te quiere por sus besos? —le preguntó soñadora.

—Yo diría que, por cómo me besa, a tu padre le gusto un montón —contestó esquiva.

—Pero gustar no es lo mismo que querer —señaló la joven entrecerrando los ojos.

—Pero se le parece mucho —desestimó Marilia—. ¿Y tú qué? Al final no nos has dicho si has besado al chico que te gusta —dijo por despistarla del tema.

—No. Pero... —Tomó aire armándose de valor y miró a Óskar—. ¿Quieres besarme?

Él parpadeó aturdido y miró a Marilia, quien los observaba petrificada.

«Ay, mierda.»

—Verás... No es que no quiera besarte, porque te aprecio un montón y eres una chica estupenda, pero... es que no me gustas de esa manera... —farfulló Óskar.

—¿Como novia?

—Exacto.

—¿Es porque tengo capacidades distintas? —inquirió retrayéndose.

—Claro que no. Es porque no me gustan las chicas.

Kayla lo miró confundida.

—Sólo me gustan los chicos —especificó él.

—Ah. Vale. Me habría gustado ser chico para gustarte —afirmó—, pero me alegro de no gustarte por ser chica y no por tener un cromosoma de más.

—¿Alguien te ha dicho que no le gustas por eso? —inquirió Marilia.

Esa muchachita dulce y vulnerable era un soplo de brisa fresca acariciándote la cara en un día de verano; refrescante, agradable, lenitiva. Y era su amiga. Y no era que le sobraran las amigas. No iba a permitir que nadie, absolutamente nadie, le hiciera daño.

Kayla bajó la mirada y deslizó nerviosa los dedos por las arrugas de la sábana.

—¿Kayla? ¿Lo han hecho? —indagó Óskar sentándose a su lado.

Ella asintió con un gesto tan suave que fue casi imperceptible.

—¿Quién?

Se encogió de hombros.

—¿Lo sabe tu padre?

Volvió a asentir.

—¿Les ha dado su merecido? —gruñó Marilia con voz fiera.

—¡No! —exclamó Kayla—. No sabe quiénes fueron. ¡Ni puede saberlo! Yaya le dijo que los arruinara y los hiciera pasar hambre —repuso con una voz tan fiera como la de Marilia. Su padre no hacía cosas malas y no iba a empezar a hacerlas por ella—. Además, mintieron, así que no importa —sentenció encogiéndose de hombros.

—¿Qué dijeron? —preguntó Marilia.

—Que papá no tenía novia ni iba a tenerla nunca por mi culpa, porque ninguna mujer quería un novio con una hija subnormal. Pero a ti eso no te importa y quieres mucho a papá. Y conmigo te llevas muy bien.

—Ah, joder, Kayla, me llevo más que bien, a ti también te quiero —dijo lanzándose a sus brazos. Un instante después se les unió Óskar.

Acabaron los tres llorando como Magdalenas.

—Tienes que contarme quiénes dijeron eso —exigió Marilia cuando se separaron.

—¿Para qué? —Kayla la miró con desconfianza.

—Para ir a sus casas y lanzarles bombas fétidas y que se mueran de asco por el mal olor —contestó con cara muy seria.

—O podríamos lanzarles huevos podridos...

—¡Como en *Bajo la misma estrella*! —exclamó Kayla, era su película favorita.

—¡Sí! ¡O globos de agua llenos de pintura en el coche!

—Mejor aún... —Marilia les hizo con un gesto para que se acercaran, los abrazó como si fueran jugadores de rugby y les contó su Maléfico Plan, con mayúsculas.

* * *

Un buen rato después, con el plan estudiado y todas las contingencias previstas, los ánimos se han vuelto a relajar. Tanto, que están a punto de quedarse dormidos.

—Óskar no nos ha dicho si le gusta alguien. Se ha escaqueado —bostezó Kayla.

Habían hablado de su novio, de venganza, de chicos guapos, de los besos que su padre le daba a Marilia, de películas de amor que acaban bien y de películas de amor que acaban mal —Óskar y ella coincidieron en que éstas eran las mejores; Marilia, en cambio, se decantó por las de superhéroes—, de sus estudios, de la pastelería, del pueblo de Marilia, de chicos guapos morenos —importante diferencia con respecto a los otros chicos guapos—, de nombres que les gustaban, de fantasmas, de la taberna, y acababan de finiquitar el apasionante tema de los chicos guapos rubios (que no son los mismos que los morenos).

—Bueno..., pues a mí me gusta un chico guapo rubio —apuntó Óskar.

—¡¿Quién?! —exclamó Kayla.

—Yo lo sé... —anunció Marilia con mirada ladina.

—Pues dilo, lista —la desafió Óskar.

—Kaos —soltó Marilia.

Las últimas dos semanas, cada vez que el rubio entraba en la pastelería Óskar se sonrojaba, farfullaba y se comportaba como si fuera idiota, todo a la vez. Sin embargo, Kaos ignoraba todos sus intentos por llamar la atención. Lo que no era un buen augurio.

—¡¿En serio?! —Kayla abrió unos ojos como platos, en tanto que Óskar se puso rojo como la grana—. Pero a tío Kaos le gustan las chicas...

—Y los chicos —replicó Óskar a la defensiva.

Porque dijera lo que dijese Kaos, con él había reaccionado y se había corrido, y eso significaba que le había gustado, y si le había gustado era porque no era hetero, sino bisexual. Y punto. No había otra posibilidad. Estaba locamente enamorado de él. Sólo era cuestión de tiempo que Kaos le correspondiera.

—Estoy con Kayla —señaló Marilia—. Tiene pinta de ser hetero...

—Eso dijo —admitió Óskar encorvando los hombros como si soportara un terrible peso—, pero acto seguido me pidió que... me comiera una salchicha. —Sacudió las cejas.

A Marilia los ojos casi se le salen de las órbitas. Y Kayla, que no entendía ni captaba los dobles sentidos, lo miró pasmada.

—¿Para qué quería que te comieras una salchicha? ¿Era la hora de cenar?

—Ah... No. De merendar. Quería que la probara para... que le dijera si me gustaba... Y le gustó mucho que me la comiera. —Miró a Marilia, que no salía de su asombro.

—¿Y eso qué tiene que ver con que le gustes? —inquirió confundida la adolescente.

—Porque si yo no le gustara..., no me habría ofrecido una salchicha.

—Tal vez sólo quería ver qué tal la comías... —apuntó Marilia sin verlo nada claro.

Kayla observó a Marilia y a Óskar con los ojos entrecerrados.

—No me lo estáis contando todo —los acusó enfadada.

—Pues la verdad es que no —convino Marilia.

Kayla no era tonta, al contrario, era muy perceptiva, y, aunque no lo fuera, no merecía que la trataran como si fuera tonta. Aunque tampoco podía ser muy explícita con lo que le contara o Nath la mataría. Así que se decantó por un término medio.

—Lo que pasa es que Kaos le pidió a Óskar que le diera un beso. Y Óskar se lo dio. Y por lo visto le gustó...

—Y mucho —añadió Óskar orgulloso—, porque yo, cuando beso, siempre beso de verdad —dijo con gesto folclórico, arrancándole una carcajada a Kayla.

—¿Y cómo fue? —preguntó la adolescente.

Óskar las miró sin saber qué decir, porque lo cierto era que Kaos y él no se habían besado. Cuando había terminado Kaos se había limitado a abrocharse el pantalón, darle las gracias —muy educadamente, eso sí— y preguntarle si tenía más rosquillas. Pero eso no lo podía decir, porque entonces Kayla le haría mil preguntas y Marilia le diría que era un tonto soñador y que lo que había ocurrido no significaba nada. Y eso no podría soportarlo, porque no era verdad, no podía serlo. Así que les detalló el impresionante beso con el que soñaba cada noche desde entonces.

Que no fuera real no significaba que no fuera a serlo a corto plazo.

O a largo plazo, tampoco tenía prisa.

* * *

A las once de la noche en San Francisco, las ocho de la mañana hora española, nuestro protagonista regresa al hotel. Y aunque debería estar muerto de sueño está totalmente despierto. Al fin y al cabo, a esa hora ya está todos los días en pie en España.

Abrió la puerta y entró en el salón de la suite, comprobando complacido que estaba en perfecto estado. No sabía por qué, pero se había imaginado que se lo encontraría hecho un desastre, con basura por el suelo, muebles rotos, rodetes de cerveza en las mesas... Más o menos como solían retratarlo las películas americanas de adolescentes. Pero, claro, en esa fiesta de pijamas sólo había una adolescente, Kayla. Marilia y Óskar eran adultos y no permitirían que nada se saliera de madre.

Satisfecho al ver que sus temores eran infundados, se dirigió al dormitorio de su hija con la intención de darle un beso de buenas noches, pero sin despertarla eso sí, sólo por el placer de ver esa sonrisa tan maravillosa que tenía incluso dormida.

Abrió la puerta y entró.

No había nadie.

El corazón se le detuvo en el pecho. Era imposible que no estuviera allí a esas horas. Se dirigió raudo al dormitorio de Marilia, ella sabría dónde estaba. No podía ser de otra manera.

Se detuvo nada más entrar.

La luz del escritorio estaba encendida, iluminando tenuemente la habitación y permitiéndole ver el caos que se había desatado en su dormitorio.

Su hija, con su pijama de calaveras favorito —regalo de su madre—, estaba tumbada boca arriba en su cama, pero en lugar de hacerlo con la cabeza en dirección al cabecero estaba atravesada horizontalmente y un poco escorada a la derecha. Marilia, vestida con una camiseta enorme que Nath sospechó que le había robado de la maleta, dormía abrazada a la almohada como un monito. También en sentido horizontal. Y, por último, Óskar tenía la cabeza y el torso sobre el diván que debería estar bajo la ventana pero que, Dios sabría por qué, estaba a los pies de la cama, y la otra mitad del cuerpo en la cama. Los pies, más exactamente, sobre el trozo de almohada que no abrazaba Marilia.

El suelo estaba cubierto de bolsas vacías y restos de patatas fritas, palomitas y otros alimentos —por llamarlos de alguna manera— que no era capaz de identificar. Había un cubo de helado derretido en el escritorio, envoltorios de Kit Kat sobre la maleta y un sinfín de latas de refrescos, batidos y botellas de agua esparcidas por el dormitorio.

Parpadeó.

Casi parecía un cuadro de El Bosco, sólo que, en lugar de un infierno del inicio del Renacimiento, retrataba un infierno moderno.

Buscó un lugar limpio donde dejar el maletín —y no le resultó fácil encontrarlo—, se acercó al diván y sacudió por el hombro al bello durmiente que dormía en él.

—Ahora no, Kaos... —mascullló dando media vuelta, lo que conllevó que la parte superior de su cuerpo perdiera la base y acabara en el suelo—. ¡Joder!

—¡Shhh! —le chistó Nath. No quería despertar a su hija.

Óskar lo miró con un ojo abierto y otro cerrado, el pelo alborotado y un hilillo de saliva reseco bajando por la comisura de su boca.

—¿Por qué me has tirado de la cama? —le susurró enfadado.

Nath se limitó a arquear una ceja y mirar a su alrededor.

Óskar siguió su mirada, enrojeciendo vivamente.

—Debemos de habernos quedado dormidos...

Nath asintió cruzándose de brazos.

Y Óskar se escabulló dando gracias a Dios y todos los santos porque el Señor del Torture Eden no lo hubiera desollado vivo al encontrarlo allí ¡con su amante y su hija!

Mientras Óskar cerraba la puerta, Nath pensó la estrategia que seguir. Por supuesto, lo primero de todo era llevar a Kayla a su dormitorio. Pero para lo que vendría después dudaba entre *a*) torturar a Marilia por el basurero en que había convertido su dormitorio o *b*) tirarla por la ventana por el estercolero en que había convertido su dormitorio. El problema era que *a*) estaban en un cuarto piso, por lo que tirarla por la ventana era peligroso y que *b*) si la torturaba no podría hacerle el amor, que era algo que deseaba con desesperación, ergo se había quedado sin opciones. Aunque eso no significaba que no le hiciera pagar su afrenta.

Renegó arrodillándose en la cama. Estaba alzando en brazos a Kayla cuando ésta abrió los ojos.

Sonrió adormilada echándole las manos al cuello para acurrucarse contra él.

—Ha sido la noche más feliz de mi vida, papá —susurró tras un enorme bostezo—. Quédate con Marilia, por favor.

—En eso estoy, cariño —musitó Nath besándole la frente.

Ella esbozó su sonrisa más hermosa y volvió a quedarse dormida.

La llevó a su cuarto y regresó al vertedero, donde hizo de tripas corazón e ignoró la porquería que lo rodeaba. Entró en el baño y se dio una ducha revitalizante.

Cuando salió, Marilia seguía profundamente dormida en la misma posición.

Sintió celos de la almohada a la que se abrazaba. Así que se la arrebató.

Ella gruñó algo ininteligible y se arrastró por la cama como un alma en pena en busca de su adorada almohada. Como no la encontró, le fue infiel abrazándose a un almohadón y volvió a quedarse dormida, si es que en algún momento se había despertado, algo que Nath dudaba.

Así que no le quedó más remedio que tomar medidas drásticas.

Se arrodilló en la cama, le agarró los tobillos separándole las piernas y, cuando protestó, la ignoró. Estaba muy ocupado lamiendo y mordisqueando sus pies como para prestar atención a sus incoherentes reproches. Ella se removió y él puso las manos sobre sus rodillas, manteniéndoselas separadas para tener mejor acceso mientras ascendía hacia el interior de sus muslos.

Dejó de protestar cuando comenzó a usar la lengua sobre las braguitas, que, por cierto, eran las negras que le había regalado. Estuvo tentado de arrancárselas, pero sabía que le daría un ataque si se las rompía, así que se las quitó haciéndolas resbalar por sus piernas y, de paso, aprovechó para volver a saborear su piel. También la despojó de la camiseta —que era suya, pensó con un atisbo de arrogante orgullo—, dejándola desnuda.

Cuando volvió a posar la boca sobre su sexo lo encontró húmedo e hinchado, preparado para el placer. Apresó los pliegues vaginales entre los labios y succionó, haciendo que levantara el trasero de la cama a la vez que lanzaba un profundo gemido. La penetró con dos dedos y ella se estremeció encerrándole la cabeza entre las piernas. Se las separó de nuevo y acarició el clítoris con la lengua.

—Joder, Nath, mueve los putos dedos —la oyó gemir.

Y, aunque no lo merecía por lo mala que había sido, obedeció.

Le metió un dedo más y la folló duro mientras le comía el clítoris hasta hacerla temblar. Y gemir. Y suplicar.

La mantuvo en la meseta del placer sin permitirle alcanzar la cima mientras se retorcía bajo su lengua y sus dedos. Y cuando se agarró a su pelo desesperada, pegándole la cara al pubis mientras murmuraba frases inconexas se apiadó y succionó con fuerza.

Ella se tensó de pies a cabeza, la espalda arqueada y la boca abierta en un grito mudo mientras oleadas de placer la recorrían haciéndola estremecer sin control.

La sostuvo ahí, manteniendo su placer hasta que cayó laxa sobre el colchón, y entonces ascendió por su cuerpo y la besó dándole a probar su sabor.

Marilia lo aceptó gustosa, y, mientras se besaban con desesperación, él entró en ella. Despacio. Disfrutando de la sensación de su polla resbalando en el ceñido puño de su vagina. Empujó hasta que sus cuerpos estuvieron tan apretados que podían sentirse el uno al otro en cada milímetro de piel y volvió a besarla.

Ella le envolvió las caderas con las piernas incitándolo a moverse. Y como no lo hizo con la rapidez requerida, le agarró el trasero en una orden de lo más explícita.

—¿Has ido al médico? —le preguntó Nath meciéndose sobre ella.

Marilia se quedó inmóvil, el aliento retenido en su pecho y los ojos abiertos como platos y sin rastro de la somnolencia provocada por el placer.

—¿Por qué iba a ir al médico? —le preguntó nerviosa.

—Para que te recomendara un método anticonceptivo. Lo comentamos hace un par de semanas —señaló Nath entrecerrando los ojos suspicaz. ¿Por qué reaccionaba así?

Ella se relajó visiblemente. La cabeza le cayó de nuevo sobre el almohadón y sus piernas se aflojaron, resbalando por las de Nath hasta volver a posarse en la cama.

—Ah, por eso. No, no he ido. Se me pasó por completo, pero no te preocupes, me encargaré del tema —dijo restándole importancia.

La mirada de Nath se afiló más aún. No era la primera vez que ella decía que se ocuparía de algo referente al sexo.

—No pienses tanto o te saldrán arrugas y parecerás viejo antes de tiempo —se burló ella sin humor en sus ojos. Se incorporó sobre los codos y lo besó. Y mientras lo besaba le atrapó una tetilla entre los dedos y jugó con ella, arrancándole un jadeo.

Él empezó a moverse, y todo, excepto el placer, quedó relegado a un segundo plano.

Danzaron al unísono, saliendo uno al encuentro del otro, sus lenguas trabadas en un beso sin fin mientras sus cuerpos se empujaban y entrechocaban cada vez más rápido, más resbaladizos, más excitados.

Nath se detuvo cuando sintió el fuerte tirón del orgasmo expandirse por su vientre. Aún era pronto. Y no estaba protegido. Se retiró reticente y, venciendo el instinto que le ordenaba volver a penetrarla y vaciarse en ella, estiró el brazo y tomó un preservativo de la mesilla. Se lo puso. Pero, en lugar de volver a entrar en ella, decidió esperar un instante, lo justo para calmarse y hacerlo durar un poco más.

Se tumbó y la besó mientras le acariciaba el interior de los muslos, las caderas, el vientre...

—Vamos, Nath, déjate de tonterías y ve al grano. —Le agarró la mano y la bajó a su sexo. O, al menos, lo intentó, porque él no se lo permitió.

Le apetecía atormentarla, jugar con ella. Volverla tan loco como lo estaba él.

Continuó su lento periplo por su cuerpo hasta que ella le ciñó la polla con la mano mutilada y lo masturbó amenazando con romper su concentración y llevarlo al orgasmo.

Nath le sujetó la muñeca y deslizó los labios por sus pechos. Los acarició y los lamió, sintiéndolos más llenos, más pesados. Se llevó un pezón a la boca. Estaba más hinchado. Era un duro guijarro contra su lengua y le daba la impresión de que casi doblaba el tamaño que tenía unos días atrás. Excitado, lo atrapó entre los labios y succionó con fuerza.

Marilia se removió empujándolo.

Nath intensificó la presión, atrapó el endurecido botón entre los dientes y tiró como sabía que le gustaba, un poco de dolor en mitad del placer.

Marilia chilló. Pero no de placer.

La soltó al instante y alzó la mirada, alcanzando a ver su gesto de dolor antes de que ella pudiera ocultarlo bajo una sonrisa demasiado rígida para ser real.

—Estás hecho un tigre —le espetó burlona.

—¿Qué ocurre, Marilia? —exigió saber, sus penetrantes ojos azules tratando de atisbar una respuesta en la profundidad jade de los de ella.

—Pues que eres un bruto, ¿qué va a ocurrir? —se burló—. Aunque no me extraña, llevamos cuatro días sin follar, eso es mucho tiempo. —Le arañó el cuello con los dientes.

—Marilia...

—No seas dramático. Tengo las tetas sensibles, nada más. ¿Podemos seguir follando? No sé tú, pero yo me he quedado a medias —gruñó volviendo a masturbarlo.

Nath se lo permitió. Y cuando llegó el momento, la folló. Y los llevó de nuevo al orgasmo. Y luego la acunó contra su pecho hasta que se quedó dormida. Pero él no logró conciliar el sueño, así que fue a darse una ducha. El agua siempre lo tranquilizaba y lo ayudaba a aclararse las ideas. En esta ocasión no le sirvió de nada.

Cuando regresó al dormitorio, Marilia se revolvía inquieta en la cama y sus ojos se movían frenéticos bajo sus párpados.

—Marilia... ¿Qué te ocurre? —murmuró tumbándose a su lado.

—Necesito más tiempo. Más...

Farfulló palabras sueltas y sin sentido, entre ellas «Micah». Y de nuevo volvió a decir que necesitaba más. Más tiempo.

—¿Para qué lo necesitas?

Ella comenzó a agitarse de nuevo. Algo le pasaba. Algo que la corroía y de lo que no podía escapar. Algo que le borraba la sonrisa de los labios y que combatía con ironía y mucha mala leche, siempre volcada hacia sí misma. Algo que Nath sabía con frustrante seguridad que no le iba a contar.

La envolvió entre sus brazos y, mientras ella se rendía poco a poco a sus caricias y con éstas al sueño, él le daba vueltas a una idea.

O, más bien, a una conversación. La que habían mantenido hacía dos semanas en su cama mientras hacían el amor. Más exactamente, a la réplica que le había dado cuando él le había advertido que no se había puesto condón y estaban rozando el desastre.

«Da igual.»

También a la respuesta que le ofreció cuando le preguntó si utilizaba algún método anticonceptivo.

«Eso no importa.»

Pero no daba igual y sí importaba.

Le acarició el pelo con la nariz mientras rememoraba otra conversación. La que mantuvieron la primera vez que follaron. En esa ocasión no habían rozado el desastre, se habían hundido en él. Hasta el fondo. Porque se había corrido dentro de ella. Y, al igual que ahora, le había preguntado si usaba algún método anticonceptivo. Y su respuesta había sido... Entrecerró los ojos tratando de recordar.

«No te preocupes, me encargaré del tema.»

¿Y si no se había encargado?

La miró. Tenía los labios entreabiertos y los párpados relajados con la laxitud del sueño profundo. Parecía delicada y vulnerable, pero en realidad era dura e inquebrantable. Y obcecadamente autosuficiente. No era una mujer que compartiera sus problemas. Ni que revelara sus secretos.

Si no se había encargado...

Se levantó de la cama, sacó el portátil del maletín y salió a la terraza para hacer lo que todos los mortales hacen: buscar respuestas en san Google que todo lo encuentra. Tenía varias preguntas, como por ejemplo qué causaba que una mujer dejara de tomar cafeína y alcohol y tuviera los pezones sensibles y los pechos llenos.

* * *

Es la hora de regresar a casa y nuestros protagonistas acaban de entrar en el Boeing 747 que los llevará a Londres, donde harán escala para volar luego a Madrid.

Nath colocó la maleta de cabina de Kayla en el compartimento ubicado sobre los asientos y, sin perder un instante, arrebató a Marilia su mochila para subirla también.

—¡Eh! Puedo hacerlo yo —protestó—. ¿Qué pasa?, ¿quieres vacilar de musculitos para alegrarles el día a las azafatas? —Chasqueó la lengua.

Su sonrisa animada se borró cuando él se giró y fijó en ella sus agudos ojos azules. ¿Qué narices le pasaba? Llevaba toda la mañana mirándola con una intensidad inquietante. Era como si quisiera meterse en su cabeza y descubrir todos sus secretos.

Pues iba listo si creía que iba a lograrlo.

Marilia le lanzó una mirada desafiante y se acomodó en el asiento junto a la ventana.

Kayla se puso a su lado, le gustaba sentarse entre ella y su padre para jugar con ellos a las cartas o a cualquier cosa que se les ocurriera. Pero su padre parecía enfadado. O a lo mejor enfadado no, pero sí pensativo. Y muy serio. Esperaba que no hubiera discutido con Marilia. Bastante tenía con que discutiera con la abuela.

Nath aguardó a que Kayla estuviera acomodada y se sentó junto a ella. Óskar ocupó un asiento al otro lado del pasillo. Atendieron mientras las azafatas hacían su mímica y el avión tomaba velocidad, poco después sobrevolaban San Francisco.

Marilia sacó una baraja americana y se puso a jugar al póquer con Kayla mientras Nath leía el periódico. O, mejor dicho, mientras fingía leerlo, porque de repente lo bajó y estudió concentrado a Marilia. Y ésta debió de sentir la violencia de su mirada, porque apartó la vista de las cartas y se giró hacia él.

—¿Tengo monos en la cara? —lo increpó malhumorada. Comenzaba a hartarse de sus miradas penetrantes y su silencio denso. Si le pasaba algo, que lo dijera y se dejara de gilipolleces.

Nath enarcó una ceja ante su exabrupto y le preguntó con voz augusta:

—¿Quién es Micah?

Marilia se tensó en el asiento.

—¿Micah? No conozco a nadie que se llame así —replicó con la garganta rasposa. No mentía. No conocía a ningún Micah. Aún.

—Es tu nombre favorito de chico —le recordó Kayla a Marilia, sonriendo encantada por saber algo que su padre no sabía—. Nos lo contaste ayer en la fiesta de pijamas. Dijiste que en tu familia sólo nacían chicas y que vuestros nombres siempre empezaban por eme:

Marcela, Micaela, Mariela, Martina, y tú, Marilia. Y que si alguna vez tenías un niño lo llamarías Micah para seguir la tradición...

—Es verdad, no me acordaba. Es un nombre bonito. —Se encogió de hombros y puso seis cacahuetes en la mesa—. Veo tus dos y subo cuatro —dijo volviendo al juego.

—¡Lo veo! —exclamó Kayla feliz, tenía un trío de ases, ni de coña podía perder.

Nath fijó la mirada en Marilia, y aunque ésta la sintió clavándose en ella con una intensidad aterradora, no lo miró. De hecho, sus ojos no se cruzaron en las quince horas que duró el viaje.

* * *

Nuestros protagonistas han aterrizado en Madrid y acaban de montarse en el taxi que los llevará a casa. Eso si consiguen ponerse de acuerdo. Algo que no parece factible.

—... en el barrio del Carmen —le dio Marilia al taxista la dirección del piso de Óskar.

—Diríjase a la dirección que le he indicado en La Moraleja —le ordenó Nath contraviniendo a Marilia, quien estaba sentada atrás, entre Óskar y Kayla.

—Eso es una estupidez. No le haga caso, vaya primero donde le he dicho —rebatió la pelirroja—. No tiene sentido ir a tu casa y luego a la nuestra cuando la de Óskar pilla aquí al lado y para ir a la tuya tenemos que desviarnos —apuntó armándose de paciencia, porque era algo que llevaban discutiendo desde que habían bajado del avión—. Lo mejor es que nos dejes en casa y luego vayas a la tuya, es como menos vueltas darás.

—No voy a dejarte en casa de Óskar. —Nath le hizo un gesto al taxista para que arrancara.

El hombre miró a Marilia por el espejo retrovisor y se encogió de hombros, no cabía ninguna duda de quién tenía pasta ahí, y era ese tipo imponente.

—Especifica un poco, nene —exigió Marilia adelantándose hasta apoyar los codos en los respaldos de los asientos delanteros.

—Señorita, por favor, retírese —le pidió el taxista.

Ella lo ignoró.

—Nath. Te he dicho que especifiques, joder —lo exhortó comenzando a cabrearse.

—Creo que he sido claro. No voy a dejarte en casa de Óskar.

—¿No vas a dejarme en casa antes de llevarme a la tuya sino después o no vas a dejarme hoy en mi casa y punto? Hay una diferencia.

—No vas a vivir en la casa de Óskar —dijo poniendo énfasis en quién era el dueño de dicha casa—. A partir de hoy residirás en la mía.

Marilia lo miró pasmada.

—¿Y eso quién lo ha decidido? Si lo hemos comentado, no me he enterado.

Nath guardó un violento silencio.

Marilia lo miró con un destello colérico en los ojos.

Kayla los observó preocupada y Óskar posó una mano en el muslo de Marilia, conminándola a contenerse y pensar antes de reaccionar.

Pero es complicado contenerse cuando lo único que quieres es matar al capullo prepotente y mandón que cree que su palabra es ley.

—Me parece cojonudo. —Se reclinó subiendo los pies al asiento.

—Señorita, por favor, baje los pies. Esto no es su casa, sino...

—Pare el puto taxi —le ordenó de repente.

—No lo haga —impugnó Nath la orden.

—Pare el puto taxi o llamo a la poli y les digo que está ayudando a que me secuestren —amenazó Marilia al taxista sacando el móvil.

—Marilia... —murmuró Kayla en tanto que la mano de Óskar se convertía en una garra sobre su muslo.

—A mí estas discusiones de novios ni me van ni me vienen. Si la señorita quiere bajarse, no voy a impedírselo —masculló el taxista.

Paró en doble fila y, cuando Marilia hizo intención de saltar sobre Óskar para salir, éste se le adelantó apeándose y fue al maletero a por su equipaje.

Nath no se movió del asiento y mantuvo obcecadamente la vista al frente mientras trataba de controlar la cólera que amenazaba con desbordarlo.

—¡Marilia! —Kayla abrió la puerta y bajó del taxi un instante—. Ya tengo tu mote... Fiona. —Ella la miró confundida—. Como la novia de Shrek. Porque eres divertida, fiera y sabes defenderte sola. Y porque quieres al ogro.

33

Han pasado poco más de veinticuatro horas y todos, o casi todos, están cabreados con todos. Y los que no lo están tal vez no tarden mucho en estarlo.

Domingo, 15 de agosto de 2021

—De todos los gilipollas prepotentes que hay en el mundo me he ido a liar con el peor de todos —masculló Marilia entrando en la pastelería.

No le correspondía ir, pues los fines de semana ya no trabajaba allí. Además, no hacía ni seis horas que había cerrado la discoteca y se suponía que debería estar durmiendo. Pero estaba tan cabreada que no conseguía conciliar el sueño.

—Buenos días —la saludó con timidez Xavier, quien estaba al corriente de lo ocurrido gracias a Óskar.

—¿Sigues cabreada con Nath? —inquirió Óskar.

—No. Sólo quiero matarlo. Pero antes lo despellejaré, le sacaré las tripas y le arrancaré los huevos —masculló ella pasando tras el mostrador para hacerse un café.

—Creía que ya no tomabas café con cafeína —señaló Xavier al verla.

Marilia lo miró perpleja, estaba tan cabreada que se le había olvidado. Tampoco iba a pasar nada por tomar un café. Puso la máquina en marcha.

—Por lo que veo, las cosas no se arreglaron anoche —comentó Óskar regresando al obrador para seguir preparando los pedidos de la tarde para la discoteca.

—Pues no. Por cierto, se nos han acabado los puticornios —dijo siguiéndolo.

Óskar miró la bandeja de *cupcakes* que estaban enfriándose sobre la encimera y a los que sólo les faltaba la cobertura arcoíris para convertirse en puticornios.

—Hoy no hay puticornios para Nath —especificó ella sonriendo artera.

—Eso es un poco infantil, ¿no crees? —musitó Xavier mirándola de refilón.

—Pues sí, pero que se joda por gilipollas. —Chasqueó la lengua.

Óskar y el hombretón se encogieron de hombros. La venganza era la venganza. Usarían otra cobertura y esa tarde no habría puticornios.

—¿Nos vas a contar qué ha pasado? —inquirió Óskar.

—Si hubiera pasado algo te lo contaría, pero no pasó nada —replicó ella dando un trago al café. Le supo a gloria—. El señor se pasó casi toda la noche en su despacho y cuando salió se acercó a la barra, me preguntó si todo estaba correcto y continuó su ronda por la discoteca tan feliz.

Aunque en honor a la verdad Marilia reconocía, pero sólo para sí, que Nath no parecía muy tranquilo y que a lo mejor ella —a lo mejor no, seguro— había sido un poco —un mucho— borde con él —una arpía a su lado parecería un dulce corderito—, pero, joder, todavía estaba cabreada porque se hubiera atrevido a decirle —ordenarle— dónde vivir. ¡Ni que él fuera Dios y su palabra ley!

—¿Viste a Kaos? —preguntó interesado el pastelero.

—Se pasó por la discoteca, aunque no estuvo mucho rato. Según me dijo, me las apaño de maravilla y él ya no es necesario. Así que hoy no piensa aparecer por allí.

—¿No irá hoy a la discoteca? —exclamó Óskar abriendo mucho los ojos.

Llevaba sin verlo más de una semana. Algo que lo frustraba y lo abatía a partes iguales porque, si había combatido el cansancio para abrir la misma tarde de su regreso, había sido por verlo de nuevo. Pero Kaos no se había presentado.

—Creo que no. Hay no sé qué fiesta en el Paraíso y quiere estar presente —contestó Marilia malhumorada—. Menudo capullo está hecho...

—¿Kaos? —inquirió Xavier confundido, porque un instante antes a ella no parecía importarle que el rubio faltara al Torture Eden.

—Kaos es un cielo. El capullo es Nath —resopló desdeñosa—. Ayer se portó como un gilipollas y ni siquiera tuvo los cojones de salir del taxi y discutir conmigo a gritos.

—Tu novio no parece de los que discuten. Mucho menos a gritos —señaló Xavier vacilante, pues no le gustaba meterse donde no lo llamaban.

—No es mi novio —bufó Marilia—, sólo follo con él.

—Esperaba verlo hoy —comentó Óskar sorprendiendo al hombretón—. He hecho rosquillas de Alcalá para él... Le gustaron mucho...

—¿Para Nath? —Xavier lo miró pasmado. Sería la primera vez que Óskar cocinara expresamente para el Señor del Torture Eden.

—No, hombre, para Kaos. Le encantaron cuando las probó en mi casa —suspiró.

—¿Kaos ha estado en tu casa? —preguntó sorprendido el calvo.

—Hace un par de semanas vino a buscarme y, como tenía hambre, le di a probar las rosquillas que acababa de hacer... —recordó con nostalgia.

—Soy idiota, tendría que haberlo esperado. Ni que fuera la primera vez que me acuesto con un tío y éste se cree con derecho a algo —apuntó Marilia paseándose por el escaso espacio libre del obrador.

Xavier la miró confundido. Comenzaba a ser complicado seguir el hilo de las dos conversaciones.

—Ya llevamos dos meses juntos, es mucho más tiempo del que he aguantado a nadie —afirmó pensativa—. Y por eso él cree que puede mangonearme...

Ah. Hablaba de Nath, así que Xavier se giró hacia Óskar para preguntarle lo que realmente le interesaba.

—¿Estuvo en tu casa? —planteó intrigado, pues aunque Óskar sufría de una seria incontinencia verbal y siempre se lo contaba todo, eso se lo había callado. Y hacía más de quince días de ello. ¿Por qué se lo había ocultado?

Pero Óskar estaba tan centrado en su desesperación —¡si no veía esa tarde a Kaos se moriría!— que ni siquiera oyó su pregunta.

—Se acercó a buscarlo el día que le vendimos a Nath la exclusividad para la discoteca —le explicó Marilia ante el silencio de Óskar.

—Desde entonces no hemos vuelto a estar solos —suspiró Óskar—. Y hoy ni siquiera voy a poder verlo —gimoteó desesperado. Si Kaos dejaba de trabajar en la discoteca, no iría a la pastelería—. Tengo que hacer algo —resolvió agitado.

—Pues yo no pienso hacer nada —soltó Marilia—. Si no quiere contarme qué le pasa, tres cojones me importa. —Chasqueó la lengua—. De hecho, lo mejor que podemos hacer es cortar por lo sano. Dos meses es mucho tiempo para estar con el mismo tío. Ha llegado la hora de dejar que corra el aire entre nosotros...

—Te estás apresurando. Espera unos días a que se os pase el cabreo y luego hablad como adultos sobre vuestra relación antes de tomar una decisión tan drástica —señaló Óskar dejando a un lado sus problemas. Nath y ella estaban hechos el uno para el otro.

—No tenemos ninguna relación. Sólo follamos a menudo —replicó ella mordaz.

—¡Deja de decir chorradas! ¡Claro que tenéis una relación! —le gritó enfadado por su obcecación—. ¡Nath está loco por ti y tú estás loca por él! Y estás pensando en tirarlo todo por la borda por un estúpido malentendido. ¡Eres idiota!

—¿Y si nos calmamos un poco? —sugirió Xavier con timidez.

—¡Y tanto que está loco! ¡Quería secuestrarme! —estalló Marilia ignorándolo.

—¡No fastidies! ¡Te estaba invitando a vivir con él! —Óskar alzó las manos al cielo. ¡¿Cómo podía ser tan obtusa?!

—¿Invitando? ¡Me lo estaba ordenando! —aulló ella pasmada.

—¡Ojalá Kaos me ordenara que viviera con él! ¡No lo pensaría un instante!

—¡Y tanto que no! Sólo tuvo que sugerirte que le comieras la polla para que le hicieras la mamada del siglo —se guaseó Marilia.

—¡Pues sí, y me encantaría comérsela otra vez! —exclamó Óskar.

Xavier se tambaleó como si lo hubieran empujado.

—¿Te has acostado con él? —murmuró sobrecogido.

—Por supuesto que te lo pedirá otra vez, lo llevas escrito en la cara... —resopló ella.

—¿Qué llevo escrito en la cara? —Óskar la encaró furioso.

—Que eres un idiota y estás colado por él. —Le clavó el índice en el pecho.

—Por favor, vamos a intentar tranquilizarnos. —Xavier se interpuso entre ellos en un intento por calmar los ánimos.

Óskar lo apartó de un empujón, tan crispado estaba.

—No soy ningún idiota —protestó furioso enfrentándose de nuevo a Marilia.

—Se la has mamado a un hetero que ni siquiera se molestó en corresponderte. Eso encaja perfectamente en la definición de idiota. —Chasqueó la lengua.

—¡No es hetero!

—Entonces ¿por qué te dijo taxativamente que sí lo era? —le reclamó altanera.

—¿Te dijo que era hetero y le hiciste una felación? —musitó Xavier sin poder creer lo que estaba oyendo.

Óskar se giró como una cobra hacia él.

—¿Tú le pedirías a un tío que te la comiera? —inquirió exasperado—. No, porque eres hetero —dijo sin darle tiempo a contestar—. Pues lo mismo pasa con Kaos. Por mucho que diga que es hetero, si me ha pedido que se la coma es porque es bisex y no quiere reconocerlo.

—En realidad, yo... —farfulló Xavier con voz débil.

—Oh, por favor, dudo que Kaos sea de los que no quieren salir del armario —se burló Marilia interrumpiéndolo.

—Digo yo que algo le tendré que atraer para que me lo propusiera —repuso Óskar.

—Ve y pregúntaselo —lo desafió Marilia.

—¿Qué?

—Ya me has oído. Échale huevos y pregúntale si quiere estar contigo.

—Qué tontería, Kaos no es de los que tienen relaciones —resopló Óskar.

—Pero tú sí —apuntó Xavier alzando la voz para ser oído, algo que sorprendió, y mucho, a sus compañeros, pues el tímido hombretón jamás había alzado la voz antes.

—¿Qué quieres decir? —lo increpó Óskar volcando su cabreo en él.

—Tú no eres de relaciones de una noche.

—Y tú qué sabrás —bufó.

—Eres romántico y soñador. Crees en el amor... —afirmó Xavier.

Óskar no pudo negarlo, porque era verdad. Era un romántico empedernido y estúpido que se había colado por un tipo que sólo quería sexo.

—Puedo tener muchas relaciones de una noche con Kaos y convertirlas en una relación estable —porfió huraño—. Sólo es cuestión de ir poco a poco...

—Te engañas si crees eso —musitó Xavier—. Únicamente conseguirás aburrirlo y que te deje de lado.

—Te equivocas. Conseguiré lo que quiero —aseveró Óskar decidido, aunque lo cierto era que en las últimas semanas Kaos parecía un tanto esquivo con él.

—¿Y eso es lo que quieres? —murmuró Xavier fijando sus límpidos ojos en él.

Óskar desvió la mirada. No lo era. No quería acosar a Kaos para tener sexo, quería mucho más de lo que intuía que el rubio podía darle. Pero no podía darse por vencido. Kaos era su prototipo de hombre y se había hecho ilusiones con él.

—Tengo que irme. Nos vemos mañana —susurró Xavier marchándose de repente.

34

Esa tarde nuestros protagonistas se dan cuenta de que hablando se entiende la gente... O no.

Aníbal se asomó a la terraza de su pequeño piso. Muchos dirían que las vistas eran grises, ya que daba a una anodina calle con una anodina carretera por la que circulaban anodinos coches y escasas personas, pues en toda la acera sólo había dos comercios.

Pero los que decían eso nunca habían mirado cuando él lo hacía, porque entonces verían un estallido de vida. Verían personas vestidas de brillantes colores y también del negro más absoluto y asistirían a un desfile de látex, cuero, corsés, tutús, máscaras, disfraces y piel desnuda. Y era ese estallido de color lo que lo había salvado de la tristeza en los largos meses que había pasado encerrado en su casa convaleciente.

Ese estallido, y la anciana que cada tarde, tras cerrar la pastelería, le subía una barra de pan y una palmera o un milhojas o una bamba de nata y se sentaba un ratito con él, si hacía bueno en la terraza y si era invierno, en la cocina. Y le hablaba orgullosa de su nieto, que iba a ser un gran pastelero. Le contaba que era un joven excéntrico, pero bueno y cariñoso, lleno de luz y color. Poco a poco Aníbal se fue enamorando de la imagen que le dibujaba y haciendo propias las aventuras del muchacho, sus logros y fracasos, sus problemas con su padre, tan similares a los de él... Y un buen día, poco antes de que diera inicio el verano anterior, lo vio entrar en la panadería desde su terraza. Y era exactamente como se lo había descrito, alto y esbelto, con un rostro anguloso marcadamente femenino y una ondulada mata de pelo oscuro. La anciana decía que su nieto era una caricia primaveral.

Y sí que lo era. Una caricia que alejaba la soledad.

Así que se armó de valor y bajó a comprar el pan. Y descubrió que tenía la voz risueña, la mirada alegre y la sonrisa pronta. Y se enamoró de él. Se lo guardó para sí, seguro de que sus sentimientos serían rechazados por el joven y su abuela.

Con la llegada del otoño, el joven aspirante a pastelero regresó a sus estudios llevándose la luz y la alegría consigo. Luego llegó el invierno y, con éste, la lluvia y el mal tiempo y él volvió a encerrarse en casa, por lo que la anciana recuperó su costumbre de subir a verlo. Esas Navidades la mujer le contó que estaba enferma, revelándole a su vez que no le había dicho nada a su familia, ni pensaba decírselo. No quería irse de su casa. Quería esperar a que su nieto regresara convertido en un gran pastelero y legarle su tienda para que la convirtiera en la pastelería de sus sueños. Pero se le agotaba el tiempo. Temía morirse dejándolo solo, sin nadie que lo cuidara y lo quisiera tanto como ella lo hacía.

Y entonces la anciana, que de tonta no tenía un pelo, le dio alas a Aníbal para que dejara de soñar y comenzara a volar.

«Sé que lo quieres mucho, cuídalo por mí. Óskar es como tú. Haréis una estupenda pareja.»

La primavera llegó y, con ella, el fin de la vida de la anciana. El muchacho regresó convertido en hombre y, superando la tristeza, se hizo cargo del legado de su abuela, decidido a hacer realidad el sueño de ambos. Y Aníbal volvió a bajar a comprar el pan para poder disfrutar en secreto de su sonrisa radiante y su mirada luminosa. Se enamoró aún más, olvidando toda prudencia y volando demasiado alto, hasta casi tocar el sol. Y ahora sus alas se habían roto y caía en picado a la Tierra.

Sacudió la cabeza, de nada servía revolcarse en la autocompasión. Los sueños sueños eran, y rara vez se cumplían. Fijó de nuevo la mirada en la calle, aún era temprano para el estallido de color que vendría con la apertura de la discoteca y la vista era gris. Excepto por un relámpago naranja que atravesó la carretera. Aníbal sonrió. El Señor del Torture Eden llegaba pronto ese domingo. Y no era el único, pensó al ver a una esbelta pelirroja doblar la esquina en dirección a la discoteca.

* * *

Falta una hora para que el Torture Eden abra sus puertas y ya bulle de actividad.

Marilia saludó al vigilante y a las taquilleras y se reunió con los camareros para, tras un distendido momento de charla personal, comprobar que no faltaba nada —excepto los puticornios— y, dada la ausencia de Kaos, darles instrucciones para la inminente apertura. Respondió preguntas, resolvió dudas y fue a la barra a prepararlo todo.

Estaba revisando los servilleteros cuando vio a Nath en el escenario, hablando con el director de escena. Ambos miraban al techo, más exactamente al andamiaje de focos que iluminaba los espectáculos. Vestía un elegante traje negro con camisa blanca y, a pesar de que lo prefería en vaqueros y camiseta —o, mejor aún, desnudo—, no le extrañó que varios empleados y empleadas le lanzaran miradas apreciativas.

Es más, se sintió orgullosa de que ese hombre tan apuesto fuera suyo.

Luego recordó que no era suyo y que su no relación estaba a punto de irse a la porra, y la sonrisa orgullosa que curvaba sus labios murió asesinada por la tristeza.

«Estúpida. Tonta. Idiota. ¿Cómo has podido colgarte así por un tío?»

Comenzó a rellenar los estilosos cuencos de bambú con el revuelto de frutos secos, aunque no pudo evitar espiarlo mientras recorría el escenario.

Y él, como si pudiera sentirla, se giró y fijó la vista en ella. Así que no le quedó otro remedio más que sonreírle desdeñosa, a lo que él respondió enarcando una ceja con su arrogancia habitual. Por lo que ella, para enfatizar su desprecio, convirtió la mano derecha en una pistola y disparó contra él.

Él la miró con la altivez propia de un adulto ante la chiquillada de un niño y dio media vuelta, ignorándola, para continuar atendiendo al director de escena.

A Marilia le entraron unas ganas tremendas de matarlo por ser un capullo arrogante. Y mientras se recreaba en su merecida venganza se le pasó el enfado y lo observó a placer. No sólo era muy atractivo. También tenía un marcado carácter y una molesta tendencia a dar órdenes. Pero era un buen tipo. Y no quería perderlo.

Los ojos se le llenaron de lágrimas. Malditas hormonas, que la estaban volviendo loca. Se limpió furiosa, no cobraba por perder el tiempo, sino por trabajar. Abrió la cámara y al ver la Space Barley recordó que esa cerveza espacial era la preferida de Nath.

Sonrió, desde luego era un tipo de lo más peculiar. No se parecía a ningún hombre que hubiera conocido. Se abstrajo con ese pensamiento.

Nath era especial. Y hacía las cosas a su manera, también especial.

Quizá Óskar tuviera razón, caviló. Un rayito de esperanza estalló en su interior. Tal vez la mañana anterior, en el taxi, Nath sólo la estuviera invitando a vivir con él, algo que por supuesto ni se planteaba. ¡Era demasiado pronto para pensar en vivir juntos! Más aún si se confirmaba su delicada situación.

Sacudió la cabeza en una fiera negativa. No. Nath no la había invitado, ni siquiera se lo había sugerido. Se lo había ordenado. Peor aún. Había dado por sentado que viviría en su casa porque así lo había decidido. ¡Como si pudiera tomar esa decisión por ella!

Comenzó a contar furiosa las cervezas. Seis cajas de Samuel Adams Utopias, diez de Schorschbock 57, nueve de... Menudo capullo estaba hecho.

Un dictador, eso es lo que era. Un jodido ogro.

Y quería a ese ogro más de lo que había querido nunca a nadie.

Se limpió con disimulo los ojos de nuevo acuosos.

Óskar tenía razón. Tenían que hablar y solucionar lo que había pasado entre ellos. O, al menos, averiguar qué narices había pasado entre ellos, porque de verdad que no comprendía por qué se había comportado así. Volvió a limpiarse los ojos y se giró hacia el escenario, donde lo pilló mirándola especulativo. Así que esbozó su sonrisa más seductora y le lanzó un beso a la vez que le guiñaba un ojo.

* * *

Y es en este preciso momento cuando Nath descubre que el gesto más sencillo puede hacer que el universo entero —su universo— deje de girar.

¿Estaba llorando? Sintió que la respiración se le atoraba en el pecho cuando la vio limpiarse con disimulo los ojos. Podía soportar sus miradas coléricas y su desprecio, incluso que no le dirigiera la palabra, como había hecho la noche anterior. Pero no podía soportar sus lágrimas.

Alzó la mano para cortar la cháchara del director de escena y se dirigió al borde del escenario con la intención de saltar al suelo e ir a su lado. En ese momento ella lo miró. Y Nath supo que no se lo había imaginado, que acababa de verla limpiarse las lágrimas. Entonces Marilia sonrió maliciosa, le guiñó un ojo y le lanzó un pícaro beso. Y el universo se detuvo e implosionó, recordándole por qué se había enamorado de ella.

Por su fortaleza de espíritu y su actitud rebelde. Por su autosuficiencia y su carácter pendenciero.

Por la mujer que era.

Y sería suya.

Y si seguía enfadada y continuaba negándose a hablarle, no importaba. Las palabras no siempre eran necesarias. Él se encargaría de que no lo fueran.

Deslizó la mirada sobre ella, llevaba un exquisito vestido de terciopelo negro de media manga que se ajustaba a su cuerpo como una segunda piel y se abría en una falda que terminaba a medio muslo. Lo ensalzaba con una sencilla gargantilla de perlas falsas —Nath sabía distinguir una baratija de una joya—, el pelo suelto y un maquillaje ligero.

Tenía una apariencia natural y elegante en un lugar en el que reinaba lo extravagante y lo artificial. Era imposible que las miradas no recayeran en ella.

Era única. Y sería suya, pensó de nuevo.

Ella se giró para decirle algo a un camarero, quedando de perfil, y Nath, como había hecho mil veces el día anterior, estudió su vientre. Estaba plano. Totalmente liso. Aunque tampoco era que tuviera que ser de otra manera. Según Google, un feto de ocho semanas —las había contado en la larga noche de insomnio en San Francisco— no abultaba más de cuatro centímetros. Era imposible que se le notara. Y eso en el remoto supuesto de que estuviera embarazada. Que no tenía por qué estarlo.

De hecho, a cada hora que pasaba estaba más seguro de que había cometido un tremendo error al buscar información sobre embarazos en internet. Había mil explicaciones para que Marilia hubiera dejado la cafeína y el alcohol, también para sus pezones sensibles y sus pechos llenos. Perfectamente podían ser un síntoma de que iba a tener el período. Y si lo tenía era porque no estaba embarazada. Y la somnolencia que sufría a todas horas tenía una explicación evidente: agotamiento por exceso de trabajo.

Sacudió la cabeza. Estaba claro que todo eran imaginaciones suyas. Si estuviera embarazada no se lo ocultaría. No le mentiría.

«Pues serás al único al que no le mienta», le dijo su insidiosa vocecita interior.

La observó con fijeza y ella, como si hubiera sentido su mirada, se volteó y lo miró desafiante para luego... sacarle la lengua.

Nath sonrió, saltó del escenario y atravesó la pista.

—¿Me acabas de sacar la lengua? —le reclamó severo parándose junto a la barra.

—Jamás haría tal ordinariez, y menos aún dirigida a mi jefe. Podría perder mi trabajo. ¡Otra vez! —replicó con teatralidad llevándose una mano al pecho.

Nath la imaginó en su taberna de Asturias, atendiendo a sus clientes, riéndose con ellos, vacilándoles como le vacilaba a él.

—Que yo recuerde, la última vez no lo perdiste porque me sacaras la lengua. —Se ladeó sobre la barra, apoyando un brazo en ella.

—Lo perdí porque querías follarme. ¿Sigues queriendo follarme? —Marilia se acodó en la barra.

Nath sonrió. Sí, las palabras no siempre eran necesarias.

—Si quieres averiguarlo, sube a mi dormitorio.

—¿Ahora? Lo siento, no puedo, tengo que trabajar. No quiero darle motivos al ogro de mi jefe para que me despida —repuso con los ojos chispeantes.

—No te despedirá. Sube —rebatió él.

—¿Debo interpretarlo como una súplica? —Avanzó el torso acercándose a él.

—Yo jamás suplico —afirmó Nath inclinándose hacia ella.

—No. Tú sólo gruñes y gimes cuando te corres en mi boca. Y en mi coño. ¿Quieres correrte ahora, Nath? —susurró a un suspiro de sus labios.

—No más que tú —replicó desafiante.

—Entonces tienes que estar duro como una piedra porque yo tengo las bragas empapadas de las ganas que te tengo —aseveró con una sonrisa maliciosa.

—Sube. Ya —ordenó él.

—Mira que eres mandón...

—Ahora. O te follo aquí mismo.

—Promesas, promesas...

Nath saltó la barra con agilidad, la tomó por el talle y, pegándola a él, la besó. Y no fue un beso tierno y dulce. Al contrario. Fue rudo y desesperado. Descarnado. Un beso que Marilia le devolvió con idéntica necesidad.

Estaba a punto de tomarla en brazos y subirla a su cueva como el macho dominante que era cuando la música estalló, advirtiéndoles que las puertas estaban a punto de abrirse.

Se separaron reticentes, por un momento habían olvidado dónde estaban.

—Se nos acaba de joder el polvo —resopló Marilia.

—Sube conmigo. Ahora —su orden sonó a súplica.

Ella retrocedió y lo miró con la cabeza ladeada. Una sonrisa traviesa se perfiló en sus labios mientras daba otro paso atrás hasta quedar pegada a la pared. Se llevó las manos a la espalda y la pared se abrió, recordándole a Nath que no era una pared, sino la puerta camuflada del almacén.

Se giró felina y entró. Nath no tardó un segundo en seguirla. Cerró la puerta con llave dejándola puesta para bloquear la cerradura y fue a por ella.

Allí, contra la única pared que quedaba libre entre cajas de cerveza, licores y refrescos, hicieron las paces. Fue una reconciliación feroz en la que sólo tenían una meta: liberarse. Y lo hicieron. Entre gemidos y jadeos, sobrecogidos por el placer cuando éste estalló haciéndolos estremecer.

Se separaron con la respiración agitada y el cuerpo tembloroso. Los labios hinchados por los besos y las manos impacientes por seguir tocándose. La realidad les recordó que no tenían todo el tiempo del mundo cuando alguien intentó entrar.

Nath se abrochó el pantalón y Marilia se bajó el vestido que tenía arremangado en la cintura. Miró enfadada sus braguitas nuevas de La Perla. Se las había roto.

—¿No habíamos quedado en que no me ibas a romper ninguna más? —le reclamó.

Él se las arrancó de la mano y se las guardó en el bolsillo de la chaqueta a la vez que esbozaba una sonrisa engreída.

—No.

Luego salió del almacén sobresaltando al pobre empleado que miraba la puerta preguntándose cómo era posible que estuviera bloqueada.

El muchacho boqueó perplejo ante la presencia del Señor del Torture Eden.

Nath arqueó una mayestática ceja exigiéndole sin palabras que se quitara de su camino.

El joven se apartó al instante, girándose de nuevo hacia el almacén cuando sintió movimiento. Abrió unos ojos como platos al ver a la nueva camarera —que, por cierto, hacía la función de encargada— salir de allí. Los rumores apuntaban a que era la pareja del jefe. Por lo visto, no se equivocaban.

—Marilia... Lo siento —consiguió decir—. No sabía que... Es decir...

—No te preocupes, no has interrumpido nada —lo informó sonriente—. El jefe y yo discutíamos cierta discrepancia de opiniones, pero ya lo hemos solucionado.

Sólo que no habían solucionado nada porque no habían hablado de nada, se dio cuenta de repente. Buscó a Nath con la mirada y lo encontró de nuevo en el escenario, observándola con la cabeza ladeada, como si estuviera esperando un gesto, una sonrisa.

Se lo dio. Formó una pistola con la mano y disparó. Él se llevó la mano al corazón. Ella sonrió. Si Nath daba por zanjada la discusión con ese polvo, ella no iba a ser menos.

Aunque no hubieran solucionado nada.

Era mejor dejar correr el agua antes que permitir que se estancara.

* * *

No muy lejos de allí, otra persona está pensando exactamente lo mismo.

Óskar desechó el pantalón de rayas blancas y azules, ¡parecía Obélix con él! —un Obélix muy delgado, eso sí—, y se puso unos ceñidos pantalones marrones imitación piel que combinó con una amplia camisa de raso crema sin cuello ni mangas y con un sinfín de diminutos botones esféricos del mismo tejido. Se la remetió en los pantalones y se observó en el espejo mientras se despuntaba el pelo con gel. Dio volumen a sus pestañas con rímel y se calzó unos afilados botines de cordones.

Se removió nervioso. Su *look* era arriesgado. Había dejado de lado sus cómodas camisas de flores y encaje y sus pantalones trompeta para dar paso a un estilo más... sexy. O eso esperaba. Quería deslumbrar a Kaos. El rubio era un hombre atrevido, aunque lo cierto era que siempre iba con vaqueros blancos, botines negros de tacón y el torso desnudo. Se percató sorprendido de que Kaos siempre lucía un *look* sencillo y espontáneo. Y a pesar de eso él siempre lo había visto como un amante de la moda con un aspecto moderno y arriesgado. No podía estar más equivocado, excepto por los botines de tacón.

Se sacó la camisa del pantalón, iba demasiado arreglado.

De hecho, iba a desnudarse y quedarse en casa.

No podía ir a buscarlo al Lirio Negro. Haría el más absoluto ridículo. Kaos no quería nada con él. Si lo quisiera, ya se lo habría hecho saber. Y si iba a buscarlo sería como acosarlo, demostrándole lo obsesionado que estaba con él.

Y entonces Xavier descubriría lo patético que era. Y eso lo frenaba. No quería infundirle pena.

Debería haberle contado lo ocurrido con Kaos cuando pasó. Xavier, a pesar de su exagerada timidez, era un tipo lúcido que sabía ver más allá. Le habría dado buenos consejos, pensó acariciándose el pecho lampiño.

Le había dicho que no lo persiguiera, que si lo hacía Kaos lo daría de lado.

¿Era eso lo que estaba pasando? ¿Por eso el rubio ya no pasaba por la pastelería?

* * *

En ese mismo momento, a varios kilómetros de allí, una adolescente está a punto de revelarle un gran secreto a su abuela.

Kayla observó con ojo crítico su dormitorio en la nueva casa de Marga. No era tan grande como el que tenía en la de su padre, pero no necesitaba más.

—¿Te gusta, cariño? —le preguntó Marga preocupada.

—Me encanta. ¿Puedo pintarlo de rosa?

—Por supuesto. Puedes decorarlo como quieras.

—Genial. Me gusta mucho la casa, yaya. Pero lo que más me gusta es que sólo está a cinco minutos andando de la de papá. Eso es lo mejor de todo.

—Lo sé, cielo —comentó Marga, pues ése era el único motivo por el que había alquilado esa diminuta casa de ciento ochenta metros cuadros sin piscina ni gimnasio.

—Yaya, ¿recuerdas que ayer te conté que hicimos una fiesta de pijamas en San Francisco?

—Sí, cariño, con esa mujer...

—Sí. Con Marilia. Por favor, llámala por su nombre. Sé que ella no te gusta, pero a papá y a mí, sí. Y tienes que respetarlo.

—Por supuesto, discúlpame.

—¡Claro! —Se lanzó a sus brazos para comérsela a besos antes de continuar con lo que la preocupaba—. Pues, en la fiesta, Marilia me dijo que... —Se calló reticente. Marilia le había dicho que hiciera partícipe a su abuela del Maléfico Plan, pero ella no lo tenía tan claro. Podía contárselo a su padre...

—¿Qué te dijo esa mu... Marilia? —inquirió Marga tratando de contener su enfado. Si esa mujerzuela intentaba poner a su nieta contra ella se lo haría pagar, y le daba lo mismo las represalias que pudiera tomar Nathaniel.

—Marilia, Óskar y yo ideamos un Maléfico Plan para vengarnos de las mujeres que dijeron cosas horribles sobre mí en la fiesta de cumpleaños de papá —dijo de corrido.

—Un plan maléfico... —parpadeó sorprendida.

¿Su nieta le había contado a esa mujer los comentarios hirientes que había recibido? Más aún, ¿le había dicho quién los había proferido a pesar de que no se lo había confesado ni a su padre ni a ella?

—¡Maléfico Plan! —la corrigió—. Con mayúsculas. Porque es muy muy perverso —afirmó conspiradora—. Necesitamos tu ayuda. Marilia ha dicho que eres imprescindible. Pero no se lo puedes contar a papá, o irá a por ellas y quiero vengarme por mí misma. Bueno, con la ayuda de Marilia, Óskar y tú.

—¿Tu padre no sabe nada sobre vuestro... Maléfico Plan?

—No. Y Marilia ha dicho que tú no se lo vas a decir y que por eso te lo puedo contar. ¿Lo harás?

Marga miró a su nieta dubitativa. Dudaba mucho que esa mujer hiciera algo por ella, seguramente sería una trampa para ponerla en evidencia delante de su hijo y abrir más aún la brecha entre ellos. Pero estaba atada de pies y manos. Su nieta le estaba pidiendo que le guardara el secreto, y no iba a decepcionarla.

—No le diré nada.

—¡Genial! Marilia, Óskar y yo hemos pensado que...

* * *

De nuevo en el Torture Eden, han pasado un par de horas, la discoteca está en su apogeo y nuestra protagonista rebosa felicidad. Es lo que tienen las hormonas alteradas, que convierten los sentimientos en montañas rusas emocionales.

«¿Cómo he podido ser tan tonta e interpretarlo todo tan mal?»

Marilia sonrió a Conan el Bárbaro, le sirvió su pedido y atendió al último cliente sin pensar en lo que hacía, porque en su cabeza sólo había sitio para un pensamiento.

Todo estaba bien.

Mejor que bien.

Porque había caído en la cuenta de algo muy, pero que muy importante.

Si Nath le había dicho —exigido— que viviera con él sería por algún motivo. Porque él no hacía nada sin meditarlo. E invitarla —exigirle— que vivieran juntos no era *peccata minuta*. Al contrario. Era un paso muy importante en su relación. Un paso que él había dado voluntariamente, pues no había nada que lo obligara a darlo. Así que si le había pedido —exigido— que vivieran juntos era porque ¿la quería?

¿Qué otro motivo podía tener para sugerirle —exigirle— que se mudara a su casa?

Sólo ése.

Que la quería. Al menos, un poquito. Lo suficiente para querer tenerla a su lado.

Y ese pensamiento era tan potente. Tan imposible y maravilloso que sintió que el mundo perdía consistencia bajo sus pies y comenzaba a flotar.

Tuvo que apoyar las manos en el mostrador y respirar profundamente cuando todo comenzó a darle vueltas.

Vaya, no tenía ni idea de que la felicidad absoluta fuera tan mareante. Aunque el mareo también podría deberse a que con el cabreo y la posterior angustia no había dormido nada desde que salió de San Francisco. Lo que significaba que llevaba más de cuarenta y ocho horas sin dormir.

—Marilia, ¿estás bien?

Sonrió al oír su voz y pensó que era imposible ser más feliz. Y que, visto lo visto, si lo fuera, acabaría desmayándose. Ese pensamiento le arrancó una carcajada.

—Marilia... ¿Qué te ocurre?

—Nada. Sólo estoy contenta —replicó frotándose los ojos.

—Estás pálida.

—Será por la luz. Me encuentro de maravilla —y no mentía. Se sentiría exultante si no fuera por ese inoportuno vértigo.

—Ve al dormitorio a tumbarte un rato, tienes que descansar —le ordenó preocupado.

—Eres un mandón de mucho cuidado —resopló ella—. Estoy bien, se me pasará en cuanto tome una dosis de cafeína.

—¿Vuelves a tomar café? —inquirió interesado.

—Uno al día no hace daño —dijo encogiéndose de hombros. Aunque lo cierto era que, si se tomaba un café, ese día llevaría dos y eso sería demasiado. Mejor no tomarlo.

—¿No hace daño a quién? —La miró con los ojos entrecerrados.

—A nadie —repuso sonriente, tan dichosa por su inesperado descubrimiento que era incapaz de dejar de sonreír. Y, sí, sabía que parte de esa felicidad se debía a sus hormonas disparatadas, pero le daba lo mismo. Era feliz y punto—. Por cierto..., tengo un secreto —dijo traviesa.

—Cuéntamelo —exigió Nath, el corazón deteniéndosele en mitad de un latido. ¿Y si no se había equivocado? ¿Y si ella estaba...?

—¿Qué me das a cambio?

Él enarcó una ceja.

—¿Qué quieres?

—Ah, no. El juego no funciona así. Tienes que ofrecerme algo para comprar mi secreto. —Chasqueó la lengua burlona.

Nath entrecerró los ojos especulativo. Si el secreto fuera ése, ella no se lo soltaría bromeando en mitad de la discoteca, delante de desconocidos.

—Está bien. Si me cuentas tu secreto, te regalaré un puticornio.

—No tienes puticornios —protestó.

—¿Y de quién es la culpa? —la acusó arqueando una ceja.

—Mía, por supuesto. Le pedí a Óskar que no los hiciera para hacerte pagar por ser tan ogro —reconoció—. Así que la próxima vez que te entre complejo de dictador, piénsalo mejor o estarás sin comer puticornios una semana.

—Eres cruel.

—No sabes cuánto. Ofréceme algo o te quedarás sin saber mi secreto... Y date prisa, el espectáculo va a acabar y la gente vendrá en masa a por su cena. —Señaló el escenario.

Nath asintió pensativo y de pronto esbozó una sonrisa endiablada.

—Te dejaré ponerte encima.

—Durante todo el polvo —especificó Marilia. A él le gustaba dominar en el sexo, a veces consentía en dejarla dominar a ella, pero no solía resistir mucho tiempo antes de volver a ponerla bajo él.

—Pides mucho.

—Mi secreto es muy gordo.

Eso volvió a pararle el corazón durante un segundo.

—Cinco minutos.

—¿Vas a poner el cronómetro mientras follamos? —le planteó socarrona.

—Lo tomas o lo dejas.

—Veinte.

—Nueve.

Ella sonrió y se inclinó en la barra para susurrarle al oído:

—Compré unas bragas y las escondí en tu vestidor por si faltabas a tu promesa y me rompías las que me regalaste.

—Nunca prometí no romperlas —apuntó él.

—No son tan caras ni tan bonitas como las de La Perla; al fin y al cabo mi economía está en crisis, pero estoy segura de que te van a encantar... y las llevo puestas.

—¿Has subido al dormitorio sin mí?

—Eso parece.

—Deberías habérmelo dicho, te habría acompañado...

—Me he tocado pensando en ti mientras me las ponía —susurró mordisqueándole el lóbulo de la oreja—. ¿Vas a castigarme?

—Debería. Pero haré la vista gorda si me describes tus bragas nuevas.

—Va a ser que no. Tendrás que esperar hasta que cerremos para saber cómo son —dijo maliciosa antes de sonreír coqueta y dirigirse al cliente que acababa de llegar—. ¿Qué te apetece? Si me permites un consejo, el fruto prohibido está de muerte.

Nath se apartó de la barra para que el hombre, vestido con un mono de látex rosa, una diadema con orejas rosas y una larga cola rosa hiciera su pedido.

«Me las pagarás», vocalizó antes de dedicarle una sonrisa engreída y continuar su ronda por la discoteca.

Marilia no pudo evitar el estallido de felicidad que le sobrevino al ver su sonrisa. Estallido que no tardó en desaparecer cuando esa montaña rusa llamada hormonas le recordó que lo que tenía con Nath era demasiado bueno para ser real. Era imposible que alguien como él (instruido, inteligente, atractivo y posicionado económicamente) se enamorara de alguien como ella (mutilada, ignorante y endeudada hasta las cejas).

No podía durar. ¿O sí?

¿Por qué no? ¿Por qué resistirse a soñar?

Nath quería que vivieran juntos porque quería estar con ella. Tenerla a su lado. Compartir su vida. No existía otro motivo más que ése. Eso tenía que significar algo.

¿Tal vez que la quería?

A ella.

Sin condiciones.

35

Cuando todos descubren que nada es lo que parece.

Ese mismo día, en una casa de La Moraleja una abuela descubre que su nieta no es el ángel que creía y que las mujerzuelas también pueden tener puntos a su favor.

Marga observó a Kayla sin salir de su asombro. Ese Maléfico Plan no podía ser idea suya. Su nieta era un ser angelical e inocente que, en ese momento, sonreía con la picardía del diablo y la malicia de una bruja.

—¿Crees que podréis llevarlo a cabo? —le preguntó muy seria.

—¡Pues claro! Marilia dice que está chupado y que es capaz de colarse en cualquier parte y abrir cualquier cerradura.

—Eso no lo dudo —resopló Marga. Esa mujer era osada e ingeniosa, también perversa. Podía llegar a apreciar esas cualidades, aunque no a quien las poseía—, seguramente sea una ladrona o lo haya sido.

—¡Yaya!

—Lo siento, pensaba en voz alta.

—¡Pues no lo hagas! —La miró disgustada—. ¿Vas a ayudarnos? Marilia necesita saber dónde tiene que colarse.

—Y ahí entro yo. —La anciana irguió la espalda al sentirse necesaria.

—Sí. Tú puedes averiguarlo. ¿Lo harás?

—Por supuesto.

—¡Cuánto te quiero, yaya!

* * *

Esa noche, pasada la hora bruja, nuestro joven pastelero encuentra por fin el valor de entrar en el Lirio Negro tras varias horas de dudas.

No era como se lo había imaginado. Tampoco era que hubiera pensado mucho en ello, pero sí le había dado algunas vueltas y siempre imaginaba una mezcla entre la sensualidad extravagante del Torture Eden y la sordidez de los clubes de carretera. Pero no. El Lirio Negro era un bar de copas con cómodos sofás en los que la gente hablaba, se miraba y ligaba. Nadie follaba salvajemente como había esperado. No obstante, tenía entendido que había dos plantas, una de las cuales dirigía Kaos: el Paraíso. Pero allí no veía nada que insinuara su existencia. Estaba a punto de acercarse a la barra para preguntar cuando vio que algunas personas salían por una puerta oculta en un extremo del salón.

Tal vez al otro lado estuviera el Paraíso. Se dirigió allí y un matón le salió al paso lanzándole una mirada tan aviesa que le quedó bien clarito que no tenía permiso para pasar. Estuvo tentado de dar media vuelta y salir corriendo. Pero se había impuesto un objetivo e iba a cumplirlo.

—Buenas noches, estoy buscando el Paraíso —dijo con una seguridad que no sentía.

El hombre sacudió la cabeza hacia la puerta, indicándole que se llegaba a través de ésta.

—Genial, gracias. Si me permites...

—No puedes pasar. No se admite la entrada a hombres que no han sido elegidos.

—¿Elegidos por quién?

El hombretón resopló al darse cuenta de que ese tipo estaba totalmente perdido.

—Por una pareja, por una mujer, por varias mujeres, varias parejas... Da lo mismo. No puedes entrar solo, tienen que invitarte a acompañarlos.

—Pero es que necesito entrar...

—Tú y todos. —Señaló a los hombres acodados en la barra que miraban impacientes a su alrededor.

—Pero yo conozco a Kaos. Somos íntimos amigos —exageró—, seguro que le molesta enterarse de que he estado aquí y no me has dejado verlo —le advirtió amenazante.

—Vuelve a la sala si no quieres que te eche de una patada en tu escuálido trasero.

—Vamos, tío, al menos comprueba lo que te digo. No te cuesta nada. Llámalo y dile que ha venido Óskar, el pastelero —dijo a la desesperada.

El hombre lo miró especulativo, sacó un móvil y se alejó para llamar, poco después guardó el teléfono y regresó junto a Óskar indicándole que esperara en el salón.

Diecisiete largos y desesperantes minutos después se le permitió el paso.

—Al final del pasillo. En el Jardín de las Delicias —le indicó ceñudo.

Óskar asintió y entró, accediendo a un largo pasillo en el que se abrían varias puertas. Lo recorrió presuroso y, al cruzar la última, se quedó pasmado.

Eso sí era lo que había esperado, pensó mirando atónito a su alrededor.

Allí todo el mundo follaba con todo el mundo delante de todo el mundo. En sofás. En mesas. En camas redondas. Contra la pared. Incluso en el suelo. Y todo estaba lleno de luz y color. Era como entrar en una versión porno de *El Jardín de las Delicias.*[1]

Bajó la mirada incómodo. Todo era demasiado explícito y tenía la sensación de estar demasiado vestido y ser demasiado mojigato para las prácticas grupales que se sucedían. De ser incluso demasiado inocente para esa decadencia sexual. De estar, en definitiva, fuera de lugar.

1. Cuadro de El Bosco.

Se internó entre el mar de cuerpos buscando a Kaos. No fue difícil encontrarlo. Estaba al fondo del salón, en una plataforma elevada y sentado en un trono dorado. Observaba su reino mientras la morena arrodillada entre sus piernas le hacía un trabajito.

Deslizó una perezosa mirada sobre Óskar y alzó la mano pidiéndole un instante. Luego envolvió la melena de la morena en el puño y dio un suave tirón. La mujer ascendió por su cuerpo sin dejar un centímetro de piel sin saborear y se empaló en su polla.

Lo montó mientras él se entretenía comiéndole los pechos.

Óskar bajó la mirada. No le interesaba ver eso. La mantuvo centrada en sus pies durante lo que le parecieron horas. Y tal vez lo fueran. Hasta que vio aparecer en su campo de visión unos botines negros de tacón de aguja con tachuelas en la puntera.

Alzó la vista.

Kaos estaba frente a él, tan guapo como siempre o tal vez más, pues tenía los labios hinchados por los besos y la piel sonrosada y sudorosa por el placer. Llevaba su sempiterno sombrero y sus pantalones blancos con rotos. Y nada más.

—Hola —musitó Óskar cohibido.

—Eres la última persona que esperaría ver aquí —comentó Kaos—. ¿A qué se debe tu visita?

—Bueno..., estaba por la zona y...

—Pensaste que estaría bien pasar a verme, al fin y al cabo hace tiempo que no coincidimos en la pastelería —acabó por él.

—Sí. Eso.

—¿Y no has pensado que si no coincidimos es porque yo no lo quiero? —inquirió con brutal sinceridad no exenta de cariño.

Óskar lo miró abochornado y Kaos le pasó el brazo por el hombro.

—Vamos, te enseñaré esto...

—No me interesa —rehusó Óskar tratando de zafarse de su abrazo.

Kaos apretó su presa, impidiéndoselo.

—Por supuesto que sí. Tenemos que hablar y éste no es el mejor sitio, tanto sexo me distrae y quiero dedicarte toda mi atención. La mereces —afirmó muy serio.

Lo condujo al pasillo por el que había llegado y se paró frente a una puerta. Marcó un código numérico en el panel y empujó para abrirla.

Óskar respiró aliviado al ver que entraban en un despacho normal y corriente, aunque muy desordenado. Y con una cama contra una pared. Y un diván contra la otra.

Kaos ignoró la silla de directivo que había tras el escritorio y optó por acomodarse sobre la mesa, un pie en el suelo y el otro meciéndose en el aire.

—Siéntate —le pidió al pastelero desde su posición de poder.

Óskar se decantó por el diván, era menos embarazoso que la cama.

—Debo disculparme —comenzó Kaos—. Siento haberte confundido. No pensé que hacerme una felación te pudiera afectar. Se suponía que íbamos a pasar un buen rato y que no iría a más, pero en estas semanas me ha quedado claro que no ha sido así. Y es... incómodo.

—¿Qué he hecho mal? —musitó Óskar.

—Nada. No has hecho nada mal —rechazó Kaos con contundencia.

—Entonces ¿por qué es incómodo?

—Porque eres demasiado solícito y complaciente conmigo. E intuyo que es porque sientes algo por mí; en cambio, yo no me siento atraído por ti.

Óskar lo miró pasmado.

—Pero me pediste que... —Se calló turbado.

—Estaba aburrido y me apetecía correrme. —Se encogió de hombros—. Te sugerí que me la mamaras porque pensé que te apetecería hacerlo. Pero te dejé claro que soy hetero. Sólo me gustan las mujeres.

—Pero se te puso dura cuando te la comí...

—Sí. Y me corrí como un loco pensando que me la chupaba una preciosidad de ojos grises que no eras tú. Que es exactamente lo que te advertí que haría.

—Sí, pero... creí que...

—Creíste mal.

—Pero te gustó —susurró Óskar agarrándose a un clavo ardiendo.

—Y espero que a ti también. Por supuesto, soy consciente de que yo lo disfruté más, al fin y al cabo fui el único que se corrió, pero imagino que esa noche, y tal vez algunas más, te la pelarías pensando en mí

Óskar lo miró pasmado antes de asentir con un gesto.

—Bien, me gusta que disfrutes. Pero te lo has tomado demasiado en serio, Óskar.

—¿Demasiado en serio? Estoy enamorado de ti —jadeó perplejo.

Kaos exhaló disgustado.

—Está claro que cometí un error —asumió resignado—. Malinterpreté la situación.

—¿La malinterpretaste? —repitió con la voz estrangulada.

—No pensé que estuvieras colgado por mí...

—Pues yo creo que era bastante evidente —replicó Óskar comenzando a cabrearse—. Todos lo notaron menos tú. Joder. Me utilizaste para correrte.

—Sí. Y tú te dejaste utilizar.

—Creí que te gustaba... Que sentías algo por mí...

—Y me gustas. Me caes bien, eres un tío simpático y agradable, igual que cientos de personas que conozco. Y eso no quiere decir que sienta algo por ellas...

—¿También le pediste a toda esa gente que te la comiera? —lo increpó furioso.

—A algunos —contestó Kaos con desidia—. Esta conversación comienza a resultar repetitiva. —Saltó de la mesa—. Te lo voy a poner fácil, Óskar. No soy el tipo divertido y agradable que crees. Es mentira, un disfraz que me pongo y me quito a mi antojo. La única realidad es que soy un cabronazo egoísta que busca su propio placer sin importarle nadie más... —Abrió la puerta invitándolo a marcharse—. Espero que cuando volvamos a vernos no me eches arsénico en los *muffins*.

—Claro que no, yo no soy un cabronazo egoísta como tú —repuso Óskar—, seguiré haciendo tus *muffins* favoritos con todo mi cariño y, cuando vengas a comprarlos, escupiré sobre ellos antes de dártelos.

Kaos sonrió al oírlo.

—Bien, te prefiero cabreado antes que decaído.

Óskar inspiró con brusquedad y, sin decir más, enfiló el pasillo. Apenas le dio tiempo a salir del Lirio Negro antes de estallar en desgarradores sollozos.

* * *

Horas más tarde, mientras nuestro pastelero favorito llora desconsolado en la cama, en la planta superior del Torture Eden otra pareja da un uso radicalmente distinto —y mucho más placentero— a ese mismo mueble.

Marilia cerró los ojos mientras se contoneaba lentamente sobre él. Estaba siendo cruel, y lo sabía. Pero no podía remediarlo. Se sentía exultante, llena de energía a pesar del agotamiento. Porque todo estaba bien. Mejor que bien. Estaba enamorada de un hombre maravilloso, y ese hombre maravilloso la quería, al menos un poquito. Aún le daba miedo creérselo, pero no podía ser de otro modo, por eso quería vivir con ella. Si se lo volvía a proponer —exigir— aceptaría.

Quería reír, gritar, bailar. Hacer travesuras. Y qué mayor travesura que montarlo con desquiciante lentitud cuando él tenía todo el cuerpo rígido por la excitación.

Abrió las manos sobre su torso, sintiendo bajo las palmas la tensión con la que se le contraían los músculos a cada balanceo de su pelvis. El resuello que escapaba entre sus dientes apretados cada vez que, tras un lento ascenso, volvía a hundirlo en ella. La fuerza con la que se aferraba a sus caderas, conteniéndose apenas para no obligarla a montarlo con el frenesí que necesitaba.

Se inclinó para besarlo y, en el mismo instante en que sus labios se tocaron, una suave melodía sonó en el móvil.

Un segundo después, Marilia tenía la espalda contra el colchón y Nath la follaba con desesperada impaciencia.

—Nunca más —juró entre gruñidos mientras la penetraba—. No volverás... a convencerme... para montarme. Nunca más —porfió sacudiendo las caderas contra ella.

—¿No te ha gustado? —replicó maliciosa.

—Ha sido una placentera tortura —aceptó él.

Le agarró los tobillos y le colocó las piernas contra su pecho, los talones descansando en sus hombros de manera que, cuando volvió a entrar en ella, lo hizo tan profundamente que Marilia sintió que llegaba a donde ningún hombre había llegado antes. Y no sólo físicamente.

Exhaló un trémulo gemido y deslizó la mano hasta su sexo para acariciarse mientras la follaba con tanta intensidad que la cama chocaba con la pared.

Nath perdió el poco control que le quedaba al verla masturbarse. Sus sacudidas se hicieron más rápidas y enérgicas, totalmente desbocadas. Tan enloquecido estaba que todo a su alrededor se desdibujó. Todo, excepto ella.

—Marilia. Mírame —le exigió cuando ella cerró los ojos rindiéndose al placer.

Marilia hizo un esfuerzo supremo para complacerlo.

—No dejes de mirarme —le ordenó—. Quiero ver tus ojos mientras te corres. Quiero ver cómo te rindes a mí.

—No me seas dramático —musitó aferrándose con fuerza a sus brazos.

Nath, a pesar del placer incapacitante que lo dominaba, no pudo evitar sonreír. Su pelirroja siempre tenía respuestas para todo. Y ninguna era la que él esperaba.

Se apuntaló con la mano izquierda en la cama y le apartó la mano con la que se acariciaba para que sus dedos ocuparan su lugar. Le frotó el clítoris con el pulgar.

Marilia se tensó de pies a cabeza, la espalda arqueada y los pies empujando los hombros de Nath mientras su sexo se contraía ordeñando la gruesa verga que se sumergía en ella con violencia.

Un ronco gemido hizo vibrar su garganta cuando tembló bajo la liberación.

Nath la sostuvo en su orgasmo hasta que quedó desmadejada en la cama. Y entonces se dejó ir con un gruñido que le salió de lo más profundo del pecho.

Se derrumbó sobre ella, ahíto de placer.

Marilia tuvo que hacer un verdadero esfuerzo para no decirle que lo quería. Y no preguntarle a su vez si él la quería. Lo abrazó frotando la nariz contra el lugar en el que cuello y hombro se unen, inundándose los pulmones con los matices de su esencia mientras sus dedos aprehendían el tacto de su espalda.

Él se dejó caer a un lado, liberándola de su peso demasiado pronto y dejando sus brazos insoportablemente vacíos.

¿De verdad acababa de pensar eso? Oh, joder, sus desquiciadas hormonas la estaban convirtiendo en una cursi. Pero una cursi feliz, pensó acurrucándose contra su pecho mientras deslizaba juguetona la mano izquierda por el vientre masculino.

Y al darse cuenta de lo que estaba haciendo se sintió flotar. Jamás, ni en sus sueños más atrevidos, se había imaginado acariciando a un hombre con esa mano. Menos aún que él lo aceptara sin un gesto de repugnancia en la cara.

Pero a Nath no sólo no le importaba, sino que parecía gustarle.

Cerró los ojos al sentir que la abrazaba y frotó la mejilla contra su pecho, disfrutando del roce de su corto vello y de la caricia de sus endurecidos pezones. Le besó el pecho y descansó la cabeza sobre él, dejándose arrullar por los suaves latidos de su corazón y su respiración cada vez más sosegada, pues se estaba quedando dormido.

Esbozó una sonrisa al darse cuenta de que estaba tan cansado que ni siquiera se había acordado de darse su habitual ducha. De hecho, ella también estaba exhausta, pero necesitaba saber algo. Sólo que no sabía cómo averiguarlo. No era cuestión de preguntarle a bocajarro si la quería, jamás se expondría así ante nadie, mucho menos ante él. Pero necesitaba saberlo antes de acabar total e irremediablemente enamorada de él (si es que aún estaba a tiempo para evitarlo, que lo dudaba).

Se revolvió inquieta, luchando por apartar el sueño que amenazaba con vencerla, y Nath al sentir sus movimientos abrió los ojos con pereza.

—Duérmete, Marilia. Necesitas descansar —musitó besándole la frente.

—¿Por qué estabas tan cabreado el viernes? —inquirió sin poder contenerse.

—No estaba enfadado —murmuró adormilado.

—Pues lo parecías. —Se zafó de sus brazos y se sentó estilo indio. Ahora que había puesto el asunto sobre la mesa, o, mejor dicho, sobre la cama, necesitaba respuestas—. El jueves estábamos genial y el viernes te levantaste hecho una fiera...

Así que había llegado la hora de hablar, pensó Nath de nuevo despierto y alerta. Se sentó con la espalda contra el cabecero y la miró enarcando una ceja.

—¿No crees que exageras?

—No. No exagero. No me hablaste en todo el viaje, ¡y duró quince horas!

—Creo recordar que sí te hablé.

—Oh, sí, cierto, usaste algunos monosílabos. Desde luego, se puede tener una gran charla con varios síes y unos cuantos noes.

—Lamento mi actitud. Estaba disgustado y bastante ofuscado y lo pagué contigo.

—¿Tuviste algún problema en la última reunión?

—Todo salió como lo había planeado, por supuesto —sentenció, como si no pudiera ser de otra manera.

—Entonces ¿por qué estabas disgustado?

Él dobló una pierna apoyando el codo en la rodilla.

—¿Nath? —le reclamó Marilia con gesto suspicaz.

—Creí que estabas embarazada —dijo sin ambages mirándola a los ojos.

Ella tuvo que usar todas sus dotes de actriz —que no eran pocas— para que no se diera cuenta del impacto que le causaban sus palabras.

—Ah... ¿Y cómo se te ocurrió eso? —farfulló.

—Interpreté mal ciertas señales y saqué una conclusión errónea.

Marilia esperó un instante a que se explicara y, como no lo hizo, estalló.

—Genial. A ver que me quede claro, porque ahora mismo estoy a cuadros. ¿Viste señales en plan celestial con angelitos bajando del cielo y todo eso o fue más del tipo sueño premonitorio con un bebé bailando la conga en mi tripa? —inquirió.

—Señales del tipo pezones sensibles y pechos llenos, excesiva somnolencia, nulo consumo de alcohol y café... —explicó con gesto serio.

Marilia parpadeó.

—Y por eso pensaste que estaba embarazada...

—Lo busqué en Google y los síntomas cuadraban.

—En Google. Ya veo que consultaste con un experto en la materia —resopló irónica, su cerebro trabajando a mil por hora.

Él lo había intuido. Podría aprovechar la coyuntura y decirle que sospechaba estar embarazada pero que todavía no lo había confirmado y acabar así con la angustiosa zozobra emocional en la que navegaba desde hacía demasiado tiempo. Él no se lo tomaría muy mal. O, sí, se lo tomaría fatal, pero lo acabaría entendiendo, porque la quería. Y podría hacerse la prueba y esperar el resultado juntos, como una pareja de verdad, de esas que se querían y compartían vida y superaban juntas los problemas.

—En mi descargo debo decir que estaba cansado y no pensaba con claridad —se defendió Nath, llevándola de nuevo a la conversación—. De haberlo hecho, te habría preguntado a ti directamente.

—Desde luego tengo más autoridad en la materia que Google —aseveró burlona.

Iba a decírselo. Lo haría. En ese mismo momento.

—De eso no me cabe duda —convino Nath zanjando la conversación. No tenía sentido darle más vueltas. Se estiró para darle un largo beso en los labios, volvió a tumbarse y apagó la lamparita de noche—. Duérmete, es tarde y estás muy cansada.

Marilia se acurrucó contra su pecho, sintiéndose más cobarde que nunca.

Tenía que decírselo. Ya. Sin esperar un segundo más. Cuanto más tiempo dejara pasar, más traicionado se sentiría. Se incorporó de nuevo y encendió la luz.

—¿Qué ocurre? —inquirió Nath al ver su gesto desazonado.

Ella lo miró fijamente. Se lo iba a decir. Y él lo iba a entender. Porque la quería, y cuando había amor todo era más fácil.

—Nath..., yo...

Y ése fue el momento elegido por su cerebro para asimilar todas las implicaciones de lo que él había dicho y hacerle entender hasta qué punto se estaba equivocando.

—Por eso querías que viviera contigo. —Lo miró suspicaz.

Él asintió con un gesto.

El corazón de Marilia dio un vuelco y comenzó a palpitar frenético, como si acabara de romperse y tratara como fuera de juntar sus pedazos.

—Porque creías que estaba embarazada —añadió para que no hubiera malentendidos.

—Era lo adecuado dadas las circunstancias —señaló él, todos sus sentidos en alerta, pues la voz de Marilia había sonado ahogada. Casi jadeante.

—Y tú siempre haces lo correcto —afirmó ella tratando de recuperar el control de sus emociones, que en ese momento estaban por los suelos.

—Lo intento.

—Pues menos mal que no estoy preñada, si no, se habría convertido en una molesta costumbre, ¿no? —se burló desdeñosa—. Primero Avril y ahora yo... No tuvo que hacerte mucha gracia pensar que te habían vuelto a atrapar con un bebé. Habría sido una putada en toda regla —comentó con fingida desidia.

—Una putada no, sólo un error imprevisto y totalmente asumible —rebatió él.

¿Un error asumible? ¿Eso era Micah para él? Marilia sintió que las entrañas le ardían de cólera, porque se dio cuenta de que eso era lo que ella sería para él si lo atrapaba con un embarazo indeseado: un error que se había visto obligado a asumir.

Un error que acabaría aborreciendo.

Porque no la quería. Y nunca lo había hecho. Sólo se había sentido obligado a acogerla en su casa —pero no en su corazón— por responsabilidad hacia un bebé que tal vez ni siquiera existiese. Su bebé. Micah. Y ella, como la estúpida que era, había visto amor donde no había más que responsabilidad y se había olvidado de todo lo que había aprendido, de todo lo que sabía, enamorándose como una idiota.

—Y eso fue lo que hiciste. —Chasqueó la lengua burlona—. Asumir la responsabilidad y dar el siguiente paso lógico, que para un obsoleto caballero de brillante armadura como tú se traduce en exigirme que viviera contigo. ¡Qué mono!

—Era lo correcto —señaló él molesto por su actitud socarrona.

Porque, sí, había valorado esa opción al creerla embarazada, pero en el mismo momento que lo pensaba se había dado cuenta de que eso era lo que deseaba, con embarazo o sin él. Por eso había querido llevarla a su casa.

Y ella lo había rechazado sin parpadear. En el taxi. En presencia de Óskar y Kayla. En lugar de esperar a llegar a casa y debatirlo como la adulta que supuestamente era.

—Por eso has estado tan cabreado conmigo, porque pensabas que te la había jugado con un bebé... Pobrecito Nath, de nuevo atrapado por una mujer preñada —se burló cabreándolo más aún.

—No —rechazó de plano—. No me molestaba tu embarazo. Era irreflexivo y precipitado, sí. Un error en toda regla. Pero, como he dicho, un error asumible. Lo que me cabreaba era pensar que me lo habías ocultado.

«Que rechazaras mi ayuda. Que me rechazaras a mí.»

—¿De verdad crees que me callaría algo así? Por favor, no seas ingenuo —resopló—. Piénsalo bien, tener un hijo tuyo sería mejor que si me tocara la lotería. Eres rico, estás buenísimo y tienes una gran polla. El embarazo me resolvería el presente y me aseguraría el futuro. No tendría que volver a trabajar y podría vivir del cuento el resto de mi vida —afirmó insidiosa—, y yo no soy de las que desaprovechan oportunidades...

—Difiero en tu apreciación —repuso incisivo—. Tú eres de las que se las apañan solitas y sin ayuda, aunque estés con el agua al cuello —la acusó furioso.

—Me halaga que tengas tan buena opinión de mí, pero te recuerdo que soy un put...

—No lo digas —la cortó Nath con tanta severidad que a Marilia le quedó claro que si terminaba esa frase tendrían un serio enfrentamiento.

Y no era que le disgustara. En ese momento le vendría bien una buena bronca para gritar y desahogarse. Pero él no gritaba desquiciado, lo que le quitaba toda la gracia al asunto. Él era un tipo educado y honorable que se autoimponía vivir con una mujer a la que no amaba porque se sentía responsable de un bebé que no había buscado y que no deseaba.

Bien, pues ella no era así. Ella era una cabrona con diploma de bruja y no necesitaba su lástima ni su ayuda. En realidad no necesitaba nada de él. Ni siquiera a él. Podía sacar adelante a Micah ella sola. Había sobrevivido por sí misma desde niña. No necesitaba su apoyo. Así que podía irse a la mierda. Y rapidito, que ya olía.

—Ahora que lo pienso, debería sentirme ofendida. Te casaste con Avril y su hijo no era tuyo, y sin embargo a mí sólo me exiges vivir juntos... Qué injusto. Debería gozar de los mismos privilegios —lo acusó sarcástica.

—Ya tengo un divorcio a mis espaldas, no quiero otro —arguyó Nath disgustado por su mordacidad.

Lo sorprendió ver que ella sonreía satisfecha, como si hubiera dicho exactamente lo que quería oír. Como si su rechazo fuera lo que esperaba obtener.

—Además, con Avril era preciso casarme, estaba totalmente desamparada —explicó. Necesitaba que Marilia entendiera sus motivos—. Ella me necesitaba, tú no.

—Por supuesto —replicó Marilia usando esa expresión que tanto le gustaba a él y que a veces tan poco significaba. Esbozó una sonrisita diabólica ante su mirada especulativa—. Vamos a dormir, tanto hablar de bebés me ha provocado una desagradable sensación en el estómago y no quiero vomitar, no vaya a ser que vuelvas a ver señales y tengamos que ir de urgencias a la farmacia para comprar un test de embarazo —ironizó.

Se tumbó de lado dándole la espalda. Estaba tan enfadada, disgustada y aterrada que temía fastidiarlo todo aún más —si es que eso era posible— si seguía hablando.

Lo sintió moverse tras ella, y, un segundo después, la abrazaba.

—¿Estamos bien, Marilia? —le preguntó muy serio.

Y ella supo que se refería a ellos dos como pareja. ¡Pareja, qué eufemismo!

—Claro.

Cerró los ojos obligándose a relajar el cuerpo y respirar despacio.

No supo cuántas horas estuvo inmóvil en esa oscuridad teñida de desesperación, esperando a que él se durmiera y temiendo despertarlo si se movía. Pero necesitaba moverse y vomitar el dolor que la atenazaba. Un dolor provocado por los sueños rotos. Por lo que podría haber sido y nunca sería.

Porque se había dado cuenta de que acababa de cavar su propia tumba. Al ocultarle sus sospechas y mentirle había perdido la oportunidad de enamorarlo. Eso, en el remoto supuesto de que alguna vez hubiera existido tal posibilidad, que lo dudaba.

Los hombres como él no se enamoraban de las mujeres como ella.

Se liberó con cuidado de su brazo y fue sigilosa al baño. Entró y echó el cerrojo antes de encender la luz. Luego se dirigió a la puerta tras la que se ocultaba el váter. Recordó que le había resultado muy gracioso, casi hilarante, descubrir que el retrete estaba separado del resto del baño. Ahora lo encontraba muy útil.

Se encerró en dicho cubículo, se sentó sobre la tapa del inodoro y subió los pies abrazándose las rodillas a la vez que se tapaba la boca con las manos para amortiguar los sollozos que no podía contener por mucho que apretara los labios.

Porque era tan tan idiota que le había hecho pensar que si estuviera embarazada no dudaría en aprovecharse de ello y vivir del cuento. De él.

Y Nath no tenía ningún motivo para pensar que le mentía. Que sólo lo había dicho por despecho al descubrir que no la quería, que todos sus sueños eran humo. Al contrario, cuadraba exactamente con la mujer aprovechada y deshonesta que Marga le había asegurado que era. Que ella misma aseguraba ser cada vez que tenía ocasión.

Un putón verbenero.

Una zorra endeudada que necesitaba dinero con urgencia y no dudaría en hacer cualquier cosa para conseguirlo, incluso engañarlo o quedarse preñada. Al fin y al cabo, sólo seguiría el ejemplo de su madre, quien la había tenido para sacarle dinero a su padre.

De tal palo, tal astilla, pensaría él. Como habían pensado todos en el pueblo. Y con razón. Porque ella sólo era una alimaña que se creía muy lista y, sin embargo, era muy tonta. ¿Cómo podía haberse equivocado tanto? Ni siquiera esa misma noche, atrapada como estaba, había dejado de revolverse y atacar. Si hubiera dicho la verdad, tal vez ahora tendría alguna posibilidad.

Pero ¡¿qué tonterías estaba diciendo?!

Ni siendo sincera habría tenido una oportunidad.

Las personas como ella nunca la tenían. Lo había aprendido de niña. Si ni siquiera sus padres la habían querido, cómo iba a quererla nadie.

Pero Micah la querría. Los bebés siempre querían a sus madres, aunque éstas fueran un desastre, ¿verdad? Ellos amaban incondicionalmente. Igual que su hermanastra.

Índigo también la quería. Siempre lo había hecho, incluso cuando se portó como una zorra con Jota. Siempre había estado a su lado. Tenía que hablar con ella. Contarle...

¿Qué?

¿Que le había mentido desde el principio? ¿Que su vida era una mierda?, ¿que todo le iba mal porque era idiota?, ¿que se sentía tan desgraciada que le costaba respirar?, ¿que se había enamorado de un hombre al que había mentido de la peor manera posible? Un hombre maravilloso que nunca la querría.

No podía decirle eso.

Porque Índigo era lo suficientemente buena para que un hombre la amara más que a nada en el mundo. Para que sus abuelas la quisieran, para que el pueblo no la rechazara.

Pero ella no. Ella nunca sería lo suficientemente buena. Porque era visceral, impetuosa, egoísta y dura.

Y si acudía a su hermana llorando parecería débil y desesperada.

Y ella no era débil. Nunca lo sería, volvió a prometerse con la misma fiereza que lo había hecho más de veinte años atrás frente a la tumba de su padre.

En ese momento, como antaño, las lágrimas corrían hirientes por sus mejillas. Se las limpió furiosa, obligándose a detener ese degradante llanto, y entonces lo oyó.

Nath. En la puerta del baño.

Llamándola.

—¡Ahora salgo, he tenido una urgencia! —gritó sin atreverse a decir más al oír su voz enronquecida por el llanto.

Él dijo algo que no entendió y reinó de nuevo el silencio. Aun así, esperó un poco antes de abrir y asomarse para comprobar aliviada que la puerta del baño seguía cerrada. Tomó una bocanada de aire y se dirigió al lavabo para limpiarse las lágrimas. Al verse en el espejo comprendió que no podía salir así.

Parecía una muerta. Una muerta que llevaba horas llorando.

Se metió en la ducha deseando que el agua tibia aliviara la hinchazón de sus ojos. Apoyó las manos en la pared y alzó la cabeza para que el agua resbalara por su cara.

Las lágrimas seguían brotando de sus ojos, invisibles gracias a la lluvia que caía en su rostro, cuando lo sintió forzar la puerta y entrar en la ducha, colocándose tras ella.

—¿Qué ocurre, Marilia?

—Nada. ¿Qué iba a ocurrir? —replicó burlona.

—Llevas casi una hora encerrada en el baño —aseveró tomándole la barbilla y obligándola a girar la cara para mirarlo.

—Tenía una urgencia muy gorda —resopló desdeñosa escapando de su mirada—. Y, antes de que me interrogues, déjame decirte que con tanto como he tenido que esforzarme para evacuar, tú ya me entiendes, me ha entrado calor y he decidido ducharme. No hay más misterio.

—Por supuesto —musitó él con la misma ausencia de significado que ella le había dado horas antes.

Cerró el grifo, la envolvió en una toalla y la tomó en brazos para llevarla a la cama, donde la posó con exquisita suavidad. Se tumbó a su lado envolviéndola entre sus brazos.

—No estás sola, Marilia... —murmuró con inusitada ternura.

—Siempre lo estoy. Porque quiero estarlo. Me gusta la soledad —mintió zafándose de su abrazo para darle la espalda. Deslizó la mano sobre su estómago liso. Si Micah de verdad existía, si estaba ahí, dormidito en su tripa, no volvería a estar sola.

Nath la abrazó de nuevo. En silencio. Un abrazo lenitivo que tuvo la facultad de sosegarla y transportarla al mundo de los sueños.

Que a su vez es el de las pesadillas.

—Marilia, despierta. Es sólo un sueño —susurró tiempo después mientras ella lloraba en silencio hecha una bola en la cama—. Dime qué te pasa, déjame ayudarte.

Del chorro de palabras ininteligibles que sucedió a su petición sólo entendió tres.

Índigo. Micah. Nath.

36

Cuando algunos de nuestros protagonistas lo tienen muy claro, mientras que otros no lo tienen nada claro.

Lunes, 16 de agosto de 2021

Óskar sacó la última hornada de galletas y miró la hora. Eran casi las doce, Xavier se retrasaba. Y no era que tuviera obligación de ir, pero solía bajar a comprar el pan sobre las once y se quedaba a charlar un ratito —toda la mañana—, y justo ese día que necesitaba con desesperación contarle lo que había ocurrido con Kaos, llegaba tarde.

Soltó un resignado suspiro y se entretuvo colocando el expositor mientras esperaba a que llegara su amigo.

Pero éste no llegaba.

Empezó a preocuparse. No era propio de él llegar tan tarde. A la una y media estaba tan agitado que casi echó a la anciana que le contaba sus aventuras mientras le servía unas galletas de mantequilla. Cuando faltaban quince minutos para cerrar decidió ir a buscarlo. Entonces se dio cuenta de que no sabía dónde vivía. Tampoco su nombre real para denunciar su desaparición a la policía.

Meditó sus opciones, que, lamentablemente, se reducían a... ninguna.

Y en ese momento, a falta de seis minutos para el cierre, sonó la campanilla de la puerta y entró un último cliente en la pastelería.

—¡Xavier! ¿Dónde te habías metido? —lo increpó yendo hacia él.

—¿Acaso importa? —replicó Aníbal dejando pasmado a Óskar con su acritud.

—Pues sí, me tenías muy preocupado —lo acusó malhumorado.

—Ya lo imagino —resopló irónico, sorprendiendo a Óskar con su actitud—. Ayer fuiste a buscar a Kaos —dijo, y no era una pregunta.

—Sí. —Hizo una mueca de disgusto al recordar el fiasco de la noche anterior.

—Y no fue bien.

Óskar lo miró pasmado.

—¿Cómo lo sabes?

—Tienes los ojos hinchados y es la primera vez en dos años que no vas conjuntado.

Óskar lo miró perplejo porque, si bien era cierto que Xavier llevaba años comprándole el pan a su abuela, ellos apenas si habían hablado antes de ese verano.

—Esta noche he dormido fatal y cuando me he levantado no tenía ganas de nada... Por eso llevo estas pintas. —Bajó la mirada avergonzado—. Tenías razón. Kaos me estaba esquivando. No le intereso. —Una gruesa lágrima resbaló por su mejilla.

Acto seguido le desgranó entre sollozos lo ocurrido la noche anterior. Necesitaba decírselo a alguien que le entendiera y lo animara. Que lo mimara y lo consolara.

—Me utilizó y yo me dejé usar encantado —finalizó—. Pero no puedo evitarlo, estoy tan enamorado de él que me hice ilusiones como un tonto. —Hipó—. Y ahora no sé qué voy a hacer, me ha roto el corazón pero lo sigo queriendo...

Esperó lloroso que Xavier le diera alguna muestra de cariño. Que le pusiera una mano en el hombro, incluso que lo llamara idiota. Pero éste ni siquiera se movió.

¿Por qué no hacía nada? Se suponía que era su amigo. Debería reconfortarlo, hacer que se sintiera mejor. Alzó la vista confundido por su ausencia de empatía y parpadeó sorprendido al ver que su habitual expresión amable y comprensiva se había tornado dura. Sus ojos lo taladraban y sus labios se apretaban con algo muy parecido a la furia.

—Xavier.

—No me llamo así.

—Ya, justo lo he pensado hace...

—Nunca te has molestado en saber mi nombre —lo interrumpió.

—Tú tampoco te has molestado en decírmelo —replicó. ¿Qué mosca le había picado?

—Pero sí esperas que te consuele y te diga que Kaos es un cabrón...

—Bueno... Sí.

—No lo es. Te dijo claramente que no quería nada contigo y nunca ha dado muestras de que le interesaras lo más mínimo. Y aun así te has enamorado de él.

—No es difícil quererlo —mascullό Óskar enfadado por su ataque. Menudo amigo era, en lugar de consolarlo lo hacía sentirse peor.

—Claro que no. Es guapo, simpático, divertido y siempre sabe qué decir. No hay que mirar en su interior para enamorarse de él, todo está en la superficie.

—Exacto...

—Es todo lo que yo no soy.

—Eso es evidente —resopló enfadado. ¿A qué venía eso ahora?

—Pero él no te quiere.

—De eso ya me he dado cuenta.

—Y yo sí.

Óskar lo miró perplejo.

—¿Qué?

—No deberías entregar tu corazón a alguien sólo porque sea guapo y alegre —continuó Aníbal con la respiración agitada—. Hay muchas cualidades más interesantes que no se ven a simple vista, que hay que molestarse en buscar... Pero entiendo que es difícil apartar la mirada del esplendor de Kaos.

—Yo no...

No lo dejó continuar. Le atrapó la cara entre sus enormes manos y lo besó.

Su boca sabía a pasión contenida y sentimientos a flor de piel. A dulzura oculta y amor sincero.

Fue el mejor beso que Óskar había recibido en su vida. También uno de los más excitantes. E intensos. Y maravillosos.

—Lo siento, no debería haberlo hecho —musitó Xavier apartándose—. No volverá a suceder.

—No pasa nada. Somos amigos —repuso mirándolo pasmado. ¡Claro que tenía que volver a besarlo! Había sido un beso único. Especial.

—No. No lo somos. —Abrió la puerta.

—Claro que lo somos.

—Los amigos miran más allá de la superficie para ver el interior del otro. Y tú ni siquiera sabes mi nombre —dijo saliendo.

Óskar se quedó tan pasmado que tardó unos segundos en reaccionar e ir tras él.

Esos segundos fueron lo único que Aníbal necesitó para desaparecer.

* * *

Más o menos a esa misma hora, en la discoteca aledaña a la pastelería, nuestros protagonistas se despiertan tras un agitado descanso.

Nath entrecerró los ojos tratando de ver algo en la densa oscuridad del dormitorio, aunque no importaba, pues, a pesar de su ceguera obligada, sabía que estaba despierta.

Que, de hecho, llevaba más de media hora despierta fingiendo dormir.

Respiraba con suavidad y se mantenía inmóvil. Pero no lo engañaba. Había aprendido el ritmo y la profundidad de su respiración en las noches que habían pasado juntos. Y, desde luego, no era el que ahora mantenía.

Le retiró el pelo y depositó un beso en su nuca. Ella continuó obcecadamente inmóvil. Y Nath sabía que ni siquiera cuando estaba profundamente dormida dejaba de removerse y gruñir cuando la tocaba. Oh, sí, podían dormirse abrazados, pero ella nunca tardaba mucho en apartarse y buscar su propio espacio. Era esquiva hasta dormida.

Esa noche no había sido distinta. Se había apartado tras la pesadilla manteniéndose alejada. Hasta que él se había despertado de buen humor y la había abrazado con cariñosa malicia. Le resultaba excitante a la vez que conmovedor oír sus gruñidos mientras la acariciaba hasta conseguir su rendición.

Pero ella no se había movido. Ni siquiera había dado muestras de sentir sus caricias. Y eso lo había puesto alerta.

Algo le pasaba. Algo que no quería contarle. Y no iba a permitírselo más.

—Has tenido pesadillas esta noche —murmuró besándole el hombro desnudo a la vez que deslizaba la mano con suavidad por su vientre sobre la mano que, aunque él no lo sabía, Marilia había mantenido allí toda la noche, acunando a su bebé. A Micah.

Ella continuó inmóvil.

—No pierdas el tiempo —le dijo con fingido buen humor dándole un azotito en el trasero—. Sé que estás despierta.

—¿Ahora eres adivino? —masculló apartando sus caricias de un manotazo.

—Más bien buen alumno. Te he estudiado, sé cómo actúas cuando duermes, y desde luego no es como lo estabas haciendo ahora. —Se estiró para encender la luz.

—Pues que sepas que siempre he odiado a los empollones —gruñó tapándose los ojos con el antebrazo.

Nath sonrió ante su exabrupto. La prefería belicosa y lanzando pullas que derrotada y escondida bajo la ducha. O llorando en sueños.

—Esta noche has llamado a tu hermana mientras dormías —comentó volviendo a abrazarla.

—No se te ocurra decírselo o se le subirá a la cabeza —replicó guasona disfrutando de las caricias de sus dedos en la tripa. Los atrapó, apretándolos contra su vientre.

—También me has llamado a mí.

—Qué bien. Ahora pensarás que lo hice porque te veo como mi salvador o alguna estupidez por el estilo —resopló despectiva girándose para mirarlo—. Pues siento decirte que va a ser que no. Me apetecería correrme y por eso te llamé en sueños.

—Llorabas mientras me llamabas.

—Eso sería porque no me llevaste al orgasmo y me deprimí —bufó desdeñosa—. Mira que te gusta el drama.

—También llamabas a Micah... —arguyó, su penetrante mirada azul fija en ella.

Marilia se sintió de nuevo atrapada contra las cuerdas. Y se revolvió furiosa. Porque no sabía ser de otra manera. Era más seguro ser hostil que mostrarse débil.

—No me jodas, Nath, ¿ahora tampoco voy a poder hablar tranquila mientras duermo? ¿También tienes que saber lo que sueño? ¡Vete a tomar por culo! —Saltó de la cama para ir al baño.

Entró y cerró tras de sí con un sonoro portazo.

Nath abrió la puerta al instante y la siguió al interior.

—¿Puedo tener un poco de intimidad o también tengo que darte explicaciones sobre lo que hago aquí? —lo increpó mordaz.

—No sabía que te molestara compartir baño; de hecho, es la primera vez que te quejas —replicó él enarcando una ceja, más interesado en los motivos por los que había estallado que en su estallido.

—Vamos, Nath, no me jodas. No somos una pareja que comparte baño y vida. Nosotros sólo follamos, nada más —señaló con sorna—. No me interesa ver cómo te afeitas mientras me lavo los dientes ni tú quieres hablar conmigo mientras hago pis. Es ridículo, además de asqueroso —sentenció desdeñosa.

—Disiento. Me resulta interesante ver cómo te lavas los dientes, tienes una manera de hacerlo muy peculiar, como si siguieras el ritmo de alguna canción.

Marilia lo miró perpleja.

—Todo el mundo canta cuando se lava los dientes, si no, es muy aburrido. —Entrecerró los ojos. Todo el mundo lo hacía, ¿verdad? No era que él se hubiera fijado en ella mientras se los lavaba.

—Yo no canto.

—Tú eres aburrido —resopló, una tímida sonrisa asomando a sus labios. Sí se había fijado. Y, por estúpido que pareciera, ese descubrimiento le alegró la mañana—. Voy a usar el váter, ¿puedo cerrar la puerta y hacerlo solita o te apetece mirar?

—A mí siempre me apetece mirarte.

—No me jodas que ahora te gustan las guarrerías..., me dejas perpleja —se burló entrando en el váter.

Y, a pesar de la gruesa puerta, pudo oír con claridad sus carcajadas.

Sonrió a su vez.

—Tu padre es un cabronazo con un sentido del humor peculiar, pero es un buen tipo —susurró acariciándose la tripa.

Retiró la mano al darse cuenta de que estaba hablando con alguien que tal vez ni siquiera existía. No podía seguir así. Esa misma tarde compraría un test de embarazo.

Cuando salió un rato después se encontró a Nath desnudo frente al lavabo, la piel salpicada de gotitas de agua, el pelo húmedo y la mandíbula embadurnada de espuma.

—Ya empezaba a pensar que te habías colado por el váter... —dijo él con sorna.

—Cualquiera pensaría que con tu edad ya sabrías que las chicas tardamos bastante en hacer nuestras cosas —argumentó revoltosa.

Se apoyó en la larga encimera de mármol para mirarlo, pues, a pesar de su declaración, sí sentía curiosidad por ver cómo se afeitaba. Nunca estaba despierta cuando lo hacía, así que era todo un misterio para ella.

Él la miró de refilón antes de pasarse la navaja por el pómulo. La lavó bajo el grifo y repitió la operación varias veces, rasurándose con pasadas firmes, aunque respetando la perilla y el bigote apenas insinuados que adornaban su rostro.

—Yo creía que un tipo tan rico como tú tendría una maquinilla eléctrica de lujo —señaló maliciosa.

—Me gusta más el apurado de la navaja —explicó él sacando del cajón una maquinilla eléctrica que, por su aspecto, parecía de las caras de cojones.

La enchufó para repasarse con ella el bigote y la perilla, de manera que tuvieran el aspecto de una arreglada pero a la vez descuidada barba de tres días.

—¿Así es como te recortas el vello del pecho y la ingle? —indagó dando un exhaustivo y apreciativo repaso a su cuerpo—. ¿Con esa máquina?

Él asintió con un gesto a la vez que la limpiaba.

—¿Te excita afeitarte? —le preguntó procaz al ver que estaba erecto.

—Me excita que me mires. —Guardó el aparato y caminó hasta ella con una mirada tan perversa que Marilia sintió que se le erizaba la piel—. Me excita verte desnuda. Y también vestida. Me excita pensar en ti. Oírte hablar. Escuchar tu risa. Incluso tus burlas me excitan. Me excitas siempre. A todas horas.

La tomó por la cintura sentándola en la fría encimera y la besó. Un beso lento, lascivo, intenso. Un beso de los que proveen de material los sueños más eróticos. Un beso para no olvidar jamás.

Entró en ella despacio, casi con descuido, y gimió al sentirse envuelto por su calor húmedo. Frotó la nariz contra su cuello mientras se mecía con movimientos lentos.

Marilia le acarició la espalda, sus uñas arañándolo con erótica dulzura mientras se arqueaba contra él, los sensibles pezones frotándose contra su torso, erizándose y endureciéndose bajo el suave roce.

Nath onduló contra ella con la misma sutileza que el mar en calma se desliza sobre la playa. Con delicada inclemencia y perseverante paciencia. Impregnándola con su esencia y dominándola con sus caricias, hasta que se rindió a su ternura. A él.

Se estremecieron conmovidos cuando el orgasmo les sobrevino a la vez, como si estuvieran conectados a un nivel más profundo del que pudieran imaginarse.

Se quedaron en silencio, abrazados el uno al otro.

—No es sólo sexo —murmuró Nath—. Lo que tenemos no es sólo sexo —se reafirmó perdiéndose en el jade de su mirada.

—No me digas eso.

—¿Por qué?

—Porque no quiero hacerme ilusiones —musitó. Luego, al darse cuenta de lo que había confesado, lo empujó malhumorada y se dirigió a la ducha.

Nath la siguió y ella se revolvió dispuesta a enfrentarlo. Sin embargo, él se limitó a abrir el grifo.

—No pretenderás que gaste agua en dos duchas si podemos ducharnos a la vez. No me he hecho millonario despilfarrando —se burló mientras se echaba gel en la mano.

Ella lo miró perspicaz.

Él sonrió y comenzó a enjabonarla.

Ella se relajó al comprender que no iba a mencionar su estúpido desliz.

Y ninguno de los dos mencionó que, de nuevo, se les había olvidado «vestirse para la ocasión». A ella ya no le importaba, y a él... comenzaba a no importarle.

En el momento en que acabaron de ducharse, un fuerte rugido que resultó provenir del estómago de Marilia les indicó que hacía ya rato que había pasado la hora de comer.

* * *

Esa misma tarde, nuestro héroe acerca a su heroína a la pastelería en su flamante corcel naranja. Ha llegado la hora de abrir el negocio y trabajar.

—Óskar te tiene muy malcriado —dijo Marilia cuando Nath entró en la pastelería como Pedro por su casa, pasó por debajo del mostrador y accedió al obrador.

—Sabe que le conviene tenerme contento —replicó él saliendo con un puticornio en la mano—, no como tú, que no te importa incurrir en mi ira con tal de fastidiarme —la acusó refiriéndose a la falta de suministro de su dulce favorito la noche anterior.

—Te lo merecías por marimandón —repuso disparándole con su mano derecha.

—¿Me estás llamando déspota? —inquirió con peligrosa suavidad.

Marilia entrecerró los ojos y fingió pensarlo antes de responder con un rotundo:

—Sí.

—Entiendo.

Dio un mordisco al *cupcake*. Lo saboreó y dio otro. Y otro más, hasta acabárselo.

—¿Qué entiendes? —exigió ella escamada por su pasividad.

Nath tomó una servilleta, se limpió los dedos con parsimonia y tomó otra para limpiarse la boca con idéntica laxitud. Luego se dirigió a la máquina de café.

—Con café está aún más rico —afirmó a la vez que ponía una cápsula en la máquina.

—Nath... —Lo miró exhortándolo a hablar.

Él esperó a que el café estuviera listo, vertió un sobrecito de azúcar, lo removió minucioso, se lo bebió y tiró el vaso desechable a la papelera. Luego se acercó a ella con una mirada que no auguraba nada bueno.

—Entiendo que este déspota te va a hacer pagar por tu descaro —le susurró al oído a la vez que le envolvía el talle con una mano y posaba la otra en su trasero—. Entiendo que, el otro día, cuando compré preservativos le pregunté a la vendedora por lubricantes anales y me dio un par de sobrecitos de muestra que desde entonces llevo en la cartera —informó curvando los dedos para agarrarle el culo con lascivia—. Entiendo que ha llegado el momento de dar uso a dichas muestras. —Le atrapó el lóbulo de la oreja y tiró—. Esta noche. ¿Lo entiendes tú?

—Ésa es una amenaza en toda regla... —Deslizó una mano entre sus cuerpos para frotarle la erección.

—Lo es.

—Pues me temo que no va a poder ser. —Chasqueó la lengua apartando la mano.

—¿Ah, no?

—No —rechazó retrocediendo. O intentándolo, porque él la tenía bien sujeta. Se revolvió hasta que la soltó—. Resulta que como llevo toda la semana de parranda en otro continente tengo mil cosas que hacer en casa —señaló con chulería—, tareas tan amenas como recoger la ropa que tendí ayer, plancharla, poner otra lavadora, hacer la compra... —Ir a por un test de embarazo. Hacerlo—. Así que me niego a ir a la discoteca a follar después de cerrar, porque luego me entra pereza y me quedo a dormir, y las tareas del hogar se me acumulan. *Capisci?* —Le clavó el índice en el pecho.

Nath le atrapó la mano envolviéndola en su puño.

—No he hablado de hacerlo en la discoteca —apuntó deslizando la mano libre por su cintura para afianzarla de nuevo contra él y que no pudiera escaparse.

—No pienso dejar que me encules aquí. Sería antihigiénico —fingió escandalizarse a la vez que se removía contra él.

Esta vez Nath no aflojó su presa.

—Tampoco quiero hacerlo aquí —replicó con una seriedad que acabó con el júbilo de Marilia y la puso en alerta—. Ven a mi casa. Duerme en mi cama esta noche.

—No.

Sería demasiado doloroso. Porque una noche no sería suficiente para ella. Quería más. Mucho más. Quería lo que tenía Índigo, y para eso necesitaba que la quisiera, algo que no iba a suceder.

—Marilia...

—Ya te lo he dicho, tengo mil cosas que hacer en mi casa. Suéltame.

Él aceptó con un gesto y la soltó. Volvió a agarrarla casi al instante.

—No es sólo sexo, Marilia —repitió con furia las palabras que había pronunciado esa mañana—. Lo que tenemos va más allá —afirmó con tanta rotundidad que ella se sintió impelida a asentir con un cabeceo—. Bien. Vendré a buscarte a las ocho.

—No. —Su negativa fue tan rotunda como lo había sido la afirmación de él.

Nath sacudió la cabeza en un brusco y furioso asentimiento.

—Como quieras —accedió dando media vuelta para irse.

—Nath... —lo llamó antes de que cruzara la puerta. Él se giró para mirarla—. ¿Vendrás mañana? —le preguntó incapaz de contenerse.

Él tardó casi diez segundos en responder.

—Por supuesto.

—Genial —replicó incómoda por su palmaria debilidad, porque ese «vendrás mañana» no había sido una pregunta, sino una súplica, y ambos lo sabían. Se metió la mano mutilada en el bolsillo y se golpeó el muslo con la otra—. Me ha entrado curiosidad por esas muestras que llevas en la cartera, y he pensado que no estaría mal probarlas en tu dormitorio del Torture Eden —comentó con fingida desidia.

Él asintió y salió. Volvió a entrar un instante después, atravesó la pastelería, la enlazó por el talle y le devoró la boca con una posesividad que no se molestó en disimular.

Era suya. Y antes o después claudicaría y lo aceptaría.

—No es sólo sexo, no lo olvides —exigió antes de irse.

—Ojalá pudiera olvidarlo —musitó Marilia cuando él salió.

Tomó una gran bocanada de aire y, sin pensar en lo que hacía, llamó a su hermana.

El móvil de Índigo estaba apagado o fuera de cobertura, y al palacio de las Viudas no pensaba llamar, corría el riesgo de que se pusiera una de las viejas arpías que lo habitaban. Y como Índigo las quería, tendría que portarse bien y no insultarlas, por lo que acabaría intoxicada con su propio veneno de tanto morderse la lengua.

Guardó el móvil disgustada por no poder hablar con su hermana, aunque sin darle demasiada importancia. En el pueblo no había buena cobertura e Índigo seguramente estaría en casa de alguien arreglando alguna máquina rota.

Ya le devolvería la llamada cuando viera el aviso.

* * *

Cuando Índigo se la devuelve son casi las nueve de la noche, y Marilia está inmersa en un verdadero drama.

Marilia entró en casa cargada con varias bolsas de comida, una de congelados, una macetita con un cactus monísimo que había visto en la floristería, la correspondencia que Óskar no había recogido del buzón, el bolso y las llaves. Soltó éstas en el aparador y se dirigió a la cocina para deshacerse de todo lo demás y colocarlo.

Y entonces lo oyó. Un sollozo desgarrado seguido de un fuerte hipido.

Lo dejó caer todo en el suelo y recorrió presurosa el pasillo en busca del origen de tan dramático sonido. Lo encontró en la habitación de Óskar, donde el pastelero estaba derrumbado en la cama rodeado por envoltorios de chocolatinas.

Entró en el dormitorio. Y en ese momento le sonó el móvil.

—Indi, ahora no puedo. Mañana te llamo —contestó sin dar tiempo a su hermana a hablar. Apagó el móvil y se sentó en la cama haciéndose hueco entre la basura que la inundaba—. Deja que adivine... Fuiste a ver a Kaos y él te rechazó...

—No —sollozó Óskar.

—Entonces ¿lloras porque te duele la tripa? —se burló.

—No. Bueno, sí me duele y tengo ganas de vomitar. —Hipó evidenciando los atolondrados veintipocos años que tenía en lugar de los serenos casi treinta que siempre aparentaba tener.

—No me extraña... Te has pasado un pelín comiendo chucherías, ¿no crees?

—Sí. Pero no lloro por eso.

—Eso espero, sería infantil llorar por un dolor de tripa, por muy fuerte que éste sea... —apuntó maliciosa tratando de arrancarle una sonrisa.

—No sé cómo se llama Xavier —dijo ocultando la cara en la almohada.

Marilia parpadeó perpleja ante su trivial confesión.

—Yo tampoco lo sé. Ése no es motivo para...

—Fui a ver a Kaos —la cortó Óskar para, acto seguido, contarle a grandes rasgos lo mismo que le había contado a Xavier.

—Tenías que habértelo imaginado, Óskar —lo regañó Marilia abrazándolo con ternura—. Kaos te lo dijo, y Xavier y yo te lo advertimos. Las cosas son como son y no...

—Pero no estoy así por Kaos —la volvió a cortar—. Es un gilipollas superficial que no merece que lo quiera —afirmó.

Marilia comprendió que había dejado atrás la fase de sentirse miserable para pasar a la etapa de aborrecer a la expareja —o, en este caso, examado— y convertirla en un cabrón asqueroso digno de la peor de las suertes.

—Entonces no merece que llores por él.

—¡Que no lloro por él, joder! —estalló Óskar, repitiéndoselo por enésima vez.

—¿Entonces? —lo exhortó Marilia perdiendo la paciencia. Tenía que colocar la compra y encerrarse en el baño para hacerse el test de embarazo que llevaba en el bolso. ¡No tenía tiempo para tonterías!

—Se lo he contado a Xavier.

—¿Lo de Kaos?

—Que estaba enamorado de Kaos. Pero no es verdad. Esta tarde me he dado cuenta de que no lo quiero..., que sólo estaba deslumbrado por él. Pero ya era demasiado tarde.

—¿Tarde para qué?

—Para decírselo a Xavier. Él piensa que estoy enamorado de Kaos...

—Bueno, mañana lo sacas de su error.

—Creo que no va a venir...

—¿Por qué?

—Porque me ha dicho que me quería y me ha besado y luego ha dicho que no éramos amigos, que ni siquiera sabía su nombre, y es verdad. Y se ha ido... y no creo que vuelva. —Se dejó caer de nuevo en la cama y se aferró a la almohada.

Marilia lo miró sorprendida. ¿Xavier era gay?

Sí. Claro que lo era. Y estaba colado por Óskar. No había que ser un lince para darse cuenta. Sólo había que fijarse un poco, pero Óskar estaba deslumbrado por Kaos y ella por Nath, y ninguno había prestado atención a nada que no fuera su propia burbuja.

—Vaya... —musitó sin saber qué decir.

—No puedo perderlo como amigo —gimió Óskar—. Ayer perdí a Kaos, no soportaría quedarme también sin Xavier.

Y, en la desesperación de Óskar, Marilia encontró la excusa perfecta para aguardar un día más para hacerse el test. No podía dejarlo solo estando tan abatido.

37

Cuando nuestro protagonista descubre que lo que de verdad importa es darse cuenta de lo que es especial para quienes amamos.

Martes, 17 de agosto de 2021

Nath hizo la última dominada y se soltó de la barra agotado. Se secó el sudor que le bañaba la piel tras una hora ejercitándose y se colocó sobre la esterilla. Endureció el cuerpo y se sostuvo sobre los codos y la punta de los pies. El sudor volvió a empaparle la frente y el pecho mientras contaba concentrado los segundos que se había desafiado a aguantar. Sus músculos temblaron al borde del colapso cuando aún faltaban diez para finalizar. Y aun así no se permitió ceder.

Él no cedía jamás.

Aguantó hasta el final y añadió otros cinco segundos sólo para demostrarse que podía hacerlo. Que nada ni nadie iba a vencerlo porque él no se dejaría vencer, jamás.

Y en ese nadie contaba a cierta pelirroja disidente en la que no podía —ni quería— dejar de pensar. Tal como le había dicho Kayla la tarde anterior cuando se presentó en casa sin Marilia, había llegado la hora de «ponerse las pilas».

Se dejó caer sobre la esterilla y, mientras se relajaba, recordó el momento en que Kayla le había recriminado lo que estaba haciendo mal, que, según su vasta experiencia en romances, era casi todo.

—Para enamorar a Marilia tienes que llevarla a lugares bonitos y especiales y decirle que la quieres y que no puedes vivir sin ella —lo había informado muy seria.

—¿Y San Francisco no es bonito? —resopló él mordaz ignorando el resto.

—Sí lo es, pero la llevaste para trabajar.

—También hicimos turismo.

—Exacto. En plural. Todos nosotros. ¡Eso no es una cita romántica!

Su hija, como siempre, tenía razón.

—Además, San Francisco no es especial —había afirmado descolocándolo.

¿No lo era? Se había gastado una fortuna en ese viaje. Por supuesto que era especial. La miró enarcando una ceja y ella le explicó muy seria:

—No para Marilia. Para ella sólo es una ciudad más. Tienes que buscar un lugar que sea especial para ella, para que se dé cuenta de que estás pendiente de ella, de lo que dice, de lo que le gusta y de lo que la emociona. Eso es muy importante, porque, a ver, tienes un montón de dinero, ¡puedes llevarla a cualquier parte! ¡Eso no tiene mérito! ¡Es muy fácil! —exclamó exasperada—. Lo difícil es llevarla a un sitio al que no te haya dicho que quiera ir y al que tal vez ni siquiera sabe que quiere ir, y al que tú has averiguado que quiere ir porque, como la quieres mucho, te has fijado en lo que le gusta y lo que quiere.

Y de nuevo su hija tenía razón.

—Tienes que ponerte serio y empezar a pensar cómo conquistarla, porque el tiempo pasa y no eres lo que se dice joven —apuntó compasiva palmeándole el hombro.

Y a eso se había dedicado Nath desde el día anterior. A pensar en cómo conquistarla. Y no se le ocurría ningún lugar especial que pudiera ayudarlo a hacerlo. Así que empezaría por llevarla a Álbora. Era un buen restaurante, con una estrella Michelin. Tal vez no fuera especial para Marilia, pero sería un buen comienzo.

Y de paso aprovecharía para darle una noticia que haría el momento más especial.

* * *

Unas horas más tarde, nuestro protagonista ha puesto en marcha su plan.

—¡Voy yo! —le gritó Óskar a Marilia soltando los canónigos que lavaba para, acto seguido, salir corriendo de la cocina.

Alguien acababa de llamar al telefonillo. Quizá fuera Xavier, que esa mañana no había aparecido por la pastelería. Tal vez lo había pensado mejor y se había acercado para hablar de lo ocurrido entre ellos. Sólo que era imposible que el hombretón supiera dónde vivía, pensó desanimándose al descolgar el telefonillo.

Aun así, la esperanza siempre es lo último que se pierde.

—¿Hola? —dijo con un hilo de optimismo en su voz—. Ah, sí. Sube, dejo abierto. —Decepcionado, entreabrió la puerta y regresó a la cocina—. Era tu novio —informó a la pelirroja, que estaba friendo las chuletillas que iban a comer.

O que debería estar friéndolas, porque allí no había nadie, a pesar de que la sartén seguía en el fuego. Óskar la retiró con rapidez, pero ya era tarde para salvarlas de la quema.

En ese mismo momento Nath entró en la casa arrugando la nariz con desagrado ante el fuerte olor a cordero calcinado. Se asomó a la primera puerta que encontró, que resultó ser la de la cocina.

—Aquí no está, y debería, las chuletas eran asunto suyo —le llegó la voz resentida de Óskar—. Ve a buscarla y cuando la encuentres le dices que hoy para comer hay cordero carbonizado por su culpa.

Nath asintió, sorprendido por la familiaridad con que lo trataba. Desde luego, San Francisco había supuesto un antes y un después en su relación.

—Oye, ¿vas a quedarte a comer? —planteó el pastelero antes de que saliera.

—No me gusta especialmente el cordero carbonizado.

—También hay ensalada de canónigos con queso de cabra, aceitunas negras y pimientos cherry rellenos de humus picante —señaló Óskar.

—Tengo pensado acercarme con Marilia a Álbora.

Óskar lo miró pasmado.

—Pero si tienen una lista de espera de meses...

—El dueño es, en cierto modo, un amigo.

—Es uno de tus clientes vips —intuyó Óskar abriendo unos ojos como platos.

Nath sonrió y, sin confirmar ni desmentir, se fue a buscar a cierta pelirroja esquiva. No tardó más de diez segundos en encontrarla hablando por teléfono en el salón.

—No digas chorradas, claro que no me importa. ¿Por qué iba a hacerlo? Ni que yo tuviera la exclusiva de esa casucha de mierda —resopló, la mirada fija en el techo mientras trataba de que su agitada respiración no se percibiera al otro lado de la línea—. No me jodas, Indi, ya te he dicho que me la pela. Aborrezco esa casa, no me ha traído más que problemas. Sólo me preocupa que Rasputín y Tocinete pierdan sus ahorros en ella. Eso, y que el techo se les caiga encima, por supuesto. —Exhaló una artificiosa carcajada.

Una carcajada que se cortó de golpe al ver que Nath la observaba desde la puerta. Se removió incómoda en el sillón, tratando de esquivar su mirada.

—Sí, perdona, es que acaba de entrar mi amante y me he despistado —dijo burlona—. Es tan guapo que me ha dejado sin aliento y con las bragas empapadas... Vale, me pongo seria —bufó resignada. Se giró hacia Nath y puso los ojos en blanco con gesto hastiado.

Y Nath supo que estaba actuando para él de la misma manera que interpretaba un papel para su hermanastra.

—No. Todavía no he comprado el puñetero vestido. No me ha dado tiempo. —Apretó el móvil en la mano izquierda—. Soy una mujer muy ocupada, ya te lo he dicho, entre trabajar en la pastelería y follar con el tipo del Lamborghini se me va el día. No pretenderás que deje uno de esos trabajos para ir de compras... —soltó ladina—. Vaaaale, te prometo que este fin de semana iré a buscar el disfraz para tu boda. ¿Qué estilo prefieres? ¿Putón verbenero o puta de lujo?

Estalló en carcajadas ante la respuesta de su hermana. Y eran carcajadas sinceras. Lo único sincero que Nath había oído en toda la conversación.

—¡No me jodas, Indi! No puedes vestirte de zorra ninfómana. Si te pones un vestido así, a tus abuelas les dará una apoplejía —bromeó—. Aunque ahora que lo pienso... ¡Sí! Póntelo, cuanto más escandaloso mejor, tal vez así la palmen del disgusto —dijo maliciosa. Luego su gesto se tornó serio—. ¿En la taberna? —Tardó unos segundos en recuperar la capacidad de hablar—. No es mala idea, les daríais un empujoncito a Rasputín y a Tocinete, además tampoco vais a invitar a mucha gente, así que cabréis todos. Será más íntimo y familiar si celebras el banquete de boda en el Refugio. —Subió los pies al sillón para abrazarse las rodillas—. ¡¿Le han cambiado el nombre?! No me jodas. ¿Qué tiene de malo el mío? —exclamó con un atisbo de rabia que se extinguió casi al momento—. Claro, lo entiendo. Que sí, pesada, de verdad que me parece genial —resopló—. ¡¿Cuántas veces quieres que te lo repita?! No, no me cabreo, sólo me canso de que no me creas.

Se quedó muy quieta ante la respuesta de su hermana.

—Nada de lo que digo es mentira, sólo depende de cómo lo interpretes —afirmó mordaz—. Tengo que dejarte, Indi, mi semental está deseando follarme y no quiero hacerlo esperar, quién sabe, tal vez se la coma tan bien que como premio me compre el disfraz para tu boda. —Guardó silencio mientras su hermana hablaba—. Vale, intentaré ir a verte. Da saludos a Jota y dile que si se cansa de ti lo estaré esperando con las piernas abiertas —comentó socarrona antes de cortar la llamada.

—Si por un momento creyera que me aceptarías ese vestido sin tirármelo a la cara, te lo compraría. Sin mamadas de por medio —señaló Nath entrando en el salón.

—Si me lo compraras te lo metería por el culo empujándolo con un palo de billar. Sin lubricante —replicó Marilia sin poder contener la rabia—. No quiero limosnas de nadie.

—¡Joder, Marilia! —Óskar entró cabreado en el salón—. La has liado buena, he tenido que dejar en remojo la sartén para ver si se ablanda y... ¿Qué ha pasado?

—¿Qué ha pasado de qué? —le reclamó ella.

—¿Por qué estás llorando? —inquirió el pastelero preocupado.

Marilia lo miró confundida y se pasó los dedos por las mejillas. Las tenía mojadas.

—Mierda, es por las putas hormonas, que más que alteradas las tengo disparatadas —dijo sorprendiendo a Nath con su confesión. ¿Por qué tenía las hormonas alteradas? Dejó la pregunta de lado al ver que saltaba del sillón y atravesaba el salón para, tras esquivarlos, enfilar el pasillo hacia su dormitorio.

—¿Con quién hablaba? —le preguntó Óskar preocupado a Nath.

—Con su hermana —musitó éste antes de ir tras ella.

Óskar salió en pos de Nath, pero se detuvo ante la mirada admonitoria de éste, consciente de que Marilia no lo necesitaba a él, sino al hombre que amaba.

—Lárgate, Nath —le ordenó Marilia cuando entró en el dormitorio.

Estaba de pie frente a la ventana, observando la calle, o fingiendo hacerlo. No se giró para confirmar que era él. No le hacía falta.

—Qué tal si me cuentas qué ha pasado —le reclamó acercándose despacio, como quien se acerca a un animal salvaje que está a punto de atacar.

—Nada.

—Para ser nada, te ha afectado mucho...

—Índigo quería saber si me he comprado el disfraz para su boda.

—Su impaciencia es razonable. El día se acerca y querrá tenerlo todo previsto.

—No me deja vestirme de putón verbenero —resopló irónica dándole la espalda.

—Comparto el criterio de tu hermana. Estarás mucho más hermosa con un vestido de cóctel —señaló colocándose a su lado—. ¿Es por la mañana o por la noche?

—Por la noche —respondió con voz tensa.

—Tal vez un vestido ceñido de escote asimétrico y falda *midi* con volumen. En satén o seda salvaje. El color, verde, por supuesto —apuntó Nath, consciente de que ella necesitaba tiempo para recuperar el control de sus emociones.

—Por supuesto —mascculló Marilia con la mirada fija en la calle.

Nath le rozó el dorso de la mano con una suave caricia de los dedos y ella abrió el puño que había mantenido cerrado, aceptándolo.

Se quedaron en silencio. Él esperando a que ella se abriera. Ella tratando de contener la rabia que amenazaba con desbordarla.

—Tocinete y Rasputín han comprado mi antigua casa y han vuelto a poner en marcha la taberna —murmuró apartándose de la ventana y soltándole la mano.

—Eso me ha parecido entender.

—Por lo que se ve, abrieron a principio de mes, pero Índigo no se ha atrevido a decírmelo hasta ahora. ¡Como si me importara una mierda! —Respiró hondo para calmarse—. Al contrario, me parece de puta madre. Ya era hora de que alguien lo hiciera. Desde que me fui, el pueblo ha estado sin bar. Que lo abran otra vez es una obra social.

—Por supuesto.

—Indi va a celebrar el banquete de boda allí.

—Asumo, pues, que será un ágape informal.

Ella asintió con un gesto.

—Le han cambiado el nombre. Ya no se llama el Refugio de las Ánimas. Ahora es la Posada del Viajero. Debe de ser porque pasan muchos viajeros por el pueblo —bufó irónica—. Si llegan a diez al año es con suerte.

—Es evidente que no tienen tu visión de negocios. Tu nombre es más sugestivo que el suyo y tiene más posibilidades de proyección.

Ella se giró como un rayo, dispuesta a montar en cólera por su burla. Pero él estaba serio, ni un asomo de humor brillaba en sus ojos.

—Sí. El Refugio de las Ánimas es mucho mejor —convino—. Yo se lo puse y ellos se lo han cambiado. —En la profundidad de sus ojos verdes se leía toda la desolación del mundo—. Son mis amigos. Y le han cambiado el nombre a mi taberna. También la han reformado. Le hacía mucha falta —admitió—. Estaba bastante... desangelada. Y no es que yo no me dejara la piel en ella —se apresuró a decir—, pero es complicado montar algo sin dinero. Aunque no lo hice mal.

—Eso no lo dudo.

—Y tenía una buena clientela.

—No esperaba menos de ti.

—Pero eran muy viejos. En el pueblo todos lo son. Se fueron muriendo y luego mi madre... —Levantó la mano izquierda, que aún sujetaba el móvil, a modo de explicación—. Y ahora mis amigos han comprado mi taberna, le han cambiado el nombre, la han reformado y mi hermana va a celebrar su boda en ella —repitió.

—Y eso te hace polvo.

—Qué va. Por mí como si quieren ponerle una bomba y reventarla en pedazos.

Miró el móvil que sostenía en la mano y, de improviso, lo lanzó contra la pared a la vez que un grito más propio de un animal herido que de una persona escapaba de su garganta. Luego volcó la mesilla y se lanzó a golpear la pared rabiosa.

Nath se apresuró a atraparla entre sus brazos.

—Suéltame, joder. ¡Que me sueltes te digo! —Pateó la pared con los pies descalzos a la vez que se revolvía contra él.

—Con una condición... Si sigues necesitando golpear algo, me golpearás a mí.

Ella lo miró como si se hubiera vuelto loco.

—Soy más blando que la pared —explicó él con indolencia.

Marilia parpadeó una vez. Dos. Luego sus labios se curvaron en una sonrisa que pronto se trocó en una carcajada que a su vez se convirtió en un llanto herido.

Nath la sostuvo contra sí, acariciándole la espalda con ternura mientras la arrullaba con su voz profunda.

—Me gustaría odiarlos, pero son mis amigos y no puedo —gruñó apartándose furiosa al darse cuenta de lo débil que parecía—. El Refugio era mi casa, mi negocio... Mi futuro. Mi reino. Allí era importante, nadie me giraba la cara. Si llegué a ser alcaldesa fue gracias a él, pues compré los votos de la gente del pueblo invitándolos a chupitos —dijo con sorna—. Ahora ni siquiera conserva el nombre que le puse. Y son mis amigos los que se lo han cambiado. Y mi hermana va a celebrar su boda allí. Y yo no puedo respirar. Me siento traicionada —se abrazó—, es como si me clavaran un puñal en la tripa. Sé que no debería sentirme así, pero no puedo evitarlo. Y, joder, me duele. Me duele mucho. —Apretó los ojos para no dejar escapar ninguna lágrima—. Quiero odiarlos porque me han quitado mi taberna, pero la verdad es que nunca fue mía. Y ahora ya no podré...

Sacudió la cabeza en una amarga negativa y fue a la ventana dándole la espalda.

—Cuéntamelo —le ordenó situándose tras ella.

—Soñaba con recuperarla —confesó con voz débil—. Estaba segura de que volvería a ser mía. Es el puto cuento de la lechera y yo soy la lechera idiota que la acaba cagando por no plantar los pies en el suelo —se burló de sí misma—. Iba a trabajar mucho...

—Eso ya lo haces. —Nath mantuvo la distancia, pues sabía que ella entendería sus caricias como compasión, aunque no lo fueran, y se revolvería contra él.

—Para lo que me ha servido —resopló mordaz—. Lo tenía todo calculado. Con la publicidad que consiguiéramos en el Torture Game venderíamos nuestros productos por todo el país, los que no tuvieras en exclusiva, por supuesto —apuntó incisiva—. En poco tiempo estaría ganando dinero a espuertas. Como si fuera tan sencillo... Luego pagaría mis deudas y recuperaría mi taberna. Y esta vez sería mía y no del banco —dijo con ferocidad—. Volvería a montarla, y lo haría a todo lujo. Pondría una mesa de billar y las mesas y las sillas tendrían mi logo, porque no serían regaladas. Y montaría una terraza de verano con sombrillas y todo. Sería algo alucinante, como nunca se había visto en el pueblo. Y entonces regresaría y miraría a los ojos a todos los palurdos que me dieron la espalda y me reiría de ellos en su puta cara.

—¿Quieres volver a vivir allí? —preguntó Nath con el corazón atenazado.

Marilia guardó silencio unos segundos antes de negar con un gesto.

—No. El pueblo está bien para Índigo, pero no para mí. Para mí es... horrible —se dio cuenta de repente—. Allí sólo me sentía bien cuando estaba en la taberna. —Lo miró—. Aquí soy más feliz. Me siento completa —murmuró sorprendida. Porque era verdad. Por primera vez en su vida se sentía bien. En paz—. Pero eso no significa que no pueda soñar con ir allí, pavonarme ante ellos y darles en la cara con todo lo que he conseguido... Que es bien poco.

—Disiento. Has conseguido mucho.

—¿Por ejemplo? —inquirió cáustica.

—Has montado, junto a Óskar, una pastelería con proyección internacional.

Lo miró perpleja.

—No me jodas, Nath. A nosotros sólo nos conocen en nuestra casa y un poco en el barrio —repuso con sorna.

—Y en una plétora de blogs y webs de reconocido prestigio en el ambiente erótico y *fetish*.

—¿Salimos en internet? —Lo miró turbada.

—Sí, pensaba comentártelo en la comida, pero me parece más oportuno decírtelo ahora —señaló—. Desde hoy puedes encontrar en internet reseñas y críticas culinarias sobre Pecados del Edén, o, mejor dicho, Sins of Eden —se corrigió.

—Vaya... —musitó sin saber qué decir.

—Si no me equivoco, y nunca lo hago, pronto comenzaréis a recibir ofertas para trabajar con salas eróticas. Por cierto, Avril te llamará, quiere ofrecer vuestros productos en el Lirio.

—Pero tú tienes la exclusiva —replicó Marilia perpleja.

—Indudablemente. —La miró como si no pudiera ser de otra manera—. Pero estoy dispuesto a compartirla siempre que se mencione el Torture Eden en la carta, lo que a su vez los beneficiará, pues mi marca es sinónimo de prestigio. Por supuesto, también deberán compensarnos con un porcentaje de las ventas de nuestros productos.

—Pero eso es...

—Negocios, Marilia, sólo negocios. Por cierto, me he tomado la licencia de recomendar las tentaciones noctámbulas y las tartas de autor a las salas que me han contactado.

—¿Tartas de autor? No tenemos de eso.

—Y tanto que sí, son esas tartas creativas que hace Óskar, con collares de sumisión, arneses y toda esa parafernalia. Inventadles un buen nombre y ofrecedlas, no dudarán en comprarlas para las fiestas temáticas.

—Vale, buscaré nombres...

—Hazlo, eres muy buena para eso. Lo que me recuerda que otro de tus logros ha sido la creación de un menú degustación para eventos eróticos que se ha convertido en un icono en el Torture Eden, y que pronto lo será en el Torture Game y en el Lirio Negro.

—¿Ah, sí?

—Las tentaciones noctámbulas.

Ella lo miró pasmada. Las tentaciones eran un *high tea*, nada más.

—A eso se lo llamaba tergiversar la verdad —apuntó.

—No. A eso se lo llama publicidad —rebatió Nath con una sonrisa pícara.

Una sonrisa que no tardó en contagiarle a Marilia.

—Joder, eres la releche. Y yo, como la influyente inventora del más famoso y erótico menú degustación de todos los tiempos, también lo soy. —Se rio divertida.

—Eso no lo dudes nunca —afirmó Nath dándole un fiero beso—. Y ahora mismo nos vamos a ir a ese pueblo de palurdos a pavonearnos y darles en la cara con tus logros.

Eso acabó con la hilaridad de Marilia.

—¡¿Qué?! ¡Ni de coña! No tengo logros que...

—¿Te los vuelvo a resumir? Trabajas con un cocinero de reputación internacional, has creado un plato que se venderá en las salas eróticas de media Europa...

—Y ya está. —Lo miró como si estuviera loco.

—Se te menciona a ti, a Marilia Montes, como una visionaria de la cocina erótica en blogs y webs de todo el mundo —continuó Nath.

—Pero eso es por ti. Porque eres el dueño del Torture Eden y tienes influencia en medio mundo, pero no por mí. No son mis logros...

—No he sido yo quien ha creado los puticornios, los frutos prohibidos, el cofre del pecado, los caprichos sumisos ni los pecaditos perversos —la contradijo él arqueando una ceja.

—¡Y yo tampoco! —estalló Marilia perpleja—. Son creaciones de Óskar...

—Te equivocas. La repostería es creación de Óskar, pero el concepto bajo el que se venden es cosa tuya. Sus creaciones sin tus ideas no llegarían a ningún lado. Y tus ideas sin sus creaciones no existirían. Constituís una simbiosis perfecta.

—Pero...

—Óskar lleva haciendo bollos toda su vida y, hasta que tú has cambiado el concepto, no ha empezado a tener éxito. No te quites el mérito.

—Bueno...

—Has rediseñado con éxito Pecados del Edén.

—Sólo pinté la tienda y le di un lavado de cara —desestimó.

—Me has ayudado a diseñar la sección de catering de autor del Torture Eden y has diseñado en solitario el espacio de restauración del Torture Game.

—Porque soy tu amante y haces la vista gorda...

—¿En serio piensas eso? —prorrumpió enfurecido—. ¿Crees que dejaría en manos incompetentes el Torture Game? Un evento que, te recuerdo, es la insignia de mi marca.

Ella abrió la boca para protestar, pero él se lo impidió.

—No bromeo con los negocios, Marilia. Jamás. No fuiste mi primera opción, he entrevistado a muchas empresas, y si me decanté por ti fue porque eras la única que podía darme lo que buscaba. Y si he exigido la exclusividad de vuestros productos eróticos es porque sé que voy a ganar mucho dinero con ellos.

—Vale. Así que ahora soy diseñadora de espacios de restauración, creadora de catering erótico, cofundadora de una pastelería erótica de renombre y... —miró a Nath con picardía— tengo comiendo de mi mano a un atractivo millonario que conduce un Lamborghini naranja...

—¿Estás segura de eso? —inquirió él enarcando una ceja.

Ella lo miró de arriba abajo, desnudándolo con la mirada.

—Sí. —Chasqueó la lengua y caminó felina hasta él—. Un millonario guapísimo al que voy a follarme hasta dejar seco esta misma noche...

—¿Por qué esperar? —Le envolvió el talle con sus grandes manos.

—Porque quiero follarte sin prisa, y ahora no nos sobra el tiempo. —Se puso de puntillas y le dio un beso voraz antes de apartarse e ir al armario.

—¿Qué tenemos que hacer, aparte de tener sexo, me refiero? —inquirió desconcertado por su repentino cambio de humor.

—¿Cuánto tiempo estaremos fuera? —planteó ella a su vez, ignorando su pregunta.

—¿Fuera, dónde?

—En el pueblo. —Estudió el armario—. Hoy es martes... Podríamos volver el jueves por la noche, así el viernes estaría en la pastelería —musitó para sí antes de salir del dormitorio y gritar mientras atravesaba el pasillo—: ¡Óskar! Me voy a ir con Nath al pueblo, ¿puedo cogerme unos días? Estaré de vuelta el jueves.

La respuesta debió de ser positiva, porque un segundo después estaba de regreso con una silla de la cocina. La colocó frente al armario y se subió a ella poniéndose de puntillas. Alzó los brazos y la camiseta que usaba de pijama se le subió, dándole a Nath una interesante panorámica de su ropa interior.

Sonrió engreído. Llevaba puestas unas de las últimas bragas de La Perla que le había regalado, y había acertado de pleno. Estaba preciosa con ellas.

—¡Cuidado! —exclamó saliendo del hechizo al ver que se tambaleaba sobre la silla.

La atrapó al vuelo.

—Joder, se ha enganchado y no puedo sacarla. —Saltó de sus brazos y lo miró con los ojos entrecerrados—. Seguro que tú llegas; además, con lo fuerte que estás, con que le des un tironcito la sacas... —Lo empujó hacia la silla.

—¿Qué saco?

—¡La maleta! ¿Por qué crees que me he subido a la silla?

—No me lo he planteado.

Ella lo miró perpleja antes de sacudir la cabeza.

—Anda, cógemela —le pidió con un resoplido.

Cinco minutos después, la maleta estaba abierta en la cama y Marilia sacaba toda su ropa del armario.

—Sólo vamos a estar fuera dos días —señaló Nath.

—Lo sé —le respondió impaciente mientras descartaba el vestido de terciopelo, era demasiado elegante para el pueblo.

Se decidió por el verde y también metió la minifalda vaquera, la camiseta blanca, el top rojo que le dejaba el ombligo al aire y la minifalda negra, el vestido azul...

—Son casi las dos y media, deberíamos pensar en comer... —comentó Nath.

—Y unos vaqueros, en el pueblo hace fresco por la noche —dijo distraída—. Y la cazadora vaquera... ¿O mejor el jersey blanco de ochos? —le preguntó superponiéndoselo—. Vale, me llevó los dos —decidió sin esperar respuesta—. Y los *leggins* encerados, así no repito modelito por la noche —entrecerró los ojos—, pero con los *leggins* lo que combina es... ¿Crees que debería plancharla? —Le enseñó una camisa gris.

—Yo diría que...

—Mejor la turquesa, no necesita plancha. Y me faltan los zapatos... Alrededor del Refugio siempre hay barro. ¿Te he comentado que está en mitad del campo?

—No. Pero...

—Pues sí. Al final del pueblo, a unos cien metros de la última calle. Así que mejor me llevo las deportivas, se limpian más fácilmente.

—Marilia... —la llamó Nath muy serio.

—¿Me olvido de algo? —Lo miró preocupada.

—De comer.

Ella lo observó confundida.

—Tengo mesa reservada en Álbora dentro de veinte minutos. Deberíamos irnos, ya acabarás la maleta cuando volvamos.

—¿Para qué vamos a ir a Álbora?

—Para comer. Tiene una estrella Michelin —señaló Nath, como si eso lo dijera todo.

—¿Y? Seguro que sirven comida rara en platos muy grandes y en cantidades muy pequeñas. Si tienes hambre, puedes comer aquí. Tenemos ensalada y chuletas.

—Carbonizadas —apuntó Nath—. Se quemaron cuando las dejaste al fuego.

—Aun así, estarán ricas y, si no, te haces otra cosa —desestimó.

—¿Y tú qué comerás? —planteó al percatarse de que no parecía interesada en comer.

—Me haré un bocadillo para el viaje, así no perderé el tiempo. —Paró su frenética actividad y lo miró inquisitiva—. ¿Qué haces aquí? Ve a comer, salimos dentro de diez minutos.

—¿No crees que es un poco precipitado?

—Hay casi quinientos kilómetros hasta el pueblo..., no podemos dormirnos en los laureles. —Retornó su atención a la maleta.

—No son ni las tres...

—Pero ¡si acabas de decir que eran las dos y media! —lo increpó—. Es más tarde de lo que creía... ¡Y tengo que ducharme! —Lo sacó del dormitorio a empujones y fue al baño—. ¡Dile a Óskar que me haga un bocata para el camino! —le gritó antes de abrir el grifo.

Nath sonrió. Acababa de descubrir que el pueblo era ese lugar especial de Marilia que Kayla le había dicho que debía encontrar. Cabeceó satisfecho y se dirigió a la cocina. No pensaba comer chuletas carbonizadas, pero la ensalada tenía buena pinta.

Llamó a Kayla para darle las buenas noticias y pedirle que se quedara con su abuela o con su madre, y estaba a punto de empezar a comer cuando Marilia entró cual vendaval en la cocina envuelta en una toalla diminuta.

—¿Tienes que hacer tu maleta? —inquirió muy seria.

—Debería, no es muy higiénico usar la misma ropa durante tres días.

Ella lo miró con tal gesto de fastidio que a Nath y a Óskar les costó mantener el semblante serio y no echarse a reír.

—Vale... Ponle la ensalada en una tartera —le indicó a Óskar antes de girarse hacia Nath—, te la irás comiendo mientras vamos a tu casa.

Y, dicho esto, dio media vuelta y salió de la cocina.

Nath parpadeó. Dos segundos después fue tras ella y entró en su dormitorio.

Marilia se giró sobresaltada por su repentina irrupción y lo miró desconfiada a la vez que estrechaba el bolso contra su pecho con inusitada fuerza.

—Puedes soltarlo, no voy a robártelo. —La miró intrigado por su reacción.

—No sé yo, dudo que te hayas hecho rico siendo honrado. —Soltó reticente el bolso, aunque no sin antes comprobar que estaba bien cerrado y no revelaba los secretos ocultos en su interior—. A ver si aprendes a llamar antes de entrar.

—¿Acaso tienes algo que ocultar? —inquirió enarcando una ceja.

—Pues sí, un vibrador XXL con el que me doy placer cuando me dejas a medias —replicó adusta cruzándose de brazos.

—No funciona.

—¿El qué? ¿El vibrador?

—Tu táctica de distracción. Siempre que te sientes incómoda y quieres soslayar algo, te pones a la ofensiva.

—¿Ahora eres psiquiatra?

—Te conozco bien —señaló Nath—. Por cierto, sólo he entrado para advertirte que no voy a conducir mientras como.

—Por eso seré yo quien conduzca tu coche —replicó con una sonrisita diabólica.

—No.

—Vamos, hombre, ya que vas a hacer de *hado padrino*, hazlo bien —protestó.

—¿*Hado padrino*?

—Me has transformado de *puticienta* en *puticesa*, me vas a llevar a palacio en tu carroza naranja y les vamos a dar en la cara a todos los idiotas que se han metido conmigo... —Le echó los brazos al cuello y le devoró la boca con lascivia—. Eres el mejor *hado padrino* del mundo mundial. —Le subió la camiseta para tener acceso a sus tetillas y se las lamió descarada mientras le aflojaba el cinturón y le desabrochaba los vaqueros—. No sabes lo cachonda que me pone pensar que voy a conducir tu coche... —Le metió la mano izquierda bajo la ropa y le agarró la erección.

—No vas a conducirlo —rechazó Nath con firmeza.

Ella sacó la mano.

—Tenía que intentarlo. —Se encogió de hombros—. Tienes diez minutos para comer... Aprovéchalos y no pierdas el tiempo.

—Te lo voy a hacer pagar.

—Lo sé.

—Esta noche.

—No olvides la cartera... —dijo lasciva.

Y Nath supo que lo único que le interesaba de su cartera eran ciertas muestras...

38

Donde se descubre que, por muy encantador que sea el príncipe, también tiene carácter.

—¿Seguro que no se lo ha tomado mal? —inquirió un hombre de pulida calva sentado en el poyo que había junto a la puerta de la ruinosa casa convertida en taberna.

—Eso ha dicho... —replicó una rubia con unos ojos tan azules que parecían destellar.

—Ya, pero de lo que dice a lo que piensa va un trecho —gruñó un cuarentón de luenga barba gris mientras frotaba unas viejas sillas de plástico más grises que blancas con un trapo empapado en lejía para blanquearlas. El pobre aún creía en los milagros.

—Qué tontería, ¿por qué le iba a sentar mal? Ella odia esta casa casi tanto como al pueblo —resopló un hombre de imponente barriga saliendo de la taberna con un cubo de hielo en el que había sumergido una docena de cervezas. Lo dejó en uno de los arcaicos barriles de madera que utilizaban como mesas en la terraza y entró a por unos aperitivitos. Había aprendido de Marilia que convenía ser generoso con los clientes.

—Además, es muy feliz en Madrid. Ella misma me lo ha dicho —aseveró un gigantón de mirada dulce colocando varios taburetes desparejados alrededor de un barril.

—¿Ah, sí? ¿Cuándo has hablado con ella, Tutti Frutti? —quiso saber un hombre de pelo castaño que, si fuera un personaje de cuento, sería el príncipe Encantador.

—Hace unos días, por WhatsApp. Me dijo que estaba genial. Que trabajaba los fines de semana en una discoteca de lujo en la que la gente iba disfrazada con arneses y cosas de esas raras y que el resto de los días dirigía una pastelería. Y que se había echado un novio millonario con un coche naranja que... —Se calló sonrojándose.

—Ya me puedo imaginar lo que te dijo —masculló irritado el de la barba—. A esa muchacha le encanta escandalizar...

—Y pasárselo bien, con cuantos más, mejor, sobre todo si tienen pasta y se la puede sacar —apuntó el hombre que cruzaba los desiguales tablones con los que se salvaba el camino siempre embarrado que iba desde la última calle asfaltada del pueblo hasta la puerta de la taberna.

—¿Perdona? ¿Te importa repetir eso? —le espetó la rubia de ojos azules con voz peligrosa.

—No es que sea un secreto cómo consigue Marilia las cosas —señaló socarrón parándose a mitad del camino. La rubia podía ser muy puñetera cuando quería—. Todos los muebles de la taberna se los sacó a Fermín *el Elegante* con trabajos... manuales.

—Y bucales —agregó un viejo desde el interior de la taberna.

—¡Eso es mentira! —estalló Tutti Frutti enfadado—. Marilia no hace esas cosas.

—Claro que las hace, ¡y muy bien! —exclamó un jovenzuelo alzando su cerveza.

—Y tú lo sabes porque... —inquirió amenazadora la rubia.

—Porque la he catado, obviamente.

—Claro, machote, sigue soñando —se burló el calvo tratando de ocultar su mal humor—. Marilia no se acercaría a ti ni con un palo. Le gustan los hombres un poco más... hechos. Ya sabes, con pelo en el pecho y los huevos bien cargados...

—Y que tengan dinero, aunque dudo que haya conseguido enganchar a un millonario, eso suena a mentira y de las gordas —se guaseó un anciano.

—¡Mentira es que tú digas que ella dice mentiras! —exclamó Tutti Frutti encarándosele—. Marilia nunca miente.

—Qué va, sólo inventa cuentos —se mofó un joven, aunque se

tragó sus palabras al ver que el gigante se giraba hacia él como un rayo. Uno muy furioso, por cierto.

—Es verdad que tiene un novio millonario y es una famosa pastelera —gruñó enfadado Tutti Frutti.

—Claro, hombre —le dio la razón con no poca sorna el tipo que estaba en la pasarela de tablones—. Y seguro que ese millonario tiene mujer o novia, porque a Marilia le gustan ya cogidos —añadió con crueldad mientras avanzaba en precario equilibrio.

—Te la estás jugando —le advirtió la rubia.

—Yo sólo digo lo que veo... ¿No es así, Encantador? —Se giró hacia el atractivo hombre de pelo castaño—. Fue a por ti, a pesar de que sabía que estabas con Índigo.

—Y ni siquiera drogándote consiguió que se la metieras —se carcajeó otro de los jovenzuelos, que, igual que todos los demás, había oído esa historia mil veces.

—Marilia está igual de desquiciada que su madre —afirmó el viejo asomado a la ventana—. Mejor no la enfadéis u os pegará un tiro —les advirtió muy serio.

—Y tanto que sí. Al último que la cabreó lo emborrachó hasta dejarlo inconsciente, le robó el dinero y lo metió en un autobús —relató otro anciano saliendo de la taberna, el ambiente era más entretenido fuera que dentro y, además, se estaba más fresco.

—No lo emborrachó. Se emborrachó solo —gruñó Tutti Frutti—. Y si lo puso en el autobús fue para no dejarlo en el monte con el frío que hacía. ¡Podría haberse congelado!

—Tutti Frutti... —lo interrumpió el barbudo antes de que la incriminara más.

—¿Veis a lo que me refiero? De tal palo, tal astilla —se rio el hombre de la pasarela llegando a la taberna—. Martina mató a su amante, y su hija...

En el momento en que pisó la irregular base de piedra que conformaba la entrada la rubia se giró dándole un tremendo empujón que lo mandó directo al enlodado sendero, con tan mala suerte que, en lugar de caer en los estrechos tablones, lo hizo sobre el barro.

—¡Joder! —soltó disgustado sacudiendo las manos para librarse del pegajoso fango en el que estaba encajado.

—Cuánto lo siento —dijo la rubia sin sentirlo lo más mínimo.

Bajó a los tablones y le tendió la mano para ayudarlo a incorporarse. Él la miró furioso antes de aceptar. Ella tiró. Él se aupó para levantarse. Y, cuando estaba casi en pie, lo soltó y lo empujó de nuevo. El tipo volvió a dar con sus huesos en el barro.

—¡Serás puta! —exclamó furioso.

Y en ese momento el mundo se le cayó encima. O, mejor dicho, fue el príncipe Encantador, quien había bajado al barro para ¿ayudarlo?, quien se le cayó encima.

—Ay, ¡cuánto lo siento! He resbalado. —Se puso en pie tras haberle clavado la rodilla en el estómago—. Yo que bajaba a ayudarte..., qué torpe soy.

El hombre se retorció abrazándose la tripa, pues Encantador, que no era lo que se dice pequeño, cuando hundía la rodilla en la panza de los idiotas lo hacía a conciencia.

—Mira que te gusta meterte donde no te llaman —le recriminó la rubia a su novio, enfadada porque hubiera salido en su defensa como si fuera una desvalida damisela.

—¿A mí? Si sólo he bajado a echar una mano... —se justificó con gesto inocente.

—No te enfades, Índigo, Encantador tiene derecho a bajar y tropezar —comentó burlón uno de los ancianos que había salido a ver el altercado—. No está bien hablar mal de la futura cuñada de uno. E insultar a la mujer de uno es todavía peor.

—Sobre todo si ese uno tiene mal carácter —señaló el anciano asomado a la ventana.

—¡Eh! Yo no tengo mal carácter. —Encantador se giró hacia la posada, con la mala suerte de que, sin querer queriendo, le dio una patada al tipo que seguía en el barro—. De hecho, soy un tipo cordial y agradable, ¿verdad, cariño? —le preguntó a la rubia.

Ésta puso los ojos en blanco y subió de nuevo a la base empedrada de la taberna.

—Cabrón hijo de puta... —jadeó el tipo del suelo tratando de incorporarse.

—¿No os molesta la gente maleducada? —planteó al aire Encantador—. Yo no los aguanto, es superior a mí. Me invade una furia homicida y pierdo la cordura. —Le dio otra patada, esta vez en los huevos—. ¿Lo veis? Es que me supera. ¿Tú qué piensas, cariño? —le espetó a la rubia regresando a la entrada de la taberna.

—Que ya puedes limpiarte las deportivas antes de entrar en casa.

—¿Sí, verdad? Da un asquito tremendo. —Se apoyó en la inestable barandilla que rodeaba la taberna—. ¿De qué estábamos hablando? —preguntó con una perezosa sonrisa.

Los parroquianos miraron al tipo del barro, a la rubia peligrosa, a su encantador príncipe, no menos peligroso, y al séquito que componía el cuarteto de amigos.

—Cada cual es libre de hacer lo que le dé la gana —apuntó con sabiduría un anciano.

—Brindo por eso —dijo alzando su cerveza uno de los jóvenes.

Se quedaron en silencio, excepto por los improperios del hombre del barro cuando se levantó y se marchó amenazando con quejarse a las autoridades.

—¿Crees que dará problemas? —inquirió preocupado el barrigón.

—Como mucho me pondrá una denuncia por agresiones, luego habrá que esperar al juicio y, si pierdo, tendré que pagar una multa —replicó indiferente Encantador.

—No creo que pierdas —afirmó el barbudo mirando amenazante a los allí reunidos—. Al fin y al cabo, ha sido un desafortunado accidente. Tú sólo has tropezado...

—Y sin querer —aseveró Tutti Frutti con sincera ingenuidad.

—Es su palabra contra la tuya y la de todos los que están aquí y quieren seguir siendo bien recibidos... —comentó el hombre de oronda barriga.

—Yo, desde luego, no he visto nada —comentó un anciano. Los inviernos en el pueblo eran muy duros, y más lo serían si no podía echar la partida en la taberna.

—Pues si no lo has visto tú, que tienes vista de lince, yo menos —señaló otro anciano.

El resto de los presentes asintieron. Allí no había pasado nada.

—Joder. Qué pedazo de cacharro... —musitó un rato después el barrigón al ver el deportivo naranja que recorría la vía adoquinada en la que terminaba el pueblo.

—Un Lamborghini Huracán —apuntó Encantador con mirada especulativa—. Ese coche cuesta por lo menos un cuarto de millón de euros.

—No me jodas... ¿Qué coño se le habrá perdido en el pueblo? —se preguntó el barbudo al ver que se detenía frente al sendero de barro que llevaba a la taberna.

—Sea lo que sea lo que se le haya perdido, nosotros lo tenemos —señaló el calvo—. Y al doble de precio del que cobraríamos a cualquier otro —les advirtió a sus compañeros.

—Pero ¿qué dices? No, hombre, por lo menos al tripe —lo abroncó el barrigón—. Ese tío tiene que estar forrado... Si quiere beber o comer, que lo pague.

—Es Marilia... —murmuró de repente Tutti Frutti, para luego gritar—: ¡Marilia!

Echó a correr sobre los inestables tablones de madera.

* * *

Donde se descubre que hay muchas maneras de que dos machos alfa marquen su territorio, además de la de mear en los árboles. Eso sí, todas son igual de estúpidas.

Nath parpadeó sorprendido cuando el hombre más grande que había visto en su vida, y los había visto imponentes, echó a correr hacia ellos como si estuviera poseído por el diablo. Su enorme cuerpo saltando de tablón en tablón con una agilidad tan sorprendente como imposible era que éstos no se hundieran bajo su peso.

—¿Lo conoces? —le preguntó a Marilia mientras se planteaba preocupado si su amado Lamborghini aguantaría la embestida de ese rinoceronte humano.

—Es Tutti Frutti, es inofensivo —respondió ella con una sonrisa de oreja a oreja.

—Parece de todo menos inofensivo —apuntó Nath al ver que el gigantón rodeaba el coche, abría la puerta y sacaba a Marilia envolviéndola en un abrazo de oso, pero de un oso grande de veras, y giraba con ella a la vez que reía feliz.

En vista de que ella se reía igual de alto que él, Nath decidió que no tenía sentido preocuparse. Al menos por su chica, porque el coche sí estaba en inminente peligro, pensó al ver que el enorme hombre se acercaba demasiado a la reluciente carrocería naranja.

—Disculpad... ¿Podríais celebrarlo un poco más lejos? —dijo saliendo del coche.

El hombretón entornó los ojos con desconfianza antes de que una enorme y sincera sonrisa se dibujara en su cara.

—¡Tú eres el millonario! —estalló encantado girándose hacia la taberna—. ¡Yo tenía razón! ¡El novio de Marilia tiene un coche naranja! —gritó sorprendiendo a Nath, luego se giró hacia Marilia y volvió a atraparla en un abrazo de oso—. Decían que te lo habías inventado y yo les dije que no. Que tú nunca mentías.

—Si acaso adorna la verdad —intervino Nath guasón, comenzaba a caerle bien ese tipo. Marilia tenía razón, le recordaba a su hija. Tenía su misma inocencia leal.

—¿Cómo te llamas? Yo soy Tutti Frutti. —Soltó a Marilia y le tendió la mano.

—Nath. —Se la estrechó con un apretón firme.

—Pero sus amigos lo llaman Tiquis —apuntó Marilia con sorna poniéndose la chaqueta vaquera, eran casi las nueve de la noche y comenzaba a refrescar.

—¿Tiquis? —El gigantón lo miró con los ojos entrecerrados.

—En realidad, nadie me llama... —comenzó a decir Nath.

—Sí, de Tiquismiquis —lo cortó Marilia.

—Ah, claro. Tiene pinta de serlo —admitió Tutti Frutti—. ¡Indi, Encantador! Marilia ha traído a su novio, se llama Tiquis, por Tiquismiquis —le presentó a la pareja que llegaba hasta ellos tras cruzar, con más cuidado que Tutti Frutti, los tablones.

Marilia e Índigo se miraron la una a la otra y asintieron sonrientes, en tanto que Encantador le dio un rápido abrazo a la pelirroja antes de girarse hacia Nath y mirarlo especulativo. Puede que Índigo y Tutti Frutti no supieran de marcas, pero él sí, y los vaqueros Dolce & Gabbana que llevaba no podían costar menos de cuatrocientos euros, igual que la camisa azul profundo de Armani. Y no quería ni pensar en lo que costarían los zapatos. Que un tío se gastara cientos de euros en vestir escapaba a su entendimiento; que además lo hiciera para ir a un pueblo de mala muerte a meterse en el barro sólo podía significar una cosa: era un cretino.

Sintió una intensa antipatía hacia él. Más aún al pensar que para ese tipejo Marilia sólo sería otro trofeo más para lucir, como su Rolex o su coche.

—Interesante mote, ¿tal vez señala un rasgo importante de tu carácter? ¿Eres un tiquismiquis, Tiquis? —señaló burlón a la vez que le tendía la mano.

Índigo lo miró confundida por tan gratuito ataque. ¿Qué mosca le había picado?

Nath lo midió con la mirada, sintiendo una repentina e intensa antipatía al reconocer en él al tipo que Marilia había dibujado con tanto detalle en su cuaderno. Así que ése era el idiota al que había intentado ligarse y que la había rechazado. También el cretino que la había hecho suspirar con su estúpida pedida de mano tan fuera de lugar.

—¿Debería? Porque, si fuera así, me preocuparía llevar el nombre de un personaje tan odioso como el príncipe Encantador. ¿Son la vanidad, el egoísmo y la cobardía rasgos intrínsecos de tu carácter? —inquirió Nath estrechándole la mano.

Marilia parpadeó pasmada. ¿A qué había venido eso? Miró a su hermana, quien parecía tan descolocada como ella.

—Podrían serlo, aunque no le llego a un maestro como tú ni a la suela del zapato —respondió Jota sintiendo una profunda aversión por ese idiota.

Apretó la mano que le estrechaba.

—Te honra reconocer y asumir tu posición. Pocos hombres estarían orgullosos de estar a un nivel tan bajo —replicó Nath incrementando la fuerza del apretón.

—Ten en cuenta que, cuanto más alto cree estar un idiota, más dura es la caída —arguyó Jota al instante, los nudillos blancos por la fuerza del apretón.

—¿Has visto alguna vez algo más ridículo que esos dos marcando territorio? —le preguntó Marilia a Índigo.

—Déjalos que se ladren, así no se aburren mientras nosotras nos ponemos al día —repuso Índigo evaluándola con la mirada—. ¿Quieres ver cómo ha quedado la taberna?

—Sí, me apetece. Quiero ver cómo la han desgraciado esos inútiles...

—Eh, ¡¿a quién estás llamando inútil?! —la increpó el barbudo llegando hasta ella.

—No sé si lo conoces. Tiene barba, mal genio y se está quedando calvo —apuntó Marilia.

—¡No me estoy quedando calvo! —estalló furioso sin negar el resto de las acusaciones.

—Pues yo te veo menos pelo aquí... —Le tocó la coronilla—. O eso, o te has tonsurado.

—¡Mentira! ¡Estoy como siempre! —Se acarició la cabeza.

—Pues de ahí a lucir calva hay un paso. —Señaló el barrigón llegando hasta ellos.

—¿Y qué? ¿Pasa algo malo por ser calvo? Se liga mucho siendo calvo. Os lo aseguro —afirmó muy serio el calvo que iba tras él.

—Eso será si eres Jason Statham o Dwayne Johnson... —apuntó Índigo.

—Pero si te das un aire a Santiago Segura pero con menos pelo..., pues no —terminó Marilia. Chasqueó la lengua y levantó la mano.

Índigo se la chocó en el acto.

—Pues a mí me cae bien Santiago Segura —dijo molesto Tutti Frutti, arrancando las carcajadas de todos.

Marilia los miró sonriente y se dirigió al maletero del Lamborghini, del cual sacó una caja que le tendió a Tutti Frutti.

—Te nombro encargado del tesoro. —Luego se giró hacia Índigo—. Enséñame lo que le han hecho a mi taberna para que pueda matarlos con conocimiento de causa.

Las hermanas echaron a andar y sus amigos las siguieron, dejando atrás a Jota y a Nath, quienes continuaban estrechándose la mano.

—No es por nada, pero si seguimos aquí parados las chicas se van a reír de nosotros por los siglos de los siglos... —señaló Jota sin aflojar el agarre.

—Qué extraño, estaba seguro de que de ti ya se reían —replicó Nath soltándolo.

Se acercó a la pasarela y la miró reticente. No parecía muy estable. Ni muy limpia. De hecho, el barro había rezumado entre las tablas y casi había la misma cantidad de fango sobre ellas que bajo ellas.

—¿Temes mancharte los zapatos, Tiquis? —lo desafió Jota saltando sobre la primera tabla—. Dame la mano, te ayudaré a cruzar.

Nath enarcó una ceja, sintiéndose tentado de dar un salto y adelantarlo. Si no lo hizo fue porque intuyó que eso era lo que Encantador quería que hiciera, para así tenerlo delante y empujarlo al barro. Ese imbécil era muy capaz de hacer algo tan rastrero.

—Adelántate —le ordenó al ver que no se movía.

—¿Me vas a empujar al barro? —inquirió Jota enarcando una ceja.

—No soy de ese tipo de personas.

—Yo sí —admitió Jota comenzando a cruzar las tablas, y lo hizo pisando tan fuerte que el barro salpicaba a cada paso, por lo que Nath se vio obligado a mantener cierta distancia de seguridad para salir indemne de la prueba.

39

Donde se descubre que nuestra protagonista, cuando se pone, da unas sorpresas grandiosas.

Nath se detuvo al final de la pasarela para estudiar el lugar que tanto quería Marilia. Desde luego, no era nada del otro mundo. Una casa de piedra, con tejado a dos aguas y balcones de madera. En lo que, siendo generoso, podía considerarse el porche había tres toneles medio podridos rodeados de taburetes desparejados que, por lo que parecía, componían el mobiliario de la terraza. Los jóvenes allí sentados lo estudiaron con interés. Interés que se trasladó a quienes estaban en el interior de la taberna cuando entró.

—Seguro que todos esos músculos son por los esteroides que se pincha —señaló un anciano sin molestarse en bajar la voz.

Nath enarcó una ceja.

—Qué va, ése lo que lleva son implantes, igual que las mujeres en las tetas. Se los ponen de silicona en el torso y el culo. Lo vi en la tele el otro día —apuntó otro.

—A mí me parecen de verdad. —Tutti Frutti se acercó con la caja y sacó unos *muffins* que les ofreció—. Cortesía de Marilia y su novio —anunció sonriente.

Los viejos miraron los *muffins*, que se veían apetitosos, y luego a Nath.

—Pues yo creo que el chico tiene todos esos músculos porque hace gimnasia —dijo uno de los viejos mordiendo el *muffin*. Soltó un gemido de placer—. Sí, ahora que me fijo bien, son de verdad, los esteroides los dejan mucho más hinchados —sentenció.

—Y los de implantes se ven artificiales y los suyos se nota que son naturales —se apresuró a decir el otro, no iba a ser el único que se metiera con el ricachón. Menos aún con lo sabrosas que estaban sus magdalenas—. ¿Y qué, trabajas mucho?

—¿Perdón? —Nath lo miró perplejo. ¿Se dirigía a él?

—¿A qué te dedicas? Encantador ha dicho que ese coche tuyo vale un cuarto de millón de euros. Eso es mucho dinero —indagó tratando de averiguar si era tan rico como parecía.

—Es el propietario de una discoteca *fetish* en Madrid —intervino Marilia yendo con ellos—. Ya sabéis, de esas en las que los hombres van con bozales y taparrabos y las mujeres les pegan con fustas y los pasean con correa.

—Claro, y también tienen sexo en el escenario —se burló uno.

Marilia sonrió ufana y sacó el móvil, un instante después les enseñaba la galería de fotos de la web del Torture Eden.

Decir que se les salieron los ojos de las órbitas es quedarse corto.

—¡Anda mi madre, si ésta eres tú! —exclamó uno al verla en la barra de catering.

—No jorobes. Leches, pues sí que es ella —musitó otro—. Y bien guapa que está con ese vestido. Muy elegante. —Pasó las imágenes—. Y estos bollos son como las magdalenas que nos acabamos de comer, pero con cosas porno encima... —Los demás ancianos se agruparon a su alrededor para no perderse detalle.

Nath los esquivó y se acercó a Marilia, quien sonreía ufana. Le rozó la mano mutilada con los dedos y ella, sin pensar en lo que hacía, la deslizó en la de él.

En el otro extremo de la barra, Índigo, que los observaba sin perder detalle, parpadeó ante el gesto. No porque él le tocara esa mano, sino porque Marilia lo dejara. Porque no la tuviera escondida en el bolsillo y, sobre todo, porque fuera ella quien la deslizara en la de él. Desde el ataque, Marilia no había dejado que nadie le tocara la mano. Y ahora se la daba a él como si fueran novios.

Porque lo eran, comprendió de repente. No novios en plan infantil, sino pareja. Una pareja en la que saltaba a la vista que estaban locos el uno por el otro, pensó al verla apoyar la frente en el torso del hombre y reírse de lo que él acababa de susurrarle al oído.

—Menudo gilipollas ha traído tu hermana —masculló Jota rodeándole los hombros con un brazo—. No me gusta.

—A mí no me cae mal.

Índigo observó interesada cómo Marilia se soltaba de Tiquis para acercarse al grupo de ancianos y cómo él, en lugar de acompañarla y convertirse en el centro de atención, se quedaba en la barra dejándola gozar de su repentina popularidad mientras la miraba hechizado.

—Es un prepotente. Espero que Marilia le saque todo lo que pueda y lo mande a la mierda.

—Acabas de llamarla puta —masculló Índigo enfadada, su mirada acerándose al percatarse de un cambio de actitud en la gente que rodeaba a su hermana.

—¿Qué? No, qué va. Sólo digo...

—Lo que piensa todo el mundo —terminó la frase por él, la vista fija en Marilia.

Jota se giró hacia allí y soltó un improperio al darse cuenta de que la sorpresa producida por el nuevo y exitoso trabajo de Marilia y su atractivo y millonario novio había dado paso a miradas eminentemente especulativas.

No era difícil intuir qué especulaban. ¿Cómo una chica como Marilia, mutilada, pobre como las ratas y arisca como ninguna, había atrapado a un tipo como aquél?

No fue el único en darse cuenta del cambio. Nath abandonó su posición relajada al ver que la gente alternaba la mirada entre Marilia y él, el recelo pintado en sus caras. Un recelo que pronto se convirtió en crueldad.

—Entonces tu novio es el dueño de la discoteca esa en la que trabajas y también quien te ha hecho tan famosa, qué oportuno, ¿no? —comentó un hombre con malicia.

—Así es —replicó ella orgullosa, tan deseosa de contarles lo magnífico que era Nath que no se dio cuenta de la disimulada insinuación del hombre—. También es el promotor del evento *fetish* más importante del planeta. De hecho, en septiembre vamos a...

—Y por lo que parece está forrado... —la interrumpió ladino alguien.

—Anda, claro, nuestra Marilia de tonta no tiene un pelo —comentó orgulloso un viejo.

—Con todas las deudas que tiene no se va a liar con un pobretón —apuntó otro—. ¿Cómo lo atrapaste, Marilia?

Y ella reaccionó como siempre hacía cuando se sentía atacada.

—Me lo follé.

—Eso lo teníamos claro —se carcajeó otro.

Nath se apartó de la barra, todo su cuerpo en tensión, y echó a andar hacia ella.

—Lo que no tenéis claro, porque no os lo podéis ni imaginar, es cómo me lo follé —señaló Marilia chasqueando la lengua—. ¿Se lo contamos, Nath?

Él enarcó una ceja.

—Vamos, no hay que ser egoísta —lo regañó socarrona yendo hacia él con la mano izquierda oculta en el bolsillo de la chaqueta, algo que cabreó hasta lo indecible a Nath.

Hacía semanas que no la escondía, y ahora, por culpa de esos palurdos, sus inseguridades volvían. Deseó matarlos. Muy despacio, regodeándose en su sufrimiento. Dudaba que nadie los echara en falta.

—Ese ceño tan fruncido sólo puede significar una cosa —le susurró Marilia al oído—: estás pensando en matarlos. Y me parece bien, de verdad, te apoyo al cien por cien. —Colocó una mano en su pecho para luego reposar la frente en su hombro.

Algo que inquietó a Nath. Porque ella jamás se había apoyado así en él, buscando su contacto como si necesitara una roca firme que la sostuviera.

—Lo malo, o, mejor dicho, lo bueno —continuó Marilia— es que, si los matas, vendrá la policía y te llevara detenido, y eso es malo para ti, pero bueno para mí, porque tendré que sacrificarme y conducir tu coche hasta la comisaría para rescatarte. Y tal vez me pierda y dé una vueltecita de unos cientos de kilómetros antes de llegar...

—¿Me estás amenazando con conducir mi coche si mato a alguno de esos viejos? —Le deslizó la mano en el bolsillo de la chaqueta para acariciarle la mano mutilada.

Marilia la sacó y dejó que la envolviera entre sus dedos.

Algo que hizo sonreír a Índigo.

—¿Qué te hace tanta gracia? —le reclamó Jota—. A mí sólo me apetece matar a esos viejos. Si me dejaras, lo haría —apuntó, pues si no había intervenido era porque ella se lo impedía.

—Me gusta Nath.

—Pues a mí no —gruñó él sin saber a qué venía ese comentario. Luego vio sus manos enlazadas, la manera en que Marilia se acurrucaba contra él, con una tranquilidad perezosa llena de seguridad, y la forma en que él la acogía contra sí, protector y entregado, con toda su atención centrada en ella, como si fuera lo más valioso del mundo, y comenzó a entender por qué le gustaba a Índigo.

—Deja que les cuente cómo te follé... No seas malo, se están muriendo de curiosidad —le reclamaba Marilia con gesto travieso a Nath en ese momento.

—¿Cómo podría negarte nada? —Le acarició la sien con los labios.

No sabía qué pretendía, pero la apoyaría al cien por cien. Y si esos botarates osaban herirla de nuevo, nada le impediría darles su merecido.

—Es que me dan tanta tanta pena... —afirmó Marilia hocicándole el cuello. Y, aunque en principio lo hizo para escandalizar a los viejos, acabó dándole un ligero mordisco porque Nath olía de maravilla y el sabor de su piel era tranquilizador—. Ten en cuenta que son tan viejos, tan feos y la tienen tan pequeña que ni pagando consiguen un poco de diversión. Contarles todas las perversidades que hicimos sería un acto de caridad, pues les daríamos algo con lo que soñar mientras se la sacuden. El onanismo es tan solitario... —Los miró compasiva.

—Y cansado —apuntó Rasputín dispersando a la gente. Marilia lo estaba llevando bien, como siempre; de hecho, acababa de insultarlos y reírse de ellos, pero Encantador y, sobre todo, Tiquis, parecían a punto de liarse a puñetazos. Y acababa de redecorar la taberna, no le apetecía que se la destrozaran—. Preferiría que no contaras guarradas...

—O los pondrás tan cachondos que acabarán corriéndose y mancharán el suelo. ¡Y lo he fregado hoy! —añadió Tocinete guasón, leyéndole el pensamiento a su socio.

—Aunque no demasiado bien —señaló Tutti Frutti con inocencia a la vez que llegaba hasta Marilia—. No me gusta que estés aquí. —Ella lo miró sorprendida—. Éste no es tu sitio, estás fuera de lugar. No te queda bien.

La tomó de la mano y la guio hasta el extremo de la barra dejando atrás a Nath. La hizo pasar y, envolviéndole la cintura con sus enormes manazas, la alzó hasta sentarla en una de las cámaras situadas contra la pared.

—Ahora sí. Éste es tu sitio. Como siempre.

—Ya no... —rechazó ella con el corazón en un puño, porque Tutti Frutti tenía razón. Ése había sido su trono durante trece años.

—¡¿Cómo que no?! ¡Por supuesto que sí! —tronó Rasputín dando un fuerte golpe en la barra—. ¡Es tu sitio! Y al que diga lo contrario lo echo a patadas...

—Pues ella acaba de decir lo contrario —señaló Tenorio pasándose un pañuelo por la calva, con ese maldito calor no había manera de mantenerla en condiciones.

Rasputín se giró hacia él malhumorado.

—¡Ella no cuenta, idiota! —exclamó antes de mirar a Marilia—. Y como vuelvas a decir esa tontería te echo a patadas —la amenazó.

Marilia miró emocionada a sus amigos.

—No me jodáis, lo que queréis es que me quede en la barra y os haga de camarera gratis...

Chasqueó la lengua alzando la mano e Índigo se apresuró a chocársela.

—Y tanto que sí. No tienen cara ni nada —señaló Jota yendo con ella—. Pero estaría bien que sirvieras una ronda por los viejos tiempos...

A Nath no le pasó por alto el entusiasmo que brilló en los ojos de su chica durante un breve segundo, hasta que Rasputín habló.

—¿Y quién la paga? ¿Tú? —le reclamó a Jota. El negocio estaba despegando, no les sobraba el dinero para invitar a la gente porque a Encantador le apeteciera.

—No. Don Ricachón —contestó Jota mirando socarrón a Nath.

Nath enarcó una ceja. Estaba claro que ese idiota, además de no tener modales, era un caradura. No había nada que soportara menos.

—¿Juegas al billar? —le propuso Jota.

Todos los allí presentes centraron su atención en Nath.

—Cuando me apetece —replicó cortante.

—¿Tenemos la suerte de que hoy te apetezca? —se burló Jota.

—No.

—Pobre, seguro que no sabe... —apuntó un viejo con guasona conmiseración.

Nath le dirigió una cáustica mirada que no tuvo el efecto deseado. De hecho, no tuvo ningún efecto. ¡Esos viejos eran tan imposibles como Marilia!

—Claro que sí, hombre, ¡cómo no va a saber! Lo que no quiere es perder. Ya sabes cómo son los millonetis. Si son ricos es porque nunca arriesgan su dinero —afirmó ladino otro anciano.

Nath lo miró huraño. Él había hecho su fortuna arriesgándose continuamente.

—No seáis cabrones —los regañó Marilia desde su trono de metal. Nath sonrió complacido por su defensa—. El pobre no lleva aquí ni media hora y ya queréis desplumarlo. Tendría que daros vergüenza...

Nath la miró sorprendido. Con defensoras como Marilia, ¿quién quería enemigos?

—No seas gallina, Tiquis, Jota tampoco es tan bueno. Si la partida fuera contra Índigo sí te diría que lo pensaras, pero Jota sólo juega pichí pichá —señaló alguien.

—Tienes que ser un pésimo jugador para perder contra él —apuntó otro alguien.

—Y tanto, Jota no es difícil de vencer... A no ser que seas un inútil, claro —se burló un tercer alguien.

—No os molestéis, no va a arriesgarse a jugar y quedar en ridículo, porque no creo que lo que te importe sea perder veinte euros, ¿verdad, Tiquis? —lo desafió Jota con recochineo apoyándose en la mesa de billar.

Nath lo miró altivo. No pensaba entrar en su juego.

—¿Quien gana la apuesta sigue invitando a barra libre? —indagó.

Marilia le había contado que cuando Índigo ganaba —y era siempre— invitaba a barra, de manera que el dinero de las apuestas revirtiera en la taberna.

—Cuando juego yo, sí. —Jota esbozó una descarada sonrisa.

—Cuando ganas tú —lo corrigió uno de los ancianos—, que es casi nunca —mintió.

—Pero nunca, nunca, nunca —aseveró otro.

—Sólo cuando hace trampas —señaló Marilia marrullera.

—Y las hace a menudo —apuntó Índigo.

—¡Eh! Que digas eso sobre mí me hiere... —Jota se llevó la mano al corazón.

—Contigo no hace trampas, Indi —intervino Tutti Frutti conciliador—, lo que pasa es que te distrae y por eso pierdes...

—Exactamente —admitió Jota—, pero a ti no voy a poder distraerte —le comentó a Nath poniendo morritos y mandándole un sensual beso—. Ya lo ves... Ni siquiera has notado que estoy coqueteando contigo —bromeó—. Échale huevos, hombre, juega conmigo una bola ocho. Tú y yo, nadie más —lo desafió—. Incluso te dejaré abrir la partida.

Nath enarcó una ceja. No sólo lo retaba, sino que le daba ventaja haciéndole parecer un debilucho aprovechado. Sintió cómo su carácter se inflamaba. La mandíbula se le tensó y comenzó a palpitarle. No pensaba entrar en su juego. No lo haría.

—Esta noche tus amigos beberán a mi salud —dijo yendo al billar.

La taberna estalló en un clamor sin igual al darse cuenta de que habían conseguido engañar al millonetis para que jugara, lo cual era todo un acontecimiento. No todos los días se veía caer a un tipo como ése.

Nadie dudaba de que Jota le iba a dar la paliza de su vida.

Los contrincantes se posicionaron junto a la mesa mientras Índigo, que ejercería de árbitro, colocaba las bolas en el triángulo.

—Aquí tenemos la costumbre de poner el dinero sobre la mesa antes de empezar a jugar. —Jota sacó un billete de veinte euros e hizo eso mismo—. No es que desconfíe de ti, pero..., sí, desconfío —apuntó burlón.

—¡Y haces bien! Los ricachones acostumbran a no llevar dinero en efectivo y pagarlo todo con tarjeta, lo he visto en la tele —afirmó un parroquiano.

—Doy fe de eso —intervino Marilia pasándoselo en grande. Chinchar a la gente era el deporte nacional del pueblo, y Nath, con su seriedad altiva, su ceja enarcada y su mandíbula palpitante era carne de cañón para las guasas de sus antiguos convecinos.

Nath la miró recriminatorio antes de volver su atención a la mesa.

—¿Veinte euros? ¿Eso es lo que os jugáis? —Sacó desdeñoso la cartera y la abrió sin molestarse en ocultar los billetes que contenía. Dejó uno amarillo sobre la mesa.

Todos los allí reunidos contuvieron el aliento al ver los doscientos euros.

—No sé si voy a tener cambio para ese billete —señaló Tocinete.

—No estoy pidiendo cambio —rechazó Nath—. Ésa es mi apuesta.

Un silencio atronador se hizo en la taberna seguido casi al instante por un, también atronador, rumor de pasmadas conversaciones.

—Estás muy seguro de ganar... —comentó Jota mirando el dinero.

—¿Es demasiado para ti? —lo retó Nath con sorna.

—No, qué va —mintió Jota. ¡Doscientos euros eran demasiado para cualquiera!

Sacó la cartera y contó los billetes que contenía.

—¿Alguien puede prestarme cien euros? Se los devolveré dentro de media hora —dijo.

Los parroquianos se miraron unos a otros, reticentes a aflojar la pasta. No sabían cómo jugaba el novio de Marilia, pero si apostaba tanto dinero era porque confiaba en ganar. Y Jota era bueno, pero nadie les aseguraba que Tiquis no fuera mejor.

—Yo te lo dejo. —Marilia abrió su bolso para sacar el monedero.

Tomó los dos únicos billetes que había llevado para pasar esos días —gracias a Dios, eran de cincuenta euros—, volvió a guardar el monedero y dejó el bolso en la cámara sin molestarse en cerrarlo, pues estaba segura de que, independientemente de quién ganara, no tardaría en recuperarlos.

Caminó sinuosa hasta los contendientes y dejó sus billetes junto a los de Jota.

—Podría considerar ese gesto como alta traición —le advirtió Nath cuando, de regreso al otro lado de la barra, pasó junto a él contoneándose.

—Castígame esta noche. —Le guiñó un ojo.

Él le agarró la mano y tiró atrayéndola hacia él.

—Lo haré. —Le rodeó la nuca y le dio un beso devorador para que a nadie le quedara la menor duda de que, aunque Marilia apostara por su futuro cuñado, era suya.

¡Dios! ¡Cómo adoraba la feroz independencia de esa mujer!

Se separaron jadeantes.

—Machácalo, tigre —le susurró ella rozándole con disimulo la erección antes de regresar a su trono.

Jota miró malhumorado, y con no poca envidia, a su contrincante. Él también quería que lo animasen así. Por lo que, ni corto ni perezoso, agarró a Índigo y la atrajo hacia sí para besarla. Y aunque su beso fue igual de apasionado también fue mucho más breve, ya que hubo de cortarlo cuando ella le agarró las pelotas y apretó, recordándole que no le gustaban los interludios ardientes en público.

—¿Y si nos dejamos de chorradas y empezamos? —señaló molesto al ver la sonrisa de suficiencia de Nath por haber conseguido un beso más largo de su chica.

—¡Abres tú, Tiquis! —le gritó alguien a Nath—. No dejes que ese caradura se te adelante.

Jota miró malhumorado al viejo. No sólo había desconfiado de su honorabilidad, sino que además le había recordado al ricachón su ofrecimiento, impidiéndole conseguir ventaja al ser él mismo quien abriera. Algo que, por supuesto, ni se había planteado hacer.

Qué va.

Ni de coña.

¡Joder! Comenzaba a intuir que se había equivocado al infravalorar a Tiquis, e iba a necesitar toda la ayuda que pudiera conseguir para ganarle. Y cederle la apertura de la partida era una putada y de las grandes.

—No necesito la apertura —rechazó Nath yendo a la barra a por una cerveza.

—¿Vas a jugar o no? —le reclamó Jota al ver que se sentaba en un taburete.

—Por supuesto —replicó Nath llevándose la cerveza a los labios.

Marilia sonrió al ver la cara de Jota. Ella también odiaba que Nath dijera eso, porque jamás sabía cómo interpretarlo. Nath lo sabía y por eso lo hacía.

—Pues si quieres y te apetece, por supuesto —dijo Jota mordaz—, acércate para hacer el punteo y ver quién abre.

—Odio que se me caliente la cerveza, abre tú —le ordenó Nath.

Jota estuvo tentado de mandarlo a la mierda, pero no era idiota, y como no conocía el juego del ricachón, toda la ventaja que pudiera obtener sería bienvenida.

Eligió un taco, le puso tiza, apuntó y disparó. Las bolas se dispersaron y una de las rayadas se entroneró, quedando así decidido con cuáles jugaría. Estudió la disposición del resto y anunció su siguiente tirada, que realizó con éxito. Continuó jugando concentrado hasta que erró y llegó el turno de Nath.

Éste se levantó parsimonioso y se dirigió sin prisa al billar, observó el tapete con desidia y rodeó la mesa para detenerse frente a la solitaria bola ocho.

—Te has olvidado el taco —se burló Jota al ver que no lo había cogido.

—No lo necesito —repuso Nath, ganándose las miradas estupefactas de todos.

—Perdona que te lleve la contraria, pero sí lo necesitas —señaló Jota con desconfianza al ver su gesto de suficiencia. Algo se traía entre manos.

—Lo mismo pretende tirar con el pito... —se guaseó uno de los ancianos.

—Os puedo asegurar que podría —intervino Marilia chasqueando la lengua.

Nath enarcó una ceja, sus labios curvándose en una sonrisita engreída.

—Bola ocho en tronera dos —anunció.

—Si metes la bola ocho sin entronerar antes todas las lisas, pierdes la partida —le advirtió Jota.

—Lo sé. —Nath agarró dicha bola con la mano y la metió en la tronera anunciada—. Como he señalado antes, esta noche tus amigos beberán a mi salud.

Dicho esto, dio media vuelta y, ante el pasmado silencio que se había hecho en la taberna al verlo perder de manera tan arrogante, regresó a la barra, se sentó en el taburete y, guiñándole un ojo a Marilia, le dijo:

—Date el gusto, sirve una ronda a mi salud.

Ella sonrió de oreja a oreja y, sin pensar en lo que hacía, saltó de la cámara, se aupó sobre la barra y le dio un chispeante beso que hizo estallar el corazón de Nath de tanta alegría como transmitía. Luego se apartó presurosa y comenzó a servir a los parroquianos.

En pocos minutos acabó, por lo que les sirvió una cerveza a sus amigos, un café a su hermana y se puso un mosto para sí.

—¿Mosto? —La miró pasmado Rasputín—. ¿Desde cuándo bebes eso?

—No me gusta beber siempre lo mismo —repuso abriéndose la cazadora, pues el trajín de servir la barra le había hecho entrar en calor.

Sus amigos, su hermana y casi todos los allí presentes la miraron pasmados.

—Pues llevas veinte años bebiendo sólo cerveza y café —señaló Tocinete.

—Y en ocasiones especiales la ginebra esa rosa con tónica —añadió Tenorio—. ¿Quieres que te ponga una? Siempre será mejor que eso. —Miró el mosto con repugnancia.

—Paso, he decidido ampliar mis horizontes y probar nuevas bebidas —replicó ella dándose aire con la cazadora.

—Pues anda que no hay nuevas bebidas que no sean mosto... —resopló Tenorio—. Puedo hacerte un cóctel, he comprado un libro con los mejores del mundo...

—¿Los hay sin alcohol? —inquirió interesada. En el Torture Eden los camareros sabían hacer unos cócteles de impresión con zumos y batidos, sin alcohol.

Tenorio la miró aún más pasmado.

Y no fue el único. Índigo ladeó la cabeza y entornó los ojos con suspicacia. Algo le pasaba a su hermana, no era normal que rechazara una cerveza. Menos aún que fuera tan efusiva con un hombre, o con nadie en realidad, y sin embargo con Nath lo era. Lo miró especulativa, y se sorprendió al comprobar que él también la estaba estudiando, como si quisiera saber su reacción ante el cambio de Marilia.

Por lo visto, lo entendía tan poco como ella.

—¿Cómo es que te ha dado por no beber alcohol? ¿Estás tomando medicamentos o algo? —preguntó preocupado un anciano.

—No, qué va. Es sólo que paso —contestó Marilia con incomodidad.

—Lo mismo ha tenido una inspiración divina y por eso no bebe —se burló un viejo.

—Sí, claro, como la Virgen María cuando el ángel le anunció su embarazo —se carcajeó otro.

Marilia se tensó de pies a cabeza, aunque no tardó en volver a sonreír al darse cuenta del escrutinio de su hermana.

—No me jodas, tengo de virgen lo que tú de guapo —se guaseó quitándose la chaqueta, hacía muchísimo calor allí.

—¡Joder, Marilia, vaya par de melones! —exclamó alguien cuando se quedó sólo con el top naranja de tirantes.

—Y tanto que sí —convino otro alguien mirando de refilón a Nath—. ¿Te los ha regalado tu amante?

—Son los de siempre, sólo he cambiado de sujetador —se excusó ella mirando de refilón a Nath.

Lo que puso en guardia a éste. Cuando Marilia se sentía molesta o vulnerable su defensa era atacar con sarcasmo y mala leche. Nunca daba explicaciones, y, sin embargo, eso era lo que acababa de hacer. Miró a Índigo y por su expresión atónita intuyó que ésta tampoco esperaba esa reacción de su hermana.

Todas las sospechas que había tenido en San Francisco regresaron. Pero no era posible. Habían hablado con sinceridad y Marilia se había burlado de sus conjeturas.

Como hacía siempre que se sentía vulnerable.

Le dio un vuelco el corazón. No. Era un disparate pensar eso. Ella le había dicho claramente que no estaba embarazada y no tenía motivos para dudar de su palabra.

Porque ella jamás mentía...

Miró de nuevo a Índigo. La rubia había cambiado su gesto de sorpresa por una mirada cargada de dureza. Lo miró a él y de nuevo a su hermana y luego se acercó a su pareja, quien desde la mesa de billar miraba huraño a Tiquis.

—Menudo gilipollas —le susurró Jota—. No entiendo cómo tu hermana lo soporta, es un prepotente insolente... Si no estuviera con Marilia, te juro que...

—Ve a la barra y charla con él un rato mientras hablo con Marilia —lo interrumpió.

—¿Qué? ¿Te has vuelto loca? No lo soporto. Es un... ¿Qué ha pasado? —inquirió preocupado al comprender que quería que lo entretuviera—. ¿Crees que le ha hecho algo?

—No —rechazó de plano—. Pero algo le pasa y quiero saber qué es.

—Sí. Está muy rara —admitió Jota—. Ya me puedes compensar esta noche, porque el rato que pase en compañía de don Cretino va a ser el peor de mi vida.

Índigo asintió distraída, lo que puso un nudo en el estómago a Jota. Índigo jamás desperdiciaba la oportunidad de replicarle. Y acababa de hacerlo. Tan preocupada estaba por su hermana.

Llegaron a la barra y Jota se detuvo junto a Nath, sin saber bien qué decirle, en tanto que Índigo pasaba al otro lado y se detenía frente a Marilia.

—Ven conmigo, te enseñaré la reforma que hemos hecho en la planta de arriba —le dijo haciéndole un gesto hacia la puerta que comunicaba la casa con la taberna.

—Esa planta no la hemos reformado —le recordó Tutti Frutti con inocencia.

—Entonces subiremos para estudiar cómo la reformaremos —apuntó Índigo lanzando una fiera mirada a su hermana.

Marilia comprendió que había llegado el momento.

Nath siguió con atención su intercambio de miradas, consciente de la suspicacia que los repentinos cambios de Marilia habían despertado en Índigo.

—Me gusta tu coche —comentó de improviso Jota al ver cómo las observaba.

—A mucha gente le gusta —replicó Nath sin apartar la vista de la puerta.

Jota lo miró cabreado. ¿Índigo consideraría que darle una paliza a ese presuntuoso sería entretenerlo? No. Seguro que no.

—Lo que más me gusta de tu coche es su discreto color zanahoria, se nota que te gusta pasar desapercibido —ironizó sentándose frente a él.

—No me caes bien —confesó Nath con gesto serio— y es evidente que yo a ti tampoco, así que deja de esforzarte por entretenerme. No es necesario. No voy a ir tras ellas.

—¿No, verdad? No esperaba otra cosa de ti. Estás tan por encima de todo y de todos que no sientes la curiosidad que sentiría cualquier otro tipo al ver que todo el mundo se sorprende de los cambios de su novia. O a lo mejor es que no te importa...

—Me importa —repuso Nath, la mirada fija en la puerta por la que habían desaparecido Marilia e Índigo.

40

Cuando nuestra protagonista descubre que quien bien te quiere te hará llorar.

—¿Estás embarazada? —le preguntó Índigo a Marilia.

Acababan de entrar en el salón de la antigua casa de ésta y apenas había cerrado la puerta cuando su hermanastra había disparado a matar.

—Como siempre, directa al grano —dijo chasqueando la lengua.

—Marilia... —La miró admonitoria.

—No lo sé.

—¿Cómo que no lo sabes?

—No me he hecho la prueba.

—¿Cuánto retraso tienes?

—Casi tres meses.

—¿Y por qué no te la has hecho? —le reclamó pasmada. Marilia no era una inconsciente, aunque le gustara aparentarlo.

—Se me olvida —replicó encogiéndose de hombros.

—Ve a otra con ese cuento, yo no me lo trago. ¿Por qué no, Marilia?

—Porque necesito más tiempo y si no sé si estoy embarazada no le miento.

Índigo la miró sin comprender.

—¿Tiempo para qué?

—Para nada, porque ya no voy a poder arreglar lo que hice

—musitó dándose media vuelta al sentir que los ojos se le llenaban de lágrimas. Puñeteras hormonas.

—Marilia... —Posó una mano en su hombro—. Si crees que estás embarazada, tienes que hacerte la prueba y decírselo.

—¡No! —estalló Marilia encarándola—. Tú no lo entiendes.

—Pues explícamelo...

—Quiero lo que tienes tú.

Índigo la miró sin entender.

—Quiero que me mire como te mira Jota, que me sonría como te sonríe Jota, como si sólo yo existiera en el mundo, como si no pudiera soportar mi ausencia. Quiero que quiera estar conmigo porque me quiere, no porque esté obligado...

—No creo que nadie pueda obligar a Tiquis a hacer algo que no quiera.

—Tiene una hija.

—¿Y?

—No es suya, es de su hermano. Se casó con la mujer a la que su hermano dejó preñada y adoptó a la niña porque era lo que debía hacerse. Y cuando sospechó que yo podía estar embarazada me ordenó que fuera a vivir con él, porque era lo que debía hacerse —dijo furiosa.

—¿Sospecha que estás embarazada?

—Lo sospechaba. Se lo quité de la cabeza cuando me lo preguntó. Pero creo que sigue dándole vueltas —masculló—. Metí la pata hasta el fondo, Indi. Me lo preguntó a la cara y me burlé de él. No me lo va a perdonar nunca.

—Claro que sí.

—Tú no lo conoces. Odia que le mientan.

—Por eso no quieres hacerte la prueba —comprendió—. Si no sabes si estás embarazada, no le mientes. Pero eso es una estupidez. No lo sabes, pero lo sospechas.

—No quiero ser una obligación para él, convertirme en algo que debe hacer porque se le olvidó ponerse un condón y yo no me ocupé de ello como le dije que haría. Va a pensar que lo he atrapado a propósito, que me he quedado embarazada para tener la vida resuelta. De hecho, eso fue lo que le dije cuando me burlé de sus sospechas. ¡Cómo no va a pensar que quiero aprovecharme de él si yo misma se lo he reafirmado! —gimió incapaz de contener las lágrimas que corrían por sus mejillas.

—Si te conoce un poco, y creo que te conoce un mucho, sabrá que no lo decías en serio.

—Por supuesto, ¡qué tonta soy! ¿Cómo va a pensar que no quiero utilizarlo? —planteó con furioso sarcasmo—. Porque, a ver, todo indica lo contrario. Nadie puede dudar que estoy con él por amor y no por conveniencia, al fin y al cabo soy un partidazo, ¿verdad? No estoy en la ruina, no debo dinero a todo el mundo, vivo en mi casa y no en la de un amigo que me deja una cama por caridad y tengo las dos manos en perfecto estado. —Alzó la mutilada—. Está claro que sale ganando conmigo y no al contrario —ironizó.

—Vale, como quieras. Vamos a darle la vuelta. Nath es guapo, es rico, es listo... Y está contigo, que eres pobre y estás mutilada —dijo con feroz sinceridad—. Por algo será, ¿no crees?

—Porque follo bien, de algo me tiene que servir mi experiencia como putón verbenero —replicó burlona.

—No puedes seguir menospreciándote, Marilia —señaló Índigo negándose a seguir con ese juego cruel con el que llevaban años haciéndose daño—. Tienes que creer en ti y confiar en él. Necesitas...

—¡Necesito tiempo! —aulló, las lágrimas corriendo libremente por su cara.

—Pero ¡no lo tienes!

—¡Pues lo conseguiré! —gritó antes de convertir su voz en un susurro—. Necesito tiempo para que se enamore de mí. Para que me quiera como yo lo quiero. No me voy a conformar con menos. Y si sólo puedo tenerlo porque se siente obligado por Micah, entonces no quiero estar con él. Lo quiero todo, Indi, o no quiero nada.

* * *

En ese momento, o, mejor dicho, pocos minutos antes del final de esa conversación, en la taberna alguien pierde el control.

Si fuera un animal sería una pantera de intensos ojos azules, mirada penetrante y peligrosas fauces esperando para saltar sobre su presa y despedazarla.

«Desde luego, qué estupideces me da por pensar», se dijo Jota poniendo los ojos en blanco. O, mejor dicho, imaginando que ponía los ojos en blanco, porque en realidad los mantenía fijos en el tipo frente al que se sentaba. Un tipo que no había hablado ni apartado la vista de la puerta que comunicaba con la casa desde que las chicas la habían traspasado.

Y Jota hubo de reconocer para sí que, a pesar de ser un imbécil redomado, Nath se preocupaba y mucho, por Marilia. Porque eso era lo que mostraba su semblante. Una intensa preocupación mezclada con una pujante necesidad de protegerla, de erradicar su tristeza y conseguir que se apoyara en él. Que se permitiera necesitarlo.

—Estarán hablando de sus cosas —comentó Jota tratando de entablar conversación.

Y no para entretenerlo, sino porque veía con claridad la tormenta de emociones que Nath se esforzaba por ocultar. Que, de hecho, ocultaba, pues nadie sería capaz de ver que estaba tan turbado, pero Jota era director de fotografía. Nada escapaba a su mirada.

—Por supuesto.

—Te gusta mucho esa expresión. Sabes lo cargante que resulta, ¿verdad?

Nath apartó un instante la mirada de la puerta para dirigirla a Jota.

—Por supuesto —replicó impertinente.

—Me da en la nariz que tú y yo nunca nos vamos a llevar bien... ¡No! Ni se te ocurra volver a decirlo, lo doy por oído.

Nath enarcó una ceja, una inesperada sonrisa curvando sus labios rígidos.

—Por supuesto.

Jota abrió la boca para replicar, pero lo pensó mejor. Si volvía a oír un «por supuesto» más, le daría un puñetazo. Y Tiquis se lo devolvería. Y acabarían enzarzados en una pelea que, a la vista de los musculitos que gastaba don Por Supuesto, no tenía posibilidad de ganar.

—¡Esta muchacha es un desastre! —estalló Rasputín sobresaltándolos.

Los clientes habían acabado la primera ronda de consumiciones de la apuesta y exigían la siguiente, por lo que Rasputín y Tocinete estaban tras la barra, atendiendo sus peticiones. No tenían ni de lejos la soltura de Marilia, pensó Nath. Chocaban entre sí, no encontraban las bebidas y cualquier cosa los hacía saltar. Como en ese momento.

—¡Le he dicho mil veces que no deje el bolso en la cámara y lo sigue haciendo! —bramó Rasputín.

—No se lo has dicho nunca —lo corrigió Tutti Frutti.

—¡Pues entonces lo he pensado! No puede ir dejándolo todo tirado...

—No está tirado. Está en la cámara —señaló Tutti Frutti.

—¡Pues ahí me molesta! —gruñó el barbudo antes de dedicarle una incisiva mirada a Nath—. Es tu novia, así que tú te haces responsable.

Y, sin más, tomó el bolso por un asa y se lo lanzó a Nath pillándolo desprevenido.

El bolso cayó al suelo, entre Jota y Nath, esparciendo su contenido.

—Joder. —Jota se agachó a recogerlo mientras Nath lo miraba petrificado. Guardó con disimulo el test de embarazo junto con el monedero y le tendió el bolso a Nath—. ¿La has dejado embarazada? —le susurró acusador, de modo que sólo él pudiera oírlo.

—Cuando he preguntado sobre ese asunto se me ha respondido con una contundente negativa que, por supuesto, he creído —replicó Nath agarrando el bolso con tanta fuerza que los nudillos se le pusieron blancos—. No volveré a ser tan crédulo. —Rodeó la barra para dirigirse furioso a la puerta por la que habían desaparecido las chicas.

—Espera, tío, qué tal si te calmas un poco antes de subir... —Lo paró Jota saltando la barra para interponerse entre él y la puerta.

—Apártate.

—Por supuesto —replicó Jota sin moverse.

Así que Nath hizo lo que se moría por hacer desde hacía semanas.

Le dio un puñetazo en el estómago.

Jota se dobló por la fuerza del golpe.

Nath aprovechó la coyuntura para apartarlo de un empujón y pasar.

—¡Será gilipollas! —bramó Rasputín yendo hacia allí. No fue el único. Tutti Frutti, Tocinete y Tenorio también se acercaron, igual que varios clientes curiosos. Con lo aburrido que solía ser el pueblo, esa tarde estaban teniendo mucho entretenimiento.

—¡No! —Jota los detuvo cuando estaban a punto de cruzar la puerta—. Dejadlo. Necesita hablar con Marilia —jadeó aún sin aire. Joder, pegaba fuerte.

—Pero... parecía muy cabreado.

—Tiene motivos para estarlo —masculló Jota.

* * *

Y, por fin, volvemos al instante en el que hemos dejado a nuestra protagonista y a su hermana. O, más exactamente, treinta segundos antes de ese momento.

Nath subió los escalones de tres en tres hasta llegar a un oscuro pasillo con varias puertas, todas cerradas. Se detuvo con la respiración agitada, no por el ejercicio, sino por la rabia que apenas conseguía dominar.

Le había mentido.

Le había preguntado sin ambages si estaba embarazada y ella le había dicho que no a la cara. Con todo el descaro del mundo. Incluso se había burlado de sus sospechas.

Tomó una larga bocanada de aire para tratar de contener sus emociones y pensar de manera cabal. Pero, qué coño, lo cabal estaba sobrevalorado. Y él, por una vez en su vida, no quería ser cabal, ni prudente, ni estoico, quería... Quería montar en cólera.

Enfiló el pasillo decidido a abrir cada puerta hasta encontrarlas y en ese momento oyó el aullido consternado de Marilia.

—¡Necesito tiempo!

—Pero ¡no lo tienes!

—¡Pues lo conseguiré!

Guardó silencio, esperando que dijeran algo más, pero si lo hicieron fue en voz tan baja que no logró oírlo. Así que se dirigió hacia la puerta de la que salían las voces y la abrió sin molestarse en llamar, empleando tanta fuerza que el pomo chocó con la pared desconchada sobresaltando a las mujeres, que se giraron hacia él.

Y si Índigo protestó, Nath no la oyó. Toda su atención estaba centrada en Marilia. Tenía los ojos enrojecidos por las lágrimas y lucía una expresión tan desolada que se le atenazó el corazón.

Pero eso no hizo que su enfado disminuyera, al contrario, lo aumentó.

Estaba sufriendo, parecía acorralada y angustiada y, aun así, en vez de confiar en él, de apoyarse en él, lo dejaba fuera y le mentía. No iba a consentirlo más.

—Quiero hablar a solas con mi mujer —le dijo a Índigo.

—¿Tu mujer? Prueba a usar otro término, yo no soy posesión de nadie —replicó Marilia con altivez. ¿A qué coño venía eso? ¿Por qué había subido a buscarla? Y, lo más importante, ¿por qué estaba tan furioso?

Nath la ignoró y fijó la mirada en la rubia, exigiéndole en silencio que se marchara.

Índigo miró a su hermana y supo que su pose altiva y desdeñosa era sólo eso, una pose con la que ocultar sus inseguridades. Así que apoyó la cadera en un mueble cubierto con una sábana, indicándole a ese macho alfa con complejo de Dios Todopoderoso que no la intimidaba y que sólo se iría si Marilia se lo pedía.

Nath arqueó una ceja. En otra ocasión lo habría complacido el apoyo feroz e incondicional de Índigo hacia Marilia, pero no en ésa. Porque en ese momento apenas era capaz de dominar su furia. Y tener testigos lo cabreaba todavía más.

Taladró con la mirada a Índigo y luego se giró hacia Marilia, ignorando a la rubia.

—¿Cuándo piensas decírmelo? —le reclamó furioso.

Marilia lo miró altiva, a pesar de que el corazón se le detuvo en el pecho.

Lo sabía. Pero no podía saberlo. Era imposible.

—Si no eres más específico, no voy a poder responderte, me he dejado la bola de cristal en casa y me cuesta adivinar tus pensamientos —dijo mordaz.

Él ya no pudo contenerse más.

Le lanzó el bolso, haciendo que se deslizara por el suelo esparciendo su contenido.

Índigo cerró los ojos al ver que el test de embarazo rodaba hasta los pies de Marilia. Si lo hubiera planeado, no le habría salido mejor. Miró a su hermana dubitativa.

Marilia asintió pesarosa, dándole permiso para marcharse.

Índigo le devolvió el gesto y enfiló hasta la puerta. Al pasar junto a Nath, le exigió:

—Déjala hablar. Escúchala.

Marilia esperó a que su hermana saliera mientras observaba abrumada la prueba de su mentira. Luego miró furiosa a Nath.

—¿Ahora te dedicas a curiosear en mi bolso? —le reclamó metiendo las manos en los bolsillos traseros del pantalón para que no pudiera ver cómo le temblaban.

—No voy a responder a eso —gruñó enfadado. ¿Cómo se atrevía a preguntarle eso? ¿Acaso no lo conocía?—. ¿Cuándo tienes pensado decirme que estás embarazada? —reiteró cruzándose de brazos para mantener aunque sólo fuera una apariencia serena.

—Cuando lo sepa.

Él enarcó una ceja.

—¿Tan listo que te crees y no te has dado cuenta de que está sin abrir? —se burló cogiendo el test del suelo.

¿Y ahora qué? ¿Qué excusa podía darle para no habérselo hecho? Porque eso era lo siguiente que le preguntaría. ¿Qué podía decirle para que no pensara mal de ella?

Nada. No podía decirle nada. Porque, dijera lo que dijese, no la iba a creer.

Lo tenía bien merecido. Por cobarde. Por idiota. Por soñadora.

Por desear lo que de ninguna manera podía tener.

—¿Y a qué esperas para hacértelo? —le reclamó.

—A que me entren ganas de mear —replicó desdeñosa.

Ya que iba a perderlo, lo haría peleando. No conseguiría que la quisiera, eso era imposible, por lo que prefería que la aborreciera a que le tuviera lástima o la convirtiera en una obligación de la que debía hacerse cargo.

—Basta, Marilia. Te lo estoy preguntando muy en serio.

—Y yo te estoy respondiendo muy en serio, ¿o crees que es fácil mear sin ganas? —le espetó desafiante.

Nath recorrió furioso los escasos metros que los separaban y se paró encarándola.

Marilia tuvo que hacer un esfuerzo supremo para no dar un paso atrás al ver la rabia que despedían sus ojos.

—Estoy cansado de tus mentiras —la increpó furioso, su cuerpo temblando por la tensión con que trataba de contenerse—. ¿Desde cuándo sospechas que estás embarazada?

—¿Qué más da?

—¿Desde cuándo, Marilia? —Le agarró los brazos incapaz de contenerse.

Ella lo miró apretando los labios. Si se lo decía, lo perdería para siempre.

—Te lo voy a poner más fácil —susurró Nath con la mandíbula apretada—. ¿Lo sospechabas el sábado pasado?

—Puede ser.

—Por supuesto —masculló—. ¿Por qué no me lo dijiste cuando te lo pregunté?

—Porque...

—No te atrevas a insultar mi inteligencia de nuevo, no admitiré más mentiras —le advirtió con fingida tranquilidad.

—Nunca te he mentido —replicó altanera—. No sé si estoy embarazada, ergo no puedo decirte que lo estoy.

—¿Así es como lo quieres? Perfecto. —La miró desdeñoso—. Hazte la prueba y llámame con el resultado —dijo antes de dar media vuelta y dirigirse a la puerta.

—¿Y entonces qué? —le gritó ella.

—Entonces haré lo que deba hacer —repuso sin mirarla, lo que le impidió ver la forma en que se tambaleaba ante sus palabras.

—No...

—¿No, qué? —Se giró despacio, mirándola inquisitivo.

—Ni Micah ni yo seremos una obligación que debas asumir —aseveró con ferocidad—. No te necesito, puedo apañármelas sola. Siempre lo he hecho.

—¿Micah? Ya veremos si se llama así —le espetó furioso sólo para hacerle daño. Porque en ese momento necesitaba herirla tanto como ella lo había herido a él.

Marilia dio un paso atrás, sus manos envolviendo la tripa en ademán protector.

Y ese paso atrás, en una mujer que jamás retrocedía ante nadie, abrió una grieta en la coraza de rabia y decepción que rodeaba a Nath.

—¿Por qué no me lo dijiste? —exigió saber.

—Porque necesitaba tiempo —musitó ella.

—¿Tiempo para qué?

—Para alcanzar un sueño —respondió en una voz tan débil que él no pudo oírla, aunque sí vio en su rostro la desesperación que la embargaba.

No iba a dejarlo así. Necesitaba saber la verdad. Y Marilia acababa de susurrársela tan bajo que no había podido oírla.

Se dirigió de nuevo hacia ella, su cara una máscara estoica que no dejaba traslucir las fuertes emociones que lo dominaban.

—¿Tiempo para qué, Marilia? —le exigió con voz fiera.

—¿Para qué iba a ser? —replicó decidida a morir matando. Nunca sabría cuánto se arrepentía de todo. Cuánto le dolía que no la quisiera—. Para atraparte con un bebé y vivir para siempre del cuento, no iba a arriesgarme a decírtelo mientras estuviera en plazo para abortar. —Chasqueó la lengua.

Nath palideció al oír su argumento.

—Hazte la maldita prueba y escríbeme un whatsapp con el resultado —le ordenó antes de dar media vuelta y salir.

Marilia consiguió mantenerse en pie hasta que dejó de oír sus pasos, luego se derrumbó en el suelo y, abrazándose el cuerpo, comenzó a mecerse atrás y adelante.

Él acababa de dejarle claro que no quería que lo llamara con el resultado. Sólo que le mandara un maldito mensaje. Nada más. Porque ni siquiera deseaba hablar con ella.

* * *

Y así fue como poco antes de la medianoche nuestro ceniciento abandonó el palacio dejando atrás algo mucho más importante que un zapato: su corazón.

41

Tiempo después, en una galaxia muy muy lejana... o, mejor dicho, en un paraje muy muy lejano, nuestro protagonista descubre, entre otras cosas, que no tiene ni idea de dónde está.

Miércoles, 18 de agosto de 2021

Nath clavó el pie en el freno para no acabar en mitad de un campo de labranza. Y no porque hubiera dado un volantazo que lo sacó de la carretera o porque se hubiera dormido al volante. No. Era simplemente que la carretera había desaparecido. Tal cual.

No era la primera vez en esa noche demencial que estaba a punto de acabar en un prado al quedarse abruptamente sin carretera, así que hizo lo mismo que en las ocasiones anteriores. Dio media vuelta haciendo mil maniobras debido a la estrechez de la vía y regresó traqueteante por donde había venido —el asfalto no estaba lo que se dice en buen estado—. Avanzó hasta un desvío que lo llevó a otra carretera que, aunque no estaba mejor que la que transitaba, al menos tenía los hoyos más pequeños, lo que facilitaba esquivarlos, y continuó su errática excursión.

Al salir de la taberna, su único pensamiento había sido conducir lo más rápido que la carretera lo dejara. Y eso había hecho, sin que le sirviera de nada. Porque la única carretera que pasaba por el pueblo era una local con más baches que asfalto, por lo que no podía ir lo que se dice rápido. Así que se había armado de paciencia y buscado una comarcal que enlazara con una nacional en la que pudiera correr tanto como necesitaba.

Sin embargo, algo se le cruzó por la cabeza al pasar junto a un camino de cabras —llamarlo «carretera» sería faltar a la verdad— y, sin pensar en lo que hacía, lo tomó. Desde entonces conducía en una oscuridad nublosa apenas rota por los faros del coche. Se internó en la montaña dejando atrás bosques, valles y sus propios pensamientos, pues las carreteras eran traicioneras y estaban en mal estado, lo que lo obligaba a centrar toda su atención en las cerradas curvas, las bajadas imposibles y los animales insensatos que se le cruzaban. En lo que iba de noche había evitado atropellar un erizo, algunas liebres y una docena de conejos. Y, por extraño que pareciera, con tanto trajín acabó por relajarse.

Así que, al llegar a un claro junto a la carretera, detuvo el coche y apagó el motor.

Era un sitio tan bueno como otro cualquiera para... ¿Para qué?

Ni idea. Pero era un buen sitio, las estrellas brillaban, el silencio del bosque lo calmaba y estaba cansado de conducir. Así que se soltó el cinturón de seguridad y se inclinó hasta tocar el volante con la frente, las manos agarrándolo todavía.

¿Y ahora qué?

Ahora tocaba tomar decisiones. Y para eso necesitaba evaluar la información de la que disponía, que, por desgracia, no era mucha.

Marilia estaba embarazada. No. Podía estar embarazada, se corrigió. Y no se lo había dicho a pesar de que lo sabía, no, de que lo sospechaba, volvió a corregirse, cuando se lo preguntó.

¿Por qué?

Porque necesitaba tiempo, había sido su respuesta. Y Nath sabía que era sincera.

¿Tiempo para qué?

Para atraparlo con un bebé y vivir para siempre del cuento, le había contestado con evidente burla. Y había mentido. La conocía. Ella no era así.

Entonces ¿por qué decirle eso? ¿Por qué atacarlo con...? Cortó ese pensamiento de raíz. No lo estaba atacando a él. Se estaba atacando a sí misma.

Cerró los ojos tratando de recordar toda la conversación.

El corazón le palpitó al darse cuenta de lo absurda e incoherente que había sido.

Marilia le había espetado que ni ella ni su bebé —Micah— serían una obligación para él. Que no lo necesitaba y se las apañaría sola, como siempre había hecho.

Y lo había dicho de verdad. Ella jamás se permitía aceptar nada de nadie, ni siquiera de él. Mucho menos necesitarlo a él.

Además, no tenía ninguna necesidad de enredarlo, como ella decía. Ya se había encargado él de eso el sábado, cuando, al sospechar sobre su embarazo, había asumido su responsabilidad, exigiéndole —sin el resultado esperado— que viviera en su casa.

Y ella se había enfadado primero y burlado de él después —¿qué lo había llamado? Ah, sí. «Obsoleto caballero de brillante armadura»— por esa proposición que, sin embargo, era lo que ahora afirmaba querer conseguir ocultándole su embarazo.

Era de locos.

Marilia le había dicho una mentira tras otra, contradiciéndose sin parar, burlándose de él, enfureciéndolo con sus salidas de tono y sus respuestas desquiciantes.

¿Por qué?

Porque atacaba cuando se sentía vulnerable y se escondía bajo toneladas de sarcasmo cuando estaba aterrada. Jamás mostraba su debilidad.

Marilia nunca aceptaría la ayuda de nadie, ni aun estando con el agua al cuello.

Todo había sido un teatro. Una actuación a la defensiva.

Dios santo. ¿Cómo no se había dado cuenta antes?

Porque estaba furioso como no lo había estado nunca y había perdido el control.

Y lo cierto era que no quería recuperarlo. Aún no.

Antes tenía que conseguir respuestas. O, mejor dicho, una sola respuesta a una sola pregunta.

¿Para qué necesitaba más tiempo?

Algo le decía que lo que le contestara sería clave para su futuro en común.

Arrancó el coche y en ese momento se dio cuenta de que tenía un pequeño problema. No tenía ni idea de dónde estaba.

—Roxy, ubicación.

«El municipio más cercano, Berodia, se encuentra a dos kilómetros.»

Nath entrecerró los ojos, no le sonaba de nada el nombre.

—Roxy, muéstrame la ruta tomada en las últimas... —miró el reloj y se sorprendió al ver que eran más de las tres de la madrugada— cuatro horas.

Parpadeó sorprendido cuando una serpenteante línea azul se dibujó en el mapa del navegador. Llevaba cuatro horas dando vueltas por la montaña sin alejarse más de ochenta kilómetros de donde estaba Marilia.

Por lo visto, su subconsciente era más listo que él.

Le ordenó a Roxy que lo llevara de vuelta al pueblo. En una hora estaría allí y hablaría con Marilia. Y esta vez no le permitiría mentirle.

* * *

Ahora es cuando nuestro protagonista se da cuenta de que el refrán que dice que cuando una puerta se cierra se abre una ventana es totalmente cierto. Aunque en ocasiones la ventana la abra quien menos te lo esperas.

«¿Y ahora qué?», se preguntó furioso al llegar a la taberna. Estaba tan alejada de la última calle del pueblo que la escasa luz de la cochambrosa farola no la alcanzaba, sumiéndola en una densa oscuridad. Se apeó del coche e, iluminándose con el móvil, atravesó con cuidado la pasarela de tablas y, tras comprobar que estaba cerrada, golpeó la puerta.

Nadie respondió.

Volvió al coche y le ordenó a Roxy que llamara a Marilia al móvil.

Estaba apagado o fuera de cobertura.

Tamborileó con los dedos sobre el volante.

Maldita mujer, ¿dónde narices se habría metido?

Necesitaba la respuesta a la pregunta ya.

Su futuro, su corazón y su vida dependían de ella.

No podía, ni quería, esperar un segundo más.

Y en ese momento, tal vez por la desesperación de ver cerrados todos los caminos, se le ocurrió.

—Roxy, ubicación de Villa Fortuna —le pidió la dirección de la casa de Índigo.

Por lo que sabía, Marilia la odiaba, pero dudaba que la rubia le permitiera pasar la noche sola. Y, aunque así fuera, seguro que podría decirle dónde estaba.

Y le importaba un comino que fuesen más de las cuatro de la mañana, despertaría a quien fuera necesario para encontrarla.

«Dos Villa Fortuna encontrados en España. El más cercano se encuentra a 711 kilómetros, en Cambrils, Tarragona.»

Mierda. Estaba claro que ése no era. Y el otro estaba todavía más lejos.

Golpeó el volante con la frente.

«Piensa, joder, piensa. Eso se te da bien. Es tu trabajo. Pensar. Resolver problemas. Prever contingencias. Encontrar soluciones...»

—Roxy, busca el palacio de las Viudas —le pidió al recordar cómo la llamaba Marilia.

«De acuerdo con la información hallada en la web Casas Encantadas de Asturias, el palacio de las Viudas es una mansión indiana construida en...»

—Roxy, manda al navegador la ubicación del palacio de las Viudas —le ordenó, el corazón latiéndole a mil por hora.

Quince minutos después se detuvo junto a la reja del palacio de las Viudas, se apeó del coche y observó desconcertado la intimidante mansión. Ubicada en el centro de un jardín salvaje, la pálida luz de la luna caía sobre ella tornándola insustancial en tanto que densos zarcillos de niebla ascendían amenazantes por las agrietadas columnas del porche, dándole un aspecto de lo más tétrico.

Saltó el muro semiderruido y se adentró en la maleza, las altas ventanas de la casa asemejaban ojos fantasmales que seguían su avance en tanto que las puertas de medio punto de la planta inferior parecían bocas exhalando su último estertor. O tal vez gritándole que se marchara. Algo que, por supuesto, no pensaba hacer.

Desde luego, no era extraño que la gente pensara que allí había fantasmas. No había visto jamás un enclave más adecuado para las almas en pena que ése.

Subió los escalones que llevaban al porche y caminó decidido hasta la puerta de la casa. Y allí se detuvo. Eran más de las cuatro de la mañana. Y, por lo que sabía, allí vivían, además de Índigo y su estúpida pareja, dos ancianas. No era su intención matarlas de un susto llamando a esas horas de la noche.

Pero necesitaba hablar con Marilia.

Se pasó las manos por el pelo, la mandíbula tan apretada que le palpitaba. Cerró la derecha en un puño e hizo intención de golpear la puerta. Se detuvo antes de tocarla. Su educación pesaba demasiado como para permitirle llamar de madrugada a la casa de unas desconocidas, porque eso eran Índigo y sus abuelas.

Observó la alta torre octogonal que se elevaba por encima del tejado. Sabía por Marilia que Índigo vivía allí. Se planteó llamar, pero no tardó en sacudir la cabeza en una amarga negativa, era imposible que oyera sus golpes.

Miró la puerta furioso, abriendo y cerrando la mano derecha mientras decidía qué hacer. Acabó cerrándola en un rígido puño que alzó para, al instante siguiente, bajar soltando una furiosa exhalación. Dio media vuelta, se dirigió a la balaustrada que rodeaba el porche y se sentó frente a la puerta con las piernas extendidas, los tobillos cruzados y la espalda apoyada en los balustres. No llamaría, pero tampoco se marcharía. Esperaría hasta una hora prudencial y entonces haría notar su presencia.

Acababa de decidir esto cuando el antiguo farol de hierro que había sobre la puerta se encendió. Un segundo después, ésta se entreabrió apenas un centímetro.

Nath se puso en pie de un salto y esperó a que se abriera del todo. No lo hizo. Así que empujó receloso. No había nadie tras la puerta. Aunque, si lo hubiera, era imposible que lo viese en la oscuridad casi impenetrable que allí reinaba.

Como si le hubieran leído el pensamiento, una hilera de luces se encendió sobre su cabeza, mostrándole entre sombras amenazantes el enorme salón que se abría ante él. Un salón que no tenía techo, pues daba a una galería abierta en el primer piso, que era donde se habían encendido las luces. Miró a su alrededor buscando a Jota, seguro de que era él quien estaba haciendo esos truquitos para asustarlo y así desquitarse.

Pero, por más que buscó, no vio a nadie.

«Me aburro.»

Se giró sobresaltado al oír una voz tras él. Pero allí no había nadie.

«Échale huevos, hombre.»

En esta ocasión Nath se quedó inmóvil, negándose a mover un solo músculo, menos aún a buscar el origen de la voz. Nadie jugaba con él.

«Ahí fuera me ha parecido ver que te morías por verla...»

Las luces de la galería superior parpadearon amenazando con apagarse.

Nath echó a andar hacia la escalera. La casa era enorme y no tenía ni la más remota idea de dónde estaría Marilia, pero por lo visto un fantasma aburrido iba a ayudarlo a encontrarla. Cosas más raras había visto. O no.

Sería una buena anécdota para contarle a su hija.

Se detuvo en mitad de un escalón.

A sus hijos. Sería una buena anécdota para contarles a sus hijos. Sonrió al imaginar la cara que pondrían Kayla y Micah cuando cada Navidad les contara, como hacían los viejecitos orgullosos de sus batallitas, que había conquistado a su mujer gracias a un fantasma. Seguro que Marilia se partiría de la risa.

Continuó subiendo y, al llegar a la galería, las luces se apagaron sumiéndolo en la oscuridad. Un segundo después, uno de los pasillos se iluminó. Lo recorrió hasta el final, hasta la puerta cerrada por cuyo borde escapaba un resquicio de luz, indicándole que allí había alguien despierto. Y, estaba seguro, era Marilia.

Agarró el pomo y trató de girarlo sin conseguirlo, así que no lo pensó dos veces y alzó el puño para llamar.

El pomo giró y la puerta se entreabrió.

Estaba a punto de empujarla para abrirla del todo cuando un anciano de leonina melena blanca y camisa hawaiana apareció a su lado. Y Nath tuvo que hacer uso de toda su templanza para no saltar sobresaltado al comprobar que el viejo transparentaba.

—Procura no cagarla o tendré que tirarte por la ventana.

—Ésa es una amenaza vana, estamos en un primer piso —replicó Nath altanero.

—Entonces te tiraré por la ventana y luego te lanzaré un piano...

—Por supuesto.

—Jota tiene razón, eres un capullo arrogante. Pero ella te quiere, así que... —Se encogió de hombros y desapareció.

Nath entró.

42

Y por fin llegamos a Ese Momento —sí, con mayúsculas— en el que nuestros protagonistas comprenden que... No os lo voy a contar. Mejor lo leéis.

—¿Para qué necesitas más tiempo? —le reclamó Nath cerrando la puerta.

Marilia, que estaba frente a la ventana, se giró despacio y lo miró sin un ápice de sorpresa a pesar de que el dormitorio daba a la parte trasera de la casa, lo que hacía imposible que lo hubiera visto llegar. De hecho, su rostro no sólo no mostraba sorpresa, sino que no mostraba ninguna emoción. Sus ojos no se entrecerraban desafiantes ni chispeaban burlones, sus labios no se curvaban en una sonrisa ni se fruncían enfadados. Asemejaban los ojos y la boca de una muñeca de cera que no sabe cómo ser humana.

—¿Cómo has entrado? No te he oído llamar —le preguntó con el mismo tono que le preguntaría si hacía calor en la calle. Sin interés, sólo porque era lo que se esperaba.

—Me ha abierto un fantasma con una camisa hawaiana.

—Silvestre. Le gusta meterse donde no lo llaman —no había enfado en su voz, sólo aceptación.

—¿Para qué necesitas más tiempo? —volvió a reclamarle él.

—Para nada. Me he hecho el test..., lo tienes ahí. —Le señaló una vetusta cómoda eminentemente femenina y volvió a girarse hacia la ventana.

Nath tuvo que contenerse para no ir a buscarla, envolverla entre sus brazos y besarla o zarandearla o lo que fuera necesario para que abandonara esa terrible apatía y volviera a ser la Marilia beligerante, ingeniosa y descarada de siempre.

En lugar de eso, apretó los puños y se dirigió a la cómoda.

—No sé leer el resultado —dijo cogiéndolo.

—Una raya, negativo. Dos, positivo —lo informó sin volverse a mirarlo.

Nath sintió una punzada en el corazón. Sólo marcaba una raya.

—Toda mi vida he deseado vivir aquí —comentó Marilia con voz plana, la vista fija en la ventana—. Crecí oyendo decir a mi madre que mi sangre era Mendoza y que esta casa me correspondía por herencia y debería ser mía. Pero no lo era. Era de Índigo. Soñaba con recorrer sus elegantes pasillos, dormir en sus magníficas habitaciones y conocer a sus fantasmas. Ahora estoy aquí. Y me siento decepcionada. Las habitaciones son húmedas y tienen corrientes de aire, los pasillos son estrechos y oscuros, y sólo hay un fantasma que ni siquiera da miedo. Toda mi vida he creído que si alguna vez conseguía vivir aquí sería feliz. Que mi madre me querría y la gente me respetaría, que tendría lo que tiene Índigo y todo sería perfecto porque éste es el lugar al que pertenezco. Pero no me siento feliz. Y desde luego no es aquí donde quiero estar. Pero sigo queriendo lo que tiene Índigo.

Se apartó de la ventana y lo miró, sus ojos estaban vacíos de toda emoción. Su rostro, siempre tan expresivo, era una máscara sin vida.

—Es extraño lo que ocurre con los sueños —continuó—. Lo que más deseamos acaba siendo lo que menos nos importa, como esta casa, y lo que no sabíamos que deseábamos se convierte en lo más importante del mundo... —Se giró de nuevo hacia la ventana—. Vete, Nath, aquí pintas aún menos que yo.

—No voy a irme. Tenemos que hablar.

—No hay bebé, así que no hay nada de que hablar —dijo con una frialdad desapasionada que le erizó la piel a Nath.

—Por supuesto que tenemos mucho de que hablar —replicó él enfureciéndose por su apatía—. Tenemos que hablar de nosotros, del punto en el que estamos, de hacia dónde vamos. El bebé no es relevante.

Esa afirmación rompió el hechizo de insensibilidad tras el que Marilia se parapetaba. Se volvió hacia él como una cobra dispuesta a atacar, su rostro transfigurado por una rabia tan intensa que parecía emanar de ella en incendiadas oleadas.

—¡Para mí sí lo es! ¡Micah es mi bebé y ya no está! —gritó—. ¡Lárgate, joder! ¡Vete! —Se giró furiosa parar mirar de nuevo por la ventana.

Nath por fin percibió el alcance de su mentira. No le había ocultado su posible embarazo durante la última semana. En absoluto. Ella se creía embarazada desde hacía más tiempo. Un mes, tal vez dos. Tiempo de sobra para querer a ese bebé, para desearlo y soñar con él. Para ponerle un nombre. Micah.

Y ahora sentía que lo había perdido.

Y toda la rabia que lo había dominado, incluso la que debería sentir al deducir que llevaba tanto tiempo engañándolo, desapareció barrida por el dolor que ella sentía.

—Marilia... —musitó con ternura.

Ella se giró febril al oír la compasión, o lo que interpretó como compasión, en su voz. Eso era algo que no iba a permitir. Prefería su desprecio a su lástima.

—Ya ves, me hacía ilusión jugar a muñecos con Micah, tendré que comprarme un Nenuco. —Chasqueó la lengua esforzándose en recuperar la beligerancia mordaz tras la que siempre se escudaba—. Aunque también hay que mirar el lado positivo: ya no me moriré de asco cuando le cambie el pañal; de hecho, ni siquiera tendré que cambiarle el pañal.

—Lo siento mucho. —Le acarició la mejilla, limpiándole una solitaria lágrima.

—Yo no —resopló dándole un manotazo—. O sea, sí, es una putada no estar preñada porque ya no voy a poder vivir de ti como había planeado —se alejó, huyendo de él—, pero tampoco tengo madera de madre, así que me viene bien no tener que ocuparme de Micah.

—Marilia... —La siguió hasta la puerta, apoyando las manos en ésta para impedirle abrir cuando intentó salir de la habitación.

Ella se giró altanera y lo empujó sin resultado.

—Quita. —Lo empujó más fuerte y como tampoco se movió hizo ademán de darle un rodillazo en las pelotas.

Él la atrapó entre sus brazos, deseando arroparla y protegerla más de lo que había deseado nada en su vida.

—Habla conmigo. Deja que me acerque a ti...

—¿Más cerca todavía? No sé cómo, ni siquiera cabe un soplo de aire entre nosotros —bufó mordaz, aunque dejó de resistirse a su abrazo.

Permanecieron un momento en silencio, las manos de él acariciándole la espalda en suaves espirales, hasta que ella se permitió apoyarse en su hombro.

—Lo habría hecho fatal. Seguro. Habría sido una madre horrible. Lo habría hecho desgraciado, es mejor que no exista —musitó con voz débil.

—Eso no es cierto —susurró él con una devoción que ella confundió con piedad.

Le dio un fuerte empujón con el que consiguió soltarse al pillarlo desprevenido.

—En serio, Nath, ¿de verdad eres tan inocente? —le espetó—. Piénsalo bien, ¿alguna vez has conocido a un putón verbenero que sea una buena madre? Nos gusta demasiado la juerga, el sexo y el dinero como para perder el tiempo ocupándonos de un bebé. Lo sé por experiencia. Mi madre fue una madre horrible, y era casi tan puta como yo...

—Para. ¡Deja de hacer eso! —le ordenó agarrándola por los hombros colérico.

—¿Hacer qué?

—Deja de atacarte, de mentirte e intentar autoconvencerte de que eres mala. ¡No lo eres!

Ella se revolvió furiosa contra él.

—Sí lo soy —sentenció rabiosa—. Siempre lo he sido. Soy mala, soy dura, soy feroz, egoísta y taimada —repitió el mantra que había pronunciado frente a la tumba de su padre—. Y nadie puede hacerme daño.

—Excepto tú misma.

Retrocedió como si la hubiera golpeado. Y lo había hecho. No con los puños, pero sí con su comprensión sobre ella. Había sido capaz de mirar más allá de las capas de sarcasmo, ironía y desdén con las que se cubría y había vislumbrado a la niña asustada y solitaria que anhelaba que la quisieran, aunque sólo fuera un poco, para no sentirse tan sola. Tan abandonada.

—Lárgate, Nath, me aburre tu charla. —Regresó a la ventana para darle la espalda.

Y él, maldito fuera, en lugar de obedecer, se colocó a su espalda e hizo lo único que podía romperla: le rodeó el talle con las manos y las posó sobre su vientre vacío.

Marilia estalló en incontenibles sollozos al sentir sus caricias en el lugar en el que Micah debería estar dormidito, soñando con ella, sonriendo cuando le cantaba, queriéndola.

Micah. La personita que más la querría en el mundo, tal vez la única que la querría de verdad. Su bebé precioso y encantador, que en realidad nunca había existido.

Perdió las pocas fuerzas que le quedaban y Nath apenas tuvo tiempo de sostenerla cuando resbaló entre sus brazos.

—Tranquila, te tengo —musitó sentándose en el suelo para acurrucarla en su regazo.

—Lo quería, Nath. Lo sentía dentro. Todavía lo siento. Pero no está. ¿Por qué? Iba a ser una buena madre. Lo iba a hacer tan feliz que acabaría por quererme, iba a asegurarme de que jamás se arrepintiera de haberme elegido... Pero nunca ha existido. Tendría que haberlo sabido. Mis deseos nunca se cumplen.

Él la estrechó contra su pecho, sosteniéndola con su presencia y sus caricias.

—Por supuesto que se cumplirán, yo me encargaré de ello —aseveró con tal contundencia que Marilia se sintió tentada de creerlo.

Negó con la cabeza, las lágrimas mojándole la camisa.

—¿Para qué necesitabas más tiempo? —le susurró al oído, su cálida presencia apaciguando parte del dolor que la llenaba—. Dímelo, Marilia, necesito saberlo.

—Para que te enamoraras de mí —confesó—. Para que desearas

compartir tu vida conmigo porque me quisieras, no porque te sintieras obligado por Micah.

Nath la besó en la sien antes de asirle la barbilla y obligarla a apartar la cara de la protección de su pecho y mirarlo.

—Dejaste de necesitar tiempo para eso en el momento en que lanzaste esa repugnante bomba fétida en la discoteca delante de mis narices.

Los enrojecidos ojos de Marilia se entrecerraron llenos de confusión... y de esperanza.

—¿Qué me estás diciendo exactamente?

—Que en ese preciso momento supe que te quería en mi vida. Que mi existencia sería insoportablemente árida sin ti. Sé que no podré ser feliz si no te tengo junto a mí y que tampoco tú lo serás si no estoy a tu lado.

—Pero dijiste que... —Sacudió la cabeza en una atónita negativa, como si no creyera lo que acababa de oír. Aunque tampoco es que hubiera dicho que la amara ni nada por el estilo. Sólo que la quería en su vida. Y eso ya era mucho, la verdad.

Él enarcó una ceja instándola a continuar.

—Me exigiste vivir contigo cuando creíste que estaba embarazada.

—Vi la oportunidad y la aproveché —afirmó—. Como he dicho, te quiero en mi vida, y tu embarazo me dio el motivo que necesitaba para ir a por lo que deseaba.

—Dijiste que era lo que debías hacer.

—Y así era. Lo cortés no quita lo valiente, Marilia. Sabes cómo soy. Nunca me desentenderé de mis responsabilidades, y un hijo es la mayor responsabilidad que un hombre pueda tener. Y si además resulta que adoro a su madre... ¿Por qué no aprovechar la oportunidad y lanzarme a por lo que quiero? Pero tú, como siempre, te resististe a mis planes, desafiándome.

—La próxima vez prueba a pedírmelo en vez de ordenármelo y tal vez acepte —resopló ella recuperando su carácter batallador—. Incluso te vendría bien suplicármelo...

—Yo nunca suplico.

—¿En serio? No me había dado cuenta —bromeó para, de repente, mirarlo retraída—. Lo que has dicho antes... Eso de que me adoras... ¿Lo decías de verdad?

—Voy a tener que hacer algo con esa desconfianza tan molesta de la que haces gala —mascullló Nath antes de besarla hasta dejarla sin aliento, lo que no fue muy complicado porque tenía la nariz taponada por el llanto.

Luego se levantó con ella en brazos y la dejó en la cama.

—No te muevas —le ordenó, y se marchó dejándola pasmada.

Cuando regresó trajo consigo una antigua jofaina decorada con rosas amarillas y una jarra a juego, del brazo le colgaban un par de toallas. Lo dejó todo en la mesilla y vertió el agua de la jarra en la jofaina.

—Curiosos artilugios los que pueden encontrarse en una casa antigua —comentó sacando un poco de papel higiénico del bolsillo—. No he encontrado clínex, así que esto servirá para que te suenes. —Se lo tendió y ella lo miró perpleja—. No querrás quedarte sin aire cuando te lleve al orgasmo, ¿verdad? —señaló él.

—Pues la verdad es que le quitaría encanto al asunto —admitió antes de hacer uso del papel.

—Eso he pensado. —Nath empapó una toalla en agua y le lavó la cara—. Besarte las mejillas para limpiar tus lágrimas quedaría muy romántico, incluso poético, pero, con sinceridad, no quiero saborear tu llanto. Es un recuerdo que no tengo intención de conservar. Prefiero saborear tu risa..., ¿vas a reírte para mí?

—Tal vez si me haces cosquillas...

—Tengo en mente otras cosas más interesantes —susurró tumbándose a su lado.

Ella se giró en la cama para quedar de lado.

Nath volvió a colocarla de espaldas sobre el colchón.

—Quédate quieta —le ordenó deslizando una devota mirada por su cuerpo.

—¿Me quieres? —planteó avergonzada por su debilidad, pero necesitaba saberlo.

—¿De verdad debo responder? —Coló la mano bajo el top para recorrer el sencillo sujetador de algodón que llevaba. Seguía teniendo los pechos sensibles y el encaje le molestaba.

—No importa, da igual —murmuró ella dejando caer la cabeza cuando rozó sus pezones con los nudillos.

Él estaba allí, a su lado. Y había insinuado que la quería, ¿no? Era menos de lo que deseaba oír, pero mucho más de lo que nunca creyó que le diría, por lo que se sentía satisfecha, casi feliz. Era mejor no desear demasiado, porque, cuanto más deseabas, menos conseguías. Como le había ocurrido con Micah.

Cerró los ojos al sentir que volvían a llenársele de lágrimas.

—Marilia... Mírame.

Lo obedeció, el verde de sus iris más intenso que nunca debido a las lágrimas.

—No necesitas que responda tu pregunta, sabes la respuesta —aseveró.

—¿La sé? —replicó ella desafiante.

—No soy un hombre fácil —señaló él tomando el borde del top para sacárselo por la cabeza—. Mi carácter no es lo que se dice dulce. —Le quitó el sujetador.

—*Dulce* sería el último calificativo que usaría para describirte... —se burló.

Él se inclinó para besarle el vientre y fue subiendo muy despacio hasta sus pechos. Atrapó un pezón y lo adoró con la lengua. Se consagró a él hasta que estuvo tan duro y sensible que, cuando exhaló sobre él, Marilia tembló de placer. Luego pasó al otro y le dedicó idéntico tributo.

Ella se removió, tan excitada que se sentía arder. Lo buscó con las manos, frotándole la erección por encima de los vaqueros antes de intentar desabrochárselos.

Él la detuvo. Asió sus muñecas y se las sujetó sobre la cabeza hasta que aceptó que debía dejarlas allí. Luego se arrodilló en la cama y deslizó los dedos por su vientre. Se entretuvo trazando espirales alrededor de su ombligo antes de bajar a la cinturilla de sus pantalones. Tiró y ella alzó las caderas permitiendo que se los quitara.

—Bonitas bragas —susurró acariciándole la entrepierna con la nariz.

—Del mercadillo, dos euros. Te prohíbo romperlas, me encantan.

—¿Eso ha sido una orden, Marilia? —Arqueó una ceja.

—Una sugerencia taxativa —replicó ella disfrutando del juego.

—No soy un hombre obediente —aseveró mirándola con intensidad.

Deslizó los dedos por encima de las braguitas buscando el clítoris. Lo encontró hinchado bajo la suave tela. Trazó círculos sobre él con el pulgar mientras presionaba el resto de los dedos contra la vulva, abriéndola para tentar la entrada a su vagina a pesar de la tela que se interponía.

—No se me ocurriría pensar lo contrario —jadeó ella separando más las piernas.

—También sabes que no soy un hombre dócil...

Tiró de las braguitas convirtiéndolas en un grueso cordón que se hundió entre sus nalgas y sus labios vaginales, formando un suave capuchón sobre el clítoris. Mantuvo la tela en tensión mientras le frotaba ese punto con el pulgar.

—Mejor, no soporto a los calzonazos. —Arqueó la espalda excitada—. Joder, fóllame, Nath. Hazlo ya —gimió negando con la cabeza, sus manos de nuevo volando hacia él.

Él volvió a colocárselas por encima de la cabeza y, acto seguido, se quitó el cinturón y le rodeó las muñecas con él, atándoselas a una de las columnas del dosel. Comprobó que no pudiera soltarse y se inclinó hasta que su cara quedó a un suspiro de la de ella.

—En estos últimos meses, y no con poca sorpresa, he descubierto que soy un hombre de fuertes pasiones.

Ella lo miró atónita. No podía hablar en serio. ¿Lo había descubierto hacía sólo unos meses? ¡Venga ya!

—Antes podía pasar semanas sin follar y sin desearlo siquiera —afirmó ante su escéptica mirada— y, en cambio, desde que te conozco no pasa un segundo en el que no piense en besarte. En tocarte. En hacerte el amor. En poseerte.

—Eso suena un poco dramático, ¿no crees?

La silenció con un beso.

—¿Por qué no te dejas de charla y vas a lo que importa? —gimió cuando abandonó sus labios. Estaba ardiendo y él no hacía nada. Se iba a morir de la necesidad de sentirlo dentro.

—Soy un hombre controlado y contenido.

—No hace falta que lo jures. Lo estás demostrando en este preciso momento.

—Pero esta noche no.

—Joder, pues yo diría justo lo contrario...

—Esta noche no voy a controlarme. Ni siquiera voy a intentarlo —anunció saltando de la cama para desnudarse.

Lo hizo con rapidez, tirando la ropa sin molestarse en colocarla, algo de lo más impropio en él, mientras Marilia lo observaba hambrienta.

Era un hombre hermoso. Daba igual cuántas veces lo hubiera visto desnudo, cada vez era un descubrimiento, una sorpresa, porque cuanto más lo miraba más pensaba que era perfecto para ella, que sus cuerpos, y también sus almas, se complementaban.

Él se agachó para coger la cartera del bolsillo, dándole una estupenda panorámica de su culo duro y su espalda musculada, sacó algo y regresó a la cama.

Marilia enarcó una ceja cuando dejó en la mesilla dos sobrecitos de plástico. Y al instante recordó las muestras de lubricante anal de las que le había hablado días atrás.

Lo miró tan excitada como intrigada.

Nath la admiró sin disimulo y se colocó a horcajadas sobre ella, de manera que su erección quedara a la altura de su cara pero lo suficientemente lejos como para que no pudiera alcanzarla.

Marilia tiró del cinturón que la ataba a la cama, deseaba esa verga en su boca. Ya.

Nath se envolvió la polla en el puño y comenzó a masturbarse.

Marilia entreabrió los labios y se pasó la lengua por ellos sedienta.

Sin dejar de masturbarse, Nath utilizó el pulgar de la mano libre para separarle los labios.

—Soy un hombre dominante y poco dado a la ternura... —afirmó.

—Disiento, cuando te lo propones eres más tierno que la música de los caballitos —rebatió ella, y no mentía.

Nath sonrió ante su comparación y le deslizó el pulgar por la barbilla para mantenerle abierta la boca. Luego se inclinó acercándole la polla.

Ella no dudó un instante en lanzarse a por ella. La absorbió entre sus labios y la frotó con la lengua, dedicándose por completo al glande. Lo chupó como si fuera uno de los *cake pops* de la pastelería. Incluso lo rozó con los dientes antes de tragárselo entero.

Nath le pasó la mano por la nuca, envolviendo su melena pelirroja en el puño mientras ella le deslizaba la lengua por el tallo para después lamerle las pelotas y metérselas en la boca. Cuando volvió a envolverle la polla con los labios y succionó, fue demasiado para él.

Se apartó antes de llegar al punto de no retorno.

Resbaló por el cuerpo femenino, adorándolo con los labios y la lengua mientras sus manos buscaban las braguitas. Las rompió y entró en ella con fuerza, colmándola. Gimió contra sus labios cuando la besó. Sus lenguas enredadas en un beso sin fin mientras las caderas de él se sacudían y las de ella salían a su encuentro.

La folló rápido y duro, y cuando sus bocas se separaron, fijó en ella una mirada tan feroz que Marilia sintió que penetraba hasta su alma.

—Soy un hombre posesivo. —Se hundió en ella quedándose muy quieto.

—Lo eres.

—Y tú eres mía. —La miró feroz.

—Lo soy. Y tú mío.

—Lo soy. ¿Todavía quieres tu respuesta?

—No la necesito —dijo con sinceridad. No necesitaba palabras para saber que la quería tanto como ella lo quería a él.

Fue como si todas las emociones que Nath había estado conteniendo toda su vida, toda la pasión, la necesidad y la violencia estallaran escapando de su confinamiento.

Le puso los pies contra los hombros de manera que quedara totalmente abierta para él y se encajó en ella con ferocidad, follándola con indómita exigencia y oscura pasión. Hasta que sintió los espasmos de su vagina ciñéndole la verga, todo el cuerpo femenino rígido por un orgasmo que parecía no tener fin.

La sostuvo en el clímax hasta que quedó exhausta, su cuerpo laxo sobre la cama, y luego salió de ella y le desató las manos.

Marilia lo miró con los párpados entornados, no lo había sentido correrse.

—Pero tú no... —comenzó a decir. Un sollozante gemido le impidió acabar la frase.

Él acababa de posar la boca sobre su clítoris y libaba de él con suavidad, despertándolo de nuevo a la pasión. Aumentó la presión a la vez que escurría los dedos entre sus nalgas y le frotaba la fruncida roseta anal, presionando sin entrar, tentándola, excitándola.

Marilia no pudo evitar tensarse al ver que él se apartaba para coger un sobre de lubricante. Lo abrió y se lo echó en los dedos antes de volver a inclinarse sobre ella. Esta vez, cuando le acarició el clítoris con la lengua, le penetró el ano con un dedo.

Se removió incómoda ante la extraña invasión, pero pronto el recelo dio paso a la excitación. Él siguió libando de su sexo mientras la dilataba y, cuando la sintió a punto de correrse, añadió otro dedo a la penetración.

Marilia siseó disgustada por la sensación de ardiente escozor, pero ésta no tardó en convertirse en un oscuro placer que, unido al que le proporcionaba con su boca, le robaba el aliento, la fuerza y hasta la cordura.

Se corrió entre fuertes jadeos, estremeciéndose. Apenas tuvo fuerzas para mirarlo y ver que abría el segundo sobrecito y se ungía la polla con el lubricante.

—Eres mía —afirmó tentándole el ano.

—Siempre lo he sido —susurró ella alzando las caderas.

Se hundió despacio, dándole tiempo a acogerlo, deteniéndose cuando su ceño se fruncía o sus labios exhalaban un quejido, hasta que estuvo firmemente encajado. La besó. Ella respondió hambrienta. Y, mientras se besaban, él comenzó a moverse.

—Mastúrbate —le ordenó, ávido de ver cómo se daba placer.

Marilia no pudo evitar sonreír. Puede que hubiera decidido perder el control, pero aún mantenía el suficiente como para no tocarla con los mismos dedos que le habían acariciado y penetrado el ano. Era tan mono... y tan pulcro.

Obedeció y, a pesar de que se creía incapaz de llegar al orgasmo otra vez esa noche, no tardó en volver a estar al límite.

Esta vez, cuando alcanzó el éxtasis, él la acompañó.

43

Donde nuestro protagonista descubre que hay alguien aún más terco que él. Ella.

—Bañarse aquí es tocar el cielo. —Marilia se estiró sobre el cuerpo de Nath cual gatita perezosa.

Estaban el cuarto de baño anexo al dormitorio, en una bañera de hierro fundido con patas de bronce en forma de garras de león. Nath, sentado con las piernas dobladas y la espalda recostada contra el borde en tanto que Marilia se tumbaba sobre él, la cabeza reposada en su hombro mientras jugaba retozona con los pies en el agua acariciando ora el grifo de cobre, ora las espinillas de Nath, ora la punta de sus dedos.

—Ya te dije que estos muebles antiguos tienen su encanto —murmuró él deslizando una mano por el costado femenino para acceder a sus pechos.

Rozó juguetón el pezón y ella se removió sobre su regazo, su exquisito trasero restregándose contra su entrepierna aún dormida. Aunque no por mucho tiempo.

—En realidad, no todos son antiguos —señaló Marilia. Giró la cabeza para mordisquearle perezosa la columna del cuello—. Casi todos los muebles originales de la casa se quemaron en el incendio, así que Jota ha ido haciéndose con ellos en anticuarios y rastrillos, y comprando réplicas cuando no encontraba los antiguos. Sabe que a Indi le dolió mucho perderlos y está haciendo lo imposible por sustituirlos. Es un cielo de hombre, mi hermana tiene mucha suerte. —Resbaló por el cuerpo de Nath para hundirse más en el agua, y de paso darle un buen restregón con el trasero a su entrepierna.

—Por supuesto —masculló él envarado.

Tomó aire con fuerza ante el súbito placer que sintió cuando ella volvió a ascender para sentarse en su regazo, de manera que le acunó el pene entre las nalgas.

—No pongas esa cara, tonto. Tú también eres un cielo —apuntó maliciosa.

—¿Qué cara supones que estoy poniendo? —le reclamó molesto. No podía verlo, por tanto, no podía saber qué cara tenía.

—La cara de ogro enfurruñado que siempre pones cuando menciono a Jota —se burló removiéndose como por casualidad sobre él—. No sé por qué te cae tan mal.

—No me cae mal —afirmó con los dientes apretados. Maldita mujer. Lo estaba cabreando a propósito mientras lo excitaba. Era una sádica.

—No, sólo lo odias un poquito... —bufó.

Esa misma mañana, cuando habían bajado a almorzar —era demasiado tarde para considerarlo desayuno y demasiado pronto para que fuera una comida—, Índigo le había reclamado a Nath el puñetazo que le había dado a Jota, exigiéndole que no volviera a hacerlo.

Nath había replicado que no hacía promesas que no estuviera dispuesto a cumplir.

Un segundo después, Naht descubría que Índigo podía pegar muy fuerte cuando se lo proponía. Que, además, era muy rápida. Y que jugaba muy sucio.

—No lo odio. Simplemente no soporto a los idiotas irresponsables, pueriles y presuntuosos.

—Visto de ese modo, es un dechado de virtudes —se burló Marilia—. El problema es que Jota no es así. Es responsable, cariñoso, divertido, ocurrente...

Se interrumpió al oír un gruñido gutural que sólo podía proceder de la garganta de su chico. Sonrió divertida. Era tan fácil chincharlo.

—Leal, osado —continuó—, ingenioso...

—Te repites, Marilia, *ingenioso* viene a significar lo mismo que *ocurrente* —la cortó—. Además, de todas esas virtudes que has mencionado, se te ha olvidado decir que es un cobarde que se esconde tras las faldas de Índigo —señaló.

—Ay, pobre, todavía te duelen —murmuró con sarcástica compasión a la vez que deslizaba la mano entre ambos para tocar con cariñoso cuidado sus lastimadas pelotas.

El problema es que antes dio con su polla y, como ya sabía, estaba a punto de caramelo. La frotó lasciva con la palma, arrancándole un siseo.

—Vaya, cuánto lo siento, no sabía que te había dado tan fuerte —sonrió traviesa apartando la mano—. Espero que no te haya desgraciado de por vida. No me servirías de nada impotente...

—¿Estás segura de que quieres ir por ese camino? —le reclamó él atrapándole los pezones entre los dedos y tirando con suavidad.

Ella arqueó la espalda ante el súbito placer.

—Querido, contigo quiero transitar todos los caminos —dijo con su mejor voz de *femme fatale*.

Él sonrió e hizo que apoyara las piernas en el borde de la bañera de manera que los pies colgaran por fuera, los muslos estuvieran muy separados y el trasero quedara firmemente apoyado en su regazo.

Resbaló un dedo por su vulva, tentando apenas la entrada a la vagina antes de subir despacio hasta el clítoris y rodearlo sin tocarlo.

—Yo también sé jugar a ese juego —le advirtió Marilia apoyando los pies en el borde y aupándose para apartarse de su regazo.

Él la ciñó por la cintura y la obligó a bajar, ensartándola en su polla. Se quedó inmóvil, impidiéndole a su vez moverse gracias a la férrea presa de su brazo.

—Quieta... —le susurró al oído a la vez que deslizaba la mano por su sexo para acariciarla casi con pereza, como si tuvieran todo el tiempo del mundo.

Y en realidad lo tenían.

Le hizo el amor con exquisita dedicación, excitándola despacio, llevándola a lo más alto antes de dejar que comenzara a moverse sobre él. Y ni siquiera entonces le permitió ir rápido. Cambió la intensidad por la urgencia y la devoción por la fogosidad, llevándolos a ambos a un orgasmo que los dejó sin aliento. Las manos de él descansando posesivas en la tripa de ella, y las de ella sobre las de él, acariciándole los nudillos mientras una sonrisa perezosa le curvaba los labios.

—Podrías poner una bañera como ésta en tu dormitorio en vez del jacuzzi —señaló con sorna a la vez que se estiraba remolona para frotar su nariz contra el cuello de él.

—Mejor un poco más grande.

—Por supuesto. Ésta se nos queda pequeña —replicó divertida al ver que le seguía el juego.

—Mañana la tendrás en casa —afirmó él.

Por su tono, Marilia supo que no le seguía el juego, sino que hablaba en serio.

—Sabes que estaba bromeando, ¿verdad? —le reclamó girándose para mirarlo muy seria—. No puedes poner una bañera en tu dormitorio, es una excentricidad...

—Nuestro dormitorio —la corrigió él—. Mañana, cuando regresemos a Madrid, recogerás tus cosas de la casa de Óskar y te mudarás a la mía.

Ella enarcó una ceja.

—No.

—No, ¿qué? —le preguntó él.

—No voy a mudarme a tu casa.

—Por supuesto que lo harás —porfió enfadado. Debería haber imaginado que lo desafiaría. Con ella nada era fácil ni sencillo.

—Por supuesto que no lo haré. No eres Dios para darme órdenes.

—Y aunque lo fuera tampoco las obedecerías —gruñó disgustado.

—Exactamente.

—Creía que habíamos llegado a un acuerdo sobre eso.

—Yo no lo recuerdo —rebatió ella.

—Aceptaste ser mía.

—Y tú mío, y no por eso te exijo que vivas en mi casa.

—No te ofendas, pero no tienes casa. Vives con Óskar en un piso de cuarenta metros cuadrados con dos habitaciones... No hay espacio para mí. Ni siquiera lo hay para ti —aseveró malhumorado.

—Si nos apretamos un poco cabrás de sobra —replicó ella comenzando a divertirse.

—Mañana te mudarás a mi casa —retomó él, poco dispuesto a dejarse enredar.

—No.

—¡Por el amor de Dios, Marilia! —estalló perdiendo el control. Le estaba cogiendo el gusto a eso de dejar a un lado la contención—. ¡No quiero que vivamos separados, y tú tampoco quieres!

—Mira tú por dónde, en eso estamos de acuerdo —convino ella dejándolo tan descolocado que durante varios segundos sólo pudo mirarla pasmado.

—Esto no puede ser tan complicado. —Se frotó las sienes armándose de paciencia—. Recapitulemos. Quieres vivir conmigo. —Marilia asintió—. Bien. Entonces todo solucionado. Mañana te mudarás a mi...

—No.

Nath exhaló un furioso gruñido y se incorporó llevándola consigo cuando salió de la bañera para luego dejarla sin muchos miramientos en el suelo, el agua que chorreaba de sus cuerpos formando un charco bajo sus pies. Posó las manos en los hombros femeninos e hizo acopio de toda su fuerza de voluntad para contenerse y no gritar por la frustración.

—Por el bien de mi salud mental, te exijo que cooperes —dijo exasperado.

—Por supuesto —convino ella conteniendo apenas una sonrisita maligna.

Él arqueó una ceja, consciente de que era culpa suya que hubiera aprendido a usar con tanto acierto y malevolencia esa expresión.

—Te agradezco tu voluntariedad —repuso malhumorado—. Voy a intentar simplificar este asunto. ¿Qué tengo que hacer para que vivas conmigo?

—Pedírmelo.

Nath la miró sorprendido. ¿Acaso se había vuelto loca?

—Te lo he pedido.

—No. Me lo has ordenado, hay cierta diferencia. —Chasqueó la lengua.

Él se irguió en toda su estatura, sus ojos llenos de recelo.

—¿Quieres vivir conmigo? —resopló estoico.

Ella ladeó la cabeza, mirándolo resentida.

Suspiró resignada.

—Simple..., pero me vale. Mañana recogeré mis cosas y me mudaré a tu casa.

Él parpadeó una vez. Dos.

Nunca, ni en mil años, conseguiría adelantarse a ella y prever sus respuestas. Siempre lo descolocaba y sorprendía. Y eso la hacía aún más valiosa.

Esbozó una sonrisita engreída. Si sólo tenía que pedirlo, bien podría aprovechar la coyuntura y lanzarse a por todas.

—Así que sólo tengo que pedírtelo...

—Ya me lo has pedido. —Lo miró de soslayo, escamada por su tono.

—Cásate conmigo —soltó de repente.

Marilia lo miró con los ojos abiertos como platos.

—¡Por supuesto que no!

Nath entrecerró los ojos.

—Está bien. ¿Quieres casarte conmigo? —pronunció teniendo buen cuidado de que pareciera una petición y no una exigencia. No era fácil pedir cuando se estaba acostumbrado a exigir.

—Claro que no —rechazó de nuevo mirándolo como si estuviera loco—. Si quieres que pase por la vicaría, lo mínimo que tienes que hacer es currártelo un poco más...

—¿Currármelo un poco más? —repitió sin comprender.

—Jota hizo una película para Índigo —señaló Marilia—, y yo no soy menos que ella.

—¿Quieres que haga una película? —La miró atónito. Decididamente, cada vez le caía peor Jota. ¿Índigo sufriría mucho si contrataba a un sicario para que lo mutilara un poco? Nada de matarlo, sólo cortarle la nariz y las orejas, por ejemplo.

—¡Claro que no! —exclamó Marilia—. Pero me gustaría que fuera algo... especial. Algo que jamás harías por nadie, sólo por mí —afirmó soñadora.

—¿Como por ejemplo?

Ella lo miró arqueando una ceja.

—La gracia está en que sea algo especial que no me espere —bufó—. Así que, ya sabes, nene, o me sorprendes o no hay bodorrio —apuntó sonriente.

—Dios me está castigando por ser tan arrogante —musitó él.

—Algo se te ocurrirá, eres un hombre de recursos —lo consoló burlona.

—¿Por qué me da la impresión de que vas a disfrutar poniéndomelo difícil?

—Porque me conoces muy bien. —Se puso de puntillas y lo besó.

Un beso travieso y lleno de malicia con el que a Nath le quedó claro que nunca dejaría de sorprenderlo.

44

Cuando nuestros protagonistas descubren que la vida te da sorpresas, sorpresas te da la vida, ay, Dios.

Jueves, 26 de agosto de 2021

Nath apartó la mirada del periódico y observó entre desconfiado y complacido a las dos mujeres de su vida.

Complacido porque era un placer verlas juntas, sentadas en la alfombra del salón de su casa —¡como si no tuviera sillones!—, estallando en carcajadas cada pocos momentos y entrechocando las manos mientras cuchicheaban cómplices alrededor de una ¿maqueta? que habían creado con cartones de leche a modo de edificios, platos con agua que asemejaban fuentes, ramilletes de brócoli que, indudablemente, representaban árboles; posavasos redondos que podrían pasar por mesas de pícnic y unas horrorosas servilletas verdes, que tal vez encarnaran prados, y en las que habían colocado cuchillos sostenidos sobre dedales que le recordaban ligeramente a vallas. Imaginó que las figuritas de Lladró que su madre aún no se había llevado a su nueva casa —pastorcillas, cantareras, aguadoras, damiselas con ridículos sombreritos y un par de elegantes amazonas británicas, estas últimas situadas sobre las servilletas— personificaban a las personas en ese mapa tridimensional y estrambótico.

Más o menos comprendía lo que veía en la maqueta. Todo, excepto qué pintaban en ella dos Barbies —sí, las famosas muñecas— con las caras pintadas de rojo, como si fueran indias... O tal vez como si estuvieran muy avergonzadas.

Y eran esas dos muñecas, tan fuera de lugar en esa maqueta en la que todo parecía representar algo, lo que le provocaba una molesta sensación de inminente desastre. Lo cual era una locura, por supuesto, ¿qué mal podía hacer que Marilia y su hija jugaran a construir casitas? O lo que fuera que hubieran construido.

De repente estallaron en diabólicas carcajadas y la sensación de peligro se hizo más acuciante. Más real.

Estaban maquinando una travesura, no cabía duda.

Y parecían tan felices tramándola que decidió fingir que no se daba cuenta de que se traían algo entre manos. Por nada del mundo quería perderse esos momentos.

En ese instante su hija acercó una de las figuritas a la Barbie para, acto seguido, hacerla saltar hacia atrás, como si le diera mucho asco aproximarse a la muñeca.

Kayla y Marilia estallaron en unas carcajadas tan desternillantes que acabaron rodando por la alfombra, la figurita de porcelana olvidada entre ellas.

—Tened cuidado con la amazona, la abuela se disgustará si se rompe —las amonestó Nath.

—Si se rompe, ya le compraré otra —desestimó Marilia.

—Para tu información, su precio ronda los mil quinientos euros.

Marilia se quedó paralizada.

—Estás de coña.

—No.

—Vale. ¿Las demás son igual de caras? —Señaló las pastorcillas, cantareras, aguadoras y damas de la regencia.

—Más.

Marilia parpadeó y se giró hacia Kayla.

—Podríamos pintar ojos y bocas a unas copas y usarlas de personas —le dijo.

—¡Vale! —aceptó Kayla encantada levantándose de un salto.

—Toda la cristalería de la vitrina es de Baccarat —afirmó Nath.

—Eso suena a caro... —comentó Marilia.

—Lo es.

—Joder —mascculló Marilia—. Kayla, no las cojas, no podemos usarlas.

—Joder —masculló Kayla en el mismo tono frustrado y desabrido que Marilia.

Nath enarcó una ceja, recriminándoles su lenguaje.

Ellas no le hicieron ni caso.

—¿Los vasos de la cocina también son caros? —inquirió Marilia.

—No.

No eran baratos, pero tampoco eran caros.

—¡Menos mal! —resopló yendo a la cocina mientras Kayla subía a su cuarto a por rotuladores—. De verdad que no entiendo a los ricos, tenéis cosas tan caras que da miedo usarlas por si se rompen, para eso es mejor comprar barato y disfrutarlo —la oyó bufar mientras regresaba con un montón de vasos.

Los dejó en la mesa, quitó de la alfombra las figuritas de Lladró, las devolvió con sumo cuidado a la vitrina y colocó los vasos en puntos estratégicos del mapa.

—A éste lo voy a poner rubio, para que se parezca más al tío —dijo Kayla. Se sentó de nuevo en la alfombra y cogió uno de los vasos—. Es mejor que la pastorcilla, no creo que al tío le hubiera gustado tener pechos y llevar corsé —apuntó tomando otro vaso—, y a éste le voy a pintar florecitas, así sabremos quién es de un solo vistazo.

Nath entrecerró los ojos. El rubio bien podía ser Kaos, y el vaso de las florecitas le recordaba vagamente a Óskar. ¿Qué narices estaban maquinando?

—Cuidado. Espía junto a la mesa... —le advirtió Marilia a Kayla, lanzándole una airada mirada a Nath.

—Shhh —chistó Kayla llevándose un dedo a los labios pidiendo silencio.

Volvieron a estallar en carcajadas.

—Tal vez si compartierais vuestro plan conmigo podría ayudaros. Soy un buen estratega —propuso molesto por ser dejado de lado.

—¿Qué plan? No tenemos ningún plan —repuso Marilia.

—No podemos contarte el Maléfico Plan, papá, es secreto —señaló a la vez Kayla.

Marilia la miró ceñuda.

La adolescente se encogió de hombros. No pensaba engañar a su padre.

Nath sonrió encantado por la lealtad incondicional de su hija y miró a Marilia enarcando una ceja desafiante.

—No seas tan chulito —le espetó ella—. Te recuerdo que yo sé de qué va el Maléfico Plan y tú no.

—¡Chincha rabiña! —añadió Kayla levantando una mano.

Marilia se apresuró a chocársela.

Estallaron en carcajadas.

Nath sintió que el corazón le explotaba en el pecho. ¿Se podía ser más feliz?

Lo dudaba.

En la semana que había pasado desde que Marilia se había mudado a su casa, ésta parecía haberse llenado de vida. Desde luego, su dormitorio sí lo había hecho, pues ahora, además de una estilosa bañera de hierro fundido con patas de garra de león, también había una..., no sabía cómo llamarla, ¿cómoda destartalada?, ¿cachivache con tres patas y media?, ¿trasto inservible lleno de mugre? En fin, lo que fuera, que Marilia había rescatado de la calle —donde alguien con más sentido común que ella lo había dejado— para restaurarlo y darle una nueva vida.

Y de nada le había servido a Nath asegurar que podía comprar muebles nuevos —y ésa era la palabra clave: *nuevos*—. Ella quería restaurarlos, era entretenido, desafiante y barato. Y ahora su aséptico dormitorio minimalista estaba lleno de trastos inservibles —además de esa cómoda tenía un par de sillas rotas, un especiero de madera descuajeringado y una mesa camilla sin patas— que ella había decidido rescatar.

Ya había hablado con los albañiles que le hacían las reformas en el Torture Eden para que le construyeran un cobertizo/taller de carpintería/cuarto para todo en el jardín. Así al menos no tendría que cargar esos muebles cochambrosos por la escalera para subirlos a su dormitorio.

«Son las once y media de la mañana. Dentro de una hora tenéis cita en la clínica Gon...»

—Roxy, para —la cortó Nath levantándose del sillón—. Entonces ¿te quedas a comer con la abuela? —le preguntó a su hija.

—Sí. Vamos a comer gambas a la plancha —replicó Kayla mirando ladina a Marilia.

A lo que ésta respondió guiñándole un ojo.

Algo que le dio muy, pero que muy mala espina a Nath.

—¿Otra vez? Ayer le pediste a María que os hiciera gambas al ajillo para cenar. —Las miró suspicaz.

—Es que tenemos antojo de gambas —señaló Marilia antes de que Kayla dijera nada.

Ésta lo pensó un segundo y asintió. Porque no era mentira. Aunque tampoco era toda la verdad, pero no podía decir más. Todos habían jurado no contarle aún a su padre el Maléfico Plan, para evitar que tomara cartas en el asunto por su cuenta. Y no iba a romper su promesa.

—Empezáis a darme miedo —murmuró Nath tendiéndole una mano a Marilia para ayudarla a levantarse de la alfombra.

Ella arqueó una ceja ante tan caballeroso detalle, le dio un manotazo apartándolo, se puso en pie de un salto y subió al dormitorio a ducharse y a cambiarse la enorme camiseta de él que usaba como pijama (los exquisitos camisones de La Perla no le parecían apropiados para tirarse en el suelo a maquinar Maléficos Planes con Kayla).

—Marilia no está mala, ¿verdad? —le preguntó Kayla preocupada a su padre, pues la cita a la que iban era con el médico.

—Claro que no, cielo, es sólo que se le está retrasando el período y queremos que el doctor la reconozca —«y de paso pedirle información sobre métodos anticonceptivos», aunque eso, por supuesto, no se lo iba a decir a su hija.

—¿Crees que puede ser grave? —le planteó preocupada.

—Marilia dice que no es la primera vez que le pasa, por lo visto siempre ha tenido las reglas irregulares. —Aunque también había confesado que esa vez era la que más se le estaba retrasando.

—Óskar dice que puede ser el síndrome del ovario poliquístico...

Nath miró sorprendido a su hija, aunque no debería, pues Kayla solía a acompañar a Marilia a la pastelería, y ni ésta ni Óskar censuraban lo que decían delante de ella.

—Óskar dice que su madre lo tuvo y se le retiró la regla un montón de meses. Lo mismo lo tiene Marilia y por eso no le baja —finalizó Kayla.

—Podría ser —convino Nath sin querer pensar demasiado en ello.

Marilia no le daba importancia, pero él no podía evitar pensar en mil enfermedades que podían provocar la falta de menstruación, y todas eran aterradoras.

—Ya estoy... —Marilia bajó a saltitos la escalera, su melena pelirroja derramándose como una cascada de bronce por sus hombros—. No hace falta que vengas. Puedo ir sola al médico —declaró por enésima vez. ¡No era una cría para necesitar acompañante!

—Por supuesto —replicó él.

Kayla exhaló una risita divertida al ver que Marilia ponía los ojos en blanco.

—Un día de éstos te voy a hacer comer esas palabras —le imprecó.

—Por supuesto. —Nath abrió la puerta del vestíbulo—. Ya recogeréis luego esa maqueta —dijo refiriéndose al tinglado que tenían montado sobre la alfombra.

Dejó a su hija con Marga y, mientras esperaba a que entrara en la casa, captó el guiño malicioso que Marilia le hizo a Kayla y que ésta le devolvió al instante.

Enarcó una ceja. Sí, allí se cocía algo. Estaba deseando averiguar qué era. Luego tomó la M-40 y se dirigió a velocidad moderada a la clínica. Y, a pesar de ir varios kilómetros por debajo del máximo permitido, Marilia no protestó ni le exigió que hiciera rugir el coche. Al contrario, miraba por la ventana sumida en sus pensamientos, la mano descansando sobre su vientre plano.

No era la primera vez que Nath la pillaba abstraída. Y sabía perfectamente qué le pasaba por la cabeza cuando eso sucedía. No era difícil intuirlo, porque sus ojos se opacaban y sus labios se apretaban conteniendo tal vez un suspiro, quizá un suave sollozo.

—No tenemos por qué pedirle un método anticonceptivo si no quieres —comentó.

—¿Qué pasa? ¿Sientes que se está pasando el arroz y quieres dejarme preñada? Esto me pasa por liarme con un cuarentón —se burló chasqueando la lengua sin humor.

—Lo cierto es que ya tengo una edad... —señaló él.

—Estás a un paso de la tumba —resopló ella—, deberíamos casarnos para que pueda heredar todo tu dinero si la palmas.

—Puedo pasar por el ayuntamiento al salir de la clínica para que nos indiquen los trámites que seguir —ofreció él, ganándose una mirada espantada de ella.

—¡Estaba de coña!

—Deberías replanteártelo, soy asquerosamente rico —replicó artero.

—Querido, no te confundas, no estoy contigo por tu dinero, sino por tu polla —rebatió ella plantándole la mano ahí mismo.

—Estoy conduciendo, Marilia —gruñó él cuando comenzó a amasársela por encima del pantalón.

—¿En serio? No me había dado cuenta.

No quitó la mano, al contrario, le abrió la bragueta y la coló por dentro de los pantalones.

Nath bajó la velocidad agradeciendo en silencio que fuera finales de agosto y Madrid siguiera medio vacía, pues la carretera estaba casi desierta.

—Marilia... —jadeó cuando ella lo envolvió en su puño y empezó a masturbarlo.

—¿Crees que alguien se dará cuenta si te la como? —le preguntó con inocencia.

Y él estuvo a punto de correrse sólo de pensarlo.

Marilia mamándosela en el Lamborghini.

Su melena pelirroja derramándose sobre su regazo mientras sacudía la cabeza.

Su boca tragándoselo mientras su coche rugía.

Joder.

La vio inclinarse hacia su regazo a cámara lenta. Y un segundo después sintió sus labios rodeándole el glande.

Se concentró en conducir mientras intentaba recordar algún lugar cercano que estuviera escondido para poder matarla muy lentamente. Eso sí, después de que lo hubiera llevado al orgasmo: tonto no era.

Desesperado, tomó el desvío al aparcamiento del Club Villa de Madrid, rezando para que estuviera tan vacío como la ciudad.

Lo estaba.

Rezó también para que los árboles que daban sombra al parking siguieran siendo tan frondosos como recordaba.

Lo eran.

Aparcó sin mucho cuidado, apagó el motor, envolvió en un puño la melena pelirroja de Marilia y se corrió sacudiendo las caderas entre fuertes gruñidos.

* * *

A pesar de la distracción, nuestra pareja favorita llega a la clínica a la hora precisa, ni un minuto antes ni un minuto después. Nadie podría esperar otra cosa de nuestro puntual y meticuloso protagonista.

—¿Seguro que no quieres que entre contigo? —le preguntó Nath muy serio.

—Sí. Bastante incómodo es tener que abrirme de piernas para que un tipo al que no conozco de nada me hurgue y me meta una pistola en el coño como para que, encima, estés mirando...

—No creo que sea una pistola lo que te introduzca... —señaló él arqueando una ceja.

—Es un pato, pero yo lo siento como una pistola —masculló cruzándose de brazos.

—No pretendía mirar. —A él tampoco le hacía ni pizca de gracia que otro hombre «hurgara» en el sexo de su mujer, aunque por distintos motivos que a Marilia.

—No, tú sólo quieres estar presente para avasallar al pobre doctor para que me haga mil pruebas, a cuál más rara...

—Para eso venimos.

—No. Venimos para que me explore, haga una valoración y me diga lo que tengo, no para que se comporte como House buscando una rara enfermedad que nadie conoce —le espetó refiriéndose al famoso médico televisivo—. En serio, Nath, deja de preocuparte, no es la primera vez que tengo un retraso. Me pasa a menudo. No será nada.

—Por supuesto.

Marilia resopló poniendo los ojos en blanco. Era terco como una mula.

Aunque también ella estaba preocupada. Por eso quería entrar sola. Si tenía algo grave quería saberlo primero para poder estudiar cómo decírselo. Porque si ella estaba preocupada, él, por mucho que intentara disimularlo, estaba hecho un flan.

—¿Señorita Montes? —la llamó la enfermera. Marilia se puso en pie al instante—. ¿Me acompaña, por favor?

Marilia fue tras ella.

Nath la siguió.

Marilia le echó una mirada fulminante al entrar en la consulta.

Nath la ignoró, cerró la puerta, le dio la mano al ginecólogo presentándose y se acomodó en una silla. Luego no volvió a abrir la boca mientras ella explicaba lo que le pasaba y el doctor le hacía una pregunta tras otra.

Y le costó lo suyo, porque ella le quitaba importancia a todo. Y no era así. Por supuesto que era importante que tuviera los pezones sensibles, que siempre estuviera cansada y que sus emociones estuvieran a flor de piel. Pero se mantuvo en silencio. Porque era lo que correspondía. Porque ella era más que capaz de gestionar sus asuntos y porque, si se le ocurría abrir la boca, no lo dejaría volver a acompañarla a una consulta.

Luego el doctor la hizo pasar a una sala anexa para explorarla y, aunque él no hizo intención de levantarse de la silla y mucho menos seguirla, ella le lanzó tal mirada que le quedó bien claro que, si quería seguir vivo, tendría que quedarse allí quietecito.

Así que sacó el móvil y comenzó a revisar correos.

Un buen rato después, Marilia regresó a la consulta con el médico. Tenía los ojos brillantes y apretaba los labios como si estuviera conteniendo un sollozo.

Nath se puso en pie con el corazón latiéndole a mil por hora.

—¿Qué ha pasado? —reclamó feroz al médico.

—Los dejaré a solas para que hablen...

Nath miró pasmado al galeno. No le pagaba para que lo dejara a solas para hablar con su mujer, sino para que le contara qué le pasaba a su mujer. Estaba a punto de ir a por él para dejárselo bien clarito cuando Marilia lo llamó.

—Nath... —Sorbió por la nariz y se limpió las lágrimas con el dorso de la mano.

—¿Qué ocurre? —Fue con ella para abrazarla. Fuera lo que fuese, lo enfrentarían juntos.

—El test... —volvió a sorber— falló... El test falló —repitió por si no le había quedado claro un segundo antes.

—¿Y eso significa que...? —inquirió muy serio.

La luminosa sonrisa que ella esbozó le dijo exactamente lo que significaba.

—Dios santo —susurró—. Voy a ser padre...

—Vamos a ser padres, en plural, si no te importa —lo corrigió—. Los dos. Aunque más yo, la verdad, porque soy quien lo va a parir.

Nath exhaló una orgullosa y feliz carcajada y la levantó en brazos para hacerla girar.

De esa guisa los encontró el doctor cuando entró.

45

Cuando ciertos personajillos descubren que donde las dan las toman.

Miércoles, 1 de septiembre de 2021

Era increíble lo poco que tardaba uno en acostumbrarse a la buena vida, en su caso catorce días, pensó Nath mirando a su alrededor un tanto descolocado. Kayla había salido con Avril y Uriel para presentarles a su novio —¡cómo odiaba esa palabra!—, que ya había vuelto de vacaciones, y Marilia estaba en la pastelería, trabajando.

Era la primera vez en catorce días que estaba total y absolutamente solo en casa.

Sí, el viernes y el sábado había faltado Kayla, pues se había ido con su madre como siempre, y las tardes entre semana había faltado Marilia debido a la pastelería. Pero nunca —en esos catorce días, obviamente— habían desaparecido las dos a la vez. Y la casa estaba... vacía. Triste. Solitaria. Incluso lúgubre, se atrevería a decir.

Aunque tal vez eso fuera exagerar un poco.

Un poco bastante.

Pero era como la sentía.

Le faltaban las risas de sus chicas, el constante ir y venir de Kayla enseñándole a Marilia sus diseños y las pullas maliciosas que Marilia le soltaba cuando menos lo esperaba. Echaba de menos las charlas disparatadas durante las comidas y las advertencias que ambas hacían a los actores de sus series favoritas cuando se sentaban ante la tele —¡como si éstos pudieran oírlas y seguir sus consejos!— y sus discusiones —normalmente amigables, aunque no siempre— cuando no estaban de acuerdo con cualquier cosa. Ninguna de las dos era de guardar silencio.

Ahora la casa estaba en un incómodo, sombrío y absoluto silencio.

No era que estuviera a disgusto. En absoluto. Era de agradecer contar con unas pocas horas para sí mismo.

Horas que no sabía en qué narices emplear.

Dejó el libro que no conseguía concentrarse en leer y se acercó a la maqueta que ocupaba la alfombra del salón. Ahora había más vasos pintados que representaban personas. Además de los de Kaos y Óskar, había uno rojo que intuyó que sería Marilia y que estaba colocado junto a los cartones de leche que simbolizaban edificios. No muy lejos, junto al posavasos redondo/mesa de pícnic, había dos vasos pintados de marrón, que imaginó serían melenas castañas, y uno de negro con barba que le recordaba ligeramente a Uriel. Y, por último, junto al plato con agua/fuente, una elegante taza de porcelana sin pintar —menos mal, o su madre las mataría— y un vaso alto de su carísimo juego de whisky al que habían pintado ¿abdominales? ¿Quién demonios sería ése? Era incapaz de identificarlo.

Estudió la disposición de los cartones de leche/edificios, platos/fuentes, servilletas/prados, posavasos/mesas y brócoli/árboles. Parecía una locura, pero cuanto más miraba esa estrambótica maqueta más familiar le resultaba la distribución de los distintos objetos. De hecho, estaba seguro de haber visitado, y en más de una ocasión, el lugar que representaba. Se concentró en recordar, pero tuvo que desistir al oír el videoportero. Echó una última mirada a la maqueta y se dirigió al vestíbulo.

Entrecerró los ojos suspicaz al ver en la pantalla a su visitante.

—Kayla no está en casa, madre —dijo pulsando el botón del intercomunicador.

—Lo sé, vengo a hablar contigo —le respondió Marga.

Nath abrió las rejas de la entrada. Y, siguiendo una costumbre que había adquirido de Óskar y Marilia, dejó la puerta abierta y regresó al salón.

—Buenas tardes, Nathaniel —lo saludó poco después Marga entrando en el salón. Y, aunque le recriminó con la mirada que hubiera dejado la puerta abierta en lugar de esperar y abrírsela cuando llegara, se guardó mucho de protestar.

Sabía que se movía en una inestable tregua. De hecho, era la primera vez que lo veía desde que él se marchó a San Francisco.

—Buenas tardes, madre —saludó sin ocultar la intriga que le producía su inesperada visita.

—He decidido que no quiero seguir enfadada contigo.

—Una decisión loable, pero te recuerdo que era yo quien estaba enfadado contigo —señaló Nath, usando a propósito el pasado.

También él estaba harto, aunque, eso sí, agradecía el distanciamiento. Su vida era mucho más agradable sin los continuos reproches de su madre.

Marga asintió con un gesto, entendiendo el mensaje implícito en su frase.

—Kayla me ha dicho que Marilia está embarazada —apuntó aún de pie y sin hacer intención de sentarse—. Mi más sincera enhorabuena.

—Gracias, madre.

—Imagino que es un bebé... inesperado —no pudo evitar lanzar la pulla.

—Pero no por ello menos deseado —replicó Nath, en sus ojos una advertencia.

—Será una buena madre —aseveró Marga sorprendiéndolo.

—De eso nunca he tenido duda. —La miró con desconfianza, esa apreciación era lo último que esperaba oír de su madre con respecto a Marilia.

—Aunque con unos modales vulgares y una cultura limitada —apuntilló ella.

—Madre...

—Menos mal que Micah te tendrá como padre para compensar las deficiencias de Marilia —señaló ignorando su advertencia—. No puede haber mejor padre que tú, ese niño ha tenido suerte, igual que la tuvo Kayla —afirmó dejándolo totalmente descolocado—. No voy a decir que eres el hijo al que más quiero, porque mentiría, pero sí has sido, y eres, el mejor hijo que ninguna madre podría tener.

—Me dejas sin palabras, madre. —Y no exageraba.

Ella enarcó una ceja en un gesto idéntico al que tanto repetía su hijo.

—No te llevamos a los mejores internados para que te quedaras sin palabras por un simple reconocimiento —repuso altiva.

—Procuraré recordarlo la próxima vez que me elogies, si es que eso llegara a acontecer.

—No lo esperes.

—Por supuesto.

Y con esto recuperaron algo parecido a su antigua relación. Sólo que un poco mejor. Guardaron un cómodo silencio hasta que su madre reparó en la maqueta.

—Esa taza pertenece a mi colección de porcelana inglesa, ¿qué hace en el suelo? —inquirió escandalizada.

—Representa algo. ¿A qué has venido, madre?, dudo que haya sido sólo para felicitarme por mi futura paternidad.

—Quiero que me lleves a un sitio —no era una petición, sino una exigencia.

Nath la miró perspicaz. Su madre jamás había dependido de él para nada, excepto para recibir su asignación mensual, por supuesto.

—Llama a un taxi.

—Lo haré si no tengo otro remedio, pero me gustaría que me llevaras tú. Te complacerá ver lo que quiero enseñarte.

—Esto se pone interesante. ¿Adónde tendría que llevarte?

—No te lo puedo decir hasta que me hagas dos promesas.

—No admito coerciones, madre.

—La primera, que, veas lo que veas y te enteres de lo que te enteres, no intervendrás bajo ninguna circunstancia —continuó Marga, ignorándolo—. La segunda, que, ocurra lo que ocurra, no harás nada.

—Ambas cosas vienen a ser lo mismo, madre —señaló él enarcando una ceja.

—Lo sé, así me aseguro de que, pase lo que pase, no intercederás.

—Va a ser complicado, porque, como te he dicho, no acepto coerciones, ergo no voy a hacerte ninguna promesa —afirmó, aunque una chispa de la intriga que sentía se coló en su voz, restándole severidad.

—Entonces no podré hacerte partícipe del Maléfico Plan —sonrió maliciosa.

Oír *Maléfico* y *Plan* en la misma frase hizo que Nath se planteara su axioma de no aceptar coacciones, porque esas mismas palabras las había oído en labios de Marilia y Kayla varias veces a lo largo de esa semana.

—¿Qué sabes tú del Maléfico Plan? —inquirió molesto porque ella estuviera al corriente mientras que a él lo habían mantenido en la inopia.

—Que es maléfico. Y que te va a agradar mucho.

—Madre...

—No puedo decirte más hasta que lo prometas. Marilia, Kayla y yo hemos decidido hacerte partícipe porque sabemos que eres de fiar...

Nath enarcó una ceja al oírla, ¿Marilia, Kayla y Marga juntas? ¿Qué narices pasaba ahí? Por lo visto, allí estaban ocurriendo cosas que él no podía ni imaginar.

—Pero conocemos tu carácter —continuó Marga ajena a sus elucubraciones— y no queremos que te tomes la venganza por tu mano; no es a ti a quien corresponde. Confiamos en que te comportes como debes, pero no podemos obviar tu naturaleza protectora y rencorosa, por tanto, si no haces esas promesas, no te llevaré.

—No soy rencoroso, madre.

—Por supuesto.

Se miraron el uno al otro sin darse cuenta de que, al menos en su voluntad férrea, eran más parecidos de lo que imaginaban.

—No intercederé vea lo que vea o me entere de lo que me entere —accedió Nath.

* * *

Y he aquí que por fin se va a hacer justicia..., y no sabéis de qué manera.

Nath estacionó en el aparcamiento del Club de Campo Villa de Madrid y se apeó. El aparcamiento estaba mucho más lleno que días antes, cuando había parado allí para llegar a uno de los orgasmos más potentes de su vida gracias a la boca de Marilia. Sintió una leve excitación al recordarlo. Excitación que se esfumó al ver un coche conocido.

El Audi E-Tron de Kaos.

¿Qué hacía allí el rubio? Ese club no era el tipo de lugar que Kaos frecuentaba. Además, eran casi las siete de la tarde, el Lirio Negro estaría a punto de abrir sus puertas y Kaos debería estar allí, dirigiendo el Paraíso.

—No te demores, es casi la hora —lo acució Marga dirigiéndose a los prados.

—¿La hora para qué? —inquirió siguiéndola.

Ella no contestó. Ni falta que hizo, porque en el momento en que entró en las verdes praderas del elitista club reconoció la maqueta de su salón. Las servilletas eran las pistas de doma clásica, en las que varios jinetes daban clase en ese momento. La fuente circular que, de verdad de la buena, parecía un plato, las mesas de pícnic redondas, el edificio de vestuarios no muy lejos...

Marilia estaba allí, en el centro de todo, con un exquisito vestido que nada tenía que envidiar a los estilosos atuendos de las mujeres que la rodeaban. Lo único que no encajaba en su disfraz era la mochila deportiva que llevaba a la espalda (y que si la memoria no lo engañaba era de Kayla). Parecía en su salsa, coqueteando con un hombre al que Nath sólo podía ver de espaldas, pero que le recordó vagamente a alguien: era alto y llevaba unas sobrias bermudas marrones, una sencilla camisa beige remangada y unos náuticos. Tenía el pelo recogido en una corta coleta.

—¿Qué es lo que querías que viera, madre? —le reclamó divertido.

¿Lo había llevado allí para que viera a Marilia coquetear con un hombre? Como si no la viera hacer exactamente eso todos los fines de semana en la discoteca. No era algo que le molestara, la verdad. Podía coquetear con tantos como quisiera, porque ella era suya. Y él de ella. Y ambos lo sabían.

—¿No lo reconoces? —inquirió Marga, y Nath afiló la mirada.

Estuvo a punto de caerse de culo al reconocer a Kaos en el tipo rubio de la coleta. Joder. Su socio jamás de los jamases se vestiría así. ¿Por qué iba disfrazado?

Un rayo de comprensión iluminó su mente y giró con rapidez la cabeza buscando un brócoli/árbol especialmente grande junto a los vestuarios/cartones de leche. Y, sí, allí estaba Óskar. Vestido normal. Sin camisas floreadas, pantalones hippies ni sandalias de indio. Incluso se había peinado el pelo con gomina, retirándolo de la cara.

No parecía él.

De hecho, ninguno de ellos parecía ser quienes siempre eran.

¿Qué narices pasaba ahí?

Miró con más atención a su alrededor y descubrió a diversas personas que habían estado en su fiesta de cumpleaños. Varias de ellas vestían pantalones, polos y botas de hípica.

Comenzó a atar cabos.

—¿Quiénes son? ¿Quiénes insultaron a Kayla? —le exigió a su madre.

—Recuerda tus promesas, Nathaniel —le respondió yendo hacia la fuente.

La siguió malhumorado examinando a cada persona que allí había en busca de respuestas.

Y entonces vio a su hija.

Estaba junto a la mesa de pícnic/posavasos cercana a los vestuarios/cartones de leche. Con Avril y Uriel. Así que, en efecto, Uriel era el vaso con barbita y Kayla y Avril los vasos con largas melenas castañas.

Entonces se dio cuenta de que él y su madre también estaban representados en la maqueta. Junto a la fuente. Marga era la elegante taza de porcelana y él el altísimo y refinado vaso de whisky con trabajados abdominales.

Se sintió orgulloso y complacido ante la elección de Marilia para representarlo.

En ese momento su hija se giró en dirección a la fuente y sonrió al verlo allí. Le dijo algo a su madre y los tres se dirigieron hacia él.

—¡Papá! —Lo abrazó con una sonrisa tan feliz que iluminó todo lo que lo rodeaba—. ¡Ya verás lo que se nos ha ocurrido! —dijo en un feroz susurro.

Nath enarcó una ceja y miró a su exmujer.

—¿Sabes tú algo de este plan? —le preguntó.

—El Maléfico Plan —la corrigió Kayla—. Marilia dice que las palabras tienen poder, y es cierto, no asusta lo mismo decir «el plan» que «el Maléfico Plan».

Avril miró a su exmarido divertida y éste a su vez esbozó una sonrisa en tanto que Marga y Uriel se erguían orgullosos ante la picardía de Kayla. Se miraron sorprendidos al comprender que habían coincidido en el gesto.

De repente, la alarma del móvil de Kayla sonó, igual que la del reloj de su abuela. A varios metros de ellos, Kaos miró el reloj y le dijo algo a Marilia, quien echó a andar hacia los vestuarios. Frente a la puerta de éstos, un cohibido y sudoroso Óskar manoseó nervioso el móvil antes de guardárselo en el bolsillo. Luego tomó una bocanada de aire, sacudió los hombros como si se estuviera preparando para un maratón y comenzó a andar dando tumbos a la vez que exclamaba que se encontraba mal, que tenía náuseas y que estaba perdiendo el conocimiento.

Y en el momento que anunció esto, cayó sobre la pradera desmayado (eso sí, con mucho estilo y poniendo las manos para frenar la caída y no golpearse la cabeza).

Un montón de gente se reunió en torno a él para socorrerlo, mientras que otro montón aún más grande se acercó a curiosear.

—No puedes ir —detuvo Kayla a su padre cuando éste hizo ademán de aproximarse—, tienes que hacer como si no lo conocieras, papá, para que nadie sospeche nada de nada.

Nath la miró pasmado, ¿le estaba pidiendo que no socorriera a su amigo?

—No le pasa nada, es sólo una maniobra de distracción —le explicó poniendo los ojos en blanco. Desde luego, su padre no se enteraba de nada.

Nath dirigió la mirada hacia el lugar en el que se desarrollaba el drama.

Óskar estaba lívido y su camisa se había oscurecido por el sudor que lo empapaba, puede que fuera una maniobra de distracción, pero no por eso era menos cierto que el joven pastelero lo estaba pasando realmente mal.

Kaos se acercó hasta él y, arrodillándose a su lado, le tomó la muñeca midiéndole el pulso con teatralidad a la vez que decía que era médico y le dejaran espacio.

En ese instante Nath se dio cuenta de que Marilia había desaparecido.

El teatrillo duró unos minutos más, hasta que Marilia salió del vestuario como si tuviera todo el derecho del mundo a estar allí, hizo un disimulado gesto a Kaos y continuó andando. A la sazón, Kaos decretó que Óskar se encontraba mejor y que se lo llevaba a su clínica para hacerle un reconocimiento.

Y, con esto, se fueron.

—Ahora sólo nos queda esperar —anunció Kayla con evidente impaciencia a la vez que miraba el reloj—. Las pérfidas malvadas acaban de empezar la clase, y dura una hora. —Dirigió una rápida mirada a la pista de equitación—. ¿Nos invitas a merendar? —le preguntó a su padre con una enorme sonrisa en los labios.

—Claro —aceptó Nath echando a andar hacia la terraza de verano—. ¿Marilia se reunirá con nosotros?

—No. Óskar, Kaos y ella se han ido del todo. Cuanta menos gente los recuerde, mejor. Así evitan levantar sospechas —explicó conspiradora.

Nath se calló que, con el teatro que habían montado, dudaba mucho que la gente no recordara a Óskar. Aunque sí era cierto que Marilia había pasado totalmente desapercibida.

Tomaron unos refrescos en cómoda compañía, algo de lo más inusual dado el grupo poco afín que se había juntado: Uriel, Avril,

Marga, Kayla y Nath. Al principio la charla fue algo cortante, pero poco a poco se fueron relajando. Todos, menos Nath, que no dejó de estudiar a aquellos que reconoció de su fiesta de cumpleaños, centrando su atención en las dos mujeres que daban clase en la pista de hípica.

—¿Son ellas las que te insultaron? —le preguntó a Kayla señalándolas con un gesto. No había que ser muy listo para unir todas las pistas y atar cabos.

—Has prometido no hacer nada —susurró envarada la adolescente.

—Y lo voy a cumplir.

—Bien, porque es mi venganza. Voy a hacer que se sientan como me sentí yo —afirmó Kayla furiosa—. Las voy a poner en ridículo para que todos se rían de ellas... Así se darán cuenta de lo mucho que duele.

—Por curiosidad, ¿cómo vas a hacerlo? —inquirió Nath verdaderamente interesado.

No era el único. Uriel y Avril también se inclinaron conspiradores.

Kayla sonrió maliciosa y miró a su abuela, quien imitó su sonrisa.

Y Nath comprendió en ese preciso instante de dónde habían sacado Marilia y su hija la información para hacer la maqueta tan exacta al lugar real.

—¿Has sido tú quien les ha indicado dónde están situados los edificios, las pistas y las fuentes? —interrogó a Marga, recordando que ésta iba a menudo al club para jugar al golf.

Su madre se hinchó tan orgullosa como un pavo real.

—Sí. Y también les conseguí los horarios de las clases de esas mujerzuelas.

—De las pérfidas malvadas —la corrigió Kayla.

—Sí, eso, de las pérfidas malvadas —aceptó Marga—. Además, averigüé los números de sus taquillas —añadió con una mirada tan perversa que hasta el mismo diablo envidiaría.

—¿Sabíais que Marilia es capaz de forzar de cerraduras? —les comentó Kayla con evidente admiración a sus padres y a Uriel.

—Ésa es una de las habilidades que Marilia no ha compartido conmigo —dijo Nath.

—Pues sí. Puede abrir cualquier cosa. Y, según ella, los candados de las taquillas están chupados, porque además los que usan las pérfidas malvadas son de los malos.

Algo que no extrañó en absoluto a Nath, pues sabía, al haberlos investigado para la fiesta, que esas mujeres y sus maridos estaba rondando la ruina, lo que hacía factible que renunciaran a aquello que no incidiera en su apariencia social, la cual mantenían como si les sobrara el dinero.

—¿Y para qué quiere abrirlos? —inquirió Uriel.

—Para dejarles un regalito de mi parte... —afirmó Kayla.

—Se le ocurrió a ella solita —dijo Marga con evidente orgullo—. No sabíamos qué *regalarles* y Kayla tuvo la mejor idea del mundo mundial.

—¿Podemos saber qué presente les ha dejado? —preguntó Nath disfrutando de lo lindo con el Maléfico Plan, igual que los demás.

—No debemos estropear la sorpresa —contestó Marga, cortando a Kayla antes de que se fuera de la lengua—. No falta mucho para que acabe la clase y se cambien de ropa...

Un rato después, las mujeres bajaron de sus caballos, se los entregaron a los mozos de cuadra y fueron al vestuario. Media hora más tarde salían del edificio.

Muy rápido.

Y procurando no cruzarse con nadie, aunque sin conseguirlo, pues el club estaba atestado de gente, al fin y al cabo, era el primer día de clases de la temporada.

También parecían abochornadas.

Más aún cuando todos aquellos con los que se cruzaban se apartaban presurosos, la repugnancia pintada en la cara.

Kayla se levantó y, con andares dignos de una reina, se acercó a ellas.

Por supuesto, Nath, Marga, Avril y Uriel la siguieron. Aunque estuvieron a punto de no hacerlo cuando les llegó la fetidez que despedían las pérfidas malvadas.

¿A qué narices apestaban? Era repugnante. Tanto, que tuvieron que hacer un esfuerzo ímprobo para pararse frente a ellas sin vomitar.

—Buenas tardes —las saludó la adolescente interponiéndose en su camino, lo que las obligó a detenerse y, por tanto, exponer a las personas cercanas a su insoportable hedor. Algunas incluso se taparon la nariz sin disimulo—. Nos conocimos en la fiesta de cumpleaños de mi padre, no sé si me recordáis. Soy Kayla.

—Sí, claro, cariño... Tenemos que irnos —respondió una de las mujeres tratando de esquivarla. Cuanto antes salieran de allí y fueran a su casa, antes acabaría la vergüenza.

Kayla dio un paso a un lado, impidiéndole escapar.

Tras ella, Nath y Marga, Uriel y Avril, formaron una barrera que las pérfidas malvadas no podrían traspasar a menos que los empujaran, algo que, dada la furia visible en el semblante de Nath y Uriel, no se arriesgaron a hacer.

Y esa parada hizo que las personas que estaban cerca, y no tan cerca —pues una suave brisa justiciera se había levantado esparciendo el hedor—, las miraran asqueadas a la vez que murmuraban —en voz alta— sobre la conveniencia de no dejar entrar a cualquiera al club sin exigir unas mínimas medidas de higiene.

—Qué peste —exclamó Kayla llamando aún más la atención sobre ellas—. ¿Cómo apestáis tanto? Aunque siempre ha sido así, ¿verdad? Lo habéis sabido disimular bien, pero ahora oléis tan mal como realmente sois —afirmó—. Sois malas y dais asco. Mucho asco.

—Desde luego, no hay quien soporte vuestra pestilencia —añadió Marga altiva—. Aunque tampoco es que se pueda esperar otra cosa de la gentuza que, siendo mis invitados, se atreven a insultar a mi nieta en mi propia casa.

—Marga..., nosotras no...

—Os prohíbo que volváis a dirigirme la palabra —replicó Marga dándoles la espalda, gesto este que no pasó desapercibido a nadie y que levantó, junto con sus anteriores palabras, una multitud de rumores.

—Vámonos, papá, no me gusta mezclarme con gente tan hedionda y repulsiva... —dijo Kayla dejando claro que con esos apelativos se refería a mucho más que su olor.

Les dio la espalda imitando a su abuela y echó a andar con la altivez de una reina. Avril y Uriel la siguieron. Nath, sin embargo, se acercó a las mujeres y las miró despectivo.

—No le llegáis a mi hija a la suela del zapato, es a vosotras a quienes vuestras madres deberían haber abortado. Sólo un apunte más: dadle las gracias a esa pobre subnormal —repitió furioso las palabras con las que meses atrás se habían referido a su hija— de que tenga más decencia, empatía y compasión que vosotras. Porque ha sido ella quien ha impedido que os destrozara la vida arruinándoos. Aunque, dada la mala gestión que hacéis de vuestros limitados recursos, no creo que tarde mucho en veros viviendo de la caridad —sentenció dando media vuelta para ir con su familia.

Cuando llegó junto a ellos, Uriel le preguntaba interesado a Kayla cómo había conseguido ese olor tan apestoso.

—Con gambas —repuso sonriendo la adolescente.

Nath recordó que la semana anterior ella y Marilia habían comido y cenado gambas varios días.

Kayla les explicó que habían guardado los restos, dejándolos pudrirse al sol en un remoto rincón del jardín de su abuela. Luego los habían triturado —entre arcadas— hasta hacer una pasta que Marilia había llevado en una bolsa hermética dentro de su mochila y que, mientras Óskar sufría su impostado desmayo, había untado en la ropa que las pérfidas malvadas habían dejado en la taquilla. También en sus bolsos, zapatos y mochilas deportivas y en todo aquello que encontró en la taquilla.

Se miraron los unos a los otros pasmados por ese plan tan ingenioso y malvado.

Nath estalló en carcajadas.

Los demás no tardaron en seguirlo.

Esa noche acabaron reunidos en la casa de Nath —incluidos Uriel, Avril, Kaos, Óskar y Marga, lo que no dejaba de ser sorprendente— y lo celebraron con un banquete de impresión (en el que, por supuesto, no hubo gambas).

Epílogo

Donde todo concluye... y, a la vez, donde todo empieza.

San Francisco, California, viernes, 24 de septiembre de 2021

—Coloca los puticornios junto a los frutos prohibidos —le pidió Marilia a uno de los camareros que tenía a su cargo en el catering del Torture Game mientras revisaba con ojo crítico las vitrinas, estantes y expositores de su reino.

Faltaban dos horas para la apertura del primer Torture Game que se iba a celebrar fuera de Europa y quería que todo estuviera perfecto. Como bien decía su chico, no aceptaba nada inferior a la excelencia.

Junto a ella, pero lo suficientemente lejos para no estorbarla en sus nerviosas idas y venidas, Óskar daba los últimos toques a sus creaciones.

—Yo diría que más ya no podemos hacer —señaló el pastelero dando un paso atrás para admirar su obra.

Marilia retrocedió hasta llegar a su altura y estudió concentrada el espacio antes de asentir con un gesto seco.

—No podemos hacer más aquí, pero podemos revisar que todo esté correcto en los palcos vips —dijo observando el monumental teatro en el que estaba a punto de desarrollarse una de las mejores, por no decir la mejor, fiesta erótica *fetish* del año.

El director de escena y la organizadora de eventos de Nath habían transformado el espacio siguiendo las indicaciones de éste, de manera que no parecían estar en un teatro, sino en un universo imposible de luz y color en el que se transgredían los límites de la imaginación, la sexualidad y los cuerpos. Un espacio en el que reinaba la diversidad, la fantasía y la osadía y cualquiera podía, y debía, transformarse en aquello que deseara, por imposible que fuera.

Y Marilia estaba impaciente por que se abrieran las puertas. Se giró hacia Óskar y, al ver su expresión abstraída, intuyó que no estaba pensando en lo mismo que ella, sino en alguien que había desaparecido de sus vidas sin dejar rastro.

—¿Sigues sin saber nada de Xavier? —le preguntó sobre quien tanto había llegado a significar para Óskar, aunque éste se había dado cuenta de eso demasiado tarde.

—Se llama Aníbal —señaló él con una sonrisita engreída.

Marilia lo miró sorprendida. Ese dato era nuevo.

—¿Lo has encontrado?

—Podría ser. No lo tengo del todo claro, pero creo que sí.

—¿Cómo? —inquirió atónita.

—He preguntado por el barrio —le restó importancia Óskar, aunque había sido un arduo trabajo—. Creo que he averiguado quién es y dónde vive...

—¿Y qué vas a hacer? —le preguntó, aunque ya lo sabía. O, al menos, lo intuía.

—Iré a buscarlo y me enfrentaré a él. Aunque no sé qué voy a decirle —musitó frotándose la nuca nervioso antes de alzar la vista, en sus ojos un brillo de determinación—. Quiero saber qué siento por él, y si de alguna manera... encajamos.

* * *

A pocos metros de allí, un hombre se debate entre el deseo y el orgullo, pues, tras mucho cavilar, ha llegado a la conclusión de que para conseguir lo que desea va a tener que dejar de lado el orgullo.

Nath observó el espacio onírico que había creado, los juegos de luces, las cintas de seda que caían del altísimo techo y los aros, las jaulas y la gigantesca copa de champán en las que los artistas harían sus *performances*, y asintió satisfecho.

Todo estaba listo para el evento del año.

Deslizó la mirada sobre los montadores, camareros, directores de escena, artistas, coreógrafos, personal de seguridad y de mantenimiento que se aseguraban, al igual que él, de que todo estuviera a punto, y por fin detuvo la mirada en Marilia.

Había llegado la hora de demostrarle hasta qué punto la amaba.

Ella quería algo especial, algo que no olvidara nunca. Y eso iba a tener.

Recorrió decidido el espacio que los separaba y, tomándola de la mano, la guio hasta el escenario. La hizo subir y, una vez allí, hizo un gesto al jefe del equipo de sonido para que parara la música, lo que consiguió que las conversaciones se silenciaran y los trabajadores —que no eran pocos— miraran intrigados el escenario y, por ende, a ellos.

—¿Qué haces? —le reclamó Marilia—. Faltan mil cosas por hacer y sólo tenemos dos horas para hacerlas, no puedes detener la actividad de...

—No me importa —la interrumpió él.

—¿Perdona? —Lo miró pasmada. ¿Quién era ese hombre y dónde estaba el tipo intransigente, meticuloso y perfeccionista que jamás daba nada por terminado a no ser que sobrepasara la excelencia?—. No podemos perder el tiem...

—Cásate conmigo.

Marilia lo miró pasmada. Desde luego, eso era lo último que esperaba.

No cabía duda de que había buscado un momento especial e inolvidable —la inauguración del primer Torture Game en América sin duda lo era—, pero algo fallaba.

—Creo recordar que te dije que no aceptaba órdenes de nadie..., tú incluido —Puso los brazos en jarras.

—No te lo estoy ordenando, te lo estoy...

—¿Exigiendo? —lo cortó chasqueando la lengua burlona.

—Suplicando. —Hincó una rodilla en el suelo y la miró con devoción.

Un fuerte jadeo proveniente de todos los allí presentes llenó el espacio. Era la primera —y seguramente única— vez en su vida que el todopoderoso y altivo Señor del Torture Eden se arrodillaba ante alguien —su mujer— y suplicaba. Y además lo hacía frente a docenas de testigos que, desde luego, harían correr la voz sobre ello.

—Cásate conmigo —repitió sin moverse de su postura suplicante.

Marilia lo miró perpleja. Ni en mil años habría esperado eso. De hecho, ninguna de las veces que había soñado con ese momento —y habían sido miles— había podido imaginar algo tan... especial. Tan perfecto. Tan maravilloso.

—¿Vas a darme una respuesta en breve o piensas hacerme sufrir mucho más tiempo? —le reclamó Nath enarcando una ceja. Seguía arrodillado ante ella. Y ante todos—. No voy a levantarme hasta que aceptes —le advirtió.

—¿En serio? —Lo miró enarcando una ceja, igual que él, aunque en su caso perdió todo el efecto por culpa de las traicioneras lágrimas que le bajaban por las mejillas.

—Totalmente en serio. Moriré aquí arrodillado si es necesario. Aunque espero que no lo sea. Es una muerte bastante humillante —señaló con irritación—. Cásate conmigo.

—No sé... Si acepto, ¿me dejarás conducir tu coche? —inquirió maliciosa.

—No. Pero te compraré uno para ti solita.

—Entonces vale —aceptó con una carcajada a la vez que se arrodillaba frente a él y lo besaba con ganas.

A su alrededor, todos estallaron en vítores.

* * *

En ese mismo momento, a miles de kilómetros de allí, en una aldea africana consumida por el hambre y la enfermedad, una mujer que lleva años enfrentándose a la muerte con la única defensa de su intelecto, su pasión y su coraje se ve obligada a tomar una decisión imposible.

—Niara... —musitó el anciano manteniendo una respetuosa distancia con Isabel—. Tienes que marcharte. Es peligroso para ti seguir aquí.

—No puedo... Me necesitáis... —Era difícil hablar cuando la mandíbula no dejaba de temblarle y castañetear.

—De ninguna utilidad serás si te quedas y mueres —dijo el hombre con paciencia. No era la primera vez que tenían esa conversación.

—No voy a morir..., sólo tengo... un poco de fiebre —resopló desdeñosa sin poder contener los temblores que la dominaban—. Me pondré bien... Soy médico, puedo curarme.

—No puedes, Niara.

—Pues a tu gente... la he curado —replicó tratando de incorporarse sin conseguirlo.

—Nuestros cuerpos tienen memoria de la enfermedad —se refería a la inmunidad adquirida por la exposición a la enfermedad, aunque casi nunca resultaba suficiente—, el tuyo no. Es débil. Aquí se secará. Debes regresar a tu mundo, Niara.

—Si regreso, no podré volver en mucho tiempo... —murmuró, consciente de que la próxima campaña en Turkana no se pondría en marcha antes de un año, como pronto.

—Pero volverás. Eres Niara, nadie puede detenerte —afirmó el anciano—. Mañana partirás —sentenció zanjando la conversación.

Isabel lo observó salir de la choza, su cuerpo delgado irguiéndose majestuoso bajo el sol de Kenia, tan indoblegable como su voluntad.

Se acurrucó en posición fetal, los ojos llenos de lágrimas que se negaba a derramar.

—Volverás, Niara, está escrito —musitó la mujer que se había mantenido alejada respetuosa en el otro extremo de la choza mientras el anciano las honraba con su visita.

Isabel asintió con un cabeceo.

Por supuesto que volvería. Nada se lo podría impedir.

Había conseguido su nombre la tercera vez que visitó la aldea, cuando los ancianos entendieron que siempre volvería.

Ella era Niara, «aquella que tiene grandes propósitos». Y su propósito de vida estaba allí, en esa aldea.

Referencias a las canciones

Idiota, ℗ 1994 EMI-Odeón, S. A. © 2015 Warner Music Spain, S. L., interpretada por Los Ronaldos.

Your Song, ℗ © 2008 Mercury Records Limited, interpretada por Elton John.

The Shoop Shoop Song (It's in His Kiss), ℗ © 1993 The David Geffen Company, interpretada por Cher.

Conoce la serie *No lo llames* de Noelia Amarillo: